JN437306

OMNISCIENT
READER'S
VIEWPOINT

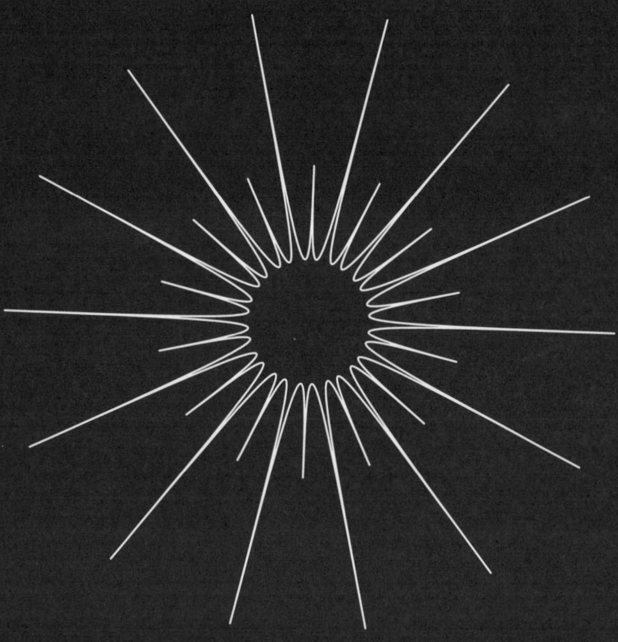

OMNISCIENT READER'S VIEWPOINT

전지적 독자 시점

싱숑

VICHE

일러두기

- 이 책은 단행본《전지적 독자 시점》(페이퍼백 에디션)을 바탕으로 편집 및 제작되었습니다.
- 인명 등 고유명사는 국립국어원 외래어 표기법을 따르되, 입말로 굳은 단어 등은 예외로 하였습니다.

CONTENTS

ORV

OMNISCIENT READER'S VIEWPOINT

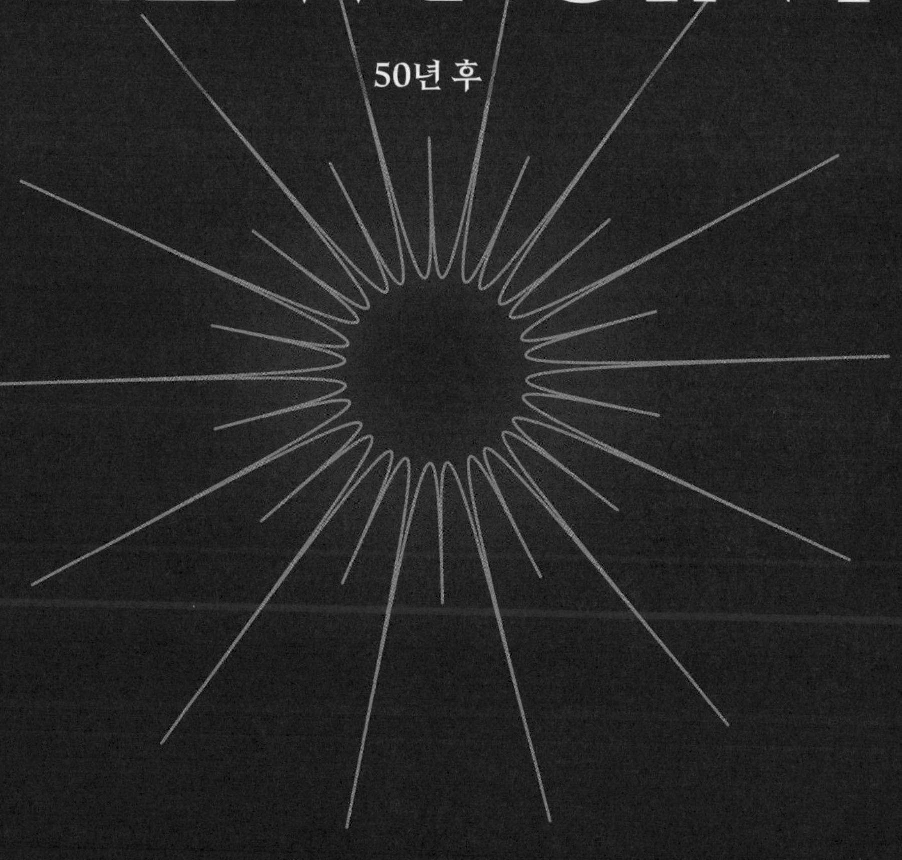

Episode 71

I

'환생자들의 성'에 방문한 지 나흘이 지났다.

[전지적 독자 시점]으로 확인한 바에 따르면, 다른 일행들도 중섬 시나리오를 마치고 다음 시나리오 돌입 준비를 마친 상태였다.

나는 흐릿한 스마트폰 화면을 내려다보고 있었다.

—멸망한 세계에서 살아남는 세 가지 방법(최종본).txt

어쩌면 이 파일의 끝에는 내가 그토록 보고 싶었던, 이야기의 '에필로그'가 있을지도 모른다. 그뿐인가? 운이 좋다면 이번 3회차에 대한 정보가 더 있을 수도 있다. 내가 어떻게 행동하고, 어떤 방식으로 시나리오를 수행해야 안전한 결말에 도달할지 알려주는 지침이 있을 수도 있다.

하지만.

「그 이야기 의 마지 막 이 비 극이 라 면?」

만약에, '최종본'의 의미가 '더 이상 바뀌지 않는다'라는 뜻이라면?

「네가 그걸 바꿀 수 있을까?」

내가 읽음으로써 오히려 모든 미래가 확정돼버린다면?

"김독자."

고개를 들자 왼손에 붕대를 동여맨 한수영이 나를 보고 있었다.

이 세계에서 나를 제외하면 거의 유일하게 멸살법을 읽은 존재. 한수영이 나라면 어떻게 했을까. 이 파일을 열어보았을까?

"뭘 그렇게 봐?"

"아냐, 아무것도."

나는 스마트폰 화면을 껐다.

언젠가 이 이야기를 읽고 싶어지는 날이 올지도 모른다. 하지만 지금은 아니다. 내가 읽고 싶은 '에필로그'는 아마 이 파일에는 없을 것이다.

장비 손질을 끝낸 한수영이 걸터앉은 침대에서 풀썩 내려오며 말했다.

"슬슬 출발하자. 계속 꾸물대다간 유중혁 그 자식이 앞서가버릴 거야."

"떠나기 전에 만나야 할 존재가 있어."

"누구?"

"마침 온 것 같네."

똑똑, 하는 소리와 함께 누군가가 문을 열었다.

가장 먼저 눈에 띈 것은 굵은 갈색의 염주 목걸이. 회색 승복 사이로 언뜻언뜻 엿보이는 단단한 잔근육. 아주 오랜 세월 동안 고련을 거듭한 무승武僧이었다.

"모시러 왔습니다, 시주."

나는 고개를 끄덕이며 대답했다.

"당신들의 왕에게 안내하십시오."

《멸망한 세계에서 살아남는 세 가지 방법》.

멸살법의 최고 권위자인 내 해석에 따르면, 제목의 '세 가지 방법'이란 멸살법에 등장하는 세 명의 주인공을 뜻한다.

첫 번째는 회귀자 유중혁.

두 번째는 귀환자 장하영.

그리고 세 번째는…….

—주인공이 또 있다고?

내 이야기를 들은 한수영이 '한낮의 밀회'로 반문해왔다.

그러고 보니 한수영은 이런 정보까지는 모르겠구나 싶었다. 녀석이 읽은 것은 고작해야 100편 남짓이니까…….

—하긴 3,000편이나 쓰려면 주인공 하나로는 우려먹기 힘들었겠네.

쓸데없이 날카롭기는.

—그나저나 주인공이 셋이나 되다니, 역시 망하는 소설의 지름길을 가네.

딱히 할 말이 생각나지 않았다.

심지어 그 망한 소설은 이제 우리네 현실까지 망치고 있는 중이었다.

—이 성의 주인이 '세 번째'인 거지?

—맞아.

—멸살법에서 비중은 어느 정도야? 유중혁급?

—그렇지는 않아. 어디까지나 메인은 유중혁이니까.

실제로 3,000편이 넘는 이야기는 대부분 유중혁을 중심으로 전개된다.

두 인물을 '주인공'이라 칭하는 것도 어디까지나 작중 서술을 따랐을 뿐이고.

—하지만 다른 둘도 유중혁 못지않은 괴물이지. 특히 현시점에서 '세 번째 주인공'은 유중혁보다 더 강력한 존재야.

—그 유중혁보다?

나는 고개를 끄덕이며 텅 빈 명상실을 둘러보았다.

어디선가 경전을 중얼거리는 소리가 들려왔다.

이 방은 환생자들의 명상실이었다. 수없이 윤회를 반복하며 지치고 고된 정신을 달래기 위한 방.

왕의 모습은 보이지 않았다.

"환생자들의 왕은 어디에 있습니까?"

"왕은 이미 와 계십니다."

"온통 땡중뿐인데?"

한수영의 말에 무승이 무뚝뚝하게 대답했다.

"그분께선 어디에나 계시고, 어디에도 계시지 않습니다."

"말장난하자고 부른 건 아닐 테고."

"그분께선 자신을 볼 자격이 없는 존재와는 이야기하지 않으십니다."

"재밌네. 지금 우리한테 화두 던지는 거야?"

한수영이 한쪽 입꼬리만 올리며 웃었다.

나는 현묘한 무승의 표정을 가만히 들여다보다가 입을 열었다.

"왕이 정말 어디에나 있다면, 그건 누구든 '왕'이 될 수 있다는 뜻이겠죠."

기이이이잉!

손에 쥔 '부러지지 않는 신념'이 울어젖힌 것과, 검극이 무승의 목젖을 향해 쏘아진 것은 거의 동시였다.

츠츠츠츠츳!

강맹한 마력을 흩뿌리던 검극이 무승의 코앞에서 멈췄다. 마치 보이지 않는 벽에 가로막힌 것처럼.

무승이 웃었다.

[무척 도발적인 해결책이로군요. 맞습니다. 깨달은 자는 누구나 부처가 될 수 있습니다.]

공간 전체를 울리는 진언.

나는 검을 회수하며 무승을 바라보았다. 무승의 전신에서 영묘한 아우라가 흘러나오고 있었다. 새하얗게 물든 동공 속에서 만다라의 그림자가 역시계 방향으로 회전했다.

아마 이 무승은 환생자들의 왕이 가진 무수한 화신 중 하나일 것이다.

[하지만 언제까지 그런 식으로 시나리오를 이어갈 수는 없을 겁니다. 구원의 무게를 짊어진 ■■의 사도여.]

"내 방식을 모두 아는 듯 말하지 마십시오."

나는 이제 멸살법을 그저 소설이라 생각하지도 않고, 내 일행들을 단순한 '등장인물'이라 생각하지도 않는다.

하지만 그 결심이, 내가 아는 정보를 활용하지 않을 것이라는 선언은 아니었다.

"처음 뵙겠습니다, '만다라의 수호자'."

[제4의 벽]을 발동 중인데도 상당한 중압감이 느껴졌다.

눈앞에서 일렁이는 온화한 격의 준동. 무승의 배후에 드리워진 위대한 정신의 실체가 눈앞에 낱낱이 펼쳐지고 있었다.

세상에서 가장 오래된 암흑 단층을 지배하는 자.

〈에덴〉의 메타트론이나 〈마계〉의 최고위급 마왕이라 해도, 이 섬에서는 이자에게 대적할 수 없다.

시선이 마주치는 순간, 허공에서 스파크가 튀었다.

['제4의 벽'이 존재하지 않는 눈썹을 꿈틀거립니다.]

['윤회를 결정하는 벽'이 당신에게 호기심을 보입니다.]

장하영의 [정체불명의 벽], 메타트론의 [선악을 가르는 벽]에 이은 세 번째 벽.

'만다라의 수호자'는 [윤회를 결정하는 벽]의 소유자였다.

['최후의 벽의 파편'이로군요. 니르바나도 그 안에 갇혀 있겠지요?]

"그렇습니다."

[좋은 보살이 될 수 있는 아이였는데, 하필 그대를 만나 자신의 불도를 벗어나고 말았군요.]

"뭐, 본인은 만족하며 사는 것 같습니다."

한수영이 끼어든 것은 그때였다.

"잠깐만. 그쪽 설마 부처님이야?"

[세상에는 많은 종류의 부처가 있고, 저도 그중 하나일 뿐입니다.]

한수영은 어이가 없다는 표정이었다.

자기가 부처님이라고 주장하는 성좌가 등장했으니 그럴 법도 하다. 온화한 미소를 띤 부처님께서 나를 보며 말씀하셨다.

[아주 오래전부터 보살들의 이야기를 지켜봐왔습니다.]

"당신에게 후원을 받은 적은 없는 것 같은데요."

[굳이 자신의 시선을 드러내 권력을 휘두르는 성좌가 있는가 하면, 있는 듯 없는 듯 존재하는 성좌도 있습니다. 모름지기 진정한 보시란 후원이 아니라 우직한 관조에서 오는 법입니다.]

"공짜 방송 본다는 얘길 길게도 하시는군요. 그래서 제게 원하는 게 뭡니까?"

[원하는 것? 이 몸이 보살에게 원하는 것이 있다 생각합니까?]

나는 명상실 중심에 놓인 거대한 종을 바라보았다. 투명한 재질로 만들어진 종 안에는 눈부신 빛으로 감싸인 작은 영혼이 있었다.

나는 그 영혼이 누구의 것인지 이미 알고 있었다.

"유상아 씨를 환생시켜주기로 하셨지요. 제가 부탁드린 것도 아닌데 말입니다."

[…….]

"당신은 우리를 이곳에 초대해 묵게 해주었습니다. 역시나, 제가 부탁드린 적도 없는데 말이지요."

[불과佛果의 일부였을 뿐입니다.]

"지금까지 성좌들을 상대하며 얻은 교훈이 있죠. 대가 없이 호의를 베푸는 성좌는 없다."

[보살의 판단은 섣부르군요. 모든 것의 예외를 믿을 수 있는 존재만이 시나리오의 마지막을 헤아릴 수 있습니다.]

나는 무승을 가만히 노려보다가 명상실 중앙의 종을 일별하며 말했다.

"화신 유상아를 이 섬에 귀속시키지 마십시오. 그녀는 당신 생각보다 훨씬 가치 있는 존재입니다."

[이 섬에서 환생한 모든 존재는 이 섬에 귀속됩니다.]

나는 고개를 저었다.

"방금 말씀처럼 모든 것엔 예외가 있지 않습니까? 그녀는 니르바나의 뒤를 이을 수 있습니다. 화신 유상아를 당신의 '아라한阿羅漢'으로 삼으십시오."

아라한.

'환생자들의 섬'에 종속되지 않고, 시나리오의 세계를 누비며 환생을 거듭하는 구도자들.

"그렇게 해준다면 당신과 거래하겠습니다."

[거래라. 이 몸이 원하는 것이 무어라 생각하는지요?]

"'성마대전'을 막고 싶은 것 아닙니까?"

[헛되도다. 이 몸은 선과 악 같은 모순투성이 설화에는 관심이 없습니다.]

"그 모순투성이 설화가 당신의 섬을 엉망으로 만들 텐데도 말입니까?"

흥미롭다는 듯, 무승의 눈이 부드럽게 휘어졌다.

'만다라의 수호자'는 선도 악도 아니다. 굳이 표현하면 공空에 더 가까운 존재. 그러니 자기 영토에서 선악의 위세가 커지는 것이 달가울 리 없었다.

"제가 성마대전을 막아보겠습니다."

[그대의 힘으로 가능하다 생각합니까?]

나를 대신해 설화들이 대답했다.

[거대 설화, '마계의 봄'이 포효합니다!]

[거대 설화, '신화를 삼킨 성화'가 으르렁거립니다!]

두 개의 '거대 설화'가 발동하자 일대의 대기가 불안하게 흔들렸다.

내 짐작이 맞는다면, '만다라의 수호자'는 내 제안을 거절할 수 없다. 그는 이번 성마대전에 직접 뛰어들 수 없기 때문이다. 선도 악도 아니므로 이 싸움에 뛰어들 명분이 없었다.

['유상아'라는 화신을 이 몸의 '아라한'으로 거두는 것. 그것이 보살이 원하는 전부입니까?]

"하나 더."

[욕심이 많은 보살이군요.]

"제 성운이 원하는 지역에서 성마대전을 시작할 수 있게 해주십시오. 섬 주인이라면 그 정도 간섭은 가능하시겠지요."

순간 사원 전체에서 희미한 마력의 태동이 느껴졌다.

내게 경고라도 하는 듯한 격의 향연. 위협적이거나 살벌한 기세는 아니지만, 어딘가 범접할 수 없는 아우라가 깃들어 있었다.

['제4의 벽'이 강하게 발동합니다!]

['윤회를 결정하는 벽'이 입맛을 다십니다.]

이윽고 '만다라의 수호자'가 고개를 끄덕였다.

[보살의 조건을 승낙하겠습니다. 하지만 그대의 성운 전체가 원하는 본섬 지역에서 시작할 수는 없습니다.]

"그럼 화신 이길영과 화신 신유승만이라도 부탁드립니다."

[흐음, 그들을 어디로 보내주길 원합니까?]

"넥스트 시티."

[넥스트 시티라. 이런, 보살이여. 설마…….]

'만다라의 수호자'라면 내 의도를 눈치챘을 것이다.

'환생자들의 섬'의 본섬은 잊힌 3세대의 설화들이 박제된 장소.

3세대의 설화는 1, 2세대보다 스펙트럼이 훨씬 다양한 만큼, 출발 장소에 따라 생각지도 못한 설화를 얻을 수도 있다.

다른 사람은 몰라도, 두 아이는 반드시 넥스트 시티에서 시작하게 만들어야 한다.

[그 대신 보살의 나머지 일행은 이 몸이 원하는 장소에서 시작해야 합니다.]

"알겠습니다."

내 대답에, 곁에서 상황을 지켜보던 한수영이 눈짓을 했다.

—야, 저 땡중이 이상한 곳으로 보내면 어쩌려고?

무슨 생각을 하는지 알겠다는 듯, 무승의 입가에 기묘한 미소가 걸렸다.

[보살이여, 이 몸은 그대의 이야기를 아주 좋아하지만…… 그대가 쌓은 설화는 성마대전에 참가한 다른 성운들과 맞서기엔 아직 역부족입니다.]

역부족이란 말에 심기가 거슬렸을까. 한수영이 이죽거렸다.

"우리가 〈올림포스〉 깨부순 얘긴 못 들으셨나 봐?"

[보살들이 쌓은 설화는 독보적이지만 아직 시간의 풍파를 겪지 못했습니다.]

다음 순간, 나와 한수영의 몸이 갑작스러운 빛에 휩싸였다.

[성좌, '만다라의 수호자'가 시나리오 전송에 동의했습니다.]

[시나리오 전송이 시작됩니다!]

이렇게 갑자기?

나는 조금 놀랐지만, 금방 마음을 다잡았다.

드디어 '전轉'을 완성할 세 번째 거대 설화 지역으로 간다.

중섬의 다른 일행들도 나와 함께 전송되고 있을 것이다.

고개를 돌리자 한수영이 나를 보고 있었다.

"김독자."

나는 반사적으로 한수영을 향해 손을 뻗으며 대답했다.

"잘 하고 있어. 내가 금방 찾아갈게."

"퍽이나."

한수영의 주먹이 내 손을 치는 순간, 그녀의 몸이 빛살로 화했다. 사라지는 한수영의 잔상을 보며, 새삼 녀석과 동료가 되었다는 실감이 났다.

유중혁이 그랬듯, 한수영 또한 이제 내 결말에 필요한 존재가 된 것이다.

지금껏 녀석에게는 신세를 많이 졌다.

그러니 이번에는 내가 갚아야 할 차례였다.

「하지만 그때의 김독자는 알지 못했다.」

스마트폰 액정이 환하게 빛나기 시작했다.

모르는 페이지의 문장들이 불길한 복선이 깔리듯 한 줄씩 눈앞에 떠올랐다.

「김독자가 그녀를 다시 만났을 때는…….」

아니, 잠깐만.

「이미 오십 년이라는 세월이 지난 후라는 사실을.」

오십 년이라니, 대체 그게 무슨 말인가.

흐려지는 시야 사이로 무승의 입가에 걸린 미소가 보였다.

―보살이여, 시간을 견뎌보십시오.

[본섬으로 전송을 시작합니다.]

['윤회를 결정하는 벽'이 당신의 설화 정보를 조사합니다.]

[조사가 끝났습니다.]

[당신의 시나리오 지역이 결정됐습니다.]

마지막으로 내가 들은 것은 다음과 같은 메시지였다.

[서브 시나리오 - '장르 선택'이 시작됩니다!]

투명한 컵에 담긴 새카만 액체를 들여다보며, 리카르도는 오래전 기억을 떠올렸다.

「"오십 년을 수련해도 궁정 마법사가 되기는 무리일 겁니다."」

처음으로 마법을 배웠을 때.

「"현사가 되기에 적합한 체질은 아니군요."」

카이제닉스 제도 제일의 현자에게서 수업을 들었을 때.

「"검을 잡기에는 불리한 손입니다."」

그리고 왕정 검술 훈련소에서 처음으로 검을 잡았을 때도.

「"어떤 인생은 그런 법이다. 중요한 것은 좌절하지 않고 꿋꿋이 나아가는 거야."」

리카르도의 아버지, 베르첸 폰 카이제닉스는 그렇게 말했다.

물론 위로가 될 턱이 없었다. 재능도 없고, 하고 싶은 일도 없는 사람이 그런 말을 듣는다고 무슨 위안을 받겠는가.

재능이 없어도 꿋꿋이 나아가라고?

그렇게 살아서 결국 뭐가 될 수 있는데?

리카르도는 뭐가 되지 않기 위해 매일 술을 마셨다. 제도의 불한당들과 몰려다니며 마약을 하고, 도박에 빠져 가문의 자산을 탕진했다.

사랑도 했다. 한때는.

제도에서 가장 아름다운, 연상의 여인이었다. 하지만 여인이 그의 큰형과 결혼하면서 사랑도 끝났다.

잔 속 액체를 가만히 들여다보던 리카르도가 중얼거렸다.

“죽자.”

생애 처음 낸 용기였다. 가볍게 잔을 쥐고, 포도주를 삼키듯이 말끔히 비웠다. 얼마 지나지 않아서 효과가 나타났다. 안색이 거무죽죽하게 물들었다. 리카르도의 팔이 힘없이 떨어졌다.

그리고 정확히 네 시간 뒤.

누군가가 리카르도의 몸으로 눈을 떴다.

나는 멸살법 외에도 제법 많은 책을 읽었다.

어렸을 적에는 어머니가 추천해준 양서를 읽었고, 조금 머리가 큰 후에는 직접 골라 읽었다. 웹소설도 많이 읽었다.

참고로 내가 처음으로 읽은 웹소설은, 주인공이 자신의 불행을 조잘거리며 죽었다가 다시 깨어나면서 시작한다.

바로 지금처럼.

“웨에에에엑!”

“리카르도 왕자님! 괜찮으십니까?”

누군가가 내 등을 두드렸고, 나는 한참이나 토사물을 게워냈다.

입을 닦고 고개를 들자 거울이 있었다.

전면에 보이는 창백하고 훤칠한, 잘생긴 얼굴.

분명 내 얼굴인데 뭔가 낯설었다.

나는 누구지? 리카르도……?

「"알고 있겠지만, 나는 예언자가 아냐. 오히려 그런 것과는 굉장히 거리가 먼 사람이지."」

나는.

「"나는 구원의 마왕도 아니고. 왕이 없는 세계의 왕도 아냐."」

나는?

「"스물여덟…… 아니, 스물여덟 살이었고, 게임 회사 직원이었어. 취미는 웹소설 읽기……."」

[당신의 설화들이 세계관을 이루는 거대 설화에 저항합니다.]

[전용 스킬, '제4의 벽'이 강하게 활성화됩니다.]

천천히 눈을 감았다 뜨자, 세계가 분리되는 듯한 느낌이 들었다.

['제4의 벽'이 당신의 인물 몰입을 저해합니다.]

['제4의 벽'의 효과로 당신의 자아가 온전히 보존됩니다.]

[섬의 개연성이 당신의 특혜를 의심합니다.]

낯선 신체의 감각. 이것은 나의 몸이 아니다.

「나는 김독자다.」

정신이 훅 돌아오며 일련의 기억들이 정리되었다.
나는 '성마대전' 시나리오에 참가했고, 이제 막 본섬에 진입했다.

본섬은 다양한 스펙트럼을 가진 3세대의 설화들로 이루어져 있었다. 각 설화는 모두 다른 장르의 세계관을 이루는데, 그렇다면 지금 내가 보는 이 광경은…….

"빙의물?"

츠츠츠츠츠츳!

[세계관에 맞지 않는 발언이 적발됐습니다.]

[제재가 시작됩니다.]

내가 다시 깨어난 것은 그로부터 두 시간 후의 일이었다.

"왕자님. 괜찮으십니까?"

흐릿한 시야 속에서 누군가가 나를 불렀다.

"저, 물 좀 주세요."

[세계관에 맞지 않는 언어를 사용했습니다!]

[페널티가 부과…….]

"물 좀 주시오."

"여기 있습니다."

벌컥벌컥 냉수를 마시자 조금씩 이성이 돌아왔다. 드문드문 밀려오는 타인의 기억 때문에 머릿속이 복잡했다. 나는 이미 삼십 년이나 살아온 인간의 몸속으로 들어온 것이다.

「'본섬'의 일부 지역에서는 해당 세계관에 맞지 않는 발언이 금지된다.」

어렴풋이 떠오르는 멸살법의 문장들이 있었다. 지나가듯 서술되었지만, 분명 멸살법에도 이런 시나리오에 대한 언급이 있었다.

소위 '빙의 시나리오'.

나는 이곳에서 이 인물의 시점으로 시나리오를 진행해야 한다.

[해당 지역에서는 도깨비 호출이 불가능합니다.]

[해당 지역에서는 성좌들의 간접 메시지를 받을 수 없습니다.]

거기다 이상한 제약까지 걸려 있다.

본래 내가 아는 '성마대전'의 초기 시나리오와는 다른 전개였다.

"일단 정보부터 좀 수집해야겠는데."

[해당 인물 특성에 알맞은 행동을 했습니다.]

[해당 인물에 대한 당신의 이해도가 상승합니다.]

나는 곧바로 멸살법의 기억을 뒤지기 시작했다.

「카이제닉스 제도. 성마도 시대를 이끈 영웅들의 섬.」

별달리 참고할 만한 정보는 떠오르지 않았다.

하필이면 멸살법에도 제대로 등장하지 않는 지역.

그렇다고 완전히 낯선 장소도 아닌 것 같은데…… 빙의 인물의 기억이 내게 흘러들어 왔기 때문일까?

[전용 스킬, '등장인물 일람'을 발동했습니다!]

본래 나는 내 특성창을 볼 수 없다.

하지만 빙의한 대상의 특성창이라면…….

〈인물 정보〉

이름: 리카르도 폰 카이제닉스(김독자)

나이: 31세

배후성: 없음(현재 1명의 성좌가 관심을 가지고 있습니다.)

전용 특성: 천부적 불한당(일반)

전용 스킬: [왕족의 외모 Lv.3] [독백 Lv.6] [역할극 Lv.5]

성흔: 없음

종합 능력치: [체력 Lv.10] [근력 Lv.10] [민첩 Lv.10] [마력 Lv.10]

종합 평가: 당신이 빙의한 인물은 카이제닉스 제도의 제4 왕자입니다. 안타깝게도 검술, 마법을 비롯한 모든 종류의 전투에 재능이 없습니다.

* 현재 상태 이상 '빙의'에 걸려 있습니다.

왜 하필 이런 인물에 빙의했을까.

보통 빙의물은 '나와 관련 있는 인물'에 빙의된다. 나와 망나니 왕자 사이에 대체 무슨 관련이 있단 말인가?

게다가 이 자식은 태생 종합 능력치 평균이 10레벨이나 된다. 그나마 비슷한 것은 나이 정도인데…….

"왕자님, 또 역할극에 몰입하신 겁니까?"

"역할극이라니?"

"지난번에는 초대 가주님 흉내를 내시더니…… 이번에는 처음 보는 복장이군요. 꼭 '지구 연대기'의 인물처럼 입으셨습니다."

무심코 거울을 보자 익숙한 복색이 보였다. 특이하게도 빙의와 동시에 내가 가진 장비를 통째로 전송받았다.

나는 뻔뻔하게 대답했다.

"어떤 마왕의 복장일세."

"마왕이요? 왜 하필이면 마왕의 복장을……."

코트 안주머니에 손을 집어넣자, 다행히 내가 소유 중이던 장비들이 그대로 만져졌다. 먼저 품속에서 스마트폰을 꺼냈다. 일단 이곳 정보를 알아내려면, 멸살법의 내용을 다시 확인할 필요가 있었다.

츠츠츠츳!

[해당 아이템은 세계관과 맞지 않아 사용할 수 없습니다.]

이런 망할 페널티가.

내 행동을 어떻게 받아들였는지 집사가 말했다.

"하긴, 마지막으로 여흥을 즐기시는 것도 좋겠지요. 곧 폐하의 부름이 있으실 겁니다. 그럼."

집사는 그 말만 남기고 사라져버렸다.

나는 작은 방 안에 휑하니 남겨졌다.

「김독자는외로워」

그래, 너라도 있으니 다행이네. 다른 일행들은 어떻게 됐으려나.

'만다라의 수호자'가 말한 대로 되었다면, 나와 같은 지역으로 왔을 가능성이 높았다.

시나리오 창을 열자, 밀린 메시지가 우르르 떠올랐다.

[당신은 '본섬'의 '카이제닉스 제도'에 진입했습니다.]

['카이제닉스 제도'는 '성마대전'의 분쟁 지역과 현재 시공간적으로 단절되어 있습니다.]

[해당 지역의 서브 시나리오를 해결하면 '성마대전'에 진출할 수 있습니다.]

나는 이 지역에서 군벌을 일으켜 성마대전에 참가해야 할 것이다.

즉 이곳은 전쟁에 참여하기 위한 토대 지역인 셈이다.

[당신은 아직 시나리오 정보를 열람할 수 없습니다.]

[해당 시나리오는 당신이 선택한 루트에 따라 전개가 달라집니다.]

내가 선택한 루트?

아니, 그래도 시나리오 실패 조건 정도는 알아야지.

[해당 시나리오는 당신이 죽지 않는 한 실패하지 않습니다.]

이런 경우는 또 처음이었다.

어쨌거나 목숨이 중요한 시나리오라는 얘기.

나는 침대에 걸터앉아 차분히 생각을 가다듬었다.

이 세계관에서 내 이름은 '리카르도 폰 카이제닉스'.

시나리오가 빙의를 기반으로 진행되는 만큼, 이곳에서 철저히 왕자로 행세해야 했다.

잠시 정신을 집중한 나는 '리카르도 폰 카이제닉스'의 속성을 되뇌었다.

제4 왕자, 망나니, 재능 없음, 술주정꾼…… 대충 어떤 인물인지 알겠군. 이 정도면 연기하기가 그리 어렵지 않겠다.

그나저나 내가 이 꼴이라는 건, 〈김독자 컴퍼니〉 다른 멤버들도 똑같은 처지라는 뜻인가.

"왕자님, 계십니까? 기사 빌스턴입니다."

생각하기 무섭게 누군가가 방문을 두드렸다.

기사 빌스턴 프레이머.

리카르도의 기억이 맞는다면, 나의 호위 기사였다.

"왕께서 찾으십니다."

그런데 그가 문을 열고 들어오는 순간, 나는 기이한 기분에 휩싸였다.

하얀 콧수염을 단 사십대의 기사. 분명 눈앞의 사내는 내가 모르는 얼굴이었다. 그런데.

[당신의 설화들이 해당 인물에게 반응합니다!]

[전용 특성, '시나리오의 해석자'가 효과를 발휘합니다!]

사내의 얼굴이 조금씩 변하고 있었다.

「"……자 씨."」

시간이 그리 오래 지나지 않았음에도, 목소리에서 오래된 그리움이 느껴졌다.

「"예전에 군대에서 탄피를 분실한 적이 있습니다."」

사내에게 깃든 설화들이 내게 말을 걸고 있었다. 기력을 잃은 문장들이 필사적으로 나를 향해 뭔가 호소하고 있었다.

「"저는 안전핀을 잃어버린 적이 있습니다."」

나는 이 설화의 주인을 안다.

"현성 씨?"

이현성이 나를 보았다.

[해당 인물이 당신의 말을 이해하지 못합니다.]

"현성 씨 맞죠?"

[해당 인물이 당신의 말을 이해하지 못합니다.]

[해당 세계관이 당신에게 정확한 배역을 연기할 것을 권고합니다.]

나를 멀뚱멀뚱 바라보던 이현성이 이내 머쓱한 웃음을 지으며 말했다.

"현—성? 하하, 또 역할극 중이십니까? 누굴 흉내 내신 건지 여쭤봐도 되겠습니까?"

이현성은 전혀 알아보지 못한 눈치였다. 나 같은 건 전혀 기억하지 못하는 듯한 사람의 표정.

나는 그의 이름을 불렀다.

"빌스턴 경."

"예."

"이 옷이 뭔지 모르겠습니까?"

"음. 악마 사냥꾼의 외출 복장입니까? 아니면 혁명단원의 연극에 쓰이는……."

비록 얼굴은 다르지만, 내 옷은 줄곧 입던 흰 코트였다. 정말 이 사내가 이현성이라면 못 알아볼 턱이 없었다.

그런데도 나를 알아보지 못했다는 것은…….

[전용 스킬, '등장인물 일람'을 발동합니다!]

〈인물 정보〉

이름: 빌스턴 프레이머(???)

나이: 43세

배후성: 없음

전용 특성: 충신(희귀), 명예로운 기사(희귀)

전용 스킬: [대기조 Lv.8] [제도 왕가 검술 Lv.8]…….

성흔: 없음

종합 능력치: [체력 Lv.80] [근력 Lv.80] [민첩 Lv.80] [마력 Lv.80]

종합 평가: 한때 이 육신에는 두 명의 영혼이 살았습니다. 그는 왕국의 기사였고, 동시에 누군가의 방패였습니다. 방패는 오랜 시간 주인을 기다렸습니다. 기다리고 또 기다렸습니다. 오랜 세월이 지나 마침내 방패의 주인이 나타났으나, 이제 방패는 자신의 역할을 다할 수 없게 됐습니다.

특성창의 설명을 몇 번이나 되풀이해 읽으며, 나는 일권무적 유호성의 경고를 떠올렸다.

—본섬에 가게 되면 '거대 설화'를 조심해라.

—거대 설화라면 이제 다룰 수 있는데요.

—그런 뜻이 아니다. 그곳에서 너는 거대 설화 그 자체와 싸우게 될 것이다.

이제야 그 말의 의미를 이해할 것 같았다.

고개를 들자 제도 전체를 감싼 거대한 개연성이 움직이는 것이 느껴졌다. 그곳에서 무언가가 나를 보고 있었다. 성좌도, 마왕도 아닌 무언가가.

[거대 설화, '카이제닉스 제도'가 당신을 탐욕스럽게 바라봅니다.]

나는 주먹을 불끈 쥔 채 입술을 깨물었다.

아무것도 모르는 이현성이 계속 뭐라고 중얼거리고 있었다.

"흠, 혁명단원도 아니라면 혹시 점술사의……."

내가 알던 이현성은, 이미 이 세계에 먹혀 사라진 뒤였다.

2

알현실로 이동하는 내내, 나는 빌스턴에게 말을 걸었다.

"빌스턴 경. 혹시 뭔가 자주 잃어버리시지 않습니까? 예를 들면 탄피……."

"예?"

[세계관에 맞지 않는 언어를 사용하여…….]

"그러니까, 휴대용 마법 폭탄을 잃어버렸다든가……."

"제가 그런 한심한 얼간이로 보이십니까?"

대체 무슨 말을 해야 할지 모르겠다.

저 경직된 걸음걸이나 탄탄한 흉근, 어벙한 표정을 보면 이현성이 분명한데. 그럼에도 [등장인물 일람]에 따르면 이자는 이현성이 아니라 이 세계관의 인물인 '빌스턴 프레이머'였다.

나는 인물 정보의 '종합 평가' 항목을 다시 읽어보았다.

―한때 이 육신에는 두 명의 영혼이 살았습니다. 그는 왕국의 기사

였고, 동시에 누군가의 방패였습니다.

'왕국의 기사'는 본래 몸의 주인인 '빌스턴 프레이머'를, '방패'는 분명 이현성을 가리키는 것일 터였다.

—방패는 오랜 시간 주인을 기다렸습니다. 기다리고 또 기다렸습니다. 오랜 세월이 지나 마침내 방패의 주인이 나타났으나, 이제 방패는 자신의 역할을 다할 수 없게 됐습니다.

중요한 것은 이 대목이다.

이현성이 다른 일행을 기다렸다는 사실은 알겠다.

문제는 숫자였다. '오랜 시간'이란 대체 얼마만큼의 시간을 말하는 것일까.

"왕자님?"

둔한 눈으로 날 보는 사내를 보며 복잡한 기분에 휩싸였다.

현재 상황에서 확신할 수 있는 사실은 둘뿐이었다.

하나, 이현성은 나보다 먼저 시나리오에 투입되었다.

둘, 이현성은 이 세계의 거대 설화에 먹혀 자아가 사라졌다.

[거대 설화, '카이제닉스 제도'가 당신을 향해 입맛을 다십니다.]

['제4의 벽'이 '카이제닉스 제도'를 노려봅니다.]

그렇다면 [제4의 벽]이 없는 다른 인물도 모두 이현성처럼 되어버렸을까?

"왕자님. 무슨 일 있으십니까?"

나는 빌스턴의 큼지막한 눈을 가만히 들여다보았다.

이 인물은 분명 이현성이었다. 하지만 지금도 이현성이라고 말할 수 있을까.

"미안합니다, 빌스턴 경."

"예? 갑자기 무슨……."

"그간 너무 고생만 시킨 것 같습니다. 절 지키느라 힘드셨다는 것 잘 압니다."

빌스턴 프레이머에게 하는 말이 아니었다.

"항상 바쁘다는 핑계로 챙겨드리지 못했지요. 몇 번이나 제 목숨을 구해주셨는데 말입니다."

이번 시나리오까지 오는 내내 이현성에게는 줄곧 도움을 받았다. 속 깊은 이야기를 나눌 기회도 있었다. 하지만 시나리오를 준비한다는 핑계로 순번이 늘 밀려났다.

말하지 않아도 서로 이해하고 있다고 믿었다. 함께 싸운 설화들이 우리를 대신 증명한다고 생각했다.

그 결과가 이것이었다.

빌스턴은 내 말을 듣고 무슨 생각을 했는지, 코를 훔치며 회랑 바깥쪽 정경을 내다보았다.

"왕자님은 정말 마음이 따뜻하시군요."

[등장인물 '빌스턴 프레이머'가 당신에게 감동합니다.]

내가 감동시키고 싶은 건 그쪽이 아닌데 말이지.

우리는 말없이 회랑을 거닐었다.

통로에는 역대 왕의 초상이 즉위 순서대로 걸려 있었다. 개중에서도 눈에 띈 것은, 폭풍 속에서 부러진 검을 치켜든 한 사내의 모습이었다.

—초대 가주, 폭풍왕 율리시즈 카이제닉스 1세.

나는 잠시 멈춰 서서 그림을 들여다보았다.

"저도 평생 왕자님을 모실 수 있어 영광이었습니다."

고개를 돌리자, 눈물을 그렁그렁 매단 빌스턴이 이야기하고 있었다. 그는 멀찍이 보이는 성채의 흉벽을 응시하며 말을 이었다.

"기억하십니까? 왕자님이 일곱 살이시던 무렵, 저는 왕자님을 잃을 뻔했습니다."

"음?"

"성채 흉벽에 아슬아슬하게 매달려 계시던 왕자님을 생각하면 지금도 가슴이 철렁합니다. 어디 그뿐인 줄 아십니까? 왕자님이 열세 살이 되셨을 때 뒷간에 가셨다가……."

아니 이 양반, 이현성이랑 너무 비슷하잖아.

"그런데 왕자님은 마지막 순간까지 미천한 이 몸만을 걱정하시니……."

"마지막 순간이라뇨?"

빌스턴은 슬픈 눈으로 나를 보더니 이내 시선을 돌렸다.

"도착했습니다. 들어가시지요."

어느새 알현실 문이 눈앞에 있었다. 문이 열리자 로드 카펫을 중심으로 도열한 근위대가 우리를 맞이했다.

근위대 중심에 은빛 크레스트를 쓴 근위대장이 서 있었다.

"빌스턴 경, 왜 이렇게 늦었나?"

"왕자님과 마지막 작별 인사를 나눴소이다."

대화에 태클을 걸고 싶은 곳이 한두 군데가 아니지만, 분위기 때문에 좀체 말을 걸 수가 없었다.

조금 전까지 눈시울을 붉히던 빌스턴도 어느덧 근엄한 기사의 표정을 짓고 있었다. 으르렁거리는 두 사람의 시선이 공중에서 부딪쳤다.

근위대장이 말했다.

"작별 인사라. 대역죄인 주제에 사치를 누리는구나."

"말조심하시오."

두 사람이 동시에 전투태세를 취했다.

빌스턴은 바스타드 소드를 꺼냈고, 근위대장은…… 어?

왜 저 사람이 저 칼을 가지고 있지?

근위대장이 쥔 것은 너무나 잘 아는 검이었다. 왜냐하면 내가 손수 재료를 모아 누군가에게 만들어주었으니까.

심판자의 검.

"빌스턴 경. 왕자와 함께 형장의 이슬이 되고 싶은가?"

그리고 투구 너머로 일렁이는 근위대장의 붉은 눈동자.

「"왕이시여…… 원하신다면 그렇게 하소서……."」

「"독자 씨, 또 혼자 하려고 하네. 내가 그러지 말라고 했잖아요."」

나는 저 사람을 안다.

"멈추십시오!"

기세를 끌어올리던 빌스턴이 내 외침에 물러서자, 살벌한 눈으로 나를 노려보던 근위대장이 투구를 벗었다.

근위대장은 정희원의 얼굴을 하고 있었다.

[전용 스킬, '등장인물 일람'을 발동합니다!]

〈인물 정보〉

이름: 에리히 스트라이커(???)

나이: 37세

배후성: 없음

전용 특성: 충신(희귀), 소드마스터(희귀)

전용 스킬: [귀살 Lv.10] [제도 왕가 검술 Lv.10]…….

성흔: 없음

종합 능력치: [체력 Lv.75] [근력 Lv.80] [민첩 Lv.90] [마력 Lv.70]

종합 평가: 한때 이 육신에는 두 개의 영혼이 살았습니다. 그는 왕국의 근위대장이었고, 누군가의 검이었습니다. 검은 방패와 함께 오랜 세월 누군가를 기다렸습니다. 기다리고 또 기다렸습니다. 오랜 세월이 지나 검은 마침내 자신이 기다리던 이를 만났으나, 이제 검은 그를 기억하지 못합니다.

빌어먹을, 정희원마저 이런 상태인가.

고요한 눈으로 나를 보던 근위대장이 말했다.

"왕자가 자기 처지를 잘 아는군. 근위병은 죄인을 포박해라."

포박?

나는 반항할 틈도 없이 붙잡혔다. 애초에 평균 능력치 10레벨짜리 몸으로 저항할 수 있는 상황도 아니었다.

정렬한 근위병들 너머로 단두대가 보였다. 그제야 나는 내가 이곳에 온 이유를 깨달았다.

아무래도 이번 시나리오는, 내 처형식으로 시작하는 모양이었다.

한때 내가 읽은 소설 중에는 '불한당물'이라 부르는 장르가 있었다.

왕가나 귀족가의 불한당 막내로 태어난 주인공이 온갖 기연을 얻으며 개과천선하게 된다는 식의 이야기.

보통 그런 이야기는 시작이 비슷했다.

「카이제닉스 왕가는 몰락했다.」

시작부터 가문이 몰락하거나.

「제도의 왕은 자신이 아끼던 각료의 검에 찔려 사망했다.」

부모와 친지가 죽으며 위기에 빠진다.

「검술에 능한 둘째 왕자와 마법에 능한 셋째 왕자는, 찬탈자들에게 목숨을 잃었다. 그리고 이제 막내 왕자 차례였다.」

아니, 그런 중요한 기억이 이제야 떠오르면 어쩌자는 건데.

"죄인을 인도하겠다."

덕분에 나는 멍청하게 제 발로 처형장까지 찾아온 꼴이 되었다.

머릿속으로 온갖 상념이 떠올랐다.

이 망나니가 왜 자살 기도를 했나 싶었는데, 사형당하기 싫어서 그런 거였나?

근위대에게 붙잡힌 빌스턴이 나를 애타게 불렀다.

"왕자님! 리카르도 왕자님!"

나는 근위대장에게 머리채를 붙잡힌 채 단두대를 향해 질질 끌려갔다.

정희원이 의식이 있다면 굉장히 재미있는 광경이었을 텐데.

내 목에 딱 알맞게 설계된 받침대가 보인다. 잠시 후면 저기 올라

목이 잘리겠지.

그리고 내가 죽으면 이번 시나리오는 실패할 것이다.

[전용 스킬, '제4의 벽'이 강하게 발동합니다!]

나는 근위대장의 얼굴을 올려다보며 물었다.

"정말 이럴 겁니까?"

근위대장이 피식 웃었다.

"이제 와 죽기가 두려워진 모양이지?"

"그런 게 아닙니다."

"그럼?"

"제 검이 되어주기로 하셨잖습니까."

근위대장의 표정에 희미한 당혹감이 어렸다.

"무슨 헛소리지?"

"벌써 맹세를 잊으신 겁니까? 저와 함께 이 모든 시나리오의 끝을 보겠다는 말들은 모두 거짓이었습니까?"

[등장인물 '에리히 스트라이커'가 당신에게 미약한 혼란을 느낍니다.]

"죽을 때가 되니 헛소리를 하는군."

이현성과 마찬가지로 정희원의 자아 또한 쉽게 되돌아오지 않았다.

차가운 나무 받침의 감촉이 내 목을 감쌌다. 그리고 어디선가 외침 소리가 들려왔다.

"폐하께서 입장하십니다!"

휘장이 갈라지는 소리. 적막이 내려앉은 알현실로 누군가가 걸어오고 있었다. 고고하고 가볍지만 묵직한 걸음걸이. 그 걸음을 반주 삼아 리카르도의 기억이 노래처럼 들려왔다.

「**아버지와 형들의 원수.**」

「**제도 카이제닉스의 검은 마법사.**」

「**왕 살해자.**」

「**그리고…….**」

심장이 크게 두근거렸다.

「**내가 사랑했던 여인.**」

"죄인은 고개를 들라."

천천히 고개를 들자 그곳에 선 키 작은 왕이 보였다.

은색 자수가 놓인 중세풍의 검은 클로크에 말끔한 타이츠.

"마지막으로 남기고 싶은 말이 있느냐?"

나는 멍하니 왕을 바라보다가 입속으로 뭔가 중얼거렸다.

[전용 스킬, '등장인물 일람'을 발동합니다!]

[알 수 없는 이유로 해당 인물의 정보가 일부만 출력됩니다.]

〈인물 정보〉

이름: ???

나이: 50세

종합 평가: 해당 인물?에 대한? 종합 평가??가 준비 중?입니다.

정보가 제대로 출력되지 않았다.

아무리 봐도 이십대 초반으로 보이는 외모.

인물 정보에 표기된 나이라고는 믿을 수 없는 왕의 얼굴을 나는 한참이나 들여다보았다.

이현성이나 정희원은 본래부터 멸살법의 등장인물이었다.

하지만 등장인물이 아닌 존재라면 어떨까. 그러니까 나처럼 소설의 등장인물이 아닌 존재라면.

나는 잠깐이지만 그런 기대를 했다.

"마지막으로 남기고 싶은 말이 있는지 물었다."

그 녀석이라면 나를 기억하고 있지 않을까.

「김독자가 그녀를 다시 만났을 때는……. 이미 오십 년이라는 세월이 지난 후라는 사실을.」

시나리오에 진입하기 직전 눈앞에 떠올랐던 최종본의 글귀.

그것은 이런 의미였나.

"있습니다."

"죄인은 말하라."

"내가……."

나는 억지로 웃으며 말을 이었다.

"너무 늦어서 미안하다, 수영아."

세계관의 개연성에 맞지 않는 발언에 강렬한 스파크가 전신을 휘감았다. 그래도 하지 않을 수 없는 말이었다.

한수영은 그 말을 어떻게 들었는지 미동도 없이 나를 내려다보았다. 그리고 천천히 허리를 숙여 눈높이를 맞추었다.

감정을 읽을 수 없는 눈동자. 그 아래로 보이는 눈물점. 늘 장난처럼 날 놀리던 입술이 이윽고 부드러운 곡선을 그렸다.

"형을 집행하라."

단두대의 칼날이 떨어졌다.
나는 피하지 않았다. 물론 이유는 있었다.

「본섬의 모든 시나리오는 '3세대 설화'를 기반으로 만들어졌다.」

내 생각이 맞는다면, 리카르도 폰 카이제닉스는 결코 이런 식으로 죽지 않을 것이다.
콰아아아앙!
궁의 한쪽 벽면이 폭발한 것과 내리꽂히던 단두대가 작살난 것은 거의 동시였다.
뿌연 먼지 속에서 부서진 길로틴의 칼날이 보였다.
"혁명단이다!"
"모두 폐하를 보호하라!"
소란 속에서 근위대의 고함이 들려왔다. 알현실은 순식간에 신음과 비명이 뒤섞인 아비규환이 되었다.
"망할! 1왕자다!"
"막아, 놈을 막아라!"
제도 카이제닉스의 제1 왕자.
리카르도의 친형이자, 검술과 마법과 지식에 모두 능통한 인물.
"내 동생을 구하러 왔다."
벅차오르는 고양감.
황홀할 정도로 아름다운 검격이 알현실을 수놓자, 달려들던 근위병들이 부러진 수수깡처럼 쓰러졌다.
세계관이 변하고, 시나리오가 달라져도 변하지 않는 인물이 있다.
이 세계선을 모두 뒤져도 아마 하나뿐일 것이다.
나는 반쯤 연 입을 도로 다물었다. 왜인지는 모르겠다.

[거대 설화, '카이제닉스 제도'가 피 끓는 전투를 좋아합니다.]

내 동료들은 모두 나를 잊었다. 저 녀석도 마찬가지겠지.
어쩌면 놈에게는 더 잘된 일일지도 모르겠다.

[설화, '생과 사의 동료'가 이야기를 시작합니다.]

그 순간, 1왕자가 나를 노려보았다.
그리고 메시지가 들려왔다.
—네놈, 김독자로군.

3

—잡아라! 1왕자부터 잡아!

—놈들이 4왕자를 데려간다!

화면 속, 성난 환생자들이 화살과 검격을 퍼붓고 있었다.

도산검림을 헤치고 뿌연 폭연 속을 달리는 두 사내.

유중혁과 김독자였다.

[바앗, 바아아앗!]

허공에서 비유가 안절부절못하는 표정으로 찹쌀떡처럼 방방 뛰었다.

김독자의 머리 위를 아슬아슬하게 스치는 화살들. 몇 개는 정확히 김독자의 등을 노리고 날아들었으나, 1왕자가 재빨리 검을 휘둘러 막아냈다.

—후퇴하라!

일제히 물러가는 혁명단원들.

그리고 그 광경을 바라보는 성좌들이 있었다.

[성좌, '부유한 밤의 아버지'가 '카이제닉스 제도'를 응시합니다.]

[성좌, '가장 어두운 봄의 여왕'이 명계의 후계자를 바라봅니다.]

[성좌, '심연의 흑염룡'이 답답함에 포효합니다!]

하지만 그들의 메시지는 채널 속 화신들에게 닿지 않았다.

[성좌, '악마 같은 불의 심판자'가 제발 한마디만 전해달라고 호소합니다!]

[성좌, '악마 같은 불의 심판자'가 간접 메시지 발송 허가를 내줄 것을……]

[바앗. 바아앗.]

비유가 슬픈 눈으로 고개를 도리도리 저었다.

채널의 중계 설정권은 도깨비에게 있지만, 이번 '환생자들의 섬'은 경우가 특이했다.

[성좌, '악마 같은 불의 심판자'가 '만다라의 수호자'를 노려봅니다.]

성마대전의 시나리오 무대를 제공한 것은 '환생자들의 섬'의 주인인 '만다라의 수호자'.

'만다라의 수호자'는 직접 시나리오에 참가할 수 없다.

하지만 이번 성마대전에 한해서, 다른 고위급 도깨비와 동일한 수준의 시나리오 간섭권을 가진 상태였다.

[어린 천사여, 당신의 요청은 불가합니다. 이참에 불가에 귀의하신다면 모를까.]

[성좌, '악마 같은 불의 심판자'가 심통을 부립니다.]

[화를 조심하십시오. 화가 많은 이는 후에 그 화에 먹히게 됩니다.]

[다수의 성좌가 분통을 터뜨립니다!]

성좌들이 분통을 터뜨리든 말든, '만다라의 수호자'는 고적한 눈으로 화면 속 김독자를 바라볼 뿐이었다. 그 얼굴에서 어떤 심오한 화두라도 탐색하려는 것처럼.

[인근의 채널이 일시적으로 동결됩니다!]

그때, 급작스러운 스파크와 함께 허공에서 누군가 나타났다.

'만다라의 수호자'가 무심한 눈으로 고개를 돌렸다.

[이 몸이 관리국 도깨비의 출입 허가를 내줬던가요?]

[이번엔 사안이 사안인지라 직접 나왔습니다, 환생자들의 왕이시여.]

상급 도깨비 비형이었다. 비형은 예의 바르게 불가의 예를 취한 뒤, 곧장 질문을 시작했다.

[부처에겐 열 가지 이름이 있는 것으로 압니다. 세존, 석존, 석가, 여래, 불타, 붓다…… 그대는 그중 누구입니까?]

비형의 말에 '만다라의 수호자'의 표정이 묘하게 바뀌었다.

'만다라의 수호자'. 그는 자신이 가진 이름에 따라 다른 존재로 화한다.

[이 몸은 석존釋尊입니다.]

[석존, 〈김독자 컴퍼니〉에게 할당된 비정상적인 시나리오들을 취소해주십시오.]

[약속과 다르군요. 이 몸에게 예비 시나리오 통제권을 넘기지 않았습니까?]

[불가는 이번 성마대전에서 중립이 요구되어 있을 텐데요.]

비형의 예리한 시선이 석존을 향했다. 그 시선에 가만히 대응하던 무승의 동공 속에서 만다라의 회전 방향이 바뀌었다.

[글쎄, 중립을 어긴 것은 이 몸 쪽이 아닌 듯합니다만.]

[무슨 말씀이신지.]

[최근 특정 성운의 화신을 편애하는 상급 도깨비가 있다더군요.]

석존의 의뭉스러운 말투에, 통 튀어 오른 비유가 말랑말랑한 배를 비형의 머리에 걸쳤다.

[당신이 이곳에 온 것은 관리국의 의사입니까, 아니면 본인 의사입니까?]

슬그머니 입술을 깨문 비형은 대답하지 않았다. 그 대신 화면 속에서 폭연을 뚫고 달아나는 김독자를 바라보았다.

[당신이 저들에게 내준 시련은 과합니다. 성좌들 기준으로는 찰나이지만, 인간 기준으로는 생애에 달하는 시간이란 말입니다.]

[이 몸 역시 한때는 인간이었습니다. 이것은 필요한 시나리오입니다. 저들이 정말로 ■■에 도달하고 싶다면 말이지요.]

[석존.]

[도깨비여, 곧 최후의 축제가 시작될 겁니다.]

석존의 동공 속에서 만다라가 회전했다. 회전하는 만다라 위로, 김독자와 유중혁의 모습이 희미하게 떠올랐다.

[당신은 어떤 ■■에 투표할 겁니까?]

나는 유중혁의 도움을 받아 무사히 알현실을 탈출했다. 근위대의 추격은 집요했으나, 혁명단원 몇 명의 희생 끝에 안전한 피난처로 대피할 수 있었다.

유중혁은 기절한 빌스턴— 그러니까 이현성의 빙의체를 바닥에 내던지며 입을 열었다.

"네놈은 왜 이렇게 늦게 온 거지?"

"늦고 싶어서 늦은 게 아니야."

[세계관이 당신들의 대화를 의심합니다.]

['한낮의 밀회'를 발동합니다!]

유중혁은 특유의 살벌한 눈빛으로 나를 잠시 노려보더니, 이야기를 시작했다.

―내가 이곳에 온 것은 이 년 전이다.

나는 차분히 유중혁의 이야기를 들었다.

그는 갑자기 제도 카이제닉스의 제1 왕자가 되었고, 역시나 갑작스러운 결혼식을 겪었고, 그 와중에 왕위 찬탈 사건에 엮여 궁에서 쫓겨났다.

유중혁은 그 폭풍의 한가운데에 갑작스레 내던져져 생존 활동을 시작했다.

왕성을 탈출하고 혁명단을 꾸렸다. 그리고 다른 일행을 찾아다녔다.

―내가 왔을 때 이현성, 정희원, 그리고 한수영은 이미 저런 상태였다.

―그 셋이 전부야? 다른 사람들은?

―발견하지 못했다. 이곳에 소환된 일행은 저들이 전부다.

유중혁은 [현자의 눈]을 가지고 있다. 어떤 측면에서는 내 [등장인물 일람]보다 더 상세한 정보를 엿볼 수 있는 스킬. 녀석은 그 스킬로 지금껏 일행들을 찾아왔을 것이다. 나도 비슷한 이치로 발견했겠지. 나는 [현자의 눈]에 탐지되지 않으니까.

나는 쓰러진 이현성을 내려다보았다.

유중혁은 이 년 전 이곳에 왔다고 했다. 그럼 이현성은 얼마나 오랫동안 이 세계관에 갇혀 있었을까.

—다들 거대 설화에 먹힌 거겠지?

—아마도.

—넌 아무렇지도 않냐?

—겨우 몇 년의 세월로 나를 무너뜨릴 수 있을 거라고 생각하나?

새삼 유중혁이 얼마나 대단한 녀석인지 깨닫는다. 그 든든한 이현성도, 독한 정희원도, 심지어는 한수영까지 무너졌다.

[거대 설화, '카이제닉스 제도'가 화신 '유중혁'을 못마땅하게 쏘아봅니다.]

그런데 유중혁은 끄떡도 없었다.

사실 생각해보면 당연한 일이었다.

이 세계관의 '거대 설화'는 '시간'으로 우리를 무너뜨렸다. 그런데 유중혁은 이 세계의 누구보다 시간에 대한 저항력이 강한 존재였다. 수백 년간 암흑 단층에서 수련을 거듭한 적까지 있으니까.

[세계관이 당신들의 오랜 침묵에 의아함을 표합니다.]

나는 하늘을 올려다보았다.

이 시나리오는 세계관의 법칙에 지배를 받는다.

유중혁 또한 이제 우리가 어떻게 행동해야 할지 눈치챈 듯했다.

나는 마음의 준비를 마치고 입을 열었다.

"형."

유중혁의 표정이 구겨졌다.

—그딴 표정 짓지 마. 이번 시나리오 한정이니까. 나라고 뭐 좋은 줄 아냐?

용암처럼 이글거리던 유중혁의 동공이 간신히 가라앉았다.

자식, 고생 좀 할 거다. 리카르도의 기억이 맞는다면 본래 1왕자의 설정은 '다정하고 온화한 큰형'이니까.

유중혁이 입을 열었다.

"말해라. 리카르도."

"이제 어떡할 거야? 보아하니 혁명도 실패한 거 같은데. 아니, 애초에 사형장엔 왜 나타난 거야?"

"왕을 죽일 생각이었다."

[등장인물 '리카르도 폰 카이제닉스'가 동요합니다.]

아마 진심일 것이다. 내가 아는 유중혁이라면 충분히 그런 짓을 시도할 법했다.

하지만 그것은 나의 방식이 아니다.

"그런 짓 해도 돼? 원래 형 아내였잖아."

"정확히는 그럴 예정이었던 여자지. 왕위 찬탈이 발생한 것은 결혼식 첫날이었다."

그렇군. 그런 식의 전개였나. 조금 마음이 놓였다.

그나저나 한수영과 유중혁을 커플로 만들다니, 〈김독자 컴퍼니〉는 아직 사내 연애를 허용한 적 없다고.

뜻밖의 메시지가 들려온 것은 그때였다.

[세계관이 당신들의 발언을 흥미롭게 생각합니다.]

[해당 시나리오의 장르가 '로맨스' 쪽으로 약간 기울었습니다.]

장르가 기울어?

유중혁이 계속해서 말했다.

"어차피 구해낼 수도 없는 상태였다. 녀석은 타락한 마법에 물들어

본래의 인격을 잃었다."

어쭈?

[세계관이 화신 유중혁의 발언을 흥미롭게 생각합니다.]

[해당 시나리오의 장르가 '판타지' 쪽으로 미세하게 기울었습니다.]

나는 유중혁을 향해 눈짓했다.

—너도 들리지?

유중혁이 고개를 끄덕였다.

"아무튼, 네놈도 나도 너무 늦었다. 모두를 구할 수는 없어."

"아직 늦지 않았어. 어쨌든 우리 편이 둘은 있잖아."

나는 여전히 곯아떨어져 있는 빌스턴을 내려다보며 말을 이었다.

"셋."

"그 셋이 전부다."

"혹시 알아? 더 있을지. 어쩌면 기적이 일어나 다른 차원에서 넘어온 존재가 우리를 도와줄지도 모르잖아."

[세계관이 당신의 발언을 흥미롭게 생각합니다.]

[해당 시나리오의 장르가 '퓨전 판타지'의 가능성을 획득했습니다.]

다음 순간, 눈앞에 시나리오 메시지가 떠올랐다.

[서브 시나리오 - '장르 선택'의 선택 분기가 발생했습니다!]

[시나리오 메시지가 도착했습니다!]

우리는 시나리오를 확인했다.

〈서브 시나리오 - 장르 선택〉

분류: 서브

난이도: ???

클리어 조건: 당신이 소환된 세계관은 '성마대전'에 참가할 수 있는 세계관입니다. 당신이 속한 세계관의 '장르'를 선택하여 세계관의 결말을 유도하시오. 결말을 본 세계관은 '성마대전' 참전권을 획득합니다.

제한 시간: 없음

보상: 성마대전 참전, 300,000코인, ???

실패 시: '환생자들의 섬'에 존재 귀속

〈현재 선택 가능한 장르 목록〉

1. 로맨스
2. 판타지
3. 퓨전 판타지

* 해당 장르에 어울리는 행동을 지속할수록 장르의 속성이 강해집니다.

"이런 식이었군."

고개를 들자 유중혁도 어이없다는 표정이었다.

대충 어떤 식으로 시나리오를 전개해야 할지 감이 왔다.

문제는 어떤 '장르'가 옳은 방향인지 가늠하기 어렵다는 사실이었다.

—정보가 너무 없어. 이 세계의 본래 전개가 어땠는지 알 수 있다면 좋을 텐데…….

어떤 세계관을 택했을 때 어떤 결말이 나올지 알 수 없었다.

내가 원하는 것은 일행을 모두 살려서 다음 시나리오로 떠나는 것.

만약 특정 장르를 택한 대가로 누군가가 죽어버린다면…….

—네놈의 잘난 책에도 나오지 않는 모양이지?

나는 움찔했다가 대답했다.

—회귀자인 너도 모르는 걸 내가 알겠냐.

—나는 안다.

—알긴 뭘 알아?

—이 시나리오의 전개.

나는 깜짝 놀라 녀석을 바라보았다.

유중혁이 이 시나리오의 전개를 안다고?

그럴 리 없었다. 내 기억이 맞는다면 3회차의 유중혁은 이 시나리오를 겪은 적이 없다. 그리고 앞으로도 없을 것이었다.

—책을 읽었다.

—무슨 책?

순간 멸살법을 얘기하는 것인가 싶었지만 그럴 리 없음을 깨달았다.

멸살법에도 이 시나리오에 관한 구체적인 정보는 없었다.

—1,863회차의 한수영이 쓴 일기를 읽었다. 그 회차의 한수영도 이 시나리오를 겪은 적이 있다.

—1,863회차의 한수영이? 네가 그 일기를 왜 갖고 있는데?

—특수한 방법을 통해 손에 넣었다.

나는 유중혁을 잠시 노려보았다.

이거, 뭔가 좀 복잡한 배신감이 느껴지는데.

1,863회차의 한수영은 이번 시나리오에 대한 정보를 내게 말해준

적이 없었다.

왜일까. 내가 이 시나리오에 대해 알면 안 된다고 생각했을까? 아니면 나 엿 먹어보라고?

머릿속이 복잡했지만 고개를 흔들어 잡념을 털어버렸다. 지금 중요한 것은 그게 아니다.

—그런 정보를 갖고 있으면 진즉에 말을 했어야지 인마. 그래서 1,863회차의 한수영은 여길 어떻게 클리어했대?

어쨌거나 이 시나리오의 정보를 가지고 있다는 사실은 중요하다. 정보가 있다는 것은 정해진 공략 루트가 존재한다는 뜻이니까.

그러나 유중혁의 표정은 어두웠다.

—이미 이 세계는 공략 루트에서 벗어났다.

—무슨 소리야?

—본래 이 세계에 '왕위 찬탈' 같은 사건은 없었다. 지금의 왕이 '왕'이 되는 사건 같은 건 일어난 적 없다는 얘기다.

—그럼…….

—우리가 이 세계에 오기도 전에 누가 이야기의 전개를 바꿨다.

당혹스러웠다. 회귀자인 유중혁도, 멸살법의 독자인 나도 전개를 예측할 수 없는 상황.

지금까지도 멸살법의 전개와 어긋난 적은 종종 있지만, 이처럼 앞이 짐작되지 않는 것은 처음이었다. 내가 아는 멸살법에는 이런 시나리오에 대한 해법이 나오지 않는다.

「역 시 최종 **본**을 읽 어***야*** 했 나.」

뒤늦은 후회가 밀려왔다.

누군가가 방문을 두드린 것은 그때였다.

"들어오라."

유중혁이 대답하자마자 문이 벌컥 열리고 혁명단원들이 나타났다. 늙수그레한 한 사내를 포박하고 있었다.

"왕의 밀사입니다. 단장님을 찾아왔다고 합니다."

사내는 내가 막 빙의했을 때 물을 건네준 집사였다.

바들바들 콧수염을 떨던 그가 우리에게 읍을 하며 말했다.

"1왕자님, 그리고 4왕자님…… 폐, 폐하께서 전하시라 한 물건이 있습니다. 정확히는…… 사십 년 전의 폐하께서……."

……사십 년 전?

유중혁과 나는 동시에 서로 돌아보았다.

집사는 품속을 뒤져 무언가 꺼내더니 우리에게 건넸다.

한 권의 책이었다.

《폭망한 시나리오에서 살아남는 세 가지 방법 - 한수영 著》.

OMNISCIENT READER'S VIEWPOINT

세 가지 방법

Episode 72

I

나는 책을 받아들고 멍하니 있다가 집사에게 물었다.

"폐하께서 이 책을 주신 게 언제라고?"

"처음 원고를 주신 건 사십 년 전입니다. 그 뒤로도 십 년 정도 꾸준히 원고를 주셨습니다. 제가 한 일은 그걸 책으로 엮은 것뿐입니다."

"내용을 읽었나?"

"맹세코 단 한 줄도 읽지 않았습니다. 다시 말씀드리지만 저는 그저 장정 편집만 도맡았을 뿐입니다."

나는 책을 펼쳤다. 그러자 말끔하게 정리된, 책의 차례가 나타났다.

……

Episode 13. 반격의 왕자들

Episode 14. 1왕자의 난

Episode 15. 세 가지 방법

……

페이지를 정신없이 넘겼다.

두꺼운 책이지만, 나는 특성 효과를 받으므로 읽는 데 큰 어려움이 없었다.

하지만 속독에 불만을 갖는 녀석도 있었다.

"지나치게 빨리 읽는군."

"형이 느린 거겠지."

"무슨 내용이지?"

나는 대답하지 않았다.

책장을 넘기는 내내 묘한 탈력감이 밀려왔다. 페이지마다 묻어 있는 세월의 피로감과 절박감. 그마저 한수영의 의도인지는 알 수 없었다.

다만 한수영은 내가 자신의 책을 읽게 되는 순간이 오리라는 사실을 예견하고 있었다.

나는 읽기를 잠시 멈춰두고 책의 맨 마지막 부분을 펼쳤다.

그곳에는 〈작가 후기〉가 있었다.

「하여간, 꼭 책 읽으면 작가 후기부터 펼쳐보는 인간들이 있어요.」

기다리고 있었다는 듯 나를 맞이하는 문장들. 그럴 상황이 아닌데 나도 모르게 미소가 떠올랐다.

「아마 네가 이 책을 읽을 때쯤이면 나는…….」

나는 비감 어린 마음으로 다음 문장을 읽었다.

「여전히 잘 먹고 잘 살고 있겠지. 하하, 쫄았냐?」

이 자식이.

「그나저나, 내 예상이 맞는다면 지금 이 글을 읽는 너는 김독자겠지. 왕자 김독자라. 그 꼴을 구경하지 못하는 게 아쉬울 따름이네.」

한수영 특유의 비아냥거림이, 그녀가 쓴 문장 사이사이에 선명하게 배어 있었다.

「너인 줄 어떻게 알았냐고? 뭐…… 사실 나도 확신하는 건 아냐. 내 예상 창작도 한계란 게 있으니까. 다만 네가 이 세계에 왔을 때의 경우의 수와 클리셰 조건들이 있고, 나는 그중 가장 가능성이 높은 것을 짐작했을 뿐이야. 아, 물론 내 예상이 틀릴 수도 있겠지.」

장난치듯 서술된 문장들.
하지만 그 내용까지 장난은 아니었다.

「사실은 틀렸으면 좋겠어. 내가 몇십 년이나 누구를 기다리다니…… 그게 가능할 거라고 생각하냐, 미친놈아.」

한수영의 〈작가 후기〉는 한 번에 쓰인 것이 아니었다. 아마 한수영은 이 세계에 빙의된 그 순간부터, 조금씩 이 기록을 모아왔을 것이다. 그리고 직접 글을 쓸 수 있게 된 후부터 본격적으로 축적했겠지.
한수영의 기록은 계속되었다.

「예상했겠지만, 나는 이 여자 몸으로 태어났어. 처음에는 내가 환생한 줄 알았다니까? 첫 일 년 정도는 답답해서 미쳐버리는 줄 알았어. 머릿속 [아바타]를 활용해서 기억을 정리하지 않았더라면 진즉에 맛이 가버렸을 거야. 그나마 네 살이 되면서 글을 쓸 수 있게 되니까 상황이 좀 나아지더라. 빌어먹게도, 꼴에 글쟁이라고 이런 순간까지도 펜을 붙잡고 있는 건지.」

웃어야 할지 울어야 할지 알 수 없는 채로, 내가 할 수 있는 일은 그저 묵묵히 페이지를 넘기는 것뿐이었다.

「처음에는 늦어도 삼 년쯤 지나면 올 줄 알았어. 전에도 삼 년 만에 돌아왔었잖아. 그런데 삼 년이 지나고, 사 년이 지나고, 오 년이 지나니까…… (이렇게 서술한다고 해서 시간이 금방 간 거라고 착각하지는 마라) 생각이 달라지더라. 그리고 어느 순간 납득하게 됐어.」

페이지를 넘기기가 조금씩 힘들어지기 시작했다.

「그렇구나. 김독자는 당분간 오지 않는구나.」

한수영의 필체가 희미하게 흔들리고 있었다.

「이 빌어먹을 자식이, 기다리라 해놓고 오질 않는구나.」

무슨 말을 해야 할까.

「하지만 그게 김독자 잘못은 아니겠구나.」

아니, 내가 무슨 말을 한들 이 글을 쓰던 한수영에게 닿기는 할까.

「미안, 너도 이런 거 읽기는 싫을 텐데. 근데 여기선 징징대지 않는 게 쉽지가 않아.」

한수영의 문장은 계속되었다.

「소설로 쓸 때는 몰랐는데, 여기서 살다 보니 진짜 생각지도 못한 불편한 디테일이 많아. 샤워 시설도 불편하고, 침실에는 주먹만 한 벌레가 기어 다니고, 음식은…… 말을 말자.」

육 년째도.

「요즘 나도 말투가 이상해지는 거 알아? 무슨 중세시대 귀부인처럼 말한다니까.」

칠 년째도.

「김독자 경. 대체 언제쯤 오시렵니까?」

팔 년째도.

「우웩.」

구 년째도.

「장난 같아. 인간의 삶이 이렇게 빨리 지나갈 수 있다는 게.」

그때부터 기록은 드문드문 끊겼다.

시간 순서가 일정하지 않았고, 나중에 추가한 듯한 기록도 군데군데 발견되었다.

「시발.」

「김독자 개자식아.」

「대체 나보고 어쩌라는 건데 거지 같은 도깨비 새끼들아.」

.

.

「슬슬 내가 여기서 산 시간이 지구에서 산 시간이랑 맞먹어가.」

「그러니까 다음에 보면 누나라고 불러라. 알았냐?」

한수영의 필체가 조금씩 변해가고 있었다.

한수영의 것에서, 마치 한수영이 아닌 다른 것이 되어가는 느낌으로.

「사실 이 글을 쓰는 건, 내 미래가 어떨지 짐작이 가기 때문이야. 그리고 어쩌면, 이 세계관의 미래도.」

수십 년은 성좌 입장에서는 짧은 세월일 것이다.

하지만 인간에게는 그렇지 않다.

한수영은 이곳에서 하나의 생을 견뎌내야 했다.

「아마 이 시나리오는 멸살법에는 나오지 않을지도 모른다는 생각이 들었어. 그도 그럴 게, 우리가 바꾼 이야기가 너무 많잖아.」

우리.

그 오랜 세월을 홀로 겪고도, 너는 아직 나를 그렇게 불러주는 건가.

「나마저 손 놓고 있으면 한심한 너랑 유중혁이 이것저것 삽질만 하다가 시나리오 망칠 게 뻔하니까…… 그러니,」

순간 눈앞에 한수영이 있는 것 같은 느낌이 들었다. 평소처럼 당당하고 야무진 그 목소리로, 내게 말을 거는 것만 같은 착각이 들었다.

「내 유일한 독자여. 이 이야기는, 망한 시나리오 속에서 살아남은 한 여자의 이야기다.」

목덜미 끝에서부터 서서히 소름이 올라온다.
한수영이 살아간 세월. 그 분노와, 원한과, 기다림이 맺혀 만들어진 문장.

「네가 이 '세 가지 방법'에 알맞은 인물인지 어떤지는 모르겠지만, 적어도 한 가지는 확실할 거야.」

그 문장은 내가 아는 어떤 문장과 몹시도 닮아 있었다.

「이 이야기를 읽은 너는, 반드시 살아남을 거라는 것.」

한수영의 후기는 거기서 끝이 났다.
나는 한참이나 마침표에서 눈을 떼지 못했다.
"리카르도."
돌아보니 유중혁이 나를 보고 있었다.
"그 여자에게도 미래를 예측할 수 있는 힘이 있었나?"
"……아마도."
[예상표절]은 1,863회차 한수영의 힘이었다. 그런데 이 책을 쓴 이

번 회차의 한수영 또한 그 힘을 손에 넣은 것이다.

그 결과물이 바로 이 책이었다.

멸살법을 잃은 내게 주어진 새로운 이정표.

[세계관이 당신들의 대화에 주목합니다.]

[해당 시나리오의 장르가 '퓨전 판타지' 쪽으로 미세하게 기울었습니다.]

나는 책의 페이지를 처음으로 되돌렸다.

지금부터는 필요한 정보를 꼼꼼히 정독해야 할 시간이었다.

문득 아까는 대충 넘겨 읽은 문장이 눈에 띄었다.

「추신. 이 소설은 '멸살법'의 2차 창작으로, 어떤 종류의 영리적 목적도 추구하지 않았음.」

피식 웃음이 나온다.

「Episode 1. SSS급 **환생자의 탄생**」

나는 한수영이 정성껏 쓴 문장들을 읽고 또 읽었다.

취기에 홀려 다른 세계로 걸어 들어가듯, 문장을 게걸스럽게 탐미했다. 오직 그것만이 독자인 내가 이 이야기의 작가에게 갖출 수 있는 유일한 예우였으니까.

재밌다, 빌어먹게도.

어떤 대목에서는 멸살법보다도 더.

그리고 얼마나 시간이 지났을까, 나는 고개를 들었다.

한수영은 말했다.

이 시나리오에는 세 가지 공략법이 있다고.

「세 가지 공략법은 각자의 장르를 표방한다.」

판타지, 로맨스, 그리고 퓨전 판타지.

「'역성혁명' 루트는 '판타지' 장르의 주요 전개다. 만약 이 루트를 택하게 된다면…….」

모든 루트에는 장단점이 있고, 뭔가 얻는 것이 있으면 반대로 잃는 것이 있다.

그리고 어떤 루트를 택하든 공통으로 잃게 되는 것도 있다.

예를 들면 가장 먼저 잃어버리게 될 것은.

"사, 살려주십시오! 왕자님! 살려주십시오!"

이현성의 인권이다.

"좌로 굴러."

"으윽, 크으윽!"

"우로 굴러."

"왕자님……!"

"내가 언제 말대꾸를 명했지?"

유중혁은 군대 교관처럼 이현성에게 얼차려를 주는 중이었다.

그리고 나는 그것을 구경하는 중이었다.

"대, 대체 왜 제게 이런 걸 시키시는 겁니까! 4왕자님, 좀 말려주십시오!"

"혹시 뭔가 기억나는 거 없으십니까?"

"으, 으으…… 허리가 너무 아픕니다. 전 노병이란 말입니다."

한수영이 [예상표절]로 예견한 루트들을 밟기 위해서는, 이현성의 기억을 되돌려줄 필요가 있었다.

그리고 어떤 기억은 머리가 아니라 몸이 더 잘 기억하는 법이다.

「아마 이현성에게는 잔혹한 일이 되겠지만.」

하지만 지금으로서는 달리 방법이 없었다.

한수영의 책에도, 이현성의 시점에서 빌스턴이 살아온 시간은 기록되어 있지 않았다.

이현성이 어떤 삶을 살다가 세계에 먹혔는지 모르는 만큼, 깨우기 위해 쓸 수 있는 방법 또한 한정되어 있었다.

그리고 얼마나 지났을까.

"뭔가 기분이 이상합니다."

머리를 바닥에 처박고 있던 이현성이 갑자기 헛소리를 시작했다.

"기분이 점점 편안해집니다."

[등장인물 '빌스턴'이 심각한 혼란을 느낍니다.]

[등장인물 '이현성'의 자아가 꿈틀거립니다.]

나와 유중혁은 동시에 서로 돌아보았다.

본래라면, 이 정도 자극으로 이현성의 자아를 깨우는 것은 무리였을 터다.

하지만 지금이라면 이야기는 조금 달라진다.

내가 있고, 유중혁이 있다.

[당신과 같은 설화를 공유하는 존재들이 가까이에 있습니다.]

[설화 간의 결속력이 강해집니다!]

지금 이 자리에 〈김독자 컴퍼니〉가 셋이나 모인 것이다.

옛말에 그런 말이 있다.

삼인성호三人成虎.

사람 셋이 모이면 호랑이도 만든다.

우리는 호랑이는 만들지 못하겠지만, 다른 일은 해낼 수 있을지도 모른다.

[당신의 성운이 가진 설화들이 '세계관'에 저항하기 시작합니다.]

가령 이 세계관에는 존재하지 않는 기억을 불러온다든가.

[등장인물 '이현성'의 자아가 서서히 눈을 뜹니다.]

이현성의 몸에서 희미한 빛살이 흘러나오고 있었다.

[거대 설화, '카이제닉스 제도'가 당신들을 노려봅니다!]

한수영은 말했다.

결국 이 시나리오는 저 '거대 설화'의 통제 아래 놓인 세계라고.

그러니 설화의 통제에서 벗어날 수만 있다면, 자아를 되찾는 일도 가능할지 모른다.

"으, 으어, 어……."

천천히 눈을 깜빡인 이현성이, 옹알이하듯 뻐끔거렸다.

"도, 독자 씨?"

[세계관이 개연성에 맞지 않는 발언을 제재합니다!]

츠츠츠츠츳!

"우와아아아악!"

스파크에 감전된 이현성이 몸부림을 쳤다.

고개를 돌리자 전투태세를 마친 유중혁이 자리에서 일어나고 있었다. 이제 필요한 준비는 모두 끝난 것이다.

흑천마도를 꺼내 든 유중혁이 물었다.

—어떤 루트로 갈 거지?

—늘 우리가 하던 대로.

이번 시나리오의 작가는 한수영이다.

하지만 작가가 훌륭하다고, 작품이 항상 성공하는 것은 아니다.

—공략을 시작하자, 유중혁.

결국 이야기를 완성하는 것은, 작가가 아니라 '등장인물'이니까.

[당신의 성운에 새로운 '거대 설화'가 발아합니다.]

2

왕은 집무실에 앉아 각료들의 보고를 듣는 중이었다.

"……해서, 이번 달 예산은……."

"……영주에 따르면 지난달 밀 재배량이……."

늘 듣던 말이었고, 그녀가 들어야 할 말이었다.

그 들어야 할 말을 들으며, 벌써 수백 번의 생을 반복해왔다. 고개를 들자 창문 너머에서 그녀를 들여다보는 시선이 느껴졌다.

[거대 설화, '카이제닉스 제도'가 당신을 바라봅니다.]

환생자들의 섬. 그녀는 이곳에 태어나 환생했고, 하나의 '거대 설화'를 반복하는 배역이 되었다.

왕은 거울에 비친 자기 모습을 바라보았다. 찰랑이는 흑색 단발. 고양이상의 눈매와 그 밑에 찍힌 눈물점. 왕은 그 눈물점을 매만지며 물었다.

"놈들은 잡았나."

"아직입니다."

"잡아 와."

황급히 집무실을 떠나는 각료들을 보며, 왕은 다시 한번 중얼거렸다.

지겹군.

집무실 창가에서 지저귀는 하얀 뱁새를 발견한 것은 그때였다.

새의 꼬리에 작은 쪽지가 매달려 있었다. 왕은 잠시 머뭇거리다 창가로 다가가 쪽지를 풀어 펼쳐보았다.

—오직 나만을 위한 이야기를 써주시오. 단 한 사람의 독자로부터.

처음에는 짓궂은 장난인가 싶었고, 다시 읽었을 때는 밀정의 암호인가 싶었다. 그렇게 열 번쯤 반복해서 읽자 조금씩 이상한 기분이 들기 시작했다.

희미한 두통이 머릿속을 죄어왔다. 아주 잠깐이지만, 그녀가 모르는 어떤 기억이 수면 위로 떠오를 것만 같았다. 그제야 뭔가 깨달은 왕이 입술을 꾹 깨문 채 중얼거렸다.

곤란해.

기억은 몇 번인가 파문을 일으키고는 다시 캄캄한 수면 아래로 가라앉았다. 가볍게 심호흡을 한 왕은 창밖으로 보이는 커다란 나무를 잠시 바라보다가 천천히 고개를 돌렸다.

잠시 후 '은둔자의 망토'를 해제한 나와 유중혁, 그리고 이현성이 나무 위에서 모습을 드러냈다. 나는 창문 안쪽을 한참이나 노려보다가 유중혁을 향해 물었다.

"이렇게 하면 된다며?"

"녀석의 책에 적혀 있었다."

나는 한수영의 기록을 펼쳐 유중혁이 가리킨 가이드를 읽었다.

"로맨스 루트 (1) 연서를 써라."

맞다. 그래서 그렇게 했다.

유중혁이 고개를 절레절레 흔들었다.

"혓바닥 놀리는 재주에 비해 연서를 쓰는 재주는 형편없는 모양이군."

"너…… 아니, 형도 이 정도면 괜찮다고 했잖아?"

그러자 나무 둥치 아래쪽에 숨어 있던 이현성이 작게 대답했다.

"저는 좋았습니다. 아주 두근두근한 편지였습니다."

"경의 의견은 묻지 않았습니다."

"예……."

애초에 남중 남고 공대 군대 테크를 밟은 이현성에게는 아무것도 기대하지 않는다.

유중혁이 덧붙였다.

"괜찮다고 말한 적 없다."

"그럼 다음 편지는 형이 써보든가."

"내가 왜."

"지금 상황이 상황이잖아. 그래도 나보다는 형이 이런 상황에 더 익숙할 거 아냐."

"왜 그렇게 생각하지?"

"그야……."

나는 머리를 긁적였다.

그야 여기서 연인이 있었던 이는 유중혁뿐이니까. 물론 지난 회차의 이야기이긴 하지만.

그때, 이현성이 외쳤다.

"달아나십시오! 걸렸습니다!"

멀리서 경비병들이 달려오고 있었다.

나는 '로맨스 루트 (1)'에 취소선을 죽 그으며 말했다.

—우리가 가진 거대 설화의 힘이 부족한 걸지도 몰라.

애초에 우리의 거대 설화가 한수영을 깨울 수 있다는 전제하에 시행하는 작전이었다.

슬그머니 도주로를 확보하던 유중혁이 되물었다.

—그래서?

나는 복면을 쓴 채 경비병들에게 두들겨 맞고 있는 이현성을 바라보며 중얼거렸다.

"동료를 더 늘려야겠어."

제도 카이제닉스의 근위대장 에리히 스트라이커.

명실공히 제도 최강의 기사이자, 왕의 첫 번째 검. 그런 그녀를 지금의 위치에 오르게 만든 것은 밤낮을 가리지 않는 수련이었다.

슈아악!

침묵이 내려앉은 연무장의 밤을, 에리히는 베고 또 베었다.

후드득 땀방울이 떨어졌다. 떨어진 땀방울을 보며 에리히는 그것이 누군가의 핏방울이어야 한다고 생각했다.

'놓쳤다. 그것도 폐하가 보는 앞에서.'

1왕자의 난. 얼마 전에 벌어진 알현실 습격 사건을, 호사가들은 벌써 멋대로 떠들어대고 있었다. 노래를 지어 부르는 음유시인까지 있었다. 그 대부분은 1왕자를 칭송하는 내용이었다.

「오오 위대한 혁명가 슈바이첸 폰 카이제닉스.」

「그 드넓은 어깨와 등을 보라.」

환한 빛살이 검무장의 어둠을 갈랐다. 1왕자와 함께 달아나던 4왕자의 얄미운 얼굴이 떠올랐다. 어둠을 베고 또 베어내도 사라지지 않는 얼굴.

기묘하게도, 에리히는 그 얼굴을 떠올릴 때마다 무척 미묘한 감정이 되곤 했다.

멀어지는 1왕자 슈바이첸과 4왕자 리카르도, 그리고 호위기사 빌스턴 프레이머의 뒷모습.

에리히는 불현듯 알 수 없는 그리움에 사로잡혔다.

자신의 감정을 인정하고 싶지 않았기에 검을 휘둘렀다. 검을 휘두르고 또 휘둘러 상념을 털어버리고자 애썼다.

하지만 오늘의 수련은 여기까지인 모양이었다.

'습격인가.'

어둠 속에서 일렁이는 호리호리한 그림자.

에리히는 허리에 차고 있던 진검을 곧장 뽑아 들었다. 수상한 낌새를 보이는 순간 바로 베어 죽여버릴 생각이었다.

그런데 뜻밖에도 저쪽에서 먼저 인기척을 드러냈다.

"검을 넣으시지요, 저는 싸우러 온 게 아닙니다."

희미하게 비치는 달빛 사이로, 호리호리한 체구의 사내가 걸어 나왔다.

리카르도 폰 카이제닉스, 제도의 4왕자.

"안 그래도 지금 너를 베고 싶었다. 제 발로 찾아와주니 고맙군."

"여기서도 여전히 검을 좋아하시는군요."

살벌한 기세를 풍긴 에리히가 검을 곧추세우자, 4왕자는 자신의 검을 바닥에 내려놓았다. 에리히가 눈을 가늘게 떴다.

"무슨 꿍꿍이지?"

"어차피 십 분만 지나면 근위병이 달려와서 저를 포위할 테고, 또 경의 실력이라면 저를 제압하는 것쯤 힘든 일도 아니겠지요."

"그래서?"

"순순히 항복하겠습니다. 경에게 체포되어 사형장으로 가겠다는 얘기입니다."

평소 4왕자가 제정신이 아니라는 사실은 알고 있었다. 하지만 이런 경우는 예상하지 못했다.

1왕자의 도움으로 바로 얼마 전에 탈출했는데, 제 발로 걸어와서 사형을 당하겠다고?

에리히는 의심을 거두지 않은 채 4왕자를 향해 다가갔다.

4왕자는 정말로 비무장 상태였다.

에리히는 기회를 놓치지 않고 4왕자를 포박했다.

달빛에 천진하게 빛나는 눈동자가 그녀를 마주 보았다.

"그 대신 십 분만 제 이야기를 들어주셨으면 합니다."

"그럴 일은 없다."

"죽을 사람 부탁인데, 들어주지 않으시면 나중에 찜찜하실 겁니다."

에리히는 복잡한 얼굴로 4왕자를 내려다보았다.

"그대의 억울함을 호소하는 것이라면 듣지 않겠다."

4왕자는 죄가 없다는 것은 안다. 하지만 제도의 왕은 바뀌었고, 에리히는 새로운 왕을 모시는 근위대장이었다.

4왕자가 웃으며 고개를 흔들었다.

"그런 이야기가 아닙니다."

"그럼?"

"솔직히 고민을 많이 했습니다. 무슨 말을 해야 내가 아는 당신을 돌려받을 수 있을까, 짐작도 가지 않기 때문입니다."

갑작스러운 서두에 당황한 에리히가 눈살을 찌푸렸다.

새로운 종류의 수작인가?

4왕자가 교묘한 말솜씨로 여인들을 꾄다는 것은 제도에서도 유명한 이야기였다.

"오래전, 한 여인이 있었습니다."

그러거나 말거나 4왕자의 이야기는 시작되고 있었다.

"검도를 좋아했고, 구 대표로 대회에 참가할 만큼 재능도 있었지요."

희미한 통증과 더불어 알 수 없는 감각이 머릿속을 쿡쿡 찔렀다.

"그 검으로, 그녀는 소중한 전우를 몇 번이나 구했습니다."

아주 오래전에 사라진 무엇.

"시나리오의 불의에 맞서 몇 번이고 검을 휘둘렀고, 그 검으로 저를 지켜주기도 했죠."

"지금 무슨 이야기를 하는 거지? 나는 오직 폐하의 검이다."

4왕자가 애석하다는 듯 에리히를 올려다보았다.

"정말 아무것도 기억하지 못하시는군요."

어둠 속에서 또 다른 목소리가 들려온 것은 그때였다.

"리카르도 왕자님. 제가 이야기하고 싶습니다."

4왕자를 포박하던 에리히가 흠칫 놀라며 몸을 일으켰다.

언제부터였을까. 어둠 속에 두 명의 사내가 서 있었다.

에리히가 으르렁거리며 말했다.

"역시 함정이었군."

"함정이 아닙니다."

어둠 속에서 나타난 사내는 빌스턴 프레이머였다. 이 제도에서 그녀가 유일하게 인정하는 기사.

"에리히 경."

빌스턴이 그녀를 향해서 한 걸음 다가오자 에리히가 경고했다.

"한 발짝만 더 다가오면 4왕자의 목을 베겠다."

이것은 함정이다. 달아나야만 한다. 에리히는 그런 생각을 하며 검무장의 출입구를 살폈다.

그런데 뭔가 이상했다.

[당신과 관계된 설화들이 일제히 날뛰기 시작합니다!]

마치 굳어버리기라도 한 것처럼, 몸이 움직이지 않았다.

[당신의 설화들이 '카이제닉스 제도'의 통제에 반발합니다!]

"우리, 잊지 않기로 했잖습니까."

슬픈 눈으로 그녀를 보는 빌스턴.

아니, 그의 이름은…….

[당신과 관계된 설화들이 오래된 기억들을 반추합니다.]

"희원 씨."

[잊힌 설화들이 이야기를 시작합니다.]

세계가 무너졌다.

흘러내린 설화가 에리히의 기억을 덮었다.

그것은 사라진 십 년의 이야기.

아직 에리히가 에리히가 아니고, 빌스턴이 빌스턴이 아닌 시절의 이야기였다.

✶

이현성과 정희원이 이 세계에 온 것은 정확히 십 년 전의 일이었다.

"현성 씨! 역시 현성 씨 맞죠?"

"엇, 희원 씨?"

비슷한 시기에 이 세계로 빙의한 두 사람은 운 좋게 일찍이 서로 알아보았다.

—여기서는 [전음]을 써야 할 것 같아요.

둘은 이 세계에 대한 정보를 차근차근 모아갔다.

예를 들면 이곳이 '성마대전'에 참가하기 위한 마지막 예비 무대라는 것.

또 〈김독자 컴퍼니〉의 일행들은 시차를 두고 이곳으로 소환되는 중이며, 정해진 배역이 모두 모이기 전에 시나리오는 발동하지 않는다는 것.

—그나저나, 현성 씨는 꼭 현성 씨 같은 사람한테 빙의했네요.

—희원 씨도 무척 잘 어울리십니다.

마지막으로, 시간이 지날수록 이 세계는 그들의 자아를 갉아먹는다는 것.

[거대 설화, '카이제닉스 제도'가 당신의 행위를 감시합니다.]

[세계의 개연성이 당신의 배역을 강요합니다.]

거대 설화의 시선을 느낄 때마다, 둘은 설화의 신경을 거스르지 않기 위해 배역을 연기해야 했다.

—아무래도 수영 씨는 다 잊어버린 것 같습니다. 무슨 말을 해도…….

—우리도 언젠가 저렇게 될까요?

—분명 그 전에 독자 씨가 올 거라 믿습니다.

그들은 기다리고 또 기다렸다.

—지혜랑 아이들은 잘 있을까요?

—그 아이들이라면 괜찮을 겁니다.

세상에 의지할 사람은 단둘뿐.

[설화, '가장 순수한 전우애'가 이야기를 시작합니다.]

누구도 그들의 이야기를 모르는 곳에서, 둘은 자신을 지키기 위해 끊임없이 이야기를 나눠야만 했다.

까가강!

"에리히 경! 해치워버리십시오!"

"갑시다! 빌스턴 경!"

두 사람이 배역상 라이벌이 된 것은 자연스러운 발로였다. 서로 붙어 있을 기회를 늘려야 [전음]을 사용할 기회도 늘어나는 까닭이었다.

—검술이 많이 느셨네요. '강철검제'라는 이름에 딱인데요?

—돌아가면 독자 씨에게 검을 하나 사달라고 해야겠습니다.

검이 마주칠 때마다 [전음]이 오간다.

—이러다 독자 씨 올 때쯤이면 소드마스터라도 되어 있는 거 아닌가 모르겠어요.

그렇게 일 년이 지나고, 이 년이 지났다.

두 사람은 성향에 따라 소속이 달라졌다.

이현성은 '4왕자 리카르도'의 파벌로.

정희원은 '검은 마법사'의 휘하로.

소속이 달라지자 전처럼 자주 검을 나눌 수 없게 되었고, 정희원이나 이현성이 아닌 '에리히 스트라이커'나 '빌스턴 프레이머'로 살아야 하는 날이 많아졌다.

에리히 스트라이커처럼 밥을 먹고, 빌스턴 프레이머처럼 말했다. 원래부터 이 세계에 살던 사람처럼, 이현성과 정희원은 이현성과 정희원을 잊어갔다. 조금씩 '제도 카이제닉스'의 등장인물이 되어가고 있었다.

한 번은 술을 마신 정희원이 이현성을 찾아와 말했다.

—난 끔찍한 인간이에요, 현성 씨.

—왜 그런 말을 하십니까.

—그래서 벌받고 있는 게 아닐까요?

그녀는 그동안 누구도 이야기하지 않던 것들을 이야기했다.

—금호역 모녀…… 기억해요? 우리랑 같이 철두파에 맞서 싸우던.

—기억합니다. 암흑성에서도 만났지요.

이현성은 금호역의 모녀를 떠올렸다. 아이를 지키기 위해 싸우던 엄마와 그런 엄마의 손을 잡고 있던 작은 여자아이. 암흑성에서 엄마는 목숨을 잃었고, 홀로 남은 여자아이는 방랑자들의 손에 맡겨졌다.

—둘 다 살 수도 있었어요. 내가 '낙원'의 정체를 더 빨리 깨달았더라면.

—희원 씨 잘못이 아닙니다. 우리가 막을 수 없는 일이었습니다.

—사실 우리보다 더 작은 설화도 있었잖아요. 어쩌면, 설화조차 되지 못한 설화들이.

취한 정희원이 웃었다. 그러자 그녀의 손에 맺힌 설화의 잔재들이 하얗게 빛났다. 모두 그녀가 쌓아온 이야기였다. 〈김독자 컴퍼니〉의 일원으로, 위대한 성좌들과 맞서 싸우며 만들어온 이야기.

정희원은 그 이야기를 자랑스러워했고, 자신의 삶에 떳떳하게 살아왔다.

하지만 요즘은 조금 다른 생각이 들었다.

—어쩌면 우리가 모아온 설화는 전부 그런 작은 설화를 짓밟고 만들어진 게 아닐까요.

—희원 씨.

—그리고 이젠 우리 차례가 된 건지도 몰라요.

사 년, 그리고 오 년이 지났다.

정희원과 이현성은 포기하지 않았다.

—근데 유승이랑 길영이 성씨가 뭐였죠?

—이유승, 신길영…… 아닙니까?

—뭔가 이상한 것 같은데…….

기억은 조금씩 사라져갔다.

그렇게 육 년이 지났고.

—독자 씨는 지금 어디서 뭘 하고 있는 걸까요?

—제 생각엔 올해 안에 오실 것 같습니다.

칠 년이 지났다.

—칠 년이나 임금을 체불하다니, 완전 악덕 기업 아니에요?

—나중에 꼭 노조를 설립합시다.

—꼭 그렇게 해요. 잊지 말고.

적어도 일주일에 한 번은 만나 이야기를 나누자던 약속은 한 달에 한 번이 되었고, 이내 두 달에 한 번이 되었다.

만나서 아무 이야기도 나누지 않는 날도 많아졌다.

팔 년이 되던 어느 날, 정희원이 멍한 목소리로 물었다.

—우리 뭔가 기다리고 있지 않았나요?

이현성은 그 질문에 답할 수 없었다.

—있잖아요, 현성 씨. 만약 내가 현성 씨를 잊게 되면.

—제가 기억하겠습니다.

—날 죽여줘요.

그것이 정희원과 이현성의 마지막 만남이었다.

얼마 후 '검은 마법사'가 혁명을 일으켰다.

그리고 이현성은 옛 왕조의 편에 서서 정희원을 맞이하게 되었다.

—희원 씨.

허공에서 몇 번이고 둘의 검이 부딪쳤다.

눈부신 검광 속에서 이현성의 몸에는 상처가 늘어갔다. 검술 대련과는 확연히 다른 궤적들. 명백하게 이현성을 죽이고자 하는 의도가 담긴 검격.

—희원 씨.

반복된 [전음]에도 정희원은 대답이 없었다. 침묵이 곧 대답이었다.

마치 이제까지는 봐주고 있었다는 것처럼 에리히의 무자비한 검이 이현성을 갈랐다.

까마득해지는 시야. 이현성은 비틀거리면서도 그가 기억하는 정희원을 향해 다가갔다.

한 걸음, 두 걸음.

마침내 가까워진 정희원의 두 눈을 보며, 이현성은 오랫동안 자신이 하지 못한 말을, 그리고 앞으로도 할 수 없을 말을 처음으로 건넸다.

—좋아합니다, 희원 씨.

[설화, '가장 순수한 전우애'가 이야기를 마칩니다.]

나는 묵묵히 설화를 읽었다. 어떤 문장은 잔잔히 슬펐고, 어떤 부분은 가슴이 찢어질 듯이 아팠다.

[등장인물 '정희원'의 자아가 조금씩 깨어납니다.]

빌스턴과 에리히의 몸 위로 희미한 빛이 떠돌았다. 두 사람의 영혼이 설화에 공명하는 것이 느껴졌다.

쓰러진 채 미소 짓고 있는 이현성.

나는 그 얼굴을 가만히 내려다보다가 중얼거렸다.

"아무래도 사내 연애 규정을 바꿔야 할 것 같은데."

어쨌든 이걸로 두 번째 목적도 달성했다. 이제 다음은…….

"저쪽이다!"

"에리히 경이 위험하다!"

유중혁이 쓰러진 정희원과 이현성을 양팔에 들었다. 그러나 우리가 채 달아나기도 전에, 검무장 문이 열리며 근위대가 들이닥쳤다.

근위대만 온 것이 아니었다.

도열한 근위대를 물리며 이쪽으로 다가오는 이가 있었다.

「카이제닉스 제도 최초의 트리플 마스터」

「만 18세의 나이로 소드마스터의 경지에 오른 천재」

「최연소 9서클 대마법사」

「사악한 검은 용을 부리는 제도의 왕」

현시점의 카이제닉스 제도에서 명실공히 최강의 존재.

은빛의 크라운을 쓴 왕이 고요히 웃었다.

"감히 짐의 기사를 훔치려 하는가?"

근위대가 일제히 그녀 앞에 무릎을 꿇었다.

표정이 굳어진 유중혁이 메시지를 보냈다.

—이것도 계획에 있던 일인가?

—그건 아니지만, 차라리 잘됐어.

어차피 우리의 다음 목표는 한수영이다.

이곳의 〈김독자 컴퍼니〉는 넷. 성운의 설화는 성운 구성원이 많이 모일수록 강해진다.

나는 왕의 얼굴을 보며 입을 열었다.

"폐하, 저희는 싸우러 온 게 아닙니다."

분명 저 안에는 한수영의 자아가 잠들어 있을 것이다. 나는 저 등장인물에게서 한수영의 자아를 돌려받아야만 했다.

그리고 지금이라면 우리의 설화를 이용해…….

"알고 있다. 이야기를 들려주러 왔겠지."

나는 흠칫 놀라 녀석을 바라보았다.

[거대 설화, '카이제닉스 제도'가 당신을 향해 조소합니다.]

"뭘 그렇게 놀라지? 짐도 이야기를 무척 좋아한다. 하지만 짐은 듣는 것보다는 이야기하는 쪽을 더 좋아하지. 그러니 귀를 열고 잘 듣거라. 리카르도 폰 카이제닉스."

활짝 팔을 벌린 왕이 나를 향해 웃었다.

"아니, '구원의 마왕' 김독자."

3

나는 한수영의 얼굴을 한 왕을 바라보았다.

저자는 분명 한수영이 아니다. 그런데 대체 어떻게 내 이름을 알고 있을까.

"어떻게 그대의 이름을 아는지 궁금하겠지."

왕은 이 세계관의 등장인물이고, '거대 설화'의 의지에 따라 행동하는 존재에 불과하다. 그런 존재가 나를 '리카르도'가 아닌 '김독자'로 인식하는 것은 불가능했다.

심지어 세계관 외적인 발언에도 불구하고, 개연성의 스파크는 왕을 억압하지 않았다.

[세계관이 장르의 확장 가능성을 고려합니다.]

[거대 설화, '카이제닉스 제도'가 상황을 묵인합니다.]

[특정 발언에 관한 개연성 규제가 완화됩니다.]

[세계관에 대한 메타적 발언이 인정됩니다!]

나는 왕을 가만히 들여다보다가 스킬을 발동했다.

[전용 스킬, '등장인물 일람'을 발동합니다!]

〈인물 정보〉

이름: ???

나이: 50세

종합 평가: 해당 인물은 당신에게 증오를 품고 있습니다.

여전히 왕의 정보는 떠오르지 않았다.

처음에는 한수영 때문이라 생각했다. 등장인물 일람에 등록되지 않은 존재인 한수영이 빙의함으로써, 빙의체인 왕의 정보까지 불확실해진 것이라고.

하지만 그게 아니라면?

"너는 한수영인가?"

"한때는 그런 이름으로 불리었지."

"무슨 뜻이지?"

왕은 대답하지 않았다. 그 대신 긴 속눈썹을 천천히 깜빡이며 유중혁을 돌아보았다.

"가엾은 정인이여, 파혼을 무르고 다시 나의 것이 되러 왔는가?"

"한 번만 더 그딴 식으로 부르면 목을 날려버리겠다."

거의 동시에 두 사람의 신형이 사라졌다.

귀청이 찢어지는 듯한 폭음과 함께 두 존재가 격돌했다. 검무장의 천장이 파괴되어 부서진 조각들이 날아올랐고, 검풍과 마력파의 충돌이 하늘에서 용오름을 형성했다. 얼핏 보기에는 막상막하의 대결이지만, 전투의 세부를 살펴보면 그렇지 않았다.

순식간에 전개된 수십 합 끝에, 유중혁은 왼팔에 경미한 부상을 입었다. 하지만 왕은 약간의 생채기도 보이지 않았다.

유중혁이 밀린다. 저 강력한 유중혁도, 이 세계관의 왕을 당해내지 못하는 것이다.

심지어 왕의 왼팔에서는 한수영의 특기인 [흑염]의 아우라가 피어오르고 있었다.

"독자 씨! 피하십시오!"

달려오는 근위대에 맞서 이현성이 나를 보호했다.

"……독자 씨?"

정희원도 간신히 정신을 차리는 듯했다. 하지만 지금은 그들에게 신경을 쓸 여유가 없었다. 백중세이던 전투는 시간이 흐를수록 유중혁에게 급격하게 불리해졌다.

애초에 저쪽은 설정상 무려 '트리플 마스터'의 빙의체다. 원래부터 그랬는지 한수영이 저렇게 만들었는지는 모르겠지만, 아무튼 괴물이라는 얘기다.

"한수영! 정신 차려!"

나는 망설이지 않고 '거대 설화'의 힘을 끌어왔다.

[거대 설화, '마계의 봄'이 이야기를 시작합니다.]

힘껏 허공으로 쏘아 보낸 설화가 일시적으로 전투에 공백을 만들었다.

나는 틈을 놓치지 않고 전장에 뛰어들었다.

왕이 웃으며 팔을 벌렸다.

"구원의 마왕이여. 네가 찾는 여인은 이미 오래전에 죽었다."

"웃기지 마. 한수영은 그딴 식으로 말 안 해."

"오십 년이라는 세월이 한 인간에게 어떤 의미인지 아느냐?"

모른다. 나는 그만한 시간을 살아본 적 없으니까.

[거대 설화, '카이제닉스 제도'가 이야기를 시작합니다.]

세계가 꿈틀거리며, 이 세계를 살아온 한수영의 모습이 허공에 떠올랐다.

그것은 한수영의 설화였다. 이 세계에서 살아온 한수영의 역사.

정확히는 한수영의 빙의체인 '유리 디 아리스텔'이 겪어야 했던 역사.

「아름다운 백작가의 영애.」

「오직 왕비가 되기 위해 키워진 여식.」

「"너는 열여덟 살이 되었을 때 입궁할 거란다."」

난잡하게 떠오르는 문장 속에 내가 아는 한수영이 있었다.

「"좋아, 그럼 열여덟 살까지는 소드마스터가 되어볼까."」

세계와 맞서 싸우는 한수영. 분명한 얼굴로 이 세계를 살아가는 한수영.

내가 모르는 표정으로 이 세계를 살아낸 한수영.

「"어째서 여자아이가 검을 다루는 것이냐."」

「"마법은 단지 눈속임일 뿐이다."」

어떤 클리셰는 클리셰라는 변명으로 인물에게 구속이 된다.

그리고 내가 아는 한수영은, 누구보다 클리셰를 싫어하는 존재였다.

「"아, 그까짓 결혼 한다고, 해! 나보다 강한 놈 있으면 해줄게!"」

아름다운 백작가의 영애를 차지하기 위해 수많은 사내가 나섰다. 그중에는 제도의 기사도 있었고, 유명한 마법사도 있었다.

한수영은 다가오는 구혼자를 자기 손으로 물리치기 위해 강해졌다. 피나는 고련 끝에 소드마스터가 되었고, 9서클의 대마법사가 되었으며, 사악한 용의 힘을 다루는 공포의 주인이 되었다.

소드마스터의 힘은 그녀의 육체를 젊게 만들었고, 사악한 흑염의 아우라는 그녀의 신비감을 더욱 증폭시켰다.

모순적이게도 그녀가 강해질수록, 세계는 그녀를 더욱더 욕망하게 되었다.

한수영은 그런 세계와 싸웠다. 지구에서보다 더 긴 세월을 이곳에서 보냈고, 그 세월을 충실하게 견뎠다.

설화는 이야기를 계속하고 있지만, 어느 순간 나는 그 이야기를 들을 수가 없었다.

외로웠고, 반발감이 들었다. 분명 한수영이 이 세계에 함께 있음에도, 그녀가 너무나 멀리 있는 것처럼 느껴졌다.

"여긴 한수영의 세계가 아니야."

"왜 그걸 네가 결정하지? 네가 한수영을 알아온 시간은 고작해야 사 년도 되지 않을 텐데. 함께 있던 시간만 따지면 일 년도 채 되지 않을 거고."

사실이었다.

"네가 한수영에 대해 뭘 알지?"

나는 내가 아는 한수영을 떠올렸다.

자존심이 강해서 좀처럼 사과할 줄도, 주장을 굽힐 줄도 모르는 사람.

누구보다 효율을 추구하지만, 일행들을 위해 때로 그 효율을 포기하기도 하는 사람.

이기적인 것처럼 굴면서도, 언제든 "너흰 나 없인 안 된다니까"를 중얼거리며 자신의 목숨을 걸 수 있는 사람.

한수영은 여전히 그렇게 말할 수 있는 사람일까.

내가 아는 한수영은, 정말로 '한수영'일까.

한수영은 아직도 내가 아는 이야기 속에 있을까.

"네가 알던 한수영은 이제 없다. 지난 오십 년은 그녀를 완전히 새로운 존재로 만들었다. 그게 바로 나다."

왕의 등 뒤로 밀려온 거대 설화가 우리를 향해 강대한 패기를 내뿜었다.

[거대 설화, '카이제닉스 제도'가 당신들의 존재를 배척합니다.]

오십 년이라는 시간 앞에서 나와 한수영이 함께한 짧은 기억들은 낡고 초라해졌다. 그 기억을 더 초라하지 않게 만들기 위해 나는 웃으며 입을 열어야 했다.

"역시 너는 한수영이 아니야. 그 녀석은 너처럼 진지하지 않거든."

왕의 표정에 희미한 동요가 일었다. 그 동요로 인해, 나는 눈앞의 왕이 누구인지 확신했다.

분명 녀석은 한수영에 가까운 존재다. 하지만 결코 한수영이 될 수는 없는 자다.

"너는 오랫동안 한수영의 삶을 지켜본 백작가의 영애, '유리 디 아리스텔'이야. 보나 마나 한수영이 거대 설화에게 먹힌 틈을 타서 몸을 빼앗았겠지."

"……."

"말해. 진짜 한수영은 어디에 있지?"

대답 대신 왕이 전신에서 가공할 격을 뿜어냈다. 지금까지의 격전이 장난이었다는 것처럼, 왕의 몸에서 해방된 격의 파도가 우리 몸을 옭아맸다. 유중혁도, 이현성도, 정희원도, 그리고 나도.

움직임이 봉쇄당한 우리를 향해 왕이 다가왔다.

나는 물었다.

"우릴 죽일 건가?"

"죽여?"

왕의 입가에 비웃음이 감돌았다.

"아직도 이 시나리오에 대해 잘 모르는 모양이군. 여기까지 살아남았으니 너희는 죽지 않는다. 짐도…… 한수영도 그걸 원하고."

"하지만 처음엔 날 사형시키려 했잖아?"

"정해진 역경이었지. 거기서는 1왕자가 널 구하게 되어 있었다."

왕은 마치 한수영처럼 웃었다.

"이제 이 시나리오의 끝이 다가왔다."

허공에서 스파크가 튀며 시나리오 메시지가 들려왔다.

[장르 선택의 분기가 다가왔습니다!]

[이 세계관의 장르를 선택하십시오!]

왕이 허공을 보며 말했다.

"이 세계의 끝은 항상 똑같지. 온갖 위험과 역경을 헤치고 자라난 주인공은 마침내 부와 명예와 사랑을 얻고 해피 엔딩으로 향하게 된다."

분명 '해피 엔딩'이라고 말했다. 그런데 그녀는 그 예정된 행복에도 전혀 기뻐 보이지 않았다.

나는 그녀가 살아온 삶을 약간은 짐작할 수 있었다.

환생자들의 섬은 낡고 오래된 설화들이 박제되는 섬이자, 다른 시나리오에 무대를 제공하며 생을 연명하는 설화들의 무덤.

아마 그녀는 '유리 디 아리스텔'로서 이 시나리오를 수백 번 반복해 왔으리라. 멸살법의 유중혁이 그랬던 것처럼.

"그래도 이번 시나리오는 전개가 조금 특이했다. 그 많은 생을 살면서도 왕이 되어보기는 처음이거든."

왕은 자신의 손을 물끄러미 내려다보았다. 영애의 것이라기에는 지나치게 투박한 상처투성이의 손. 한수영이 그녀에게 내준 삶이 그곳에 있었다.

"처음 '카이제닉스 제도'가 만들어졌을 때만 해도 이런 전개는 생각조차 할 수 없었어. 도깨비들은 항상 대세를 따르는 시나리오만 만들었으니까. 버림받은 백작 영애가 뜬금없이 검과 마법을 수련하더니, 궁중 암투의 한복판에서 정적들을 밀어내고 왕이 되다니. 내 시절에는 수요가 거의 없던 이야기야."

"……."

"수영이 말로는 이제 이런 시나리오에도 수요가 생겼다던데. 정말이지 세월이 무상해."

왕의 뒤쪽에서 옅은 한숨이 들려왔다. 마치 한 세계의 끝을 준비하는 배역들처럼, 근위기사들은 아쉬운 표정이었다.

"좀 더 이 이야기를 즐길 수 있다면 좋겠지만 어쨌거나 마무리는 지어야겠지. 그만 끝내자."

지겹다는 듯한 말투. 왕이 내게 명령했다.

"나와 결혼해라, 리카르도 폰 카이제닉스."

얼빠진 유중혁의 표정이 보였다. 경악한 이현성과 정희원이 이쪽을 향해 뭐라 소리치고 있었다.

나는 태연히 되물었다.

"그게 이 시나리오의 결말인가?"

"그렇다. 말 그대로 해피 엔딩이지."

"당신과 결혼하면 우릴 다음 시나리오로 보내줄 건가?"

"맞아, 한 사람을 제외하고는."

한 사람.

왕의 눈동자에서 뿌리 깊은 탐욕의 그림자가 아른거렸다.

"한수영은 이 세계에 남아야 한다. 나는 그녀가 무척 마음에 들었거든. 그리고 너희는 시나리오 속에서 헤어진 비운의 연인이 되겠지."

[해당 시나리오의 장르가 '로맨스' 쪽으로 기울기 시작합니다.]

[장르 확정과 동시에 시나리오 클리어 조건이 완수될 것입니다.]

이 세계가 우리에게 거래를 요청하고 있었다.

한수영을 버리라고.

"그녀는 본래의 세계보다 이 섬에서 살아가는 게 더 잘 어울린다."

어쩌면 정말 그럴지도 모른다. 〈김독자 컴퍼니〉의 한수영보다, '카이제닉스 제도'의 한수영이 더 행복한 삶을 살아갈지도 모른다.

오만한 눈으로 나를 내려다보던 왕이 자신의 손등을 내밀었다.

"일어나 입을 맞춰라. 그리고 너의 오랜 동료에게 작별 인사를 하도록 하라."

하얀 손등에 생채기와 굳은살이 박여 있었다. 이 손으로 한수영은 이 세계와 싸워왔을 것이다.

한수영은 대체 무엇을 위해 그렇게 열심히 싸웠을까.

품속에 있는 한수영의 책을 떠올리며 나는 말했다.

"네 말대로 나는 한수영을 몰라."

"그래, 이제야 인정하는 모양이군."

"그러니까 여기서 놓아줄 수 없어."

"뭐라?"

"아직 녀석에게 이 이야기의 결말을 듣지 못했거든."

나는 천천히 자리에서 일어났다.

내가 가진 모든 힘을 다해 이 세계의 설화에 저항하면서.

츠츠츠츠츳!

[거대 설화, '신화를 삼킨 성화'가 포효합니다!]

[거대 설화, '마계의 봄'이 고개를 끄덕입니다.]

표정이 변한 왕이 나를 노려보았다.

"다 된 시나리오를 망치는구나."

"아니, 이게 제대로 가는 거야."

"뭐?"

"난 처음부터 궁금했어. 왜 하고많은 시나리오 중에 하필 이 카이제닉스 제도로 오게 됐을까. 그런데 생각보다 이유는 간단하더라고."

나는 품속의 검을 뽑아 들었다.

"그건, 내가 이 시나리오의 적법한 왕이기 때문이다."

환하게 빛나는 '부러지지 않는 신념'이 눈부신 백광의 빛을 내뿜었다.

[세계관이 성유물, '부러지지 않는 신념'에게 반응합니다!]

[해당 성유물은 이 세계관의 것입니다.]

[성유물 본연의 능력이 크게 증폭됩니다!]

카이제닉스 제도의 초대 가주.

전설 속 폭풍왕, 율리시즈 카이제닉스의 검.

"저, 저 검은……!"

"폭풍왕의 검이다!"

검을 알아본 근위대들이 일제히 자리에 주저앉았다.

당황한 왕은 나를 향해 강기와 마력을 퍼부어댔다. 그러나 소드마스터의 힘도, 대마법사의 힘도 '부러지지 않는 신념' 앞에서는 소용없었다.

[성유물, '부러지지 않는 신념'이 울음을 토합니다!]

이것이 '성유물'의 진짜 힘이었다.

성유물의 탄생 설화 안에서는 무적의 힘을 발휘하는 아이템.

검을 쥔 손이 벌벌 떨렸다.

성유물은 강하지만, '리카르도 폰 카이제닉스'에게는 이 검을 오랫동안 다룰 힘이 없었다. 그러니 최대한 빠르게 일을 마무리해야 한다.

나는 왕의 마력파를 쳐내며 한 걸음씩 그녀에게 다가갔다.

왕은 주저앉아 있었다.

[당신은 '역성혁명' 루트를 택했습니다.]

[왕을 죽이십시오.]

[해당 시나리오의 장르가 '판타지' 쪽으로 기울기 시작합니다.]

왕은 자신의 목을 겨눈 '부러지지 않는 신념'을 올려다보며 말했다.

"그래, 그 또한 방법이겠지."

오히려 잘되었다는 듯 왕이 웃고 있었다.

"내가 갑자기 왕이 되다니 이상하다고 생각은 했어. 다시 정해진 이야기의 귀결로 돌아가겠구나."

여기서 왕을 죽이면 한수영도 함께 죽는다.

그렇다고 왕과 결혼하면 한수영은 이곳에 남게 된다.

그렇다면 이 이야기는 어떻게 완결되어야 할까. 한수영이 원하는 이 시나리오의 끝은 무엇이었을까.

왕이 말했다.

"정했다면 어서 죽여라. 그러면 너는 왕이 되고, 시나리오는 여기서 끝날 것이다."

한수영은, 자신의 책에서 이 시나리오를 완수할 세 가지 방법이 있다고 했다.

하지만 어떤 방법이 정답인지는 알려주지 않았다.

가볍게 숨을 들이켠 내가 입을 열었다.

"방법이 세 가지나 있다는 건, 그 방법을 '방법'이 되게끔 만든 무언가가 존재한다는 뜻이겠지."

"뭐?"

나는 천천히 허공을 올려다보았다.

[거대 설화, '카이제닉스 제도'가 당신들을 바라봅니다.]

눈에는 보이지 않아도 확실히 느낄 수 있는 게 있었다.

나는 유호성의 말을 떠올렸다.

—네가 설화를 제대로 읽지 않으면, 오히려 설화가 너를 읽게 될 거다.

저 거대 설화는 오랫동안 자신의 이야기를 실현하기 위해 이 세계의 배역들을 조종해왔다. 이곳의 환생자는 모두 저 거대 설화의 실현 도구로서 수백 수천 번 배역을 반복해왔겠지.

[거대 설화, '카이제닉스 제도'가 당신의 시선을 느낍니다.]

허공에서 가벼운 스파크가 내리치며, 눈에 보이지 않아야 할 설화가 어렴풋하게나마 모습을 드러냈다.

무수한 활자의 구름처럼 떠 있는 거대 설화. 활자 구름을 중심으로, 역시나 활자로 만들어진 실들이 우리를 향해 내려오고 있었다. 그것은 나에게도, 유중혁에게도, 정희원과 이현성에게도, 그리고 왕에게도 닿아 있었다.

그 활자들이 우리에게 배역을 주었고, 대사를 주었다. 이 세계를 살아가도록 만들었다.

나는 생각했다.

만약, 이 배역을 그만두는 것조차 하나의 '이야기'일 수 있다면 어떨까.

[거대 설화, '카이제닉스 제도'가 당신을 향해 적의를 드러냅니다!]

왕의 눈동자가 커지고 있었다.

"잠깐. 너는 설마—"

나는 '부러지지 않는 신념'에 정신을 집중했다. 지금부터 내가 하려는 일은 본래라면 불가능한 일이었다.

[거대 설화, '카이제닉스 제도'가 당신은 이 이야기에 그 정도로 개입할 자격이 없다고 말합니다.]

맞다. 나는 외부인이다.

[성유물, '부러지지 않는 신념'의 주인이 당신을 바라보고 있습니다.]

하지만 동시에 이 이야기의 주인공이기도 했다.

내 안의 '리카르도 폰 카이제닉스'가 묻고 있었다.

「그대는 진심인가. 정말로 이 오래된 이야기를 바꿀 셈인가.」

나는 고개를 끄덕였다.

정말로 리카르도가 폭풍왕의 후예라면, 그래서 이 검을 가진 내가 이 세계에 오게 된 거라면. 나 역시 단 한 번은 이 검의 진짜 힘을 쓸 수 있을 것이다.

'부러지지 않는 신념'의 검극이 환한 빛을 발했다. 지금 검극에 담긴 것은 마력이 아니었다.

[거대 설화, '신화를 삼킨 성화'가 이야기를 시작합니다.]

이것은 나와 〈김독자 컴퍼니〉가 살아온 역사.

"무슨—"

왕이 눈을 커다랗게 뜨는 순간, 까마득한 창공에서 거대 설화가 움직였다.

[거대 설화, '카이제닉스 제도'가 당신을 향해 고함을 지릅니다!]

나는 내리치는 개연성의 스파크와 함께 검을 휘둘렀다. 왕을 향해서가 아니었다. 정확히는 왕과, 우리의 머리에 꽂힌 저 아득한 활자들을 향해서.

이야기와 존재를 잇는, '설화의 맥락'을 향해서.

실패할 수도 있다. 그럼에도 충분히 실현 가능성 있는 '이야기'였다.

왜냐하면,

[<스타 스트림>이 이야기의 개연성을 납득합니다.]

[새로운 장르의 가능성이 발아합니다!]

[거대 설화, '카이제닉스 제도'가 경악합니다!]

빌어먹을 〈스타 스트림〉은 결국 더 재미있어 보이는 방향으로 개연성을 흐르게 만드니까.

츠츠츠츠츳!

눈부신 개연성의 스파크와 함께 한순간 정신이 아득해졌다.

꾸역꾸역 피를 토하며 정신을 차렸을 때, 나는 바닥에 주저앉은 채였다.

주변을 둘러보니 다른 이들도 모두 실 끊어진 인형처럼 자리에 널브러져 있었다.

나는 유중혁과 이현성의 부축을 받아 자리에서 일어났다.

[당신을 지배하던 '거대 설화'의 영향력이 약해집니다.]

나를 옥죄던 거대 설화의 개연성이 더는 느껴지지 않았다.

아마 눈앞의 여자 역시 같은 감각을 느끼고 있겠지.

"어째서…… 이런 선택을 한 것이지?"

왕은 혼란스러운 목소리로 중얼거렸다.

"해서는 안 되는 짓을 했다. 세계가 네게 분노할 것이다!"

"이미 충분히 미움받는 몸이라."

"왜, 대체 왜 그런 것이냐! 너는 왕이 될 수 있었다."

"난 이미 '왕이 없는 세계의 왕'이야."

"뭐?"

"게다가 〈김독자 컴퍼니〉 대표에, 〈명계〉의 후계자이기도 하고. 이제 감투는 지긋지긋해."

나는 하늘을 올려다보았다.

비록 잠깐 거대 설화의 영향력에서 벗어나기는 했으나, 이 상황이 오래가지는 않을 것이다.

쉽게 갈 수도 있는 시나리오였다. 유리 디 아리스텔의 말처럼 그녀와 결혼하거나, 그녀를 죽이고 시나리오를 끝낼 수도 있었다.

하지만 이번에는 그렇게 하고 싶지 않았다.

왕당파와 혁명파로 분열된 세계.

이 세계의 사람들을 지키면서 거대 설화의 영향력에서 벗어날 방법.

세계관이 부여한 '배역'에서 벗어난 삶을 살아갈 방법.

어쩌면, 나는 이미 그런 삶을 선택한 인물을 본 적이 있다.

나는 왕의 손을 잡아 천천히 일으켜 세웠다.

한수영은 이 손으로 소드마스터가 됐고 대마법사가 됐다.

내가 아는 한수영은, 이 세계에서 고작 '생존' 따위를 목표로 할 만한 위인이 아니다. 그녀는 훨씬 큰 그림을 그리는 작가니까.

[당신은 한 번도 이루어진 적 없는 전개를 선택했습니다.]

[세계관이 당신의 결정적인 행동을 기다리고 있습니다.]

나는 왕의 손에 입을 맞추는 대신, 들고 있던 '부러지지 않는 신념'을 쥐여주었다.

깜짝 놀란 왕이 말했다.

"무슨 짓이지? 지금……."

"이야기가 아직 끝나지 않았잖아."

"뭐?"

"오해하지 마. 너한테 왕위를 주려는 게 아니니까. 왕이 되는 것은 네가 아니라, 내 동료."

커지는 왕의 눈을 보며, 나는 말을 맺었다.

"〈김독자 컴퍼니〉의 한수영이다."

그리고 다음 순간, 눈앞에서 시나리오 메시지가 폭발했다.

[시나리오 선택지에 오류가 발생했습니다!]

[장르 선택지 '판타지'가 붕괴합니다!]

[장르 선택지 '퓨전 판타지'가 붕괴합니다!]

[장르 선택지 '로맨스'가 붕괴합니다!]

[당신은 어떤 장르 선택지도 선택하지 않았습니다.]

…….

그리고, 누군가가 내게 말했다.

「용케도 알아냈네, 김독자.」

4

"……한수영?"

언뜻 한수영 목소리가 들려온 것도 같아서, 나는 허공에 대고 중얼거렸다. 하지만 그 이상의 목소리는 들려오지 않았다.

[거대 설화, '카이제닉스 제도'가 당신의 선택을 납득하지 못합니다!]

[세계관이 이상 반응을 일으키고 있습니다.]

엉겁결에 '부러지지 않는 신념'을 쥔 유리 디 아리스텔이 몸을 떨며 외쳤다.

"감히, 감히 이런 짓을 하다니……!"

[당신은 카이제닉스 제도의 적법한 왕위 계승자입니다.]

[당신의 왕위가 등장인물 '한수영'에게 이양됩니다.]

[세계관이 당신의 선택을 이해하지 못합니다.]

유리 디 아리스텔의 몸에서 환한 빛이 새어나왔다.

그녀의 것이 아닌 설화. 내가 잘 아는 한수영의 설화였다.

"한수영! 가만히 있어! 내가 다 책임진다고 했잖아!"

유리 디 아리스텔은 그 설화를 하나라도 놓지 않으려는 듯 자기 어깨를 끌어안은 채 외쳤다.

"이런 전개를 원한 게 아냐! 나는, 나는 그저 네가 계속 이 섬에 머물렀으면……!"

유리 디 아리스텔이 누구와 이야기하는지, 그리고 어떤 이야기를 나누는지 알 것 같았다.

[전용 스킬, '전지적 독자 시점'이 활성화 중입니다.]

유리 디 아리스텔과 한수영이 보낸 시간이 파편처럼 흘러가고 있었다.

「"같이 있어주겠다고 했잖아! 내 수호령이 되어주겠다며! 나는 네가 보여준 시나리오가 좋아. 이대로 너를 보내줄 수는 없다고! 나는……!"」

「"미안, 유리."」

유리 디 아리스텔이 꾸르륵 피거품을 물더니 비틀거리며 쓰러졌다. 나는 황급히 그녀를 안아 들었다. 지금쯤 그녀의 안에서는 한수영과 유리 디 아리스텔의 전쟁이 벌어지고 있을 것이다.

[거대 설화, '카이제닉스 제도'가……!]

[거대 설화, '신화를 삼킨 성화'가……!]

그녀의 몸을 차지하기 위해 거대 설화들이 싸우고 있었다.

느닷없는 혼란에 빠진 근위기사들이 중얼거렸다.

"진짜로 왕이 바뀌었다고?"

"하지만 이런 식으로는……."

"그러니까 지금, 적법한 왕이 나타났다는 건가?"

근위대는 복잡한 눈으로 서로 보며 수군거렸다.

"그럼 우리 세계의 장르는 어떻게 되는……."

"쉿, 그런 발언은 금지라는 걸 잊었나? 자네 배역에 충실하게!"

"설화의 힘이 전혀 느껴지지 않네. 마치 내 배역이 사라진 것처럼."

혼란에 빠진 인물들이 서로 말을 주워섬기고 있었다.

하긴 나여도 저들이라면 당황스러울 것이다. 수백 번이나 반복된 삶에 처음으로 오류가 발생했으니까.

내 곁에선 유중혁이 말했다.

"김독자, 너무 서둘렀다."

"알아."

"이 제도는 아직 새로운 이야기를 받아들일 준비가 되지 않았다."

카이제닉스 제도는 단 한 번도 전통적인 엔딩의 굴레에서 벗어난 적이 없을 것이다. 카이제닉스 제도가 그것을 원했으니까.

그런데 우리는 그런 오랜 전통에 지금 막 반기를 들었다.

"한수영이 지반을 잘 다져놨기에 가능할 줄 알았어. 얼마 전까지 이 녀석이 왕이기도 했잖아."

"적법한 왕은 아니었지. 그녀를 인정하지 않는 세력이 있기에 '혁명단'이 존재하는 것이다."

강제적인 정권 교체는 반드시 진통을 유발하게 되어 있다.

심지어 이번 시나리오에서 발생한 유리 디 아리스텔의 '왕위 찬탈'은 본래의 '카이제닉스 제도' 시나리오에는 없던 일.

왕의 돌발행동에 이은 우리의 돌발행동은 똑같은 시나리오를 무수히 반복해온 '카이제닉스 제도'의 환생자들에게 낯선 것이었다.

[장르 선택이 완료됐습니다.]

[해당 장르의 클리어 조건 충족 여부가 확인되지 않았습니다.]

유중혁 말이 맞았다.

이 세계는 아직 우리가 만든 새로운 장르를 받아들일 준비가 되어 있지 않았다.

[<스타 스트림>이 해당 시나리오의 클리어 여부를 논의 중입니다.]

"이렇게 서두를 필요 없는 일이었다."

유중혁과 나는 호화스러운 침대에 잠든 한수영을 내려다보고 있었다.

왕성 바깥에서는 아까부터 소란스러운 폭음이 연신 울려 퍼지고 있었다. 새로운 왕에 찬성하는 세력과, 새로운 왕을 거부하는 백성들이 혈투를 벌이는 소리였다.

"어차피 유리 디 아리스텔의 왕권은 무너지게 되어 있었다."

유중혁은 힐난하는 목소리였다.

"먼저 제도 곳곳의 유력 가문에 흩어진 왕의 기수들을 모았어야 한다. 그다음에 서서히 왕권을 무너뜨리고, 마지막에 '부러지지 않는 신념'을 선보였어도 될 일이었다. 그랬으면 지금처럼 제도가 혼란에 빠지지는 않았을 것이다."

"물론 그게 최선이었겠지."

"그걸 잘 아는 놈이—"

"하지만 그 계획대로 진행했다면."

나는 잠시 말을 멈추고 한수영의 얼굴을 다시 내려다보았다.

"이 녀석의 오십 년이 더 길어졌을 거야."

"……."

"녀석의 오십 년을 일 분이라도 더 늘리고 싶지 않았어."

진심이었다.

처음 이 세계로 빙의되고 한수영의 오십 년을 깨달은 순간부터 나는 줄곧 한 가지 감정에서 벗어나지 못하고 있었다.

또, 나 때문에 누군가가 희생되었다.

오십 년의 세월을 견딘 한수영은 과연 제정신을 유지할 수 있을까.

정말 내가 알던 한수영의 자아를 유지하고 있을까.

"모두, 내가 '환생자들의 왕'과 거래했기 때문이야."

「차 라리 내가 희 생하 는 편 이더 나았 어」

고개를 돌리자 유중혁이 한심하다는 눈으로 나를 노려보고 있었다. 녀석은 몇 번인가 나를 향해 입술을 달싹거리더니, 화를 참는 듯 구석에 있는 소파로 걸어가 앉았다. 그러고는 눈을 꾹 감은 채 등을 완전히 기대었다.

"한마디 하고 싶지만, 다른 녀석이 대신해줄 것 같군."

"뭐?"

다음 순간, 화끈한 통증이 뒤통수를 물들였다.

"야, 김독자."

돌아보니 익숙한 미소가 나를 기다리고 있었다.

"너 때문에 다 망했잖아!"

머리를 털며 부스스 일어난 한수영이 다시 한번 내 머리통을 갈겼다.

한수영이 깨어난 후 우리는 긴급회의에 돌입했다.

한수영은 안색이 파리한 것만 빼면 무척 괄괄한 상태였다.

"내가 쓰라고 적어둔 방법 있잖아. 어떻게 된 게 매뉴얼대로 하라는 것도 못하냐? 너흰 이현성보다 멍청해! 알았어?"

정희원과 함께 병실을 지키던 이현성이 문 사이로 머리를 빼꼼 내미는 것이 보였다.

"김독자. 내가 써둔 세 가지 방법 읊어봐."

"첫 번째 방법, '퓨전 판타지' 루트."

"내용은?"

"이계의 신격의 힘을 빌려서 시나리오를 클리어…… 야, 애초에 이건 말도 안 되는 방법이잖아."

"그래서, 두 번째는?"

나는 알 수 없는 억울함을 느끼며 교과서를 읽듯 한수영의 책을 읽었다.

"두 번째 방법, '판타지'."

"내용은?"

"역성혁명을 일으켜 왕을 살해한다. 아니, 왜 내가 이걸 읽어야 하는……."

한수영의 손바닥이 다시 한번 내 뒤통수를 갈겼다.

제기랄, 이 자식이.

"세 번째 방법, '로맨스'."

"내용은?"

"유리 디 아리스텔과 결혼한다."

"그래서 네가 택한 건 뭐지?"

"네 번째 방법."

"내가 방법이 세 개라고 써놨지?"

나는 고개를 끄덕였다. 한수영이 말했다.

"첫 번째랑 두 번째는 그렇다 쳐도, 세 번째는 가능했잖아."

나는 잠시 생각했다.

"그런가?"

"왜 나랑 결혼 안 했어?"

"아니, 그게."

"왜!"

나는 날아오는 한수영의 손바닥을 피하며 외쳤다.

"이딴 게 진짜 제대로 된 방법일 턱이 없잖아. 이걸 진짜 실천하라고 써둔 거냐?"

"그럼 감상하라고 써놨겠냐!"

한수영이 씩씩거리며 손가락질했다.

"네가 혼인을 받아들였으면 다 해결됐을 거라고! 네 적법성과 유리디 아리스텔의 무력이 혼인을 통해 결합했다면, 제도가 지금처럼 분열될 일은 없었단 말이야!"

"하지만 그런 짓을 하면 넌 이곳에 남게 되는—"

"유리는 내가 설득할 수 있었어! 내 계획은 우리가 결혼한 다음에 다 같이 이 세계를 탈출하는 거였다고!"

"……아깐 용케도 방법을 찾았다고 칭찬하지 않았냐?"

"네 빌어먹을 오독에 감탄한 거지."

젠장, 그런 거였나.

한수영이 한숨을 내쉬며 말했다.

"이제 어쩔 거야."

바깥에서는 혁명대와 근위대가 치고받고 있다. 어느 쪽을 편들더라도 사태는 최악으로 치달을 것이다.

[시나리오에 오류가 발생했습니다.]

[세계관이 해당 시나리오의 결말을 납득하지 못합니다.]

[세계관이 등장인물 '한수영'에게 왕의 자격이 있는지 의심합니다.]

[<스타 스트림>이 해당 시나리오의 클리어 여부를 논의 중입니다.]

나는 한수영을 보며 말했다.

"내가 또 너무 늦어서 미안하다."

한수영이 어깨를 으쓱하며 말했다.

"너무 늦긴 했지. 근데 사실 잘 기억도 안 나."

"그럴 리 없잖아."

"넌 내가 진짜 오십 년을 살았을 거라 생각해?"

"그럼?"

"대부분은 잊었어. 정확히는 일부러 지웠지. 그걸 다 기억하고 있었으면 나도 미쳐버렸을걸."

그제야 어떻게 된 상황인지 알 수 있었다.

녀석에게는 [아바타] 스킬이 있다. 그리고 [아바타] 스킬은 사용하기에 따라서 자신이 가진 기억을 소거하는 데도 유용하다.

"책을 남겨둔 건 내가 잊은 것들을 기록해두기 위해서였어."

"현명한 선택이었네."

"비겁한 방법이지. 그리 칭찬받을 만한 건 아냐."

한수영이 방 한쪽 구석을 흘끗거리며 말했다.

"세상에는 나보다 더 긴 세월을 살아도, 아무것도 잊지 않는 괴물도 있으니까."

누구를 지칭하는지는 말하지 않아도 알 수 있었다.

나는 어색해진 분위기를 환기하기 위해 과장스러운 제스처와 함께 입을 열었다.

"자, 그보다 지금부터 해결책을 생각해보자고. 독자의 입장에서 말하건대, 다음 전개는—"

내 의도를 눈치챈 한수영도 끼어들었다.

"아니지, 작가의 입장에서 판단하건대, 지금부터 우리가 해야 할 일은—"

한수영과 나는 입에서 나오는 대로 지껄이기 시작했다. 도깨비를 불러서 항의해보자든가, 만만한 하위 격의 이계의 신격을 불러보자든가, 그냥 시나리오고 뭐고 다 때려 부수고 여기서 탈출하자든가…….

"모두 입 다물어라."

유중혁의 말에 우리는 입을 다물었다.

녀석의 눈치를 살피던 한수영이 슬그머니 내 쪽으로 붙으며 중얼거렸다.

"가끔은 주인공의 직감을 믿어보는 것도 괜찮겠지."

나는 고개를 끄덕였다. 유중혁이 입을 열었다.

"오늘 오후에 제도의 기수들이 왕성으로 모일 것이다. 그때, 승부를 본다."

"정공법이군."

"방법은 그것뿐이다."

유중혁 말이 맞다.

때로는 정공법만이 최선의 방책일 때도 있다.

밤은 금방 찾아왔다. 유력한 가문의 귀족이 모두 알현실로 모였고, 우리도 알현실로 발걸음을 재촉했다.

제도 전체가 알 수 없는 적의로 들끓고 있었다.

적법한 왕을 가리자는 세력. 검은 마법사에 동조하는 세력.

그리고 우리 일행 모두에게 적의를 보이는 세력까지.

흉흉한 기세가 느껴지는 회랑을 돌며 정희원이 중얼거렸다.

"아이들이 있었다면 좋았을 텐데, 아쉽네요."

테이밍 스킬을 가진 신유승과 이길영, 또는 대군 전투 능력을 보유한 이지혜가 있었다면 이 정도로 압박감을 느끼지는 않았을 것이다.

"그 애들은 따로 해야 할 일이 있습니다. 아마 지금쯤 다른 시나리오를 진행하고 있을 거예요."

"하영 씨는 어떻게 됐죠?"

"하영이는 엄밀히 따지면 〈김독자 컴퍼니〉 소속원이 아니라서, 같은 시나리오로 소환되지 않았을 겁니다."

멸살법대로라면 장하영도 지금쯤 자신의 역할을 찾았을 것이다.

나는 정희원과 이현성의 호위를 받으며 회랑으로 가는 걸음을 재촉했다.

내 앞쪽으로는 경보라도 하듯 앞서거니 뒤서거니 가는 한수영과 유중혁이 있었다. 황새와 뱁새의 대결을 보는 느낌이었다.

같은 광경을 보던 정희원이 슬그머니 내게 귓속말을 했다.

"독자 씨."

"네?"

"괜한 오지랖일 수도 있지만, 어쩐지 독자 씨가 아셔야 할 것 같아서요."

"뭘 말입니까?"

정희원이 앞서가는 유중혁과 한수영의 뒷모습을 보며 은근히 목소리를 더 낮췄다.

"저 두 사람 관계에 대해서요."

5

"저 두 사람, 약혼했어요."

"예?"

정희원의 어마어마한 뒷북에 나는 입을 쩍 벌리고 있다가 슬그머니 고개를 돌려 이현성 쪽을 바라보았다.

시선이 마주친 이현성이 얼굴을 붉히며 고개를 돌렸다.

유중혁과 한수영.

제도 카이제닉스의 1왕자와 백작가의 영애.

키 차이가 좀 심하긴 한데…… 계속 보니 잘 어울리는 것 같기도 하다. 둘이 성격은 잘 안 맞겠지만 은근히 닮은 점도 있으니까.

나는 불쑥 치밀어 오른 장난기에 입을 열었다.

"어이, 너희 그렇게 보니 흑곰과 아기 새 같기도—"

그와 동시에 무시무시한 살기가 나를 향해 날아왔다.

"죽여버린다."

"한 마디만 더하면 입을 찢어버리겠다."

등 뒤로 식은땀이 흘렀다.

정희원이 내게 속닥거렸다.

"도발하지 않는 게 좋겠어요."

"그렇겠군요. 그런데…… 뭔 일이 있었던 건 희원 씨 쪽도 마찬가지 아닙니까?"

"네?"

나는 어리둥절해하는 정희원에게 씩 웃어준 뒤 유중혁과 한수영의 사이로 뛰어들었다.

내 장난에 기분이 상했는지 둘 다 얼굴이 빳빳하게 굳어 있었다.

"한수영. 네 역할이 중요해. 알지? 네가 먼저 잘 말해야—"

한수영은 대답이 없었다.

"한수영?"

한수영의 몸에서 기이한 스파크가 튀었다.

나는 무슨 일이 벌어지는지 곧바로 눈치챘다.

유리 디 아리스텔의 자아가 한수영을 밀어내고 있었다.

「널 보내주지 않을 거야.」

유리 디 아리스텔이 절규하고 있었다.

「이곳을 떠나면, 너희는 후회하게 될 거야.」

「너희가 가진 설화들은 언젠가 인적이 끊어진 유적지처럼 낡아버릴 테고, 누구도 너희의 설화를 기억하지 못하게 될 거야.」

「그래서 결국엔, 이 섬에 박제되지도 못한 채 소멸해갈 거라고.」

유리 디 아리스텔. 이 시나리오의 본래 주인공.

본래 시나리오였다면 그녀는 평범하게 자라나 지금쯤 왕의 여인이 되었을 것이다.

「이 세계에 남아 있으면 너희는 안전해.」

안전하다라.

「이곳에서는 희극도 비극도 크지 않아. 이 작은 세계의 장점이지. 하지만 제도 바깥으로 나가게 되면, 너희는 '진짜 죽음'과 마주해야 해.」

나는 그렇게 말할 수밖에 없는 그녀를 이해했지만, 동시에 그걸 이해한다고 말해서는 안 된다고 생각했다. 나는 그녀와 같은 설화를 살지 않았으니까.

아무리 많은 이야기를 읽어도, 어쩌면 그건 그냥 읽은 것일 뿐이다. 그러니 내가 해야 할 일은 건방진 설득이 아니라 치열한 상상이다.

한수영이 나라면, 어떻게 말해줬을까.

「내가 '환생자들의 왕'에게 청할게. 그냥 다 함께 이곳에 남아. 그리고 윤회의 벽에 몸을 맡겨. 그러면―」

"매번 똑같은 시나리오를 수행하며 살아가게 되겠지."

「…….」

"유리 디 아리스텔. 네가 원한 진짜 '해피 엔딩'은 뭐였어?"

유리 디 아리스텔의 눈동자가 격렬하게 흔들렸다.

'환생자들의 섬'은 시대의 뒤안길로 사라진 낡은 설화들의 박물관.

이 제도의 근간은 오래된 중세 판타지 중 하나였다.

그리고 유리 디 아리스텔은, 거대 설화의 양식에 알맞은 배역과 행동만을 수행하며 삶을 반복해왔을 것이다.

한수영은 그것을 알았기에, 유리에게 새로운 이야기의 가능성을 알려주고 싶었을 것이다. 그녀에게 새로운 것을 배우게 하고, 새로운 삶을 살게 만들어주고 싶었을 것이다.

우리가 설화에 지배당하는 노예가 아니라고 알려주고 싶었을 것이다.

「나는, 그저.」

아마 유리 디 아리스텔도 이미 느끼고 있으리라.

"한수영을 좋아하지?"

「…….」

"그러면 한수영을 믿어봐. 그 녀석은 절대 널 버리지 않을 거야."

유리 디 아리스텔은 잠시 나를 바라보더니 복잡한 표정을 지으며 자취를 감추었다.

츠츠츳, 하고 가볍게 스파크가 튀더니 하얗게 물들었던 한수영의 눈동자가 원래대로 돌아왔다.

현기증이 나는지 가볍게 휘청거린 한수영이 감탄했다는 듯 나를 보며 말했다.

"제법인데?"

"너한테 배웠다."

"유리가 진짜 너랑 결혼하고 싶어할지도……."

"헛소리 말고 준비해. 이제 진입할 거니까."

우리는 곧장 알현실 문을 열었다.

열리자마자 위협적인 기세가 알현실 양옆에서 쏟아졌다.

그와 거의 동시에 정희원이 내 곁으로 다가서며 말했다.

“그땐 미안했어요, 독자 씨.”

뭐가 미안했다는 건지는 묻지 않아도 알 수 있었다.

“이번엔 잘 지켜줄게요.”

“믿겠습니다.”

이현성과 정희원이 양옆에 서자, 내게 쏟아지던 기세가 한결 누그러졌다. 최고의 검과 방패가 한자리에 모이니 이렇게 든든할 수가 없다.

나는 알현실에 도열한 인파를 살폈다.

한쪽에는 혁명단의 대표가, 다른 한쪽에는 귀족과 그 기수들이 서 있었다.

우리는 그들을 지나쳐 왕좌를 향해 걸어갔다. 왕좌를 코앞에 둔 순간, 인파 사이에서 누군가가 외쳤다.

“왕은 누구입니까?”

왕은 누구인가. 이들은 그 의문의 답을 확인하기 위해 여기 모였다.

“소문대로 검은 마법사가 왕이 된 것인가?”

“적법한 왕을 가려내시오!”

“왕자들이여! 진실을 알려주십시오!”

그 얼굴을 보는 순간 깨닫는다. 이들은 자신의 의지로 여기 있는 것이 아님을.

이들을 이곳으로 부른 것은 이 세계의 설화다.

나와 유중혁은 동시에 한수영을 바라보았다.

고개를 끄덕이며 한수영이 앞으로 나섰다.

“내가 제도 카이제닉스의 왕이다.”

그러자 혁명단 측 인사들이 앞으로 나섰다.

“감히!”

“카이제닉스의 정통 계승자는 어디 있는가!”

“저 여자를 죽여라!”

한수영은 당황하지 않고 검을 뽑았다.

"이 검이 왕의 증거다."

'부러지지 않는 신념'이 눈부신 백광을 토해냈다. 검을 알아본 몇몇이 무릎을 꿇었지만, 대다수는 여전히 불신의 눈빛을 하고 있었다.

그리고 유중혁이 나섰다.

"그녀가 제도의 왕이 맞다."

1왕자가 나서자, 1왕자의 지지자들이 당황하는 표정을 지었다.

혁명단에서 곧장 거센 항의가 튀어나왔다.

"어떻게, 어떻게 이런…… 이런 일은 한 번도 벌어진 적이 없소!"

"뭐든 처음이 있는 법이지."

"우리 가문은 이런 결과를 인정할 수 없소!"

급기야 자기 역할을 벗어난 발언을 하는 존재도 나타났다.

"당신들의 선택은 이 세계관에 맞지 않소이다!"

"우리 세계관은 그저—"

나는 그들을 향해 말했다.

"당신들의 세계관이 뭔데."

사람들이 도로 입을 다물었다.

나는 말없이 허공의 메시지를 올려다보았다.

[현재 해당 세계관의 장르가 정해지지 않은 상태입니다.]

근위대와 귀족, 그리고 혁명단원들 역시 그 메시지를 보고 있었다.

결말을 앞둔 지금까지도 세계관의 장르는 정해지지 않았다.

군중은 어떻게 해야 할지 모르겠다는 얼굴들이었다.

"대체 언제까지 '카이제닉스 제도'의 배역으로 살아갈 생각이야?"

내 물음에 군중 하나가 목소리를 떨며 말했다.

"왜, 왜 이런 짓을 하는 거요."

그의 머리 위로 거대 설화의 힘이 일렁이고 있었다. 아마도 지금 그에게 말을 시키는 것은 거대 설화의 의지일 것이다.

"우리는 이 제도에 굉장히 오래 있었소. 이 세계관을 벗어나면 우리는 아무것도 아니오. 어서 장르를 정하시오. 이 이야기를 끝내달란 말이오!"

"마르텔 경."

나를 대신해 그의 이름을 부른 이는 한수영이었다.

이름이 불린 귀족이 입술을 떨었다.

"이 제도가 당신이 살아온 역사의 전부는 아니잖아."

"네가, 네가 무엇을 안다고—"

"당신 장르는 '로맨스'가 아니야."

[거대 설화, '카이제닉스 제도'의 영향력이 돌아옵니다!]

[거대 설화, '카이제닉스 제도'가 적개심을 드러냅니다.]

서서히 주변의 스파크가 강해지고 있었다. 연결이 끊어졌던 거대 설화의 힘이 다시 우리를 구속하려는 것이다.

하지만 한수영은 굴하지 않았다.

"'판타지'나 '퓨전 판타지'도 아니고."

설화가 없는 존재는 없다. 단지, 그것이 너무 작다는 이유로 설화라 부르지 않을 뿐이다.

"당신의 장르는 '마르텔 디 루트비어'야."

귀족의 눈동자가 서서히 커졌다.

한수영은 그 옆의 귀족들을 바라보았다.

"케인 폰 발로드. 에리메인 반 에크리드. 슈트리안 엑셀롯……."

오래전에 사라진 이야기의 이름을 되찾아주듯, 한수영은 모두의 이름을 차례차례 불러주었다. 기억력이 좋은 한수영이기에 가능한 일이었다.

귀족도, 혁명단원도, 근위기사도. 그 순간만큼은 얌전히 자신의 이름이 불리기를 기다리고 있었다.

한수영은 이름을 다 부른 후 이렇게 말했다.

"그 이름이 당신들의 장르야."

그 말에 누군가는 눈을 떨구었고, 또 다른 누군가는 생각에 잠겼다.

반발하듯 앞으로 나온 이도 있었다.

"지금 우리가 밖으로 나가면 어떤 꼴이 될 줄 알고요?"

방금 이름이 불린 귀족 여인이었다.

"당신 말은 무척 고맙지만, 이제 우리를 기억해주는 이들은 아무도 없어요. 우리가 이야기하는 설화는 〈스타 스트림〉에서 잊혀졌다고요. 무대 바깥으로 나가서 또 지난날 같은 수치를 당하라는 이야긴가요?"

[거대 설화, '카이제닉스 제도'가 미소 짓습니다.]

그러자 한수영이 되물었다.

"왜 수치를 당한다는 건데?"

"이제 우리 설화는 인기가 없으니까요."

"왜 당신들 설화가 인기 있어야 해?"

그 물음에, 한순간 여인의 표정이 굳었다.

"그걸 고민해야 하는 건 저 위에 있는 녀석들이야. 당신들은 작가가 아니라 주인공이야. 당신들은 당신들 마음대로 해도 돼. 당신들 삶이잖아. 도깨비나 성좌가 뭐라고 하든, 당신들이 행복해야 하는 거잖아."

한 마디 한 마디에 한수영의 진심이 담겨 있었다. 나는 실시간으로 변하는 인물들의 표정을 볼 수 있었다. 한수영의 말이 이어질 때마다 그들의 얼굴 위로 표정이 그려졌다. 나는 할 수 없는 일이었다.

"당신들이 도와준다면, 우리 모두 함께 나갈 수 있어. 원한다면 우리와 같이 설화를 만들어나가도 좋아. 아니, 그랬으면 좋겠어."

다른 선택을 할 수도 있었다. 이들의 작은 이야기들을 짓밟고 앞으로 나아갈 수도 있었다. 이제껏 그래왔듯 시나리오 깨기에 천착할 수도 있었다.

하지만 이번에는 그렇게 하지 않았다. 적어도 여기서만큼은 이렇게 하고 싶었다.

이곳에 모인 〈김독자 컴퍼니〉 모두의 뜻이었다.

그러자 누군가가 물었다.

"당신들은…… 대체 무슨 이야기를 하고 싶은 겁니까? 당신들의 '장르'는 대체 뭡니까?"

"우리도 몰라. 다만 우리가 알고 있는 건."

한수영은 나를, 유중혁을, 정희원과 이현성을 일별했다.

시선을 받은 내가 말했다.

"우리는 〈김독자 컴퍼니〉다."

'부러지지 않는 신념'을 치켜든 한수영이 그것을 그대로 바닥에 꽂았다.

[성유물, '부러지지 않는 신념'의 특수 효과가 발동합니다!]

'부러지지 않는 신념'의 세 가지 속성. 불, 어둠, 빛의 에테르가 한꺼번에 타올랐다. 그런 기적을 본 적 없는 제도의 백성들은 귀신에 홀린 듯 이쪽을 보고 있었다.

유중혁이 말했다.

"우리는 겨우 '카이제닉스 제도'를 차지하기 위해 이곳에 온 게 아니다."

"우리는 여러분을 해방하기 위해 이곳에 왔습니다."

덧붙인 내 말에 몇몇 군중이 중얼거렸다. 겁에 질린 몇몇은 신음을 흘리며 뒷걸음질 쳤다.

「다들 알고 있었잖아요.」

그 말을 한 것은 나도, 한수영도, 유중혁도 아니었다.

「우리도 언제까지 같은 시나리오만을 반복할 수는 없어요.」

유리 디 아리스텔이 말하고 있었다. 우리가 정말 원하는 이 시나리오의 결말을 그녀는 정확히 이해한 것이다.

「나는…… 이들과 함께 가보려고 합니다.」

유리 디 아리스텔의 말에, 군중은 충격에 빠진 얼굴이었다.

그런데 결심을 한 사람은 유리만이 아니었다.

순간 심장이 강하게 뛴다 싶더니, 누군가가 내 입으로 말을 하고 있었다.

「그녀가 함께한다면 나 역시 그럴 것이다.」

내 빙의체인 4왕자 리카르도의 말이었다.

뒤이어 유중혁에게서도 목소리가 흘러나왔다.

「연약한 동생을 혼자 보낼 수는 없지.」

1왕자 슈바이첸.

뒤이어 이현성과 정희원 쪽에서도 목소리가 들려왔다.

「왕자님이 가시는 곳에 저의 검이 있을 것입니다.」

「폐하는 제가 지키겠습니다.」

빌스턴 프레이머와, 에리히 스트라이커까지.

우리 이야기를 지켜보고 있던 것은 유리 디 아리스텔만이 아니었다.

우리에게 몸을 빌려준 원래 주인공들도 지켜보고 있었다.

[거대 설화, '신화를 삼킨 성화'가 포효합니다!]

[거대 설화, '마계의 봄'이 세계를 바라봅니다.]

"우리는 성마대전에 참가할 겁니다."

모든 군중이 〈김독자 컴퍼니〉를 바라보고 있었다.

나는 그 컴퍼니의 대표로서 말을 이었다.

"그리고 이 섬의 모든 존재를 '환생'으로부터 해방할 겁니다."

오랫동안 거대 설화의 시나리오에 종속되어 있던 군중이, 우리를 바라보고 있었다.

"모두 함께 갑시다."

내 말과 함께 바닥에 균열이 발생했다. 하늘이 흔들리고, 세계가 울고 있었다.

[거대 설화, '카이제닉스 제도'가 울부짖습니다!]

하나의 세계가 무너지는 소리였다.

[거대 설화, '카이제닉스 제도'가 제도의 모든 백성에게 통제권을 발동합니다!]

커다란 이야기는 존재를 소비하여 자신의 생을 연명한다. 그것은 〈스타 스트림〉의 오랜 법칙이었고, 나 역시 지난날을 통해 잘 아는 사실이었다.

그런데 거대 설화는 알고 있을까. 결국 저와 같은 '거대 설화'를 만드는 것은,

[제도 '카이제닉스'의 모든 환생자가 거대 설화의 통제를 거부합니다.]

바로 존재들임을.

[거대 설화, '카이제닉스 제도'가 경악하며 백성을 바라봅니다!]

제도의 백성이 서로를 보고 있었다.

"……그래, 유리가 저렇게까지 말하는데 한번 가보자고."

"뒈지면 어쩌려고 그러나."

"뒈져도 뒈진 게 아닌 삶보단 낫지 않겠나."

그들 역시, 각자의 삶을 택한 것이었다.

[거대 설화, '카이제닉스 제도'가 우울한 표정을 짓습니다.]

오랜 설화의 맥락이 하나씩 끊어지고 있었다. 늙은 배우들이 마침내 제도에서 벗어나 자신의 삶으로 돌아가고 있었다.

"슬퍼하지 마라. 그들이 가는 곳이 곧 네가 존재하는 곳이니까."

나는 원망스레 나를 내려다보는 '거대 설화'를 향해 말했다.

"너도 우리와 함께 가자."

[세계관이 당신의 대답을 납득합니다.]

[시나리오 클리어 조건을 충족했습니다!]

[서브 시나리오 - '장르 선택'이 종료됐습니다!]

[해당 세계관의 장르는 '메타물'입니다.]

[시나리오 클리어 보상을 정산 중입니다.]

[해당 시나리오 지역에 '성마대전'의 시공간에 동기화됩니다.]

['성마대전'의 포털을 개방합니다!]

허공에 눈부신 빛을 흩날리는 광대한 포털이 만들어졌다.

성마대전으로 가는 문이었다.

"먼저 가겠다."

제일 먼저 유중혁이 그 안으로 걸어 들어갔다. 유중혁을 따라, 결심을 마친 환생자들이 포털을 기웃거렸다.

누군가는 내게 이렇게 묻기도 했다.

"우리가 정말 할 수 있을 거라 생각하시오?"

"모릅니다. 하지만 그럴 수 있기를 바랍니다."

"솔직하군."

머쓱하게 웃은 환생자가 포털 속으로 발을 들이밀었다.

밀려나가는 인파들. 나와 한수영은 대열의 끝에서 그들을 지켜보았다.

한수영이 말했다.

"너 먼저 들어가."

아마 한수영은 이 세계에 꽤 애정이 남았을 것이다.

그러니 그녀에게 여운을 즐길 시간을 주는 것도 나쁘지 않겠다 싶었다.

그런데 내가 포털 안으로 발을 들이미는 순간, 한수영이 나를 붙잡았다.

"야, 김독자."

뭔가 물어보고 싶은 게 있는 눈이었다. 잠시 녀석을 보고 있자, 한수영은 이내 한숨을 내쉬며 손사래 쳤다.

"됐어, 아무것도 아냐."

"뭔데 그래."

"아무것도 아니라니까."

한수영이 투덜거리며 시선을 피했다.

뭔가 불안해진 나는 한숨을 쉬며 포털에서 발을 빼냈다.

"그냥 말해. 전에도 이런 식으로 의미심장하게 헤어져서 뭔가 불길하니까."

"별거 아냐."

"그럼 말해도 되잖아."

"집요하네, 진짜."

다시 한번 한숨을 내쉰 한수영이 입을 열었다.

"언젠가."

바닥을 보던 녀석이, 천천히 고개를 들며 말을 이었다.

"언젠가 이 모든 시나리오가 끝나면, 다시 소설을 쓰고 싶어질지도 몰라."

그렇게 진지한 눈으로 나를 바라본 것은 처음이어서, 조금 놀랐다.

한수영이 계속해서 말했다.

"그때, 내 소설 읽어줘."

"네 소설을?"

한수영이 고개를 끄덕였다.

"제일 먼저 읽을 기회를 주는 거야."

"난 그렇게 좋은 독자는 아닌데."

"토 달지 말고 읽으라면 읽어."

"알았어. 읽을게."

나는 흔쾌히 대답했다.

뭐, 읽어준다고 나쁠 것도 없지. 난 소설 좋아하기도 하고.

하지만 한수영은 내 반응이 의외였는지, 재차 물어왔다.

"……진짜로?"

"진짜로."

한수영은 믿을 수 없다는 듯 나를 바라보더니 말했다.

"어쩌면 3,000편 넘을지도 몰라."

"딱 내 취향이겠네."

"재미없을지도 몰라."

"네가 쓰는데 재미가 없겠냐?"

내 말에 한수영이 눈을 크게 떴다.

뭔가 머쓱해진 내가 말을 덧붙였다.

"무슨 장르로 쓸 건데?"

"그건 그때 봐서……."

"로맨스는 어때?"

"……로맨스를 어떻게 3,000편이나 쓰냐?"

우리는 그런 시답잖은 대화를 나누며 포털 쪽으로 시선을 돌렸다. 그곳에는 포털을 향해 함께 걸어가는 이현성과 정희원이 있었다. 뭔가 미묘하게 어색한 기류가 느껴지는 것이 보기 좋았다.

"저쪽은 3,000편 정도 걸릴 것 같은데."

그 순간, 하늘에서 반가운 메시지가 들려왔다.

[간접 메시지 제한이 해제됐습니다.]

[성좌, '긴고아의 죄수'가 기쁨의 환호성을 지릅니다!]

[성좌, '심연의 흑염룡'이 훈훈한 분위기를 좋아합니다!]

[성좌, '악마 같은 불의 심판자'가 경악합니다!]

아무래도 시나리오가 종료되며 채널이 다시 활성화된 모양이었다.

[성좌, '악마 같은 불의 심판자'가 자신의 화신을 보호합니다.]

[성좌, '악마 같은 불의 심판자'가 성좌, '강철의 주인'을 경계합니다.]

[성좌, '강철의 주인'이 억울해합니다.]

피식 웃은 한수영이 중얼거렸다.

"로맨스라……."

나는 한수영과 함께 포털 속으로 발을 내디뎠다.

멀리서 우리를 기다리고 있는 성좌들의 모습이 보였다.

[드디어 왔군, 〈김독자 컴퍼니〉.]

마침내, 성마대전의 개막이었다.

OMNISCIENT READER'S VIEWPOINT

지옥의 가장 뜨거운 자리

Episode 73

I

눈부신 헤드라이트에 신유승은 눈을 떴다.

허공을 누비는 새하얀 불빛들. 떠다니던 드론 한 기가 신유승의 얼굴 근처에서 팽그르르 돌더니 검은 하늘 속으로 멀어졌다.

"으, 머리야……."

어질어질한 현기증에 신유승은 비틀거리며 일어났다. 주변을 둘러봐도 고철 폐기물 더미뿐. 함께 있던 일행들 모습은 보이지 않았다.

설마 혼자 외따로 떨어진 건가?

"신유승?"

폐기물 더미 속에서 소년이 꼴뚜기처럼 머리를 내밀었다.

"이길영?"

신유승이 반가움에 그쪽을 바라보는 순간, 이길영의 머리통을 짓누르고 폐기물 더미 속에서 솟아난 한 여인이 있었다.

"비켜! 냄새나잖아!"

"지혜 언니!"

대충 누구랑 함께 오게 됐는지는 알 것 같았다.

일행들은 몸에 덕지덕지 묻어 있던 폐기물을 털어내며 일어섰다.

"뭐야, 우리뿐이야?"

"그런 거 같아요."

"부산 연합 재결성이네."

이지혜는 약간 신난 듯한 목소리였지만, 신유승은 그렇지 않았다.

하필 이지혜와 이길영이라니.

두 사람의 얼굴을 번갈아 보던 신유승은 속으로 결심했다.

'여기서 어른은 나뿐이야. 내가 잘해야 돼.'

그런 신유승의 속을 아는지 모르는지, 이지혜와 이길영은 서로 노려보더니 갑자기 서열 정리를 시작했다.

"흠흠, 얘들아. 늘 그랬듯 대장을 정해야지?"

"부산 연합 땐 누나가 했잖아. 그러니까 이번엔 나야."

"야, 내가 유치원 입학했을 때 넌 태어나지도 않았어."

"아, 그게 뭔 상관인데."

"쉿. 둘 다 조용히 해요!"

신유승의 목소리가 들려온 순간, 세 사람은 약속이나 한 듯 반사적으로 담벼락에 붙었다. 그리고 간발의 차이로 벌레처럼 날아다니던 드론이 방금 전까지 그들이 서 있던 골목을 비추었다.

기이이이잉…….

드론은 잠시 자리를 맴돌더니 이내 센서를 기우뚱하며 골목 바깥으로 사라졌다.

이지혜가 긴장하며 물었다.

"저거 드론 아냐?"

그때, 허공에서 시스템 메시지가 들려왔다.

[시나리오 시스템에 누군가가 개입했습니다!]

[당신들은 미증유의 힘에 의해 '본섬'의 '넥스트 시티'로 강제 소환됐습니다!]

['넥스트 시티'는 현재 '성마대전'의 분쟁 지역과 시공간적으로 단절되어 있습

니다.]

[해당 지역의 서브 시나리오를 해결하면, '성마대전'에 진출할 수 있습니다.]

"넥스트 시티?"

이길영의 눈이 초롱초롱해졌다.

"얼른 가보자!"

"애처럼 굴지 마, 이길영. 이거 게임 아니거든?"

신유승의 만류에도 불구하고 이길영은 달려나갔다.

다행히 근처에 드론은 보이지 않았고, 그들이 숨어 있던 담은 생각보다 고지대에 있었다.

"와, 이거……."

도시가 한눈에 보이는 절경. 밤거리를 휘황하게 밝히는 광전자. 머리에서 푸른 빛을 내뿜는 안드로이드들이 시위대 행렬처럼 거리를 배회하고 있었다. 어떤 세계관인지 단번에 눈에 들어오는 광경이었다.

이길영이 자신만만하게 말했다.

"여기서 겁나 쎄져서 독자 형 깜짝 놀라게 해줘야지."

"네가 여기서 죽으면 제일 놀랄걸."

"누난 나 왜 그렇게 싫어해?"

티격태격하는 이지혜와 이길영을 내버려둔 채, 신유승은 도시 아래의 전경을 관찰했다.

시위로 인한 약간의 소요를 제외하면, 도시는 정연한 시스템에 따라 체계적으로 흘러가는 것 같았다. 이제껏 한 번도 보지 못한 수준의 질서가 갖춰진 SF 세계관.

환생자들의 섬은 쇠락한 설화들의 무덤이라고 했다.

왜 이런 세계가 멸망한 걸까.

물론 신유승이 그런 고민을 하거나 말거나, 이지혜와 이길영은 신나서 떠들기 바빴다.

"혹시 광선검 같은 것도 있나?"

"하여간 도검 오타쿠……."

"시끄러워."

"어, 저기 쟤들 진짜 광선검 같은 거 차고 있는데?"

"뭐? 어디?"

도시를 순찰하는 가드들이 인근 지역을 배회하는 것이 보였다. 세계관의 영향일까. 그들을 자세히 관찰하자 정보창이 눈앞에 떠올랐다.

[Lv.12 순찰용 안드로이드]

[해당 유닛은 지금의 당신보다 약 4배 강합니다.]

기겁한 이지혜가 중얼거렸다.

"뭐야, 쟤들 왜 저렇게 세?"

"우리가 약해진 것 같은데요."

실제로 이 세계관으로 들어온 뒤, 주변에서 느껴지는 마력의 농도가 눈에 띄게 줄어들었다.

[해당 세계관에서 당신들의 주요 능력치는 초기화됩니다.]

[이 세계관은 '레벨 시스템'의 보정을 받습니다.]

"빌어먹을, 이쪽으로 온다!"

어떻게 눈치챘을까. 갑자기 이쪽을 향해 가드들이 달려오고 있었다.

허공을 올려보니 드론 몇 기가 그들의 위를 배회하는 중이었다.

[설화 에너지 반응 탐지!]

[설화 에너지 반응 탐지!]

경고성과 함께, 가속도를 붙인 가드들이 등에서 부스터를 뿜으며 일제히 날아들었다.

이지혜와 신유승, 그리고 이길영은 제각기 병장기를 꺼내 들었다.

"망할, 여기 벌레도 없는데…… 신유승, 키메라 드래곤 소환할 수 있어?"

"아직 쿨타임 안 돌아왔어."

[현재 당신의 레벨은 1입니다.]

[레벨이 낮은 적을 사냥하여 경험치를 쌓으세요.]

이지혜는 죽을상을 하며 장도를 꺼내 들었다. 일행 중 근접전에 특화된 사람은 이지혜뿐. 재빨리 [귀살]과 [귀신 걸음걸이]를 발동한 그녀는 아이들을 지키기 위해 가드와 맞섰다. 가드의 광선검이 그녀의 장도와 충돌하려는 바로 그 순간.

기이이이잉!

광선검이 이지혜의 검을 그대로 흘리며 그녀의 팔뚝을 베었다.

"아아악!"

[안드로이드 '이지혜'가 중상을 입었습니다!]

[생존을 위해 설화 에너지를 투여하세요.]

이지혜가 뒷걸음질 쳤지만 때는 이미 늦었다.

"비켜요!"

이지혜를 밀치며 끼어든 것은 신유승이었다.

안색이 파랗게 질린 이지혜가 그녀를 향해 소리를 질렀고, 이길영이 손을 뻗었다.

하지만 광선검은 이미 신유승의 정수리를 향해 내리꽂히는 중이었다.

'아저씨.'

그 순간 신유승은 자신의 짧은 생을 반추했다. 고작 이런 장소에서 삶이 끝나게 된다는 억울함. 그럼에도 자신의 선택은 틀리지 않았다는 만족감.

신유승은 생각했다.

어쩌면 이것이 '구원의 마왕'의 화신다운 최후라고.

그리고 다음 순간.

[해당 공격은 당신에게 통하지 않습니다.]

츠츠츠츳, 튀는 스파크와 함께, 무형의 벽에 막히기라도 한 듯 가드의 광선검이 코앞에서 멈췄다.

"어?"

연달아 허공에 떠오르는 메시지.

[시나리오 시스템에 오류가 발생했습니다.]

[거대 설화, '넥스트 시티'가 화신 '신유승'의 존재에 의문을 표합니다.]

상황은 이길영 쪽도 마찬가지였다. 아이들에게 공격을 시도하던 광선검이 일제히 전원이 꺼지고 있었다.

멍하니 허공을 올려다보던 이길영이 중얼거렸다.

"뭐지?"

시야 오른쪽 상단에 옅은 회색으로 빛나는 폰트가 보였다.

[이 시나리오는 18세 이용가입니다.]

[해당 세계관은 심의에 따라 아동 및 청소년 유닛에 대한 살해 행위가 제한되어 있습니다.]

신유승과 이길영의 눈이 허공에서 마주쳤다.

'……개이득인데?'

어떻게 이곳에 소환되었는지는 모른다.

하지만 이런 세계관이라면.

뒤쪽에서 멍하니 입을 벌리고 있는 이지혜를 향해, 이길영이 씩 웃었다.

"누나, 공짜 버스 탈 준비해."

가드의 대퇴부에 단검을 박아 넣는 이길영을 보며, 신유승은 생각했다.

'어쩌면, 조금만 더 어린애로 있는 것도…….'

이 시나리오의 끝에 무엇이 기다릴지 신유승은 아직 알지 못했다.

하지만 알 수 있는 것도 하나 있었다.

이 시나리오가 끝나면, 그들은 아마 김독자가 깜짝 놀랄 만큼 강해져 있을 것이다.

포털 너머에서 우리를 기다리는 성좌들을 보고 나는 깜짝 놀랐다. 얼핏 세어봐도 하나둘이 아니었다.

설마 우리가 올 줄 알고 있었나?

"독자 씨."

긴장한 이현성의 말에 나는 고개를 끄덕였다.

유중혁, 한수영, 이현성, 정희원, 그리고 나. 다섯 일행은 하나의 별자리처럼 뭉쳐 섰다.

곧이어 시나리오 메시지가 떠올랐다.

[메인 시나리오가 갱신됐습니다!]

[당신과 당신의 성운은 '성마대전'의 중립 지대에 입장했습니다!]

[당신은 '성마대전'의 진영을 선택할 수 있습니다!]

뒤이어 하늘을 오색으로 물들이는 알림 메시지도 있었다.

[성운, <김독자 컴퍼니>가 '성마대전'에 참전했습니다!]

보나 마나 도깨비 놈들 짓이겠지.

오자마자 동네방네 홍보를 다 하는군.

[다수의 성좌가 당신의 존재를 눈치챘습니다!]

[일부 성운이 당신들의 행보를 주목합니다!]

썩 좋은 상황은 아니지만, 벌어진 일이니 어쩔 수 없었다.

나는 건너편에서 우리를 보는 성좌들을 마주 보았다. 꽤 쟁쟁한 격을 뿜어대는 성좌들.

내가 이미 아는 성좌도 보였다.

[후인이여, 너무 늦었군.]

이쪽을 향해 중후한 미소를 짓는 사내. 나는 반가운 마음에 외쳤다.

"고려제일검!"

그는 '중섬 시나리오'에서 우리와 이별한 척준경이었다. 설화급에 오른 성좌답게 그 또한 무난히 본섬으로 진입한 모양이었다.

[제법 장대한 시나리오를 수행한 모양이지? 일행이 많아졌군.]

척준경의 시선이 우리를 따라 포털에서 나온 환생자들을 응시했다. 나와 함께 본섬으로 건너온 '카이제닉스 제도'의 사람들이었다.

"'성마대전'을 함께할 사람들입니다."

척준경이 고개를 끄덕였다.

[전력은 많을수록 도움이 되겠지. 그보다…… 후인은 뭔가 달라진 것 같군.]

탐색이라도 하듯, 척준경이 나를 위아래로 훑어보았다.

[그대들의 설화에서 묘한 깊이가 느껴진다.]

"그렇습니까?"

척준경의 시선이 나를 지나쳐 한수영을 향했다. 한수영은 뭘 보냐는 듯 불경한 시선으로 척준경을 마주 보았다. 척준경의 눈빛에 이채가 스쳤다.

[과연.]

문득 '만다라의 수호자'가 한 말이 떠올랐다.

—보살이여, 시간을 견뎌보십시오.

카이제닉스 제도를 클리어한 뒤 우리 성운의 설화들은 모종의 변화를 겪었다.

이현성, 정희원, 특히 한수영. 그들이 카이제닉스에서 견뎌낸 시간은 결코 허투루 보낸 세월이 아니었던 것이다.

모든 것은 설화로 기록되고, 설화는 다시 우리의 격을 키운다.

척준경의 말 때문인지는 모르겠지만, 뒤쪽에서 염탐하던 성좌들이 한층 더 노골적으로 우리를 보는 것이 느껴졌다.

[성좌, '양다리 전문가'가 당신에게 관심을 가집니다.]

[성좌, '신궁왕'이 당신을 흥미롭게 지켜봅니다.]

[성좌, '입은 셋 머리는 하나'가 '카이제닉스 제도'의 환생자들을 비웃습니다.]

성좌들의 조소에 '카이제닉스 제도' 출신 환생자들이 뒷걸음질 쳤다.

'카이제닉스 제도' 바깥으로 벗어난 그들은, 이제 세계관의 보호를 받지 못한다.

[성좌, '심연의 흑염룡'이 으르렁거립니다!]

환생자들을 보호하듯 나선 것은 한수영이었다. 대기가 꿈틀거리며, 한수영의 배후로 흑염룡의 기세가 떠올랐다. '카이제닉스 제도'의 환생자들은 그녀를 향해 존경의 염을 담아 고개를 숙였다.

과연, 저게 바로 왕의 면모라는 거겠지.

하지만 성좌들은 그런 한수영이 못마땅한 모양이었다.

성좌들의 기세가 삽시간에 흉흉해졌다.

[감히 소성운의 화신이……!]

나는 어쩐지 귀찮은 마음에, 이쯤에서 흐름을 끊어야겠다는 생각이 들었다.

[거대 설화, '신화를 삼킨 성화'가 성좌들을 노려봅니다!]

거대 설화의 준동에 성좌들이 흠칫 놀라며 몇 발짝을 물러섰다.

나는 그 틈을 놓치지 않고 척준경을 향해 물었다.

"그쯤 해두고, 저희를 기다리신 이유는 무엇입니까?"

척준경은 조금 곤란한 표정이었다. 말해도 될지 아닐지를 가늠하는 눈빛.

몇 가지 떠오르는 가정이 있었고, 나는 그중 하나를 시험해보기로 했다.

"이곳은 중립 지대인 것으로 압니다. 고려제일검께서는 성마대전의 진영을 결정하셨습니까?"

[아직이다.]

그렇군. 아직도 편을 고르지 않았다?

척준경이 말을 이었다.

[그대도 알다시피, 성좌들의 선악善惡이란 필멸자의 그것과 같지 않다. 솔직히 말하면, 나는 둘 중 어디에도 속하고 싶지 않다.]

나처럼 필멸자로 시작해 혼자만의 힘으로 성좌위에 오른 척준경은, 대천사나 마왕이 주장하는 선악의 개념이 마음에 들지 않았겠지. 그러니 그의 고민도 이해가 가지 않는 바는 아니었다.

하지만 그건 어디까지나 척준경에 한정된 이야기.

나는 뒤쪽의 성좌들을 일별하며 물었다.

"저분들도 편을 고르지 않은 상태겠군요."

척준경이 고개를 끄덕였다.

드넓은 평원 곳곳에 천막을 치고 흩어져 있는 성좌 무리가 보였다.

[현재 전황은 어떻게 돌아가고 있지?]

[대충 알아본 바로는…….]

곳곳에서 희미하게 들려오는 진언들.

나는 속으로 실소를 흘렸다. 아직도 진영을 결정하지 않았다는 것은, 사실 속이 뻔한 일이었다.

이곳 중립 지대의 성좌들은 눈치를 보며 때를 기다리다가 유리한 편을 골라 '성마대전'에 참전하려는 것이다.

유중혁과 한수영이 동시에 '한낮의 밀회'를 걸어왔다.

—어떻게 돌아가는 상황인지 알 것 같군.

—이 자식들 지금 그거지?

나는 고개를 끄덕였다. 진영을 선택하지 않은 '중립'의 힘이 강해질수록, 진영을 선택했을 때 얻을 이득도 커진다.

[성좌, '긴고아의 죄수'가 중립 지대의 성좌들을 경멸합니다.]

[성좌, '지옥의 필경사'가 지옥의 가장 뜨거운 곳은 도덕적 위기의 시대에 중립을 지킨 자들에게 예약되어 있음을……]

선이든 악이든, 때가 되었을 때 자신들의 세력을 최상의 거래 조건에 팔아치울 셈이리라.

한수영이 피식 웃었다.

—목적이 뻔하네.

고민에 고민을 거듭하던 척준경이 한숨처럼 입을 연 것은 그때였다.

[그대를 만나고 싶어하는 이가 있다.]

[누굽니까?]

[성운 〈홍익〉의 고위급 성좌다.]

역시나.

아무래도 척준경은 지금 우리를 포섭하기 위해 이 자리에 나온 듯했다.

나는 옅은 실망감을 감추며 물었다.

"〈홍익〉의 고위급 성좌들은 사라졌다고 하지 않았습니까?"

분명 오래전 그런 말을 들은 적이 있었다.

한 번은 '별자리의 연회'에서. 그리고 다른 한 번은 암흑성에서 '시조의 어머니'를 상대하면서.

[사라지지 않았다. 지금 바로 너의 앞에 있으니.]

고고한 격이 담긴 진언. 성좌들의 대열이 갈라지며, 새하얀 섭선을 쥔 신선神仙이 이쪽을 향해 걸어왔다. 걸음걸음 느껴지는 웅혼한 바람의 힘.

이거, 누구신지 알 것 같은데.

[무릎을 꿇고 예를 보여라, 반도의 후예여.]

갑자기 나타나선 대뜸 무릎을 꿇으라니.

곁에 있던 한수영은 어이없다는 표정이었고, 유중혁은 벌써 칼자루로 손이 가고 있었다. 이마를 짚은 척준경은, 아무래도 이런 사태가 일어날 줄 알고 있었던 모양이다.

—미안하다, 후인이여. 어떻게든 말려보려 했으나 잘 되지 않았다.

하긴, 저 양반이 이런 상황을 좋아할 리가 없지.

〈홍익〉에 빚진 게 있으니 자리 주선을 거부하지도 못했을 테고…….

—그대 뜻에 맡기겠다.

나는 고개를 끄덕이며 선인 쪽을 바라보았다.

[반도의 바람을 지배하는 성좌가 자신의 수식언을 드러냅니다!]

[성좌, '천제의 풍신'이 당신을 바라봅니다!]

천제의 풍신.

천왕天王과 함께 〈홍익〉을 창시한 성좌.

우리에게는 바람의 신으로 익숙한 '풍백風伯'이 바로 그의 진명이었다.

쿠구구구구.

자신의 수식언을 드러낸 성좌의 격. 거대한 봉황이 날갯짓을 하듯 가공할 강풍이 주변을 휩쓸었다. 그리고 주변의 모든 소리가 사라졌다.

바깥의 환생자들이 이쪽을 향해서 뭐라고 소리치고 있지만, 들리지 않았다. 풍백이 내 주변의 소리를 모두 끊어버린 것이다.

지금부터 할 대화를 알리고 싶지 않다는 제스처겠지.

[반도의 후예여, 너의 용맹은 익히 들어왔다. 그 명성이 널리 울려 퍼지며 반도의 위상도 올라갔다. 본신은 그런 상황을 무척 흡족하게 생각하는 바이다.]

나는 기세를 끌어올리는 유중혁에게 눈짓을 했다.

잠깐만 일단은 좀 들어보자고.

[그런데 최근, 그대가 타국의 성좌들과 부적절한 연대를 쌓고 있다는 이야기가 들리더군.]

계속 들어야 할까 싶기는 한데.

[대천사나 마왕은 반도나 동아시아에 유래를 둔 성좌가 아니다. 즉, 외세外勢라는 이야기다.]

한수영이 눈치를 주었다.

—야, 저거 두고 볼 거야?

—내가 베겠다.

—뭐야, 혼선인가? 왜 유중혁 목소리가 들리지?

—내가 밀회방 통합했어.

내 말에 한수영과 유중혁의 메시지가 머릿속에서 폭발했다.

—야, 장난쳐? 이제 머릿속에서까지 저 건방진 말투를 들으라고?

—내가 할 말이군.

으르렁거리는 두 사람을 보며 나는 한숨을 내쉬었다.

—둘 다 그만해. 지금 그게 중요한 게 아니잖아.

우리가 단톡방으로 싸우는 와중에도 풍백의 따분한 훈화는 계속되고 있었다.

[……즉, 후예의 친외세적인 행동은 반도의 명예에 큰 누를 끼쳤으며, 본신은 그것을 심각한 죄악이라 여기는 바이다. 하지만 만약 후예가 그 일을 깊이 뉘우치고 반성하여…….]

심지어는 그의 말에 동의하는 성좌도 등장했다.

[성좌, '쇄국정책의 창시자'가 '천제의 풍신'의 말에 일부 동의합니다.]

물론 모두가 그런 것은 아니었다. 이 작은 반도에는 놀라울 만치 다양한 성좌가 있으니까.

[성좌, '대머리 의병장'이 자신의 머리를 닦습니다.]

[성좌, '조선제일술사'가 혀를 찹니다.]

[성좌, '긴고아의 죄수'가 하품을 합니다.]

[한반도의 일부 성좌가 '천제의 풍신'의 발언을 고리타분하게 생각합니다.]

[누가 감히 익명의 수식언 뒤에 숨어 입을 놀리는가!]

쩌렁쩌렁 울리는 풍백의 진언과 함께, 하늘의 기상이 변하기 시작했다. 가공할 위세에 눌린 몇몇 성좌가 입을 다물었다.

어쨌든 반도의 조상신에 가까운 존재.

각자 정도는 다르지만 〈홍익〉의 수혜를 받아온 반도의 성좌들은, 그의 권위에 정면으로 도전할 수 없었다.

심지어는 저 척준경조차.

[그런데 그대는 왜 아직도 서 있는 것이냐?]

그리고 풍백의 시선이 내게 꽂혔다.

지금까지와는 분위기가 사뭇 달라졌다.

[무릎을 꿇으라 했을 텐데?]

거대한 압력이 나를 내리눌렀다. 나뿐만 아니라, 〈김독자 컴퍼니〉 전체를 내리누르는 압력이었다.

[성운, <홍익>의 설화가 <김독자 컴퍼니>를 응시합니다!]

늙은 거목이 허리를 숙여 이쪽을 내려다보는 느낌이었다.

막 자라난 새싹의 양분을 탐하는 거목.

나는 그런 시선을 가만히 마주 보다가 대답했다.

"싫은데요."

[그래, 싫…… 무어라?]

"싫다고 했습니다."

[성좌, '긴고아의 죄수'가 당신의 태도를 좋아합니다.]

[성좌, '심연의 흑염룡'이 일단 원펀치를 먹이고 시작하라고 종용합니다.]

"저는 '성마대전'에 참가하러 온 거지, 당신에게 무릎을 꿇으러 온 게 아닙니다."

[아주 오만하구나. 내 너의 용맹함을 높이 사서 지은 죄를 용서해주려 했거늘—]

"용서해준 다음에는요?"

내 언사에 풍백의 눈썹이 꿈틀거렸다.

"〈홍익〉의 권위로 〈김독자 컴퍼니〉를 흡수 합병하려는 생각이셨겠죠. 아닙니까?"

정곡을 찔렀는지 고고한 성좌의 표정에도 감정이 묻어나고 있었다.

[너희가 〈홍익〉의 휘하에 들어오는 것은 당연한 일이다.]

"어째서죠?"

[태초에 〈홍익〉이 힘을 쓰지 않았더라면 너희 성운은 태어나지도 못했다.]

마치 자식에게 배반이라도 당한 부모처럼, 풍백이 나를 향해 외쳤다.

[〈홍익〉은 반도의 창시자다! 우리가 너희를 낳았고, 너희가 따를 뜻을 정하고 규율을 입법했다. 지금 너희가 보고, 느끼고, 생각하는 모든 것은 우리가 정한 것이다. 〈홍익〉의 설화가 있었기에 너희가 존재하

고, 그 설화를 통해 너희는 살아남을 수—]

"지구 시간으로 사 년 전, 한반도에 '시나리오'가 시작됐습니다."

나는 풍백의 말을 끊어버렸다.

"반도가 위기에 빠졌을 때 〈홍익〉은 무얼 하셨습니까?"

[……!]

"한반도 시나리오가 시작되고, '절대왕좌'가 나타나고, 이계의 신격과 재앙이 강림하고, 그래서 반도의 화신과 성좌가 일제히 힘을 모았을 때……."

한 마디 한 마디 내뱉을 때마다 떠오르는 기억이 있었다.

누구에게도 의지할 곳 없는 사람들이 모여 극복한 시나리오들.

눈먼 왕좌를 향해 내리꽂히는 사인참사검, 그 검에 개연성을 빌려준 반도의 성좌들.

[설화, '왕이 없는 세계의 왕'이 '천제의 풍신'을 노려봅니다.]

[설화, '왕이 없는 세계의 왕'이 이야기를 시작합니다!]

설화가 내 의지와는 관계없이 꿈틀거리고 있었다.

「왕이 없는 세계의 왕」은 절대왕좌의 붕괴와 함께 태어난 설화였다.

나는 설화를 이야기하고, 설화는 나를 통해 자신을 말한다.

"그때 당신과 〈홍익〉은 대체 어디서 무얼 하고 있었지?"

[네놈!]

피라도 토할 것 같은 얼굴로 풍백이 나를 보고 있었다.

"물론 당신과 〈홍익〉이 초창기 반도를 이롭게 만드는 데 힘썼다는 건 알고 있습니다. 당신들의 설화가 가진 가치를 인정합니다. 하지만 그것이, 반도의 모두가 당신에게 충성해야 할 이유는 되지 않습니다."

부들부들 떨리는 풍백의 콧수염을 보며, 나는 말을 마쳤다.

"각자 '시나리오'를 수행하는 방식이 있는 겁니다. 당신이 반도의 최상위 격 성좌라 해서 〈김독자 컴퍼니〉의 행사에 간섭할 수는 없습니다."

내 맹랑한 말투에 척준경은 오히려 즐거워 보였다.

풍백이 이런 식으로 당하는 모습은, 아마 그도 처음 보는 것일 터다.

[감히, 감히—]

말문이 막힌 풍백을 대신해, 그의 뒤에서 설화의 기백이 떠올랐다.

[성운, <홍익>의 거대 설화가 당신을 바라봅니다!]

[성운, <홍익>이 <김독자 컴퍼니>를 향해 뿌리를 뻗습니다!]

하나둘 떠오른 〈홍익〉의 거대 설화들이 하늘을 향해 가지처럼 솟아오르더니, 이내 거대한 나무의 형상을 이루었다.

그리고 나는 그것이 무엇인지 알아보았다.

「하늘과 땅을 잇는 나무이자, <홍익>이 실천하는 설화들의 총체, 그 모든 설화를 지탱하는 단 하나의 설화.」

「설화목說話木 신단수神壇樹.」

〈홍익〉의 모든 설화는 바로 저 나무와 함께 시작되었다.

신성한 기운을 흩뿌리며 설화의 가지를 뻗어오는 신단수.

훈화만으로는 안 되니, 이제 실력 행사라는 거겠지. 씁쓸한 일이었다.

하지만 정말 씁쓸했던 것은—

"확실히 〈홍익〉의 최상위 신격들이 사라진 게 맞나 보군요."

[무슨 뜻이냐?]

신단수는 내가 아는 그것과는 달리 훨씬 남루하고 조그만 소체에 가까웠다. 게다가 우리를 향해 뻗어오는 신단수의 뿌리는 모두 그 끝이 흉측하게 상해 있었다. 오래도록 양분을 빨아들이지 못해 형체를 유지하지 못하는 거대 설화들. 심지어 위쪽으로 돋아난 가지는 대부분 말라 있었다.

저것이 지금의 〈홍익〉이 가진 전부였다.

"당신이 안타까워서 하는 말입니다."

내가 알고 있던 원작의 '풍백'은 이런 꼬장꼬장한 노인네가 아니었다.

다정하지는 않지만, 훨씬 품격 있고 정의로운 성좌였다.

그런데 〈홍익〉에 무언가 일이 발생했고, 성운의 세력이 급격하게 축소되었다.

풍백이 이처럼 구차해진 것은 분명 그 일과 관계되어 있을 터다.

[감히 본신을 능멸하려는 것이냐?]

괴성을 지른 풍백이 바람의 힘을 발산하자, 주변에 폭풍의 기운이 몰려들기 시작했다. 일대를 압박하는 엄청난 격에, '카이제닉스 제도' 출신의 환생자들이 고통스러운 듯 몸을 뒤틀었다.

한수영이 다시 한번 채근했다.

—김독자.

나는 고개를 끄덕였다.

〈홍익〉의 모습이 안타깝긴 했지만 어디까지나 그건 저쪽 사정이었다.

내가 한 발짝 앞으로 나서자 곁에 있던 유중혁이 검을 뽑아 들었고, 한수영이 왼팔의 붕대를 풀었다. 그리고.

[거대 설화, '마계의 봄'이 이야기를 시작합니다!]

[거대 설화, '신화를 삼킨 성화'가 이야기를 시작합니다!]

억눌렀던 '거대 설화'들이 동시에 입을 열었다.

심지어는.

[거대 설화, '카이제닉스 제도'가 못마땅한 듯 이야기를 거듭니다.]

우리의 '거대 설화'가 아닌 거대 설화까지 함께.

콰드드드득.

우리를 향해 날아들던 거목의 뿌리가 〈김독자 컴퍼니〉의 설화가 일으킨 파랑에 부서지고 있었다.

[거대 설화, '신단수'의 소체가 고통스러워합니다!]

우리를 당장이라도 삼킬 듯 뻗어오던 뿌리들이 주춤거리며 흩어졌다. 삼킬 수 없는 이야기에 겁이라도 먹은 것처럼. 멀쩡한 뿌리들이 뒤늦게 되돌아갔고, 말라비틀어진 앙상한 가지들이 비명을 질렀다.

[거대 설화, '신단수'의 소체가 '천제의 풍신'의 명을 거부합니다.]

[이런……?]

뿌리를 거둔 신단수의 형체가 순식간에 사라졌다.

우리가 가진 거대 설화의 격이 이 정도일 거라곤 생각도 못 했는지, 경악한 풍백이 비틀거리며 뒷걸음질 쳤다. 중립 지대에서 벌어진 소요 사태에, 곳곳에 흩어져 있던 성좌들이 놀라 이쪽을 보는 것이 느껴졌다.

[바앗!]

기다렸다는 듯 내 머리 위에 나타난 비유. 그와 동시에 비유의 채널이 활짝 열리는 소리가 들렸다.

[다수의 성좌가 채널에 입장합니다!]

비형 녀석이 즐거워하는 모습이 눈에 선했다. 비유의 채널은 비형의 중계 채널과 연결되어 있기 때문이다. 비형이 무슨 의도로 이런 상황을 유도했는지는 뻔하다.

하지만 내 입장에서도 한 번은 이런 자리가 필요하긴 했다.

[성좌, '대머리 의병장'이 당신의 목소리에 주목합니다!]

[성좌, '해상전신'이 당신의 이야기를 기다립니다.]

[마왕, '지옥 동부의 지배자'가 당신을 지켜봅니다.]

[성좌, '하늘의 서기관'이 당신을 기다리고 있습니다.]

[선과 악과 중립 계통의 성좌들이 당신을 주시하고 있습니다.]

무수히 떠오르는 성좌들의 간접 메시지.

나는 풍백을 바라보며 입을 열었다.

이것은 〈홍익〉에게 하는 경고가 아니다.

"우리가 행하는 모든 일이 정의라고 말하지는 않겠습니다. 하지만 우리가 나아갈 선택지는 우리 스스로 정할 겁니다."

세상의 성좌들을 향해 나는 선언했다.

"누구도 그 선택을 막을 수는 없습니다."

2

기다렸다는 듯, 하늘에서 시선이 쏟아졌다.

[성좌, '대머리 의병장'이 당신의 말에 동의합니다.]

[성좌, '해상전신'이 당신의 말에 고개를 끄덕입니다.]

[성좌, '긴고아의 죄수'가 당연한 걸 뭘 두 번 말하느냐고 중얼거립니다.]

[성좌, '심연의 흑염룡'이 꼰대에게 빨리 원펀치를 갈기라고 종용합니다.]

심연의 흑염룡의 말에 풍백이 어이없다는 듯 하늘을 쏘아보았다.

뭐라고 말을 붙이려던 그가 흠칫 몸을 떤 것은, 이어진 간접 메시지 때문이었다.

[성좌, '고려제일검'이 '구원의 마왕'의 말이 옳다 여깁니다.]

풍백의 고개가 척준경 쪽을 향해 홱 돌아갔다.

[준경, 너마저……!]

척준경은 민망한 듯 그의 시선을 피했다.

솔직히 의외였다.

아무리 몰락하고 있다 해도 〈홍익〉은 여전히 한반도의 주력 성운이다.

그런 상황에서, 척준경이 〈홍익〉의 뜻에 항거하여 내 편을 드는 것은 결코 쉬운 일이 아니었을 것이다.

[다수의 성좌가 <김독자 컴퍼니>와 <홍익>의 충돌에 관심을 가집니다!]

척준경의 선언 때문인지 성좌들이 나를 주목하는 것이 느껴졌다. 중립 지대에 불어오는 새로운 바람에 나를 경계하는 이들도 있었다.

나는 풍백을 보았다.

"계속하실 겁니까?"

풍백의 눈꺼풀이 격렬하게 떨리는 것을 보니 솔직히 마음이 편치는 않았다. 아까는 〈홍익〉을 비난하듯 말했지만, 사실 풍백이 한반도 시나리오를 완전히 손 놓고 있지는 않았다는 것도 알고 있다.

'귀환전쟁'이 벌어졌을 때 어머니에게 손을 빌려준 성좌가 바로 풍백이기 때문이다. 빌어먹게도 그 일로 어머니의 수명을 죄다 앗아가긴 했지만. 사실 이렇게나 열받는 건 그 때문인지도 모르겠다.

[바람은 오늘의 일을 잊지 않을 것이다.]

한참이나 나를 노려보던 풍백은 섭선을 탁 접으며 먼지처럼 사라졌다.

[상당수의 성좌가 당신의 기개에 감탄합니다!]

[소수의 성좌가 <김독자 컴퍼니>의 이름이 허명이 아님을 기억합니다.]

[<스타 스트림>의 호사가들이 해당 사건을 기록합니다.]

유중혁, 한수영, 정희원, 이현성.

모두 나를 지켜보고 있었지만, 누구의 표정에도 두려움은 보이지 않았다.

아마 다 나와 같은 생각을 하고 있을 것이다.

남들이 우리 성운을 어떻게 보고 무어라 판단하는지는 상관없다.

그저 우리가 옳다고 믿는 이야기를 향해 나아갈 뿐.

[후인다운 선택이로군.]

우리를 지켜보던 척준경이 말했다.

[그대의 그런 면모에 어떤 성좌는 그대를 좋아하고 따르겠지. 실제로 한반도의 많은 성좌가 이제 〈홍익〉보다 그대를 주목하고 있다. 하지만 그만큼 그대를 적대하는 이도 많아졌다.]

새삼 주변 시선들이 새롭게 의식되었다.

어떤 성좌는 우리를 노려보고 있었고, 어떤 성좌는 우리를 부러워하듯 보고 있었다. 그리고 어떤 성좌는 결국 너희도 마찬가지가 될 것이라는 듯한 눈으로 고개를 절레절레 젓고 있었다.

「우리도 한때는 너와 같았다.」

성좌들이 겪어온 설화들이 손에 닿을 듯 가깝게 느껴졌다.

[오래된 거대 설화들이 <김독자 컴퍼니>의 설화를 바라봅니다.]

모든 설화는 곧 시나리오를 극복해낸 흔적이다.

한때는 누군가의 유희거리였던 시간들.

이곳까지 온 모든 설화는 살아남기 위해 스스로 꺾였다. 〈스타 스트림〉의 현실과 타협하고, 성좌와 도깨비의 요구를 승낙하면서 삶을 연명해왔다. 그리하여 마침내 이 자리에 있는 것이다.

그 시간을 대표하듯 척준경이 말했다.

[〈스타 스트림〉은 꺾이지 않는 이야기를 싫어하지. 그대들처럼 순수한 이야기는 더욱.]

그 말을 듣자 나도 모르게 입가가 움직였다.

세상이 우리를 그렇게 보고 있었다는 게 놀라웠다.

왜냐하면 그 말은 지금껏 우리가 걸어온 모든 길을 부정하는 말이니까.

"우린 이미 수십 번도 더 꺾였습니다."

〈김독자 컴퍼니〉는 처음부터 두 발로 서 있지 않았다.

한반도 시나리오가 시작되고, 성좌들의 농락과 근본 모를 증오를 견디며 여기까지 왔다.

"하지만 그때마다 다시 일어났고, 그래서 지금 여기에 있는 겁니다."

그런 우리에게 '순수하다'라는 말은 차라리 모욕이었다.

[거대 설화, '마계의 봄'이 침착하게 당신을 바라봅니다.]

[거대 설화, '신화를 삼킨 성화'가 거친 울음을 삼킵니다.]

내 말에 동조하듯 두 개의 거대 설화가 반응했다.

"앞으로도 몇 번이고 다시 일어날 겁니다."

[발아 중인 세 번째 '거대 설화'가 태동합니다.]

거기다 곧 깨어날 세 번째 거대 설화까지.

우리를 보던 척준경이 천천히 고개를 끄덕였다.

[그대의 이야기를 지켜보겠다.]

그 말과 함께 척준경이 돌아섰다. 그를 따르는 한반도의 성좌들도 우리 쪽을 흘끔거리며 사라졌다.

척준경은 이제 위인급을 넘어서 설화급에 도달한 성좌.

성좌로서의 연식도 나보다 훨씬 오래되었고, 타고난 싸움꾼인 만큼 같은 편으로 들일 수만 있다면 최고의 아군이었다.

물론 어디까지나 같은 편에서 싸울 수 있을 때의 이야기겠지만.

내가 너무 오래 폼을 잡고 있었는지, 곁에서 나를 보던 한수영이 어깨를 툭 치며 말했다.

—야, 누가 보면 네가 주인공인 줄 알겠어.

머쓱한 마음에 유중혁 쪽을 보았더니, 유중혁은 내가 아니라 먼 지평선을 바라보고 있었다.

"시작됐다."

[시나리오 이벤트가 발생합니다!]

[해당 지역의 인근에서 '성마대전'의 국지전이 예정되어 있습니다!]

이어진 시스템 메시지에 곳곳에 막사를 치고 있던 중립 성좌 및 화신들이 화들짝 놀라 몸을 일으켰다.

[분쟁 지역에 개입할 시 진영 선택지가 발생합니다!]

멀리서 강대한 두 개의 세력이 진격하는 것이 보였다.

눈부신 갑주를 입은 새하얀 날개의 천사들이, 화신과 환생자를 이끌고 벌판을 은빛으로 물들이고 있었다.

그리고 다른 한쪽에서는 탁기와 마기로 물든 마왕들이 자신의 권속을 이끌고 돌격해 오고 있었다.

[갱신된 메인 시나리오가 도착했습니다!]

〈메인 시나리오 #80 - '성마대전'〉

분류: 메인

난이도: 측정 불가

클리어 조건: 절대선 또는 절대악 진영 중 하나를 선택하여 '성마대전'에 참가하시오. 소속 진영이 시나리오에서 승리를 누적할수록 진영별 '선악 수치'가 증가하며, 특정 진영의 수치가 100을 넘으면 전쟁의 승패가 결정됩니다.

제한 시간: 해당 시나리오의 제한 시간은 '혼돈 수치'의 영향을 받습니다.

보상: '성마대전'과 관계된 거대 설화, ???

실패 시: 사망

[성마대전 진행 현황]

절대선 수치: 56

절대악 수치: 56

혼돈 수치: 51

* 성마대전의 진행 기간이 길어질수록 혼돈 수치가 증가합니다.

[해당 전장에 참가하기 위해서는 반드시 진영을 선택해야 합니다.]

[진영 선택 시기가 빨라질수록 시나리오 보상이 커집니다.]

우리는 시나리오 내용을 읽으며 잠시 침묵했다.

한수영이 먼저 입을 열었다.
"김독자, 어쩔까? 또 늘 하던 대로?"

[성좌, '지옥의 필경사'가 지옥의 가장 뜨거운 곳은 도덕적 위기의 시대에 중립을 지킨 자들에게 예약되어 있음을…….]

"저 양반은 저거 자기가 한 말도 아니면서 종알종알 시끄럽네, 진짜."

[성좌, '지옥의 필경사'가 흠칫 놀라 입을 다뭅니다.]

'지옥의 필경사'는《신곡》의 저자인 단테였다. 그리고 단테의 저 유명한 격언은, 사실 후대의 정치가에 의해 각색된 것이었다.
어쨌든 본인의 유명세를 키워준 말이니 단테는 그것을 자신의 설화로 받아들였겠지.

「지옥의 가장 뜨거운 자리는 도덕적 위기의 시대에 중립을 지킨 자들에게 예비되어 있다.」

듣기에는 멋진 말이다. 도덕적 선택조차 누군가의 유희가 되는 세계에서 무슨 의미가 있는지는 모르겠지만.
"이번엔 우리도 선택해야 돼. 언제까지 요령 좋게 빠져나가긴 힘들어."
어쨌거나 단테의 말과는 무관하게, 우리 역시 양자택일의 기로에 선 것은 마찬가지였다. '성마대전'은 선악 중 어느 한쪽을 택하지 않으면 애초에 참가할 수 없으니까.
메시지를 보던 유중혁이 말했다.

“1,863회차의 ‘성마대전’은 악의 승리로 끝났다. 한수영이 악의 편을 들었지.”

“왜 또 나야? 그리고 여긴 1,863회차 아니거든?”

한수영의 말이 맞다.

이곳은 1,863회차가 아니다. 이곳은 3회차 〈김독자 컴퍼니〉의 세계다.

“가자.”

멀리서 두 개의 선악이 부딪치는 격전지가 보인다. 이 드넓은 ‘성마대전’의 전장 중 하나가 지금 막 개막한 것이다.

[‘성마대전’의 113번 국지전이 발생합니다!]

[해당 국지전의 참가자 명단이 공개됩니다.]

그리고 그 성마대전의 최전선에 내가 잘 아는 성좌가 서 있었다.

[성좌, ‘악마 같은 불의 심판자’가 해당 시나리오에 참가 중입니다.]

“살려, 살려주세요.”

푸우욱!

“대천사님, 제발……!”

곳곳에서 들려오는 신음.

양자택일의 선택지에서 악을 선택한 화신들이 대천사들의 검에 목이 달아나고 있었다.

이것이 설화의 전쟁이다.

어느 한쪽 설화에 속해 있다는 사실만으로, 다른 한쪽에게는 완전히 배제되어야 하는 것.

쓰러진 화신들을 뒤로하고, 우리엘은 무표정한 얼굴로 전장을 응시했다.

대천사 우리엘은 한때 그들을 동정했다. 거대 서사에 휩쓸려 소모되는 화신을 안타까워했고, 그들이 겪는 불행에 분노했다. 꽤 오랫동안 그랬다. 그것만이 그녀가 가진 삶의 전부였을 때도 있었다.

'……밀린 성류 방송 봐야 되는데.'

밀려오는 마왕군 인파를 보며 우리엘은 입술을 잘근잘근 깨물었다.

선을 전파하기 위해 태어났다고 해서, 그것만 행하며 평생을 살아갈 수는 없다.

성좌를 갉아먹는 것은 육체의 위협이 아니라 정신의 마모다. 억겁의 세월 동안 지속된 감정 노동은 그녀에게 세상 자체에 대한 뿌리 깊은 환멸과 깊은 광기를 불러왔다.

[성좌, '악마 같은 불의 심판자'의 영혼이 불완전하게 흔들립니다.]

강한 성좌든 약한 성좌든, 시나리오 속에서 안심할 수 있는 존재는 없다.

시나리오란 애초에 그런 시스템이니까.

고오오오오.

자신들 역시 시나리오 속에 소모되고 있다는 사실을 잊기 위해, 그리고 다시 하루를 더 살아가기 위해, 성좌는 또 다른 설화를 소비한다. 시나리오를 관음하고, 누군가에게 분노하거나, 비난을 퍼붓거나, 동경하거나 감동한다.

대천사인 우리엘 또한 마찬가지였다.

[■■■■■ 꺼져! 너희 때문에 본방 놓쳤다고!]

우리엘의 검신에서 뻗어나온 [지옥염화]에 마왕의 권속들이 불타올라 잿더미가 되었다.

급한 마음에 내갈긴 힘은 제대로 조절되지 않았다. 허겁지겁 진체의 절반만 소환해 참전한 영향도 컸다.

[국지전에 참가 중인 마왕들이 대천사의 힘에 경악합니다!]

물론 반신이라 해도 무려 대천사 우리엘의 반신.

그러니 어지간한 마왕은 상대도 되지 않았다.

[마왕, '별과 논리학의 군주'가 자신의 격을 발산합니다!]

[마왕, '용과 악취의 대공작'이 거대 설화를 개방합니다!]

[마왕, '음속의 마왕'이 핏빛 울음을 토합니다!]

[마왕, '예제공'이 흥분과 광기에 휩싸입니다!]

문제는 이번에 참전한 마왕 또한 어지간한 놈들이 아니라는 점이었다.

우리엘은 자신의 [지옥염화]를 헤치고 다가오는 마왕들을 보며 표정을 굳혔다.

[미친 대천사가 코앞에 있다!]

[두려워하지 마라! 나 마왕 부에르가 너희와 함께한다!]

본래 저들은 이번 국지전에 참전할 예정이 아니었다. 그런데 갑자기 마왕군 측에서 전력 편성을 변경했고, 졸지에 우리엘은 혼자 마왕들을 감당해야 할 상황이 되었다.

[■■■들아! 꺼져!]

마기를 품은 화살이 빼곡하게 전장을 덮자, 우리엘은 [지옥염화]를 배리어처럼 발동해 그것을 막았다. 허겁지겁 후퇴하는 하급 천사들을 보살피는 동안 어느새 우리엘의 몸 곳곳에도 화살이 박혔다.

[우습군. 천사들이여, 달아나는 건가?]

['악마 같은 불의 심판자'의 명성이 아깝구나.]

[닥쳐! 내가 진체 전부만 강림할 수 있었으면 너희는 죄다 죽었어.]

쏟아지는 공격에도 우리엘은 신음 하나 흘리지 않은 채 씩씩거렸다.

[비겁하게 다구리 치지 말고 일대일로 붙어 ■■들아! ■발! 일대일이었으면 아가레스든 가미긴이든 마르바스든 내가 다 조질 수 있거든?]

흥분한 우리엘의 외침에 마왕들은 조소했다. 우리엘이 강하다는 것은 알고 있다. 알기에, 대천사 하나를 잡겠다고 무려 넷이 몰려온 것이다.

그리고 마지막 순간까지 마왕들은 치밀했다.

[이것이 전쟁이다, 천사여.]

피 칠갑을 한 우리엘의 [지옥염화]가 마왕들과 격돌했다.

대천사 우리엘은 강했다. 고작 반신의 힘만으로 '별과 논리학의 군주'의 팔을 잘라냈고, '용과 악취의 대공작'이 아끼던 애완 용을 으깨버렸다. 심지어 '음속의 마왕'은 두 다리를 잃었다.

하지만 거기까지였다.

스산한 느낌에 뒤를 돌아본 순간, 투명한 예제공의 단도가 우리엘의 심장을 노리고 날아들었다.

[오늘은 대천사의 설화를 먹겠구나.]

아차 싶어 뒤늦게 검을 휘둘렀지만, 상처를 입어 둔해진 화신체로는 대응하기 어려웠다.

그리고 다음 순간.

푸슈슉!

새하얗게 빛나는 검신이, 예제공의 가슴을 뒤에서 꿰뚫었다.

후두둑 떨어지는 검은 피.

검은 몇 번이나 반복해서 예제공의 등을 찔렀다. 설화 파편이 그로

테스크하게 튀어나오고, 망가진 화신체의 숨통이 철저하게 끊어질 때까지.

그리고 이어서 날아든 한 줄기 백광검이 예제공의 목을 날려버렸다.

[누군가가 마왕, '예제공'을 사살했습니다.]

우리엘은 쓰러진 예제공의 뒤에 서 있는 두 사람을 보았다.

아무리 먼 곳에서도 알아볼 수 있는 이들이 그토록 가까이 있었다.

"내 성좌가 그렇게 맞고 있는 꼴은 못 봐."

이 세상에 하나뿐인 그녀의 화신.

그리고.

[마왕, '구원의 마왕'이 '마왕승격전'에서 승리했습니다!]

[마계 등급이 조정됩니다!]

[마왕, '구원의 마왕'이 '50번째 마계의 마왕'이 됐습니다!]

오랫동안 지켜봤던 이야기의 주인공이 말했다.

"오랜만입니다, 우리엘."

[마왕, '구원의 마왕'이 자신의 소속 진영을 결정했습니다.]

3

누군가의 표정이 날것 그대로 느껴질 때가 있다.

저게 바로 저 사람이 가진 진짜 표정이구나, 하고 느껴지는 순간.

[김독자—!]

지금의 우리엘의 모습이, 바로 내게는 그랬다.

힘껏 팔을 뻗은 우리엘은 정희원과 나를 부둥켜안은 채 한참이나 뺨을 비벼댔다.

결국 정희원이 핀잔을 줬다.

"우리엘, 숨 막혀요."

[미, 미안.]

당황해 물러서면서도 반짝이는 눈동자. 이런 푼수 대천사가 어떻게 '악마 같다'라는 수식언을 받게 되었는지 가끔은 이해가 가지 않는다.

[여긴 어떻게 알고 온 거야? 응? '카이제닉스 제도' 시나리오는 잘 끝났어? 나도 간신히 몇몇 부분 보긴 했는데 볼 시간이 많지가 않아서…… 진짜 미안해! 후원 안 해줘서 기분 상하거나 그런 건 아니지? 일부러 그런 게 아니라—]

표정만이 아니라 나오는 대사도 전부 날것 그대로다.

우리엘의 목소리를 들으며, 나는 정희원과 마주 보았다. 내 기분을 아마 정희원도 느끼고 있을 것이다.

세련된 표현도 곡진한 퇴고도 없는 말들. 하지만 어떤 말은 날것 그대로일 때 가장 큰 감동을 준다.

"우리엘. 잘 알겠습니다. 하지만 자세한 이야기는 나중에 하는 게 좋겠습니다."

[응? 앗, 맞아. 이럴 때가 아니었지.]

나를 보던 우리엘의 시선이 건너편에서 이쪽을 노려보는 마왕군을 향해 꽂혔다. 순식간에 식어버린 그녀의 표정을 보는 순간 나는 내 생각이 기우였음을 깨달았다.

이 천사는 틀림없는 '악마 같은 불의 대천사'다.

[마왕, '별과 논리학의 군주'가 당신의 행동을 이해하지 못합니다.]

그리고 그 대천사와 대적하는 마왕들이 있었다.

마왕 서열 10위, '별과 논리학의 군주' 부에르.

마왕 서열 18위, '음속의 마왕' 바신.

마왕 서열 29위, '용과 악취의 대공작' 아스타로트.

내 손에 명을 달리한 예제공 외에도 여전히 마왕은 셋이나 남아 있었다. 하나하나가 상대하기 쉽지 않은 적이었다.

특히 '별과 논리학의 군주'나 '음속의 마왕'은 더욱.

부에르의 양팔이나 바신의 양다리가 멀쩡했더라면, 나는 이 자리에서 목숨을 걸어야 했을지도 모른다.

[구원의 마왕!]

[이게 대체 무슨 짓이지? 어째서 같은 마왕을 대적하는 것인가.]

나는 뻔뻔하게 어깨를 으쓱하며 둘러댔다.

"전 그냥 승격전을 한 것뿐인데요."

[그게 지금 말이 되는 변명이라고…….]

"'성마대전'이 진행 중이라고 해서 마왕 승격전을 시도하지 말란 법은 없지 않습니까? 실제로 '1차 성마대전'에서도 그런 일은 빈번히 있었고요."

[무슨……!]

내 말에 격분한 바신이 당장이라도 내 목을 따버리겠다는 듯 흉악한 표정을 지었지만, 두 다리가 사라진 그가 뭘 어떻게 할 수 있을 턱이 없었다.

[당신은 '1차 성마대전'의 일부를 재현했습니다!]

[마왕, '격노와 정욕의 마신'이 당신의 돌발행동에 흥미를 보입니다.]

실제로 내가 한 짓은, 1차 성마대전에서 마왕 아스모데우스가 저지른 짓과 똑같은 것이었다.

표정을 굳힌 '별과 논리학의 군주' 부에르가 물었다.

[이런 짓을 하고도 괜찮을 거라 생각하나?]

"물론 안 괜찮겠죠."

나는 마왕들의 기세에 전혀 주눅 들지 않은 채 격을 끌어올렸다.

"하지만 지금 걱정해야 할 쪽은 제가 아닐 겁니다."

[마왕의 격을 해방합니다!]

[전용 스킬, '책갈피'를 발동합니다!]

[5번 책갈피가 활성화됐습니다!]

[전용 스킬, '전인화 Lv.23(+13)'가 활성화됐습니다.]

[현재 당신의 육체 구성이 해당 등장인물의 육체 구성과 상이합니다.]

[당신의 '격'이 육체 조건의 페널티를 극복합니다.]

피부를 뚫고 나온 날개의 감각에 어깨가 간지러웠다.

그에 더해 전인화의 짜릿한 감각까지 겹치면서, 내 몸은 하나의 전격으로 뒤덮였다.

급격하게 치솟는 내 격에, 세 마왕은 당혹스러운 표정이 되었다.

'별과 논리학의 군주'는 한쪽 팔을 잃었고.

'용과 악취의 대공작'은 애완 용을 잃고 상처투성이였으며.

'음속의 마왕'은 두 다리를 잃었으니 이미 전력에서 논외인 상태.

곁에 있던 정희원이 '심판자의 검'을 꺼내어 [귀살]을 발동했다.

"안 그래도 전에 마왕이랑 붙다가 말아서 아쉬웠는데……."

마왕들이 뒷걸음질 치기 시작하자 금세 의기양양해진 우리엘이 입을 열었다.

[이 ■■들, 아깐 잘 나불댔잖아? 어디 또 지껄여보시지?]

"……."

[독자야, 희원아. 가자! 저 마왕 ■■들 전부 다 조져버리자고……!]

나는 분기탱천한 채 망가진 화신체를 이끌고 나아가는 우리엘의 어깨를 붙잡았다. 너무나 연약해진 어깨.

내 손에 힘없이 붙들린 우리엘이 토끼 눈을 뜨고 나를 돌아보았다.

"우리엘, 뒤로 물러나십시오."

[응? 아…… 나 걱정하는 거야? 괜찮아. 나 우리엘이야!]

우리엘은 감동한 표정으로 내 손을 꼭 잡았다. 그 모습을 보는 것이 조금 서글퍼서, 나는 가만히 미소했다.

"그런 뜻이 아닙니다."

[그럼?……]

[마왕, '구원의 마왕'이 자신의 소속 진영을 결정했습니다.]

허공에 나의 참전 메시지가 떠올라 있었다. 아마 우리엘은 저 메시지를 제대로 읽지 않았을 것이다.

이윽고 의아해하던 우리엘의 몸이 뻣뻣이 굳기 시작했다. 천천히 커지는 우리엘의 눈동자.

나는 그런 우리엘의 눈을 마주 보며 말했다.

"가만히 계십시오 우리엘. 금방 끝날 겁니다."

어쩌면 우리엘도, 지금쯤 내가 보는 메시지를 읽고 있을지도 모르겠다.

[마왕, '구원의 마왕'이 선택한 진영은 악惡입니다.]

"김독자가 또 김독자했네."

멀리서 전장의 풍경을 지켜보던 한수영이 중얼거렸다.

소강상태로 접어들던 전장은 김독자의 갑작스러운 개입으로 인해 혼돈을 향해 걸어가고 있었다.

마왕을 죽인 마왕. 그럼에도 자신이 '악'임을 숨기지 않는 마왕.

김독자를 포위하는 하급 천사들의 움직임과 함께 곤란해하는 정희원의 얼굴도 보였다.

걱정되었는지 이현성이 물었다.

"정말 저래도 괜찮은 겁니까?"

"안 괜찮으면? 이제 와서 〈에덴〉 편 들라고 할까? 김독자는 태생이 마왕이야."

한수영이 투덜대며 유중혁 쪽을 보았다.

"그냥 두고 볼 거 아니지?"

"물론."

"물어보나 마나, 나는 '악'이야."

한수영의 배후성은 '심연의 흑염룡'.

애초에 그다지 선택지가 있는 상황도 아니었다.

"넌 어쩔 거야 유중혁."

"……."

"네 배후성은 어떻게 하래? 답 없냐?"

유중혁은 그 말에 대답하는 대신 전장에 널브러진 화신체들을 바라보았다.

천사와 마왕의 시체도 보였지만, 기실 대부분은 인간— 즉, 환생자들이었다.

"아는 얼굴이라도 있어?"

유중혁은 말없이 쓰러진 환생자들을 내려다보았다. 꿈틀거리는 환생자 몇몇이 유중혁을 향해 손을 뻗었다. 상세가 심각해 구하기에는 너무 늦어버린 이들.

유중혁은 허리를 숙여 그들의 목에 단검을 꽂았다. 그러자 이내 평안한 얼굴로 잠들었다.

그 모습을 보던 유리 디 아리스텔이 말했다.

「수영.」

'걱정 마, 유리. 널 저렇게 만들진 않을 거야.'

죽은 환생자들의 영혼이 흩어지는 것이 보인다.

만다라의 굴레에 갇힌 환생자는 이 섬에서 죽어도 다시 살아나게 된다. 하지만 불멸한다고 해서, 그들이 죽어도 좋다는 뜻은 아니었다.

[이름을 잃은 거대 설화가 소멸합니다.]

다른 시나리오에 동원될 때마다 그들은 자신의 세계를 잃어간다. 본래 살던 삶을 잊고, 이내는 죽음마저 잊는다.

[가장 오래된 선이 환생자들에게 선을 종용합니다.]

[가장 오래된 악이 환생자들에게 택일을 강요합니다.]

죽은 이는 대부분 선악이라는 거대한 개념을 생각해본 적도 없는 자들일 것이다.

한수영은 죽은 환생자의 눈을 감겨주었다.

눈을 감은 환생자의 얼굴은, 당연한 말이지만 선도 악도 아니었다.

[해당 전장에 개입하기 위해서는 진영을 선택해야 합니다!]

"진영을 선택하겠다."

유중혁이 입을 여는 순간, 한수영이 실눈을 뜨고 물었다.

"너 혹시 딴생각하는 거 아니지? 카이제닉스 제도 가기 전에 너희 대판 싸웠잖아."

유중혁은 대답 없이 한수영을 응시했다. 그 답답한 표정에 드러나는 생각이 뭔지 알 것 같은 한수영이 빽 소리를 지르려는 순간, 유중혁이 대답했다.

"이 전쟁은 '성마대전'이 아니라 우리의 싸움이 되어야 한다. 이곳이 다른 이들의 전장이 되어서는 안 된다는 뜻이다."

성마대전이 아닌 〈김독자 컴퍼니〉의 싸움.

그게 무슨 의미인지 한수영은 바로 눈치챘다.

"그래야 선도 악도 승리하지 않을 수 있다. 그리고 그것이 김독자가 원하는 전개일 거다."

"무슨 말인지는 알겠는데, 그건 아주 힘든 길이야."

한수영은 곧장 태클을 걸었다.

"그렇게 되면 우린 〈마계〉와 〈에덴〉을 동시에 적으로 돌리게 된다고."

"이곳이 1,863회차가 아니라고 말한 것은 너다."

한수영은 한 방 먹은 표정으로 입술을 비죽였다.

"김독자…… 진짜 지독한 놈. 이런 상황에서 저딴 방법을 해결책이랍시고 제시하는 녀석은 저놈뿐이겠지."

"저놈은 원래 그런 놈이다."

"너도 마찬가지고. 둘이 아주 똑같아."

그 말에, 유중혁이 무뚝뚝한 목소리로 대답했다.

"너도 그리 달라 보이지는 않는군."

"뭐래, 난 너희 같은 멍청이랑은 달라. 그만 떠들고 슬슬 움직이자."

멀리서 천사에게 둘러싸인 채 밟히고 있는 김독자가 보였다. 하긴 저 진영에서 갑자기 악을 선언했으니 〈에덴〉의 천사들이 배신감에 떨 법도 하다.

유중혁이 선언했다.

"대충 하지는 않을 것이다."

"누가 뭐래? 나도 수틀리면 너 죽일 생각인데?"

"좋군, 그 정도는 되어야 싸울 맛이 나겠지."

"카이제닉스에서 못다 한 승부를 여기서 보자고."

두 사람의 신형이 동시에 전장을 향해 사라졌고, 졸지에 홀로 남겨진 이현성이 울부짖었다.

"자, 잠깐만요! 수영 씨! 중혁 씨! 저는 어떡합니까!"

"알아서 해!"

[화신 '한수영'이 자신의 소속 진영을 결정했습니다.]

[화신 '유중혁'이 자신의 소속 진영을 결정했습니다.]

[화신 '한수영'이 선택한 진영은 악입니다.]

[화신 '유중혁'이 선택한 진영은 선입니다.]

마침내 그들의 '성마대전'이 시작되었다.

천계天界의 모든 병력이 집결한 본섬의 대평원.

천계의 수장인 메타트론은 집무실을 본떠 만든 막사 안에서 다른 주천사들에게 현황 보고를 듣고 있었다.

—〈올림포스〉 쪽에서 참가 의사를 밝혔습니다.

—〈베다〉도 참가하겠다고 타전해 왔습니다.

—〈파피루스〉도 일부 성좌를 보내겠답니다.

—〈아스가르드〉도 참전 선언을 했습니다. 이쪽은 본인들의 거대 설화 때문에 다수 성좌가 참전할 것 같지는 않습니다.

—아직 연락은 없었지만, 〈황제〉 쪽에서도 움직임이 보입니다. 이쪽이야 예전부터 화전양면을 펼치기로 유명하니…….

—'지옥의 필경사'가 중립 지대에서 성실히 활동 중입니다. 덕분에 성좌와 환생자를 막론하고 참여율이 부쩍 올라가고 있다 합니다.

메타트론은 보고 하나하나를 꼼꼼하게 메모한 뒤, 그에 적당한 응대를 덧붙여 송신했다.

이 '성마대전' 시나리오는 말 그대로 선악의 명운을 건 전쟁.

그런 만큼 메타트론은 이번 시나리오에 신중에 신중을 기하고 있었다.

[현재 해당 진영의 절대선 수치는 56입니다.]

그리고 현재까지 전쟁은 무난하게 흘러가고 있었다.

딱 하나, 이번 '성마대전' 한정으로 특수하게 따라붙은 제약을 제외하면.

[현재 혼돈 수치는 51입니다.]

혼돈 수치. 이에 관해서 물었을 때 대도깨비는 이렇게 대답했다.

—낡은 거대 설화의 대립에 이만한 규모의 무대를 제공하는 경우는 드뭅니다. 그러니 개연성에 의거하여 마땅한 위험 부담도 있어야겠죠.

—무슨 뜻이지?

—자세히 설명드리면 재미가 없으니 길게 말하진 않겠습니다. 다만 명심하십시오. 무슨 일이 있어도, 혼돈 수치를 100으로 만들어서는 안 됩니다. 아시겠습니까? 그러면 정말 끔찍한 일이 벌어질 겁니다.

대도깨비들이야 성운의 명운 따위에는 관심이 없다.

오직 더 자극적인 시나리오를 만들기에 혈안이 된 자들.

혼돈 수치는 그처럼 사악한 구상의 발로일 것이다.

[지루하군, 서기관.]

그 말을 한 것은 막사 구석에서 검을 갈던 미카엘이었다.

[내가 아가레스의 목을 따 오겠다. 날 내보내줘.]

중섬 시나리오에서 김독자와 유중혁에게 당해 두 번이나 치욕을 맛본 미카엘은 부활의 권능을 통해 화신체를 복원한 뒤, 본섬 시나리오에 진출한 상태였다.

메타트론은 의지를 불태우는 미카엘을 향해서 옅게 웃어주었다.

[그러면 전쟁이 너무 빨리 끝나버립니다.]

[지루한 전쟁이야 빨리 끝날수록 좋은 거 아닌가?]

[그렇지 않습니다. 이 전쟁은 지금껏 존재한 그 어떤 시나리오보다 더 길고 처절해야 합니다.]

메타트론은 각지에서 전송된 화면을 바라보았다.

스스로 선 또는 악을 선택한 이들이 상대를 향해 무기를 들이대고 있었다. 비록 지금은 용병으로 참전한 자들이지만, 시간이 지날수록 양상이 달라지리라는 것을 메타트론은 알고 있었다.

[가장 오래된 선이 위대한 성전을 독려합니다.]

이 전쟁에 참전한 성좌들은 언젠가 선악의 이름으로 서로 증오하게 될 것이고, 그 증오는 다시 불타올라 후대의 설화를 만들게 되리라.

전황을 지켜보던 미카엘이 퉁명스럽게 말했다.

[그러면 〈김독자 컴퍼니〉 녀석들이라도 해치우게 해주든가. 놈들에겐 갚아야 할 빚이 있어.]

메타트론이 고개를 저었다.

〈김독자 컴퍼니〉는 이 시나리오의 중요한 변수. 이용할 수 있는 한 최대한 이용해야 할 세력이었다.

[전이라면 모를까, 지금은 안 됩니다. 그들은 따로 쓸 곳이 있습니다. 미카엘이 나서버리면—]

시나리오 메시지가 들려온 것은 그때였다.

['성마대전'의 113번 국지전이 강제 종료됐습니다.]

메타트론은 메시지에 첨부된 내용을 확인했다.

113번 국지전은 우리엘이 참전한 전장이었다.

[강제 종료?]

지금껏 그런 메시지가 뜬 적은 한 번도 없었다.

메시지는 거기서 끝이 아니었다.

[혼돈 수치가 5만큼 증가했습니다.]

[현재 혼돈 수치는 56입니다.]

[경고합니다! 혼돈 수치가 55를 넘었습니다!]

(…)

[지옥의 가장 뜨거운 자리에서 무언가가 몸을 뒤틉니다.]

[모든 것의 종말을 결정하는 묵시록의 재앙이 태동하기 시작합니다.]

OMNISCIENT READER'S VIEWPOINT

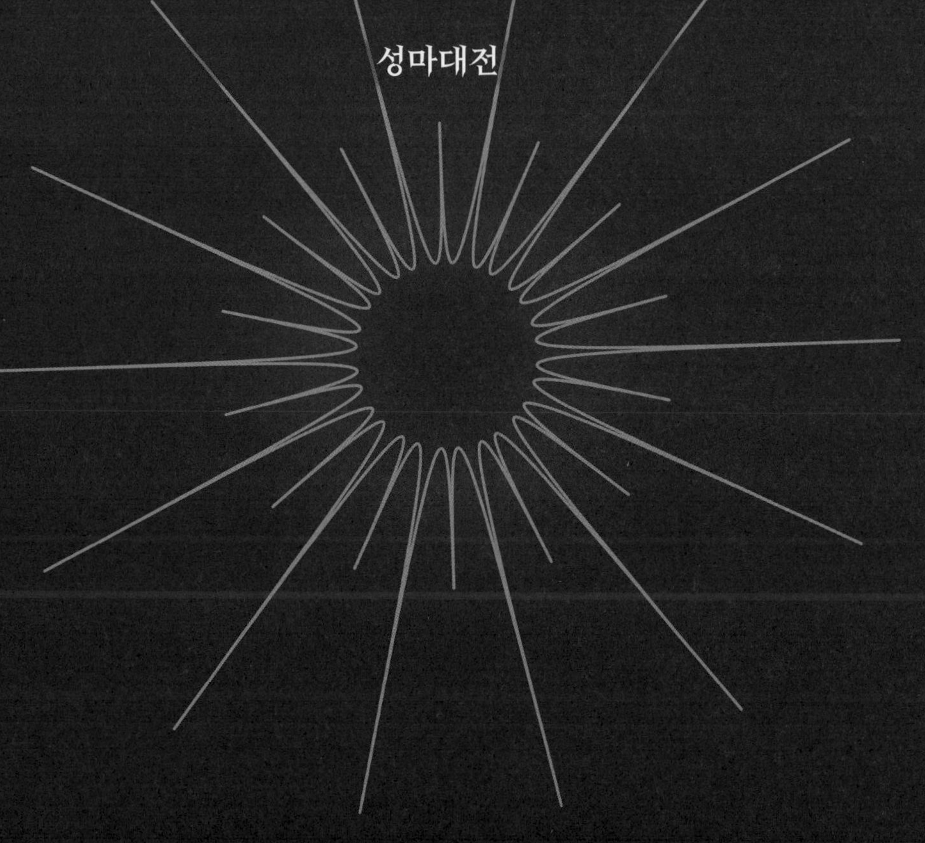

성마대전

Episode 74

I

허공에서 푸른빛 전류가 튀어 오르며, 달려들던 마지막 안드로이드가 주저앉았다.

푸슈슉.

잘린 케이블 틈에서 검을 뽑아낸 이지혜가 이마를 닦았다.

[레벨이 올랐습니다!]

곁에서 그 광경을 보던 이길영이 코를 후비며 말했다.

"누나 이제 꽤 하네?"

하늘을 찌르는 건방에 이지혜는 꿀밤을 한 대 갈겨주려다가 말았다.

[대상은 공격할 수 없습니다.]

어차피 이 세계관에서 꼬맹이들은 무적이다. 괜히 심기를 건드려서 좋을 게 없었다.

이지혜는 이길영과 신유승을 번갈아 보며 물었다.

"너희 지금 몇 렙이야?"

"난 84."

"전 87이요."

"뭐? 너 며칠 전까지 83이었잖아!"

"거짓말이지 멍청아."

티격태격하는 두 아이를 보며 이지혜는 한숨 쉬듯 말했다.

"난 79인데……."

그래도 아이들 덕분에 빠르게 레벨을 올릴 수 있었다. 말 그대로 비행기를 탄 듯 광속의 레벨 업이었고, 그 덕에 그들은 넥스트 시티의 수배자 명단에도 올랐다.

[안드로이드 이지혜 - 1,888G]

정확히는 그녀 혼자 올랐다. 애초에 아이들은 공격 자체가 불가능한 대상이니 수배 명단에도 오르지 않는다.

"슬슬 이 세계관에서 탈출할 때가 된 거 같은데."

"저걸 무너뜨리면 끝날 거 같아요."

신유승의 손끝이 가리킨 곳에 넥스트 시티의 중심부를 차지한 거대한 탑이 있었다. 탑 꼭대기에는 전함 한 기가 부유하고 있는데, 그 전함을 볼 때마다 이지혜는 배후성의 메시지를 받곤 했다.

[성좌, '해상전신'이 저 성유물을 가져야 한다고 주장합니다.]

"웬일이래. 겸소하신 우리 장군님께서."

[성좌, '해상전신'이 헛기침을 합니다.]

하지만 이지혜도 배후성의 심정을 이해 못 할 바는 아니었다. 전함의 생김새를 보면 누구라도 그 마음을 이해할 것이다.

"왜 저게 저기 있는지는 모르겠지만……."

만약 저걸 가져갈 수 있다면, 이 모든 세계의 하늘은 '해상전신'의 바다가 되겠지.

칼자루를 불끈 쥔 이지혜가 말했다.

"아저씨랑 사부랑 깜짝 놀라게 해주는 것도 재밌겠네. 얘들아, 이제 그만 클리어할까?"

"좋아, 슬슬 버그 쓰는 것도 지겨워지던 참이라."

"그렇게 해요."

뜻밖의 메시지가 들려온 것은 의기투합한 세 사람이 탑을 향해 걸음을 옮기는 순간이었다.

[긴급 패치가 업데이트됐습니다!]

[금일 자정을 기점으로 해당 시나리오에 셧다운shutdown 제도가 도입됩니다.]

[앞으로 0시부터 6시 사이에 18세 미만 청소년은 해당 시나리오를 이용할 수 없습니다.]

올망졸망 잘 뛰어가던 이길영과 신유승이 휘청거렸다.

이길영이 당황한 목소리로 중얼거렸다.

"누나, 나 졸려."

"언니, 도망……!"

두 아이는 그 말을 마지막으로 풀썩 쓰러져버렸다.

코에 손을 가져다대보니 죽은 것은 아니었다.

[해당 플레이어는 현재 셧다운 상태입니다.]

이지혜로서는 어이가 없는 노릇이었다.

"아니, 애초에 이 세계관 18금 아니었어? 셧다운제는 왜 도입되는데?"

하지만 한가롭게 불평을 늘어놓고 있을 틈은 없었다. 활짝 열린 탑에서, 그녀를 잡기 위해 드론 수백 기가 일제히 출격했기 때문이었다.

"이런 망할."

아무래도 오늘은 유독 긴 밤이 될 것 같았다.

[113번 국지전이 종료됐습니다.]

[해당 국지전은 승패가 가려지지 않았습니다.]

전쟁에는 승자도 패자도 없었다. 중상을 입은 마왕들은 서로 부축하며 물러났고, 패닉에 빠진 우리엘도 하급 천사들에게 떠밀려 사라졌다.

텅 빈 전장에 남은 것은 패잔병처럼 늘어진 환생자들과, 그런 환생자 사이에 함께 널브러진 다섯 명의 남녀뿐.

"……이게 될 줄은 몰랐네."

한수영이 어이가 없다는 듯 중얼거렸다.

국지전에 참가한 〈김독자 컴퍼니〉가 한 일은 간단했다.

선악의 전장에 참가해, 그들을 제외한 모든 참가자를 제압하는 것.

그리고 승부가 나지 않는 전쟁을 남은 사람끼리 계속하는 것.

[해당 전장의 승패를 가릴 수 없습니다.]

[해당 전장의 참가자들에게 전투 의사가 없음을 확인했습니다.]

〈김독자 컴퍼니〉의 대결은 사투가 아닌 놀이였고, 대련이었으며, 승자나 패자가 존재하지 않는 게임이었다. 그랬기에 선악의 전쟁이 아니었으며, 자연히 성마대전도 아니었다.

[해당 국지전은 '성마대전'의 분류에서 제외됩니다.]

[새로운 113번 국지전이 생성을 기다리고 있습니다.]

강제로 하나의 전장을 해체해버리는 무력. 그것이 바로 지금의 〈김독자 컴퍼니〉가 가진 힘이었다.

"제 배후성이 꽤 섭섭해하겠는데요."

"이번에는 어쩔 수 없었습니다, 희원 씨."

"가능하면 우리엘이랑은 싸우고 싶지 않아요."

"저도 마찬가집니다."

살짝 씁쓸한 표정을 지은 정희원이 이현성과 함께 전장의 환생자들을 살폈다. 많은 사람이 죽어 환생의 굴레로 되돌아갔지만, 살아남은 이도 있었다. 정희원과 이현성은 가지고 있던 '엘라인 숲의 정기'를 쪼개어 건네주었다. 김독자 또한 주변 환생자들을 하나씩 부축하여 [점혈]로 상처를 지혈했다.

그런 김독자를 보던 한수영이 말했다.

"이번엔 생각하고 저지른 거 맞지?"

"난 늘 생각하고 저질렀어."

"그럼 언제까지 이런 식으로 버틸 수 없을 거라는 것도 알겠네."

이번에야 전장에 난입하는 타이밍이 좋았다지만, 다음번에도 운이 좋으리라는 법은 없었다.

선이나 악에 속한 성좌나 마왕 중에는 〈김독자 컴퍼니〉의 힘만으로 당해낼 수 없는 존재도 있을 것이고, 전력 격차가 심한 전장에 뛰어들었다가 위험에 처할 수도 있다.

하지만 김독자는 침착한 표정이었다.

—오래 버틸 필요 없으니 괜찮아.

자연스럽게 밀회로 전환되자, 한수영도 밀회로 속삭였다.

—그럼?

—혼돈 수치가 90을 돌파할 때까지만 버티면 돼.

[현재 혼돈 수치는 56입니다.]

기다렸다는 듯 허공에 떠오른 메시지를 한수영은 유심히 노려보았다.

—이 수치는 뭐야? 선악 수치랑은 다른 거 같은데?

—맞아.

김독자는 혼돈 수치에 관해 짧게 설명해주었다.

선이나 악, 둘 중 누구도 승리하지 않았을 때. 그리하여 이 세상의 질서가 무너졌을 때 상승하는 것이 바로 '혼돈 수치'라고.

—이거 꽉 차면 어떻게 돼?

—묵시록의 재앙이 발생하지.

—묵시록의 재앙? 잠깐만, 설마 '묵시룡' 말하는 거야?

묵시록의 파멸룡, 혹은 묵시록의 최후룡.

소위 '묵시룡'이라는 이름으로 불리는 존재.

1,863회차의 95번 시나리오에 재림해, 꼬리짓 한 번으로 〈스타 스트림〉의 성좌들을 휩쓸어버린 대재앙.

김독자가 씩 웃으며 고개를 끄덕였다.

—맞아. 잘 아네?

—그걸 알고도 혼돈 수치를 올리겠다고? 너 미친놈이냐? 묵시룡이 부활하면 어쩌게? 1,863회차에서 어떻게 됐는지 잊었어?

묵시룡이 이 시나리오에서 깨어난다면 '성마대전'은 비교도 안 될 대파멸을 불러올 것이다.

하지만 김독자의 표정은 단호했다.

—부활 안 할 거야.

—그걸 어떻게 알아?

한수영의 물음에, 김독자는 그저 어깨만 으쓱해 보이고 돌아섰다.

발끈한 한수영이 뭐라고 외치려는 순간, 누군가가 불쑥 끼어들었다.

"작가라더니, 상상력이 부족하군."

"뭐 이 자식아?"

유중혁은 한수영의 작은 주먹을 가볍게 받아냈다.

한수영이 으르렁거렸다.

"왜 남의 대화에 끼어들어?"

"네가 한심한 소리를 해서 참을 수 없었던 것뿐이다."

"뭔 개소리야?"

"1,863회차에서 있었던 일을 아는 건 저놈만이 아니다."

한수영은 유중혁의 말을 바로 알아들었다.

김독자는 1,863회차에 혼자서 다녀온 것이 아니었다. 두 명의 대천사와 함께 떠났고, 돌아올 때도 한 명이 함께했다.

그리고 그 사실이 뜻하는 바는…….

"……〈에덴〉도 그곳의 일을 알겠네. 그리고 저 녀석은 그걸 이용하는 거고."

김독자의 의도는 명백했다.

혼돈 게이지가 100이 되면 묵시룡이 해방된다. 그리고 〈에덴〉은 1,863회차의 정보를 들어 묵시룡이 해방되면 무슨 일이 벌어지는지 알고 있다.

〈에덴〉이 멸망하는 꼴을 보고 싶지 않다면, 지금 당장 '성마대전'을 중지하라는 것.

그게 바로 김독자가 전하고자 하는 메시지인 셈이었다.

태연자약한 얼굴로 환생자를 다독이는 김독자를 보며, 한수영은 살짝 어이가 없었다. 어떤 성좌가 대성운을 상대로 그런 협박전을 펼칠까.

"저 사악한 자식…… 다 같이 살거나, 다 같이 죽거나 둘 중 하나를 선택하라는 거잖아."

"잘만 된다면 그렇겠지. 우리만 죽는 미래가 올 수도 있다."

표정을 굳힌 채 흑천마도를 닦는 유중혁은 그 어느 때보다 진중한 표정이었다. 한수영은 그 표정에서 유중혁의 각오를 읽을 수 있었다. 아마 지금쯤 유중혁의 머릿속에서는 최악의 가설들이 줄줄이 이어지고 있을 것이다.

김독자의 계획이 실패하고, 이곳에서 〈김독자 컴퍼니〉의 일행이 전멸하며, 그가 다시 한번 회귀하게 되는 것.

한수영이 투덜거렸다.

"끔찍한 미래만 떠올리는 건 회귀자 특유의 버릇이냐?"

"최악을 가정해야 최악 이후도 가정할 수 있는 법이다."

"누가 들으면 1만 번쯤 회귀한 줄 알겠네."

"어떤 우주에서는 그럴지도 모르지."

"네가 그런 말도 할 줄 아냐?"

한수영은 피식 웃으며 멀찍이 떨어진 김독자를 바라보았다. 여전히 비실대는 꼴이 흐느적거리는 바람 인형 같았다.

텅 빈 바람 인형의 속을 읽을 수 없듯, 한수영은 김독자의 속내를 읽을 수 없었다. 가끔 알 것 같은 기분이 들 때도 있었지만, 그건 대개 인형에서 새어나온 바람 같은 것이었다.

저런 걸 뭘 믿고.

어쩌면 정말 알 수 없는 것은 자기 자신이었다. 왜 자신은 김독자와 함께 싸우고 있는가. [예상표절]을 돌리면 알 수 있을지도 모르지만, 한수영은 구태여 그러지 않았다. 그러면 안 된다고 생각했기 때문이다.

돌아보니 유중혁도 자신과 같은 광경을 보고 있었다.

"야, 물어볼 거 있어."

"내가 순순히 대답해줄 거라 착각하고 있다는 게 신기하군."

"하긴, 너 지독하긴 하더라. '카이제닉스 제도'에서 그렇게나 고문을 당하고도 신음 한 번 안 흘린 걸 보면."

유중혁의 표정이 굳어졌다.

"역시 네놈이 시킨 짓이었나?"

"내가 시킨 건 아니고, 착한 우리 유리가 내 마음을 알아준 거지."

[설화, '카이제닉스의 왕'이 고개를 주억입니다.]

유중혁은 그 지독한 고문을 당하면서도 자신의 정체나 관련된 정보를 밝히지 않았다. 일어나 툭툭 엉덩이를 털며 한수영이 물었다.

"아무튼, 너 이제 진짜 괜찮은 거냐? 전에는 김독자 죽이려고 했잖아."

"네가 상관할 바가 아니다."

"너 같은 녀석이 그렇게 생각이 빨리 바뀔 리는 없고. 생각이 바뀐 게 아니라면 원래부터 저놈을 죽일 생각이 없었다는 얘긴데……."

"……."

"그때 널 부추긴 게 누구야? 메타트론?"

그 이름에 유중혁의 굵은 눈썹이 살짝 움직였다.

"흐음, 관계가 있긴 한가 보네."

"뒷조사라도 한 모양이지?"

"그딴 걸 할 시간이 어딨냐? 네가 갑자기 〈에덴〉 이야기를 하니까 떠봤을 뿐이야. 그런데 반응을 보니 '메타트론'이 핵심은 아닌 것 같네."

한수영의 추리력에, 이번에는 유중혁의 양쪽 눈썹이 동시에 꿈틀거렸다.

"흐음, 누굴까나. 우리 망할 회귀자님의 속내를 들쑤신 분이."

"네놈 따위가 알 수 있는 존재가 아니다."

"역시, '은밀한 모략가'냐?"

유중혁이 한수영을 올려다보았다. 한수영이 뭘 그렇게 놀라느냐는 듯 입술을 실룩였다.

"나 바보 아니거든? 네가 생각하는 것 정도는 나도 생각할 수 있어."

[화신 '한수영'이 '예상표절'을 발동 중입니다.]

"정확히는 '나들'이지만."

수백, 수천, 어쩌면 수만 명의 한수영이 모여 다음 전개를 예상하는 설화.

이번에는 유중혁이 물었다.

"은밀한 모략가에 대해 알고 있나?"

"아주 강력한 이계의 신격."

유중혁은 잠깐 실망스러운 표정을 짓더니 이내 납득한 목소리로 말했다.

"바보가 수천 명 모인다고 천재가 되는 건 아닌 모양이군."

"죽을래? 그러는 넌 녀석이 누군지 알아?"

"짐작 가는 존재는 있다."

"호오? 누군데?"

유중혁은 곧장 대답하는 대신 기억을 더듬는 듯했다.

"녀석은 내가 살아온 모든 역사를 알고 있었다. 0회차부터, 내가 아직 겪지 않은 먼 미래의 회차까지."

"흐음……."

"내 예상이 맞는다면 그런 존재는 모든 세계선을 통틀어 하나뿐이다."

그러자 한수영도 고개를 끄덕였다.

"그렇겠네. 제일 가능성이 높은 건 하나뿐이야."

잠시 서로를 바라보던 두 사람은, 동시에 자신의 해답을 말했다.

그런데.

"누구라고?"

"무슨 헛소리지?"

두 사람의 대답이 달랐다.

2

먼저 따진 것은 한수영이었다.

"아니, 어떻게 그런 생각을 할 수 있지? 회귀자가 되면 머리가 점점 나빠지나?"

"내가 할 소리군. 작가가 그렇게 불쾌한 상상력을 발휘할 줄이야."

한수영과 유중혁은 으르렁거리며 서로 노려보았다.

먼저 양보한 쪽은 한수영이었다.

"후…… 세 번쯤 회귀하다 보면 정신이 나가서 이상한 생각을 할 수도 있겠지. 그래…… 은밀한 모략가가 '미래의 김독자'라고?"

"나는 그렇게 생각하고 있다."

"그래 뭐, 아주 불가능한 이야기는 아니네. 〈스타 스트림〉이야 별일이 다 일어나는 곳이고, 또……."

한수영은 '소설이 현실이 되어버리는 게 이 세상이니까'라고 말하려다가 뒷말을 삼켰다. 그게 사실이라도 유중혁 앞에서 할 소리는 아니라고 생각했기 때문이다. 그 대신 다른 말을 했다.

"은밀한 모략가한테 확인하는 게 제일 빠를 텐데. 확인은 해봤어?"

유중혁이 고개를 끄덕였다.

"녀석과 계약을 했었다. 내가 녀석의 부탁을 들어주면, 녀석도 내 질문에 대답을 해주기로."

"무슨 질문인데?"

"은밀한 모략가의 정체가 미래에서 온 김독자인지 물었다."

"그래서?"

"아니라고 하더군."

"근데 왜 넌—"

"정확히 말하지. '한때는 무언가였을지도 모르지만, 지금은 아무것도 아니'라고 했다."

한때는 무언가였으나 지금은 아무것도 아니다.

한수영은 그 말의 허점을 깨달았다.

은밀한 모략가의 대답은, 그가 '미래의 김독자'라는 추리를 부정하는 대답이 아니었다. 오히려 '김독자였을 수도 있고 아닐 수도 있다'라는 뜻에 더 가까웠다. 그렇게 생각하면 유중혁이 자신의 추리를 굽히지 않는 것도 이해가 갔다.

한수영이 재차 물었다.

"들은 건 그게 다야?"

"놈은 내가 살아온 모든 회차를 알고 있다고 했다."

한때 무언가였으나 지금은 그저 '은밀한 모략가'일 뿐인 자.

그리고 유중혁이 살아온 모든 회차를 아는 존재.

"그거 말곤?"

"없다."

"장난쳐? 죽을 둥 살 둥 싸우고 고작 그거 물어본 거야?"

한수영이 씩씩대며 소리쳤다.

"전 회차에는 없던 놈이잖아? 정확한 정체를 알 수 없으면 다른 정보라도 많이 알아 왔어야지!"

"그놈 목적도 듣긴 했다."

"뭐라디?"

"바꾸고 싶은 게 있다고 하더군. 그리고, 죽이고 싶은 존재도 있다고 했다."

들을수록 수렁에 빠지는 느낌이었다. '죽이고 싶은 존재'라는 말은 바꿔 말하면 '아직 죽일 수 없는 존재'라는 뜻이었다.

'은밀한 모략가' 정도 되는 신격에게 그런 존재가 있다는 말인가.

"내가 들은 것은 그게 전부다. 내게 허용된 질문권도 그게 전부였고."

"조금 더 정보를 캐낼 수는 없어?"

"그럼 다시 녀석과 계약해야 한다. 그런 짓을 하면 지난번보다 더 큰 대가를 치르게 되겠지."

유중혁은 그렇게만 말하고 허공을 올려다보았다.

한수영도 함께 하늘을 보았다. 그리고 '한낮의 밀회'가 발동했다.

—놈이 보고 있어?

—시선은 느껴지지 않는다.

약간은 실망스러운 결과였다.

대놓고 들으라고 떠들어봤는데, 아무래도 당사자는 이 광경을 지켜보지 않는 모양이었다. '은밀한 모략가'답지 않은 일이랄까.

한수영이 말했다.

—곤란하네. 만약 그 정도 신격이 중요한 순간에 개입하면 우리가 아무리 치밀한 계획을 세워도 소용이 없다고.

이번 '성마대전'처럼 중요한 무대라면 더욱 그렇다. 작은 변수 하나가 판 전체를 뒤집어놓을 수 있는 상황이라면 신경이 쓰이지 않을 수가 없다.

하지만 유중혁의 생각은 달랐다.

"놈은 직접 나서지 않을 거다."

"왜 그렇게 생각해?"

"김독자나 나를 종용해 일을 꾸미는 것 자체가 증거다. 직접 움직일 수 있었다면 처음부터 그랬겠지. 그 녀석쯤 되는 존재라면 스스로 움직이는 것 자체로 엄청난 개연성을 소모할 것이다."

"그것도 그렇네. 빌어먹을 개연성에 감사하는 순간이 올 줄이야."

"나도 묻고 싶은 것이 있군."

"응?"

"네놈의 불쾌한 상상력의 근거를 아직 듣지 않았다. 네놈은 왜 '은밀한 모략가'가 '그 녀석'이라고……."

유중혁의 질문에 한수영이 피식 웃었다.

"뭐야, 관심 없는 줄 알았더니, 신경 쓰이냐?"

"단 한 번도 토를 달지 않는 순간이 없군."

유중혁이 차가운 칼자루를 쥐려는 순간, 능글맞은 목소리가 들려왔다.

"둘이 사이가 좋네?"

두 사람의 살벌한 시선이 동시에 김독자에게 꽂혔다.

쓴웃음을 지은 김독자가 손사래를 치며 물러나는 차, 허공에 시나리오 메시지가 떠올랐다.

[113번 국지전의 새로운 좌표가 설정됐습니다.]

다시 움직일 시간이 된 것이다.

"슬슬 또 한바탕 해보자고."

기다렸다는 듯, 〈김독자 컴퍼니〉의 설화들이 아우성치기 시작했다.

[마왕, '구원의 마왕'에게 새로운 설화가 발아합니다!]

['구원의 마왕'의 두 번째 수식언 후보 목록이 생성됐습니다.]

마계의 2인자는 다양한 수식언으로 불린다.

지옥 동부의 지배자. 마계의 대수代手. 존엄의 파괴자.

그토록 다양한 이름이 있음에도 그의 진명은 하나다.

제2 마계의 주인, 아가레스.

제1 마계의 주인이 홀연히 사라진 뒤, 아가레스는 수천 년 세월 동안 마계를 지켜왔다. 영역을 넘보는 대천사들의 목을 베고, 악이 악으로서 존립하기 위한 설화들을 수호해왔다.

악의 자격을 시험하고, 규제하고, 통치하며 그는 오직 단 하나의 질문에 몰두했다.

악이란 무엇을 위해 존재하는가.

그것이 정말 해결 가능한 질문인지 아닌지는 중요하지 않았다. 단지 그 질문이 그를 살게 했고, 그렇기에 그는 골몰해왔다.

해답을 알 것 같을 때도 있었고, 가끔 지금처럼 희한한 기분이 들 때도 있었다.

[113번 국지전이 강제 종료됐습니다.]

[114번 국지전이 강제 종료됐습니다.]

그 아득한 세월을 살아온 아가레스조차 처음 보는 광경.

—다들 조금만 더 힘내요!

—거의 다 제압했습니다!

아비규환의 전장에서 환생자들을 구하는 자들이 있었다.

위대한 선악의 승패와는 관계없이 그저 그곳에서 희생되던 소모품들이 누군가에 의해 구원받고 있었다.

문제는 그 일을 행하는 존재가 '마왕'이라는 점이었다.

[혼돈 수치가 4만큼 상승했습니다.]

[현재 혼돈 수치는 60입니다.]

[경고합니다! 혼돈 수치가 60을 넘었습니다!]

혼돈.

그것은 선도 악도 아닌 것.

세계의 개연성과 질서의 바깥에 있는 무엇.

[혼돈 수치를 늘려서 '성마대전'을 막겠다?]

깊게 눌러쓴 아가레스의 페도라 양옆으로 붉은 뿔이 자라났다. 아가레스가 뭔가에 흥미를 보일 때마다 나타나는 징조였다.

[더 큰 멸망을 구실로 작은 멸망을 막는다. '구원의 마왕'이나 할 법한 발상이지요.]

그 말을 한 것은 '격노와 정욕의 마신' 아스모데우스였다.

아가레스가 옥좌를 짚은 손가락을 까딱거리며 물었다.

[왜 그는 '악'의 편을 들지 않는 것이지? 이쪽에 붙는다 한들 전혀 손해 볼 일이 없을 텐데.]

[이번 성마대전이 종료되면 그의 '전'이 완성됩니다. 그가 추구하는 ■■이 악의 길은 아니라는 뜻이겠죠.]

[그렇다고 선의 ■■을 추구하려는 것 같지도 않군.]

오히려 선이나 악, 둘 중 한쪽 편에 붙은 것보다 더 난처한 상황이었다.

아가레스가 재차 물었다.

[그대의 생각은?]

[우리가 나서기 전에 메타트론이 먼저 움직일 겁니다. 누구보다 오래 이 전쟁을 열망해온 늙은 천사가, 자신의 판이 망쳐지는 걸 두고 볼 리 없죠.]

그 말이 흘러나오기 무섭게 마왕 측 통신으로 한 줄의 메시지가 도착했다.

—아가레스. 전할 말이 있어 연락했습니다.

아가레스가 찢어진 입꼬리를 올리며 웃었다.

—메타트론. 우리가 한가하게 대담이나 나눌 사이는 아닐 텐데?

현 〈마계〉와 〈에덴〉의 최강자가 화면을 통해 대면했다. 시선 교환만으로 강렬한 개연성의 스파크가 튀고 있었다.

—장단을 맞춰주고 싶지만, 이번에는 잠깐 힘을 빌려야 할 것 같군요.

—선과 악이 손잡은 이야기를 들은 적이 있나?

—목적을 위해 수단을 가리지 않는 악의 이야기는 흔한 편이지요.

비아냥대는 아가레스의 목소리에도 메타트론은 침착했다.

—치기 어린 성운이 하나 있습니다. 자신들이 이 세계의 중심이라 믿는 어린 후배죠.

누구 이야기인지는 명백했다. 아가레스가 웃었다.

—겨우 작은 성운 하나를 짓밟자고 핫라인까지 열다니, 우습군.

—자칫하면 작은 성운으로 말미암아 '성마대전'이 무너질 수도 있습니다.

—〈스타 스트림〉의 선배 된 입장에서 군기라도 잡고 싶은 모양이지? 꼰대 기질은 여전하군.

—세상의 참된 이치를 알려주고픈 마음이라 해두죠.

—거절하겠다. 네놈 따위와 손잡지 않아도 그런 성운 하나 뭉개는 건 일도 아니니까.

—손을 잡자는 게 아닙니다.

—그러면?

메타트론은 곧장 대답하지 않고 자신의 손 위에 작은 십자가를 하나 띄웠다. 허공에 뜬 십자가는 제자리에서 뱅뱅 돌고 있었다.

—〈김독자 컴퍼니〉가 전장을 망칠 수 있는 것은, 그들이 비등한 힘

의 균형을 이용하기 때문입니다.

—그래서?

—처음부터 힘의 균형이 무너진 전장이라면 어떨까요.

메타트론은 십자가에 바람을 불었다. 그러자, 회전축이 슬그머니 무너지며 십자가가 흔들리기 시작했다.

아가레스가 불쾌하다는 듯 물었다.

—처음부터 한쪽이 불리한 전장을 열자는 얘긴가?

—그렇습니다.

양측의 전력이 비등한 경우라면 모를까, 어느 한쪽으로 균형이 무너진 상황이라면 〈김독자 컴퍼니〉도 그만큼 무게의 균형을 맞춰야 한다. 무게가 악으로 기울었다면 선 쪽으로, 선으로 기울었다면 악 쪽으로.

이것을 역으로 이용한다면, 〈김독자 컴퍼니〉를 몰살할 국지전을 설계하는 것도 불가능한 일은 아니었다.

—어느 측에 불리한 전장을 열자는 것이지?

—이런 일은 공평하게 해야겠죠. 악 측에 불리한 국지전장이 하나 열린다면, 선 측에 불리한 국지전장도 하나 열도록 하겠습니다.

—재미있군. 천사를 희생해서라도 놈들을 잡고 싶은 모양이지?

—혼돈 수치가 쌓이는 걸 내버려둘 수는 없습니다. 그리고 국지전을 여러 개 열어야 〈김독자 컴퍼니〉를 분산시킬 수 있습니다.

—그들이 도발에 응하지 않는다면?

—그럼 그것으로도 충분한 것 아니겠습니까?

화면 너머로 비치는 메타트론의 눈이 하얗게 빛났다.

—응하지 않는다면, 어차피 이 전쟁의 승자는 선악이 될 테니까.

[115번 국지전으로 가는 게이트가 열렸습니다!]

[116번 국지전으로 가는 게이트가 열렸습니다!]

[117번 국지전으로 가는 게이트가……!]

실시간으로 허공을 뒤덮는 게이트들을 바라보며 나는 헛웃음을 지었다.

역시, 메타트론이나 아가레스가 이번 일을 그냥 넘어갈 턱이 없지.

실시간으로 생겼다가 사라지는 포털들을 보며 정희원이 물었다.

"독자 씨, 저게 어떻게 된 거죠?"

"놈들이 국지전을 한꺼번에 열었습니다."

"이런 경우도 있어요?"

"본래는 있을 수 없습니다. 국지전이라고 해도 저렇게 빨리 생겨났다 사라지진 않거든요."

[115번 국지전이 종료됐습니다!]

[116번 국지전이 종료됐습니다!]

실시간으로 종료되는 전장과 함께, 시나리오 메시지도 떠올랐다.

[성마대전 진행 현황]

절대선 수치: 57

절대악 수치: 57

혼돈 수치: 60

우리가 쌓은 혼돈 수치에 대항하듯, 선악 수치가 빠르게 상승하고 있었다.

이현성이 벌떡 일어났다.

"이대로 있을 수는 없습니다."

이현성이 주먹을 불끈 쥐며 말을 이었다.

"저 전장에도 희생되는 환생자들이 있을 겁니다."

한수영이 손톱을 잘근 깨물며 말했다.

"물론 그렇겠지. 근데 저기 들어가면 우리도 죽어."

"예?"

"모르겠어? 함정이라고 저거. 걔들 지금 우리 족치겠다고 작당한 거야."

멍하니 나를 보는 이현성의 시선에 내가 고개를 끄덕였다.

"한수영 말이 맞습니다. 우리는 아마 들어가자마자 공격부터 받을 겁니다."

"들어가지 않아도 끝장인 것은 마찬가지다."

유중혁의 말에 일행들의 표정은 더욱 어두워졌다.

〈김독자 컴퍼니〉는 선과 악으로 소속이 찢어진 상황. 만약 이대로 성마대전의 승자가 결정된다면, 패한 쪽은 끔찍한 꼴을 당하게 될 것이다. 화신체 소멸은 당연한 얘기고, 운 좋게 영혼이 되더라도 지옥의 염열에 시달리며 자아를 파괴당할 것이다.

결국 우리는 저 전장에 참가할 수밖에 없다.

"어쩔 수 없군요."

때로는 함정이라는 것을 알면서도 걸어 들어가야 할 때도 있는 법이다.

나는 재빨리 일행들을 분류했다.

"정희원 씨와 이현성 씨는 117번 국지전에 참가하세요. 그리고 한수영이랑 유중혁은 119번 게이트로—"

"아니 잠깐만, 그럼 넌?"

"난 혼자 121번 게이트로 갈 거야."

나를 노려보던 유중혁이 말없이 칼자루를 쥐기에 재빨리 항변했다.

"아니, 그렇다고 진짜 혼자서 가겠다는 얘기는 아니고."

"누구랑 가겠다는 거지?"

"우리 편이 되어줄 사람."

그러자 한수영이 태클을 걸었다.

"누구? 지금 상황에서 누가 우리 편이 되어주는데?"

보통은 아무도 이쪽 편을 들지 않겠지.

하지만 내 생각이 맞는다면, 적어도 딱 하나. 아니 둘은.

[성운, <명계>가 당신을 기다리고 있습니다.]

나는 씩 웃으며 말했다.

"우리 부모님."

3

나는 일행들과 간단한 작별 인사를 마친 뒤 곧장 〈명계〉를 향해 메시지를 보냈다. 답장은 금방 돌아왔다.

[성좌, '부유한 밤의 아버지'가 당신의 출입을 허락합니다.]

[성좌, '가장 어두운 봄의 여왕'이 당신의 출입을 허락합니다.]

[성운, <명계>가 당신을 소환하는 포털을 개방합니다.]

츠츠츠츠츳!

본래 이런 대규모 시나리오가 진행되는 와중에는 시나리오 외부로 이탈하기 쉽지 않다. 하지만 〈명계〉는 나를 위해 기꺼이 막대한 개연성을 지불해준 것이다.

고마운 일이었다.

말이 후계지, 사실 그때 도움받은 이후로 변변찮은 인사도 못 했는데.

생각해보니 조금 찝찝했다. 혹시 흔쾌히 승낙한 게 이제껏 〈명계〉를 방문하지 않은 나를 조지기 위해서라면?

—김독자.

급작스럽게 들려온 메시지에 놀라 허공을 바라보았다. '한낮의 밀회'는 아니었다. 그럼 메시지를 보낼 만한 녀석은 하나뿐.

—뭐야, 지부장 되고 바쁜 줄 알았는데 아직 여기 신경 쓸 여력이 있냐?

—없어. 짬 내서 만드는 거지.

비형이 허공에서 잎담배를 문 채 투덜거렸다.

자식이, 요즘 지부장 되더니 꽤 일이 피로해진 모양이다.

비형은 복잡한 눈빛으로 나를 내려다보더니 한숨을 푹 쉬었다. 그리고 일시적으로 주변 채널의 송수신이 차단되는 것이 느껴졌다.

—너 지금 위험한 짓 벌이는 거다.

—언제는 안 그랬냐?

—전이랑은 달라. 이번엔 〈스타 스트림〉 전체가 네가 벌이는 일을 주목하고 있다고.

—그것도 골백번도 더 들은 소리 같은데.

—이대로면 조만간 네가 쌓은 개연성의 업보가 폭발할 거야. 무슨 뜻인지 알지?

나는 고개를 끄덕였다. 뒤틀린 개연성이 폭발하면 어떤 끔찍한 일이 벌어지는지는 지난 '마왕 선발전' 때 똑똑히 보아서 알고 있다.

실제로 요즘 나는 블록이 많이 빠진 젠가 위에 올라서 있는 기분이 들 때가 많았다.

—조심해. 언제까지 운이 좋을 수는 없어. 아무리 네가 대도깨비나 외신外神들의 가호를 받고 있다 해도…….

—누구의 가호?

—됐다. 쓸데없는 말을 했네.

비형은 고개를 절레절레 흔들더니 허공에 가볍게 연기를 뿌렸다. 그러자 연기를 중심으로 동결된 채널이 해제되기 시작했다.

—잘 다녀와라. 죽지 말고.

—그게 저승 가는 사람한테 할 말이냐?

말은 안 하지만, 아마 비형은 관리국 쪽의 방해 공작을 막아주고 있을 것이다. 처음 만날 때만 해도 하급 도깨비였던 녀석인데, 벌써 이렇게나 큰 도움을 받게 되다니. 오래 살고 볼 일이다.

[시공간 전송이 시작됩니다.]

눈앞에서 지각 정보가 분해되더니, 다시 눈을 떴을 때는 새카맣게 말라붙은 저승의 땅이 나를 맞이했다. 〈명계〉였다. 본래라면 뱃사공 카론을 통해 강을 건너야 했지만, 이번에는 그런 절차가 생략되었다.

메마른 강가의 자갈밭을 지나 하데스의 궁을 향해 얼마나 걸음을 옮겼을까. 외성에 발을 내딛는 순간, 마치 기다리고 있었다는 듯 수만 명의 시선이 내게 꽂혔다.

저승의 3대 심판관을 위시한 어마어마한 숫자의 영혼. 사나운 공기의 움직임으로 봐서, 결코 호의적인 시선 같진 않았다.

[저승의 심판관들이 당신의 존재를 눈치챘습니다!]

역시, 날 이곳에 부른 것은 다른 목적이 있어서였나?

스스슷.

저승의 3대 심판관이 나에게 미끄러지듯 다가오고 있었다.

3대 심판관은 모두 설화급에 해당하는 성좌.

나는 허리춤의 '부러지지 않는 신념'을 재빨리 움켜쥐었다.

내가 아무리 강해졌다 해도 〈명계〉에서라면 그들을 상대하기는 결코 쉽지 않다.

제일 앞에 있던 심판관의 눈높이가 낮아진 것은 그때였다. 그것을 시작으로 두 번째 심판관, 세 번째 심판관의 눈높이가 낮아졌다. 심판관들은 내 앞에 무릎을 꿇었다.

……어?

그 뒤로 심판관을 따르던 〈명계〉의 군대가 마치 낮게 밀려가는 파도처럼 주저앉기 시작했다. 자세히 보니 사납게 들끓던 열기는 내 짐작과는 조금 다른 것이었다. 저승의 심판관들이 나를 보며 자신의 눈을 찍어 닦고 있었다. 뭔가에 감동이라도 한 것처럼.

쿠구구구구!

〈명계〉 전체가 나에게 무릎을 꿇으며 길을 내고 있었다.

궁의 내전으로 통하는 길.

이제껏 단 두 명의 성좌만이 걸어갈 수 있었던 길이다.

[밤의 왕국에 오신 것을 환영합니다, 〈명계〉의 후계시여!]

심판관의 말과 함께, 눈앞에 시스템 메시지가 떠올랐다.

[현재 당신은 <명계>의 왕자입니다.]

나는 궁 내부로 이동하는 내내 떨떠름한 기분이었다.

'명계의 후계자'가 된 순간 이런 일이 벌어질지도 모른다고 생각은 했지만, 이렇게나 파격적인 신분 상승을 겪고 나니 정신이 말랑해지는 기분이었다.

살면서 한 번도 받아보지 못한 융숭한 대접이었다.

게다가 음산하고 치렁치렁한 이 의복은 뭐란 말인가.

[저, 왕자님.]

"예."

[지난번에는 죄송했습니다.]

그러고 보니 이 아저씨, 신유승의 영혼을 되찾으러 〈명계〉에 왔을 때 나를 맞이했던 심판관이다. '야마타노오로치의 뱀술'을 처먹고 내 부탁을 몰래 들어준…… 수식언이 뭐였더라?

"아닙니다. 잘 해결되었으니 그걸로 된 거죠. 그때는 제가 감사했습니다."

심판관은 송구스럽다는 듯 고개를 푹 숙이더니, 이내 알현실로 가는 문을 활짝 열었다.

[명왕께서 기다리고 계십니다.]

나는 긴장하며 심판관들과 함께 안으로 발을 내디뎠다.

곁을 지키는 심판관의 든든한 격에 기분이 싱숭생숭했다.

〈명계〉의 주인이 되면 이런 성좌들을 모두 부릴 수 있다는 거겠지.

[후후, 그래. 그랬구나.]

상념을 깬 것은 어둠 속에서 들려온 페르세포네의 음성이었다. 페르세포네는 옥좌 위에서 자신의 손끝에 앉은 누군가와 이야기를 나누고 있었다.

[바앗, 바앗. 아바아앗!]

[흐음, 그때도 그랬다고?]

[바앗, 바앗!]

방방거리며 뛰어오르는 찹쌀떡. 누구의 목소리인지는 명백했다.

내가 소리치기도 전에 나를 발견한 비유가 화색을 보이며 소리쳤다.

[아바앗! 아바앗!]

[우리 작은 후계자가 왔구나.]

왜 비유가 여기에 있는지는 모르겠지만, 나쁜 상황은 아니었다. 비유의 재롱잔치 덕에 페르세포네는 무척 즐거워 보였으니까.

하데스의 무기질적인 시선과 페르세포네의 온화한 시선이 동시에 내게 꽂혔다. 찌릿찌릿한 느낌에 전신이 마비되는 것 같았다. 역시 신화급 성좌에게는 시선만으로도 모든 존재를 압도하는 힘이 있다.

나는 포세이돈과 대격전을 벌이던 하데스를 떠올리며, 간단히 반배半拜를 올렸다.

"오랜만에 뵙겠습니다. '부유한 밤의 아버지', 그리고 '가장 어두운 봄의 여왕'이시여."

[오랜만이구나 아들아. 그간 별고는 없었니?]

"어…… 예. 그렇습니다. 여왕께서는?"

[후후, 우리도 무탈했단다. 하나뿐인 자식이 너무 늦게 찾아와서 조금 섭섭하긴 했지만 말이야.]

오가는 대화의 분위기가 무슨 명절 같았다. 애초에 이런 경험이 없는 나로서는, 무슨 말로 어떻게 대화를 이어가야 할지 감이 오지 않았다.

너른 옥좌에 앉은 하데스는 여전히 표정을 읽을 수 없는 눈으로 나를 내려다보고 있었고, 페르세포네는 싱글싱글 웃는 얼굴로 말을 걸었다.

[네가 없는 동안 작은 손녀딸이 적적함을 달래주었단다. 말년에 도깨비 손녀라니, 정말 오래 살고 볼 일이지.]

바앗바앗거리는 비유가 마음에 들었는지, 페르세포네는 손등에 앉은 비유를 보드랍게 쓸어주며 말했다.

[아이는 얻었는데, 짝은 없구나. 배필은 언제 데려올 셈이니?]

"아, 그건 생각을 좀……."

명절에 정말 듣기 싫은 질문 중 하나를 곧바로 들었다.

그때, 잠자코 있던 심판관들이 앞으로 나섰다.

[저희가 조사한 결과, 몇 명의 후보가 있사옵니다.]

[오호, 그래요?]

[여기, 올림포스 인연 매칭 시스템 '큐피드 쏠까연'과 '도와듀오 비너스'를 통해 조사한 결과입니다.]

[심판관들이 오랜만에 제대로 된 일을 했군요.]

아니 잠깐만, 심판관이란 작자들이 왜 내 사생활을 조사하고 다녀?

그러나 만류할 틈도 없이 허공에 홀로그램이 떠올랐다.

[일단, 후보 1번입니다.]

떠오른 것은 영상 자료였다.

—독자에겐 독자의 삶이 있는 거니까요.

—독자의 삶…… 독자 씨는 정말 좋은 말씀을 하시네요.

아니 왜 하필 저런 흑역사를 자료 화면으로 갖고 오는 건데.

심판관은 침착한 목소리로 말을 이었다.

[후보 1번은 사려가 깊은 여인입니다. 왕자께서 가지고 계신 특수한 감수성을 하해와 같은 아량으로 품어줄 수 있을 뿐만 아니라, 온화한 성정과 타고난 결단력을 동시에 갖추는 등 지와 미모를 겸비한, 사실상 왕자님께는 과분하다 할 수준의…….]

들을수록 머리가 멍해지는 느낌이었다.

[다음으로, 후보 2번입니다.]

이어서 새침한 눈매에 인상적인 눈물점을 가진, 레몬 사탕을 문 여인이 등장했다.

—멍청이.

—이렇게 좋은 날 왜 울어. 모처럼 눈도 내리는데…… 내가 나중에 더 좋은 수식언 지어줄게.

영상을 보며 흐뭇한 미소를 지은 심판관이 이야기를 계속했다.

[후보 2번은 성격이 날카롭고 독설을 자주 하지만, 왕자님과 특별한 인연이 있는 여인입니다. 왕자님의 음침한 취미를 이해할 수 있는 유

일한 존재이며, 심지어 그 취미에 관해 함께 이야기를 나눌 수도 있는, 정말 세상에 둘도 없는 특별한…….]

〈올림포스〉의 매칭 시스템도 단단히 맛이 갔구나.

3번 후보의 얼굴이 나오기 직전, 나는 안간힘을 다해 소리쳤다.

"아니, 잠깐만요! 저는 아직 결혼 생각 같은 건 없습니다!"

심판관이 송구스럽다는 듯 고개를 숙이며 물러났다.

[왕자께서 아직 준비가 안 되신 듯하니 그럼 다음 후보는 나중에 따로…….]

[흠…… 저 고집불통 왕자님을 누가 데려갈는지.]

페르세포네는 진짜 우리 어머니 같은 목소리로 투덜거렸다.

[뭐, 여차하면 이 아이를 낳은 도깨비를 배필로 데려와도 좋단다. 나와 하데스는 인간들의 사사로운 고정관념 따위엔 얽매이지 않으니…….]

비형과 결혼하라니, 차라리 뒈지는 게 낫지.

[나와 하데스는 네가 '자신의 무지를 아는 자'나 '이데아의 철인' 같은 성적 취향을 가지고 있어도 전혀 개의치 않을—]

[명계의 심판관들이 당신의 선택에 주목합니다.]

[소수의 성좌가 당신의 취향에 관심을 갖습니다.]

[성별 바꾸기를 좋아하는 한 성좌가 귀를 기울입니다.]

나는 가볍게 숨을 들이켠 뒤 곧바로 입을 열었다.

"어머니."

내 말에 페르세포네의 눈동자가 흔들렸다.

[어머나, 지금 뭐라고…….]

"제가 이곳에 온 이유를 알고 계시리라 믿습니다."

[…….]

"부탁드릴 것이 있습니다."

아무리 〈명계〉의 시간이 느리게 흐른다 해도, 이곳에서 오래 지체할 수는 없었다. 애초에 이곳에 방문한 목적은 하나뿐이니까.

"제게 〈명계〉의 군대를 빌려주십시오."

그 말에, 지금껏 침묵을 지키던 하데스가 입을 열었다.

[그게 무슨 뜻인지 알고 있느냐?]

마치 세상이 어둠 속으로 내려앉는 듯한 목소리가 궁의 전부를 짓눌렀다.

명계에서 군대를 이끌 수 있는 존재.

그것은 이 〈명계〉의 주인인 명왕뿐이다.

"알고 있습니다."

[정식으로 후계의 자리를 받아들이겠다는 것인가?]

나는 고개를 끄덕였다.

[명왕이 된다면 모든 시나리오가 끝난 뒤 너는 이곳을 통치해야 한다. 그게 무슨 뜻인지도 알고 있느냐?]

"특별한 개연이 없다면 이승으로 나갈 수 없음을 뜻합니다."

[〈명계〉를 순순히 계승하여 여생을 지하에 갇히겠다는 말이냐?]

"예."

순순한 대답에 하데스는 천천히 자리에서 일어나 나를 오시했다.

내가 아무리 강해졌다 해도 하데스에게 대적하기에는 무리다. 긴장 때문에 심장이 터질 것 같았지만, 기왕 하는 거 끝까지 해야 했다.

성마대전에서 승리하기 위해, 〈명계〉의 힘은 반드시 필요하다.

"저는 〈명계〉의 정식 후계자가 되겠습니다."

〈명계〉의 정식 후계자가 된다.

스스로 그 말을 하고도 현실감이 들지 않았다.

그런데 내 말을 의심한 것은 나만이 아니었던 모양이다.

모든 밤을 지배하는 타르타로스의 명왕, 하데스가 나를 내려다보고 있었다.

[당신은 <명계>에서 거짓을 고했습니다.]

발끝이 얼어붙는 차가운 감각과 함께, 죽음이 나를 마주 보았다.

[자식이 되자마자 부모를 속이는 법만 배워 왔구나.]

서늘한 목소리로 나를 일별한 하데스는 옥좌에서 일어나더니 곧장 내게 다가왔다. 당장 자리에서 일어나고 싶었지만 몸이 움직이질 않았다.

신화급 성좌의 격이 전신을 옥죄고 있었기 때문이다.

다행히 사달은 나지 않았다. 코앞까지 다가온 하데스는 유유히 나를 지나쳐 대전 밖으로 나가버렸다.

가까스로 한숨을 돌린 뒤 고개를 들자, 페르세포네가 턱을 매만지며 웃고 있었다.

[흐으음. 말로만 듣던 부자지간의 갈등……?]

곤란한 얼굴치고는 무척 즐거워 보이는 말투였다.

[어머니를 사이에 둔 아버지와 아들의 유구한 혈투…….]

뭔가 지극히 올림포스적으로 오염된 서사다.

페르세포네는 걱정하지 말라는 듯 내 어깨를 톡톡 두드려주었다. 그러자 하데스의 격으로 굳어 있던 전신의 근육이 풀리는 느낌이 들었다.

[너무 심려치 말거라. 네 아비는 원래 저런 성격이란다.]

"……."

[하지만 먼저 거짓을 고한 네 잘못도 크구나. 너는 애초에 〈명계〉에 남을 생각 따윈 없지 않느냐?]

너무 정곡이기 때문에 할 말이 없었다. 실제로 나는 하데스를 이어 이곳의 왕이 되고 싶은 생각이 없었다.

내가 원하는 것은 〈명계〉의 힘이지 명왕 자리가 아니니까.

아마도 하데스는 그런 속셈을 진즉에 눈치챘을 것이다.

[저치의 화가 풀릴 때까지는 시간이 조금 걸릴 것 같구나.]

"죄송합니다."

[죄송할 것 없다. 어차피 네가 이곳에 남지 않으리라는 것은 하데스도 나도 알고 있던 사실이니까.]

페르세포네의 눈이 고운 초승달을 그렸다.

[괜찮다면 잠깐 식사라도 하자꾸나.]

오랜만에 마주한 페르세포네의 식탁은 여전했다.

먹음직스레 구워진 스테이크와 대접 위로 켜켜이 쌓인 샐러드. 겉보기에는 흔히 먹는 음식처럼 보이지만, 평범한 음식이 아니라는 사실은 이미 알고 있다.

[강호를 평정한 검후의 용기]

[평생을 서가에서 보낸 3서클 마법사의 지혜]

[검기도 검강도 쓰지 못하는 소드마스터의 의지]

나는 뭔가 잘못 봤나 싶어 다시 한번 메뉴를 읽어보았다.

[어서 들거라. 메뉴가 마음에 들지 않느냐?]

"그런 것은 아닙니다만……."

[너도 성좌가 되었으니 제대로 된 설화를 먹지 않으면 안 된다. 인간들이 먹는 음식만으로는 충분한 영양을 섭취할 수가 없어. 어른이 되어서까지 편식하는 버릇을 못 고친 건 아니겠지?]

저렇게 말하니 진짜 엄마 같다.

[네 어머니가 너를 많이 걱정하고 있다. 밥은 제때 먹고 다니는지, 잠은 잘 자고 있는지.]

그 말에 포크로 가던 손이 멈칫했다.

"제 어머니를 만나보셨습니까?"

[후후, 가끔 연락하는 사이란다.]

페르세포네라면 충분히 그럴 수도 있겠다 싶었다.

심지어 내 눈앞에 놓인 푸아그라는 다음과 같은 이름을 가지고 있었다.

[자식을 떠나보낸 어머니의 마음]

설마 이게 우리 어머니의 마음은 아니겠지.

나는 포크를 내려놓고 말했다.

"예전에 드시던 것과는 음식 종류가 달라지셨군요. 전에는 소드마스터나 대마법사 같은 것들이 있었는데요."

['환생자들의 섬'이 열렸으니, 모처럼 별식을 즐겨보아야 하지 않겠니? 이래 봬도 미식협의 일원인데 늘 같은 음식만 먹을 수는 없지.]

페르세포네가 포크와 나이프를 움직였다. 가볍게 잘린 설화들이 육즙을 뿜으며 향긋한 문장들을 토해냈고, 페르세포네는 우아한 손짓으로 그 음식들을 입안 가득 머금었다. 방금 그녀가 먹은 것은 [검기도 검강도 쓰지 못하는 소드마스터의 의지]였다.

[그리고 어떤 설화는, 애써 소비하지 않으면 사라지게 된단다.]

죽어가는 설화들이 포크 끝에서 부스러졌다.

오랫동안 누구도 찾지 않던 설화들은, 먹히는 그 순간까지도 페르세포네의 혀끝에서 황홀한 문장을 토해냈다.

복잡한 심경으로 그 모습을 보는 나를 향해 페르세포네가 웃었다.

[네가 성좌들의 식성에 불만이 많다는 건 알고 있단다. 화신들의 희

로애락을 너무나 쉽게 소비하는 우리가 마음에 들지 않겠지.]

"……."

[하지만 우주의 모든 사건은 설화로 남을 수밖에 없어. 너도, 나도. 그리고 다른 모든 화신과 성좌도. 결국 무언가에 의해 소비되기는 모두 마찬가지란다.]

살아 있는 모든 것의 삶은 〈스타 스트림〉에서 이야기가 된다.

[어차피 그렇게 될 수밖에 없다면, 최대한 다양한 설화의 스펙트럼을 보존하는 방향으로 행동하는 것이 성좌들이 할 수 있는 최선이라고…… 나는 그렇게 생각하고 있어.]

다양한 설화를 남기고, 다양한 이야기를 보존한다.

어쩌면 페르세포네의 말은 틀리지 않을 것이다. 그녀는 나름대로 원칙을 가지고 〈스타 스트림〉에서의 정의를 추구하는 것이다. '미식협'의 일원으로 활동하는 이유 또한 그것이겠지.

하지만 자신의 설화 철학을 말해주기 위해 나를 이 자리에 초청하지는 않았으리라.

"제게 정말 하시고 싶은 이야기가 뭔가요?"

[사실 하데스는 네가 이곳에 남기를 원하지 않는단다.]

"제게 후계를 넘겨주길 원하지 않는단 말씀이십니까?"

[그것과는 달라. 굳이 말하자면…….]

페르세포네는 중간에 있는 음식 접시에서 음식을 잘라내며 말했다.

[하데스, 그리고 나는…… 네가 '명왕'에서 끝나기를 바라지 않는단다.]

"그 말씀은……."

[〈올림포스〉는 몰락했고, 〈명계〉 또한 예전의 위상을 잃었다. 이제 와서 '명왕' 자리에 만족하는 것은, 스러져가는 설화의 끄트머리에 자기 이름을 올려놓는 데 지나지 않아.]

"명계는 좋은 설화입니다."

[또한 몰락해가는 설화지.]

실제로 〈명계〉를 둘러싼 힘은 예전과 같지 않았다. 낡고 오래된 설화. 회자 빈도가 줄어든 이야기는 〈스타 스트림〉에서 그 힘을 조금씩 잃게 된다.

묘한 눈빛으로 음식을 내려다보는 페르세포네의 눈에는 깊은 우울이 담겨 있었다. 여러 설화를 향유하면서, 어쩌면 페르세포네는 늘 생각하고 있었는지도 모른다.

언젠가 그와 그녀의 〈명계〉 또한 역사의 뒤안길에 묻혀 '환생자들의 섬'에 박제될지도 모른다는 두려움.

[〈스타 스트림〉에서 살아가는 이상 그것은 당연한 세월의 섭리겠지.]

그 말을 듣는 순간 나는 불가해하리만치 지독한 슬픔을 느꼈다. 이제껏 느껴본 적 없는 종류의 슬픔이었다.

페르세포네와 하데스가 사라진다. 사람들의 기억 속에서, 나의 기억 속에서.

나는 성좌를 좋아하지 않는다. 그들이 벌이는 일들이 싫고, 그들이 세상을 관음하는 방식이 싫다.

그런데 왜 페르세포네와 하데스가 사라지지 않으면 좋겠다고 생각하는 것일까.

"왜 제게 잘해주십니까?"

[…….]

"저는 당신들을 이용하려 여기 온 겁니다."

〈명계〉의 힘을 얻지 못하면 〈김독자 컴퍼니〉는 '환생자들의 섬'에서 큰 위기를 맞이하게 될 것이다.

그럼에도 나는 말했다. 어쩌면 〈김독자 컴퍼니〉가 아닌 인간 '김독자'로서 뭔가를 확인받고 싶었기 때문에.

['제4의 벽'이 희미하게 흔들립니다!]

['선악과'가 당신의 죄책감을 자극합니다.]

설령 그 확인이 아주 부질없는 일에 불과할지라도.

페르세포네는 나를 잠시간 바라보더니, 냅킨으로 가볍게 입을 닦은 후 내 쪽을 향해 손을 뻗었다. 아주 부드럽고 온화한, 조금의 적의도 보이지 않는 친절한 눈빛. 당황한 내가 자리에서 일어나기도 전에, 페르세포네의 격이 내 어깨에 닿았다.

[아주 오래전, 우리 부부는 '운명의 세 여신'에게 계시를 받은 적이 있단다.]

"계시요?"

[「오래된 신화를 끝낼, 가장 어두운 밤의 후예가 나타날 것이다.」]

문득, 언젠가 디오니소스가 한 이야기가 떠올랐다.

—나와 몇몇 성좌는 네가 ■■에 도달할 수 있는 존재라 믿는다.

어쩌면 그 '몇몇 성좌'는 페르세포네와 하데스를 지칭하는 것일지도 모른다. 페르세포네는 이야기를 계속했다.

[처음 그 신탁을 받았을 때, 나는 화가 났단다.]

화?

[왜냐하면, 나는 '아이를 가질 수 없는 설화'를 가지고 있으니까.]

페르세포네에게 그런 전승이 이어지는 줄은 몰랐다.

설마 지금까지 아이를 갖지 못한 것은 그 이유 때문일까.

페르세포네의 손길이 내 머리카락을 가볍게 넘겼다.

[처음에는 혹시나 하는 마음으로 기다렸다. 어쩌면 이번에는 기적이 일어나지 않을까. 우리 이야기를 기억해줄, 어여쁜 아이가 생기지 않을까. 비록 이곳에는 어둠과 지옥과 감옥뿐이지만 그런 우리에게도

기회가 주어진다면, 〈올림포스〉 12신 중 누구보다도 더 아이를 잘 키워낼 자신이 있었다. 아이에게 다른 존재의 어둠을 이해하는 법을 가르치고, 타자에게 공감하지 못하는 지옥을 알려주고, 정의를 짓밟는 악을 엄벌할 감옥을 보여주겠노라고.]

"……."

[수백 년 동안 그런 착각 속에 살았다.]

페르세포네의 손끝이 가늘게 떨렸다.

그 떨림의 의미를 나는 감히 이해할 수 없었다. 단어 하나하나에 담긴 고통을, 〈올림포스〉에 대한 증오를, 헤아릴 수조차 없었다.

간신히 숨을 내쉰 페르세포네가 말을 이었다.

[하데스와 나는 오랫동안 둘이서 모든 것을 헤쳐왔단다. 아이를 가질 수 없다는 걸 알아도 불행하지 않았어. 〈명계〉가 설령 우리 세대에서 끝나고 우리가 살아왔던 설화가 누구에게도 기억되지 않는다 해도. 우리는 다른 12신과는 다르다고, 자신의 설화를 자식에게 억지로 떠넘기는 그런 부모와는 다르다고. 우리는 그저 우리로서 오롯하다고.]

"……."

[그런데 어느 날, 네가 나타나고 말았구나.]

페르세포네의 두 눈이 나를 보고 있었다.

[사실 너를 먼저 발견한 것은 그이였단다.]

마치 꿈꾸는 듯한 목소리로, 페르세포네는 말을 이었다.

[지하철에서 네가 살아남던 순간부터 그이는 줄곧 네 역사를 지켜봐왔단다. 처음에는 너 같은 아이가 있다는 게 믿기지 않았다. 이제 이 세계에 그런 설화는 끝났다고 생각했으니까. 내게 신나서 떠들던 그이 목소리가 지금도 잊히지 않아.]

"……."

[외로이 자란 작은 설화가 세상과 싸우는 모습을 우리는 줄곧 지켜

보았단다. 쟁쟁한 성좌들과 겨루고, 이계의 신격과 맞서고, 도깨비의 시나리오에 저항하며…… 기어코 다섯 개의 설화를 쌓아 하나의 별자리로 태어난 작은 성좌를.]

오래전 〈김독자 컴퍼니〉를 만든 순간이 떠올랐다.

그때 페르세포네는 나를 지지한 다섯 성좌 중 하나였다.

[그때 우리는 처음으로 생각했다. 네 부모가 되어주고 싶다고. 진짜 부모가 아니라도 좋으니, 그런 지지자가 되고 싶다고.]

울컥하는 뭔가를 나는 간신히 삼켜냈다.

페르세포네가 지금껏 내게 보내온 애정의 형태가 이제야 조금은, 아주 조금은 이해될 것 같은 기분이었다.

[하데스와 나는 네가 명왕이 되길 바라지 않는다. 네가 우리에게 구속되길 바라지도 않고, 우리가 살아온 삶이, 우리가 살아온 역사가 너의 삶을 규정짓기를 원하지도 않는다. 너는 지금까지 네가 살아온 대로 모든 시나리오의 마지막을 향해 나아가면 된다.]

"저는……."

[너는 우리의 아들이다. 그거면 충분하다.]

그 마음에 보답할 수 있는 무엇도 나는 가지고 있지 않았다. 내가 줄 수 있는 것은 어떤 보장도 없는, 아직 쓰이지도 않은 미래뿐이었다.

"제가 이 모든 시나리오의 ■■에 도달했을 때…… 반드시, 당신들의 이야기도 함께할 겁니다."

페르세포네가 희미하게 웃었다.

[테라스로 가보거라. 네 아비가 너를 기다린다.]

내게 아버지에 대해 좋은 기억은 조금도 없다.

술에 취해 나를 때리던 아버지. 방언처럼 늘어놓는 세상에 대한 불만과 나를 향한 알 수 없는 적대감. 견디며 살아야 했던 기억들뿐이다.

"저……."

테라스 끄트머리에 숭고한 밤의 그림자를 품은 하데스가 서 있었다. 하데스는 궁의 저편으로 드리워진 명계를 바라보고 있었다.

나는 무슨 말을 해야 할지 모르는 채 하염없이 전경만을 바라보았다.

지옥의 강이 흐르는 지류와, 그 지류의 건너편으로 이쪽을 올려다보는 영혼들이 있었다.

[보고 있느냐?]

수많은 사람의 죽음이 그곳에 있었다. 슬픔이 있었고, 애환이 있었다. 끝내 이루지 못한 숙원들이 강을 따라 내려오고 있었다.

[저것이 명계다.]

성좌들이 시나리오에서 자신의 욕망을 추구하는 동안, 그 욕망에 희생된 영혼들은 이곳으로 떠밀려 내려온다. 시나리오에서 버림받고, 상처받고, 무너진 자들의 세계.

나는 하데스를 바라보았다.

그는 저 어둠을 이해했고, 명왕이 되었다.

이승에서 떠밀려오는 슬픔을 외면하지 않고, 그 영혼을 하나하나 구제하면서. 수천 년, 어쩌면 수만 년이 넘는 세월 동안 오직 다른 사람의 이야기를 들여다보면서.

그 순간, 나는 어쩐지 오랫동안 하지 않았던 말을 할 수 있을 것 같았다.

"아버지."

하데스는 대답이 없었다. 어쩌면 이것은 나뿐만 아니라 그에게도 익숙하지 않은 말이었을 것이다. 그리고 하데스가 말했다.

[군대를 데려가라.]

나는 놀라서 하데스를 돌아보았다.

그리고 다음 순간, 어둠이 포효하는 듯한 소리가 들렸다.

흉벽 근처의 영혼들이 일제히 궁으로 몰려오고 있었다. 어떤 영혼은 결연한 모습이었고, 또 어떤 영혼은 비장한 표정이었다. 그리고 그 영혼들의 앞에, 세 명의 심판관이 서 있었다.

파도처럼 밀려든 막대한 군대.

어디서도 본 적 없는 대군의 격에, 나는 심장이 떨리는 것을 숨기기에 급급했다.

[〈명계〉를 위하여!]

첫 번째 심판관이 외쳤고.

[〈명계〉의 왕자를 위하여!]

두 번째 심판관이 부복하며 날 바라보았다. 세 번째 심판관의 창이 하늘을 찌름과 동시에, 모든 영혼이 함께 부르짖었다.

[모든 시나리오의 영원과 종장을 위하여!]

그 함성 속에서 명왕이 말했다.

[가거라.]

하데스는 나를 돌아보지 않은 채 말했다. 돌아보지 않았지만, 그는 나를 보고 있었다.

언제나 나를 보고 있었다.

[〈명계〉는 지금부터 너의 편이다.]

4

둥. 둥. 둥.

게이트 너머로 들려오는 전장의 북소리. 119번 국지전으로 향하는 게이트 앞에 서서, 한수영은 뒤를 돌아보았다.

"준비됐지?"

이번 전장은 유중혁과 함께였다. 성격은 좀 안 맞지만, 같은 편일 때는 이만큼 든든한 아군이 없다.

문제는 그런 유중혁의 상태가 좀 이상했다는 것이다.

"유중혁?"

유중혁은 119번 게이트로 돌입하는 대신 새로 열린 123번 게이트 쪽을 바라보고 있었다. 불길한 예감에 유중혁을 부르려는 순간, 갑자기 유중혁의 신형이 사라졌다. 그리고 강한 척력이 한수영의 등을 밀쳤다.

[119번 게이트에 진입합니다.]

"어?"

마지막으로 그녀가 본 것은 유중혁의 메마른 표정이었다.

"거긴 너 혼자 가라. 나는 가야 할 전장이 있다."

"야! 그걸 왜 네 멋대로—"

갑작스러운 선언에 한수영이 뭐라고 외치기도 전에, 주변 공간이 휘몰아치며 새로운 전장의 모습이 드러났다.

"이런 씨……."

[화신 '한수영'이 119번 국지전에 진입했습니다.]

[화신 '한수영'의 소속 진영은 '악'입니다.]

이미 게이트를 통과해버려서 돌아갈 수도 없는 판. 되돌아가기 위해서는 이 전장을 끝내는 수밖에 없었다.

[다수의 성좌가 당신을 주목합니다!]

허허벌판처럼 탁 트인 '악'의 진영에 남겨진 것은 한수영 혼자였다.

반면, 반대편 진영에서는 무시무시한 성좌들의 시선이 연달아 쏟아지고 있었다.

[성좌, '방주의 주인'이 당신을 바라봅니다.]

[성좌, '젊은이와 여행의 수호자'가 당신을 바라봅니다.]

[성좌, '새벽 별의 여신'이 당신을 바라봅니다.]

[성좌, '신과 마주하는 자'가 당신을 바라봅니다.]

[성좌, '악마 같은 불의 심판자'가 당신을 바라봅니다.]

한수영은 그 시선의 주인들을 확인하며 침음했다.

'방주의 주인' 노아는 그렇다 쳐도, '젊은이와 여행의 수호자' 대천사 라파엘에 〈수호의 나무〉의 여신인 바카리네. '신과 마주하는 자' 대천사 카마엘과 '악마 같은 불의 심판자' 대천사 우리엘까지…….

거기다 그들 뒤로 빼곡하게 늘어선 발키리들의 향연.

그저 마주하는 것만으로도 오금이 저릴 지경이었다. 함정이라는 것은 알고 있었지만, 이 정도로 전력 격차가 나는 전장이라니. 아니, 애초에 이건 전장조차 아니지 않은가.

"김독자가 내 장례식은 챙겨주려나 모르겠네."

[작은 악이여.]

'새벽 별의 여신'의 진언을 듣는 순간, 한수영은 진짜로 이 상황이 장난이 아니라는 것을 깨달았다.

[다수의 선이 당신을 심판하길 원합니다!]

입술을 꾹 깨문 한수영이 왼손의 붕대를 푸는 순간, 그녀의 곁에서 누군가가 나타났다.

[누군가가 악의 진영에 참가합니다!]

이런 불리한 전장에 참가했다고?

누가?

[원래는 구경만 하려고 했는데…… 저도 빚을 갚아야 할 상대가 있어서 말이죠.]

특유의 재수 없는 목소리.

한수영은 그게 누구인지 곧바로 알아챘다.

"아스모데우스?"

[오랜만이군요. 흑염룡의 화신.]

순간 언젠가 김독자가 남긴 말이 떠올랐다.

—라파엘이랑 아스모데우스는 서로 은원 관계야. 혹시 전장에서 둘을 마주친다면 그걸 잘 이용해보도록 해.

자신의 클로claw를 꺼내 든 아스모데우스는 딱히 한수영이 자극하지 않아도 이미 전의를 불태우고 있었다.

[라파엘. 드디어 지난 전쟁의 빚을 갚을 때가 됐습니다!]

검은빛 잔영을 남기며 달려가는 아스모데우스와 함께, 두 개의 강대한 마력이 허공에서 충돌했다.

믿을 수 없는 놈인 건 어느 쪽이든 마찬가지지만, 그래도 같은 편에 아무도 없는 것보다는 좀 나았다.

콰아아아아!

한수영은 폭발을 피해 위쪽으로 솟구쳤다. 위에서 내려다본 전장 풍경은 말 그대로 까마득했다. 아스모데우스가 라파엘을 상대한다고 해도 남은 성좌의 숫자는 여전히 많았다.

'빌어먹을 김독자! 빌어먹을 유중혁!'

저 정도의 병력을 상대하려면 결국 아껴두었던 카드를 쓰는 수밖에 없었다.

"나 흑염의 주인 한수영이 오래된 봉인의 용을 깨우노니! 어둠보다 더 어두운 성좌여, 흐르는 밤보다 더 깊은 심연이여—"

죽어도 외우기 싫던 주문이지만, 상황이 이러니 입이 술술 움직였다.

그녀의 주문에 반응한 왼팔이 꿈틀거리며, 어디선가 용의 포효가 들려왔다.

"지금, 이곳에 모습을 드러내라!"

[성좌, '심연의 흑염룡'이 반신강림半神降臨을 준비합니다.]

✦

한편, 홀로 123번 게이트로 진입한 유중혁은 흩날리는 수풀로 덮인 전장에서 누군가를 찾고 있었다.

'틀림없다. 그 녀석의 기운이다.'

김독자의 부탁마저 거절한 유중혁이 무리하며 123번 게이트로 진입한 이유. 그 이유가 바로 지금 그의 눈앞에 있었다.

—유중혁, 나의 동료가 되어주세요.

오래전 처음으로 그 말을 들었던 날을 유중혁은 한순간도 잊은 적이 없었다. 선이 고운 코와 가지런히 정돈된 금발. 세상 모든 것을 조롱하는 불길한 적색으로 소용돌이치는 눈.

"안나 크로프트."

그녀는 유중혁이 기억하는 그 모습 그대로였다.

"왔군요, 유중혁."

[화신 '유중혁'이 123번 국지전에 진입했습니다.]

[화신 '유중혁'의 소속 진영은 '선'입니다.]

유중혁이 123번 전장에 온 것은 '안나 크로프트'가 참전했음을 알기 때문이었다.

그리고 그걸 알려준 성좌는…….

[성좌, '은밀한 모략가'가 기묘한 웃음을 머금습니다.]

유중혁은 이를 으드득 갈며 말했다.

"2회차의 은원을 갚을 때가 되었다."

고요히 뽑아 쥔 흑천마도가 새카만 울음을 토했다. 오래도록 기다려온 복수의 순간이었다.

"무기를 꺼내라."

"나는 당신과 싸울 마음이 없어요."

"그럼 이대로 죽어라."

성큼 다가온 위협에도 안나 크로프트는 고개를 저었다.

"정말 2회차의 복수를 하러 온 건가요?"

"……."

"당신의 복수는 무의미해요. 2회차의 '안나 크로프트'는 제가 아니라는 걸 당신도 알 텐데요."

"어제의 너는 네가 아닌가?"

"무슨 말이죠?"

"너는 2회차 '안나 크로프트'의 기억과 의지를 계승했다. 그 녀석과 같은 이상, 같은 목적을 가졌다. 너는 틀림없는 '안나 크로프트'다."

"하나의 존재를 결정하는 것은 그 존재가 가진 설화다. 당신의 사상은 2회차나 지금이나 여전하군요."

다가오는 유중혁의 검을 보면서도, 안나 크로프트는 여전히 무방비한 상태였다.

반쯤 체념한 그 눈빛을 보며 유중혁이 표정을 굳혔다.

"'차라투스트라'들은 어디에 있지?"

"그들은 이곳에 없어요."

"웃기지 마라. 네가 혼자 이곳에 왔을 리 없다."

"당신이 아는 '안나 크로프트'라면 그렇겠죠."

성큼 다가온 유중혁의 격에 안나 크로프트의 머리카락이 흩날렸다. 훤히 드러난 그녀의 얼굴은 곳곳이 작은 상처로 가득했다.

제일 눈에 띈 것은 [대악마의 눈동자]를 둘러싼 상흔. 마치 누군가가 일부러 도려내려 했던 것 같은 흔적이었다. 유중혁이 안나 크로프트의 어깨를 붙들며 물었다.

"무슨 일이 있었던 거지?"

"많은 일이 있었죠."

유중혁의 손을 뿌리치며 안나 크로프트가 쏘아붙였다.

"당신이 아는 그 잘난 안나 크로프트는 이미 오래전에 몰락했다는 뜻이에요."

그 말과 동시에 전장의 반대쪽에서 뭔가가 몰려오기 시작했다.

'악'의 진영을 택한 성좌들이 자신의 격을 여과 없이 드러내며 전장을 질주하고 있었다.

유중혁은 그럴 줄 알았다는 듯 안나 크로프트를 인질로 잡기 위해 움직였다. 그런데 뭔가 이상했다.

[성운, <아스가르드>의 일부 성좌가 해당 국지전에 참전했습니다!]

[성운, <베다>의 일부 성좌가 해당 국지전에 참전했습니다!]

[성운, <파피루스>의 일부 성좌가 해당 국지전에 참전했습니다!]

자신의 목을 겨눈 검을 보며 안나 크로프트가 웃고 있었다.

"멍청한 짓 마시죠, 유중혁. 우린 같은 편이니까."

[화신 '안나 크로프트'의 소속 진영은 '선'입니다.]

"〈아스가르드〉는 네 배후 성운 아니었나?"

"당신의 원한은 이해하지만 복수는 다음으로 미뤄주겠어요?"

서로 다른 이야기를 하면서도 그들은 상대의 상황을 정확히 이해했다. 그도 그럴 것이었다. 하나는 누구보다 과거를 잘 이해하는 회귀자, 다른 하나는 줄곧 그런 회귀자와 맞서 싸워온 예언자니까.

검을 거둔 유중혁이 말했다.

"네게 걸맞은 최후로군, 예언자."

"그 최후에 당신도 함께하게 되겠군요."

먼지 바람을 일으키며 달려온 〈아스가르드〉의 대군이 멈춰 섰다.

[성좌, '공정함과 친절함의 신'이 상황을 안타깝게 바라봅니다.]

[성좌, '무스펠하임의 불꽃'이 전장의 모든 것을 태우고 싶어합니다.]

[성별 바꾸기를 좋아하는 한 성좌가 화신 '유중혁'을 바라봅니다.]

최후의 배려라도 되는 듯 진군을 멈춘 병력의 선두에는 셀레나 킴과 이리스가 있었다.

유중혁은 그들의 얼굴에 적힌 여러 감정들을 읽어냈다.

"최후의 배려인가 보군."

하지만 그들이 멈추었다 해서, 다른 성좌도 모두 그런 것은 아니었다.

"피해요."

안나 크로프트의 말과 함께, 두 사람의 신형이 동시에 사라졌다.

전장을 뒤덮는 굉음. 가공할 크기의 크레이터가 그들이 있던 자리를 잠식했다.

콰르르르릉!

허공을 잠식하는 전격의 기류.

음습한 성좌들의 웃음소리가 들려왔다.

[성좌, '검은 늑대 사신'이 '악'의 진영을 택합니다.]

[성좌, '뇌전의 신왕'이 '악'의 진영을 택합니다.]

성좌들의 수식언을 확인한 안나 크로프트의 안색이 창백하게 물들었다.

'검은 늑대 사신'은 〈파피루스〉의 강력한 성좌인 '아누비스'였다.

그리고 '뇌전의 신왕'은…….

"맙소사, '인드라'가……."

〈올림포스〉에 12신좌가 있다면, 성운 〈베다〉에는 여덟 명의 '로카팔라'가 있다.

그리고 그 여덟 로카팔라의 왕으로 군림하는 단 하나의 성좌가 있으니.

[성좌, '뇌전의 신왕神王'이 전격의 비를 전개합니다.]

그가 바로 '뇌전의 신왕' 인드라였다.

[다수의 성좌가 '뇌전의 신왕'의 개입에 불공평을 호소합니다!]

비난이 있을 법도 했다. 인드라는 한낱 국지전에 나타날 법한 수준의 성좌가 아니니까.

인드라는 〈베다〉에서 '3대 주신'을 제외하고는 제일 강력하다 해도 무방한 존재였다.

[성좌, '뇌전의 신왕'은 현재 '반신강림' 상태입니다.]

게다가 화신체도 아닌 반신체의 강림.

하늘에서 떨어지는 우레의 비를 피해내며, 안나 크로프트는 입술을 꾹 다물었다. 아무리 그녀가 뛰어나다 해도, 그리고 유중혁이 아무리 강하다 해도 지금 저 성좌를 상대하는 것은 무리였다.

유중혁이 물었다.

"왜 날 배신했었지?"

"……지금 그런 이야기를 할 땐가요?"

말없이 자신을 바라보는 시선에, 안나 크로프트가 한숨을 쉬며 대답했다.

"그게 최선이었어요. 그렇게 해야 내가 생각하는 결말에 도달할 수 있다고 생각했으니까."

"그래서 그 결말에 도달했나?"

안나 크로프트는 대답하지 않았다.

멸살법에도, 그리고 1,863회차의 기록에도 2회차의 안나 크로프트가 몇 번째 시나리오까지 갔는지는 설명되어 있지 않다.

그러니 그녀의 결과를 아는 것은 오직 그녀뿐이었다.

안나 크로프트가 분한 듯한 목소리로 뇌까렸다.

"이미 다 알면서 뭘 물어보는 거죠?"

'검은 늑대 사신'이 움직였다. 새카만 자칼의 마스크를 쓰고 검은 창을 휘두르는 설화급 성좌, 아누비스.

아누비스의 창은 뇌전의 비를 가로질러 안나 크로프트의 심장을 정확히 노렸다. 그리고.

쿠드드드득!

"그 녀석을 죽이는 것은 나다."

창을 맨손으로 쥔 유중혁이 낮은 목소리로 말했다.

[성좌, '검은 늑대 사신'이 경악합니다.]

유중혁의 몸에서 강력한 격이 발출되었다.

초월좌의 격.

황금빛으로 덮인 유중혁의 몸에서 마력이 들끓자, 아누비스의 창이 경련이라도 하는 듯 진동을 일으켰다.

그 힘에 반발하듯 아누비스가 선언했다.

[죽음에 저항하는 자여, 나는 사신 아누비스다. 이곳에서 너의 삶을 거두겠다.]

"사신?"

유중혁이 말했다.

"너는 사신이 아니다."

그와 동시에 유중혁의 오른팔에서 푸른 섬광이 터져나왔다.

아누비스가 비명을 흘리며 물러서는 순간, 유중혁의 손에 깃든 흑천마도가 울음을 터뜨렸다.

"나는 진짜 사신을 본 적이 있다."

그것은 유중혁이 지금껏 숨겨온 기술 중 하나였다.

유중혁의 동공 속에서 그리 오래되지 않은 해안가의 전장이 스쳤다.

「그날, 해역의 경계를 긋는 창이 부유한 밤과 부딪쳤다.」

언젠가 본 〈기간토마키아〉의 전장. 그곳에서 유중혁은 거대한 바다와 아득한 밤이 겨루는 것을 보았다.

포세이돈과 하데스.

눈앞에서 펼쳐지던 신화급 성좌의 격돌.

드넓은 〈스타 스트림〉의 꼭대기에 군림하는 성좌들이 가진 어마어마한 격의 향연.

그 사투를 보며 유중혁은 전율했고, 감동했고, 절망했다. 다시 일어났다. 아득한 적을 뛰어넘기 위해 자신이 해야 하는 일을 했다.

이 일검은, 아직은 뛰어넘지 못하는 그 적을 모방하여 만든 기술이었다.

파천검도破天劍道.

오의奧義.

암해참暗海斬.

마치 새카만 바다가 갈라지는 듯한 환영과 함께 유중혁의 검이 움직였다.

해역의 창과 부딪치던 하데스의 낫을 흉내 낸 검. 새파랗게 타오른 에테르 블레이드의 빛깔이 한순간 까맣게 물들었고, 폭발한 초월좌의 마력이 〈명계〉의 어둠을 대신했다.

그리고 다음 순간, 유중혁의 [파천강기]가 아누비스의 몸통을 베었다.

그아아아아아아!

가공할 검격에 몸이 찢어진 아누비스가 비명을 지르며 낙하했다.

아무리 80번대 시나리오라고 해도, 설화급 성좌를 쓰러뜨릴 정도의 힘.

[다수의 성좌가 화신 '유중혁'의 신위에 경악합니다!]

마침내 성좌를 넘어선 한 인간의 힘에 성좌들이 동요했다.

[한꺼번에 덤벼라!]

[쏴라! 해치워버려!]

누군가가 외쳤고, 그것을 신호로 폭격이 시작되었다. 강력한 마력이 깃든 화살비가 쏟아졌다.

유중혁은 정면에서 그것을 받아냈다.

푸숫! 푸슈슛!

옆구리와 어깨, 허벅지에 화살이 꽂히면서도, 안나 크로프트의 앞에 서서 그 모든 공격을 막아냈다.

안나 크로프트가 물었다.

"……왜죠?"

"너는 죽을 거다."

"그럼 죽게 내버려두시죠."

"하지만 여기서는 아니다. 그건 김독자의 계획에 없으니까."

안나 크로프트가 입술을 깨물었다.

김독자. 안나 크로프트도 이제 그를 안다.

하지만 그가 대체 뭐기에. 그 존재가 대체 무엇이기에, 이 자존심 강한 사내가 자신의 신념조차 굽히는 것인가.

그녀의 의문에 대답하듯, 유중혁이 중얼거렸다.

"아주 먼 미래 회차의 기억을 엿본 적이 있다."

아주 먼 미래. 안나 크로프트가 뭐라 답하기도 전에 유중혁이 말을 이었다.

"정말 많은 일이 벌어졌더군."

"뭐 재미있는 일이라도 엿본 모양이군요. 이번 회차의 결말도 봤나요?"

"그건 보지 못했다. 하지만 미래의 네가 어떻게 되는지는 보았지."

흠칫 놀란 안나 크로프트가 어깨를 떨었다.

그녀는 [미래시]를 가지고 있다. 하지만 그녀가 엿볼 수 있는 것은 단편적인 미래뿐. 세계선을 넘어갈 정도의 먼 미래까지 엿볼 수 있는 것은 아니었다.

유중혁이 물었다.

"알고 싶나?"

"전혀요."

안나의 말을 무시하고, 유중혁이 입을 열었다.

"지금의 네가 2회차의 기억을 계승했듯, 다음 회차의 너는 3회차의 기억을 계승하게 된다. 그렇게 끊임없이 전회차의 기억 일부를 [과거시]로 엿보며 너는 조금씩 미래로 나아갈 것이다. 지금의 내가 그러고 있듯이."

"뻔한 소리군요. 그 정도는 미래를 보지 않은 사람도 말할 수 있겠어요. 대체 하고 싶은 말이 뭐죠?"

안나 크로프트가 피식거리며 물었다. 그런데 유중혁의 표정이 묘했다.

"700회차를 넘어서면서부터는…… 정말 많은 것이 변했다. 너도, 나도. 지난 회차를 기억한다는 저주 속에서, 우리는 약해지게 된다."

"……'우리'는? 아니, 잠깐만요."

"다시 900회차 그리고 1,000회차를 넘긴 후, 어느 날 너는 내게 그런 말을 하더군."

유중혁은 천천히 눈을 깜빡이며 1,863회차의 기록에서 읽은 구절을 떠올렸다.

「유중혁, 나는 다음 회차로 지금까지 있었던 일을 전송하지 않을 거예요.」

「더 이상은 안 되겠어요. 나는 당신과 달라서 이 모든 걸 짊어지고 계속해서 싸울 수는 없어요.」

「이제 당신은 혼자가 되겠죠.」

「그 모든 걸 감당할 자신이 있나요?」

정색한 안나 크로프트가 외쳤다.

"그건 내가 아냐. 나는 무너지지 않아! 나는……!"

"너는 변한다."

예언처럼 파고든 그 말이 안나 크로프트를 흔들었다. 텅 빈 안나 크로프트의 눈동자가 떨렸다.

하지만 그녀가 뭐라고 말을 꺼내기도 전에 유중혁이 먼저 말했다.

"나는 네가 변하지 않으면 좋겠다."

안나 크로프트의 눈이 휘둥그레졌다.

"나는 너를 계속 증오하고 싶다. 네가 내게 저지른 모든 일을 기억하고, 너를 영원히 용서하지 않을 생각이다. 그리고 그러기 위해서—"

파르르 경련하는 안나 크로프트를 뒤로한 채, 유중혁은 자신의 격을 방출하며 앞으로 나섰다.

"너는 다음 회차로 가서는 안 된다."

끝없는 화살비를 헤치며 나아간 평원에 한 명의 성좌가 서 있었다.

이 전장에서 가장 강력한 성좌.

[모두 물러나라. 저 인간은 내가 상대한다.]

뇌전의 신왕, 인드라.

〈베다〉의 격을 상징하는 그 무력 앞에서 수많은 성좌들이 전율했다.

쿠구구구구!

[성좌, '목요일의 천둥'이 '뇌전의 신왕'을 경계합니다.]

같은 번개를 상징하는 성좌인 '목요일의 천둥'은 유난히 전의를 불태우는 듯했다.

"유중혁, 멈춰! 아무리 당신이라도—"

유중혁은 안나 크로프트의 말을 무시하고 뇌전의 신왕을 향해 달려갔다.

인드라의 격은 유중혁도 잘 알고 있었다. 언젠가 맞서 싸웠던 수르야조차 뛰어넘는 힘.

하지만 물러날 생각은 눈곱만치도 없었다.

'부족해.'

인드라는 유중혁의 목표가 아니었다. 그가 싸워야 할 신화급 성좌나 이계의 신격에 비하면 인드라의 존재는 그저 지나쳐야 할 건널목에 지나지 않는다.

그리고, 그런 유중혁이 무엇보다 넘고 싶은 존재는…….

[성좌, '은밀한 모략가'가 당신의 투지에 감탄합니다.]

[5,000코인을 후원받았습니다.]

하늘 높이 솟아오른 유중혁의 신형이 인드라를 향해 쏘아져나갔다.

[오만한……!]

뇌전의 신왕이 쏘아 보낸 전격이 대지를 갈랐다. 해일이 갈라지듯 찢어지는 평원 사이로 잿빛 전류가 튀었다. 튀어 오른 전류가 유중혁의 팔을 찢었다. 다리를 찢고, 배를 꿰뚫었다.

허공 속에서 한 걸음 내디딜 때마다, 유중혁은 자신이 살아온 시간을, 다시 살아갈 세월을 생각했다.

41회차. 362회차. 김독자가 보여준 시간들. 그리고,

1,863회차.

'은밀한 모략가'를 통해 엿본 미래가 유중혁의 머릿속을 흘러갔다.

유중혁에게 이것은 자기 자신과의 싸움이었다.

아무리 노력해도 닿을 수 없는 경지. 그 세월을 넘어서기 위해 발버둥 치고, 또 발버둥 친 3회차의 자신.

콰콰콰콰콰!

그가 앞으로 살아가야 할, 그리고 살아갔을 모든 가능성을 빌려 쓰듯이 유중혁은 앞으로 나아갔다.

파천검도.

파천검성은 말했다. 하늘이 네 위에 존재하는 것을 허락지 말라고.

그 모든 것을 부수고, 파괴하고, 능멸하라고.

하지만 그렇게 부순 하늘 위에 또 다른 무엇이 있다면 그때는 어떻게 해야 하는가.

비전오의秘傳奧義.

[성좌, '뇌전의 신왕'이 당신을 비웃습니다.]

하늘 바깥에서 화신들을 내려다보는 성좌들.

이 일검은, 그 성좌들을 베기 위해 만들어졌다.

흑천마도에 흐르는 마력을 느끼며, 유중혁은 척준경의 검을 떠올렸다. 한 자루의 검으로 산을 베고, 바다를 벨 수 있다는 것을 알려준 검.

한 자루의 검이 별을 베기 위해서는 무엇이 필요한가.

투콰아앙!

허공에서 유중혁의 다리 한쪽이 터져나갔다. 인드라가 쏜 뇌전 때문이 아니었다. 무지막지하게 뭉친 유중혁의 근육이 폭발하는 소리. 그 근섬유에 올올이 담긴 설화가 폭발하며 발생한, 추진력이 만든 굉음이었다.

[멈춰라! 네놈……!]

경악한 인드라의 눈동자.

유중혁은 일대의 시간이 느려지는 것을 느꼈다. 아니, 시간이 느려진 것이 아니었다. 그가 빨라진 것이었다.

「하나의 별을 파괴하기 위해선, 그 스스로가 별이 되어야 한다.」

인간으로 태어난 그가 성좌에게 도달하기 위한 해답.

하나의 생명체가 버틸 수 없는 속도가 유중혁의 전신을 갈기갈기 찢고 있었다.

별이 아닌 자가 별이 되는 대가였다.

흑색의 초신성처럼 쏘아진 유중혁의 몸은 순식간에 뇌전의 격을 꿰뚫고 그를 막는 성좌들을 모조리 깨부수며 마침내 인드라의 심장에 도달했다.

유성참流星斬.

흑천마도의 끝에 확실한 감각이 있었다.

갈라지는 별의 목소리.

아득히 먼 우주에서 무엇인가가 폭발하는 소리와 함께, 유중혁은 자신의 몸이 추락하는 것을 느꼈다. 시야가 흐려진 그는 베어진 별의 모습을 확인할 수 없었다. 팔다리 근육은 움직이지 않았고, 전신에는 단 한 방울의 힘도 남아 있지 않았다.

그 대신, 흐릿한 오감을 통해 누군가가 자신을 받아내는 것만은 느꼈다.

그가 제일 증오하는 이가 그를 안고 달리고 있었다.

"유중혁, 당신은 진짜 미쳤어. 이미 알고는 있었지만……."

꺽꺽거리며 피를 토해낸 유중혁이 입을 열었다.

"……인드라는?"

"죽었을 거예요. 반신체 그대로 폭발했으니까 살아도 산 게 아니겠죠."

그 말을 하는 안나 크로프트의 목소리가 묘한 열기에 휩싸여 있었다. 말투에서 전해지는 감정만으로 유중혁은 자신이 한 일을 이해했다.

별을 부쉈다.

고작 작은 인간이 '로카팔라'의 가장 빛나는 여덟 별 중 하나를 파괴한 것이다.

[성운, <베다>의 모든 성좌가 화신 '유중혁'에게 진노합니다!]

하지만 여전히 하늘에 별은 많았다.

"방금 내가 구해주지 않았으면 당신은 거기서 죽었어요."

그 말이 사실일 것을 안다. 안나 크로프트는 [미래시]로 유중혁의 죽음을 보았을 것이다.

"기껏 구했어도 그 시간을 늦춘 것에 불과하지만……."

뚫린 옆구리에서 하염없이 피가 쏟아졌다. 다리 한쪽은 잃어버렸고, 검을 쥘 힘도 없다.

그리고 마침내 안나 크로프트의 걸음이 멈췄다. 눈앞이 보이지 않았지만 유중혁은 그 행동의 의미를 알았다.

이제 이 전장 어디에도 그들이 달아날 곳은 없다.

안나 크로프트가 말했다.

"유중혁, 나는 당신과 700회차까지 살아갈 생각은 없어요."

"나도 마찬가지다."

"그런데 빌어먹게도, 4회차까진 같이 살아야 할 것 같네요."

"그럴 일은 없다. 나는 여기서 죽지 않는다."

유중혁에게는 안나 크로프트와 같은 [미래시]가 없다. 그렇기에, 그는 이다음에 무슨 일이 벌어질지 모른다.

그럼에도 유중혁은 낮은 목소리로 입을 열었다.

"왜냐하면……."

꺼져가는 목소리였지만 결코 죽음을 결심한 자의 목소리는 아니었다.

먼 허공의 건너편에서 천둥이 치는 소리가 들렸다. 인드라의 뇌전이 아니었다.

시공간이 일그러지며, 거대한 게이트 너머에서 뭔가가 넘어오는 소리.

유중혁은 그 광경을 볼 수 없었다. 그를 대신해서 그 광경을 목격한 것은 안나 크로프트였다.

새카만 어둠으로 휩싸인 군대.

오랜 신화 속에 묻혀 있던 하나의 세계가 이곳으로 넘어오고 있었다.

—유중혁, 이 새끼야!

그 군대의 선두에서 소리치는 목소리를 들으며 유중혁이 말했다.

"이번 회차에는 배신하지 않는 동료가 있으니까."

[성운, <명계>가 '성마대전'에 참전했습니다.]

5

〈명계〉의 힘은 어마어마했다.

121번 국지전에 진출한 〈명계〉 병력은 해당 국지전에 참가한 선과 악의 전력을 쓸어버리고, 전장의 모든 선악을 무無로 돌려놓았다.

[진격하라!]

전장을 잠식하는 저승의 군대에, 121번 국지전에 참가했던 성좌들은 모두 달아나거나 전투 불능 상태가 되었다.

[121번 국지전이 강제 종료됐습니다.]

[해당 국지전은 승패가 가려지지 않았습니다.]

[해당 전장의 참가자들에게 전투 의사가 없음을 확인했습니다.]

[해당 국지전은 '성마대전'의 분류에서 제외됩니다.]

정리된 전장을 일별한 나는, 숨을 돌릴 틈도 없이 다음 게이트를 바라보았다.

[현재 117번 게이트가 활성화 중입니다.]

[현재 119번 게이트가 활성화 중입니다.]

[현재 123번 게이트가 활성화 중입니다.]

예정대로라면 117번과 119번에서 남은 일행들이 흩어져 난전을 벌이고 있을 것이다.

117번은 정희원과 이현성이, 그리고 119번은 한수영과 유중혁이 있겠지.

그렇다면 아무래도 119번보다는 117번부터 도와야…….

[성좌, '양산형 제작자'가 당신은 123번 게이트로 가야 한다고 말합니다.]

……123번? 거긴 아무도 없을 텐데?

나는 게이트 너머로 희끄무레하게 비치는 전장의 풍경을 들여다보았다.

그리고.

"이런 개……."

나는 곧장 진격 명령을 내렸다.

"모든 병력은 123번 게이트로 향한다!"

내 명령과 동시에 3만에 달하는 〈명계〉의 군사가 게이트로 돌입했다.

새카만 먹구름을 탄 대군이, 게이트를 넘어 123번 국지전의 창공에 상륙하고 있었다.

"유중혁 이 새끼야!"

피를 흘리며 죽어가는 유중혁.

그리고 그런 유중혁을 업은 안나 크로프트.

왜 저 빌어먹을 녀석이 작전을 깨고 이곳에 참가했는지 나는 알 것 같았다.

"구원의 마왕!"

안나 크로프트의 다급한 외침과 함께, 그녀와 유중혁을 쫓아오는 적들이 보였다.

분노한 〈베다〉와 〈파피루스〉의 성좌들. 대개는 위인급이고, 종종 설화급도 있었다.

[당신의 소속 진영은 '악'입니다.]

유중혁과 안나 크로프트의 소속 진영은 '선'이었다. 말인즉, 지금 두 사람을 쫓고 있는 적들은 '악'이라는 이야기.

이것이 본래의 '성마대전'이라면 그들은 내 아군이었을 것이다.

"모두 죽여라."

하지만 이 전장에서 내 아군은 '선'도 '악'도 아니다.

[〈명계〉를 위하여!]

거대한 함성과 함께, 불타는 지옥마를 탄 세 명의 심판관이 적군을 향해 돌진했다.

자비와 정의의 아이아코스.

지혜와 입법의 미노스.

엄정과 강직의 라다만티스.

살아생전 왕의 길을 걸었고 이제 저승의 심판관이 된 그들은, 설화급 성좌의 위용을 뽐내며 다가서는 적들의 수급을 베어버리고 있었다.

[어째서 〈명계〉가……!]

[크아아아악!]

설화를 토하고 죽어가는 적들을 보며, 나는 유중혁과 안나 크로프트의 곁에 내려섰다.

유중혁의 전신은 깊은 화상으로 뒤덮여 있었다. 강력한 내구도를 가진 유중혁의 코트조차 고열을 견디지 못해 절반 이상 녹아내린 상태였고, 숨소리는 거의 느껴지지 않았다.

녀석의 왼쪽 다리가 있던 곳을 내려다보았다. 내부의 팽창력을 견디지 못해 흔적도 없이 사라진 다리. 다른 사람은 몰라도 내 눈은 속일 수 없었다.

이 자식, '유성참'을 썼구나.

놀라운 성장력이었다. 본래 '유성참'은 유중혁이 1,000번 이상 회귀를 거듭해야 간신히 익힐 수 있는 비기였다.

그런데 이 녀석은 고작 3회차에 그 경지에 오른 것이다.

"아직 숨은 붙어 있어요."

"어쩌다 이렇게 된 겁니까?"

"절 구하려다가……."

"유중혁이 당신을?"

나를 가만히 들여보던 안나 크로프트가 눈을 내리깔았다. 그러더니 씁쓸한 목소리가 뒤따랐다.

"당신의 계획에 내 죽음은 없다고 말하더군요."

아주 잠깐 망연한 기분이 들었다.

유중혁 이 자식은 대체…….

나는 안나 크로프트에게서 유중혁을 넘겨받았다. 혈도를 짚어 출혈을 막고, 자리에 눕힌 뒤 상세를 살폈다.

유성참은 지금의 녀석이 감당할 수 없는 기술이었다. 특히 추진력을 견뎌내지 못해 터져버린 왼쪽 다리는 회생불능이었다. 사지 절단은 '엘라인 숲의 정기'를 사용해도 쉽게 치유할 수 없다.

나는 짧게 한숨을 내쉰 뒤 품속에서 아이템을 하나 꺼냈다. 거무튀튀한 오징어 다리를 연상시키는 것이었다.

[오징어 김독자의 일곱 번째 다리 조각]

안나 크로프트가 의심스러운 눈으로 아이템을 보았다.

"그건 뭐죠?"

"얼마 전에 받은 겁니다."

"받았다고요? 그걸?"

어떻게 설명해야 할지 난감했다.

사실 이 아이템은 '성마대전'이 열리기 전, '양산형 제작자'의 '김독자 컴퍼니 콜라보레이션' 이벤트에서 비매품으로 제공받았다. 아마 신형 '페라르기니'를 구매한 이에게 선착순으로 지급했던 것으로 기억한다.

그때 '양산형 제작자'와 나눈 대화가 지금도 선명했다.

—고맙네. 자네 덕분에 이번 시즌은 아주 대박이야. 오징어 김독자 다리는 일 분 만에 전부 소진됐네.

아무리 생각해도 이해가 가지 않았다.

내 다리를 얻으려 '페라르기니'를 구입한 성좌들이 있다고?

'양산형 제작자'가 능글맞게 웃으며 물었다.

—왜, 누군지 알고 싶나?

—아뇨. 그보다 제 다리 조각은 어떻게 입수하셨습니까?

—엥? 진짜 자네 다리일 리가 없잖은가. 이건 '크라켄의 다리'일세. 여기 자네도 하나 기념으로 가지게.

안나 크로프트에게 그런 사정을 설명하기 귀찮았던 나는, 그냥 아이템을 건네주며 의문을 일축했다.

그러자 안나 크로프트의 눈이 더욱 미심쩍게 변했다.

"왜 '크라켄의 다리'에 당신 이름이 붙어 있죠?"

"자세한 건 알 거 없고 영약 제조사 특성이나 사용하세요. 당신 피랑 이걸 섞어서 녀석에게 먹여요."

'크라켄의 다리'에는 사지 절단에 준하는 중상을 치유하고 사용자의 기초 회복력을 극대화하는 효능이 담겨 있다. 안나 크로프트의 피에도 영약의 효과가 있으니, 두 재료를 잘 섞는다면 어떤 중상이라도 빠른 치유가 가능할 터였다.

하지만 안나 크로프트는 망설이는 눈치였다.

"하지만 제 피를 먹으면—"

"권속화는 발생하지 않을 겁니다."

안나 크로프트의 피에는 피를 먹은 대상을 자신의 권속으로 만드는 힘이 있다.

"지금 유중혁은 당신보다 격이 높으니까."

그 말에 안나 크로프트가 몸을 움찔했다.

나는 의식을 잃고 잠든 유중혁을 내려다보았다. 이제 유중혁이 안나 크로프트의 부하가 되는 일은 없을 것이다.

[기사회생] 사용 흔적이 없는 것으로 보아, 마지막까지 그 힘은 아껴둘 생각인 것 같았다. 현명한 선택이었다. 여기서 [기사회생]을 잘못 사용하면 정말 필요할 때 녀석의 힘을 빌릴 수 없게 된다.

"하여간 개복치 자식."

투덜거리며 돌아서자, 밀물처럼 적들을 쓸어버리는 〈명계〉의 병사들이 보였다.

그런데 자세히 보니 전열의 파도가 주춤거리고 있었다.

마치 거대한 댐에 가로막힌 것처럼 무너지는 첨단. 그 첨단의 중심부에서 가공할 스파크가 터져나오고 있었다.

[성좌, '뇌전의 신왕'이 분노의 일갈을 터뜨립니다!]

뇌전의 신왕?

안나 크로프트가 표정을 굳힌 채 말했다.

"그럴 리가…… 분명 반신체가 무너지는 모습을 똑똑히 보았는데?"

대강 어떻게 된 상황인지 알 것 같았다. 아무래도 유중혁이 잘라낸 '별'은 저 녀석인 모양이다.

"인드라는 화신체를 꽤 많이 가지고 있습니다. 개연성을 감수하고 새로운 화신체를 불러들였겠죠."

인드라는 〈베다〉의 성좌 중에서도 손에 꼽을 만큼 많은 화신체를 보유하고 있다. 〈베다〉의 3신들이 인드라에게 "너는 몇 번째 인드라냐?"라고 물은 것은 지금까지도 유명한 일화 중 하나다.

[성좌, '뇌전의 신왕'이 성유물, '금강저'를 소환합니다!]

하늘이 쪼개지는 듯한 굉음과 함께 〈명계〉의 선두가 갈라지는 것이 보였다.

금강저. 가공할 마력이 담긴 번개를 쏘는, 인드라의 주력 무기.

나는 날아든 번개를 손으로 잡아챘다.

츠츠츠츠츠츳!

그러곤 잡은 번개를 도로 던져버렸다.

인드라의 놀란 표정이 보였다.

하지만 놀라기는 아직 이르다.

[네가 구원의 마왕이군.]

"넌 인드라로군."

[왜 〈명계〉가 그대를 돕는 것이지?]

"당신한테 설명할 이유는 없지 않나?"

인드라는 신기한 생물을 보듯 나를 바라보았다.

[너는 '악'이다. 시나리오에 걸맞은 행동을 해라. 다른 마왕을 봐서 이번 결례는 넘어가줄 터이니—]

"내 동료를 저렇게 만든 건 당신이야. 그렇지?"

[그게 뭐 어떻다는 거냐? 건방진 인간이 성좌에게 대항한 대가다. 저 인간의 복수라도 할 셈인가?]

복수라.

"저놈은 남이 대신 복수해주는 걸 싫어해. 자기 원한은 곧 죽어도 자기가 갚아야 하는 놈이지. 그러니까 내가 지금 너를 죽이려는 것은 유중혁 때문이 아니야."

[혓바닥이 긴 마왕이로군.]

눈부신 전격의 빛살이 하늘을 덮으며 나에게 내리꽂혔다. 몇 개는 튕겨냈고, 몇 개는 받아냈다. 몇 개는 맞았다. 하지만 견딜 만했다.

인드라는 많은 화신체를 갖고 있지만, 그만큼 힘의 분산도 크다. 더군다나 반신체인 상태로 유중혁에게 불의의 일격을 당했으니, 지금은 평소 실력의 절반도 내기 힘들겠지.

그런데 인드라가 웃고 있었다.

[어리석은 마왕이여, 후회할 것이다!]

[성운, <베다>가 '뇌전의 신왕'에게 가호를 내립니다!]

성운이 내린 개연성.

뇌전의 신왕을 감싸는 힘이 충만해지고 있었다.

인드라의 화신체가 급격한 변이를 일으키더니, 이내 녀석의 전신이 황금빛으로 빛나기 시작했다. 거대해진 몸 곳곳에서 인드라가 가진 천 개의 눈이 하나둘 뜨이고 있었다.

"저대로 둬선 안 돼요!"

[미래시]로 뭔가 본 듯, 안나 크로프트의 외침이 들려왔다.

아무래도 인드라와 〈베다〉가 제대로 결심을 한 모양이었다.

[성좌, '뇌전의 신왕'이 성흔, '모든 것을 감시하는 눈'을 발동합니다!]

저 눈들이 모두 뜨이면, 인드라는 화신체를 통해 자신의 진체가 가진 힘을 온전히 사용할 수 있게 된다.

지금 뜬 눈의 개수는 절반 정도.

쿠구구구구구구!

이대로 두면 123번 국지전에 참가한 모든 화신이 범람한 전격에 쓸려나가고 말 것이다.

〈베다〉의 개연성이 충만하게 담긴 그 전격을 보며, 나는 오히려 즐거워졌다.

"나는 당신 성운에 빚이 있어. 그것도 아주 큰 빚이."

성운 〈베다〉가 내게 저지른 일들을 모두 기억하고 있었다. 그런 지독한 일을 당하면 누구라도 마찬가지일 것이다.

나는 '부러지지 않는 신념'을 꺼내 쥐며 말을 이었다.

"당신들 때문에 나는 '마왕'이 되어야 했지."

암흑성의 마지막 시나리오.

그곳에서 나는 73번째 마왕이 되었다.

"동료들에게 나를 죽이도록 명령해야 했고, 그들에게 끔찍한 기억을 안겨주어야만 했어."

['마왕화'를 발동합니다.]

마왕이 되며 얻은 격이 내 심장을 중심으로 범람했다.

어깻죽지를 찢고 나온 검은 날개와 머리를 뚫고 나온 뿔.

[설화, '구원의 마왕'이 이야기를 시작합니다.]

동료들 검에 목숨을 잃고 시나리오의 지평선으로 추방된 날.

나는 하늘을 보며 다짐하고 또 다짐했었다.

「조금만 기다려라. 내가 그 빌어먹을 하늘에서 너희를 모두 떨어뜨려줄 테니까.」

그 어떤 설화를 쌓아도 오를 수 없을 것 같던 하늘의 별들.

너무나 아득하여 절망적이던 거리. 이제 그 드높던 별들의 자리가 보인다.

나는 진언을 발했다.

[그때는 정말 높아 보였는데…….]

웃으며 인드라를 본다.

[너희, 생각보다 낮은 곳에 걸려 있었구나.]

내 말이 끝나자마자 인드라의 전신에서 황금빛 기류가 뿜어져나왔다.

수르야도 그렇고, 〈베다〉 쪽은 유독 황금빛을 좋아하는 모양이다.

콰아아아아아!

범람한 격의 파장이 인드라를 중심으로 복잡한 방사를 이루었다.

전격의 파도가 내 몸을 덮쳐왔고, 인드라의 웃음소리가 들렸다.

그 어떤 성좌도 감히 대적하기 힘든 위력이었다. 전신을 갈기갈기 찢고, 분쇄하고, 으깨버릴 폭력.

[거대 설화, '마계의 봄'이 이야기를 시작합니다.]

하지만.

[거대 설화, '신화를 삼킨 성화'가 이야기를 시작합니다.]

나는 그것을 버텨내고 있었다.

허공에 불똥처럼 튀는 스파크.

전격의 급류를 헤치고 한 걸음, 다시 한 걸음을 다가간다.

[다수의 성좌가 당신의 '격'에 깜짝 놀랍니다.]

전장 건너편의 성좌들이 눈을 부릅뜨고 있었다.

[전용 스킬, '책갈피'를 발동합니다!]

[5번 책갈피가 활성화됐습니다!]

[전용 스킬, '전인화 Lv.23(+13)'가 활성화됐습니다.]

[현재 당신의 육체 구성이 해당 등장인물의 육체 구성과 상이합니다.]

[당신의 '격'이 육체 조건의 페널티를 극복합니다.]

눈부신 섬광이 번뜩이며, 나는 어느새 인드라의 눈앞에 있었다.

[크어어어억!]

힘껏 갈긴 발차기에 녀석의 배에 돋아난 눈들이 터져나갔다.

이 상황을 납득하지 못하겠다는 듯 경악한 눈동자.

그렇겠지. 고작해야 작은 성운의 초짜 설화급이 이런 격을 가질 수는 없으니까.

실제로 내가 모은 두 개의 거대 설화만으로 이 정도 힘을 내는 것은 불가능했다.

[거대 설화, '카이제닉스 제도'가 당신을 조력합니다.]

[거대 설화, '명계'가 당신에게 개연성을 제공합니다.]

[당신이 모은 '단 하나의 이야기'가 '전'에 거의 근접했습니다.]

하지만 지금이라면 다르다.

내가 쌓아온 두 개의 설화에 카이제닉스 제도의 설화, 그리고 〈명계〉의 거대 설화가 함께한다면— 적어도 이 '성마대전'에 한정해서, 난 '전'을 완성한 성좌에 가까운 힘을 낼 수 있다.

[어떻게 그런 개연성을…… 네놈은……!]

지금의 나라면, 상위 격의 설화급 성좌에게도 밀리지 않는다.

[나는 제석천帝釋天! 여덟 '로카팔라'의 수장이자 〈베다〉의 왕이다!]

그것이 설령 저 신들의 왕이라고 해도.

[성좌, '뇌전의 신왕'이 성흔, '천지뇌우天地雷雨'를 발동합니다!]

인드라를 둘러싼 눈들이 일제히 내뿜은 빛이 세상을 하얗게 뒤덮었다. 하늘 전체가 벼락 속에 몸부림치고 있었다.

그 뇌우의 풍경을 향해 나는 달려나갔다.

[당신이 사용한 개연성이 한계치를 한참이나 넘어섰습니다.]

[성운, <명계>의 가호가 당신의 화신체를 보호합니다!]

금강저와 '부러지지 않는 신념'이 부딪쳤다. 인드라의 전격과 [전인화]의 격이 서로 반발하며 잿빛 스파크를 토해냈다. 〈베다〉의 격에 밀려난 내 검이 튀어 오르며 하늘을 날았다.

회심의 미소를 짓는 인드라.

하지만 애초에 검은 미끼였다. 나는 검이 솟아오르는 찰나를 놓치지 않고 녀석의 다리를 강하게 찍었다.

[크억……!]

인드라의 거구가 무너지는 순간, 녀석의 멱살을 쥐어 바닥을 향해 던졌다. 머리부터 내려꽂힌 인드라가 충격을 이기지 못하고 신음을 내뱉었다.

나는 균형을 잃은 녀석에게 올라타, 양손으로 안면을 연타했다. 살점이 부서지는 소리와 함께 인드라의 입에서 설화 덩어리가 쏟아져 나왔다.

[고작 〈명계〉 따위가, 〈올림포스〉의 하위 성운 따위가……!]

[고작 〈명계〉? 집안 건드리기 있냐?]

〈명계〉에 실질적으로 소속된 성좌는 열을 넘지 않는다.

그럼에도 성좌들이 〈명계〉를 두려워하는 이유.

[성운, <명계>가 진노의 가호를 내립니다!]

[내 부모님 화나면 엄청 무섭거든?]

[성좌, '가장 어두운 봄의 여왕'이 고개를 끄덕입니다.]

[성좌, '부유한 밤의 아버지'의 가호가 당신을 보호합니다.]

마지막 발악을 하는지, 인드라의 몸에서 전격의 세례가 폭발했다.

피부의 표피가 까맣게 타들어갔고, 감전당한 심장이 불규칙하게 뛰었다. 시야가 고장 난 형광등처럼 깜빡거렸다. 나는 이를 악물었다.

이깟 번개, 키리오스에게 당하던 것에 비하면 아무것도 아니다.

허공을 향해 손을 뻗자, 첫 충돌로 날아간 '부러지지 않는 신념'이 내게 돌아왔다. 백청의 마력이 휘감긴 그 칼날을, 있는 힘껏 인드라의 심장에 찔러 넣었다. 푸슈슉, 하는 소리와 함께 인드라의 화신체가 꿈틀거렸다.

그리고 얼마나 지났을까. 부르르 몸을 떨던 인드라의 화신체가 축 늘어졌다.

나는 녀석의 귓가에 속삭였다.

[몇 번이고 살아나봐. 또 죽여줄 테니까.]

그리고 메시지가 들려왔다.

[성좌, '뇌전의 신왕'이 진체에 끔찍한 타격을 입었습니다!]

[성좌, '뇌전의 신왕'이 더 이상 화신체를 소환하지 않습니다!]

[성좌, '뇌전의 신왕'이 해당 시나리오를 포기합니다!]

[성좌, '뇌전의 신왕'의 설화에 또 다른 패배가 기록됩니다.]

[당신은 '뇌전의 신왕'의 천적 중 하나가 됐습니다.]

[<스타 스트림>의 일부 성좌가 당신의 업적을 경외합니다.]

(…)

[성운, <베다>가 끔찍한 타격을 입었습니다!]

[성운, <베다>가 개연성의 후폭풍에 휘말립니다!]

하나의 성운이 눈앞에서 패배하는 것을 보며, 전장의 모든 성좌가 침묵했다.

[당신은 믿을 수 없는 업적을 달성했습니다!]

[당신에게 '성운'과 관련된 새로운 설화가 발아합니다!]

인드라의 시신에서 몸을 일으키자, 전열을 지휘하던 심판관들과 명계의 병사들이 나를 향해 무릎을 꿇었다.

[당신의 화신체에 심각한 손상이 발생했습니다!]

당장 자리에 엎어지고 싶은 것은 나도 마찬가지였다.

이렇게 생각하니 유중혁 저 자식이 얼마나 대단한지 알겠다. 녀석은 〈명계〉의 가호도 없이 반신체의 인드라를 한 번 끝장냈던 것이다.

나도 질 수는 없지.

[또 〈명계〉 구경하고 싶은 놈 있어?]

여기서 약한 모습을 보일 수는 없다. 적들은 여전히 남아 있고, 나는 〈명계〉의 왕자다.

[전장의 성좌들이 당신에게 두려움을 느낍니다!]

〈명계〉와 대치하던 성좌들이 주춤주춤 물러났다. 저 높은 하늘에서 나를 깔보던 성좌들이, 이제 나를 두려워하고 있었다.

하지만 모두 그런 것은 아니었다. 〈베다〉와 〈파피루스〉의 성좌와 달리, 〈아스가르드〉의 세력은 여전히 건재했다.

[성좌, '공정함과 친절함의 신'이 당신을 바라봅니다.]

[성좌, '무스펠하임의 불꽃'이 당신을 바라봅니다.]

[성별 바꾸기를 좋아하는 한 성좌가 당신을 바라봅니다.]

모두 쟁쟁한 성좌였다.

'공정함과 친절함의 신'이라면 분명 빛의 신인 발두르일 것이고, '무스펠하임의 불꽃'이라면 보나 마나 불의 거인 수르트겠지.

그리고 성별 바꾸기를 좋아하는 성좌는…….

"구원의 마왕."

〈아스가르드〉의 화신을 대표해서 나온 이는 내가 잘 아는 화신이었다.

[셀레나 킴.]

"우리는 당신과 싸울 의사가 없습니다."

[화신들의 뜻입니까, 아니면 성좌들의 뜻입니까?]

내 말에 셀레나 킴은 난처한 표정이었다.

하지만 이것은 중요한 문제였다.

[성좌, '공정함과 친절함의 신'이 자신이 '악'의 진영에 소속된 것을 못마땅하게 여깁니다.]

[성좌, '무스펠하임의 불꽃'이 불꽃 튀는 전투를 원합니다.]

사실 나야 저쪽에서 먼저 물러서준다면 고마운 상황이었다. 여기서 〈아스가르드〉와 싸워봤자 이쪽도 좋을 게 없으니까.

어찌 됐든 지금 저쪽에는 강력한 성좌가 제법 참가했고, 그들과 싸우면 〈명계〉도 필연적으로 타격을 입을 것이다.

게다가 나는 다른 국지전에도 참가해야 하는 상황이었다.

하지만 상황은 그리 녹록히 흘러가진 않았다.

[성운, <아스가르드>의 일부 성좌가 '구원의 마왕'의 존재를 못마땅하게 생각합니다.]

[성운, <아스가르드>의 일부 성좌가 '구원의 마왕'에게 본때를 보여줘야 한다고 주장합니다.]

역시 거대 성운쯤 되면 어쩔 수 없는 건가.

성좌든 인간이든 다수가 되면…….

[성별 바꾸기를 좋아하는 성좌가 <아스가르드>의 성좌들을 타이릅니다.]

응?

[성별 바꾸기를 좋아하는 성좌가 교묘한 화술로 이 싸움은 서로 좋을 게 없다고 주장합니다.]

영문을 알 수 없는 상황이었다.
'성별 바꾸기를 좋아하는 성좌'가?

[<아스가르드>의 성좌들이 성별 바꾸기를 좋아하는 성좌의 말에 귀를 기울입니다.]

놀라기는 셀레나 킴과 이리스도 마찬가지인 모양이었다.
덕분에 전장의 허공은 한동안 성좌들의 간접 메시지로 들끓었다.

[성좌, '무스펠하임의 불꽃'이 성별 바꾸기나 좋아하는 놈의 말은 믿을 수 없다고 말합니다.]
[성좌, '공정함과 친절함의 신'이 성좌의 취향과 신용은 서로 분별되어야 한다고 말합니다.]
[성좌, '목요일의 천둥'이 저놈은 근본적으로 사기꾼이지만 가끔 그럴듯한 소리도 한다고 주장합니다.]
[<아스가르드>의 일부 성좌가 그의 말을 믿었다가 <아스가르드>가 도탄에 빠졌던 것을 잊었냐고 주장합니다.]
[성별 바꾸기를 좋아하는 성좌가 자신의 이름값과 관계없이 이 전장은 <아스가르드> 측에 손해라고 주장합니다.]

그야말로 개판이었다.
그나저나 상황 돌아가는 꼴을 보니 '성별 바꾸기를 좋아하는 성좌'가 누구인지 확신할 수 있을 것 같았다.

[성좌, '사랑과 고양이의 여신'이 이 전장에서 이탈하면 '성마대전'의 거대 설화를 손해 보게 된다고 주장합니다.]
[성별 바꾸기를 좋아하는 성좌가 꼭 그렇지만은 않을 것이라 주장합니다.]

그렇게 설왕설래가 얼마나 이어졌을까.

[<아스가르드>의 성좌들이 판단을 내립니다.]

잠시 후, 반대편 진영에 서 있던 셀레나 킴의 표정이 밝아지는 것이 보였다. 셀레나 킴이 입을 열었다.

"성좌님들도 동의하신다고 합니다. 〈아스가르드〉는 당신 및 〈명계〉와 대적할 의향이 없습니다."

[성운, <아스가르드>가 당신과 싸울 이유가 없음을 천명합니다.]

저 성좌가 〈아스가르드〉의 꼬장꼬장한 성좌들을 대체 어떻게 설득했는지는 모르겠지만, 어쨌거나 친선을 위한 제안은 나쁠 것이 없었다.

내가 고개를 끄덕이자, 〈명계〉와 〈아스가르드〉에 소속되어 있던 성좌들이 일제히 자신의 격을 거두었다. 나 역시 [마왕화]를 해제했다.

[성별 바꾸기를 좋아하는 성좌가 당신을 바라봅니다.]
[성별 바꾸기를 좋아하는 성좌가 자신의 공을 치하합니다.]

확실히, 저 성좌가 없었으면 불필요한 싸움이 벌어졌겠지.

나는 감사의 표시로 고개를 살짝 숙여 보였다.

[성별 바꾸기를 좋아하는 성좌가 보상을 원합니다.]

"코인이라도 원하시는 겁니까?"

[성별 바꾸기를 좋아하는 성좌가 아주 작은 부탁이 있다고 말합니다.]

"부탁이요?"

[성별 바꾸기를 좋아하는 성좌가 별거 아닌 부탁이라고 첨언합니다.]

별거 아닌 부탁이라. 정말 큰 부탁인가 본데.

나는 잠시 고민하다가 대답했다.

"〈김독자 컴퍼니〉에 해를 끼치는 부탁이라면 들어줄 수 없습니다."

나는 간접 메시지에 들러붙은 수식을 유심히 바라보다가 덧붙였다.

"그리고 성별을 바꾸는 것도 안 됩니다."

[성별 바꾸기를 좋아하는 성좌가 그런 부탁은 절대 아니라고 말합니다.]

그런 부탁만 아니라면, 뭐.

내가 고개를 끄덕이자, 허공에서 히죽거리는 아이의 웃음소리 같은 것이 들려왔다.

[123번 국지전의 모든 존재가 전투 의사를 보이지 않습니다.]

〈베다〉의 성좌들은 전의를 잃었고, 〈파피루스〉의 성좌들은 애초부터 소수만 참가한 데다 유중혁에 의해 전투 불능이 된 상황.

거기다 〈아스가르드〉와 〈명계〉는 더 이상 대적 의사가 없는 상태.

[123번 국지전이 강제 종료됩니다.]

[해당 국지전은 승패가 가려지지 않았습니다.]

[해당 전장의 참가자들에게 전투 의사가 없음을 확인했습니다.]

[해당 국지전은 '성마대전'의 분류에서 제외됩니다.]

이것으로 123번 국지전도 마무리되었다.

[혼돈 수치가 5 상승했습니다.]

[경고합니다! 혼돈 수치가 70을 넘었습니다!]

어느새 혼돈 수치는 70을 돌파했다.

메타트론과 아가레스도 압박감을 느끼지 않을 수 없을 것이다.

특히 1,863회차에서 〈에덴〉의 멸망을 본 메타트론이라면 더욱.

나는 일행들이 있을 다른 국지전에 참가하기 위해 허공의 게이트를 올려다보았다.

[현재 117번 게이트가 활성화 중입니다.]

[현재 119번 게이트가 활성화 중입니다.]

한쪽은 정희원과 이현성이 참가한 게이트.

그리고 다른 한쪽은 한수영이 참가한 게이트.

나는 두 게이트를 가만히 들여다보다가, 한쪽을 선택해 발걸음을 옮겼다.

그런데.

[해당 게이트는 진입할 수 없습니다.]

진입할 수 없다고? 왜?

[해당 게이트의 국지전은 종료된 상태입니다.]

벌써 전투가 끝났다니.

돌아보자, 안나 크로프트가 멍한 눈으로 게이트를 보고 있었다.

"김독자."

그 말을 듣는 순간 나는 심장이 서늘해졌다.

이번 '성마대전'에서 선악의 승패가 가려지지 않은 국지전은 무효 처리가 되며 '강제 종료' 시퀀스에 돌입하게 된다.

그런데 저 국지전은 그저 '종료'되었을 뿐이다.

즉.

[해당 국지전의 승자가 판별됐습니다.]

저 게이트로 들어간 〈김독자 컴퍼니〉는 자신의 임무에 실패했다는 것이다.

[국지전에서 패배한 참가자에게 사망 페널티가 발동합니다.]

OMNISCIENT READER'S VIEWPOINT

어떤 마음

Episode 75

I

"……그러니 숭고하고 장엄한 흑운의 주인 흑염룡이여, 빌어먹을 뭔 주문이 이렇게 길어. 야, 진짜 이거 맞아?"

[성좌, '심연의 흑염룡'이 고개를 끄덕입니다.]

한수영은 욕설을 내뱉으며 날아오는 빛의 창들을 피했다.

푸슛, 하는 소리와 함께 어깨에서 피가 터졌다.

[성좌, '방주의 주인'이 히죽 웃습니다.]

한수영이 휘두른 [흑염]에 근처의 발키리 몇 명이 한꺼번에 산화했다.

사악한 힘에 놀란 발키리들이 외쳤다.

[죽여라!]

[절대악은 절대로 살려둬선 안 된다!]

[녀석이 주문을 모두 외우게 두지 마라!]

달려드는 발키리들을 쳐내며 한수영이 중얼거렸다.

"변신할 때는 원래 안 건드리는 게 예의 아니냐?"

발키리 대군을 보며 한수영은 입술을 꾹 깨물었다. 평소라면 하위격의 위인급 화신체를 처리하는 것 따위 그녀에게는 일도 아니었다.

문제는 발키리가 가진 스킬이었다.

[성운, <에덴>이 '징죄의 시간'을 발동 중입니다.]

[징죄의 시간]. 정희원이 사용하는 [심판의 시간]과 무척 흡사했다. [심판의 시간]급의 버프 효과는 아니지만, 악을 상대로는 강력한 전투력 상승을 일으키는 스킬.

그런 스킬의 가호를 받는 발키리가 하나둘도 아니고 수백이 넘는다.

[라파엘, 실력이 많이 녹슬었군요!]

전장 한쪽에서는 아스모데우스가 미친 듯이 웃으며 클로를 무자비하게 휘둘러대고 있었다.

허공에서 마기와 신성력이 충돌하며 폭연이 피어올랐다. 폭연 위로 구름 한 조각이 떠올랐다.

라파엘이 탄 구름이었다.

[깝치지 마셈. 그러다 또 주둥이 털리심.]

[아하하하핫! 입담은 여전하군요!]

말투는 장난스럽지만, 격에 담긴 파랑까지 장난은 아니었다.

한수영은 묵묵히 인상을 구겼다.

아무리 봐도 저 미친 마왕은 자신을 도와줄 여유가 없어 보였다.

[성좌, '새벽 별의 여신'이 참전을 고민합니다.]

[성좌, '신과 마주하는 자'가 '심연의 흑염룡'의 마기에 눈살을 찌푸립니다.]

[성좌, '악마 같은 불의 심판자'가 초조한 눈으로 다른 곳을 일별합니다.]

거기다 아직도 '선' 측의 대성좌는 셋이나 남았다.

[성좌, '심연의 흑염룡'이 걱정 말고 주문이나 외우라고 말합니다.]

"……어둠의 다크, 전설의 레전드, 위대한 용 중의 용, 흑염룡의 가호가 이 몸과 함께할— 빌어먹을, 너 일부러 그러는 거지? 더 이상은 못해!"

[성좌, '심연의 흑염룡'이 히죽 웃으며 이제 충분하다고 말합니다.]

다음 순간, 한수영의 몸 안에서 거대한 마기가 폭발했다.

몸속 깊은 곳에서 솟구치는 아득한 격을 느끼며, 한수영은 눈을 감았다. 마기에 잠식된 머릿속에서 여러 가지 생각이 끊어지고 있었다.

이 전장을 무효화해야 한다든가, 〈김독자 컴퍼니〉는 선도 악도 아니라는 애매한 윤리 감각이 마비되는 느낌.

[성좌, '심연의 흑염룡'이 '반신강림'을 시작합니다!]

다시 눈을 떴을 때, 그녀는 다른 사람이 되어 있었다.

[화신 '한수영'의 정신이 마기에 오염됩니다!]

"크, 크. 크크……."

보랏빛 마기로 들끓는 눈동자.

손으로 반쯤 얼굴을 가린 한수영이 자신의 뺨에 묻은 피를 닦았다.

그리고 손등에 묻은 선혈을 핥은 뒤 물었다.

"우습군. 이것이 너희의 한계인가?"

전신에서 풍기는 아우라에 발키리들이 어깨를 떨며 뒤로 물러났다.

한수영이 광소하며 외쳤다.

"꿇어라! 이것이 너와 나의 격의 차이…… 야! 내 입으로 헛소리 지껄이지 마!"

[성좌, '심연의 흑염룡'이 자신의 진짜 힘을 쓰려면 어쩔 수 없다고 말합니다.]

"아니, 말을 하려면 좀 제대로 된— 오라! 나의 다크 섀도 피닉…… 아니 이런 거 말고!"

주문은 엉망이었지만 효과가 있기는 한지, 한수영의 발밑에 짙고 불길한 그림자가 드리워지기 시작했다. 지축 전체를 흔들며 자라난 그림자는 이윽고 용의 형상에 가까워졌다.

한수영은 몇 번인가 이런 현상을 본 적이 있었다.

피스 랜드와 암흑성에서, 성좌들이 이 힘을 사용하는 것을 보았다.

성좌의 그림자. 별빛의 이면에 드리워진 성좌의 어둠.

어느새 한수영은 체고가 수십 미터가 넘는 검은 용의 등에 타고 있었다.

[성좌, '심연의 흑염룡'이 포효합니다!]

지금까지는 개연성의 제약으로 사용할 수 없었던 힘.

흑염룡의 그림자가 그녀를 태운 채 창공으로 날아올랐다. 하늘을 덮은 새카만 그림자와 함께 용이 지상을 향해 불을 뿜었다.

콰아아아아아.

전장 전체가 휩쓸려 나가는 충격파.

허겁지겁 몸을 피하던 발키리들이 공중에서 산화했다. [징죄의 시간]도, 성운의 가호도 무의미하게 만드는 압도적인 힘이었다.

[으, 으어, 으아아아아!]

좋지 않은 기억이 떠올랐는지, '방주의 주인'은 어깨를 끌어안은 채 떨고 있었다. 그럴 법도 했다. 〈에덴〉의 성좌라면 누구나 묵시룡에 두려움을 품고 있으니까.

그리고 '심연의 흑염룡'은 강력한 묵시록의 최후룡 후보 중 하나였다.

이것이 바로 '심연의 흑염룡'의 진짜 힘.

차오르는 개연성의 억압 속에 고통스러워하면서도, 한수영은 환희와 전율에 젖었다.

잘했다. '심연의 흑염룡'을 배후성으로 택하길, 정말 잘했다.

"하하하하하! 죽어! 죽어! 죽어! 죽어! ……미친, 그만해!"

정신 분열이라도 앓는 사람처럼 한수영의 입에서 두 가지 말이 동시에 튀어나왔다.

[당신의 정신이 마기에 오염됩니다.]

흑염룡의 힘은 강력하지만 남용할 수 없다. 이 힘을 사용할수록 화신의 자아는 '흑염룡'에게 동화된다.

'이대로 몇 년만 지나면 나도 김남운처럼 되겠어.'

그러거나 말거나 흑염룡의 그림자는 이미 전장을 절반 이상 쓸어버리고 있었다.

더는 두고 볼 수 없었는지 누군가가 움직였다.

[성좌, '악마 같은 불의 심판자'가 자신의 격을 드러냅니다!]

지축이 흔들리는 굉음과 함께 흑염룡의 브레스가 처음으로 막혔다. 새하얗게 타오르는 불꽃의 정수가 세계의 어둠을 잘라내고 있었다.

'업화의 불꽃'.

지옥의 가장 순수한 불로 빚어진 우리엘의 성유물.

하늘을 뒤덮은 흑염룡이 웃었다.

[성좌, '심연의 흑염룡'이 언제고 승부를 내고 싶었다고 말합니다.]

[성좌, '악마 같은 불의 심판자'가 표정을 굳힙니다.]

두 성좌의 대립이 시작되자, 인근의 시공간이 새파란 스파크로 뒤덮였다.

격의 충돌을 견뎌내지 못한 발키리들이 피를 토하며 쓰러졌다.

[가장 오래된 선이 이 국지전을 좋아합니다.]

[가장 오래된 악이 이 국지전을 좋아합니다.]

거대한 선악이 자신의 대표로 두 성좌를 선택하고 있었다.

그리고 그 사이에 스파크에 까맣게 튀겨지고 있는 한수영이 있었다.

"크크큭. 죽어라! 멍청한 대천…… 야! 이건 안 돼!"

[성좌, '심연의 흑염룡'이 왜 그러냐고 묻습니다.]

"멍청아! 지금 여기서 우리엘이랑 붙으면 모두 끝장이야!"

얼굴 곳곳에 검댕이 묻은 한수영이 바락바락 악을 써댔다. 분위기에 휩쓸려 하마터면 싸울 뻔했지만, 정말 그런 짓을 벌였다간 죽도 밥도 안 된다.

"야, 대천사! 너라도 정신 차려봐! 진짜 나랑 싸울 거야?"

[성좌, '악마 같은 불의 심판자'가 당신을 바라봅니다.]

어쩔 수 없다는 듯한 표정.

우리엘의 눈빛에 깊은 수심이 어려 있었다.

[성좌, '악마 같은 불의 심판자'가 곤란한 표정을 짓습니다.]

"너도 싸우기 싫잖아? 알고 있어. 이쯤하고 여기서 끝내자고. 하는 김에 네 친구들도 좀 설득해주고!"

한수영의 말에 우리엘의 수심이 한층 더 깊어졌다. 그러나 표정과는 별개로 발동한 [지옥염화]는 집요하게 한수영을 향해 날아들었다.

하지만 한수영은 포기하지 않았다. 우리엘이 굳이 이 전장에 참가한 이유가 있다고 생각했다.

[설화, '예상표절'이 이야기를 시작합니다.]

「우리엘은 이게 <김독자 컴퍼니>를 죽일 함정임을 알고 있었을 것이다. 그래서 본인이 직접 왔겠지.」

하필이면 우리엘이 담당한 전장에 온 게 '심연의 흑염룡'과 자신이라는 게 문제였지만…….

그래도 자신 역시 〈김독자 컴퍼니〉다.

한수영은 아껴뒀던 치트키를 쓰기로 했다.

"내가 죽으면 김독자가 널 어떻게 생각할 것 같아?"

우리엘의 어깨가 희미하게 떨렸다. 한수영은 한 방을 더 먹였다.

"날 죽인 후에도 떳떳한 마음으로 김독자 볼 자신 있어?"

[성좌, '악마 같은 불의 심판자'가 당신과 당신의 배후성은 '악'이라고 말합니다.]

"제기랄! 선이니 악이니 그딴 게 뭐가 중요해! 그런 건 너희 멋대로 정한 거잖아!"

업화의 불꽃이 흑염룡의 날갯죽지를 스쳤다. 흔들리는 사위 속에서도 한수영은 간절한 눈으로 우리엘을 바라보았다. 우리엘의 검세가 조금씩 소극적으로 변하고 있었다. 우리엘이 흔들리고 있다는 증거였다.

이제 조금이었다. 조금만 더, 대천사의 정신을 흔들어놓을 방법이 있다면.

[성좌, '구원의 마왕'이 전장을 바라보고 있습니다.]

이어진 간접 메시지에 한수영은 소름이 돋았다.

[성좌, '구원의 마왕'이 '악마 같은 불의 심판자'를 바라봅니다.]

김독자 이 무서운 자식. 그 와중에 이쪽도 보고 있었냐?

[성좌, '구원의 마왕'이 '악마 같은 불의 심판자'를 바라봅니다.]

김독자는 아무 말도 하지 않았다.

도와달라는 말도, 부탁한다는 말도 없이 그저 바라보는 시선.

[성좌, '악마 같은 불의 심판자'가 움직임을 멈춥니다.]

[성좌, '악마 같은 불의 심판자'가 혼란에 빠집니다.]

한수영은 속으로 쾌재를 불렀다.

지금쯤 우리엘의 마음속에서는 양가감정이 충돌하고 있을 것이다.

〈김독자 컴퍼니〉를 구하고 싶은 마음과, '성마대전'에서 승리하고 싶은 마음.

우리엘 주변에서 희미한 스파크가 연이어 튀어 올랐다. 우리엘을 구성하는 설화들이 충돌하고 있었다. 그녀가 가장 좋아하는 설화와, 그녀가 살아온 설화가 부딪치고 있었다.

그녀가 좋아하는 〈김독자 컴퍼니〉냐, 그녀가 몸담은 〈에덴〉이냐.

[우리엘! 뭘 멍청하게 서 있는 건가요?]

상황을 보다 못한 성좌들이 나섰다.

[성좌, '새벽 별의 여신'이 자신의 격을 드러냅니다!]

[성좌, '신을 마주 보는 자'가 자신의 격을 드러냅니다!]

한수영은 턱 끝까지 차오르는 숨을 뱉어내며 인상을 찌푸렸다.

[당신의 화신체가 크게 손상됐습니다.]

사실 우리엘을 설득하려 한 것은 단순히 싸우기 싫어서만은 아니었다.

반신강림의 부작용이 밀려오고 있었다. 뼈마디와 관절이 마비되고 있었고, 당장이라도 각혈하고 싶은 기분이었다.

애써 눌러 참는 이유는 성좌들에게 약한 모습을 보이면 안 되기 때문이었다.

[성좌, '악마 같은 불의 심판자'가 다른 곳을 바라보고 있습니다.]

멍한 얼굴의 우리엘을 대신해서 앞으로 나선 카마엘이 말했다.

[내 동료가 힘들어하는 듯하니 그만 끝내는 편이 좋겠습니다.]

[심연의 흑염룡이라기에 기대했는데, 수식언에 비하면 별 볼 일 없군요.]

별빛을 담은 바카리네의 수정 지팡이가 빛나자, 창공에서 무수한 별빛의 광선이 쏟아졌다.

빛에 닿은 흑염룡의 그림자가 조금씩 부서지고 있었다.

[성좌, '심연의 흑염룡'이 분노의 일갈을 내지릅니다!]

흑염룡의 그림자가 쏟아낸 브레스가 바카리네의 머리 위로 떨어졌다. 삽시간에 밀려오는 어둠의 에테르에 바카리네가 비명을 지르며 물러났다.

그것을 대신 받아낸 이는 카마엘이었다.

[그 정도론 어림도 없습니다!]

대검을 뽑아 든 카마엘이 브레스를 베어내며 앞으로 전진을 시작했다.

하지만.

"어둠의 다크! 전설의 레전드! 홍염의 파이어!"

한수영이 헛소리를 시작하자, 급격하게 증폭된 흑염룡의 브레스가 바카리네와 카마엘을 밀어냈다.

안색이 희게 질린 바카리네의 외투가 순식간에 불타올랐다.

[치욕이군요! 이런 우스꽝스러운 기술에……!]

[우리엘! 뭐 하는 겁니까! 정신 차리십시오!]

카마엘의 진언이 닿은 것일까. 우리엘이 퍼뜩 정신을 차리는 것이 보였다.

줄줄 흐르는 피를 닦아내며 한수영은 흐릿해지는 시야를 다잡았다.

여기서 우리엘이 진심으로 덤벼들면 모든 것이 끝장이다.

어떻게든, 그 전에…….

[그래, 너희 말이 맞아. 이런 ■같은 전쟁은 빨리 끝내야 돼.]

그리고 우리엘이 움직였다.

[성좌, '악마 같은 불의 심판자'가 자신의 진정한 모습을 드러냅니다.]

전장을 물들이는 눈부신 대천사의 격. 우리엘의 모든 날개가 활짝 펼쳐지며, 산란하는 백금발 위로 붉은 루비가 박힌 크라운이 빛났다.

세상을 오시하는 에메랄드빛 눈동자.

진체를 해방한 우리엘은 엄청난 개연성의 후폭풍 속을 걸어 나왔다. 그 어마어마한 격 앞에, 한수영은 흑염룡의 가호에도 불구하고 정신이 혼미해지는 것 같았다.

'악마 같은 불의 심판자'의 진짜 모습이었다.

수만의 악마를 베어내고, 마왕들을 살해하고, 악을 척결하며 살아온 염화의 대천사. 그 눈과 마주하는 순간, 한수영은 자신이 이미 죽은 목숨이라는 사실을 깨달았다. 저 '악마 같은' 존재 앞에서는, 그 어떤 악도 기꺼이 목을 내놓아야만 할 것이다.

'미안, 김독자.'

높게 치솟은 '업화의 불꽃'이 하늘을 가르고, 한수영은 끝을 예감했다.

[설화, '예상표절'이 다음을 그려내지 못합니다.]

그리고 시야가 하얗게 물들었다. 무엇도 존재하지 않는 페이지.

하지만 아무리 시간이 지나도 고통은 느껴지지 않았다. 설마 고통을 느낄 새도 없이 죽어버린 건가?

슬며시 눈을 떴을 때, 한수영은 예상 밖의 광경과 마주했다.

분명 그녀를 향해 움직인 '업화의 불꽃'이, 고리처럼 형상을 변환한 채 지상에서 환한 빛을 내뿜고 있었다.

[너희 움직이면 그대로 뒈질 줄 알아.]

정확히는 바라키네와 카마엘의 몸통을 묶은 채로.

[내 불이 좀 뜨겁거든? 장난 아니고 움직이면 진짜로 뒈질 거야.]

갑작스러운 상황에, 바카리네가 얼빠진 목소리로 물었다.

[우리엘. 대체 왜?]

[이런 짓을 하면 서기관께서……!]

카마엘의 말에 우리엘이 투덜거렸다.

[■발, 그깟 징계 좀 받고 말지. 지금 그게 중요해?]

[이건 징계로 끝날 일이 아닙니다! 지금 당신이 한 행동은—]

[시끄러워! 그깟 혼돈 수치 좀 오르라고 하지 뭐!]

우리엘의 진언을 듣고서야 카마엘은 자신의 동료가 진심이라는 것을 알았다.

[당신은 대체…….]

그제야 한수영은 우리엘이 왜 진체의 힘을 드러냈는지 깨달았다.

동급의 대천사와 상위 격 성좌를 죽이지 않고 제압하려면, 그녀도 진짜 힘을 발휘할 수밖에 없었던 것이다.

개연성의 후폭풍을 감당하는 우리엘의 표정이 일그러졌다. 그녀의 새카만 레이스에 희미한 마기가 감돌고 있었다.

타락.

신성한 명령을 거부한 천사에게 주어지는, 가장 가혹한 형벌.

한수영이 그녀에게 뭐라고 말하려는 순간, 우리엘이 선수를 쳤다.

[이것저것 설명할 시간 없어. 빨리 국지전 무효화시키고 끝내자.]

그녀의 표정은 어딘가 다급해 보였다.

그 순간, 한수영의 머릿속에 뭔가 스쳤다.

아무리 우리엘이 결심했다 한들 이렇게 서두를 필요는 없었다. 대천사가 큰 피해를 감수하면서까지 일을 벌였다는 것은 그만한 이유가 있다는 뜻이다.

대체 무엇이 그녀를 이렇게 서두르게 만들었을까?

답은 금방 알 수 있었다.

[희원이가 위험하단 말이야!]

2

“할 수 있어요. 싸워보기 전엔 모르는 거니까.”

지금으로부터 세 시간 전, 정희원은 그렇게 말했다.

“마왕이든 뭐든 덤벼보라고 해요. 우리 이제 그렇게 약하지 않잖아요.”

환생자들은 그녀의 말을 듣고 있었다.

이제껏 헤쳐온 국지전에서 ‘선’을 택한 이들. 그리고 〈김독자 컴퍼니〉에 의해 무효화된 전장에서 운 좋게 살아남은 이들. 자신의 세계관을 잃어버린 이들.

[117번 국지전이 시작됩니다!]

[당신의 소속 진영은 ‘선’입니다.]

“이럴 줄 알았으면 나오지 말 걸 그랬어…….”

“본래 세계로 돌아갈 순 없을까요?”

몇몇 환생자가 겁에 질린 채 중얼거리자, 파란은 순식간에 번졌다.

“저, 저런 거랑 어떻게 싸우라고!”

"아, 아아아아……."

'악'의 함선이 밀려오고 있었다. 어마어마한 크기였다. 분명 강력한 스킬과 아이템을 장착했을 설화 병기.

기에에에엑—!

배를 받치고 밀려오는 파도는 7급 악마종인 '어둠 투사'의 대군이었다. 족히 수만은 되어 보이는 대군. 수를 세기도 버거운 숫자.

도저히 '국지전'이라고 표현할 수 없는 장관이었다.

"으아아아아아—!"

공포에 젖은 환생자들의 눈동자를 보면서 정희원은 생각했다.

모두에게 용기를 강요할 수는 없다. 이들의 두려움은 당연하다.

평생 자신의 세계관에 갇혀 살다가, 외부에서 나타난 침략자에게 이용당하는 자들. 그런 피해자들에게 용기를 강요하는 것 자체가 폭력이다.

정희원은 그들에게 말해주고 싶었다.

굳이 싸우지 않아도 괜찮다고. 여긴 어떻게든 자신이 해결해보겠다고.

"다들 뒤쪽에 숨어 계십시오."

그런 그녀의 심경을 대신한 사내가 있었다.

"제가 막겠습니다."

이현성이었다. 가장 오래된 동료이자, 〈김독자 컴퍼니〉의 모든 역경을 제일 앞에서 맞아온 사내.

"혼자 막을 수 있겠어요?"

"물론 혼자선 안 되죠."

넉넉하게 웃는 이현성의 얼굴을 보자, 그래도 답답하던 마음이 조금은 풀렸다. 예전에는 손끝만 닿아도 경기를 일으키던 이현성인데, 이제 정말 친해지긴 친해졌구나 싶었다.

"포지션을 하나씩 담당합시다. 공격은 모두 제가 막겠습니다. 희원 씨는—"

"모두 공격하면 되는 거죠? 카이제닉스에서처럼."

"예, 카이제닉스에서처럼."

〈김독자 컴퍼니〉의 가장 단단한 방패와 가장 날카로운 검으로서, 단순하지만 서로 장점을 가장 잘 살릴 수 있는 전략.

"가요."

[설화, '검과 방패'가 이야기를 시작합니다.]

먼저 달려간 것은 이현성이었다.

"하아아아아압!"

기합이 클수록 힘이 세진다는 미신을 믿는 사람답게, 이현성은 세상이 떠나가라 소리를 지르며 주먹을 휘둘렀다.

[화신 이현성이 성흔, '강철화 Lv.10'를 발동합니다!]

이제 완숙한 레벨에 오른 강철이 그의 전신을 덮었다. 눈부신 백광을 띤 강철 갑각과 충돌한 '어둠 투사'들이 볼링핀처럼 쓰러졌다.

[화신 이현성이 성흔, '태산 부수기 Lv.10'를 발동합니다!]

하늘을 향해 솟구친 강철의 주먹이 바닥을 찍자, '어둠 투사' 군단의 선두가 흔들렸다. 덩달아 그들이 떠받치고 있던 배의 움직임도 둔해졌다. 기세를 놓치지 않고 이현성은 마지막 성흔까지 발동했다.

[화신 이현성이 성흔, '태산 밀기 Lv.10'를 발동합니다!]

처음에는 닫힌 지하철 문을 여는 게 고작이던 성흔.

그 성흔이 이제 전함 규모의 배를 받아내고 있었다.

츠츠츠츠츳—!

[강철화]를 발동한 양손이 새카맣게 물들며, 피부를 덮고 있던 강각鋼殼 일부가 벗겨졌다.

하지만 이현성은 더 커다란 기합으로 고통을 이겨냈다.

"하아아아아아압!"

범람하는 스파크 속에서도 물러서지 않는다.

뒷발을 고정한 이현성은 바닥에 단단히 박힌 작은 못처럼 보였다. 그 작은 못이 전함의 움직임을 막아서고 있었다. 강철과 강철이 부딪치는 기분 나쁜 파찰음. 그리고 굉음의 끝에서 마침내 전함의 움직임이 멎었다.

"머, 멈췄다!"

"이현성 님이 전함을 멈췄어!"

믿을 수 없는 기적 앞에 환생자들이 환호했다.

하지만 승부는 지금부터였다.

방패가 자신의 일을 다 했으니, 이제 검이 움직일 때다.

이현성의 어깨를 밟고 하늘 높이 날아오른 정희원은 그대로 배의 갑판으로 뛰어올라 '심판자의 검'을 휘둘렀다.

[크아아아악!]

[귀살]과 [지옥염화]의 콤보.

처음부터 힘을 아끼지 않은 공격에 방심하고 있던 위인급 성좌 하나가 반으로 갈라졌다.

푸른 귀화를 흩뿌리며 순백의 섬광을 터뜨리는 정희원의 모습은 그 자체로 고결했다.

[일부 성좌가 '검과 방패'의 이야기를 좋아합니다.]

하지만 그녀의 검은 얼마 지나지 않아 막혔다.

거무튀튀한 흑빛으로 덮인 손.

음침한 웃음을 흘리는 한 존재가, 그녀의 검을 잡고 정희원을 창공으로 내던져버렸다.

정희원은 허공을 밟으며 몸을 회전시켜 다시 갑판 위에 착지했다.

어느새 전열을 갖춘 성좌들이 그곳에 있었다.

아니, 성좌가 아니었다.

[빌어먹을 성흔을 보아하니, 네가 바로 그 '대천사'의 화신이구나.]

[함정이란 걸 알고 있었을 텐데, 어리석구나. 제 발로 죽음을 향해 걸어 들어오다니.]

시커먼 마기를 전신에 둘둘 감은 채, 〈스타 스트림〉의 하늘에서 어둠을 차지한 존재들.

정희원은 눈앞에 선 다섯 명의 마왕을 살폈다.

—이건 희원 씨가 싸워볼 만한 적과, 절대로 싸워서는 안 되는 적의 명단입니다. 인상착의를 꼭 외워두세요.

정희원은 김독자가 설명해준 내용을 필사적으로 떠올렸다.

제일 먼저 시선이 간 것은 불타는 창과 인간의 머리를 쥔 마왕이었다.

—얘는 싸워볼 만해요. 지금의 희원 씨라면 [심판의 시간]만 발동한다면 문제없을 겁니다.

58번째 마계의 주인, '불의 총통' 아미.

—얘까지도…… 괜찮습니다. 근데 갑자기 뿔 세워서 달려들면 위

험하니까 무조건 '선빵' 때리세요.

48번째 마계의 주인, '황금 뿔의 수소' 하겐티.

—이놈부터는 위험해요. 컨디션이 괜찮을 때, 그리고 일대일로 싸울 수 있을 때만 붙으세요.

36번째 마계의 주인, '은색 발톱의 올빼미' 스토라스.
흘러나오는 격으로도 느낄 수 있었다.
여기까지는 그래도 상대할 법하다.
문제는 그 뒤에서 그녀를 바라보는 두 존재였다.
붉은 갑옷을 입고, 다리를 절뚝거리며 그녀를 보는 훤칠한 마왕.

—10위권대로 진입하면 솔직히 승산이 낮습니다. 우리엘이 반신강림이라도 해준다면 이야기가 다르겠지만…….

16번째 마계의 주인, '유혹과 불모의 마왕' 제파르.

—그리고 여기서부터는 무조건 피하셔야 합니다.

말하지 않아도 알 수 있었다.
다섯 마왕의 제일 끝에서 상황을 지켜보는 존재. 저 마왕은 지금의 그녀가 절대로 이길 수 없다.

8번째 마계의 주인, '무자비한 역천의 사냥꾼' 바르바토스.

웨스턴 스타일 모자에 장총.

흘러내린 금발을 가진 마왕이 그녀를 향해 웃었다.

[가장 맛있는 절망은 '불가능한 희망'이지.]

정희원은 투지를 불태우며 칼날을 굳게 쥐었다.

이미 마왕들과는 한 번 싸워본 적이 있었다.

그때는 본 실력을 내기 힘든 상태였지만…… 지금은 과연 어떨까.

[전용 스킬, '심판의 시간'의 발동을 준비합니다!]

그녀의 특성은 '멸악의 심판자'.

그리고 [심판의 시간]은 과거 '성마대전'에서 싸운 발키리들의 수장, 대천사가 사용하던 힘.

아무리 상대가 강력하다 해도 그 존재가 '악'인 한 그녀는 지지 않는다.

그런데.

[절대선 계통의 성좌 중 대다수가 스킬 발동에 반대했습니다.]

[스킬 발동이 취소됐습니다.]

그녀에게 무슨 일이 벌어졌는지 안다는 듯, 바르바토스가 웃었다.

[어리석구나, 우리엘의 화신아. 아직도 이게 무슨 상황인지 이해하지 못한 것이냐?]

김독자는 말했다. 이 '국지전'들은 함정이라고. 우리는 함정이라는 걸 알면서 이곳에 참전해야 한다고.

[천사들은 유독 '희생양'이라는 개념을 좋아하지. 이번에는 그게 너인 것 같구나.]

〈에덴〉의 목표는 '성마대전'에 승리하는 것.

그 일을 도모하기 위해, 〈김독자 컴퍼니〉는 존재하지 않아야 했다.

정희원이 '선'이든 '악'이든, 그들 입장에서는 그저 배제해야 할 존재일 뿐.

정희원도 알고 있었다. 하지만 여전히 실감이 나지 않았다.

다른 천사는 몰라도, 우리엘마저 나를 배신했다고?

[편히 보내주마.]

바르바토스의 장총이 장전되는 소리가 들렸다.

정희원은 뒷덜미가 서늘해지는 느낌과 동시에, 배 바깥으로 몸을 내던졌다.

콰아아아아아아!

하늘을 향해 쏘아진 탄환이, 시공간을 찢어버리며 창공에 검은 구멍을 내었다. 검을 쥔 손이 파르르 떨렸다. 그녀는 방금 저런 괴물을 상대로 검을 휘두르려 했다.

—절대로, 10위권의 마왕과 일대일로 싸워서는 안 됩니다. 무조건 도망치세요. 그리고 다른 일행을 기다리세요. 반드시 그래야 합니다.

평소였다면 김독자의 그 말에 반발했을 것이다.

하지만 지금은 아니었다.

"현성 씨!"

선두 아래쪽에서 어둠 투사들을 쳐 죽이던 이현성이 그녀를 올려다보았다. 시선이 오고 가는 것만으로도 이현성은 전장의 상황을 이해했다.

갑판에서 마왕들의 조롱이 들려왔다.

[하하하하하! 현명한 선택이다.]

[전장은 넓지. 하지만 어디까지 도망칠 수 있을까?]

허공에서 마기의 폭풍우가 쏟아지고 있었다. 검과 방패는 달렸다. 맞설 수 없는 적과는 싸울 수 없다. 그리고 여기서 죽을 수도 없다.

"독자 씨와 유중혁 씨가 올 겁니다. 그때까지만 버팁시다."

정희원은 고개를 끄덕였다.

아무리 강한 적이라도 일행이 모두 모인다면 이길 수 있다. 이보다 더한 전장도 헤쳐온 그들이다.

〈김독자 컴퍼니〉는 여기서 무너지지 않는다.

두 사람은 다친 환생자들을 챙기는 동시에, 달려드는 '어둠 투사'들을 뭉개며 계속해서 전열을 물렸다.

[배후성의 영향력이 약해지고 있습니다.]

설상가상으로 우리엘의 가호까지 약해졌다. 좋지 않은 예감이 들었지만, 정희원은 애써 고개를 흔들었다. 아마 우리엘도 다른 국지전에서 싸우고 있을 것이다. 우리엘이 자신을 배신할 리 없다.

마왕의 광포한 진언이 전장을 휩쓸었다.

[비켜라, 쓰레기들.]

달아날 타이밍을 놓친 환생자들이 핀치에 몰렸다. 용기 있게 달려드는 환생자들은 제일 먼저 목이 달아났고, 두려움에 뒷걸음치던 환생자들은 심장이 꿰뚫렸다.

종종 마왕의 힘을 견디고 맞서 싸우는 이도 있었다.

[오호, 소드마스터? 제법 싸우는 놈이구나.]

누군가가 하겐티의 황금 뿔을 받아내고 있었다.

검신에 흐르는 에테르 블레이드.

검을 쥔 노인은 정희원도 아는 이였다.

"카일?"

카일 베르트.

'카이제닉스 제도'에서 정희원을 수행하던 수석 근위 기사였다.

「대장님, 당신을 모실 수 있어서 영광입니다.」

「사실 저는 바깥 세계로 나가기엔 너무 늙었습니다만.」

「미력하지만 이 힘이 그곳에서도 조금이나마 도움이 되었으면 합니다.」

카일은 잘 싸웠다. 마왕 하겐티의 뿔을 몇 번이나 받아냈고, 심지어 수소의 팔뚝에 작은 생채기도 남겼다.

하지만 거기까지였다.

소드마스터의 검은 부러졌고, 무릎은 꺾였다.

애초에 늙은 소드마스터가 상대할 수 있는 적이 아니었다.

목줄을 잡힌 카일의 몸이 장난감처럼 대롱대롱 매달렸다.

[등장인물 '에리히 스트라이커'가 동요합니다.]

정희원의 안에서 에리히가 감정을 드러냈다.

저대로면 카일은 죽는다.

정희원의 사고가 느릿하게 움직였다. 〈김독자 컴퍼니〉의 이름들이 머릿속을 스쳐 가고 있었다.

제일 먼저 떠오른 것은 유중혁이었다.

「"어차피 환생자는 죽어도 다시 살아난다."」

유중혁은 카일을 구하지 않았을 것이다. '환생자들의 섬'은 죽음을 허락하지 않으니까. 기억을 잃고, 다른 존재가 된다 해도 어쨌든 영혼은 살아남으니까. 유중혁이라면 더 큰 목적을 위해 카일을 죽게 내버려뒀을 것이다.

이어서 떠오른 것은 김독자였다.

「"구해야 합니다. 하지만 그런 짓을 하면 희원 씨가 죽게 될 겁니다."」

김독자는 올바른 이야기를 하면서도, 그녀의 목숨을 걱정하기에 카일을 외면했을 것이다.

「"뭘 고민해? 그놈을 이용해서 마왕을 쳐 죽여버려야지."」

한수영이라면 그렇게 말했을 것이다.

그녀는 애초에 사람의 목숨을 구하는 일에는 별반 관심이 없으니까.

최악을 이용해 최선을 변주하는 한수영은 곧바로 마왕의 목줄을 노렸을 것이다.

그리고 죽어가는 카일의 입이 말하고 있었다.

'도망치십시오.'

하지만 카일의 눈은 이렇게 말하고 있었다.

「"이렇게 죽고 싶지는 않았지만."」

"희원 씨."

이현성의 목소리가 들렸다.

정희원과 이현성은 〈김독자 컴퍼니〉의 누구보다도 닮았다.

지닌 성정도 융통성도 다르지만, 적어도 단 하나의 상황에 한정해서 그들은 언제나 똑같은 결정을 내린다.

[전용 스킬, '지옥염화 Lv.10'를 발동합니다!]

망설일 필요도 없는 일이었다.

왜냐하면 그들 또한 그렇게 구해졌으니까.

3

찰나, 두 사람의 시선이 마주쳤다.

「"마왕을 상대하는 법, 다들 기억하고 계시잖아요."」

그들은 같은 아픔이 있고, 같은 상처를 안고 살아왔다.
눈앞에서 사랑하는 동료를 잃었다.

「"이제 마지막 시나리오를 시작해봅시다."」

몇 번이나 동료를 구하지 못했다. 그렇기에 자신의 앞에서 죽어가는 이들을 절대 외면하지 못한다.
그들이 살아온 삶이 그들을 그렇게 만들었다.
"준비됐습니다."
"다녀올게요."
가볍게 뛰어오른 정희원이 이현성의 손바닥에 안착했고, 이현성이 그런 정희원을 힘껏 내던졌다.

빛살처럼 쏘아진 정희원이 전장을 가로질렀다. [지옥염화]의 불길이 화려한 직선을 그리며 쇄도하자, 마왕 하겐티가 신음을 흘렸다.

재빠르게 자신의 가죽을 도려내 불을 끈 하겐티가 거친 음색으로 말했다.

[거기 숨어 있었구나!]

하겐티가 뒷발로 땅을 박차고 먼지구름을 일으키며 달려들었다.

그런 하겐티의 뿔을 잡고 막아낸 것은 이현성이었다.

"크아아아압! 희원 씨! 빨리!"

이현성이 벌어준 빈틈. 정희원은 쓰러진 카일을 흔들어 깨웠다.

"카일! 정신 차려! 카일!"

다시 한번 '카이제닉스 제도'의 에리히 스트라이커가 된 것처럼, 정희원은 애타게 카일의 이름을 불렀다. 코끝에 손을 가져다대보니 다행히 숨은 붙어 있었다.

「"다시 한번 시나리오를……."」

그녀의 말을 믿고, 〈김독자 컴퍼니〉의 말을 믿고 여기까지 와준 이들.

스스로의 힘으로 스스로의 장르를 찾기 위해 그녀를 따라온 이들이었다.

그러니 절대 여기서 죽게 내버려둘 수는 없었다.

마침 다가온 근위 기사 중 하나가 카일을 업고는 말했다.

"제가 데리고 가겠습니다."

"부탁해요."

"맡겨두십시오."

기사는 근엄하게 고개를 끄덕이고는 곧장 후방을 향해 달려나갔다.

정희원은 이현성을 돕기 위해 다시 검을 쥐었다.

그리고 그 순간, 아주 섬뜩한 예감이 전신에 흘렀다. 지금껏 몇 번 겪어본 적 없는 예감이었다.

'암흑성'에서 김독자를 잃었을 때.

'73번째 마계'에서 다시 김독자를 잃었을 때. 그리고…….

"희원 씨, 엎드리십시오!"

이현성이 그녀를 안고 굴렀다. 섬광이 정희원의 팔뚝을 훑고 지나갔다. 자신의 입에서 그토록 끔찍한 비명이 나올 수 있다는 것을 정희원은 처음 알았다.

바르바토스의 탄환.

이현성의 안색이 푸르죽죽하게 변해 있었다. 괜찮냐고 물어볼 틈도 없이, 이현성이 말했다.

"가십시오. 제가 시간을 끌어보겠습니다."

이현성은 달려드는 하겐티의 뿔을 양손으로 받아내고, 멀리서 날린 아미의 불타는 창날을 이빨로 깨물어 막았다. 혀가 녹아내리고 안구가 익는 열기 속에서도 이현성은 불굴의 극기로 모든 것을 견뎌냈다.

—어서!

전음이었다. '카이제닉스 제도'에서 함께 있던 시절. 그녀와 이현성을 연결해준 스킬. 그 기술로 이현성이 말하고 있었다.

—전 버틸 수 있습니다! 하지만 희원 씨를 지키면서 버티는 건 무립니다!

과거에도, 그리고 지금도. 이현성은 늘 자신이 할 수 없는 일을 할 수 있다고 말하는 사람이었다.

그렇기에 정희원은 도망칠 수 없었다.

날아드는 마왕 스토라스의 은색 발톱을 쳐내며 정희원은 이를 악물었다. [지옥염화]의 불길이 약해지고, 이현성의 강각에 균열이 번져갔다.

'유혹과 불모의 마왕' 제파르가 웃었다.

[아주 슬픈 연인이구나. 나는 그런 비극이 좋다.]

"닥쳐."

[몇몇 성좌가 화신들의 이야기에 눈시울을 붉힙니다.]

정희원은 필사적으로 검을 휘둘렀다. 그들의 삶이 이야깃거리가 아님을 증명하기 위해, 검을 휘두르고 또 휘둘렀다.

달아나던 환생자들이 그들을 돌아보고 있었다.

저들을 살리기 위해 정희원과 이현성은 싸웠다.

[성운, <김독자 컴퍼니>의 영향력이 커지고 있습니다.]

['성마대전'의 기틀이 흔들리고 있습니다.]

여유롭던 마왕들의 표정이 처음으로 변했다.

[더 즐기지 못하는 것이 안타깝군.]

그리고 다시 한번 어두운 섬광이 불을 뿜었다.

공간을 찢어발기며 날아드는 탄환. 바르바토스의 특기인 [멸성탄]이었다.

이번에는 피할 수 없었다.

정희원이 몸을 웅크리며 피해 면적을 최대한 줄이려는 순간, 누군가가 그녀의 몸을 덮었다. 둔중한 충격과 함께 뭔가가 터져나가는 소리가 들렸다.

퍼걱.

탄환은 한 발로 그치지 않았다.

퍼거거걱.

한 번, 두 번, 세 번. 연달아 쏘아진 탄환에 뭔가가 터지고, 부서지고, 망가지고 있었다.

[설화, '가장 순수한 전우애'가 동요합니다.]

정희원은 몸부림치며 그것을 안고 굴렀다. 탄환에 의해 넝마가 되어버린 신체. 피투성이가 된 얼굴이 그녀를 향해 웃고 있었다. 무어라 말을 하다가, 천천히 눈을 감고 있었다.

[설화, '검과 방패'가 이야기를 멈춥니다.]

"현성 씨?"

[성좌, '강철의 주인'이 막대한 타격을 받았습니다.]

"현성 씨. 일어나요."

막간의 여흥처럼 포화가 그쳤다. 머릿속에서 뭔가가 뚝 끊어졌다.

정희원은 다시 한번 이현성을 흔들었다.

"현성 씨."

이현성의 눈은 뜨이지 않았다. 그의 입은 아무 말도 뱉어내지 못했고, 코는 숨을 쉬지 못했다. 그의 귀는 아무것도 듣지 못했다.

"일어나!"

아직 대답하지 못했는데.

"일어나! 일어나라고!"

그리고 마왕들이 다시 움직였다.

정희원은 이현성의 커다란 몸을 둘러업고 달렸다. 이제껏 내본 적 없는 가장 빠른 속도였다. 다리의 근육이 터지도록, 심장이 부서지도록 그녀는 달렸다. 포화가 이어졌고 상흔이 늘어갔다.

하지만 달아났다. 이 모든 것으로부터 달아나고 있었다.

김독자라면, 김독자라면 살릴 수 있을 것이다. 김독자는 신유승도 살려냈고, 유상아도 살려냈다. 그러니 이현성도 반드시 구할 수 있을 것이다.

이곳에서 죽음은 아무것도 아니다. 죽음은

아무것도 갈라놓지 못한다.

정희원은 울음을 토해내며 달렸다. 고작 시간을 버티는 것이 전부였지만, 그 시간을 버텨야 모든 것을 바꿀 수 있었다.

그렇게 달리고, 또 달리고, 얼마나 달렸을까.

정희원은 흙탕물에 엎어졌다. 흐려진 시야 사이로 전장의 풍경이 보였다.

환생자들의 시취로 들끓는 대지.

몸에 힘이 들어가지 않았다. 이현성의 심장 박동은 느껴지지 않았다.

[우리엘의 화신. 어디에 숨었느냐?]

다가오는 마왕들의 기척 속에서 정희원은 숨을 죽였다. 불행인지 다행인지 격이 형편없을 정도로 줄어들어서, 환생자들과 구별하기 힘든 상황이었다.

[나오지 않겠다면 그대로 죽이는 수밖에.]

마왕 아미가 웃으며 불의 창을 흔들었다.

주변에는 아직 환생자가 많이 남아 있었다. 정희원이 살려야 할 사람들이었다. 살려야 했던 사람들이었다. 정희원은 눈을 질끈 감았다.

'미안해요.'

자신의 알량한 정의는 여기까지다.

폭염이 타오르는 소리가 들렸다. 정희원은 자신이 눈을 떴을 때 보게 될 광경을 알 수 있었다.

불길 속에서 타오르고, 부서지고, 터져나갈 환생자들의 모습. 그녀를 원망하는 얼굴들. 그녀를 손가락질하며 달아날 그 표정들.

정희원은 기도했다. 부디 한 사람이라도 더 멀리 달아나길.

조금이라도 더 먼 곳에서 김독자가 올 때까지 버텨주기를.

"여기 있다!"

그리고 누군가가 말했다.

"내가 우리엘의 화신 정희원이다!"

정희원은 눈을 떴다. 그곳에 있는 이는 그녀도 아는 사람이었다.

조금 전, 그녀가 구해낸 기사 카일이었다. 그 카일을 업고 달리던 기사도 보였다.

"아니, 내가 정희원이다!"

"아니다! 나다! 나를 죽여라!"

[네놈들, 돌아버린 것이냐?]

환생자들이 달아나지 않고 있었다.

'카이제닉스 제도'에서 함께 따라온 이들. 국지전을 거치며 그녀가 구해낸 이들이, 그녀의 곁에 서서 외치고 있었다.

"내가 정희원이다!"

"내가 이현성이다!"

일어난 환생자들이 그녀의 이름을, 이현성의 이름을 말하고 있었다. 그런 짓을 하면 어떻게 될지 뻔히 알면서.

"내가 정희원이다!"

"우리가—"

모두 자신의 죽음을 마주 보고 있었다. 그들을 이 세계로 안내해준 이들의 이름을 부르짖고 있었다.

"우리가 〈김독자 컴퍼니〉다!"

그것만이 그들이 지키는 정의인 것처럼. 혹은 이제 그들에게 마지막 남은 이야기인 것처럼.

"으아아아아!"

그녀의 이름을 외친 카일이 마왕을 향해 달려갔다. 반대쪽을 향해 달려가던 환생자들도 되돌아오고 있었다.

누군가는 울면서. 누군가는 분노하고 절규하면서.

[해당 시나리오에서 <김독자 컴퍼니>의 영향력이 더욱 강해집니다!]

당황한 마왕들이 자신의 격을 발출했다.

[이런 미친놈들이—]

눈앞에서 환생자들이 찢겨나가고 있었다.

마왕의 가벼운 한 방조차 견디지 못하는 이들이었다. 그럼에도 연호는 그치지 않았다. 누군가는 정희원을, 누군가는 이현성을, 또 누군가는 김독자 컴퍼니를 외치면서. 그들은 죽음을 향해 달려들었다.

아비규환의 전장에서 정희원은 몸을 떨었다.

어째서 저들이 죽어야 하는가.

그녀는 쓰러진 이현성을 내려다보았고, 어두운 〈스타 스트림〉의 하늘을 올려다보았다. 무수한 별이 그녀를 내려다보고 있었다. 저 하늘에 저토록 많은 별이 있음에도, 누구도 그들을 구하러 오지 않는다.

정희원은 자리에서 일어났다.

"내가……."

그리고 마왕들을 향해 달려갔다.

"내가 정희원이다."

[거기 있었구나.]

날아온 발톱이 그녀의 등을 긁고 지나갔다.

[전용 스킬, '심판의 시간'의 발동을 요청합니다!]

단 한 번만, 누구라도 좋으니 단 한 번만 내게 힘을 준다면.

[절대선 계통의 성좌 중 대다수가 스킬 발동에 반대했습니다.]

[스킬 발동이 취소됐습니다.]

어째서 이토록 원하는 대상은 심판할 수 없는가.

선은 무엇이고 악은 무엇인가.

"뭐가 '절대선'이야."

어째서 그것을 너희 마음대로 정하고.

왜 나는 그것에 따라야 하는가.

멀리서 날아오는 바르바토스의 탄환.

정희원의 내면에서 닳아버린 감정들이 불쏘시개가 되어 타오르고 있었다.

[당신의 모든 설화가 당신의 불행에 반응합니다.]

불타버린 감정들이 단 하나의 감정을 가리키고 있었다.

[당신의 모든 설화가 당신의 의지에 반응합니다.]

복수復讎.

[<스타 스트림>이 당신의 설화를 바라봅니다.]

「저들을 심판하고 싶다.」

[당신에게 새로운 설화가 발아합니다!]

다음 순간, 정희원의 전신에서 강렬한 빛이 터져나왔다.

어마어마한 빛의 폭발에 [멸성탄]의 궤도가 뒤틀렸고, 근처에 있던 마왕들이 동시에 물러섰다.

정희원은 메시지를 들었다.

[화신 '정희원'의 특성 진화가 임박했습니다.]

[특성 진화의 계기를 맞이했습니다!]

한때 '웅크렸던 자'는 악을 심판하기 위해 '멸악의 심판자'가 되었다.

그렇다면 '선'에게 배신당한 심판자는 무엇이 되는가.

[전설급 특성을 획득했습니다.]

영롱한 흰빛의 아우라가 그녀의 검에서 터져나왔다. 전신에서 끓어오르는 설화의 활력.

마왕을 보는 정희원의 눈동자에 혼돈의 고리가 떠올랐다.

[당신은 '멸망의 심판자'가 됐습니다.]

4

[특성 진화로 인해 스킬이 진화합니다.]

[전용 스킬, '귀살'이 '신살神殺'로 진화합니다!]

[전용 스킬, '심판의 시간'의 발동 효과가 변경됩니다!]

정희원은 아우라로 덮인 자신의 양손을 내려다보았다. 한 손은 눈부신 백색, 그리고 다른 한 손은 검은색으로 물들어가는 모습.

['환생자들의 섬'이 당신을 바라봅니다.]

지금 그녀를 응원하는 이는 성좌들이 아니었다.

['환생자들의 섬'의 구성원들이 당신을 바라봅니다.]

그녀가 지켜온 자들이었다.

마왕들이 믿을 수 없다는 듯 정희원을 노려보았다.

[특성 진화?]

[제법이군. 시나리오의 가호가 네게 깃들었구나.]

그러나 당황한 모습은 아니었다. 그래봤자 정희원은 일개 화신일 뿐. 우리엘의 힘도, 〈에덴〉의 가호도 빌리지 못하는 존재였기 때문이다.

정희원은 그런 마왕들을 향해 한 걸음을 내디뎠다.

[전용 스킬, '심판의 시간'을 발동합니다!]

정희원의 의도를 눈치챈 마왕 하겐티가 비웃었다.

[아직도 정신을 못 차렸구나. 네 특성이 무엇으로 진화하든, 대천사들은 네게 힘을 빌려주지 않을 것이다.]

절대선의 개연성을 빌리는 스킬인 [심판의 시간]은, 해당 성좌들이 허가하지 않으면 절대로 사용할 수 없다.

그런데 이상한 메시지가 떠올랐다.

['심판의 시간'이 더 이상 절대선 계통의 성좌에게 동의를 구하지 않습니다.]

['심판의 시간'이 더 이상 절대선 계통의 성운에게 개연성을 빌리지 않습니다.]

[절대선 계통의 성좌들이 화신 정희원의 변화에 크게 당황합니다.]

"이제 그들의 동의 따윈 구하지 않아."

선도 악도 아닌 정희원이 말하고 있었다.

"우리가 심판할 대상은 우리가 정해."

'심판자의 검'을 쥔 정희원의 몸에서 스파크가 몰아쳤다.

심상치 않은 기색에 마왕 하겐티가 반사적으로 뒷걸음질을 쳤다.

[무슨……?]

[전용 스킬, '심판의 시간'이 <김독자 컴퍼니>의 가호를 받습니다.]

[<김독자 컴퍼니>의 인원에게 투표권이 부여됩니다.]

[일부 인원은 현재 투표가 불가능한 상태입니다.]

[투표 가능한 인원만이 투표에 참가합니다.]

그리고 표결이 시작되었다.

[화신 '이지혜'가 심판에 찬성합니다.]

[화신 '신유승'이 심판에 찬성합니다.]

[화신 '이길영'이 심판에 찬성합니다.]

[화신 '정희원'이 심판에 찬성합니다.]

[현재 투표 가능한 모든 인원이 당신의 심판에 찬성했습니다.]

정희원은 쓰러진 이현성을 내려다보았다. 차갑게 식은 이현성의 몸.

이것은 그를 위한 심판이었다.

['심판의 시간'이 발동합니다!]

[충분한 인원이 참석하지 않아 스킬 사용 시간이 제한됩니다.]

[4분간, 당신의 신체 능력이 시나리오의 개연성을 초월합니다!]

[4분간, 당신의 모든 설화가 시나리오의 개연성을 초월합니다!]

정희원의 검이 움직였다. 마왕조차 볼 수 없는 빠르기로, 오직 자신이 원하는 대상을 심판하기 위해.

그 순간 정희원은 자신을 제외한 모든 것이 멈춘 듯 보였다.

겨우 이런 속도로, 너희는 별을 자칭하고 있었나.

믿을 수 없다는 듯 끔뻑이는 마왕 하겐티의 눈동자.

과도한 개연성 소진으로 허공을 긁은 스파크가, 정희원의 검이 무언가를 심판했음을 증명하고 있었다.

[어, 으, 컥……?]

도려내진 그의 심장이 '심판자의 검' 칼날 위에서 펄떡였다.

허공에 흩뿌려지는 마왕의 피를 뒤집어쓴 채 정희원이 입을 열었다.

"너흰 살아 돌아갈 수 없어."

주어진 시간은 사 분.

그리고 사 분은 정희원에게 충분히 긴 시간이었다.

치솟은 핏줄기와 함께 하겐티의 목이 허공을 날았다.

[마왕, '황금 뿔의 수소'가 사망했습니다.]

[마왕, '황금 뿔의 수소'가 국지전에서 패배했습니다.]

경악한 '불의 총통' 아미가 중얼거렸다.

[하겐티?]

48위 마왕을 일격에 즉살하는 힘. 이곳의 어떤 마왕도, 고작 화신 하나가 그런 이적을 일으키는 것을 본 적이 없었다.

[그런 미친 개연성이 가능할 리가……!]

충격에 빠진 마왕들은 입을 다물지 못했다. 한쪽의 비극은 다른 한쪽에 희극이 된다. 마왕들의 폭력에 위축되어 있던 환생자들이 눈앞의 이적에 몸을 싣기 시작했다.

"가자!"

"이길 수 있다! 우리도 가세하자!"

"정희원 님을 보호해라!"

달려드는 환생자들을 보며 마왕들이 고함을 내질렀다.

시야에서 정희원을 놓친 마왕들이 동분서주하며 물러났다. 그리고 마법처럼 나타난 검의 잔영이 아미의 창을 부쉈다.

빠가각.

지금껏 무엇으로도 부술 수 없었던 불의 창날이 망가진 모습에 아미가 눈을 부릅떴다. 부릅뜬 눈 그대로, 아미의 세상이 일격에 부서졌다.

[마왕, '불의 총통'이 사망했습니다.]

[마왕, '불의 총통'이 국지전에서 패배했습니다.]

당연한 결과였다. 48위의 하겐티마저 일격에 당한 마당에, 그보다 서열이 낮은 아미가 정희원을 감당할 수 있을 턱이 없었다.

환생자들은 기세가 더 높아졌고, 전장의 사기는 더욱 올라갔다.

정희원은 눈이 타버릴 것 같은 통증 속에서 내달렸다. 달려드는 '어둠 투사'들을 베고 또 베며 오직 마왕의 목만 노렸다.

[화신이여, 정말 어리석구나. 지금 너는 단순히 '성운'의 힘만을 빌리고 있는 것이 아니야!]

36번째 마계의 주인, '은빛 발톱의 올빼미' 스토라스.

전투력 자체는 그리 높지 않지만, 마계에서 가장 해박한 지식을 지닌 마왕 중 하나였다. 그는 정희원의 눈동자에 떠오른 혼돈의 고리를 포착하며 외쳤다.

[그것은 혼돈의 힘이다. 선도 악도 아닌 태초에서 비롯된, 시나리오 바깥에서 온 힘이란 말이다! 그 힘을 사용하면—]

"닥쳐."

허공을 향해 뛰어오른 정희원이 스토라스의 날갯죽지를 찢었다. 스토라스가 포효했고, 은빛 발톱이 정희원의 허벅지와 어깨를 할퀴어댔다. 자신의 목숨을 도외시하는 격전에 부서진 살점이 허공을 날았고, 망가진 설화가 핏물처럼 바닥에 흩어졌다.

정희원은 아랑곳하지 않고 검을 휘둘렀다. 내장이 흐르든, 뼈이 뜯기든 상관하지 않고 검을 휘두르고 또 휘둘렀다. 그저 눈앞에 보이는 마왕의 골격을 작살 내고, 숨통을 끊는 것만이 그녀가 생각하는 전부였다.

그렇게 순식간에 오십여 번의 검을 휘둘렀을 때, 그녀의 손에는 죽은 올빼미의 머리가 쥐어져 있었다.

[마왕, '은빛 발톱의 올빼미'가 사망했습니다.]

[마왕, '은빛 발톱의 올빼미'가 국지전에서 패배했습니다.]

단신의 힘으로 세 명의 마왕을 격살한 전투력.

[다수의 성좌가 화신 '정희원'의 힘에 경악합니다!]

[절대선 계통의 성좌들이 화신 '정희원'을 불길하게 여깁니다!]

[절대악 계통의 성좌들이 화신 '정희원'에게 두려움을 느낍니다!]

하늘을 양분한 선과 악의 별들.

그리고 창공 건너편에서 그녀를 보는 또 다른 시선들이 있었다.

지금까지는 그녀에게 관심을 두지 않던 존재들이었다.

[이계의 신격들이 화신 '정희원'에게 눈독을 들입니다.]

무수한 별들의 시선을 받으며, 정희원은 계속해서 걸음을 옮겼다.

이제 남은 마왕은 둘.

[미안하지만 나는 이런 상황은 좋아하지 않아서, 이만.]

그 말을 한 것은 정희원이 각성한 순간부터 긴 주문을 영창하던 마왕이었다.

[마왕, '유혹과 불모의 마왕'이 막대한 개연성을 지불하고 국지전에서 이탈합

니다.]

뒤늦게 정희원이 검을 내던졌지만, '유혹과 불모의 마왕' 제파르는 이미 자리에서 사라진 뒤였다.

으드득 이를 간 정희원이 허공을 올려다보았다.

이제 남은 마왕은 하나.

[16번째 마계의 주인이란 놈이 화신에게 꽁무니를 빼다니, 한심하군.]

이현성을 죽인 마왕.

8번째 마계의 주인, '무자비한 역천의 사냥꾼' 바르바토스.

비정상적인 정희원의 활약에도 바르바토스는 달아나지 않았다.

[마왕, '무지비한 역천의 사냥꾼'이 자신의 격을 개방합니다!]

바르바토스는 [심판의 시간]을 발동한 정희원의 움직임을 따라왔다. 그녀와 똑같은 속도로 판단하고, 그녀와 똑같은 속도로 공격을 가했다.

믿을 수 없을 정도로 노련하고 파괴적인 공방.

정희원은 조금씩 밀리고 있었다.

그 모든 상황을 즐기듯이 바르바토스가 웃었다.

[파괴적으로 아름다운 설화군.]

공방이 이어질수록 정희원은 바르바토스가 얼마나 강한지 깨달았다.

마왕은 전력을 다하고 있지 않았다.

그녀가 무엇을 어떻게 해도 따라잡을 수 없는 세월의 격차.

터진 옆구리에서 피가 쏟아졌다. 정희원은 [지옥염화]의 불길로 상처를 지졌다. 빈틈을 놓치지 않은 바르바토스가 그녀의 배를 걷어

찼다.

한바탕 피를 게워내며, 정희원은 간신히 버티고 섰다.

['심판의 시간'의 지속 시간이 1분 남았습니다.]

정희원은 뼈가 앙상하게 드러난 손으로 검을 고쳐 잡았다.

내가 살아온 시간으로는 무리인가.

[<김독자 컴퍼니>의 가호가 강화됩니다!]

무언가가 그런 정희원에게 힘을 보탰다.

[거대 설화, '카이제닉스 제도'가 당신을 바라봅니다.]

그녀가 살아온 역사들이었다.

[성좌, '강철의 주인'이 당신을 바라봅니다.]

그녀가 사랑한 것을 함께 사랑한 이들.

까가가가각!

정희원은 양손으로 검을 쥔 채 바르바토스의 총검술을 받아냈다.

총검술. 그녀가 아는 사내도 총검술에 능숙했다.

「"군대에서는 힘들수록 더 큰 소리를 지릅니다. 매일 아침 한껏 소리를 지르고 나면, 어떻게든 그날도 이겨낼 수 있을 것 같은 기분이 들었습니다."」

"하아아아아압!"

정희원은 이현성처럼 기합을 터뜨렸다.

바르바토스의 총검이 정희원의 옆구리를 찔렀다.

정희원은 오히려 그 총검이 빠져나가지 못하게 움켜쥐었다. 푸욱, 하는 소리와 함께 총검이 그녀의 옆구리를 더욱 깊게 파고들었다.

그럼에도 정희원은 한 발짝을 더 내디뎠다.

「"저도 일단 지르고 볼 때가 있습니다. 항상 모든 걸 계산하고 있는 건 아니에요."」

김독자처럼 용기를 냈고.

「"그렇게 휘두르는 것이 아니다."」

유중혁처럼 검을 휘둘렀다.

스팟!

'심판자의 검'이 바르바토스의 팔뚝을 베어냈다.

[아?]

붉게 물든 설화 파편이 튀어 오르는 것을 보며, 바르바토스의 눈썹이 크게 꿈틀거렸다.

언뜻 한수영의 웃음소리가 들려온 것 같았다.

「"알지? 어차피 마지막에 웃는 놈이 승자야."」

그런 한수영처럼 정희원이 말했다.

"뼈를 원한다면 뼈를 주고, 심장을 원한다면 심장을 주겠어."

자신이 무슨 공격을 받든 상관없다는 태도.

오직 상대방을 함께 파멸시키기 위한 전투법.

"하지만 너도 네 설화의 절반은 걸어야 할 거야."

한계까지 끌어낸 설화의 모든 국면이 환히 빛나고 있었다.

당황한 바르바토스가 물러나면서 [멸성탄]의 포화를 퍼부었다.

하지만 정희원은 가볍게 그 탄환들을 피했다. 탄환의 속도가 점점 빨라지는 정희원을 따라오지 못했다.

그러나 서서히 밀려온 개연성의 후폭풍이 그녀의 몸을 잠식하고 있었다. 정희원의 머리카락이 새하얗게 세었다. 자신의 격을 뛰어넘는 힘을 쓴 대가였다.

그럼에도 정희원은 물러서지 않았다.

오직 저 마왕을 죽이는 것만이 그녀가 바라는 전부였다.

섬광처럼 움직인 정희원의 검이 바르바토스의 왼쪽 손목을 베어냈다. 총을 받칠 수 없게 된 바르바토스가 신음을 토했다.

그는 자신이 몰고 온 전함의 갑판 위로 훌쩍 뛰어올랐다.

[죽여주마. 흔적도 없이 소멸시켜주겠다.]

바르바토스의 전함이 새파란 빛을 뿜으며 장전을 시작했다.

바르바토스를 올려다보며 정희원은 웃었다.

[설화 병기]의 힘을 빌리지 않고는 그녀를 상대할 수 없다고 판단한 것 자체가 바르바토스의 패배나 다름없었다.

그것을 아는지 바르바토스는 격노한 표정이었다.

[사라져라.]

정희원은 검을 바닥에 꽂은 채 섰다.

할 수만 있다면 저 배도 부수고 싶다.

['심판의 시간'의 발동이 종료됐습니다.]

하지만 정희원에게는 이제 남은 시간이 없었다.

전함의 독수리상이 녹빛으로 물들며 포신이 불을 뿜는 것이 보였다. 국지전장 전체를 쓸어버릴 법한 위력.

정희원은 바닥에 늘어진 이현성의 몸을 끌어안았다.

현성 씨. 나 정말 최선을 다했어요.

이제는 정말 한 줌의 여한도 없었다.

나는 틀리지 않았다.
여기서 내 모든 시나리오가 끝나더라도.
나는 제대로 이 순간을 살아냈다.

느려진 지각 속도가 제자리로 돌아오고 있었다. 정희원은 마력탄이 쏟아지는 전장을 똑바로 바라보았다.
자꾸만 시야가 흐려져 앞이 보이지 않았다.
분명 모든 것을 쏟아부었는데, 왜 이렇게 눈물이 나는 걸까.
흐릿해지는 시야 속에서, 정희원은 분통함에 울음을 터뜨렸다. 여한이

없을 리가 있는가.

"우리 성운 사람들은 왜 다 이 모양이지?"
누군가의 목소리가 쩌렁쩌렁 울려 퍼졌다.

[성좌, '해상전신'이 분노합니다!]

익숙한 성좌의 간접 메시지에 놀란 정희원이 시야를 닦았다. 눈을 감지 않았기에, 그녀는 눈앞에서 일어나는 기적을 똑똑히 볼 수 있

었다.

쿠구구구구!

바르바토스의 함선보다 더 큰 함선이 전장의 하늘을 장악하고 있었다.

[누군가가 117번 국지전에 참여했습니다!]

미래 세대의 금속으로 만들어진 거북 형태의 등. 그 함선의 선수상船首像에 그녀가 사랑하는 세 사람이 타고 있었다.

콰아아아아아!

때맞춰 바르바토스의 포화가 날아들었다.

다급해진 정희원이 손을 뻗으며 외쳤다.

"피해!"

정희원의 외침은 포성에 묻혀 사라졌다.

전장 전체를 삼키는 파열음에 정희원은 주저앉았다.

부연 연기가 걷힌 자리에, 전함은 상처 하나 없이 버티고 있었다.

[해당 시나리오에서 <김독자 컴퍼니>의 영향력이 더욱 강해집니다!]

매캐한 전장의 포연 속에서 이지혜와 아이들의 모습이 드러났다.

미동도 없는 표정으로 이지혜가 검을 치켜들었다.

"장전."

5

멀리서 경악한 마왕의 표정이 보였다.

바르바토스가 쏜 [멸성탄]의 포화에도 끄떡없는 선체.

별조차 지워버리는 탄환도 거북의 딱딱한 등껍질을 뚫지 못했다.

[화신 '이지혜'가 지휘를 시작합니다.]

[화신 '이지혜'가 성흔, '유령함대 Lv.10'를 발동합니다!]

열두 척의 유령함대가 밀려든 '어둠 투사'들을 파도 삼아 떠올랐다.

일제히 포격을 시작한 유령함대의 포신들.

갑작스러운 폭격에 바르바토스가 이를 갈며 외쳤다.

[고작 그 정도로……!]

바르바토스의 함선 '나이트 호크'는 단단했다. 미래 기술의 집합체는 아니었지만 나름 마계의 설화를 정교하게 모아서 만든 병기. [유령함대]만으로는 상대할 수 없는 적이었다.

하지만 이지혜는 당황하지 않았다. 오히려 침착한 표정으로 적을 응시할 뿐이었다.

쿠구구구!

[유령함대]가 포격을 이어갈 때마다 하늘을 덮은 함선의 용머리 선수상이 붉게 충전되고 있었다.

[거대 설화, '넥스트 시티'가 이야기를 시작합니다!]

정희원은 그런 이지혜의 모습을 올려다보았다.

이지혜가 대체 어떻게 이곳에 올 수 있었는지, 어떤 세계관을 겪고 여기까지 왔는지는 알지 못했다.

다만 확실한 것은 그녀가 '카이제닉스 제도'에서 비극을 겪었듯이, 저 아이들도 무언가를 겪어 이겨냈다는 사실.

[조잡한 설화로 만들어진 배 따위가……!]

에너지 축적을 끝낸 바르바토스 쪽에서 먼저 발포했다.

콰아아아아아!

아까보다 두어 배는 강력해진 격발. 이지혜의 함선이 아무리 튼튼하다 한들 이번만큼은 [멸성탄]을 견뎌내기 쉽지 않아 보였다.

선두에 나가 있던 [유령함대] 너덧 척이 포화의 마력을 견디지 못하고 소멸했다.

이지혜는 침착하게 기다렸다. 느릿하지만 확실한 속도로 밀려오는 저 포화가 함선의 코앞에 닥칠 때까지.

조금 더. 조금만 더.

[성좌, '해상전신'이 자신의 화신을 바라봅니다.]

흩날리는 설화의 부스러기가 이지혜의 뺨을 스쳤다.

연이어 궤멸당한 [유령함대]의 설화가 새하얀 포말이 되어 일행들을 덮치는 바로 그 순간.

이지혜가 검을 내렸다.

"발사!"

사방이 빛살로 물들었다. 광폭한 반동이 선체를 휩쓸었다. 강풍에 풀어 헤쳐진 이지혜의 머리카락이 흐트러졌다.

용머리에서 뿜어진 설화의 에너지가 사위의 모든 것을 휩쓸어버리고 있었다.

전방을 까맣게 물들였던 [멸성탄]의 포화는 이미 소멸하고 없었다.

[다수의 성좌가 해당 '설화 병기'의 개연성을 의심합니다!]

설화 병기 '터틀 드래곤'.

그것은 오래전, '해상전신'이 '넥스트 시티'를 방문했을 때 제작을 의뢰했으나 미처 회수하지 못한 병기의 이름이었다.

[다수의 성좌가 입을 벌린 채 놀라움을 감추지 못합니다!]

굉음과 함께 무언가가 부서지는 소리가 들렸고, 마왕의 끔찍한 비명이 울려 퍼졌다.

이지혜는 다시 한번 말했다.

"발사!"

쌓아둔 울분을 토해내듯이 흔들리지 않는 목소리였다.

다시금 떠오른 [유령함대]가 일제 포격을 개시했고, '터틀 드래곤'의 메인 포신이 불을 내뿜었다.

"발사!"

전장 건너편의 모든 것이 사라지고 있었다.

바르바토스의 함선도, 어둠 투사들도.

정희원과 이현성의 이야기를 비극으로 소비하던 모든 것에게, 이지혜가 분노하고 있었다.

우리의 설화는 너희의 유희가 아니라고.

연이은 포화에 이지혜의 신형도 조금씩 비틀거렸다. 하지만 쓰러지지 않았다. 그녀는 이제 바다를 두려워하던 소녀가 아니라, 이 배의 지휘관이었다.

"발사!"

포화가 만들어낸 에너지의 폭발 속에서 바르바토스의 격이 지워져 가고 있었다.

마왕의 설화가 단 하나도 남지 않을 때까지, 이지혜는 포격을 지시하고 또 지시했다.

정희원은 그 광경을 올려다보았다.

저 아이는 지금 무리하고 있다.

전장을 뒤덮은 스파크.

연달아 터지는 굉음을 뚫고 두 아이가 허공에서 내려왔다. 신유승과 이길영이었다.

"희원 언니, 괜찮으세요?"

"누나!"

정희원은 아이들의 도움을 받아 이현성을 함선으로 옮겼다. 그리고 선상에서 포격을 지시하는 이지혜에게 다가갔다.

"지혜야."

[성좌, '해상전신'이 남은 자신의 진력을 한계까지 소진합니다.]

상대는 최상위권의 마왕이었다. 아무리 설화 병기를 손에 넣었다고 해도, 〈김독자 컴퍼니〉의 개연성을 빌렸다고 해도, '해상전신'이 설화급 성좌에 도달했다고 해도…….

이런 이적을 일으키기 위해서는 반드시 대가가 필요하다.

"지혜야, 이제 괜찮아."

정희원은 이지혜가 무엇에 분노했는지 안다.

전장에 나타난 순간, 이지혜는 이곳에서 무슨 일이 벌어졌는지 눈치챘을 것이다. 그래서 이렇게까지 힘을 아끼지 않는 것이다.

['유령함대'가 귀환합니다.]

멀리서 시나리오 메시지가 들려왔다.

[마왕, '무자비한 역천의 사냥꾼'이 사망했습니다.]

[마왕, '무자비한 역천의 사냥꾼'이 국지전에서 패배했습니다.]

고작 세 명의 화신이 이루어낸 쾌거.

서열 8위의 마왕을 비롯한 네 명의 마왕이 이 전장에서 목숨을 잃었다.

환생자들의 환호가 쏟아지는 가운데 간접 메시지가 날아들었다.

[절대악 계통의 성좌들이 믿을 수 없는 결과에 눈을 떼지 못합니다.]

[절대선 계통의 성좌들이 복잡한 표정을 짓습니다.]

[중립 계통의 성좌들이 불가능한 전투에 환호합니다.]

[다수의 성좌가 불가능한 시나리오에 대가를 지급합니다.]

[후원계의 큰손이 거액의 후원금을 지급합니다.]

[1,100,000코인을 후원받았습니다.]

주륵 흘러나온 코피를 닦은 이지혜가 배시시 웃었다.

웃으면서도 울고 있었다.

"언니."

[117번 국지전이 종료됩니다.]

[117번 국지전의 정산이 시작됩니다.]

[117번 국지전은 승자와 패자가 존재합니다.]

정희원은 멍한 눈으로 그 메시지를 올려다보았다.

[해당 국지전은 '선'의 승리입니다.]

[성마대전 진행 현황]

절대선 수치: 68

절대악 수치: 67

혼돈 수치: 70

117번 국지전은 〈김독자 컴퍼니〉의 계획대로 되지 않았다. 뒤늦게 전장에 참가한 이지혜는 〈김독자 컴퍼니〉의 '성마대전' 계획을 알지 못했기 때문이다.

하지만 계획이 완전히 실패한 것도 아니었다.

[해당 전장에 '혼돈'의 힘이 개입했습니다.]

[혼돈 수치가 5만큼 상승합니다.]

[혼돈 수치가 75를 넘겼습니다.]

[혼돈 수치의 증가 속도가 빨라집니다!]

[음침한 이계의 신격들이 화신 '정희원'을 부릅니다.]

[은하 너머의 외신들이 화신 '정희원'의 격에 주목합니다.]

정희원은 자신의 손등에 나타난 무한대의 심볼을 내려다보았다. 새로운 특성인 '멸망의 심판자'를 각성하며 얻은 심볼이었다.

김독자도 이 표식에 대한 이야기는 해준 적 없었다.

"……현성이 형?"

축 늘어진 이현성의 맥박을 짚던 이길영이 눈을 동그랗게 떴다. 깜짝 놀란 신유승도 이현성의 가슴에 귀를 대어보았다.

정희원은 그 모습을 보며 참담한 목소리로 입을 열었다.

"현성 씨는……."

죽었어.

하지만 말을 끝까지 맺을 수 없었다. 그러면 그 말이 정말로 현실이 될 것만 같았기 때문에.

[모든 국지전이 종료됐습니다.]

[시나리오의 혼돈 수치가 지나치게 높아서 메인 시나리오가 갱신됩니다.]

[시나리오 점핑이 발생합니다.]

[연계 시나리오가 발동했습니다!]

그들에게는 애도의 시간조차 주어지지 않는다.

〈스타 스트림〉의 세계에서 시나리오는 결코 뒤를 돌아보는 법이 없기 때문이다.

[새로운 메인 시나리오가 도착했습니다!]

〈메인 시나리오 #84 - '성마결전'〉

분류: 메인

난이도: 측정 불가

클리어 조건: 절대선도 절대악도 아닌 누군가가 전장의 선악을 불분명하게 만들고 있습니다. '가장 오래된 선'과 '가장 오래된 악'은 확실한 승패를 원합니다. 그들은 단 하나의 '대전장'에서 승부를 결정하기로 했습니다. 거대 설화의 끝을 보고 싶다면 지금 즉시 '대전장'에 참가하시오.

제한 시간: —

보상: '성마대전'과 관계된 거대 설화, ???

실패 시: 사망

[성마대전의 '대전장'이 열립니다!]

[이 '대전장'의 승자는 30포인트의 선악 수치를 획득하게 됩니다.]

"뭐야?"

이지혜의 중얼거림과 함께, 국지전장 전체에 둔중한 땅울림이 퍼졌다.

츠츠츳, 하며 튀어 오르는 스파크 속에서 도깨비의 목소리가 들려왔다.

[그간 작은 전장에서 노느라 심심하셨죠? 지금부터가 진짜 '성마대전'입니다!]

하늘과 땅이 격변하며 찢어져 있던 시공간이 하나로 합쳐지고 있었다.

눈을 떴을 때, 정희원과 아이들은 끝이 보이지 않는 대평원에 도착해 있었다. 어둑한 하늘. 붉은 벌판에는 오래전 삭아버린 천사와 악마들의 설화 파편과 두개골이 굴러다녔다.

이곳은 1차 성마대전의 최종 결전이 펼쳐졌던 장소.

각자 다른 국지전장에 참가해 있던 성좌와 화신들도 모이기 시작했다.

[성운, <파피루스>가 대전장에 참가했습니다!]

[성운, <탐라>가 대전장에 참가했습니다!]

[성운, <홍익>이 대전장에 참가했습니다!]

[성운, <수호의 나무>가 대전장에 참가했습니다!]

"야, 신유승. 저거……."

"괜찮아. 우리 레벨 업 열심히 했잖아."

[거대 설화, '넥스트 시티'가 아이들을 보호합니다.]

그저 벌판에 서 있는 것만으로도 기가 죽을 정도의 격.

대체 얼마나 많은 성좌가 이 대전장에 참가했는지 정희원은 짐작할 수조차 없었다.

[상당수의 성좌가 <김독자 컴퍼니>에 적의를 드러내고 있습니다.]

실체화된 시선은 그 자체로도 위협이 된다.

정희원은 가누기 힘든 몸으로 일행들 앞쪽에 섰다.

그녀는 〈김독자 컴퍼니〉다. 그러니 저런 성운들 앞에서 절대 약한 모습을 보일 수는 없다.

그녀를 향해 가공할 격의 파랑이 다시금 밀려들려는 순간.

"정희원."

누군가가 그녀의 등을 떠받쳤다.

[화신 '한수영'이 대전장에 참가했습니다!]

[성좌, '심연의 흑염룡'이 대전장의 성좌들을 위협합니다!]

"꼴이 말이 아니네. 머리는 또 왜 그래?"

"남 말 할 처지는 아닌 거 같은데."

건조하게 웃는 정희원을 향해, 얼굴 곳곳에 검댕을 묻힌 한수영이 눈을 가늘게 떴다. 정희원은 한수영의 뒤를 따라온 성좌를 바라보았다.

"우리엘……."

[성좌, '악마 같은 불의 심판자'가 자신의 화신을 바라봅니다.]

상처투성이의 우리엘이 정희원을 보고 있었다. 희미한 탁기가 서린 날개. 그 모습을 보는 순간, 정희원은 이상하게 마음이 놓이는 느낌이었다.

우리엘은 그녀를 배신하지 않았다. 시선의 교환만으로도 알 수 있었다.

[성좌, '악마 같은 불의 심판자'가…….]

"괜찮아요, 우리엘."

우리엘은 입을 다물었다.

정희원은 잠시 우리엘을 바라본 뒤, 말없이 바닥을 보았다.

그들은 성좌와 화신. 말하지 않아도 서로 어떤 마음인지를 안다.

[성좌, '악마 같은 불의 심판자'가 고통스럽게 눈을 감습니다.]

반대편 전장에서도 거대한 게이트가 열렸다.
이제껏 열린 게이트와는 차원이 다른 크기였다.

[성운, <에덴>이 대전장에 참가했습니다!]

황금빛 뿔 나팔 소리와 함께 전장에 입장하는 대천사와 발키리들.

[성좌, '젊은이와 여행의 수호자'가 화신 '정희원'을 바라봅니다.]

[성좌, '정의와 화목의 친구'가 화신 '정희원'을 동정합니다.]

[성좌, '물병자리에 핀 백합'이 화신 '정희원'을 안타깝게 생각합니다.]

…….

순간 눈을 내리깔았던 정희원의 동공이 다시금 불타올랐다.
동정이라고?
까드득 이를 깨문 정희원이 주먹을 떨었다.
당신들이 [심판의 시간]에 동의만 해주었다면, 그랬다면.

[성좌, '하늘의 서기관'이 대전장에 입장합니다!]

눈부신 광휘와 함께 입장하는 〈에덴〉의 수장.
정희원은 '심판자의 검'을 그러쥔 채 메타트론을 노려봤다.
기다렸다는 듯 다른 한쪽 게이트에서도 입장을 시작했다.

[마왕, '지옥 동부의 지배자'가 대전장에 참가했습니다!]

서열 2위의 대마왕, 아가레스와 다른 마왕들이었다.

[마왕, '검은 갈기의 사자'가 대전장에 참가했습니다!]

[마왕, '헤아릴 수 없는 엄격'이 대전장에 참가했습니다!]

[마왕, '격노와 정욕의 마신'이 대전장에 참가했습니다!]

대천사의 기세에 전혀 꿀리지 않는 최상위권 마왕들.

숫자가 늘어날수록 정희원과 아이들의 안색도 어두워졌다.

그제야 이 전장이 어떤 곳인지 실감이 났다.

그들이 상대하는 〈성운〉이 어떤 곳인지, 그리고 〈김독자 컴퍼니〉가 얼마나 작은 곳인지도.

[대전장의 성좌와 마왕들이 <김독자 컴퍼니>를 노려봅니다.]

셀 수 없을 정도로 많은 강적.

점점 가빠오는 동료들의 숨소리가 들려왔다.

[성운, <아스가르드>가 대전장에 참가합니다!]

[화신 '안나 크로프트'가 대전장에 참가합니다.]

흠칫 놀란 정희원이 뒤를 돌아보자, 안나 크로프트가 양손을 든 채 그녀를 보고 있었다.

"그렇게 경계할 필요 없습니다. 지금은 적이 아니니까."

그게 무슨 말이냐고 물으려는 순간.

[화신 '유중혁'이 전장에 참가했습니다.]

하늘의 한쪽이 무너지며 검은 코트의 사내가 등장했다.

오연하게 버티어 선 등.

사납게 울부짖는 흑천마도의 검극이 성좌들을 향해 이빨을 드러냈다.

한수영이 한쪽 입꼬리를 실룩거리며 말했다.

"또, 또 주인공 행세하네."

"사부!"

단지 한 사람이 나타났을 뿐인데 전장의 분위기가 달라진 느낌이었다.

일행들을 돌아본 유중혁이 말했다.

"한 놈 빼고 모두 모였군."

"아니, 모두 모였어."

모두가 기다린 목소리.

울컥 올라오는 그 마음을 어쩌지 못한 채, 정희원은 그 방향을 돌아보았다.

말하고 싶었다. 저 빌어먹을 성좌들이 이곳에서 어떤 일을 저질렀는지.

"알고 있습니다, 희원 씨."

하얀 코트의 김독자가, 쓰러진 이현성을 고요히 내려다보고 있었다.

[마왕, '구원의 마왕'이 대전장에 참가했습니다.]

OMNISCIENT READER'S VIEWPOINT

묵시록

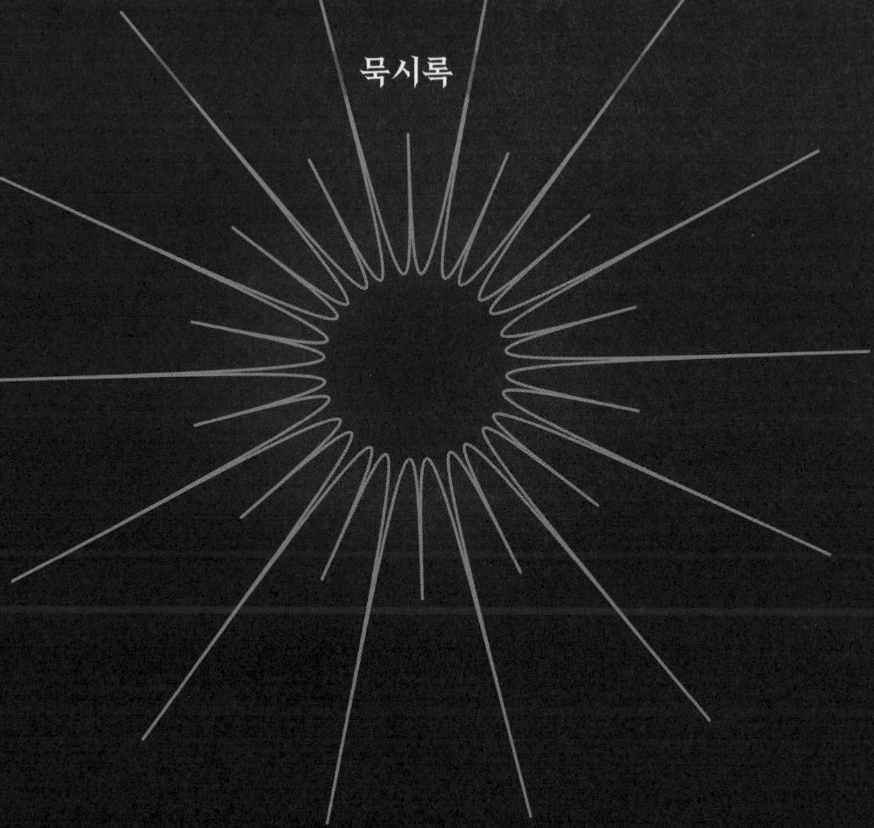

Episode 76

I

―쿠구구구구구!

화면 속에서 선과 악의 성좌들이 서로 매서운 기세를 내뿜고 있었다. 끊어질 듯 팽팽하게 당겨진 긴장감. 그 균형을 지키는 것은 가장 작지만 밝게 빛나는 한 성운이었다.

[선악이 모두 모인 것을 정말 오랜만에 보는군요.]

화면을 보는 만다라의 수호자, 석존은 묘한 표정이었다. 그의 동공에 아주 오래된 기억이 흘러가고 있었다.

시나리오 이전의 시나리오. 선과 악, 그리고 중립이 함께하던 시절.

세계의 멸망을 막기 위해 모두 함께 멸망의 용과 맞선 이야기…….

―저도 일행들을 돕고 싶어요.

석존의 시선이 벽 쪽에 놓인 작은 수조로 향했다. 수조 안에서는 희게 빛나는 영혼의 소체가 웅웅거리며 이야기하고 있었다.

―전 언제쯤 환생할 수 있는 거죠?

[저곳은 아해의 전장이 아닙니다. 아해는 더 커다란 의미를 수행할 존재로 환생할 것입니다.]

―저들이 내 의미예요.

영혼이 되어서도 유상아의 목소리는 결연했다.

―여기서 저들을 살리지 못하면 제 환생은 아무 의미도 갖지 못해요.

[의미라…….]

석존은 고개를 돌려 수조 맞은편에 놓인 또 다른 수조를 응시했다.

수조에는 법의를 갖춰 입은 여인의 화신체가 담겨 있었다.

[그대는 내가 아끼던 아해의 몸에 깃들 것입니다.]

―다른 사람 몸에 들어간다고요? 환생하는 게 아니었나요?

[그 몸을 화신체 삼아 환생하는 것입니다.]

―그럼 본래 그 몸의 주인은요?

석존은 대답하지 않았다.

부처에게도 슬픔이 있을까?

잠시 생각하던 유상아가 물었다.

―저 사람이 당신의 '의미'인가요?

석존은 법의를 입은 수조 속 여인을 말없이 바라보았다.

[그는 우주의 섭리로 되돌아간 것뿐입니다. 모든 것이 수레바퀴의 공허한 회전에 불과합니다.]

―당신이 아끼던 사람이잖아요.

[아해도 곧 이해하게 될 것입니다. 환생자가 된다는 건 그런 것이니.]

―전 아직 환생자가 아니에요.

[그런 굴레에 아무런 의미도 없음을 알게 될 것입니다. 그대에게 소중하던 것이 얼마나 부질없는 것인지를.]

―남을 저주하는 게 취미이신가요?

[사실을 말하는 것입니다, 아해여.]

석존은 화면 속 전장을 바라보았다.

그곳에는 아주 오래 살아온 성좌들이 있었다.

[성좌들은 평생을 불면에 시달립니다. 시나리오 없이는 잠들지 못하고, 꿈에서조차 다른 이의 설화를 탐식합니다. 탐식을 통해 자신이 처한 시나리오를 지우고 싶어합니다. 그리고 늘 불안해하지요. 자신들이 왜 불안한지조차 알지 못하면서.]

누구보다 오래된 성좌인 석존이 말하고 있었다.

[그들에게 시나리오는 영원한 백일몽입니다. 죽음을 외면하기에 죽음을 모르고, 죽음을 모르기에 시나리오의 미망에서 깨어나지 못하지요. 자신을 구원할 단 하나의 이야기가 존재한다고 착각하는 것입니다.]

화면 속에서 〈김독자 컴퍼니〉를 후원하거나 적대하는 성좌들이 무수한 간접 메시지를 띄우고 있었다.

석존은 천천히 시선을 돌려 화면 가장자리를 바라보았다.

[하지만 환생자는 다릅니다.]

화면이 전환되며, 섬의 환생자들이 보였다.

〈김독자 컴퍼니〉를 따라온 환생자들. 또는 여전히 선과 악의 한쪽 측에 가담하여 거대 설화에 부려지는 환생자들…….

석존은 그들을 보며 말했다.

[환생자는 성좌처럼 영원을 살아가지만, 죽고 다시 태어납니다. 죽음을 알기에 깨어남을 알고, 깨어남을 알기에 자신이 시나리오 속 일개 부속에 불과하다는 것을 깨닫습니다. 환생이란 시나리오의 본질을 이해하는 것입니다.]

격이 낮은 환생자들은 죽음과 함께 기억을 잃지만, 모두 그런 것은 아니었다. 개중에는 니르바나처럼 전생의 기억을 가지고 환생하는 이도 있었다. 그들은 다양한 종으로, 다양한 성별로 환생하여 시나리오를 계속했다.

인간으로. 개구리로. 오크로. 엘프로. 개미로…….

생의 수레바퀴에 매달린 환생자들은 모두 같은 표정을 짓고 있었다.

—다들 체념한 얼굴이에요.

[누가 이기든 바뀌지 않을 것을 알기 때문입니다.]

—시나리오는 바꿀 수 있어요. 우린 늘 그래왔어요.

[하지만 그것이 '시나리오'라는 사실은 바뀌지 않습니다.]

—그래서 포기하는 건가요? 뭘 해도 시나리오는 시나리오니까? 그건 도망치는 거예요. 싸워보지도 않고서 패배를 인정하는 거라고요.

[아해여, 그건 환생자의 삶을 모욕하는 말입니다. 환생자들은 무수한 삶을 시나리오와 투쟁하며—]

—단 한 번의 삶도 포기 않고, 모든 것을 다 바쳐서 싸워보셨나요?

그 말에 석존이 입을 다물었다.

단 한 번의 삶도 포기하지 않았는가.

석존이 대답하기도 전에 유상아가 말을 이었다.

—1,800번이 넘는 삶을 포기하지 않고 싸운 사람도 있어요.

유상아가 화면을 바라보았다. 검은색 코트의 사내가 서 있었다.

—그 모든 삶을 함께 지켜본 사람도 있고요.

그 옆에 선 흰 코트의 사내가 일행들을 바라보고 있었다. 천천히 옮겨간 사내의 시선이 마지막으로, 쓰러진 이현성을 향했다.

[숫자를 헤아리기에 이 몸은 너무 오랜 세월을 살았습니다. 다만 한 가지, 헤아릴 수 있는 숫자도 있군요.]

석존이 이현성을 보며 말했다.

[이 섬에 늘어날 환생자가 하나.]

"아직 아닙니다."

나는 쓰러진 이현성의 맥박을 짚었다. 맥박은 뛰지 않았다. 코는 숨을 쉬지 않았고, 까뒤집은 눈은 흰자위만 보였다.

"정말이에요?"

정희원은 기적이라도 믿고 싶다는 듯한 얼굴로 나를 보고 있었다.

하얗게 탈색된 머리칼을 보며, 나는 이곳에서 무슨 일이 있었는지 짐작했다.

"확실히 안 죽었습니다."

일행들은 복잡한 얼굴이었다. 이지혜는 내가 선의의 거짓말을 한다고 생각하는 눈빛이었고, 이길영은 내 말이 거짓이라도 기꺼이 믿겠다는 표정이었다. 한수영이 물었다.

"이제 죽음의 정의까지 바꿔버리기로 한 거냐?"

"현성 씨가 죽었다면 강철의 주인도 시나리오에서 퇴장했을 거야."

나는 허공을 올려다보았다. 간접 메시지는 들리지 않았지만, 아직 강철의 주인은 시나리오에서 퇴장하지 않았다.

정희원이 다급히 내 팔을 붙들었다.

"그럼 현성 씨는 대체—"

"희원 씨가 각성하셨듯, 현성 씨도 각성한 겁니다."

나는 이현성의 피부에 흐르는 희미한 설화 파편들을 바라보았다.

강철의 설화.

겉으로는 제대로 보이지 않지만, 지금 이현성의 내부는 강철의 설화로 충만하게 차올라 있을 것이다.

[등장인물 '이현성'이 특성 진화를 눈앞에 두고 있습니다.]

이현성이 괜히 원작에서 '최강의 방패'라 불린 게 아니다.

자신의 생명을 바쳐 누군가를 지켜냈을 때, '강철검제'는 강철화의 마지막 단계에 도달한다.

다시 의식이 깨어났을 때, 이현성은 세상에서 가장 단단한 방패가 되어 있을 것이다.

정희원이 떨리는 목소리로 물었다.

"그럼, 그럼 살아 있는 거죠?"

"예."

"정말이죠? 거짓말 아니죠?"

무너진 정희원의 볼을 타고 눈물이 흘렀다.

그녀는 이현성의 가슴에 손을 얹었다. 뛰지 않는 심장. 그 무심한 침묵을 느끼며, 정희원은 힘겹게 말을 이었다.

"이렇게, 아무 소리도 들리지 않는데……."

"앞으로도 그럴 겁니다."

"……네?"

나는 이현성을 내려다보았다.

순도 100퍼센트의 강철처럼 굳어버린 이현성의 심장. 이제 이현성의 심장은 다시는 뛰지 않을 것이다.

그게 무슨 의미인지, 지금의 정희원은 알지 못하겠지.

"하지만 현성 씨는 분명 살아 있습니다. 걱정하지 마세요."

"어쨌든 지금 당장은 도움이 안 되겠군."

격을 개방한 유중혁이 무심하게 말을 이었다.

"다들 정신 똑바로 차려라. 슬퍼하고 있을 때가 아니다."

쿠구구구구!

전장 건너편에서 우리 성운을 노려보는 두 세력이 보였다.

한쪽은 선, 그리고 한쪽은 악. 우리에게는 그저 적일 뿐인 존재들.

양 세력의 중심에는 '하늘의 서기관' 메타트론과 '지옥 동부의 지배자' 아가레스가 있었다.

[바르바토스를 쓰러뜨린 게 누구냐?]

그 물음에 전장 사이로 웅성거림이 퍼졌다.

마왕 서열 8위 바르바토스가 죽었다.

하지만 마왕들은 놀라기보다는 오히려 재미있다는 표정이었다.

['성마대전'을 건드리다니, 제정신이 아닌 녀석들이구나.]

우리 일행을 보는 녀석들의 시선에 비웃음이 담겨 있었다. 지금까지는 운이 좋아서 살아남았지만, 앞으로는 그럴 수 없을 거라는 확신이 담긴 조소.

그 짐작대로, 지금 〈김독자 컴퍼니〉 일행들은 제대로 싸울 수 있는 상태가 아니었다. 유중혁은 인드라와의 싸움으로 마력이 거의 고갈된 상태였고, 한수영도 대천사들과의 전투로 몹시 지쳐 있었다.

쓰러진 이현성이나 탈진한 정희원은 말할 것도 없었고.

그나마 도움이 될 만한 인원은 '넥스트 시티'에 다녀온 아이들이었다.

"아저씨, 걱정 마. 내가 다 쓸어버릴게."

가슴을 탕탕 치며 말하는 이지혜와 고개를 끄덕이는 신유승은 무척이나 믿음직스러웠다.

내 예상대로, 아이들은 '넥스트 시티'에서 가공할 성장을 거듭하고 돌아온 모양이었다.

이길영도 초롱초롱한 눈을 빛내고 있었다.

"형, 누구부터 죽일까요? 누가 경험치 제일 많이 줘요?"

압도적으로 불리한 이 상황에도 마치 게임이라도 즐기는 듯한 말투.

[화신 '이길영'의 배후성이 당신을 바라봅니다.]

나는 고개를 흔들었다.

안 된다. 아직, 이길영을 쓸 때가 아니다. 그리고 쓴다 해도 승산을 확신할 수도 없다.

곁에 있던 안나 크로프트가 물었다.

"정말 싸울 생각인가요? 승산이 없다는 건 알고 있죠?"

그렇게 묻는 안나 크로프트의 노림수는 뻔했다. 그녀는 이미 '선' 진영에 소속된 상황. 여차하면 내 뒤통수를 까버린 뒤 그쪽에 편승하는 것이 최선이겠지.

"승산이야 늘 없었죠. 다만 싸울 생각은 있고, 이길 자신도 있습니다. 어디까지나 그쪽이 배신하지 않을 때 이야기지만."

배신이라는 말에 안나 크로프트가 눈을 흘기며 한쪽 손을 치켜들었다. 그러자 그녀의 뒤쪽에 도열해 있던 셀레나 킴과 이리스가 한 발짝 앞으로 나왔다.

[성운, <아스가르드>가 <김독자 컴퍼니>를 지지합니다.]

대경한 성좌들과 마왕들이 고함쳤다.

[〈아스가르드〉, 제정신인가?]

[망치의 신이 드디어 자기 머리를 깨버린 모양이군.]

[장난의 신이여! 설마 여기서도 난동을 부릴 생각인가?]

진언이 난립하는 와중에도, 오히려 일이 흥미롭게 돌아간다는 듯 히죽거리는 이도 있었다.

서열 5위의 마왕, '검은 갈기의 사자' 마르바스였다.

[어리석은 선택이다, 〈아스가르드〉여. 그대들은 강력한 성운이지만 참가한 성좌 수는 적어. 전장을 흔들기에는 턱없이 부족하다!]

"성운 하나가 아니야."

[그럼 또 누가 있지? 〈김독자 컴퍼니〉? 성좌라고는 그대 하나뿐인 작은 동아리를 '성운'이라 칭하고 싶은 것인가?]

마왕들 사이에서 커다란 웃음소리가 들려왔다. 그리고.

[성좌, '부유한 밤의 아버지'가 성좌들을 차가운 시선으로 응시합니다.]

[성운, <명계>가 <김독자 컴퍼니>를 지지합니다.]

웃음소리가 뚝 그쳤다.

[〈명계〉?]

[〈올림포스〉여! 이게 어떻게 된 일인가! 저쪽은 그대들의 하위 성운이 아닌가!]

그 말이 끝난 것과 동시에 전장 한쪽이 개방되며 〈올림포스〉가 나타났다.

역시, 저들도 이 시나리오에 참전했던 모양.

선두에 선 이는 우리에게 익숙한 성좌였다.

[으음, 이거 곤란한데…… 여기서 〈기간토마키아〉를 재현할 수도 없고.]

참으로 난처하다는 듯 나를 보며 웃는 '술과 황홀경의 신' 디오니소스.

"디오니소스. 우리와 싸우실 겁니까?"

[후, 술 땡기게 하네 진짜.]

품속에서 병을 꺼낸 디오니소스가 벌컥벌컥 포도주를 들이켰다.

[아 몰라. 일단 좀 취한 다음 생각하지 뭐. 구원의 마왕, 너도 와서 한잔해. 우리 할 얘기가 많잖아. 안 그래?]

"감사한 제안이지만, 지금은 조금 곤란할 것 같군요."

피식 웃은 디오니소스가 나를 향해 건배했다. 그것으로 〈올림포스〉는 충분한 대답을 한 셈이었다.

우리를 지지하지는 않았지만, 우리에게 적의를 보이지도 않는다.

거대 성운 하나가 갑자기 참전을 보류하자, 선악의 진영에서 당혹하는 분위기가 번져갔다.

나는 그 틈을 놓치지 않고 끼어들었다.

"대충 선수 소개는 끝난 것 같으니, 슬슬 싸워보자고."

내 도발에, 양 세력의 성좌와 마왕들이 분노를 토해냈다.

설마 이렇게 직접적으로 말할 줄은 몰랐는지, 곁에 있던 안나 크로프트가 제정신이냐는 표정을 짓고 있었다.

한수영이 말했다.

"예언자가 생각보다 눈치가 없네. 가만히 보기나 해."

한수영의 핀잔에 안나 크로프트가 입을 다물었다.

그리고 마왕 하나가 새카만 칼을 뽑으며 앞으로 나왔다.

일촉즉발의 상황에도 아가레스와 메타트론은 침묵할 뿐이었다.

[다수의 마왕이 당신에게 강렬한 적의를 보입니다!]

날카로운 파공성과 함께 마왕의 검이 나를 향해 움직인 순간, 메시지가 들려왔다.

[같은 진영의 소속원들이 충돌했습니다!]

[혼돈 수치의 상승이 가속됩니다!]

[혼돈 수치가 1 올랐습니다.]

[현재 혼돈 수치: 76]

놀란 마왕이 눈을 끔뻑였다.

멀리서 표정이 굳어진 메타트론과 아가레스가 보였다. 그들은 〈스타 스트림〉의 밤하늘을 보고 있었다.

아마 그들은 눈치챘을 것이다.

나는 성좌들의 주목을 끌기 위해 진언을 발했다.

[지금 너희가 싸우려는 대상은, 선도 악도 아니야.]

〈김독자 컴퍼니〉에는 선과 악, 둘 모두가 포함되어 있다.

그런 우리 성운에 적의를 드러내는 것은 선과 악의 전쟁인 '성마대전'의 본질에 위배되는 것.

[우릴 죽이려 든다면 죽일 수는 있겠지. 하지만 너희는 어떻게 될

까?]

하늘 저편에서 혼돈의 기운을 품은 구름이 소용돌이치고 있었다.

혼돈 수치가 80을 넘기면 멸망의 카운트다운이 시작될 것이다.

그러니 지금부터는 치킨 게임인 셈이다.

[가장 오래된 선이 당신을 노려봅니다.]

[가장 오래된 악이 당신을 노려봅니다.]

먼저 겁먹고 물러나는 쪽이 확실히 패배하는 게임.

[우리가 다 죽는 게 빠를까, 아니면 너희가 묵시룡에게 멸망하는 게 빠를까? 궁금하지 않아?]

나는 '부러지지 않는 신념'을 뽑아 들며 웃었다.

[나는 몹시 궁금한데.]

2

내 선언을 해석하면 대충 다음과 같은 느낌이었다.

'우리를 죽이면, 너희도 반드시 죽는다.'

성좌들은 처음에 동요했고, 그다음에는 웅성거렸으며, 마지막에는 침묵했다.

누군가는 아가레스를, 누군가는 메타트론을 바라보았다.

이 전장의 가장 큰 결정권자.

하지만 결정권자들은 그저 알 수 없는 눈으로 침묵하고 있을 따름이었다.

어떤 명령도 떨어지지 않자, 뜻밖에도 전운은 가장자리에서부터 천천히 감돌기 시작했다.

[〈김독자 컴퍼니〉. 너희가 무슨 생각을 하는진 잘 알겠다.]

진언을 터뜨린 것은 〈파피루스〉 쪽 성좌였다.

[그런데 우린 너희에게 빚이 있어.]

"글쎄, 빚이 있는 게 대체 어느 쪽인지 모르겠군."

내 대꾸와 함께, 〈파피루스〉의 성좌들이 일제히 병장기를 뽑았다.

[너희는 선도 악도 아니라고 했지. 하지만 그 말은, 선이기도 하고

악이기도 하다는 뜻이다.]

성운 〈파피루스〉는 소속 진영으로 '악'을 택했다.

[적어도 '선'을 택한 놈들은 모두 죽여주마.]

현명한 선택이었다. 혼돈 수치는 선이 선과 싸울 때, 그리고 악이 악과 싸울 때만 오르니까. 〈파피루스〉는 전장의 규칙을 위배하지 않고 우리를 심판할 방법을 찾아낸 것이다.

[가장 오래된 악이 당신을 배제하길 원합니다.]

[가장 오래된 선이 당신을 배제하길 원합니다.]

이 '성마대전'에서 우리는 그저 바이러스에 불과하다. 정상적으로 돌아가려는 시스템에 훼방을 놓고, 병균을 퍼뜨리는 숙주.

〈파피루스〉를 중심으로 모여든 선악의 파도가 점점 커졌다.

조금 전까지 서로 반감을 불태우던 성좌들이 일제히 우리에게 적의를 돌리고 있었다.

경직된 일행들의 표정. 유중혁이 태세를 바꾸며 말했다.

"김독자."

유중혁도 알고 있을 것이다. 아무리 〈명계〉와 〈아스가르드〉가 함께하고 〈김독자 컴퍼니〉가 한데 모였다 한들.

저들과 정면으로 부딪친다면 우리 중 누군가는 반드시 죽는다.

순간 인지 능력이 가속하며 시간이 미미하게 느려졌다.

「생각보다 밀려드는 속도가 빠르다.」

「다수의 성좌가 너무 빨리 결정을 내렸어.」

「혼돈 수치 80을 먼저 찍어야 했나.」

머릿속을 스치는 무수한 문장들.

나는 멸살법을 떠올렸다.

누구에게 도움을 요청해야 이 상황을 이겨낼 수 있을까?

〈명계〉에 있을 양부모님?

아직 참전하지 않은 제천대성?

이계의 신격인 '은밀한 모략가'?

척준경과 한반도의 성좌들?

스승님과 장하영의 얼굴도 떠올랐다.

특히 장하영.

도움이 절실하긴 하지만, 장하영은 안 왔으면 좋겠다는 생각도 들었다.

['선악과'가 당신의 죄책감을 자극합니다.]

어쩌면 이것은 책임감인지도 모른다.

나 때문에 이 세계에 태어난 장하영이 시나리오에 휩쓸리지 않기를 바라는 마음.

오롯이 스스로의 의지로 자신의 이야기를 살았으면 좋겠다는 소망.

장하영에게 〈김독자 컴퍼니〉를 권유하거나 미래 정보를 좀처럼 제공하지 않는 것은 그런 양가감정 때문이었다.

"아아아아악!"

최전방에서 적을 맞이한 환생자의 대열이 무너지고 있었다.

쓰나미에 휩쓸린 환생자들이 비명을 지르며 찢어졌다.

[죽어라!]

진부한 대사를 늘어놓으며 달려드는 성좌와 마왕들을 향해, 한수영이 긴장한 미소를 흘렸다.

"우리가 이겼네. 원래 저런 대사 먼저 지껄이는 쪽이 빨리 뒈지거든."

한수영의 농담에 일행들이 힘껏 입꼬리를 움직였다.

"온다."

대사는 진부했으나, 그들의 무력까지 진부한 것은 아니었다. 선악은 이 세계에서 가장 진부한 설화지만 가장 강력한 설화 중 하나였다.

피부를 통해 전해지는 긴장감은 지금껏 겪은 어떤 전장에서와도 달랐다.

이것은 실제다.

이것이 '성마대전'이고, 성좌들의 진짜 힘이다.

콰콰콰콰콰!

대전장을 덮어버릴 선악의 격. 격의 해일은 순식간에 코앞까지 밀려왔다.

300미터.

200미터.

100미터.

유중혁이 말했다.

"지금."

모두 자신의 역할을 잘 알고 있었다.

〈김독자 컴퍼니〉가 동시에 격을 발출했다.

[성운, <김독자 컴퍼니>의 담화자가 모였습니다.]

[설화, '마계의 봄'이 이야기를 시작합니다!]

[설화, '신화를 삼킨 성화'가 이야기를 시작합니다!]

「마계의 봄」이 우리를 보호하듯 감쌌고, 「신화를 삼킨 성화」가 다가오는 모든 것을 물어뜯을 기세로 포효했다.

이것만으로는 저들을 막기에 역부족일 것이다. 같은 '거대 설화'라 해도 쌓아온 세월이 다르다.

카이제닉스의 오십 년만으로는 메울 수 없는 어마어마한 격차.

그럼에도 이것이 우리의 이야기였다.

30미터.

포신의 장전을 마친 이지혜가 검을 치켜들었다.

'해상전신'의 가호와 함께, 용머리 선수상이 붉게 달아오른 바로 그 순간.

"잠깐!"

내가 이지혜를 말렸다. 놀란 이지혜가 입을 벌렸고, 나는 허공에서 헤매는 그녀의 칼을 움켜쥐었다. 발사 직전의 포신이 에너지를 회수했다.

"무슨 짓이야 아저씨!"

내 기행에 놀란 것은 다른 일행들도 마찬가지였다.

죽을 둥 살 둥 싸워도 죽을 판에 갑자기 방해라니.

나는 대답하는 대신 반대편을 가리켰다.

"어?"

정확히 10미터를 남겨놓고, 거짓말처럼 선악의 파도가 멈춰 있었다.

츠츠츠츠츳!

무언가에게 강력한 통제를 받기라도 하는 것처럼.

씨근덕대는 성좌들, 욕설을 지껄이는 마왕들의 얼굴이 가까이서 보였다. 누군가는 불만스러운 얼굴이었고, 누군가는 안도하는 표정이었다.

"왜 갑자기……?"

이유는 금방 알 수 있었다. 굳어버린 해일의 꼭대기로, 하나의 성좌와 하나의 마왕이 떠오르고 있었다.

메타트론과 아가레스.

이 전장에서 가장 강력한 두 존재가, 처음으로 진언을 발했다.

[모든 성좌는 적의를 거두고 자신의 위치로 돌아오라!]

[전투를 잠시 중단한다.]

갑작스러운 휴전 선언에 나는 허공을 올려다보았다.

그곳에 휴전의 이유가 새겨져 있었다.

[혼돈 수치가 80을 넘어섰습니다.]

[멸망의 카운트다운이 시작됩니다.]

혼돈 수치 80.

정말이지 아슬아슬한 타이밍이었다.

우리를 구한 것은 성좌도 마왕도 아니었다.

우리를 구한 것은 이 싸움에서 가장 영향력이 약한 이들이었다.

"아마 전방의 환생자들이 죽는 과정에서 같은 진영끼리 충돌이 있었던 모양이에요."

약한 선도 선이고, 약한 악도 악이다.

우리를 죽이는 데만 혈안이 되어 있던 선악은, 그런 '약자'들을 경시한 대가로 멸망에 접어들고 있었다.

[이제부터 30분에 1포인트씩, 혼돈 수치가 상승합니다.]

혼돈 수치는 80을 넘기는 순간부터 증가 속도가 빨라진다.

지금부터는 아무 충돌이 없더라도 혼돈 수치가 오르게 되고, 정확히 열 시간이 경과한 후에는 임계점에 도달한다.

즉, 묵시룡의 부활이 확정된다.

[지옥의 가장 깊은 곳에서 오래된 재앙들이 즐거워합니다.]

〈스타 스트림〉 역대 최악의 재앙 중 하나, 묵시룡.

선이든 악이든 묵시룡을 부활시키고 싶은 쪽은 없었다.

묵시룡이 부활하면 〈스타 스트림〉의 성좌 중 사분의 일은 죽어나갈 테니까. 이 전장의 누구든 넷 중 하나가 되지 말라는 법은 없다.

['성마대전'의 대전장이 일시적으로 동결됩니다.]

[현재 선과 악의 대표들이 긴급 회담 중입니다.]

그러니 지금 허공에 떠 있는 저 메시지는, 어떻게든 살아남고자 하는 선과 악의 발버둥이었다.

[당신은 누구도 이루지 못한 업적을 달성했습니다!]

[당신에게 신화급 설화가 발아 중입니다!]

[당신의 새로운 수식언에 이 설화가 반영될 것입니다.]

"칫, 얼마나 강해졌는지 확인하고 싶었는데."

나는 투덜거리는 이길영의 머리를 쓰다듬었다.

일행들은 함선 '터틀 드래곤' 선실에 모여 앉았다. 정희원과 신유승이 죽은 듯 누워 있는 이현성을 간호했고, 이지혜는 떨떠름한 얼굴이었다.

"진짜 이게 끝이야? 우리 아직 제대로 싸워보지도 못했는데?"

그렇게 말하는 것치고 이지혜는 안도한 표정이었다.

[성좌, '악마 같은 불의 심판자'가 당신의 성공을 축하합니다.]

[성좌, '악마 같은 불의 심판자'가 당신에게 미안함을 가집니다.]

"우리 엘? 진언으로 말씀해주셔도 되는데요."

선실 모퉁이에 쪼그려 있던 우리엘이 나를 보고는 고개를 숙였다. 어쩐지 그런 우리엘의 마음을 조금은 알 것 같았다.

지금 우리엘은 책임을 느끼고 있다. 자신의 성운이 〈김독자 컴퍼니〉를 공격한 것. 그리고 '절대선'이라 자칭하는 작자들이 저지른 일에 대해서.

[성좌, '악마 같은 불의 심판자'가 그렁그렁한 눈으로 당신을 올려다봅니다.]

"걱정 마세요, 우리엘. 당신을 미워하지 않습니다. 그리고 〈에덴〉에 대해서도…… 솔직히 별생각 없습니다. 지금껏 도움을 받기도 했고요."

[성좌, '악마 같은 불의 심판자'가 정말이냐고 묻습니다.]

거짓말이었다. 하지만 지금 내 증오를 드러내봤자, 우리엘은 상처만 입을 뿐이다.

[성좌, '악마 같은 불의 심판자'가 서기관은 사실 그렇게 나쁜 존재는 아니라고 말……]

"저도 압니다. 메타트론이 어떤 성좌인지는. 조금 쉬고 계십시오."

나는 그렇게 말한 후 선실 밖으로 나왔다.

[30분이 경과했습니다.]

[혼돈 수치가 1만큼 상승합니다.]

[현재 혼돈 수치: 82]

전장의 창공에 거대한 회색빛 구체가 떠 있었다.

내부를 들여다볼 수 없는 구체. 아마 최상위권 마왕과 대천사가 모조리 들어가 회담을 진행하고 있을 것이다. 선과 악이 한마음 한뜻으로 〈김독자 컴퍼니〉와 '구원의 마왕'을 욕하고 있겠지.

"김독자."

흠칫해서 돌아보자 한수영이 나를 보고 있었다. 내가 먼저 말했다.

"요즘은 네가 내 이름 부르면 겁부터 나. 또 뭔가 사고 쳤을까 봐."

"사고는 네가 치겠지."

투덜거린 한수영이 허공의 구체를 올려다보며 물었다.

"대체 무슨 생각일까?"

"뭐가."

"너무 순순히 전개되잖아."

"자기들도 죽기 싫으니까 그렇겠지."

"정말 그게 전부라고 생각해?"

한수영이 눈을 가늘게 뜬 채 나를 노려보았다.

[설화, '예상표절'이 이야기를 지속합니다.]

하얗게 떠다니는 설화 파편들을 보니, 아무래도 한수영은 회담이 시작될 무렵부터 줄곧 「예상표절」을 가동 중인 모양이었다.

내가 물었다.

"네 생각은 어떤데?"

"너무 조용해. 아무리 묵시룡이 두렵다고 해도…… 뭔가 찜찜하다고."

확실히 작가의 감이란 날카로운 데가 있다.

사실 나도 한수영 말에 동의했다.

선과 악의 회담. 말은 좋다. 하지만 내가 아는 메타트론은 절대로 이런 타이밍에 물러날 리가 없었다. 절대선의 온전한 실천을 위해서는 어떤 희생이라도 감수해야 한다는 게 그의 지론이니까.

나는 회색 구체를 바라보며 말했다.

"저쪽이 무슨 꿍꿍이인지 모르겠지만, 앞으로 무슨 일이 벌어질지 알아낼 방법은 있지."

"뭔데?"

나는 한수영을 빤히 바라보았다. 한수영의 입이 천천히 벌어졌다.

"빌어먹을, 그런 방법이 있었지 참."

회담이든 전쟁이든 결국 앞으로 아홉 시간 안에 결판날 것이다.

그리고 그런 단기 미래라면, 이 세계에서 누구보다 잘 읽어낼 수 있는 존재가 있었다. 우리는 후미 쪽 선실로 달려갔다. 우리가 찾는 존재가 이 배에 같이 타고 있었기 때문이다.

"야, 예언자!"

문을 박차고 들어서자 뜻밖에도 선객이 있었다.

사나운 얼굴의 유중혁이 안나 크로프트의 멱살을 잡고 있었다.

"그게 무슨 개소리지?"

"말 그대로예요."

놀란 한수영이 외쳤다.

"미친놈아! 지금 뭐 하는 거야?"

유중혁은 무표정하게 이쪽을 돌아보더니 멱살을 놓았다.

우리를 발견한 안나 크로프트가 싱긋 웃으면서 손을 흔들었다.

"살려줘서 고마워요. 역시 '구원의 마왕'이군요."

"뭐, 딱히 구해드리려던 건 아니지만."

"그쪽도 같은 이유로 저를 찾아왔겠죠?"

한수영과 내가 유중혁을 보았다. 뭘 보느냐는 듯 마주 노려보는 유중혁. 역시 유중혁이 이런 쪽으로는 머리가 잘 돌아간다. 저 녀석은 우리보다 빠르게 이 상황의 해결책을 찾아낸 것이다.

한수영이 분하다는 듯이 이를 갈았다. 하지만 유중혁은 전혀 승리자의 표정이 아니었다. 이유는 안나 크로프트가 알려주었다.

"결론부터 말하자면, 미래는 읽을 수 없었어요."

"무슨 말이야?"

순간 여러 가지 생각이 떠올랐다.

그러고 보면 안나 크로프트는 나와 관련된 미래는 좀처럼 예지하지 못했다. 아마 [제4의 벽] 때문이었던 걸로 기억한다.

뭐랬더라, 누가 낙서한 것처럼 미래에 노이즈가 꼈다고 그랬던가.

그런데 안나 크로프트가 고개를 흔들었다.

"미래에 노이즈가 낀 게 아니라, 아예 읽을 수가 없어요. 누군가가 페이지에 낙서를 한 게 아니라, 페이지 자체가 아예 존재하지 않는다고요."

한수영과 내가 서로 돌아보았다. 아주 천천히 밀려오는 불길한 예감.

"김독자, 이거……."

페이지에 낙서를 한 게 아니라, 페이지 자체가 사라져버리는 것.

아무리 생각해도 그런 종류의 미래는 하나뿐이다.

"설마?"

그리고 기다렸다는 듯, 허공에 메시지가 떠올랐다.

[혼돈 수치가 1만큼 상승합니다.]

[현재 혼돈 수치: 83]

"아직 삼십 분 안 지났는데?"

"시간이 경과해서 오른 게 아니다."

굳어진 유중혁의 목소리.

시간이 안 지났는데도 혼돈 수치가 오른다. 그렇다면 답은 하나뿐이었다.

[같은 진영의 소속원들이 충돌했습니다!]

[현재 혼돈 수치: 84]

누군가가 이 세계를 멸망시키려 하고 있었다.

3

[같은 진영의 소속원들이 충돌했습니다!]

[현재 혼돈 수치: 85]

떠오르는 시스템 메시지를 보며 우리는 동시에 망연해졌다.

"대체 누가."

쥐어짜내듯 던져진 한수영의 물음. 그러나 대답할 수 있는 이는 아무도 없었다.

"혹시 애들이 사고 치고 있는 건 아니겠지?"

"걔들이 넌 줄 아냐."

아무리 애들이라고 해도, 상황이 상황인데 그렇게 경거망동할 리 없었다.

길영이가 조금 불안하긴 하지만…….

나는 안나 크로프트 쪽을 바라보며 말했다.

"안나 크로프트."

"찾고 있어요."

아무리 미래의 페이지가 찢어졌다고 해도, 그 페이지가 사라지기

이전까지의 일들은 남아 있을 것이다. 인쇄가 잘못되어 파본이 된 책이라고 해도 폐기되기까지 딜레이가 반드시 존재하는 것처럼.

[혼돈 수치가 상승하고 있습니다!]

"한가하게 기다릴 시간 없다."

먼저 몸을 날린 것은 유중혁이었다.

송골송골 이마에 땀이 맺힌 안나 크로프트는 열심히 미래의 페이지를 찾아 헤매는 중이었다.

결국 나와 한수영도 움직이기로 했다.

"안나, 알게 되면 전음으로 알려줘요."

우리는 안나 크로프트를 뒤로하고 선실 밖으로 몸을 날렸다.

갑판에는 이미 이상 징후를 느끼고 바깥으로 나온 일행들이 있었다.

"독자 씨, 무슨 일이죠?"

정희원의 물음에 나는 최대한 간결하게 상황을 전달했다.

"같은 진영을 공격하는 자들이 있습니다."

"엥? 왜 그런 짓을 해?"

이지혜가 도무지 이해할 수 없다는 듯 인상을 찌푸렸다.

"여기서 혼돈 수치 더 올리면 다 죽는다며? 그래서 천사랑 마왕들도 저기 들어간 거고."

"우리랑 같은 목적을 가진 이들이 있는 걸까요?"

"같은 목적이라면 하필 지금 혼돈 수치를 올리지는 않겠죠."

내가 딱히 설명하지 않아도 일행들은 벌써 해답을 찾은 듯했다.

"그럼 설마……?"

나는 고개를 끄덕였다.

"무슨 일이 있어도 막아야 합니다. 못 막으면 정말 끔찍한 일이 벌어질 거예요."

"어떤 미친놈들이…… 아니, 대체 왜?"

어째서 세계의 멸망을 초래하려 드는가.

나는 적확한 대답을 내놓기가 어려웠다.

하지만 〈스타 스트림〉에는 모든 불가해한 상황에 범용적으로 쓰일 수 있는 대답이 하나 존재한다.

"세상에는 정말 많은 종류의 '설화'가 있으니까요."

이 세계에는 '선악'만 존재하는 것이 아니다. 선도 악도 아닌 〈김독자 컴퍼니〉가 존재하듯, 세상에는 우리는 도저히 공감할 수 없는 설화를 추구하는 자도 있다.

어떤 이는 멸망을 막기 위해 살아가지만, 어떤 이는 멸망을 위해 살아간다.

츠츠츠츠츠츠!

허공의 개연성이 불안정하게 움직이고 있었다. 전장 곳곳에서 튀어 오르는 스파크.

이미 선수상에 올라 있던 유중혁은 개중 제일 큰 스파크의 위치를 감지한 모양이었다.

"총 다섯 군데다. 흩어져."

말을 마친 유중혁의 신형이 북쪽을 향해 사라졌다.

나는 일행들에게 지시했다.

"한수영은 동쪽. 유승이랑 지혜, 길영이는 남쪽으로. 희원 씨는 혹시 모르니 함선을 맡아주세요."

"독자 씨는요?"

"저는 서쪽으로 갑니다."

스파크는 모든 방위에서 터지고 있었다. 북쪽에 한 개, 동쪽에 한 개, 서쪽에 한 개, 그리고 남쪽에 두 개.

"혼란을 일으킨 게 어느 쪽 진영인지 모릅니다. 만약 같은 진영의 소속원이 저지른 짓이라면, 절대 싸우지 말고 다른 일행들을 부르세요."

이제 상황이 거꾸로 되어버렸다.

지금까지는 '선'에 '선'으로, '악'에 '악'으로 대처해 혼돈 수치를 키웠다면, 이제는 '선'에 '악'으로, '악'에는 '선'으로 대처해야 한다.

'성마대전' 본래 규칙을 지켜야만 혼돈 수치가 더 상승하는 것을 막을 수 있기 때문이다.

"젠장, 상황이 바뀌니까 갑자기 짜증 나네. 성좌들 열받을 만도 해."

"출발할게요!"

이지혜와 아이들이 먼저 출발했고, 뒤이어 나와 한수영도 움직였다.

[흑염]을 흩뿌리며 도약하는 한수영의 몸에는 크고 작은 상처가 많이 나 있었다. 나는 녀석을 향해 말했다.

"조심해."

슬며시 인상을 찌푸린 한수영이 동쪽으로 날아갔다.

자식이, 걱정을 해줘도.

―너나 조심해, 멍청아.

한 박자 늦게 날아오는 '한낮의 밀회'에 기분이 묘해진다.

유중혁도 한수영도 많이 변한 것 같다고 생각하면, 내가 오버하는 걸까.

[혼돈 수치가 상승하고 있습니다!]

[현재 혼돈 수치: 86]

나는 [바람의 길]을 발동해 허공을 주파했다. [마왕화]를 발동한 상태였기 때문에 스킬의 효과는 굉장했다. 순식간에 창공을 가르고 스파크의 근원지에 도착해서 주변을 샅샅이 살폈다.

숨어 있군.

전장 곳곳에 환생자의 시신이 널브러져 있었다. 공포에 질린 환생자 몇이 주저앉은 채 울부짖는 것도 보였다.

분명 누군가가 여기서 같은 편 학살을 벌인 것이다.

[전용 스킬, '독해력'이 발동합니다!]

[전용 특성, '시나리오의 해석자'가 발동합니다!]

[사건 정황을 수집해 상황을 진단하는 통찰력이 상승합니다!]

나는 주변에 떨어진 설화 파편을 읽었다.

학살이 있었던 건 맞다. 하지만 도주의 흔적은 감지되지 않는다.

"사, 살려주세요. 마왕님!"

무릎을 꿇은 환생자 여섯 명이 바닥에 부복했다.

나는 그들을 내려다보았다. 대부분 전투에서 중경상을 입고 피와 설화를 질질 쏟고 있었다.

그런데 단 하나, 설화가 매우 안정된 녀석이 있었다.

"너."

천천히 고개를 드는 남성의 눈에 사이한 빛이 떠올랐다.

나는 그 눈을 마주 보며 말했다.

"'종말의 구도자'냐?"

순간, 사내가 득달같이 내게 달려들었다. 하지만 대비하고 있던 나는 가볍게 공격을 피하며 녀석의 목을 틀어쥐었다.

"컥, 커헉……!"

[전용 스킬, '등장인물 일람'을 발동합니다!]

예상대로 이 녀석이 내가 찾던 범인이었다.

마왕의 권속.

굳이 특성창을 자세히 살펴볼 필요도 없는 녀석이었다.

"벌써 활동을 시작한 건가? 아직은 때가 아닐 텐데?"

목을 틀어잡힌 사내가 기분 나쁜 웃음을 발했다.

"위, 위대한 종말이 온다. 이미 모든 시나리오는 정해져 있다. 숭고한 절대 설화가 실현될 것이다!"

광신도처럼 번뜩이는 눈동자를 보며 나는 살짝 질리는 기분이었다.

맞다. 원작에서도 '종말의 구도자'는 대부분 이런 녀석이다.

이 세계를 지탱하는 단 하나의 '절대 설화'가 이미 만들어져 있으며, 모든 시나리오는 그 설화의 의지가 실현되는 거라고 믿는 녀석들.

「킥 킥킥」

머릿속에서 [제4의 벽]이 비웃는 소리가 들려왔다.

아마 '종말의 구도자'들은 모를 것이다.

그들이 아는 설화가 내가 읽은 한 권의 소설이라는 것을.

「원 래다 멸 망 할 운명 인 건 맞 지」

'운명 같은 건 없어.'

머릿속에 유중혁이 살았던 수많은 회차들이 흘러간다.

수백 번이나 반복되어온 '성마대전'.

그리고 그 '성마대전'의 마지막은 항상 비슷했다.

하지만 그건 어디까지나 '원작'일 뿐이다.

"말해. 몇 명이나 '성마대전'에 참가했지?"

그륵, 그르륵.

사내의 입에서 거품이 흘러나왔다.

"묵시룡을 해방할 셈이냐? 그런 짓을 하면 모든 게 끝장난다. 너희가 생각하는 설화의 결말에 도달하는 게 아니라, 그냥 설화 자체가 끝장나버린다고."

사내는 여전히 대답하지 않고 낄낄거렸다. 나는 한숨을 내쉬었다.

"대답할 생각이 없는 모양이네."

[마왕, '구원의 마왕'이 자신의 격을 개방합니다!]

격의 파동에 주변의 환생자들이 비명을 지르며 물러났다. 내 격을 정면에서 받아낸 사내가 부르르 떨더니 칠공에서 피를 쏟았다.

나는 입을 열지 않고 말했다.

[전장에 참가한 녀석들의 명단을 읊어라.]

아득한 격의 위협에도, 사내는 공포에 질리지 않았다.

오히려 그 반대였다.

"구, 원의, 마, 왕……."

쾌락과 환희에 젖은 표정. 입으로 피를 질질 흘리는 녀석은 마치 구원이라도 받은 듯한 목소리로 말했다.

"죽여, 죽여줘! 죽여줘어!"

이 미친놈들은 대체 머릿속이 어떻게 되어 있는 건지 모르겠다.

어쨌거나 더 시간을 끌 수는 없었다. 명단을 알아낼 수 없다면 직접 몸으로 뛰어 찾는 수밖에.

망설임 없이 녀석의 머리를 내리치려는 순간, 메시지가 떠올랐다.

[같은 진영의 소속원들이 충돌……!]

[현재 혼돈 수치: 87]

아차, 이 녀석은 '악'이었지.

재빨리 목줄을 틀어쥔 손을 뗀 찰나, 녀석의 칠공에서 흘러나오는 설화가 급격하게 늘어나며 몸이 팽창하기 시작했다.

괴이쩍게 웃는 사내의 얼굴.

자폭 시퀀스.

피하기에는 늦었다.

그리고 다음 순간, 어디선가 섬광이 날아와 사내의 몸을 일직선으로 꿰뚫었다.

콰지지지직!

마치 태양을 깎은 듯, 눈부신 섬광으로 만든 창.

환한 빛살 속에서 '종말의 구도자'는 감전이라도 된 양 몸을 떨었다. 외부로 팽창하던 폭발의 힘이 섬광의 창에 흡수되고 있었다.

순식간에 생기를 잃어버린 '종말의 구도자'는 새까만 재가 되어 사멸했다.

나는 사방으로 흩뿌려진 빛의 설화를 바라보았다.

이거 익숙한 설화인데?

[이런 축제에 나를 부르지 않다니. 섭섭하군, 구원의 마왕.]

진언을 듣는 순간 그가 누구인지 알 수 있었다.

"수르야!"

'지고한 빛의 신' 수르야.

그는 한때 〈베다〉의 성좌였으나, 지난 올림포스 전을 계기로 우리와 '거대 설화'를 공유하게 된 성좌였다.

[못 본 사이 대단한 격을 이루었구나. 그대가 인드라를 해치웠다는 이야기는 들었다.]

"운이 좋았습니다."

[얼빠진 인드라가 가끔 동네북처럼 여겨지긴 하지만, 운만으로 이길 수 있는 녀석은 아니지.]

〈베다〉를 탈퇴했기 때문인지, 수르야는 인드라의 이야기를 하면서도 그다지 기분이 나빠 보이지 않았다.

그는 자신이 멸한 '종말의 구도자'의 파편을 살피며 말했다.

[거대 설화 상태가 좀 묘하다 싶었더니, '종말의 구도자'가 벌써 여기까지 온 모양이군.]

"이들을 알고 계십니까?"

[〈베다〉에도 이 녀석들이 침투했었다.]

〈베다〉에도?

그러고 보니 베다 안에서 내분이 발생했다는 이야기는 들었다. 어쩌면 그게 '종말의 구도자' 때문인지도 모른다.

츠츳, 츠츠츳.

전장 곳곳에서 번쩍이던 스파크가 급속도로 잦아드는 것이 보였다.

아마 다른 일행들도 무사히 진압에 성공한 모양이었다.

"대충 정리는 된 것 같군요. 생각보다 침투한 녀석들이 많지 않았던 모양입니다."

'종말의 구도자'가 나타난 것치고는 싱거운 결말이었다.

그런데.

[같은 진영의 소속원들이 충돌했습니다!]

[현재 혼돈 수치: 88]

……뭐? 나는 황급히 전장을 둘러보았다. 하지만 전장 어디에도 스파크가 튀는 곳은 없었다.

같은 진영이고 다른 진영이고 할 것 없이, 아예 전투 자체가 없었다.

[같은 진영의 소속원들이 충돌했습니다!]

[현재 혼돈 수치: 89]

그런데도 혼돈 수치는 계속해서 증가했다.

등줄기로 서늘한 감각이 밀려들었다.

잠깐만, 이거 설마.

[아래쪽이 아니다.]

수르야의 말과 동시에 나는 반사적으로 하늘을 올려다보았다.

하늘에 뜬 회색빛 구체. 대천사와 마왕들이 회담을 위해 들어가 있던 그 구체가 무지막지한 스파크를 뿜어대며 진동하고 있었다.

'종말의 구도자'가 저 안에 있다고?

[같은 진영의 소속원들이 충돌했습니다!]

[현재 혼돈 수치: 90]

혼돈 수치는 오직 같은 진영끼리 전투가 벌어졌을 때만 상승한다.

그런데 저 안에서 그런 일이 벌어지려면…….

[대전장의 기후가 변화하기 시작합니다!]

하늘에 모여든 구름이 거대한 소용돌이를 그리기 시작했다.

[지옥의 가장 뜨거운 자리에서 재앙의 기운이 눈을 뜨기 시작합니다!]

빌어먹을.

쿠구구구구!

수르야도 표정이 심각하게 굳어졌다.

[어쩌면 오늘 내 무덤을 찾아왔는지도 모르겠군.]

그리고 차마 보고 싶지 않던 메시지가 떠올랐다.

[혼돈 수치가 90을 넘어섰습니다!]

[종말의 거대 설화가 준동합니다.]

[거대 설화, '묵시록의 최후룡'이 이야기의 시작을 준비합니다!]

대전장 전체를 뒤흔드는 지진.

95번 시나리오에서 느낀 아득한 절망이 되살아나고 있었다.

4

[<스타 스트림>의 모든 성좌가 재앙의 존재를 감지했습니다!]

[다수의 성좌가 공포에 질립니다!]

격변하는 기후 속에서, 휴전 중이던 성좌들이 고함과 진언을 반복했다.

이게 무슨 일인지 당황하는 이들. 재앙의 격을 느끼고 겁에 질려버린 이들. 어떻게든 이 시나리오에서 탈출하기 위해 관리국에 문의하는 성좌들까지.

살아남기 위한 별들의 발악으로 인해 전장은 아비규환이 되고 있었다.

[<스타 스트림>의 관리국이 비상사태에 대응합니다!]

그리고 마침내 관리국이 나섰다.

성좌들의 메시지가 급격하게 줄어드는 것으로 보아, 관리국 쪽에서도 이번 사태를 심각하게 여기는 모양이었다.

[<스타 스트림>의 관리국이 해당 사안을 두고 회담을 진행 중입니다.]

설마 '성마대전'이 이렇게까지 커질 줄은 관리국도 몰랐을 것이다. 애초에 '혼돈 수치'는 성마대전의 빠른 진행을 위해 양념으로 뿌린 장치였으니까.

그런데 그 수치가 선악 수치를 앞질러버렸고, 심지어 묵시룡을 깨우려 하고 있었다.

묵시룡이 깨어나면 무수한 성좌가 죽게 될 것이다.

달리 말하면 관리국의 고객이 급격하게 줄어들 것이란 얘기였다.

[관리국이 나선다 해도 깨어나는 재앙을 없었던 것으로 할 수는 없다.]

나도 수르야의 말에 동의했다.

이것은 80번대의 메인 시나리오다. 아무리 관리국이라도, 이미 발생한 '거대 설화'를 없었던 것으로 만들 수는 없다.

그러니 지금은 관리국의 대처를 믿을 때가 아니었다.

"묵시룡이 깨어나려면 혼돈 수치 10이 더 필요합니다."

약간이지만 아직 시간은 있었다.

묵시룡의 해방을 막지 못하면 여기서 일행들은 높은 확률로 전멸한다.

어떻게 해야 이 상황을 막을 수 있는가.

당장 생각나는 방법은 물론 있었다.

혼돈 수치를 올리는 원인을 제거하는 것.

문제는 그 원인이 저 '구체' 안에 있다는 점이었다.

츠츠츠츠츳……!

"아무리 '종말의 구도자'라도 저 안에서 오래 버틸 수는 없을 겁니다."

나는 멸살법을 통해 '종말의 구도자'의 리스트를 알고 있었다. 그들

중 누구라 해도, 저 구체 안에서 오랜 시간을 버틸 수는 없다.

저 안에는 무려 메타트론과 아가레스를 비롯하여 이 세계의 최상위 격 성좌들이 들어가 있으니까.

아무리 늦어도 지금쯤이면, 대천사와 마왕들이 '종말의 구도자'를 알아서 정리했을 것이다. 그러면 혼돈 수치의 상승도 멈출 것이고…….

[같은 진영의 소속원들이 충돌했습니다!]

[현재 혼돈 수치: 91]

허공에서 스파크가 내리친 것은 그때였다. 진동하던 구체의 일부가 희미하게 벌어지며, 뭔가가 하늘에서 떨어져 내리기 시작했다.

찢어진 여섯 장의 날개. 내가 알고 있는 대천사였다.

나는 [바람의 길]을 발동해 몸을 날렸다.

안아 든 대천사의 몸은 가벼웠다. 물씬 풍겨오는 푸른 향기. 등줄기를 가른 깊은 상처에서 설화가 꽃잎처럼 떨어졌다.

"가브리엘."

[성좌, '물병자리에 핀 백합'이 당신을 바라봅니다.]

대천사 가브리엘. 그녀는 나와 함께 1,863회차를 겪고 돌아온 대천사였다.

미래에 자신이 〈에덴〉을 배신하게 된다는 것을 깨닫고, 큰 충격에 빠졌던 성좌.

얼핏 그녀가 이번 사안의 방아쇠가 아닐까 하는 추리를 해봤지만 그럴 턱이 없었다. 애초에 원작에서도 가브리엘의 배신에는 합당한 이유가 있었고, 엄밀히 말해 그건 배신이라 부르기도 어려웠다.

가브리엘의 입술이 힘겹게 움직였다.

목소리가 제대로 들리지 않았다. 나는 채근했다.

"저 안에서 무슨 일이 벌어진 겁니까? 말씀해주십시오."

가브리엘은 지친 표정으로 나를 올려다보더니 무언가를 건넸다.

가브리엘의 설화였다.

떨리는 입술을 움직이는 가브리엘.

목소리는 들리지 않지만, 그 입이 전하는 말을 분명히 들을 수 있었다.

「<에덴>을 구해줘.」

가브리엘의 설화가 이야기를 시작했다.

메타트론은 곁에 정렬한 천사들과, 맞은편에 도열한 마왕들을 한 번씩 바라보았다.

다들 초조한 기색이었다. 어쩌다가 이런 상황까지 오고 말았는지 도저히 이해가 안 된다는 얼굴들.

그 중심에 메타트론의 오랜 라이벌이 있었다.

[고작 성운 하나 때문에 이런 자리까지 오다니, 어이가 없군.]

두 번째 마계의 주인, '지옥 동부의 지배자'.

아가레스가 굵은 궐련에 불을 붙이며 물었다.

[승패 결정은 어떻게 할 셈이지? 3차 성마대전을 따로 열 건가? 솔직히 나는 반대다. 다시 이만한 개연성을 모으는 건 불가능에 가까울 테니까.]

이번 '성마대전'을 개최하기 위해 〈에덴〉과 〈마계〉는 모두 막대한 손실을 감수해야 했다.

'성마대전'은 〈스타 스트림〉의 거대 설화 중에서도 역대급 스케일. 만약 이 시나리오가 무화된다면, 간신히 그러모은 선악의 설화가 흐트러져 선악이 모두 사멸의 길을 걸을 수도 있었다.

메타트론은 회색 구체 바깥으로 흐릿하게 비치는 하늘을 바라보았다.

불길하게 몰려든 먹구름 너머로 드문드문 천둥이 쳤다.

세기말적인 분위기 때문일까, 메타트론은 문득 오래전 일을 떠올렸다.

[아가레스, 첫 번째 마계의 주인이 승천한 지도 벌써 수천 년이나 지났군요.]

[한가로운 추억이나 나눌 시간은 없다.]

[그날을 기억하십니까?]

[내가 이 빌어먹을 '벽'을 넘겨받은 날인데, 잊을 턱이 있나.]

['선악을 가르는 벽'이 으르렁거립니다.]

아가레스의 화신체에서 불길한 스파크가 튀어 올랐다. 그러자 메타트론의 화신체에서도 비슷한 현상이 발생했다.

['선악을 가르는 벽'이 추억에 잠깁니다.]

그것은 둘이자 하나인 벽.

세상의 선악을 결정하는, 최후의 벽의 파편.

그 벽을 사이에 두고, 〈에덴〉과 〈마계〉의 대표가 서로 마주 보았다.

[오랫동안, 당신과 내가 줄곧 이 세계의 '선악'을 결정해왔지요.]

무엇이 선인가.

〈에덴〉의 수장인 메타트론조차 그것은 알지 못한다. 선은 그저 무수한 설화의 집합체일 뿐이니까.

메타트론은 선대의 설화를 읽고 이해하며 선을 배웠다. 그리고 그 선들은 스스로를 설명하는 대신 다른 설화들을 가리키며 이렇게 말했다.

「저것은 선이 아니다.」

그렇게 악이 만들어졌다.

정의正義가 정의定義되었고, 분노가 발명되었다.

「고로 우리는 악이 아니다.」

그렇게 선이 만들어졌다.

그 간단한 이분법이 〈스타 스트림〉을 반으로 찢어놓았다.

단순하고 확고한 원칙일수록 파급력도 강하다.

수많은 성좌가 선악의 원칙에 편승했다.

[네놈은 모를 거다. 이 세계에 '악'으로 존재한다는 게 얼마나 지루한 일인지.]

아가레스가 궐련의 연기를 뿜으며 말을 이었다.

['선악'을 이렇게 만든 것은 결국 네놈이다. 악의 세부를 지우고, 빌어먹을 '권선징악'을 유행병처럼 퍼뜨린 네놈이야말로 선악의 설화를 망가뜨린 원흉이란 말이다.]

시나리오에 어떤 세부가 존재했든, 어떤 슬픔과 고통이 존재했든 상관없었다.

중요한 건 마지막이었다.

선이 악을 징벌했다. 그것이면 모두 눈물을 흘리며 박수를 쳤다.

분명 그런 시절도 있었다.

메타트론이 말했다.

[당신도 찬성했던 이야기 아닙니까.]

[그때는 그것만이 살아남을 방법이었으니까.]

선은 악을 처벌함으로써 살아남았고, 악은 선에 대항함으로써 연명했다.

그렇게 수만 년의 세월. 선악은 희미해졌고 정의는 사라졌다. 선과 악은 지루한 늙은이들의 관념이 되었다.

이제 아무도 권선징악 따위에는 환호하지 않는다.

툭, 아가레스가 피우던 궐련이 바닥에 떨어졌다. 그는 벌레를 터뜨리듯 꽁초를 짓이겼다.

[시나리오의 반복 속에 선은 따분한 권태가 되었고, 악은 고루한 클리셰가 되었다. 이제 이 짓도 그만해야 할 때가 아닌가 싶군.]

아가레스의 말에 마왕들이 일제히 병기를 빼 들었다.

메타트론이 말했다.

[여기서 싸우면 공멸하게 될 겁니다.]

[악은 언제나 선보다 쉽다. 너희가 사라져도, 우리는 사라지지 않을 것이다.]

[세상이 선을 잊었다 해서, 나도 선을 잊은 것은 아닙니다.]

[그럼 증명해봐라.]

아가레스의 눈동자가 불타올랐다.

[이젠 같잖은 '권선징악'에 놀아나지 않을 것이다. 나는 '악'이다. 태생부터 '악'이었고, 너희를 증명하는 것이 나의 존재 이유였다. 그리고 오늘부로 나는 그 이유에서 벗어날 것이다.]

마왕들이 함성을 내질렀다.

당장이라도 대천사들을 쓸어버릴 듯이 범람하는 격.

그런데 바로 그때.

[같은 진영의 소속원들이 충돌했습니다!]

[현재 혼돈 수치: 83]

시스템 메시지가 허공을 덮었다. 갑작스레 상승하는 혼돈 수치에 대천사들이 놀란 얼굴로 서로 돌아보았다.

[무슨 일이 벌어지는 거지?]

[바깥이다! 바깥에서 누가 같은 진영을 학살하고 있어!]

아가레스와 마왕들도 당황하긴 마찬가지였다.

그런 혼란의 중심에서 오직 메타트론만이 침착하게 웃고 있었다.

[오랫동안 생각해봤지만 역시 방법은 이것뿐인가 봅니다.]

[무슨…….]

[싸움을 원한다면 얼마든지 싸워드리지요. 하지만 여기서 우리끼리 싸워 성마대전을 끝낸다면 무슨 의미가 있습니까? 이런 작은 구체 안에서 조악하게 멸망해간 선악을, 대체 누가 기억해줄 거라 생각하십니까?]

메타트론의 목소리는 기묘한 광기에 젖어 있었다.

심상치 않은 기색을 느낀 아가레스가 외쳤다.

[메타트론! 대체 무슨 생각을 하고 있는 거냐!]

[이런 생각입니다.]

메타트론의 말과 함께, 대천사들의 선두에 있던 미카엘이 검을 뽑았다.

최강의 대천사가 검을 뽑자 마왕들도 기합을 내지르며 격을 방출했다.

그리고 다음 순간, 미카엘의 검이 누군가를 찔렀다.

[미, 카엘?]

믿을 수 없다는 듯 파르르 떨리는 눈꼬리.

미카엘이 찌른 존재는 마왕이 아니었다. 미카엘이 웃었다.

[아쉽군. 우리엘을 제일 먼저 죽이고 싶었는데.]

믿을 수 없다는 듯 도리질을 반복하던 대천사 라구엘이, 설화를 쏟아내며 그대로 절명했다.

동족을 살해한 미카엘의 전신에서 마기가 끓어오르고 있었다. 타락천사의 권능은 같은 대천사를 죽임으로써 더욱 강고해진다.

[같은 진영의 소속원들이 충돌했습니다!]

[현재 혼돈 수치: 87]

신화급 성좌에 육박하는 격이 폭발했고, 도륙이 시작되었다. 달아날 곳을 잃은 천사들이 황급히 격을 발출했으나, 제대로 된 싸움조차 해보지 못하고 죽어갔다.

본래 미카엘에게는 같은 절대선의 천사를 공격할 수 없는 금제가 걸려 있다. 그런데도 이런 일이 가능했다는 것은—

[서기관, 어째서……!]

새하얀 빛을 내뿜는 메타트론의 책.

이 학살은 '하늘의 서기관'의 묵인하에 벌어지고 있었다.

[같은 진영의 소속원들이 충돌했습니다!]

[현재 혼돈 수치: 88]

천사가 천사를 살해하는 지옥도.

강 건너 불구경 하듯 그 모습을 지켜보던 마왕들이 공포에 떨며 물러났다. 환한 미소를 지은 미카엘이 뺨에 묻은 천사들의 피를 닦으며 말했다.

[이제 '선'은 영원히 기억될 것이다.]

[가장 오래된 선이 이야기를 시작합니다.]

성마전쟁은 결국 설화들의 전쟁. 그리고 설화들은 어떻게 해야 자신들이 기억될 수 있는지 잘 알고 있었다.

대로한 아가레스가 외쳤다.

[설마 네놈들, 묵시룡을……!]

아가레스가 황급히 격을 발출하려는 순간, 뭔가가 그의 등을 파고들었다.

그의 격을 위협하는 은밀하고 지독한 마기.

[가장 오래된 악이 이야기를 시작합니다.]

아가레스가 휘청거리며 돌아보았다.

[……네놈이 왜?]

[당신이 말했잖습니까.]

심장을 도려내는 날카로운 클로의 느낌.

종말의 구도자, 아스모데우스가 웃고 있었다.

[악은 언제나 선보다 쉽다고.]

가브리엘의 설화는 아주 짧았다. 짧지만, 모든 것을 이해하기에는 충분했다.

저 구체 안에서는 지옥이 펼쳐지고 있었다.

「**"달아나, 가브리엘. 녀석들에게 도움을 요청해."**」

라파엘을 비롯한 소수의 대천사들은 마지막 순간 자신의 격을 희생해 가브리엘을 구체 밖으로 내보냈다.

[선과 악의 정의가 격변하고 있습니다!]

[같은 진영의 소속원들이 충돌했습니다!]

[현재 혼돈 수치: 92]

"김독자."

어느새 유중혁과 한수영이 곁에 와 있었다.

설명을 요구하는 눈빛.

나는 구질구질한 설명을 보태는 대신 본론만 말했다.

"메타트론이야. 녀석은 처음부터 '묵시룡'을 깨울 작정이었어."

이미 무슨 일이 벌어졌는지 알고 있는 듯 한수영이 인상을 썼다.

"그 자식, 1,863회차에 대해 아는 거 아니었어?"

1,863회차에서 〈에덴〉은 묵시룡에 의해 멸망한다.

메타트론 또한 그 사실을 알고 있었다.

"이것이 멸망하지 않을 방법이라 믿었을 것이다."

그 말을 한 것은 유중혁이었다.

"묵시룡이 깨어나면 적어도 이번 '성마대전'은 〈스타 스트림〉이 멸망할 때까지 잊히지 않는 설화가 될 테니까."

"아니, 다 뒈져버리는데 그게 무슨 소용이야?"

"다 죽지는 않는다. 적어도 살아남은 녀석들은 선악을 영원히 기억하게 되겠지."

〈에덴〉과 〈마계〉가 멸망해도 선악이 사라지지 않는다면 이야기는 달라진다. 모든 것이 멸망해도 그 정신은 계승되니까.

무수한 성좌와 화신이 죽겠지만, 묵시룡은 '악'으로 명명될 것이다.

그리고 세계는 그 재앙과 대적하기 위해 싸울 것이다.

〈에덴〉과 〈마계〉는 영원히 기억될 것이다.

그 지독한 의지에 한수영이 부르르 몸을 떨었다.

"저 미친 새끼들이……."

[같은 진영의 소속원들이 충돌했습니다!]

[현재 혼돈 수치: 93]

올라가는 혼돈 수치를 보며 조금씩 암담함이 밀려왔다.

이 모든 것이 메타트론의 시나리오였다.

"김독자. 이제 어쩔 거야?"

멀리서 다른 일행들과 우리엘이 이쪽으로 날아오고 있었다.

생각해야 한다. 어떻게 여기까지 왔는데.

ㅊㅊㅊㅊ츳!

허공에서 스파크가 내리치며 포털이 열린 것은 그때였다.

"도깨비?"

[대도깨비, '허주虛主'가 시나리오에 현현했습니다!]

[대도깨비, '허체虛體'가 시나리오에 현현했습니다!]

각각 검은색과 흰색 정장을 갖춰 입은 대도깨비가 위엄 있는 격을 흩뿌리며 지상으로 내려왔다. 급하게 온 듯, 구겨진 와이셔츠와 넥타이가 강풍에 펄럭거렸다.

그들은 곧장 나를 향해 다가오더니 이렇게 말했다.

[구원의 마왕, 이 '암흑 단층'은 곧 소멸한다. 그리고 너는 매우 높은 확률로 사망할 것이다.]

슬슬 관리국이 나설 것이라 생각은 했다. 하지만 대도깨비가 직접 올 줄은 몰랐는데.

"멸망을 예고하러 온 거라면 좀 늦으셨군요. 벌써 시스템이 한창 떠들어대고 있으니까요."

내 태연한 대답에 놀란 듯, 대도깨비들이 서로 돌아보았다.

[소문대로 혓바닥이 긴 녀석이군.]

[그래서 왕께서도 관심을 가지시는 거겠지.]

그게 대체 무슨 소리냐고 물으려는 순간, 대도깨비가 미소를 지었다. 거절할 수 없는 제안을 하겠다는 듯이.

[마왕이여, 단도직입적으로 말하지. '성마대전'을 포기해라.]

즐거운 듯 웃는 대도깨비가, 쓰러진 가브리엘을 보며 말을 이었다.

[그러면 너를 '마지막 시나리오'에 데려가주겠다.]

5

마지막 시나리오.

내가 원하는 것이 무엇인지 안다는 듯, 흑백이 대조되는 정장을 입은 두 도깨비가 채근했다.

[지금 결정해라. 여기서 죽을지, 아니면 우리와 함께 마지막 시나리오로 떠날지.]

대도깨비 허주와 허체.

이 대도깨비 형제에 대해서는 나도 아는 바가 있었다. 멸살법 후반부에서도 제법 빈번하게 등장하는 녀석들이니까.

그나저나 제 입으로 '마지막 시나리오'를 언급하다니…… 드디어 도깨비도 이 세계의 끝을 준비하는 모양이었다.

성좌나 화신이 생존을 위한 투쟁을 반복하듯, 이야기꾼에게는 반드시 전해야만 하는 이야기가 있다.

지금 대도깨비들은 그 최후의 이야기를 준비하는 것이다.

—마지막 시나리오? 쟤들 지금 무슨 소리 하는 거야?

한수영은 모르는 눈치였다.

1,863회차의 한수영이 마지막 시나리오에 대해서는 알려주지 않은

모양이지.

나는 나와 같은 백색 코트를 입은 한수영을 떠올렸다. 그 꼼꼼한 녀석이 빠뜨렸을 리 없으니, 아마 일부러 알려주지 않은 것일 터다.

—지금 설명하려면 길어.

이유는 모르겠지만, 알려주지 않는 편이 3회차에 더 유리하다고 판단했겠지.

오랜만에 떠올린 1,863회차의 한수영 생각에 기분이 묘해졌다.

내가 방문한 1,863회차는 최종전을 앞두고 있었다. 그 최종전에서 한수영은 살아남았을까. 살아남았다면 지금은 어떤 존재가 되었을까.

고개를 돌리자 유중혁이 나를 보고 있었다.

—제안을 받아들일 건가?

—그걸 질문이라고 하냐?

유중혁은 그럴 줄 알았다는 듯 고개를 돌렸다.

재미없다는 듯한 표정. 만약 내가 받아들인다고 했다면 이 자리에서 목을 쳤을지도 모르겠다.

대도깨비들은 여전히 나를 기다리고 있었다.

[결정은?]

"뭐, 예상하셨겠지만…… 안 합니다."

[어째서지?]

"수상하니까요."

[수상하다?]

"애초에 제안 내용부터가 이상합니다. '성마대전'을 포기하면 마지막 시나리오에 데려가주겠다…… 여기서 뭐가 빠졌는지 정말 모르시겠습니까? 이야기꾼이시면서 제 설화에 대한 이해도가 굉장히 낮으시군요."

대도깨비 허체가 어이없다는 듯한 눈으로 나를 보더니 대도깨비 허주에게 눈짓했다. 그러자 허주가 고개를 끄덕이며 말했다.

[제안을 받아들인다면 이곳에 있는 〈김독자 컴퍼니〉는 모두 살아남을 수 있게 도와주겠다.]

뜻밖의 선언에 유중혁과 한수영이 동시에 나를 바라보았다.

이곳의 〈김독자 컴퍼니〉를 모두 살리면서, 마지막 시나리오로 갈 방법.

"아무리 관리국이라도 멋대로 그런 일을 벌이면 개연성의 저울이 기울어질 텐데요."

[그건 우리가 알아서 할 일이다.]

어쩌면 이것은 다시 없을 기회였다.

모두를 살리고 마지막 시나리오에 도달할 기회.

너무나 탐스러워서, 거부할 엄두조차 내지 못할 그런 제안.

그럼에도 내 머릿속은 그 어느 때보다 더 차가웠다.

"당신들도 이제 똥줄이 타시는 모양이군요. 그쪽 제안은 내가 '성마대전'을 그만두는 게 전부가 아니지 않습니까?"

[……!]

"당신들과 '스트림 계약'을 맺는 게 그 대가겠죠. 아닙니까?"

스트림 계약. 언젠가 비형과 내가 맺은 계약이었다.

대도깨비들의 놀란 표정이 보였다. 나는 한 방을 더 먹였다.

"'최후의 이야기꾼'이 되기 위해, 제 설화를 당신들 것으로 가져다 쓰려는 거잖습니까."

[어떻게 그런 것을 알고 있지?]

"제안은 받아들이지 않겠습니다."

[그러면 너희는 여기서 죽는다.]

"그건 모르는 일이죠. 그쪽도 말하지 않았습니까. '매우 높은 확률'이라고. 그러면 매우 낮은 확률로 죽지 않을 수도 있다는 거겠죠."

[다른 세계선에서 재앙을 보고 온 것 아니었나?]

이번에는 내가 놀랄 차례였다.

이제 대도깨비들도 1,863회차의 일을 어느 정도 알게 된 모양이지.

[묵시룡은 일개 성좌나 성운이 막아낼 수 있는 재앙이 아니다.]

나도 안다. 그 끔찍한 묵시룡의 위용을 미래의 세계선에서 직접 느껴봤으니까. 그럼에도 나는 웃었다.

"재미있는 시나리오를 만드는 게 도깨비의 본분 아닙니까? 중계 준비나 잘하시죠."

내 말에 반응하듯, 허공에서 짠 하고 비유가 나타났다.

[바앗!]

[다수의 성좌가 당신의 선택에 경악합니다.]

[소수의 성좌가 당신이 미쳤다고 생각합니다.]

[성좌, '심연의 흑염룡'이 킬킬 웃습니다.]

[후원계의 큰손이 당신의 패기에 300,000코인을 후원했습니다.]

역시 건수가 커서 그런지 들어오는 후원 액수도 크다.

대도깨비는 알 수 없는 눈길로 잠시간 나를 노려보더니 이내 스르르 자취를 감추었다.

[후회하게 될 것이다.]

연기처럼 흩어지는 대도깨비의 신형.

모든 일행이 확실하게 살아남을 방법 하나가 사라지는 순간이었다.

[그대의 판단은 매번 나를 놀라게 하는군.]

이번만큼은 수르야도 감탄했다는 듯한 뉘앙스였다.

나는 내 품에서 의식을 잃은 가브리엘을 내려다보았다.

함께 그녀를 응시하던 한수영이 물었다.

"김독자."

"왜. 또. 뭐."

"오래 생각하고 한 판단 맞지? 같잖은 동정심이라든가, 순간적인 충동은 아니지?"

나는 고개를 끄덕였다.

"그럼 됐어."

한수영의 말투에서는 희미한 원망이 느껴졌다.

내가 말했다.

"화내도 돼. 난 방금 엄청난 기회를 걷어찬 거니까."

"……."

"하지만, 이렇게 하지 않으면—"

"뭐, 그래. 이유가 있겠지. 솔직히 나도 네가 거절할 거라고 생각했어."

"뭐? 왜?"

한숨을 푹푹 쉬며 대답하는 한수영의 말을 받은 것은 유중혁이었다.

"그게 네놈이 살아가는 방식이니까."

평소와 같은 눈으로 이쪽을 응시하는 유중혁을 보며, 두 사람이 내게 무엇을 양보했는지 깨달았다.

맞다. 이것이 내가 살아가는 방식이다.

그리고 그것은 한수영이나 유중혁의 방식은 아니다.

"빌어먹을 〈김독자 컴퍼니〉의 설화엔 이런 방식이 어울리긴 하지. 오늘 일, 나중에 꼭 회고록에 쓸 거야. 물론 여기서 살아남을 때 이야기겠지만."

"지금부터 어떻게 할 것인지나 생각하지."

한수영과 유중혁. 너무나 다른 두 사람.

새삼 깨닫게 된다.

두 사람이 각자의 방식으로 존재했기 때문에 내가 여기까지 올 수 있었다. 각자의 방식으로, 내 의견을 존중해주었기 때문에.

그래서 생각했다. 두 사람이 있다면, 아직 해볼 만하다고.

[같은 진영의 소속원들이 충돌했습니다!]

[현재 혼돈 수치: 96]

하늘에서는 여전히 스파크가 튀고 있었다. 지금쯤이면 회색 구체 안의 전투도 마무리되고 있을 것이다.

이 세계를 파멸로 몰아가는 대가로 살아남을 선과 악이, 저 안에서 곧 모습을 드러내겠지.

한수영이 물었다.

"저거 막을 거야?"

유중혁이 고개를 저었다.

"저 구체는 바깥에서는 침투가 불가능하다."

"그럼?"

"혼돈 수치가 100이 되는 것은 막을 수 없다. 묵시룡은 깨어날 것이다. 그리고 아마 '최초의 꼬리짓'이 시작되겠지."

최초의 꼬리짓.

유중혁도 그 재앙에 관해 아는 모양이었다.

나는 멸살법에 등장하는 묵시룡의 예언을 떠올렸다.

「가장 뜨거운 지옥의 중심에서, 머리가 일곱이고 뿔이 열인 용이 깨어날 것이다.」

「그는 용 중의 용. 혼돈의 중심에서 태어난 모든 용의 수장이자 세계에서 가장 늙은 증오.」

「그 용은 하늘을 한 번, 땅을 한 번 보고 꼬리를 내리칠 것이다. 한 번의 꼬리짓에 별들이 추락하고 세계의 한 방위傍位가 사라지리라.」

1,863회차에서는 그 '꼬리짓'을 보지 못했다. 그곳의 묵시룡은 완전 해방 상태가 아니었으니까. 하지만 이번에는 다를 것이다.

유중혁이 결연하게 주장했다.

"맞서 싸우는 수밖에 없다."

"그딴 소리 할 줄 알았어."

한수영은 허탈한 목소리였다.

[같은 진영의 소속원들이 충돌했습니다!]

[현재 혼돈 수치: 98]

이제 남은 혼돈 수치는 2.

근처에 도착한 일행들이 내 쪽으로 다가왔다.

"아저씨!"

"독자 형!"

신유승과 이길영. 그리고 함선을 이끌고 다가오는 이지혜와 정희원도 보였다. 착잡한 표정의 우리엘도 있었다.

그녀는 내 품에 안긴 가브리엘을 발견하고 대경했다.

[가브리엘!]

나는 가브리엘을 넘겨주었다. 자세히 설명할 시간이 없기 때문에 일행들을 먼저 돌아보았다.

"아저씨, 진짜 묵시룡이 깨어나는 거예요?"

나는 고개를 끄덕였다. 군기라도 잡듯 한수영이 다그쳤다.

"다들 각오해. 이번엔 진짜 장난 아니니까."

"언제는 장난이었어요?"

이지혜의 대답과 함께 일행들도 준비를 마쳤다.

한수영도, 유중혁도, 신유승도, 이길영도, 정희원도, 이지혜도. 모두 굳은 각오를 마친 얼굴들이었다.

나는 마지막으로, 쓰러진 이현성의 얼굴을 바라보았다.

[같은 진영의 소속원들이 충돌했습니다!]

[현재 혼돈 수치: 99]

그리고 묵시룡의 부활이 임박했다.

[다수의 성좌가 공포에 질렸습니다!]

[<스타 스트림>의 성좌들이 혼돈에 빠집니다.]

[성운, <올림포스>가 재앙을 대비합니다!]

[성운, <베다>가 재앙을 대비합니다!]

[성운, <홍익>이…….]

섬 깊은 곳에서 뭔가가 꿈틀거리며 세상천지가 뒤흔들렸다. 창공이 거대한 날갯짓으로 뒤덮이는 느낌. 주변 정경이 잘못 끼운 블록처럼 위태롭게 느껴졌다. 작은 설화들이 조금씩 부서지고 있었다.

지금껏 존재하던 모든 '재앙'의 이름을 박탈하듯, 어마어마한 설화가 깨어나고 있었다.

"김독자. 묵시룡이 깨어나면 제일 위험한 것은 성좌다."

"예언대로라면 그렇지."

"그리고 너는 성좌다."

최초의 꼬리짓은 하늘의 방위를 부순다. 즉, 해당 방위에 위치한 모든 별과 수식언의 맥락이 파괴된다는 이야기였다.

한수영이 이죽거렸다.

"김독자 넌 어느 방위에 있냐? 동쪽? 아니면 서쪽? 재수 없으면 네가 제일 먼저 죽겠네?"

"그럴 수도 있지. 그래서 죽기 전에 살려달라고 좀 빌어보려고."

"뭔 개소리야? 설마 너 묵시룡이랑도 아는 사이야?"

말투는 아니꼬웠지만, 한수영의 눈동자는 빛나고 있었다.

나는 그 기대에 부응해주기로 했다.

"'묵시룡'은 본래 '특정한 용'을 지칭하는 게 아냐. '가장 오래된 선'이나 '가장 오래된 악'이 특정 성좌를 칭하는 게 아닌 것처럼. '묵시록의 최후룡'은 거대 설화 그 자체를 말한다고."

"잠깐, 그러면……."

"아직 이 시점에서 '누가 묵시룡이 되느냐'는 정해지지 않았다는 이야기지."

한수영의 입이 희미하게 벌어졌다.

[현재 혼돈 수치: 100]

[혼돈 수치가 한계점에 도달했습니다!]

등골이 오싹한 느낌과 함께, 세상이 새카맣게 물들기 시작했다.

지반을 뚫고 올라온 불온한 아우라가 섬 전체를 잠식했다.

[가장 뜨거운 지옥에서 '마룡전魔龍殿'이 개방됩니다!]

눈부신 빛살과 함께 공간이 부서져나갔다.

그 공간을 부수고 나타난 거대한 그림자들이 있었다.

이 세계에는 성좌나 초월좌, 이계의 신격을 제하고도 그들의 힘에 육박하는 괴물이 있다.

세상 모든 괴수종의 정점.

그오오오오오오―!

심신을 얼어붙게 만드는 드래곤 하울링.

멸망한 도시의 그림자들이 스치며 오랜 세월 속에 잊힌 고대의 용왕종들이 깨어나고 있었다.

[크아아아아악!]

용의 브레스에 맞은 성좌들이 비명을 흘리며 산화했다.

허공을 뒤덮은 수백 개의 그림자.

아득한 격의 파랑에 〈스타 스트림〉의 성좌들이 경악했다.

하나하나가 성좌의 힘에 육박하는 용왕종.

그 무수한 용들이, 이 세계를 파멸시킬 단 하나의 묵시룡을 뽑기 위해 이 자리에 나타난 것이다.

[거대 설화, '묵시록의 최후룡'이 이야기를 시작합니다.]

[거대 설화, '묵시록의 최후룡'이 재앙의 용을 선별합니다!]

나는 그 압도적인 풍경을 올려다보며 말했다.

"마침 우리한테도 용이 하나 있지."

내 말에 신유승이 내 쪽을 바라보았다. 아이의 곁에는 전신에 두꺼운 철갑을 덧댄 드래곤이 앉아 있었다.

1급 용왕종, 키메라 드래곤.

신유승의 착실한 사육으로 인해 '키메라 드래곤'은 이제 어지간한 성좌에게도 밀리지 않을 정도로 강해졌다.

마계의 낙원에서 태어난 용이 하늘을 향해 거센 포효를 터뜨렸다.

날아오르는 키메라 드래곤을 보며 한수영이 물었다.

"저 녀석이 '왕'이 될 수 있을 거라고 생각해?"

나는 고개를 저었다. 키메라 드래곤은 굉장한 성장력을 지닌 개체지만, 아직 묵시룡의 후보가 되기에는 무리였다.

"그럼 대체 뭘 믿고—"

"한 마리가 더 있잖아."

"뭐? 어디—"

한수영이 멍청한 표정을 지었다.

그녀의 오른손이 뭔가에 반응하듯 격렬하게 꿈틀거렸다.

다음 순간 허공이 갈라지며 새카만 어둠이 폭발했다.

근방에 있던 수십 마리의 용이 비명을 지르며 추락했다. 하늘이 암전되듯 깜빡였고, 새카만 천둥이 지면을 내리쳤다.

심연 사이로 뭔가가 모습을 드러내고 있었다.

흑요석으로 빚은 듯이 고귀한 비늘을 가진 용. 다른 고대룡과는 비교할 수조차 없는 격. 홍옥처럼 빛나는 눈동자가 창공을 오시하자 다른 용들이 몸을 떨며 물러났다. 세상의 어둠을 깎아 만든 날개가 움직일 때마다 황홀한 흑염이 창공을 뒤덮었다.

나는 그 아름다운 유선형의 생명체를 올려다보며 말했다.

"부디 네 배후성이 승리하기를 빌자고."

현시점에서 누구보다 묵시룡에 가까운 존재.

[성좌, '심연의 흑염룡'이 시나리오에 현현했습니다!]

OMNISCIENT READER'S VIEWPOINT

최후룡

Episode 77

I

메타트론은 폐허가 된 회담장을 응시했다. 조금 전까지 병장기를 쥐고 있던 마왕들과 대천사들이 모조리 누워 있었다.

흩어지는 선악의 설화.

임계점을 넘어선 혼돈 수치의 영향이 회색 구체 안까지 침범하고 있었다.

아직 의식이 있는 천사 중 하나가 그를 향해 손을 뻗었다.

[서기관…….]

퍼거걱, 하는 소리와 함께 미카엘의 뒷발이 천사의 머리를 으깼다. 미카엘은 절명한 천사를 걷어찬 후, 품속에 감추고 있던 어린아이 크기의 대천사를 끄집어냈다.

혼절한 대천사는 미카엘의 손아귀에 대롱대롱 붙잡혀 올라왔다.

[라파엘도 죽일까? 이렇게 보내긴 조금 아까운데…….]

[원한다면 살려둬도 상관없습니다. 혼돈 수치는 모두 채웠으니까요.]

[그럼 저 마왕은?]

메타트론은 여전히 치열한 공방이 오가는 구체의 가장자리를 바라보았다.

전신이 넝마가 된 아가레스가 그곳에 있었다.

아스모데우스를 비롯해 '종말의 구도자'들이 합동 공격을 퍼부었지만, 마왕 아가레스는 여전히 쓰러지지 않았다. 전신에서 설화를 줄줄 흘리며, 악귀 같은 원한을 두 눈동자에 새긴 채로.

치열한 전투 속에서도 아가레스는 여전히 궐련을 입에 물고 있었다. 심지어 하나도 아니라 여러 개를.

[성흔, '괴력의 한 개비 Lv.???'가 발동 중입니다.]

[성흔, '민첩의 한 개비 Lv.???'가 발동 중입니다.]

[성흔, '마력의 한 개비 Lv.???'가 발동 중입니다.]

아가레스의 성흔인 [만능 궐련]이었다.

오랫동안 골초로 살아온 아가레스의 주특기. 화신체의 성능을 오버클로킹하는 설화가 잠재된, 오직 아가레스만의 성흔.

무려 대여섯 명의 마왕에게 합공을 받고서도 여전히 버티는 아가레스를 보며, 아스모데우스가 말했다.

[과연 '지옥 동부의 지배자'의 명성이 헛것이 아니었군요. 하지만 언제까지 그렇게 버틸 수 있을까요?]

아가레스는 대꾸하는 대신 새로운 궐련을 꺼내 불붙였다.

정리된 전장을 가로질러 메타트론과 미카엘이 그에게 다가갔다.

아가레스가 말했다.

[메타트론. 다시 생각해라. 이런 식으로는 선악을 지킬 수 없다. 모두가 절멸한 후 기억되는 것이 대체 무슨 의미가 있단 말이냐?]

[기억되기만 한다면 언젠가 부활할 수도 있을 겁니다.]

[부활? 저 빌어먹을 타천사처럼 말인가?]

미카엘이 인상을 찌푸렸다.

[마왕, '타락 천사들의 왕'이 자신의 격을 개방합니다!]

폭풍처럼 밀려오는 미카엘의 격에 아가레스가 설화를 쏟으며 물러났다.

하지만 여전히 그의 시선은 메타트론을 향해 있었다.

[그런 식으로 연명한다 한들 무슨 소용이지? 그건 우리가 아니다. 그렇게 되살아난 우리는 '메타트론'이나 '아가레스'가 아니라, '하늘의 서기관'과 '지옥 동부의 지배자'일 뿐이다!]

[그것이 우리입니다. 지옥 동부의 지배자여.]

메타트론의 등 뒤로 유구한 설화가 흐르고 있었다.

그가 읽고, 그가 살고, 그가 믿어온 설화들이었다.

[가장 오래된 선이 미소를 짓습니다.]

'하늘의 서기관'. 이 세계의 선을 기록하는 자.

무엇이 선인지 정하고, 그 기준이 되는 존재.

자신의 오랜 숙적을 바라보며, 아가레스 또한 자신의 곁을 유유히 흐르는 설화를 느꼈다.

[가장 오래된 악이 고개를 갸웃합니다.]

그것은 그가 추종해온 기나긴 악의 역사였다.

선에게 맞서고, 배제되고, 징벌된 역사.

그 순간, 아가레스는 자신의 수천 년이 하나의 쉼표로 집약되는 것을 느꼈다.

이 흐름은 끝나지 않을 것이다.

'지옥 동부의 지배자'가 살아 있고, '하늘의 서기관'이 있는 한. 그들이 맞서 싸우고, 전쟁을 반복하는 한.

메타트론과 아가레스가 죽어도 또 다른 누군가가 '하늘의 서기관'이 되고 '지옥 동부의 지배자'가 될 것이다.

[그딴 것이 선악이라면…….]

퉤, 하고 바닥에 가래침을 뱉은 아가레스가 쓰게 웃었다.

[나는 이제 악을 그만두겠다.]

아가레스의 손끝에서 궐련이 튀어 올랐다.

허공을 회전하며 연기를 그리는 궐련.

아스모데우스가 다급히 외쳤다.

[막아!]

소용돌이치는 연기가 아가레스의 전신을 휘감았다.

[성흔, '비겁의 한 개비 Lv.???'가 발동합니다!]

희뿌연 연기가 폭발하며, 공격이 쏟아졌다.

이윽고 연기가 걷힌 자리에 남은 것은 바닥을 구르는 궐련 한 개비뿐이었다. 종말의 구도자들이 허탈하게 병장기를 회수했다.

메타트론은 바닥의 궐련을 내려다보았다. 아직 꺼지지 않은 담배 끝에서 매캐한 연기가 피어올라 허공을 맴돌았다.

적수는 떠났고, 이제 선은 홀로 남았다.

이것은 외로움일까 아니면 일종의 해방감일까. 메타트론은 알 수 없었다.

누군가가 널브러진 꽁초를 짓밟아 껐다.

[가장 오래된 악이 새로운 악을 눈여겨봅니다.]

고개를 들자 아스모데우스가 새침하게 웃고 있었다.

[아쉽게 되었군요. 아가레스의 '벽'은 제가 가질 생각이었는데.]
아스모데우스를 보며 메타트론이 말했다.
[곧 가지게 될 것입니다.]
어쨌거나 이것으로 소기의 목적은 달성했다.

[현재 혼돈 수치: 100]

혼돈 수치는 모두 차올랐고, 묵시룡은 부활 시퀀스에 돌입했다.
곧 멸망이 시작될 것이다.

[회담장이 붕괴됩니다.]

회담장을 감싸던 회색 구체가 조금씩 무너지면서, 대천사들의 시체가 바닥으로 낙하하기 시작했다.
그 광경이 즐거운지, 아스모데우스가 물었다.
[그런데 진짜로 괜찮은 건가요?]
메타트론은 침묵했다. 무엇이 괜찮고 안 괜찮고를 논할 수 있는 시기는 이미 오래전에 지났다.
추락하는 천사들을 보며, 메타트론은 가장 교과서적인 답변을 꺼냈다.
[모든 것이 선의 뜻입니다. 가장 이상적인 ■■에 도달하기 위한.]
■■.
모든 성좌의 염원이자 별들의 이야기가 끝나는 곳.
그러자 아스모데우스가 말했다.
[■■이라…… 그런 것을 추구하는 성좌는 결국 비슷해지는 모양이군요. 당신은 내가 아는 누군가와 정말 닮았습니다. 성향은 완전히 반대지만.]

그게 누구냐고 물으려는 순간, 메타트론은 창공을 찢는 용의 하울링을 들었다.

그아아아아아—!

수천 마리는 족히 되어 보이는 용들이 하늘을 쏘다니며 격전을 펼치고 있었다. 끊임없이 터지는 폭음. 날개가 찢어진 용들이 바닥으로 추락했다.

메타트론이 기대하던 정경은 아니었다.

아직 묵시룡이 부활하지 않았다고?

[뭘 그렇게 놀랍니까? ■■을 추구하는 건 우리만이 아닙니다.]

지상에서 이쪽을 올려다보는 한 사내를 내려다보며, 아스모데우스가 웃었다.

[성좌, '심연의 흑염룡'이 포효합니다!]

'심연의 흑염룡'은 강했다.

천공을 뒤덮은 수십 마리의 용을 단숨에 찢어발기며 급부상한 녀석은, 그야말로 패도적인 격으로 존재감을 과시하고 있었다.

역시 멸살법 최강의 성좌 중 하나다웠다.

자신의 배후성이 활약하자 신이 난 한수영은 붕대를 흔들며 외쳤다.

"처음으로 자랑스럽네, 흑염룡! 다 죽여버려!"

"힘내, 키메라 드래곤!"

양손을 꼭 잡은 신유승도 간절한 얼굴로 하늘을 올려다보고 있었다.

['심연의 흑염룡'의 존재감이 강해집니다!]

['키메라 드래곤'의 존재감이 강해집니다!]

심연의 흑염룡과 키메라 드래곤이 다른 용을 쓰러뜨릴 때마다 그들의 위상도 상승했다.

장렬한 전투를 보고 있으려니 나까지 심장이 거칠게 뛰는 느낌이었다.

나는 용들을 보다가 유중혁에게 눈짓했다.

"알겠다."

내 눈짓을 받은 유중혁은 일행들과 함께 움직였다.

녀석이 맡은 일은 묵시룡이 움직이기 전까지 주변 성운들과 접촉하는 것이었다.

그리고 내게도 해야 할 일이 있었다.

나는 허공의 용을 하나하나 관찰하며 생각했다. 묵시룡의 부활은 이번이 처음이 아니다.

아마 저 가운데 지난번의 '묵시룡'도 있을 것이다.

[몇몇 용왕종이 당신의 존재를 인식했습니다.]

"이런."

콰아아아아아!

나는 반사적으로 [전인화]를 발동해 브레스를 막아냈다. 몇몇 용왕종이 나를 노려보다가 고개를 갸웃하며 다시 날아갔다. 뭔가 이상한 것이라도 본 것처럼.

왜들 저러지? 난 드래곤도 아닌데.

그리고 메시지가 떠올랐다.

[당신은 '용의 제전'에 참가할 수 있습니다.]

뭐?

['용의 제전'에 참가하시겠습니까?]

갑작스레 떠오른 메시지에 어안이 벙벙해졌다.

아니, 난 성좌이긴 해도 용은 아닌데 왜 이런 메시지가.

"그대는 왜 참가하지 않는가?"

대체 언제 다가왔을까. 바로 곁에서 들려오는 목소리가 있었다.

나는 경계심을 늦추지 않은 채 그쪽을 돌아보았다.

성별을 알 수 없는 미형의 인간이 서 있었다. 환하게 빛나는 붉은 머리카락. 강력한 격은 느껴지지 않지만, 어딘가 신비한 기운이 감도는 외모였다.

환생자인가?

그럴 수도 있다. 이 섬에는 일권무적 유호성처럼 실력을 숨긴 극소수의 강자가 있으니까.

"그대는 왜 참가하지 않는지 물었다."

"무슨 말씀이신지 모르겠지만, 저는 자격이 없습니다."

"왜지? 그대도 용의 심장을 가지고 있지 않은가."

그 말을 듣고서야 퍼뜩 깨달았다.

[설화 파편, '어린 골드 드래곤의 망가진 심장'이 약동합니다!]

그러고 보니 내 심장은 골드 드래곤의 것이었다.

언젠가 '이야기의 지평선'에서 흡수한 설화 파편.

[설화 파편, '어린 골드 드래곤의 망가진 심장'이 용의 제전에 참가하고 싶어 합니다.]

아까부터 심장이 거칠게 뛰는 게 이상하다 싶었는데, 그래서였나.

환생자가 물었다.

"그대가 진정 용이라면, 마땅히 이 상황에 분노해야 한다."

"이 상황이 어떤 상황인데요?"

"위대한 용들이 한낱 시나리오의 소재 거리로 쓰이는 상황이지."

거칠게 뛰던 심장이 아주 천천히 차갑게 식는 기분이었다.

환생자는 말을 이었다.

"선악, 소통, 윤회…… 〈스타 스트림〉의 거대한 테마 속에서, 용들은 끊임없이 이용당해왔다. 그대도 용이라면 제전에 참가하라. 묵시를 실천할 최후룡이 되어, 세상의 멸망에 기여하라. 그대에게서 존재를 박탈한 시나리오의 최후를 목도하라."

나는 환생자를 유심히 들여다보았다.

선악, 소통, 윤회…… 아주 오래 살아온 환생자라면 〈스타 스트림〉의 그 테마를 모두 겪었을 수 있다.

정말, 아주 오랫동안 살아온 환생자라면.

나는 잠시 고민하다가 말했다.

"시나리오의 모든 이야기가 꼭 불행으로만 점철되는 것은 아닙니다. 시나리오가 존재하기에 발견할 수 있는 것도 있습니다. 환생자들의 섬에만 있어서 모르시겠지만, 시나리오는 분명 변하고 있습니다."

이런 말을 하는 내가 싫지만, 그럼에도 절반 정도는 진심이었다.

멀리서 성좌들과 접선하는 유중혁과 동료들이 보였다.

환생자가 나와 같은 광경을 보며 말했다.

"변하고 있다? 시나리오가 어떻게 변했지? 이제 용이나 괴수도 설화의 주인공이 될 수 있다는 건가?"

"그런 설화는 이미 있습니다."

"하지만 인기가 없을 텐데?"

"인기 있는 설화도 있습니다. 과거에도 있었고요. 당신도 알잖습니까? 「니벨룽겐의 노래」라든가 「성 제오르지오 전설」에서도……."

"거기서 용들은 주인공이 아니었어."

허공에서 몇몇 용이 길을 잃고 부딪치며 추락했다.

환생자가 말을 이었다.

"용들은 항상 사냥당하는 존재였을 뿐이야. 만악의 근원으로 불리며, 인간 공주를 납치하거나 황금 따위를 모으는 볼품없는 악당이었지. 지금 생각해보면 우스운 일이야. 용이 왜 금이나 다른 종족의 암컷 따위에 관심을 가져야 하지?"

"그런 이야기만 있는 것은 아닙니다. 인간 세상에 나와 유희를 즐기는 드래곤이 활약하는 시나리오도 많습니다. 가령—"

"'미형의 인간으로 폴리모프polymorph한 드래곤'. 그게 정말 순수한 드래곤이라고 생각하나?"

나는 아무 말도 할 수 없었다.

환생자가 말했다.

"수만 년 전에도 용의 쓰임새는 한결같았지. 결국 다른 종족을 위한, 성좌들을 위한 시나리오들이었다."

목소리가 이어질 때마다 환생자의 목소리에 심상치 않은 격이 묻어 나오고 있었다.

"용을 용으로 대우한 시나리오는 하나도 없었다. 용은 늘 소비되었고, 규정되었고, 시나리오의 공략 대상이 되었지. 지금도 크게 다르지 않을 것이다."

조금씩 숨을 쉬는 것이 버거워졌다. 주변 공기가 달라지고 있었다.

설화급 성좌인 나를 옭맬 정도의 격.

하늘에서 포효하는 '심연의 흑염룡'이 이쪽을 향해 날아오고 있었다.

흑염룡을 보며 내가 말했다.

"제가 바꿀 겁니다."

"그대가? 어떻게?"

"다신 용들이 불행해지지 않도록 만들 겁니다."

[성좌, '은밀한 모략가'가 당신을 바라봅니다.]

별들의 시선이 모이고 있었다.

[절대다수의 성좌가 당신을 바라봅니다.]

[다수의 성좌가 당신의 결을 보며 경악합니다!]

환생자가 무표정한 눈으로 나를 보고 있었다.

"홍미롭군."

환생자의 외형이 변하기 시작했다.

폴리모프.

유희를 즐기는 드래곤이 즐겨 쓰는 마법.

"수만 년 전에도 내게 비슷한 제안을 한 도깨비가 있었지. 용이 시나리오의 주인이 될 수 있는 세계를 만들어주겠다고 했다."

눈앞이 캄캄해지는 느낌이었다. 오감이 말을 듣지 않았다. 어둑해진 시야가 정신없이 흔들렸고, 코에서는 설화가 주룩주룩 쏟아졌다.

응원하던 신유승이 실 끊어진 인형처럼 쓰러졌다.

한수영도 입과 코에서 피를 쏟아내며 나를 보고 있었다. 고막이 터질 듯한 이명 속에서 한수영의 메시지가 들려왔다.

—김, 독자, 이게, 무슨 일…….

손발이 벌벌 떨렸다.

나는 바닥에 주저앉은 채 어떻게든 고개를 들려고 애썼다.

이런 것을 '격'이라 부를 수 있는가.

[성좌, '악마 같은 불의 심판자'가 당신에게 도망치라고 말합니다!]

[성좌, '가장 어두운 봄의 여왕'이 다급한 표정으로 당신을 바라봅니다!]

[성좌, '부유한 밤의 아버지'가……!]

아득한 용언龍言이 귓가로 밀려들었다.

[나를 속였던 그 도깨비는 '도깨비 왕'이 되었다.]

태양이 사라지고, 세상이 누군가의 그림자로 덮이고 있었다.

종말의 용. 묵시록의 최후룡이 마침내 재앙의 날개를 펼쳤다.

2

['제4의 벽'이 격렬하게 반응합니다!]

전대의 묵시룡이 날아오르며 설화의 폭풍이 발생했다.

시야가 위태롭게 흔들리고, 나는 고정대를 잃은 허수아비처럼 흔들렸다.

순식간에 창공까지 날아오른 용이 울음을 토하자 세상의 모든 소리가 잠들었다. 화신체들은 머리가 터져버렸고, 전장의 성좌들은 귀를 막은 채 설화를 쏟아냈다.

ㅊㅊㅊㅊㅊ…….

묵시룡이 지나간 하늘에 새카만 구멍이 뚫려 있었다.

우왕좌왕하는 용족들이 겁에 질려 달아났고, 분수를 모르고 덤벼들던 용들은 묵시룡의 날개에 스쳐 핏덩이가 되었다.

하늘의 중심에서 '심연의 흑염룡'이 묵시룡을 기다리고 있었다.

[성좌, '심연의 흑염룡'이 자신의 적수를 바라봅니다.]

포효한 흑염룡이 묵시룡을 향해 달려들었다.

두 용이 뒤엉키며 허공에서 격전이 펼쳐졌다. 사실 격전이라기보다는 어른과 열다섯 살의 싸움에 가까웠다.

[성좌, '심연의 흑염룡'이 분노합니다!]

흑염룡도 다른 용보다 몇 배는 커다란 몸집인데, 묵시룡 앞에서는 그런 흑염룡이 해츨링처럼 보였다.

"지지 마! 지면 나한테 죽는다!"

자신의 배후성을 응원하는 한수영의 몸에서도 설화들이 흐르고 있었다.

그녀의 거대 설화들이 자신의 배후성을 위해 이야기하고 있었다.

"파멸의 아포칼립스! 심연의 어비스! 이런 거 몇 번이고 말해줄 테니까 지지 마! 제발!"

그녀의 말에 부응하듯, 심연의 흑염룡이 브레스를 뿜어냈다.

브레스에 맞은 용들이 불에 타는 연처럼 떨어졌다. 하늘 전체가 검은 불꽃으로 뒤덮이는 듯했다.

[강한 용이구나. 내가 잠들기 전에는 너와 같은 존재가 없었지.]

[주접 떨지 마, 늙은이. 그런 꼰대 같은 소리나 들으려고 현현한 게 아니니까.]

[버릇을 고쳐줄 필요가 있어 보이는군.]

날갯짓으로 브레스를 피해낸 묵시룡이 브레스로 반격했다. 피할 틈도 없는 카운터였다.

슈우우우우—

일격을 피해낸 것은 흑염룡의 기지였다. 순간 열다섯 살 소년으로 변신한 흑염룡이 용언 마법으로 [메테오 스트라이크]를 사용했다.

떨어지는 운석 조각에 맞은 묵시룡이 분노했다.

[폴리모프? 네놈도 결국 똑같구나.]

[지랄! 너도 아까 폴리모프 했잖아.]

[그건 순수한 용이 해서는 안 되는 짓이다.]

으르렁거리며 본체의 모습으로 돌아간 흑염룡이 외쳤다.

[나는 내가 원하는 대로 하며 살 거야! 인간이 되든, 오크가 되든, 내 맘이야!]

[모든 용을 대표하기엔 부족한 놈이군.]

물고 할퀴는 격전에 스파크가 튀었다.

흑염룡의 공격을 묵묵히 받아내던 묵시룡이 천천히 입을 벌렸다.

흑염룡도 곧장 브레스를 모았다.

브레스와 브레스의 대결.

짙은 흑염의 숨결과 묵시룡의 홍염이 부딪쳤다.

다음 순간, 하늘의 색깔이 일제히 바뀌었다.

눈앞에 태양이 있는 듯한 열기.

장관이지만 그것을 보고 감탄할 수 있는 이는 없었다. 열기를 견디지 못한 환생자들은 황홀한 불꽃을 눈에 새긴 채 잿더미가 되었다.

[거대 설화, '묵시록의 최후룡'이 '최후룡'을 정했습니다.]

'심연의 흑염룡'은 이 자리에서 가장 '묵시록의 최후룡'에 가까운 후보였다.

하지만 반대로 말하면, 아직 '최후룡'은 아니란 뜻이었다.

['용의 제전'의 승자가 가려졌습니다.]

붉은 구름 아래로, 뭔가가 힘없이 추락했다.

"흑염룡!"

날개 외피가 불타오르고, 동체 곳곳이 찢긴 흑염룡.

분하다는 듯, 추락하는 흑염룡의 눈이 나를 향해 말했다.

「아아, 한 손만으로 싸우는 건 무리였나…… 뒤는 너에게 맡긴다, 보이.」

전개는 내가 아는 원작과 마찬가지였다.

전대의 묵시룡은 원숙한 신화급 성좌의 힘을 가진 존재.

이제 저 용은 그 격마저 아득히 뛰어넘는 재앙으로 다시 한번 진화할 것이다.

입에서 피를 한 사발 토해낸 한수영이 다그쳤다.

"김독자! 이거 뭔데! 네 계획이랑 다르잖아!"

"원작대로야."

"무슨 뜻인데? 잘 되고 있다는 거야 안 되고 있다는 거야?"

뒤쪽에서 유중혁의 메시지가 들려왔다.

—부를 수 있는 녀석들은 모두 불렀다, 김독자.

유중혁의 배후로 성좌들이 모여들고 있었다. 모두 망연한 표정으로 하늘을 응시하고 있었다.

쿠구구구구!

세상의 빛을 삼킨 용의 거체에 〈스타 스트림〉의 개연성이 모이고 있었다.

[저건 대체…….]

묵시룡의 부활은 이미 결정되어 있었다. 시나리오에는 사건이 필요하고, '묵시룡'은 사건 그 자체다. 〈스타 스트림〉의 의지가 사건을 원하는 한, 묵시룡의 부활은 정해진 것이다.

원작에서도 이 부활을 막기 위한 다양한 시도가 있었지만, 한 번도 성공한 적은 없었다.

그럼에도 여기서 얼쩡거리며 전대의 묵시룡을 찾아 헤맨 것. 용의 설화에 관한 이야기를 나눈 것. 그리고 심연의 흑염룡이 자신의 격을 희생하며 질 싸움을 이어간 것.

모두 시간을 벌기 위해서였다.

[거대 설화, '묵시록의 최후룡'이 이야기를 시작합니다!]

웅웅거리는 소리와 함께 품속의 스마트폰이 빛을 뿌리기 시작했다.

「지옥의 가장 뜨거운 자리에서 묵시록의 재앙이 눈을 떴으니」

tls123이 보낸 최종본에도, 묵시룡의 부활은 예정되어 있었던 모양이다.

「지난한 설화 속에서 삶을 잃은 용들이 포효하고」

「바야흐로 붉은 종말의 계절이 찾아오리라」

추락한 용들이 처절한 울음을 토했다. 설화 속에 희생되고, 넋마저 빼앗긴 채 이름으로 박제된 용들이 자신들의 왕을 향해 경배하고 있었다.

하늘 건너편에서 메타트론과 아스모데우스의 모습이 보였다. 회담장의 전투도 이제 막 끝난 모양이었다.

메타트론이 묵시룡의 거체를 올려다보며 말했다.

[왔는가. 하르마게돈의 악룡이여…….]

거대 설화 「하르마게돈」의 악룡.

한때는 악의 표상이었으나, 가장 오래된 악조차 그 무게를 감당하지 못한 태초의 악.

그 악룡이 선악의 성좌들을 오연히 내려다보았다.

[늙은 설화들이여. 이제 멸망의 약속을 지킬 때가 되었다.]

공기가 거칠게 폭발하며, 묵시룡의 거체가 대기권을 관통했다. 묵시룡이 사라진 하늘의 바깥에서 어마어마한 스파크가 튀고 있었다.

[메인 시나리오가 갱신 중입니다!]

[재앙의 개연성이 시나리오의 한계치를 초과했습니다.]

[시나리오의 난이도가 자동 조정됩니다.]

[재앙의 난이도에 알맞은 시나리오가 재할당됩니다.]

그럴 줄 알았다. 내 기억이 맞는다면, 원작에서 '묵시룡'은 85번 메인 시나리오의 재앙이다. 그리고 '성마대전'은 80번 메인 시나리오다.

[시나리오 도약이 발생했습니다!]

[재앙의 난이도가 비정상적으로 높습니다.]

[과도한 시나리오 도약으로 화신체에 이상이 발생했습니다.]

(…)

[89번째 메인 시나리오가 시작됩니다.]

〈메인 시나리오 #89 - '묵시록의 최후룡'〉

분류: 메인

난이도: 측정 불가

클리어 조건: '묵시록의 재앙'을 막아내시오.

제한 시간: 해당 시나리오는 제한 시간이 존재하지 않습니다.

보상: '묵시록의 최후룡'과 관계된 거대 설화, ???

실패 시: 〈스타 스트림〉의 멸망 가속

* 이 시나리오는 페이즈가 구분되어 있습니다. 시스템 메시지를 참고하여 재앙에 대비하세요.

나는 침중한 마음으로 시나리오 메시지를 읽었다.

89번 시나리오라.

시나리오 번호가 원작보다도 후반부였다.

시나리오는 후반부로 갈수록 허용되는 개연성이 커진다.

즉, 지금부터 강림할 묵시룡은 원작보다 더 강력하다는 뜻이었다.

[<스타 스트림> 전역에 재앙 경고가 울려 퍼집니다!]

[곧 부활한 묵시룡이 활동을 시작할 것입니다.]

[<스타 스트림>의 모든 지역이 89번 시나리오의 대상이 됩니다.]

"독자 씨. 모두 데려왔어요."

뒤를 돌아보자 정희원과 〈김독자 컴퍼니〉, 그리고 우리를 따르는 성좌들의 모습이 보였다. 몇 시간 전까지 치고받으며 싸우던 이들. 나와 흑염룡이 시간을 버는 동안 유중혁이 규합해 온 아군들이었다.

[미안하다. 생각보다 많이 모아오진 못했어.]

디오니소스가 민망하다는 얼굴로 뒤통수를 벅벅 긁었다. 그의 뒤쪽으로 〈올림포스〉의 신좌들이 도열해 있었다.

'사랑과 미의 여신', 아프로디테.

'흉포의 군신', 아레스.

'정의와 지혜의 대변자', 아테나.

'하늘 걸음의 주인', 헤르메스.

'화산의 대장장이', 헤파이스토스.

'순결한 달빛의 사냥꾼', 아르테미스…….

모두, 우리와 함께 〈기간토마키아〉를 만든 장본인들이다.

[아버지나 생선 아찌한테도 연락은 해봤는데…….]

'번개의 좌' 제우스나 '해역의 경계를 긋는 창' 포세이돈은 참가하지 않은 모양이었다. 〈기간토마키아〉에서 신화급 성좌들이 보여준 위용을 생각하면 아쉬운 일이었다.

[이걸론 부족하지?]

"솔직히 말씀드리면…… 그렇습니다."

〈올림포스〉는 강력하지만, 이들만으로 묵시룡을 막기는 불가능했다.

'최초의 꼬리짓'이 원작의 묘사 그대로라면 지금의 전력만으로는 꼬리짓의 첫 번째 충격파를 견뎌내기도 힘들 것이다.

그리고 누군가의 진언이 들려왔다.

[내 옛 동료들도 돕겠다는군, 구원의 마왕.]

북쪽의 하늘에서 빛이 일었다.

[성운, <베다>의 성좌들이 시나리오에 현현했습니다!]

황홀한 불길과 함께, 먹구름을 꿰뚫고 나타난 성좌들이 있었다. 그들의 외양을 보는 순간, 머릿속에서 멸살법의 페이지가 넘어갔다. 언젠가 만날 것이라 예상은 했지만, 이런 식으로 만날 줄은 몰랐던 존재들.

'야차신왕夜叉神王', 쿠베라.

'정화의 불꽃', 아그니.

거기다 '그치지 않는 폭풍', 바유까지.

모두 '지고한 빛의 신' 수르야와 함께 〈베다〉의 '로카팔라'에 소속되어 있던 설화급 성좌였다.

[묵시룡이란 녀석은 어디에 있지?]

[오랜만에 괜찮은 설화를 얻을 기회로군.]

[인드라 녀석은 부상이 심해서 오지 못했다.]

그것이 시작이었다.

[성운, <파피루스>의 성좌들이 시나리오에 현현했습니다!]

동쪽의 하늘에서.

[성운, <수호의 나무>의 성좌들이 시나리오에 현현했습니다!]

다시 서쪽의 하늘에서.

[성운, <아스가르드>의 성좌들이 시나리오에 현현했습니다!]

[성운, <십이지>의 성좌들이 시나리오에 현현했습니다!]

…….

한때 적이던 성좌들이 〈스타 스트림〉의 재앙 앞에 하나둘 모이고 있었다.

눈부신 별들의 현현에 유중혁과 한수영을 비롯한 〈김독자 컴퍼니〉 동료들이 내 곁에 붙어섰다. 다들 긴장한 얼굴이었다.

"주눅 들 필요 없습니다. 우리도 이제 저들 중 하나니까."

실제로 우리를 보는 성좌들의 시선은 예전과 달랐다. 처음 〈김독자 컴퍼니〉가 만들어졌을 때 우리에게 쏟아진 시선이 경멸이나 멸시에 가까웠다면, 이제 그들의 눈빛은 시기에 가까웠다.

〈김독자 컴퍼니〉는 스스로의 힘으로 여기까지 왔다.

다시 스스로의 힘으로 '마지막 시나리오'까지 나아갈 것이다.

아직 대전장에 합류하지 않고 있던 국지전장의 성좌들까지 합류하자, 이제 모여든 성좌는 오백이 훌쩍 넘었다.

그런데 새로 합류한 녀석들에게 정신적인 문제가 있었다.

[고작 용 한 마리에 무려 거대 설화라니. 한참 남는 장사로군.]

[모두 꺼져라. 묵시룡은 우리 성운에서 사냥하겠다.]

[아뇨, 저 묵시룡은 우리 〈수호의 나무〉가 처리하겠습니다.]

[수르야, 우릴 저 묵시룡까지 태워주겠어요?]

이야기를 들은 수르야가 어처구니없다는 표정을 지었다.

[미친놈들이군. 방금 무슨 일이 있었는지 보지 못한 건가?]

[아아, 봤죠. 그 이상한 시나리오 연출.]

그 말을 한 것은 국지전장에서 막 합류한 '새벽 별의 여신' 바카리네였다.

[고작 일개 괴수종이 그런 격을 가질 턱이 없잖아요, 수르야. 〈베다〉에서 탈퇴하더니 코인이 궁했던 모양이죠?]

[그건 연출이 아니었—]

[열차 기관장께선 겁먹으신 것 같으니 우리끼리 공략 들어갑시다.]

〈스타 스트림〉의 모든 성좌가 묵시룡을 아는 것은 아니었다. 묵시룡이 부활한 것은 이미 수만 년도 더 전의 이야기니까.

어떤 신화는 성좌들에게도 까마득한 옛날의 일인 것이다.

재앙을 겪은 이도, 재앙 후에 태어난 이도 모두 재앙을 잊기에 충분한 시간.

메타트론이 경고하듯 입을 열었다.

[다들 진정하십시오. 독단적인 행동은 곤란합니다. 저 묵시룡은—]

[그쪽은 찌그러져 있어. 당신이 한 짓 때문에 '성마대전'의 설화가 통째로 날아갔으니까.]

그리고 기다렸다는 듯 시스템 메시지가 떠올랐다.

['묵시록의 최후룡'이 활동을 시작했습니다!]

3

〈첫 번째 페이즈 경보〉

— 3분 뒤 '최초의 꼬리짓'이 시작됩니다.

— '최초의 꼬리짓'은 묵시룡의 부활재해復活災害입니다.

— '최초의 꼬리짓'은 〈스타 스트림〉의 4분의 1을 궤멸시킬 것입니다.

〈스타 스트림〉의 사분의 일이 궤멸한다.

그야말로 어마어마한 페이즈 정보였다.

그런데 시나리오 메시지를 읽은 성좌들은 여전히 긴가민가하는 투였다.

[사분의 일이 죽어? 관리국도 농담을 할 줄 아는군.]

[도깨비놈들도 뻥카가 늘었다니까.]

성좌는 대부분 시나리오를 진행하기보다는 시나리오를 관람하는 데 익숙한 자들이었다.

자신의 삶을 위로받기 위해 다른 이의 이야기를 착취하는 존재들.

그들은 도깨비의 고객이고, 그렇기에 관리국이 그들 모두를 절멸시킬 시나리오를 만들 턱이 없다고 믿었다.

하지만 아직 모르고 있었다. 이 세계의 어떤 이야기는, 관객조차 시나리오의 대상으로 만든다는 것을.

대기권 너머에서 힘을 비축하는 묵시룡을 향해 성좌들이 일제히 도약했다.

[거대 설화는 우리 것이다!]

성좌들의 눈동자에 탐욕이 내비쳤다.

「묵시록의 최후룡」은 '성마대전'을 대체하는 시나리오.

만약 여기서 '묵시룡'을 쓰러뜨릴 수만 있다면, 최강의 '거대 설화'를 얻게 될 것이다.

그 움직임에 조급해졌는지, 기존 성운의 성좌들도 일제히 대기권으로 도약했다.

[성좌, '새벽 별의 여신'이 자신의 격을 해방합니다!]

[성좌, '야차신왕'이 자신의 격을 해방합니다!]

가장 먼저 나선 이들은 '새벽 별의 여신' 바카리네와 '야차신왕' 쿠베라였다.

[성운, <수호의 나무>가 소속 성좌에게 개연성을 할당합니다!]

[성운, <베다>가 소속 성좌에게 개연성을 할당합니다!]

멀어지는 성좌들을 보며 일행들의 표정이 다급해졌다.

"우리도 가야 하는 거 아니에요?"

"절대로 안 됩니다."

나는 신신당부하듯 말했다.

부나방처럼 뛰어든 성좌들을 제외하고, 연식이 오래된 대부분의 성좌는 우리처럼 자리를 지키고 있었다. 이 싸움의 결과를 알고 있는 듯했다.

시치미를 뚝 뗀 채 상황을 지켜보는 메타트론에게 내가 물었다.

"메타트론. '묵시룡의 봉인구'를 만들 겁니까?"

나를 물끄러미 내려다보던 메타트론이 온화하게 웃었다.

[물론 그럴 겁니다. 1,863회차에서도 그랬으니까요. 세상에 악이 도래했으니 이제 모두를 구해야 하지 않겠습니까.]

몇 시간 전까지 서로 목숨을 노리고 대치했던 건 까맣게 잊었는지, 메타트론의 눈빛은 성스러운 빛으로 물들어 있었다. 예전부터 이상한 낌새를 느끼긴 했는데, 이렇게 보니 진짜로 미친 것 같다.

"그 계획이 성공하면 당신도 목숨을 잃을 텐데요. 그러면 세상에 '선'은 사라질 겁니다."

[제가 사라지는 것이지, 선이 사라지는 건 아닙니다.]

벽창호와 얘기하는 기분이었다. 나는 고개를 절레절레 흔들며 돌아섰다.

뒤쪽에서 비유만큼 작아진 '심연의 흑염룡'과 그런 흑염룡을 쓰다듬고 있는 한수영이 보였다.

지친 흑염룡이 허공을 향해 작은 불길을 토했다.

한수영이 말했다.

"김독자."

"왜."

"너 뭐 얘기 안 한 거 있지?"

나는 잠깐 멈칫했다가 되물었다.

"뭔 소리야?"

"아니, 수상하잖아. 평소의 너라면 정보부터 다 공유하고 시작했을 텐데…… 너 이번 시나리오에 대해선 왜 정확히 말을 안 해?"

눈을 가늘게 뜬 한수영이 나를 노려보며 말을 이었다.

"이길 방법이 있기는 한 거지?"

"있어."

"확신할 수 있어? 또 이상한 방법 쓰려는 건 아니고?"

"이상한 방법이 뭔데?"

한수영이 손가락으로 자신의 목을 확 그었다.

내가 웃으며 답했다.

"걱정 마. 안 그럴 거야."

하지만 한수영은 전혀 납득한 얼굴이 아니었다.

말을 보탠 것은 신유승이었다.

"아저씨, 그럼 저 성흔은 왜 켜놓은 거예요?"

[성흔, '희생의지 Lv.8'가 발동 중입니다!]

내가 만든 유일한 성흔이, 허공에서 메시지를 띄우며 일행들 몸에 힘을 불어넣고 있었다.

정희원이 말했다.

"이제 끄면 안 돼요? 아까부터 계속 거슬리는데."

"게다가 성흔 레벨은 또 왜 이렇게 높담……."

이지혜도 투덜거렸다.

나는 변명하듯 말했다.

"이건 그냥 여러분의 힘을 증폭하려고 켜둔 것뿐이에요. 진짜로 이상한 생각은 없습니다."

그러자 이길영이 끼어들었다.

"근데 그 성흔, 동료를 위해 희생하려 할 때만 발동하는 거잖아요."

"아저씨 지금 우리 속이려는 거지?"

"설마 독자 씨 또……."

일행들에게서 일어나는 무시무시한 살기에 주변 성좌들이 흠칫 몸을 떨었다. 멀리서 상황을 지켜보던 유중혁이 칼을 뽑고 있었다.

나는 다급히 묵시룡 쪽을 가리켰다.

"잠깐만요. 지금 그런 거 신경 쓰실 때가 아닙니다. 저기 재밌는 구경거리 있으니까 다들 저거 보세요."

유성처럼 뻗어나간 성좌들의 꼬리가, 마침내 묵시룡의 지척에 다다르고 있었다.

"이제 저 친구들, 다 죽을 거예요."

"다들 준비해라. 곧 시작된다."

유중혁도 흑천마도를 뽑으며 말을 이었다.

"놈의 꼬리짓은 총 3단계로 이루어져 있다. 강력한 재앙인 만큼, 세 번에 걸친 충격파가 날아올 거다."

"세 번이나 온다고요?"

이지혜의 물음에 내가 대신 첨언했다.

"충격파는 시발점에서 가까울수록 상쇄가 쉬워. 그리고 처음 두 번은 죽어라 노력하면 버틸 만한 정도니까 너무 걱정하지 마."

중요한 것은 '세 번째 충격파'다.

그리고 그것을 막아내지 못하면 우리는 모두 죽고 〈스타 스트림〉의 사분의 일이 날아갈 것이다.

멀리서 성좌들과 묵시룡이 충돌하는 모습이 보였다. 바카리네가 쏘아 보낸 빛의 파랑이 묵시룡에게 직격했고, 쿠베라의 거환도가 묵시룡의 등을 베었다.

묵시룡의 꼬리가 움직인 것은 바로 그 순간이었다.

['최초의 꼬리짓'이 시작됩니다!]

['첫 번째 충격파'가 발현합니다!]

순간 무슨 일이 벌어진 것인지 알 수 없었다.

멀리서 새파란 빛이 터졌다. 고도로 응축된 스파크라는 것을 깨달은 것은 차후의 일이었다.

〈스타 스트림〉의 개연성을 너무나 끌어 쓴 까닭에, 후폭풍 그 자체가 되어버린 파멸의 전격.

저것이 바로, 묵시룡의 꼬리가 만든 '첫 번째 충격파'였다.

[이깟 것, 이깟 것 따위—]

쿠베라가 반항하며 소리쳤고, 바카리네가 놀라서 소리를 질렀다.

묵시룡에게 도전한 수십의 성좌들이 동시에 자신의 격을 방출했다. 그리고.

뭔가가 부서졌다.

[성좌, '새벽 별의 여신'이 소멸했습니다.]

[성좌, '야차신왕'이 소멸했습니다.]

[성좌, '깊은 밤의 늑대'가 소멸했습니다.]

…….

빗발처럼 쏟아지는 간접 메시지.

일대의 별들이 대폭발을 일으키며 동시에 산화하고 있었다.

이지혜가 멍한 목소리로 중얼거렸다.

"저게 버틸 만하다고?"

대답할 말이 없었다. 나도 실제로 꼬리짓을 목격한 것은 이번이 처음이기 때문이었다.

성좌들을 불태우며 체구를 더욱 불린 전격파는 〈스타 스트림〉 전역으로 뻗어나갈 준비를 마쳤다.

그리고 그 시작점에 우리가 있었다.

[미친, 달아나!]

겁에 질린 몇몇 성좌가 몸을 틀었다.

하지만 지금 달아난다고 달아날 수 있는 공격이 아니었다.

나는 진언으로 소리쳤다.

[모두 진정하세요. 막아낼 방법은 있습니다.]

[미친 소리 하지 마! 저거 못 봤어?]

[꼬리짓이 만든 충격파는 같은 속성의 격으로 흡수하거나, 반대 속성의 격으로 무화할 수 있습니다. 그걸 버틸 개연성만 있다면 말입니다.]

번져오는 전격파의 속도가 점점 빨라졌다. 가속이 붙은 전격파가 이내 우리를 삼켜버리겠다는 듯 탐욕스러운 이빨을 드러냈다.

[모두 비켜라.]

그리고 앞으로 나온 성좌가 있었다.

전신에 눈부신 번개를 두른 그 성좌는 자신의 성유물인 거대한 망치를 하늘 높이 치켜들고 있었다.

[나는 오딘의 아들, 목요일의 천둥.]

언젠가 미식협에서 만난 '목요일의 천둥', 토르였다.

[이곳에서 묵시룡의 천둥을 묻겠다!]

성유물 묠니르에 내리치는 벼락이 꽂혔다. 바이킹 같은 기상으로 달려나간 그는, 일말의 두려움도 없이 묵시룡의 전격파에 몸을 던졌다.

ㅊㅊㅊㅊㅊㅊㅊ츳!

놀랍게도 그는 전격파를 견뎌냈다. 몰려오던 전격파의 대부분이 망치 묠니르에 쏠리고 있었다. 번개를 받는 피뢰침처럼 그가 고통으로 몸부림쳤다.

〈아스가르드〉의 모든 성좌가 토르에게 개연성을 빌려주고 있었다.

[오오오오오오오—!]

토르의 혈관이 불거지고 충혈된 눈이 튀어나왔다. 조각 같던 근육이 전격으로 새카맣게 물들고 있었다.

첫 번째 충격파는 꼬리짓 자체가 아니라 꼬리짓에서 비롯된 부산물에 불과했다. 그런데 고작 그 부산물만으로, 설화급 성좌가 비참하게 죽어가고 있었다.

[으아아아아아아아아!]

견디지 못한 토르가 마침내 망치를 놓으려는 순간, 누군가가 그 망치를 함께 잡았다.

[북유럽 신화에는 별 흥미가 없었는데, 제법이군.]

그는 전혀 뜻밖의 성좌였다.

토르가 경악하며 외쳤다.

[놔라! 네놈 따위가 잡을 수 있는 망치가 아니다! 네놈은 번개를 다룰 수도 없지 않느냐!]

[나도 조금은 할 수 있어. 아버지가 번개의 신이거든.]

번개의 좌의 계승자.

제우스가 떠난 후 디오니소스가 〈올림포스〉의 계승자가 된 게 맞는 모양이었다. 〈올림포스〉에서 번개의 격을 계승할 수 있는 것은 오직 제우스의 후계뿐이니까.

[설화, '번개의 사육제'가 이야기를 시작합니다!]

언젠가 내가 물려받을 수도 있었던 그 설화가, 디오니소스의 전신에서 용솟음쳤다. 허리춤에 찬 포도주를 벌컥벌컥 들이켠 디오니소스가 짜릿한 비명을 질러댔다.

[끄아아아아— 좋다!]

번갯불에 지져지면서도 디오니소스는 웃었다.

〈아스가르드〉와 〈올림포스〉의 합작.

동료 성좌들이 몰아준 설화의 힘으로 그들은 버텼다. 하지만 그것도 오래가지 않았다. 범람하는 묵시룡의 격은 이내 두 성운을 합한 것보다도 더 커졌다.

수르야가 침음했다.

[이럴 때 인드라가 있었다면…… 그 동네북이 그리워질 줄이야.]

원작에서 첫 번째 충격파는 번개의 3신에 의해 중화된다.

그런데 하필 〈김독자 컴퍼니〉가 인드라를 쓰러뜨리는 바람에, 3신 중 하나인 인드라의 자리가 공석이 되고 말았다.

[번개를 다룰 수 있는 성좌는 더 없는가!]

본래 여기서 나설 생각은 아니었지만 방법이 없었다.

"제가 돕겠습니다."

['마왕화'를 발동합니다!]

나는 번개의 성좌는 아니다. 하지만, 비슷한 걸 사용할 수는 있다.

[5번 책갈피가 활성화됐습니다!]

[전용 스킬, '전인화 Lv.23(+13)'가 활성화됐습니다.]

[현재 당신의 육체 구성이 해당 등장인물의 육체 구성과 상이합니다.]

[당신의 '격'이 육체 조건의 페널티를 극복합니다.]

전신을 휘감은 백청의 무공.

나는 눈부신 전운을 흩뿌리며 토르와 디오니소스의 곁에 합류했다.

[거대 설화, '마계의 봄'이 이야기를 시작합니다.]

[거대 설화, '신화를 삼킨 성화'가 이야기를 시작합니다.]

두 개의 거대 설화가 나를 지지했고, 전격의 폭풍이 나를 덮쳤다.

이걸 짜릿하다고 말하다니, 디오니소스는 제정신이 아니다.

[한잔하면 버틸 만해. 마실래?]

그렇게 말하는 디오니소스는 하반신 전체가 검게 물들어 있었다.

이미 숯 검댕이 되어버린 토르가 낄낄 웃었다.

[구원의 마왕, 여기서 같이 죽게 생겼군.]

[너랑 같이 죽는다면 그것도 괜찮은 이야기가 되겠어. 다 같이 널리 남는 구전 설화가 되자고.]

[흠, 그럼 그건 〈아스가르드〉의 설화인가, 아니면 〈올림포스〉의 설화인가?]

[헛소리들 그만하시고 집중하시죠.]

손바닥부터 아득한 통증이 밀려왔다. 나는 토르, 그리고 디오니소스와 함께 밀려오는 전격을 둑처럼 막아섰다.

이윽고 첫 번째 충격파의 기세가 조금씩 줄어들기 시작했다.

어떻게든 이것만 버티면 된다. 조금만 더, 조금만 더.

하지만 충격파가 줄어드는 속도보다 우리가 밀리는 속도가 더 빨랐다.

디오니소스가 소리쳤다.

[빌어먹을, 넘친다—!]

여기서 전력이 방전되면 뒤쪽의 동료들은 모두 끝장나고 만다.

그것을 알고 있는데도 막을 방법이 없었다. 동료들에게 피하라고 외치려던 바로 그때.

누군가의 손이 무너지려는 둑을 받쳤다.

전격의 신이 또 남아 있었나?

그럴 수도 있다. 세계 광포 설화에는 전격을 다루는 존재가 제법 있으니까. 하지만 당장 떠오르는 이름은 없었다. 심지어 전격을 흡수하는 속도가 나와 토르, 디오니소스의 수준을 훨씬 상회하고 있었다. 대체 어디서 이런 성좌가…….

[수련을 게을리한 모양이구나. 아직 이 정도 전격도 받아내지 못하는 수준이라니.]

목소리를 듣는 순간 헛웃음이 나왔다.

놀란 토르가 물었다.

[네놈은 누구냐? 너 같은 성좌는 처음 보는데.]

그 말에 고고한 격이 물결치며 분노를 토해냈다.

보통 미남은 얼굴이 작다고들 하는데, 그렇게 따지면 세계에 이 사내보다 미남은 존재하지 않을 것이다.

[나는 성좌가 아니다.]

멍청하게도 잊고 있었다. 〈스타 스트림〉에서 가장 전격을 잘 다루는 존재는 성좌가 아니라 바로 이 사내라는 것을.

허공에 흐트러진 하늘빛 머리카락에서 영롱한 백청의 전격이 폭발했다.

[나는 키리오스 로드그라임. 이 게으른 제자 녀석의 스승이다.]

4

키리오스의 합류와 함께 첫 번째 충격파는 점차 상쇄되어 갔다.

거기다 키리오스 이후에 합류한 일부 성좌가 연성을 빌려주기 시작하면서, 처음으로 성좌들의 개연성이 묵시룡의 충격파를 넘어서는 순간이 찾아왔다.

[우오오오오오오―!]

전격파에 그을려 새카맣게 변한 토르와 디오니소스가 반쯤 돌아버린 목소리를 냈다. 디오니소스는 얼마나 포도주를 마셔댔는지 까맣게 탄 몸에 얼굴만 붉게 달아올라 있었다.

[술이 넘어간다 쭉쭉쭉쭉쭉!]

[〈올림포스〉산 술맛이 궁금하군. 나도 좀 줘보게!]

그렇게 첫 번째 충격파의 후폭풍이 꺼질 즈음, 두 성좌는 완전히 고주망태가 되어 있었다.

한심한 눈길로 그들을 보던 키리오스가 물었다.

[제자여, 저놈들도 네 동료인가?]

"남입니다."

[첫 번째 페이즈가 종료됩니다.]

[축하합니다. '최초의 꼬리짓'의 첫 번째 충격파를 무사히 견뎌냈습니다!]

해냈다. 저 빌어먹을 '꼬리짓'의 첫 번째를 견뎌낸 것이다.

나는 뒤를 돌아보았다.

"모두—"

말을 이을 수가 없었다. 황폐해진 전장 곳곳에 전격파에 탄 시체들이 강을 이루고 있었다. 누군가는 우리가 막아내지 못한 전격에 휩쓸렸고, 누군가는 인근의 후폭풍을 감당한 것만으로 화신체가 터져버렸다.

오백은 족히 넘던 성좌들이 방금의 일전으로 인해 절반 이하로 줄어들었다. 거짓말 같은 죽음이었다.

이걸 버텼다고 말할 수 있을까.

겨우 첫 번째에서 이 정도인데 두 번째와 세 번째는 어떨 것인가.

고개를 들자, 발광하듯 밤하늘을 밝히는 별들의 메시지가 보였다.

[절대다수의 성좌가 시나리오의 난이도에 경악합니다!]

[다수의 성좌가 관리국에 해당 시나리오의 개연성을 항의합니다!]

[일부 성좌가 있을 수 없는 시나리오라고 주장합니다!]

[다수의 성운이 시나리오 취소를 요청합니다!]

시나리오 취소라.

아직도 그런 망상을 하는 녀석들이 있다니 우스웠다.

[해당 시나리오는 취소되지 않습니다.]

[시나리오 지역 내 모든 성좌는 다음 페이즈에 대비하기 바랍니다.]

멸망은 계속된다.

경악하는 성좌들의 메시지가 이어지는 한편, 반대쪽 하늘에서는 여전히 후원 세례가 이어지고 있었다.

[성좌, '번개의 좌'가 당신을 들여다봅니다.]

[성좌, '해역의 경계를 긋는 창'이 당신을 노려봅니다.]

[성좌, '흙으로 사람을 빚은 대모신'이 당신이 얻을 설화에 관심을 가집니다.]

[마지막 시나리오의 성좌들이 당신을 주목합니다.]

[마지막 시나리오의 성좌들이 당신의 활약에 흥미로워합니다.]

[3,000,000코인을 후원받았습니다.]

'번개의 좌' 제우스, '해역의 경계를 긋는 창' 포세이돈, 거기다 '흙으로 사람을 빚은 대모신' 여와를 비롯한 '마지막 시나리오'의 성좌들.

시나리오에 참여하지는 않았으나, 애초에 이번 사태로 위협을 느끼지도 않는 〈스타 스트림〉의 최정상에 군림하는 존재들이 그곳에 있었다.

〈스타 스트림〉 최종 시나리오 지역은 이번 '최초의 꼬리짓'의 파괴 구역에서 제외된다.

이 세계의 '결'을 앞둔 그들에게는 동료 성좌들의 파멸조차 일개 유희에 지나지 않는 것이다.

[10분 뒤, 두 번째 페이즈가 시작됩니다!]

막간의 십 분. 나는 한숨을 돌리며 키리오스를 바라보았다.

예전보다 훨씬 웅장해진 키리오스의 격.

"그간 또 새로운 깨달음을 얻으셨나 봅니다."

[그걸 알아볼 정도는 된 모양이구나.]

투덜거리는 키리오스의 말투에 가시가 돋쳐 있었다. 얼굴만 유중혁 빰치는 게 아니라 말투도 성격도 유중혁 빰치는 스승이다.

냅다 뛰어온 이지혜가 내 어깨를 흔들며 말했다.

"아저씨! 전기 오징어구이 되는 줄 알았잖아!"

넌 꼭 비유를 해도…….

"키리오스 할아버지! 우리 대사부는요? 같이 안 오셨어요?"

[파천검성은 일이 있어서 늦을 것이다.]

차가운 목소리로 대답한 키리오스가 내 쪽을 흘겨보다가 고개를 돌렸다.

[지금쯤 내 제자 놈이 반쯤 죽어 있을 것 같아서 서둘렀다. 그런데 생각보단 멀쩡하구나.]

아쉽다는 건지 다행이라는 건지 모를 말투였다.

"조금 더 늦게 오셨다면 반쯤 죽은 게 아니라 그냥 죽었을 겁니다. 그보다, 이제 두 번째 페이즈를 대비해야 합니다."

내 말과 함께 유중혁이 기다렸다는 듯 다가왔다.

"「하르마게돈」의 구전에 따르면 '두 번째 충격파'의 속성은 염열炎熱이다."

멀찍이 보이는 묵시룡의 꼬리가 붉게 달아올라 있었다. 아주 천천히 움직이는 것처럼 보였지만, 사실 저 꼬리는 엄청난 속도로 진동하고 있었다.

시공간의 축을 비틀어버릴 정도로 강력한 마찰열.

새카맣게 익은 내 손목을 잡으며 신유승이 입을 열었다.

"아저씨. 다음 페이즈에는……."

신유승과 이길영. 아이들의 결연한 눈을 보는 순간, 그들이 무슨 말을 할지 깨달았다.

유중혁이 끼어들었다.

"너희 둘은 안 된다."

그 냉정한 선포에 아이들이 즉각 반발했다.

"왜요? 우리도 〈김독자 컴퍼니〉예요!"

"네가 뭘 알아 시커먼 놈아! 너한테 물어본 것도 아니거든?"

이길영의 도발에도 유중혁은 무뚝뚝한 표정으로 답했다.

"의지의 문제가 아니라 효율의 문제다. 너희는 '화염' 속성을 가진 성흔이나 스킬이 없다."

충격파를 상쇄하기 위해서는 같은 속성의 '격'이 필요하다. 하지만 신유승이나 이길영에게는 화염 계통 스킬이 없었다.

분한 듯 어깨를 떨던 이길영이 외쳤다.

"그럼 너도 못 싸우겠네! 너도 그런 거 없잖아!"

"나는 있다."

유중혁은 한쪽 입꼬리를 올리며 자신의 검을 들었다.

다음 순간 '흑천마도'의 칼날 위에 불꽃 강기가 덧씌워졌다.

[등장인물 유중혁이 '열화신검 Lv.???'을 발동 중입니다.]

"이, 이……!"

나는 울먹거리는 이길영의 어깨를 토닥여주었다.

원작에서도 명시되어 있듯, 유중혁이 가지지 못한 속성은 거의 존재하지 않는다.

그런데 저 자식, 생각해보니 전격 속성도 가지고 있는데 왜 처음부터 도와주지 않은 거지?

유중혁이 나를 향해 눈을 가늘게 뜨고 있었다.

"네놈이 돕지 말라고 징징댄 건 잊었나?"

"아, 그랬지 참."

말하고 나서 흠칫했다.

이 자식, 말도 안 했는데 어떻게 내 속내를 읽었지?

"다음 페이즈에 참가할 성좌를 발표하겠다."

어느새 성좌들 중심에 선 유중혁이 선별을 시작했다.

✳

〈스타 스트림〉에 역대급의 재앙이 찾아왔고, 성좌들은 처음으로 온전한 죽음에 노출되었다.

유중혁의 지휘 아래, 자존심 강한 성좌들이 하나둘 전선에 배치되었다.

[그대는 회귀자라고 들었다. 이 상황에 대한 정보도 알고 있는 건가?]

"물론."

성좌들의 동공에 희미한 신뢰가 감돌았다. 위급한 상황일수록 정보는 권력이 된다. 성좌들 사이에 퍼져 있던 유중혁에 대한 소문이, 유중혁의 통제력에 힘을 실어주고 있었다.

순식간에 전력 배치를 끝낸 유중혁이 전선의 중심에 섰다.

그 모습을 보며 한수영이 중얼거렸다.

"패왕은 패왕이네."

곁에서 검을 닦던 정희원도 고개를 끄덕였다.

"확실히 인정할 수밖에 없는 부분이 있지."

"분하지만 〈한수영 코퍼레이션〉 다음으로 우리 성운에 어울리는 이름은 〈유중혁 컴퍼니〉일지도 모르겠어."

"대표가 바뀌기 전에 일단 노조부터 설립해야겠는데."

"노조라……."

한수영이 피식 웃으며 정희원을 보았다.

이번 '염열파'의 선발대에는 두 사람도 함께였다. 흑염룡의 [흑염]에는 홍염의 격이 담겨 있고, 우리엘의 [지옥염화]에도 지옥불의 힘이 새겨져 있다. 그러니 두 사람은 이번 전선의 최고 주력인 셈이었다.

"너랑 같이 싸우게 될 줄은 몰랐네."

"피차 마찬가지야."

정희원이 '심판자의 검'에 붙은 잔여 먼지를 후후 불어 털어냈다.

무광택의 단단한 칼날. 한수영은 오래전 '별의 증명'의 무대에서 저 검과 맞선 적이 있다. 그 후 정희원과 단둘이 이야기를 나눈 적은 없었다. 서로 딱히 할 말이 없기 때문이기도 했고, 그런 부류의 말재간에는 재능이 없기 때문이기도 했다.

하지만 그런 한수영도 이번만큼은 정희원에게 묻지 않을 수 없었다.

"근데 그건 왜 짊어지고 다니는 거야?"

"아, 이거."

정희원은 자신의 등에 매달린 거대한 덩어리를 보다가 쓰게 웃었다.

철골로 만든 십자가에 둘둘 묶인 이현성이 매달려 있었다.

"이렇게 해둬야 보호할 수 있어."

"이미 성스러운 죽음을 맞이한 것처럼 보이는데? 십자가는 어디서 난 거야?"

"내 배후성."

[성좌, '악마 같은 불의 심판자'가 흐뭇하게 고개를 끄덕입니다.]

"뭔가 신성 모독적인 비주얼인데. 우리엘 진짜 천사 맞아?"

"뭐, 마왕도 저 모양이니까."

두 사람의 시선이 동시에 전열의 뒤쪽을 향했다.

전열 밖 성좌들 무리에 김독자가 있었다. 음울한 얼굴로 바닥에 손가락을 대고 있는데, 무언가 끄적이는 눈치였다.

한수영이 말했다.

"유서라도 쓰는 건가?"

"그럴지도 몰라. 저거 죽기 직전에 짓는 표정이잖아."

끔찍하다는 듯 정희원이 이를 갈았다.

"또 그런 일이 벌어지면 이번엔 진짜—"

['최초의 꼬리짓'이 재개됩니다!]

그리고 전방에서 커다란 빛이 터져나왔다.

"준비."

유중혁의 신호와 동시에 성좌들이 일제히 병장기를 그러쥐었다.

[성좌, '악마 같은 불의 심판자'가 경고합니다!]

환하게 작열하는 염열파. 하늘과 땅을 가리지 않고 모조리 불태워 버리는 자욱한 홍염에 한수영은 질린 기색이었다.

"제기랄, 염룡이 자식이 지지만 않았더라도……."

[성좌, '심연의 흑염룡'이 놈을 너무 얕봤다고 말합니다.]

[성좌, '심연의 흑염룡'이 처음부터 양손으로 싸웠다면…….]

"닥쳐!"

그리고 염열파가 성좌들을 삼켰다.

쿠구구구구!

범람하는 염열파의 중심에서 한수영은 필사적으로 [흑염]을 발동했다. 흑염룡의 격이 그녀의 전신에 깃들며, 염열파의 열기가 몸속으로 빨려들었다. 머릿속이 하얗게 변하며 지금껏 쌓아온 설화들이 녹아버리는 느낌이 들었다.

김독자가 이런 걸 버텼다고?

그나마 위안이라면 곁에 정희원이 있다는 점이었다.

아니, 정희원뿐만 아니라 불에 관해서 둘째가라면 서러울 성좌들이 그녀의 곁을 지키고 있었다.

가장 대표적인 이는 전방에서 불꽃을 받아내는 '정화의 불꽃' 아그니였다.

아그니는 신화급 3신을 제외하면 〈베다〉 최강의 성좌 중 하나였다. 강력한 성좌답게 막강한 힘을 쏟고 있는지, 아예 전신이 불꽃으로 화해 염열파를 견뎌내는 중이었다. 심지어는 눈이 하얗게 돌아가면서…….

"저 자식 불타고 있잖아!"

타닷, 하는 소리와 함께 아그니의 몸이 잿더미로 부서지기 시작했다.

그것을 기점으로 곳곳에서 성좌들의 비명이 들려왔다.

[끄아아아아악—!]

라인이 밀리고 있었다. 전격파를 상대할 때보다 훨씬 빠른 속도였다.

염열파에 녹아내린 성좌들이 몸부림치며 고통을 호소했고, 불길은 그런 성좌들을 장작 삼아 더욱더 강렬한 화마를 일으켰다.

밀린다.

격으로 보호하고 있는 두 눈이 익어버릴 것 같았다. 밀려오는 열기에 숨쉬기가 힘들어졌다. 어느새 염열파는 한수영의 지척까지 와 있었다.

정희원이 숨을 몰아쉬며 외쳤다.

"우리엘!"

우리엘과 흑염룡의 힘이 더해지며 일시적인 방호벽이 구축되었다. 염열파는 한순간 주춤거리는 듯했지만, 이내 조금씩 그들을 밀어내기 시작했다.

한수영과 정희원은 어깨를 맞댄 채 버텼다. 흑염룡도 우리엘도 조금씩 힘이 빠지고 있었다.

애초에 흑염룡은 '용의 제전'에서 힘을 많이 소비한 상태였고, 〈에덴〉의 반파로 개연성을 나눠 받지 못한 우리엘도 상황은 비슷했다.

[성운, <베다>가 개연성의 일부를 회수합니다.]

[성운, <파피루스>가 개연성의 일부를 회수합니다.]

개연성을 공급하던 성운들도 하나둘 철수하고 있었다.

당연한 일이었다. 그들이 가진 거대 설화 이상의 개연성을 사용하면, 성운들은 이번 거대 설화를 얻어도 남는 것이 없다.

묵시룡에 의해 멸망하든 개연성의 후폭풍으로 멸망하든 성운 입장에서는 마찬가지였다.

핏자국을 남긴 채 말라비틀어진 입술을 깨물며 한수영이 말했다.

"젠장, 김독자 걱정할 때가 아니었네."

"내 걱정?"

한순간 청량감이 흐른다 싶더니, 익숙한 힘이 둘의 등을 감싸왔다.

한수영이 투덜거렸다.

"유서는 다 쓴 거냐?"

"뭔 소리야?"

[성운, <김독자 컴퍼니>가 개연성을 제공합니다.]

〈스타 스트림〉에서 개연성은 곧 바람이다. 모든 이들이 포기한 이야기를 끝까지 포기하지 않는 마음. 아직 이 시나리오를 포기하지 않은 소수의 소망이 그들을 지탱하고 있었다.

한수영이 쓰게 웃었다.

"미련하긴. 다들 그냥 도망가지 그랬어?"

"가긴 어딜 가겠어요."

이지혜의 '터틀 드래곤'이 화포를 쏘며 전진했다. 미래 기술이 집약된 '터틀 드래곤'의 철갑이 무너지는 정희원과 한수영을 대신해 염열파를 받아냈다.

[거대 설화, '넥스트 시티'가 부서지고 있습니다.]

홀로 불길을 견디는 이지혜가 고통에 몸부림쳤다. 아무리 '터틀 드래곤'이 강력한 설화병기라 해도, 이런 상황을 대비해 제작된 전함은 아니었다.

한수영이 절망적으로 외쳤다.

"망할! 아무라도 좋으니까 빨리 와서 도와! 불 속성 가진 놈들 많잖아!"

하지만 밤하늘에는 응답하는 이가 없었다.

[절대다수의 성좌가 성운, <김독자 컴퍼니>를 응시합니다.]

[절대다수의 성좌가 염열파로부터 대피합니다!]

[마지막 시나리오의 성좌들이 시나리오를 지켜봅니다.]

약한 성좌들은 두려움에 달아나기 바빴고, 고강한 성좌들은 이 구경거리를 놓치고 싶지 않은 모양이었다.

"진짜 우리뿐이야?"

'터틀 드래곤'의 외피가 녹았고, 열화신검을 발동한 유중혁이 쓰러진 이지혜를 업었다.

주변의 모든 것을 태워버린 염열파가 다시 한번 범람했다. 이번에는 막아낼 수 없는 크기였다.

우리엘도, 흑염룡도, 해상전신도, 심지어는 키리오스나 저 유중혁이라 해도…….

"버텨주셔서 감사합니다."

그리고 김독자가 말했다.

"이제 괜찮습니다. 좀 헷갈렸어요. 저도 처음 해보는 거라."

그게 무슨 소리냐고 물으려는 순간, 뒤쪽의 바닥에서 뭔가가 솟아났다. 아까 김독자가 쪼그려 앉아 있던 자리였다.

바닥에 넓게 펼쳐진 어둠의 육망성. 그 육망성 위로 뭔가가 소환되고 있었다.

콰콰콰콰콰콰!

밀려드는 염열파를 그대로 받아내는 거체.

한수영이 눈을 크게 떴다.

"플루토?"

거신병 플루토였다. 그런데 그냥 플루토가 아니었다. 아무리 플루토라고 해도, 단신으로 저 염열파를 버틸 수 있을 리 없었다.

콰아아아아아!

플루토에 탑승한 누군가가, 설화급 성좌들조차 견디지 못한 염열파를 단신으로 받아내고 있었다.

플루토에 쥐어진 서슬 퍼런 낫을 보는 순간, 한수영은 그게 누군지 깨달았다.

설화병기 플루토는 본래 김독자의 것이 아니었다.

[거대 설화, '명계'가 이야기를 시작합니다.]

오직 소수만이 바라는 이야기라 해도, 그 소수가 누구냐에 따라 개연성의 크기는 달라진다. 그리고 지금 나타난 존재는 그런 개연성을 홀로 감당할 수 있는 위대한 존재였다.

[성좌, '부유한 밤의 아버지'가 시나리오에 현현했습니다!]

〈올림포스〉의 가장 뜨거운 지옥을 지키는 성좌.

신화급 성좌 하데스가 〈명계〉를 이끌고 전장에 강림했다.

5

뒤쪽에서 어둡지만 따뜻한 기류가 감겨왔다.

그 격이 누구의 것인지 아는 나는 가볍게 미소 지었다.

[소환 개연성을 〈명계〉에 부담시키다니…….]

"아직은 부모님께 의지하고 싶은 나이라서요."

[한반도의 젊은이는 일찍 독립한다고 들었는데, 잘못 알고 있었네.]

처음으로 친척 집에서 나와 고시원에 들어가던 날이 생각났다.

열일곱 살의 일이었다. 나는 짐짓 어깨를 으쓱하며 웃었다.

"저 같은 젊은이도 있어야 균형이 맞는 법이잖아요."

[성좌, '가장 어두운 봄의 여왕'이 시나리오에 현현합니다!]

문득 가슴 한쪽이 아려왔다. 학생 시절, 학교 행사가 열릴 때면 늘 비어 있던 부모님 자리. 나는 늘 친구들의 마음이 궁금했다. 저 자리가 채워져 있다는 것은, 부르면 달려와줄 누군가가 있다는 것은 대체 어떤 기분일까.

[성좌, '가장 어두운 봄의 여왕'이 자신의 격을 드러냅니다!]

이제 나도 그 심정을 알 것 같았다.

내 곁에 선 페르세포네가 염열파를 견뎌내는 하데스를 보며 말했다.

[이번에는 내가 플루토에 타기로 했잖아요. 하여간 성격 급하기는.]

하데스가 막아낸 뜨거운 열기의 잔재가 허공에 잿가루처럼 퍼지고 있었다.

강력한 상대가 나타난 것을 알았는지 묵시룡도 기세를 올렸다.

콰아아아아아!

최전방에서 염열을 감당하던 플루토가 조금씩 밀려났다. 그럴 수밖에 없었다. 하데스는 지금 자신의 격을 온전히 드러낸 상태가 아니었다.

[성좌, '부유한 밤의 아버지'가 주춤거리며 자신의 아내를 돌아봅니다.]

[내가 혼자선 안 될 거라고 했죠?]

[성좌, '부유한 밤의 아버지'가 불행한 얼굴로 자신의 아내를 돌아봅니다.]

돌아가는 상황을 보니 대충 어떻게 된 일인지 알 것 같았다.

하데스가 탄 플루토의 장갑에서 설화들이 옴지락거리며 요동치고 있었다.

[설화, '아내 말을 들으면 자다가도 떡이 생긴다'가 이야기를 시작합니다!]

한숨을 푹 내쉰 페르세포네가 지휘라도 하듯 손을 들어 올렸다. 그

손끝에서 작은 음표 같은 것들이 떠올랐다. 클래식 음악의 서두처럼 설화가 열리고 있었다.

[성좌, '가장 어두운 봄의 여왕'이 <명계>의 개연성을 움직입니다!]

〈명계〉는 하데스 혼자만의 것이 아니다.

페르세포네는 저승의 '왕비'가 아니라 '여왕'.

즉, 둘은 성운 〈명계〉에서 동등한 지분을 가진 부부라는 뜻이다.

하데스의 속성은 어둠과 불.

〈올림포스〉의 밤과 지옥을 수호하는 그의 진정한 격이 깨어나고 있었다.

[성좌, '부유한 밤의 아버지'가 자신의 격을 개방합니다!]

순간 전신을 구타당한 것처럼 막대한 충격이 찾아왔다. 어질어질한 시야에 비틀거리며 고개를 들자, 어둠과 불의 화신처럼 서 있는 플루토가 보였다.

[마지막 시나리오의 성좌들이 몹시 불쾌해합니다!]

[마지막 시나리오의 성좌들이 '부유한 밤의 아버지'를 견제합니다!]

[마지막 시나리오의 성좌들이 <명계>의 참견을 탓합니다!]

[상당수의 성좌가 '부유한 밤의 아버지'의 참전에 감탄합니다!]

〈베다〉의 아그니가 죽었고, 〈아스가르드〉나 〈황제〉에서 불을 담당하던 성좌들은 이미 꽁무니를 빼버린 상황이었다. 그나마 자신의 빛으로 유사 불꽃을 생성한 수르야가 분투 중이었지만, 그 역시 전신의 설화가 반파된 상태였다.

수백이 넘는 성좌가 달려들어도 막을 수 없던 재앙.

그 재앙을 하데스가 단신으로 막아내고 있었다.

[하데스, 이렇게 날뛰는 건 오랜만이죠?]

하데스의 포효에 맞춰 힘차게 지휘를 이어가는 페르세포네. 그녀의 손끝에서 흘러나온 설화들이 플루토의 전신에 깃들고 있었다.

〈올림포스〉의 오랜 그늘 속에 가려져 있던 〈명계〉의 저력. 그들이 자신의 힘을 증명하고 있었다.

[설화병기, '플루토'가 성유물, '이지스의 방패'를 사용합니다!]

〈올림포스〉의 성좌들도 힘을 보탰다. 아테나는 자신의 방패를 내주었고, 다른 성좌들 또한 본연의 거대 설화 개연성까지 희생해 힘을 빌려주고 있었다.

지금껏 한 번도 밤하늘의 성좌들이 대단하다고 생각해본 적 없었다.

그런데 오늘 처음으로 그 생각이 바뀔 것 같았다.

[다수의 성좌가 명왕의 현현에 감사해합니다.]

[절대다수의 성좌가 '부유한 밤의 아버지'를 존경합니다.]

[절대다수의 성좌가 '가장 어두운 봄의 여왕'을 찬양합니다!]

세상의 파멸을 막아내는 하데스의 모습을 보고 있자니, 처음으로 신화라는 게 무엇인지 실감이 났다.

세계의 명운 앞에서 자신의 목숨조차 아끼지 않는 마음. 어쩌면 저것이, 1세대 도깨비들이 성좌들에게 보여주고 싶었던 영웅 서사였으리라.

"뭘 그렇게 넋 놓고 있는 거지? 아직 끝난 것도 아니니 정신 차려라."

돌아보니 유중혁이 딱딱한 표정으로 나를 노려보고 있었다.

대의를 위해 자신을 희생하는 것은 유중혁도 마찬가지다.

하데스를 보면서 유중혁은 무슨 생각을 하고 있을까.

[하하하, 지하철 메뚜기남! 이게 진짜 내 힘이라고! 크크크크!]

플루토의 머리에서 흘러나오는 김남운의 목소리.

걔도 있었지, 참.

[성좌, '심연의 흑염룡'이 플루토의 광기를 좋아합니다.]

하여간 누가 원작 짝꿍 아니랄까 봐.

[곧 두 번째 페이즈가 종료됩니다.]

어쨌거나 상황은 나쁘지 않았다.

염열파의 불길은 급격하게 줄어들었고, 하데스는 잘 버티고 있었다. 플루토의 내구도는 충분했고, 개연성을 보태는 성좌도 조금씩 수가 늘어났다.

얼마나 더 지났을까. 마침내, 염열파의 불길이 멎었다.

[두 번째 페이즈가 종료됩니다.]

[축하합니다. '최초의 꼬리짓'의 두 번째 충격파를 무사히 견뎌냈습니다!]

이번 페이즈를 버틴 것은 모두의 협력 덕분이었다.

정희원과 한수영이 힘내주지 않았더라면, 이지혜가 자신의 함선을 돌격시키지 않았더라면, 〈명계〉가 제때 와주지 않았더라면…….

하나라도 빠졌다면 절대 막을 수 없었다.

[절대다수의 성좌가 이 '거대 설화'를 좋아합니다.]

[마지막 시나리오의 성좌들이 이 '거대 설화'를 불편해합니다.]

세 개의 페이즈 중 두 개를 버텨냈다.

'최초의 꼬리짓'의 모든 페이즈는 초반에 진압해야만 피해를 최소화할 수 있다. 원작이었다면 지금쯤 이미 수십 개의 성운이 작살나고 하늘은 팔분의 일이 무너진 상태였을 것이다.

그리고 이제 다시 페이즈 준비 시간이 주어질 것이다.

쿠구구구구구구!

"독자 씨! 저기!"

정희원의 목소리에 뒤를 돌아보자, 묵시룡의 꼬리에서 뭔가가 흘러나오고 있었다.

분명 염열파 페이즈는 끝났는데? 있을 수 없는 일이었다.

내 생각을 대신해서 말한 것은 메타트론이었다.

[예상보다 너무 빠르군요.]

[신화급 성좌의 개입에 시나리오 개연성이 조정됩니다.]

[시나리오의 개연성이 페이즈의 진행 속도를 올립니다.]

[30초 뒤, '세 번째 페이즈'가 시작됩니다!]

페이즈 시작을 막아보려는 듯, 하데스가 자신의 격으로 묵시룡을 압박했다. 페르세포네도, 그 외의 성좌들도 모두 심각한 표정이었다.

지금 세 번째 페이즈가 시작되면 하데스라고 해도 막아낼 수 없다.

하데스의 속성은 불과 어둠.

그는 세 번째 충격파를 막아내기에 적합한 성좌가 아니었다.

나는 메타트론을 향해 물었다.

"봉인은 얼마나 더 걸립니까?"

[제시간에 해낼 수 있을지 모르겠군요.]

메타트론의 표정에도 희미한 절망이 떠돌고 있었다. 그는 이제 자신이 무슨 짓을 저질렀는지 슬슬 깨닫는 중일 것이다.

[내가 시간을 벌지.]

그 말을 한 것은 줄곧 격을 비축하고 있던 미카엘이었다.

하데스의 활약을 보며 자극받았는지, 전신의 격을 해방하며 날개를 퍼덕였다.

절반의 선과 절반의 악.

미카엘의 얼굴에 아른거리는 설화를 보며 메타트론이 말했다.

[구원의 마왕, 알고 있겠지만 세 번째 충격파는 오직 '혼돈'의 힘을 가진 존재만이 막아낼 수 있습니다.]

멀리서 충격파의 준동이 시작되었다.

지금껏 겪은 두 번의 충격파는 엄밀히 말하면 충격파가 아니라 '세 번째'의 전조일 뿐이었다.

지금부터 우리가 상대할 충격파야말로 '최초의 꼬리짓'의 본질이다.

메타트론이 물었다.

[당신 쪽에도 '혼돈'의 힘을 가진 존재가 있습니까?]

나는 일행들과 성좌들을 돌아보았다.

사실 돌아보나 마나였다. 유중혁조차 혼돈 속성은 사용할 수 없다.

혼돈은 속성이 아니라 반속성이니까.

본래 '혼돈'은 성좌나 마왕에게 허락된 힘이 아니었다.

['선악과'의 힘이 당신의 내면에서 꿈틀거립니다.]

그리고 나는 성좌이자 마왕이었다.

선악과를 먹은 마왕.

둘 중 무엇이라 규정할 수 없는 존재.

[당신은 가능하겠군요.]

나는 고개를 끄덕였다.

혼돈의 본질은 반질서다.

두 개의 질서를 무너뜨리는 나라면, 혼돈의 힘에도 대응할 수 있을 것이다.

그때 누군가가 내 어깨를 붙잡았다.

"저도 가능해요."

"희원 씨?"

정희원의 눈동자에 혼돈의 고리가 보였다. 새하얗게 탈색된 그녀의 머리카락이 신비하고 불길한 아우라 속에 떠올랐다.

순간 나는 그녀가 무엇으로 각성했는지 깨달았다.

"좋습니다. 해봅시다."

나는 하늘을 올려다보았다.

사실 아까부터 밤하늘에서 성좌의 기척을 찾고 있는데, 보이질 않았다. 그 성좌가 도와준다면 어떻게든 해볼 수 있을 텐데. 거기에 맞춰 계획을 세워두었는데—

['세 번째 페이즈'가 시작됩니다!]

아무래도 이번에는 너무 늦은 모양이었다.

[마왕, '타락 천사들의 왕'이 자신의 격을 해방합니다!]

[성좌, '타락의 구원자'가 자신의 격을 해방합니다!]

하나의 존재가 가진 두 개의 수식언.

미카엘이 진정한 힘을 선보이며 전방을 향해 달려나갔다.

과연, 자신감을 발휘할 만한 격이었다.

[저지먼트 필드].

나를 쥐어 터뜨리던 그의 주특기가 혼돈의 충격파를 향해 뻗어나가고 있었다. 신의 은총이 내린 절대적인 심판의 벽.

콰콰콰콰콰!

무적의 필드는 너무도 쉽게 부서졌다. 막아내기는커녕 시간조차 벌지 못했다.

유리창처럼 깨지는 [저지먼트 필드]를 보며 미카엘이 비명을 질렀다.

89번 시나리오의 재앙. 원작의 그것조차 넘어선 혼돈의 충격파는 그대로 미카엘의 몸을 짓이기며 터뜨려갔다.

뒤쪽에서 유중혁의 목소리가 들려왔다.

"피해라!"

유중혁도 뭔가 눈치챈 모양이었다. 이번 충격파는 앞선 두 번의 충격파와는 차원이 다르다.

결심을 마친 내가 앞으로 나서려는 순간, 정희원이 내 앞을 막았다.

"희원 씨."

"닥쳐요. 내가 이럴 줄 알았어."

마치 내가 무슨 일을 할지 알고 있다는 듯, 등을 보인 채 미동도 하지 않았다. 그녀의 등에는 이현성의 거구가 매달려 있었다. 누군가를 지키기 위해 강철의 잠에 빠져든 사람의 얼굴.

나는 재차 입을 열었다.

"희원 씨. 만약에 누군가가 목숨을 걸어야만—"

"낌새 보이지 말아요. 나 진짜 미쳐버리니까."

[설화, '구원의 마왕'이 이야기를 시작합니다.]

[거대 설화, '마계의 봄'이 이야기를 시작합니다.]

그 감정에 동조하듯 두 개의 설화가 이야기를 시작했다.

모두 비슷한 일을 겪으며 얻어낸 설화들.

[성흔, '희생의지 Lv.8'가 발동 중입니다!]

비슷한 일을 겪으며 얻은 성흔이었다. 이 성흔이 정희원에게 얼마나 큰 고통을 주는지 알고 있다.

그럼에도 나는 말해야 했다.

"여기서 저걸 못 막으면 현성 씨는 정말 죽습니다."

누구보다 잔인해져야 했다.

"막을 수 있는 방법이 있습니다. 희원 씨가 저라면 어떻게 했겠습니까."

"듣기 싫으니까, 제발!"

돌아선 정희원의 눈이 붉어져 있었다.

"또 뭔가 방법이 있겠죠. 알아요! 독자 씨 그런 사람이니까. 자기만 아는 빌어 처먹을 방법이 있고, 그 방법을 쓰면 본인이 죽겠죠!"

"뭔가 오해하시는 거 같은데, 저 안 죽습니다."

그녀에게는 [거짓 간파]가 없다.

"전이랑 지금은 다릅니다. 희원 씨도, 다른 일행들도 그때랑은 다르잖아요. 이건 여러분을 믿기 때문에 하는 선택입니다. 그러니까."

나는 고개를 돌리며 말했다.

"저를 꼭 구해주세요, 희원 씨."

[바람의 길]과 [전인화]의 힘이 정희원을 뒤쪽으로 날려버렸다.

"김독—"

코앞까지 밀려온 충격파를 마주한 순간, 나는 온 힘을 다해 진언을 터뜨렸다.

[수르야!]

내 외침과 함께, 뒤쪽에서 달려온 열차가 나를 태웠다. 급조한 열차였기에 선두만이 존재하는 기묘한 형태였다.

[가자.]

전신의 흐름을 떠받드는 수르야의 격을 느끼며, 열차가 출발했다.

[거대 설화, '신화를 삼킨 성화'가 이야기를 시작합니다!]

거대 설화를 연료로 삼아 열차가 출진했다.

설화의 파편을 넘어, 혼돈의 충격파 속으로.

콰드드드득.

몸 전체가 부서지는 듯한 충격과 함께 열차 파편이 날아다녔다.

폭풍 속에서 반쯤 부서진 미카엘의 화신체가 나를 보고 있었다.

[네놈—]

나는 녀석을 지나쳐 계속해서 달렸다. 정신이 까마득해지는 느낌이었다. [제4의 벽]이 경고성을 발했고, 내가 가진 모든 설화가 절규했다.

이건 버틸 수 없다.

분명히 죽는다고 모든 설화들이 입을 모아 외치고 있었다.

존재를 무화시키는 충격파의 너머로 묵시룡의 시선이 느껴졌다.

「그대는 막을 수 없다.」

그 시선을 느끼며 나는 웃었다.

맞다. 나는 당신을 못 막는다. 당신은 죽일 수 있는 존재가 아니라 '재앙' 그 자체니까. 성좌와 마왕조차 아득히 뛰어넘는 무엇. 그런 재앙에게 일개 성좌인 내가 대적할 수 있을 리가 없다. 그리고 나는 저런 재앙을 또 알고 있다.

[<스타 스트림>의 성좌들이 당신의 속셈을 깨닫고 경악합니다!]

[마지막 시나리오의 성좌들이 당신의 생각에 대경합니다!]

[관리국의 모든 도깨비들이 시나리오의 개연성을…….]

무시무시한 스파크가 허공에 몰아쳤다. 그저 이름을 부르는 것만으로도 이 정도였다. 성좌들이 몰아준 모든 개연성을 허공에 폭발시키며, 나는 다시 한번 누군가의 이름을 불렀다.

진명을 알더라도, 누구도 시나리오로 초대하지 않는 존재.

[오라! ■■■■■■■■■!]

충격파의 하늘 너머로 〈스타 스트림〉의 우주가 보였다.

어긋난 개연성이 자아낸 후폭풍이 몰려오고 있었다.

거대한 암무暗霧의 진격 속에 별과 성운들이 지워지고 있었다. 뇌리를 뒤덮는 전율. 끝을 알 수 없는 안개의 저편에서 거대한 눈이 이쪽을 응시하고 있었다.

언젠가 73번째 마계에서 나는 저 녀석을 본 적이 있었다. 그때는 녀석의 분체였다.

그런데 이번에는 아니었다.

['형용할 수 없는 아득함'이 '묵시록의 최후룡'을 내려다봅니다.]

혼돈에서 태어난 이계의 신격.

나의 마계를 멸망시킨 대재앙이 환생자들의 섬으로 다가오고 있었다.

OMNISCIENT READER'S VIEWPOINT

전轉

Episode 78

I

전신의 근육이 흠씬 두들겨 맞은 것처럼 아렸다.

순간적으로 사라졌던 의식이 되돌아왔고, 나는 새카만 공허 속에서 설화를 토하며 눈을 떴다. 주변에 보이는 것은 아무것도 없었다. 하지만 이곳이 어디인지는 알 수 있었다.

['형용할 수 없는 아득함'이 당신을 일별합니다.]

'형용할 수 없는 아득함', 더 네임리스 미스트The nameless mist.

나는 73번째 마계에서 이 녀석의 분체를 마주한 적 있었다.

고작 분체의 힘만으로도 내 마계를 멸절시키고, 설화급 성좌와 초월좌들을 거꾸러뜨린 녀석.

나는 다시는 마주치고 싶지 않던 재앙의 아가리 속에 들어와 있었다.

「김독자는 생각했다. 이것만이 묵시룡을 막을 수 있는 방법이다.」

그래, 네가 왜 가만히 있나 했지.

「세계의 재앙을 막기 위해 또 다른 재앙을 불러온다. 그런 건 회귀자 유중혁이나 할 만한 발상이었다.」

허공에 떠오르는 [제4의 벽]의 메시지를 보며 나는 쓰게 웃었다.

「그럼에도, 김독자는 이렇게 해야만 했다.」

주변을 흐르는 후폭풍의 영향이 여전히 남아 있었다.

—너는 지나치게 많은 개연성을 어그러뜨렸다.

—이대로면 조만간 네가 쌓은 개연성의 업보가 폭발할 거야. 무슨 뜻인지 알지?

이것이 지금껏 내가 쌓아온 개연성의 업보였다.

성좌들이 경고했고, 도깨비들이 말했던 바로 그 업보.

「소중한 것을 잃지 않는 설화는 존재하지 않는다.」

〈스타 스트림〉의 위대한 설화는 모두 상실의 설화다.

영웅은 각성을 위해 무언가를 희생하고, 연인과 친구는 사랑과 우정의 완성을 위해 어느 한쪽을 잃어야만 한다.

존재는 무언가를 잃고 설화는 그것으로 완성된다.

「김독자는 그게 싫었다.」

아무것도 잃지 않는 대가를, 언젠가 치르게 될 거라고 생각했다.

이야기를 비틀고 개연성을 어그러뜨린 대가를 받는 순간이 올 것이라고.

「그래서 김독자는 그것을 이용하기로 했다.」

츠츠츠츠츳!

입에서 설화 덩어리가 쏟아졌다.

'형용할 수 없는 아득함'이 나를 공격하기 때문만은 아니었다.

나를 공격하는 것은 뒤틀린 개연성이었다. 이계의 신격을 불러내기 위해 축적한 세계의 뒤틀림이 시나리오에서 나를 배제하려 하고 있었다.

[설화, '구원의 마왕'이 이야기를 계속합니다.]

내가 버틸 수 있었던 것은 설화들 덕분이었다.

내 귓가에 이야기를 속삭이는 설화들.

너는 구원의 마왕이다. 사람들을 구해야 한다.

마치 메타트론과 아가레스에게 그랬듯, 설화들이 내게 말하고 있었다.

[설화, '왕이 없는 세계의 왕'이 이야기를 계속합니다.]

[거대 설화, '마계의 봄'이 이야기를 계속합니다.]

[거대 설화, '신화를 삼킨 성화'가 이야기를 계속합니다.]

진동하는 암무 속에서, 나는 바깥 정경을 짐작할 수 있었다.

['묵시록의 최후룡'이 '형용할 수 없는 아득함'에게 적의를 드러냅니다!]

['형용할 수 없는 아득함'이 움직입니다.]

모든 게 계획대로 흘러가고 있었다.

나를 먹어치우러 왔다가 더 먹음직스러운 사냥감을 발견한 이계의 신격은, 이제 '묵시록의 최후룡'을 노리기에 여념이 없었다.

재앙과 재앙의 싸움이 시작되고 있었다.

묵시록의 최후룡 대 더 네임리스 미스트.

녀석들의 공멸은 다른 모든 존재의 희망이 될 것이다.

중요한 건 시간을 버는 것이다.

성좌들이 다시 모일 수 있도록, 저 빌어먹을 별들이 이름에 걸맞게 다시 한번 별자리를 맺을 수 있도록 시간을 버는 것.

[화신체의 손상이 심각합니다!]

[아득한 존재의 격이 당신의 '수식언의 맥락'을 갉아먹습니다.]

[설화와 설화 사이의 결속이 느슨해집니다.]

[<스타 스트림>이 당신의 경이로운 업적에 놀랍니다.]

[당신을 위한 거대 설화가 깨어나고 있습니다.]

멀리서 어슴푸레한 노래 같은 것이 들렸다.

아주 오래전 들은 멜로디. 어머니의 것이었는지, 동료들의 것이었는지, 아니면 다른 누군가의 것이었는지는 모르겠다.

다만, 그 희미한 노래를 들으며 나는

[설화, '생과 사의 동료'가 이야기를 계속합니다.]

죽고 싶지 않다고 생각했다.

쿠구구구구.

세계와 세계가 충돌하고 있었다.

묵시룡의 충격파에 정면으로 노출되어 있던 김독자에게 새카만 암무가 덧씌워졌다. 이제 충격파를 감당하는 것은 김독자가 아니라 저 끔찍한 이계의 신격이었다.

혼돈에서 태어난 두 힘이 부딪치자, 주변의 모든 것이 공허 속으로 빨려 들어갔다.

[성좌, '만다라의 수호자'가 침음합니다.]

다행히 그 충돌 지점이 생각보다 멀었기에 일행들은 무사했다.

묵시룡에 이어 이계의 신격까지 목도한 성좌들은 대부분 얼굴이 거무죽죽하게 물들어 있었다.

천공에서 왕처럼 누비던 세월이 거짓말이었던 것처럼, 설화급 성좌조차 감당할 수 없는 재앙들이 전쟁을 벌이고 있었다.

그제야 밤하늘의 성좌들은 절감했다.

세계의 멸망이 정말로 코앞에 와 있다.

하지만 누군가에게는, 세계의 멸망보다 한 존재의 희생이 더 커다란 비극이었다.

"아저씨이이이이—!"

처절한 고함을 내지른 이지혜가 암무를 향해 포화를 쏘았다. 물론 포연은 더 네임리스 미스트의 본체에 아무런 타격을 주지 못했다. 애초에 어디부터 어디까지가 몸통인지조차 알 수 없는 대상.

하지만 일행들은 폭주하는 감정을 제어할 수 없었다.

"안 돼, 안 돼, 안 돼!"

같은 말을 반복하는 병에 걸린 것처럼, 신유승은 발작적으로 외쳤다. 그 감정에 동조하듯 키메라 드래곤이 허공을 향해 브레스를 쏘아 올렸다.

그 옆에 있던 이길영도 동공이 반쯤 풀려 있었다. 부르르 떠는 소년의 전신에서 심상치 않은 마기가 흘러나오고 있었다.

"계약…… 한다…… 안 한다…… 한다……."

세 사람의 앞으로 또 다른 세 사람이 나왔다. 자신이 생각하던 가장 끔찍한 재앙 앞에서, 일행은 모두 다른 방식으로 광기를 앓았다. 누군가는 밀려오는 감정 앞에 이성을 놓았고, 누군가는 정교하게 망가진 이성을 지켰다.

초월형을 개방한 유중혁.

흑염룡을 두른 한수영.

신살의 눈을 뜬 정희원.

누가 말릴 틈도 없이 세 사람은 동시에 앞으로 나왔고, 서로 쳐다보았다.

그리고 누군가가 그 앞을 막았다.

안나 크로프트였다.

"다들 멈추세요! 전장을 이탈하면 안 됩니다!"

[성운, <아스가르드>가 전장을 통제합니다.]

안나 크로프트의 목소리와 함께 〈아스가르드〉의 거대 설화가 세 사람을 제자리에 묶었다.

유중혁의 표정이 구겨졌다.

"꺼져라."

"이건 구원의 마왕이 바라는 게 아닙니다!"

"'구원의 마왕이 바라는 것'?"

더 이상 들을 필요도 없다는 듯, 한수영의 왼손에 [흑염]이 맺혔다.

안나 크로프트가 말했다.

"미래가 조금씩 보이기 시작했어요."

그녀의 [대악마의 눈동자]에 설화들이 흐르고 있었다.

"어쩌면 그가 해낸 건지도 모른단 뜻입니다."

안나 크로프트는 진심으로 감탄한 기색이었다. 그녀는 머나먼 창공에서 벌어지는 두 재앙의 격전을 보며 말했다.

"그는 정말 이 세계를 구하려고……."

"세계 멸망 따위가 중요한 게 아니야. 우리는—"

"그의 희생은 숭고해요. 정말로 그 의미를 모르겠습니까?"

"아가리 안 닥쳐?"

폭발한 한수영이 쏘아붙였다. 그 무시무시한 기파에 안나 크로프트도 순간적으로 입을 다물었다.

"김독자가 왜 세계를 구해야 돼? 그 새끼가 왜 자기 목숨 희생해서 헛짓거릴 해야 되냐고! 이딴 세계에 그럴 가치가 있어?"

한수영의 목소리가 격앙되어 있었다. 분노를 참고 또 참아온 사람의 목소리.

그런 한수영을 보며, 예언자는 오래전 들은 이야기를 떠올렸다.

"구원의 마왕도 언젠가 당신과 똑같은 말을 했습니다."

—이 세계가 과연 지킬 가치가 있는지 없는지는 두고 봐야 알겠지.

미식협 때던가. 구원의 마왕이 그런 말을 한 적이 있었다.

안나 크로프트도 그 말이 무슨 뜻인지 안다.

이 세계는 도깨비와 성좌들이 지배하는 세계. 그녀 또한 세계를 바꾸기 위해 '차라투스트라'를 만들었으니까.

안나 크로프트는 다시금 하늘을 올려다보았다. 구원의 마왕이 지금도 세계에 대한 질문을 거듭하는지 예언자는 알 수 없었다. 다만.

"그는 지금 저기에 있습니다. 당신들과 함께 살아온 세계를 지키기 위해서."

어떤 설화는 말이 아니라 행동을 통해 증명되는 법이다.

"이런 세계에서 당신들이 만났잖습니까."

그 말에 처음으로 세 사람의 얼굴이 같은 표정이 되었다.

안나 크로프트가 신중한 목소리로 말을 이었다.

"예언자인 제 말을 믿으세요. 힘을 비축해야 합니다. 두 재앙이 서로 싸워 공멸하는 순간을 노려야 해요. 그렇게 해야만 우리 모두 생존할 수 있습니다."

"예언자? 미래를 아는 게 너뿐인 줄 알아?"

그제야 안나 크로프트는 뭔가를 깨달았다.

한수영의 주변에서 「예상표절」의 설화가 흐르고 있었다. 회귀자 유중혁 또한 [현자의 눈]을 통해 끊임없이 상황을 통찰하고 있었다.

미래를 예측할 수 있는 것은 예언자만이 아니다. 이들 또한, 누구보다 미래에 대해 뛰어난 통찰력을 가지고 있었다.

그럼에도 그들은 김독자를 구하는 길을 택했다.

검을 뽑은 정희원이 말했다.

"난 미래 같은 건 몰라. 하지만 하나는 알아. 당신은 세계를 구하고 싶다고 했지? 나도 마찬가지야."

그녀의 의지가 '심판자의 검'에 깃들며 새하얀 불꽃을 토했다.

"그 사람이 내가 구하고 싶은 세계야."

그 말과 함께 세 사람이 허공을 향해 도약했다. 거대 설화의 개연성도, 성운의 억압도 그들을 막을 수는 없었다.

안나 크로프트가 다급히 손을 뻗었지만, 이미 그들은 천공을 향해 치솟고 있었다.

그런 그들을 막은 것은 성운도 개연성도 아니었다.

'그것'을 제일 먼저 발견한 건 한수영이었다.

"뭐야? 미친—"

쿠구구구구구!

재앙과 재앙의 사투 속에 하늘의 균형이 무너지고 있었다.

문제는 무너진 균형의 추가 이쪽으로 넘어오고 있다는 것이었다.

[저것은…….]

성좌 중 하나가 중얼거렸다. 하늘을 뒤덮은 암무 속에서 뭔가가 움지럭거리며 분열하고 있었다.

'형용할 수 없는 아득함', 더 네임리스 미스트가 묵시룡을 압박하는 것으로도 모자라, 자신의 분체를 만들어내기 시작한 것이다.

"아, 아아. 아아아……."

암무 사이로 드러난 샛노란 공포의 눈동자. 예전의 악몽이 떠오르는 듯, 신유승의 어깨가 덜덜 떨렸다.

신유승은 저 눈을 본 적이 있다. 저 눈을 본 화신들은 모두 정신을 지탱하지 못해 이계의 생명체로 전락한다.

그날, '공단'의 모든 존재는 재앙 앞에서 너무나 무력했다.

하지만 누군가는 그날의 기억을 전혀 다르게 각인하고 있었다.

[그때보다는 조금 작군.]

척준경이었다.

2

척준경은 자신의 검을 뽑으며 앞으로 나섰다. '환생자들의 섬'에서 다져진 그의 설화들이 그의 몸을 감싼 채 근육처럼 꿈틀거렸다.

[가지, 작은 초월좌여.]

척준경의 어깨에 키리오스가 올라섰다. 두 사람은 전에도 '형용할 수 없는 아득함'을 상대하며 합을 맞춘 적이 있었다.

허공을 향해 도약한 척준경의 검 위로 키리오스의 [전인화]가 흘렀다. 환한 백청의 기류가 척준경의 몸을 감싸자 그는 번개의 신처럼 번쩍였다.

[나 척준경은 오로지 이날만을 기다려왔다!]

호기로운 격이 기세를 드러냈다.

산을 베고, 바다도 베던 그의 검이 베지 못한 적이 눈앞에 있었다.

오직 이 순간을 위해 그는 미완성이던 사검四劍을 수련해왔다.

측량할 수조차 없는, 저 막막한 공허에 대적할 단 하나의 검식을 만들기 위해 시간을 쌓아왔다.

그리고 이것이 그 결과였다.

꾹꾹 눌러 담은 척준경의 설화가 발화했고, 키리오스의 전격이 맹렬히 회전했다.
지상의 성좌들이 그것을 올려다보았다.
하나의 성좌와 하나의 초월좌.
그 둘의 격이 우습다는 듯, '형용할 수 없는 아득함'의 분체가 그들을 향해 입을 벌렸다. 그 암무의 주둥이가 별의 빛을 삼키려는 순간.

제사식第四式.

척준경의 검이 빛을 뿜었다.

사검참허四劍斬虛.

안개의 중심부가 천천히 갈라지기 시작했다. 짐승 뱃가죽이 갈라지듯 중심부에서 뭔가 흘러내리고 있었다. 암무 속에 도드라진 노란 눈동자가 꾸역꾸역 설화를 토해내며 무너졌다.

[다수의 성좌가 '고려제일검'의 무위에 눈을 떼지 못합니다!]
[다수의 성좌가 믿을 수 없는 광경에 입을 벌립니다!]

지상의 모든 성좌가 경악했다.
아무리 분체라고는 해도, 상대는 '형용할 수 없는 아득함'이었다.
〈스타 스트림〉의 청소부이자 뒤틀린 개연성을 잡아먹는 재앙.
누구도 상대할 수 없다고 알려진 재앙을 척준경이 베었다.
심지어는 검식의 형태조차 제대로 본 이가 없었다.
오직 유중혁만이 그 검을 알아보았다. 별을 베었던 유중혁조차 그 순간만큼은 놀란 얼굴이었다.
"의형검意形劍……."

자신의 의지만으로 세계를 베는 힘. 무공을 통해 도달할 수 있다는 최고의 경지. 척준경은 성좌가 되어서야 그 고절한 경지에 오른 것이었다.

[나의 검이 벨 수 없는 것은 존재하지 않는다!]

터지는 빛살 속에서 무력하게 흩어지는 안개를 보며, 척준경 또한 해방감을 느꼈다.

저것을 베기 위해 인내한 시간이 얼마던가.

무상無想의 경지에 올라, 자신의 의지가 곧 검이 되던 순간의 희열. 사검식 '사검참허'는 그가 통찰한 무공의 정화였다.

그는 유중혁 쪽을 보며 외쳤다.

[가거라, 후인들이여! 가서 김독자를—]

그러나 척준경은 말을 끝까지 잇지 못했다. 뒤쪽에서 전해진 엄청난 충격이 그의 화신체를 망가뜨렸다.

낙하한 척준경은 운석처럼 떨어져 땅바닥에 틀어박혔다.

흔들리는 사위 속에서 간신히 위를 올려다보았을 때, 척준경은 무슨 일이 벌어졌는지를 깨달았다. 누군가 중얼거렸다.

[맙소사…… 〈스타 스트림〉이 멸망하겠군.]

이해가 가지 않는 일이었다.

척준경은 자신의 화신체가 떨려오는 것을 느꼈다.

대체 어떻게?

분명히, 방금 베었는데.

마치 조금 전 일이 장난이었다는 것처럼, 하늘에서 거대한 눈동자가 그를 내려다보고 있었다.

분체는 하나가 아니었다.

하늘을 까마득히 덮을 만큼 많은 분체들. 족히 수십 개체는 되어 보이는 '형용할 수 없는 아득함'의 분체들이, 지상의 산 것들을 먹어치우기 위해 강하하고 있었다.

[으아아아아아악!]

공포에 질린 위인급 성좌들이 지평선 너머로 달아났다. 하지만 그쪽에서도 재앙은 몰려왔다.

쩌저저저저적!

안개 사이로 돋아난 이빨에 성좌들의 화신체가 연약한 과육처럼 으깨졌다. 피할 곳도 달아날 곳도 없었다. 묵시룡의 충격파를 상대하는 것보다는 나았지만, 이쪽도 절망스럽기는 매한가지였다.

[모두 침착해. 방금 봤잖아. 싸울 수 있는 상대라고!]

디오니소스가 목청이 터지도록 외쳤지만, 성좌들은 규합이 되지 않았다.

[이런 제길…….]

앞서 두 번의 충격파를 견디며 상당량의 격을 소모한 〈올림포스〉의 성좌들은 충분한 기량을 발휘하지 못했고, 개연성을 지나치게 소모한 〈명계〉도 설화를 고르고 있었다.

그나마 선전하는 것은 우리엘과 흑염룡이었다.

"꺼져! 꺼지라고, 이 새끼들아!"

유중혁과 한수영, 그리고 정희원은 서로 등을 맞댄 채 격을 방출했다. 밀려오는 암무에 맞서며, 조금이라도 틈이 보이면 김독자가 사라진 방향으로 몸을 던질 계획이었다. 하지만 틈이 보이질 않았다. 이대로는 김독자를 구하기도 전에 일행들이 전멸할 판이었다.

"빌어먹을! 또 누구 없어? 김독자 친구 또 없냐고!"

하지만 아무리 생각해도 그들을 도와줄 만한 이름은 떠오르지 않았다.

흑염룡의 격도, 우리엘의 격도 조금씩 줄어들고 있었다.

[성좌, '악마 같은 불의 심판자'가 '하늘의 서기관'을 노려봅니다.]

[성좌, '심연의 흑염룡'이 아직 '파멸 공허의 오른손'은 쓸 수 없다고 말합…….]

환생자들의 섬을 덮은 암무는, 이제 섬을 삼키기 위한 준비 운동을 마친 상태였다.

멀리서 자동차 헤드라이트 같은 빛이 비친 것은 그때였다.

끼이이이익, 하는 소리와 함께 폭연을 뚫고 무언가가 도착했다.

부연 먼지 속에서 드러난 차는 〈김독자 컴퍼니〉에게 익숙한 것이었다.

[흐음. 여기서 다치면 곤란하다네. 자넨 찍어야 할 광고가 세 개나 더 남아 있어.]

'X급 페라르기니'의 문이 열리며 머리가 희끗한 중년 남자가 방긋 손을 흔들었다. 파인애플이 그려진 분홍색 하와이안 셔츠에 찢어진 청바지.

전쟁터에 어울리지 않는 그 어마어마한 패션 감각에 한수영이 입을 벌렸다.

"양산형 제작자?"

그러자 주변에서 재앙에 맞서던 몇몇 성좌가 중얼거렸다.

[양산형 제작자? 강한 성좌인가?]

[아니, 별 도움은 안 되는 영감이다.]

[들어본 적 있는 것 같군. 코인에 눈이 멀어 쓰레기 같은 설화를 찍어낸다는…….]

한수영은 '양산형 제작자'를 바라보았다.

'양산형 제작자'는 설화급 성좌다. 하지만 위상에 비해 느껴지는 격은 그리 강하지 않았다.

'양산형 제작자'가 허허롭게 웃었다.

[허허, 내가 어지간히 믿음직스럽지 않은 모양이로군.]

그 여유로운 발언에 입으로 포도주를 쏟던 토르가 외쳤다.

[어이, 꾸준좌! 왔으면 빨리 손이나 보태라고! 지금은 늙은이 손도 급하니까!]

[흐음, 난 싸우러 온 건 아닐세.]

[그럼 왜 왔어!]

[코인이나 좀 보태주려고.]

[이 미친 늙은이가…… 지금 그딴 게 무슨 도움이 된다고!]

성좌들이 분기를 이기지 못하고 외쳤다.

[그딴 소리 할 거면 꺼져! 코인에 눈먼 늙은이가……!]

하지만 '양산형 제작자'는 주눅 든 기색이 아니었다.

순간, 한수영은 언젠가 김독자와 나눈 대화가 떠올랐다.

녹음실 너머로 도깨비들과 대화를 나누는 '양산형 제작자'를 보며, 한수영은 물었었다.

—김독자. 저 성좌 뭔데? 별로 강해 보이지도 않는데 왜 도깨비들이 빌빌 기지?

그 물음에 김독자는 당연하다는 듯이 말했다.

—코인이 많잖아.

그때의 김독자처럼, 지금의 양산형 제작자도 웃고 있었다.

[나는 젊은 친구들이 이해가 안 돼. 어째서 코인을 무시하는 건가?]

[그깟 소모품 따위—]

팽그르르, 하는 소리와 함께 '양산형 제작자'의 손바닥 위에 코인이 떠올랐다. 1코인이었다.

[자세히 보게. 이게 그저 '소모품'으로만 보이나? 왜 〈스타 스트림〉

이 굳이 '코인'을 거래 단위로 사용하는지, 이상하다고 생각해본 적 없나?]

[무슨 개소릴 하고 싶은 거야!]

이제 코앞까지 밀려온 분체들을 응시하며, '양산형 제작자'가 말했다.

[힌트를 주지. 〈스타 스트림〉의 모든 것은 '설화'로 이루어져 있어. 그렇다면 '코인'은 어떨 것 같은가?]

[노망이라도 든 거냐? 바쁘니까 말 걸지 마!]

성좌들은 그딴 헛소리는 들을 필요도 없다는 듯 허공을 향해 마력을 분출하기 바빴다.

하지만 한수영은 급박한 와중에도 그 이야기를 들었다.

그리고 소름이 돋았다.

'양산형 제작자'의 말 그대로였다. 〈스타 스트림〉의 모든 것은 설화다.

그런데 왜 〈스타 스트림〉의 거래 단위는 '설화'가 아니라 '코인'일까?

츠츠츠츠츳.

'양산형 제작자'의 주변으로 어마어마한 개연성이 몰려오고 있었다. 그리고 개연성의 영향 속에, 그의 격이 증폭되고 있었다. 그 격은 순식간에 위인급을, 다시 설화급을 넘었다.

가공할 격의 증폭에 깜짝 놀란 선과 악의 성좌들이 동시에 '양산형 제작자'를 돌아보았다.

[아주 오래된 설화가 이야기를 시작합니다.]

양산형 제작자. 그 역시 자신만의 '단 하나의 이야기'를 추구하는 성좌였다. 그렇다면 그가 추구하는 ■■은 무엇일까.

[세상을 지배하는 것은 선도 악도 아니야. 자본資本이지.]

양산형 제작자가 하늘 높이 코인을 던졌다.

유중혁도, 한수영도, 그리고 정희원도 그것을 보았다.

하지만 코인에 얼마가 적혀 있는지는 누구도 보지 못했다.

[그리고 나는 이 〈스타 스트림〉의 누구보다도 코인이 많다네.]

얼마가 적혀 있더라도 믿을 것 같았다.

코인으로 저런 기적을 보이려면 대체 얼마나 많은 코인을 사용해야 할까.

[누군가가 대량의 코인을 사용했습니다!]

[설화, '황금만능주의黃金萬能主義'가 이야기를 시작합니다!]

잠시 후, 코인이 사라진 하늘 저편에서 굉음이 울려 퍼졌다. 쩌저적, 갈라지는 소리와 함께 소용돌이치는 문이 열리고 있었다. 게이트였다.

[편도 게이트가 생성됐습니다!]

도깨비와 관리국만이 열 수 있던 게이트를, 고작 성좌 하나가 열어낸 것이었다.

[<스타 스트림>의 관리국이 해당 설화의 개연성을…….]

[소환이 시작됩니다!]

게이트 너머로 언뜻 보이는 인형人形들이 있었다.

휴양이라도 온 듯 한가한 얼굴로, '양산형 제작자'가 어깨를 으쓱 들었다.

[참, 자네들 말이 맞는 것도 하나 있어. 나는 싸움을 잘 못 해.]

게이트 너머에서 눈부신 빛이 터져나왔다.

그럴 줄 알았다는 듯, 양산형 제작자가 선글라스를 꺼내 쓰며 말을 이었다.

[대신, 이걸로 싸움 잘하는 친구들을 데려올 수는 있지.]

게이트를 넘어서 전장에 초환되는 이들.

그들의 정체를 제일 먼저 알아본 이는 유중혁이었다.

"사부님?"

파천검성과 초월좌들이 게이트를 건너 날아오고 있었다. 초월좌 중에는 파천검성을 제외하고도 낯익은 얼굴이 있었다.

일권무적 유호성.

'환생자들의 섬'의 최강자인 그 또한, 이번 시나리오를 돕기 위해 참전했다. 파천검성이 늦은 이유는 저들을 설득하기 위함이었던 모양.

하지만 유중혁의 표정은 나아지지 않았다.

저들만으로 막을 수 있을까?

설화급 성좌조차 감당할 수 없는 재앙의 분체가 수십 마리에 달한다. 아무리 파천검성과 유호성이 강하다 한들, 초월좌만으로 감당할 수 있는 적이 아니었다.

그런데 초월좌들의 후미에 익숙한 얼굴이 하나 더 있었다.

"와 씨, 진작에 이렇게 오게 해주지!"

장하영이었다.

몇몇 일행이 소리치며 장하영을 불렀다.

장하영도 쑥스럽게 웃으며 손을 흔들었다.

"너무 늦어서 미안! 누굴 좀 설득하느라."

설득?

장하영의 말은 이어지지 못했다.

새로운 강자들이 등장하자 '형용할 수 없는 아득함'의 분체들이 대거 방향을 틀었기 때문이었다.

자신을 향해 다가오는 이계의 신격을 보며, 장하영의 표정이 긴장으로 물들었다.

장하영도 그것들을 마계에서 본 적이 있었다. 그리고 지금의 자신은, 분체 하나도 감당할 수 없다는 사실을 잘 알고 있었다.

어디까지나, 자신의 힘만으로는.

다음 순간 장하영의 몸에서 황금빛 아우라가 폭발했다. 막대한 격이 장하영의 몸을 중심으로 해방되고 있었다. 장하영의 금발이 물결처럼 흘러넘치며, 하얀 이마 위로 작은 금테가 자라났다. 아름다운 황금빛 털옷이 전신을 가죽처럼 덮었다. 천천히 눈을 뜬 장하영의 두 눈에서 화안금정火眼金睛의 요기가 소용돌이쳤다.

[성좌, '심연의 흑염룡'이 눈을 가늘게 뜹니다.]

[성좌, '악마 같은 불의 심판자'가 깜짝 놀랍니다.]

[성좌, '고려제일검'이 탄식합니다.]

[중립 계통의 모든 성좌가 경악을 금치 못합니다!]

그곳의 모두가 그 격의 정체를 알아봤다. 알아보지 않을 수가 없었다.

허공으로 뻗은 장하영의 손에, 세상에서 가장 무거운 봉이 쥐어져 있었다.

한없이 오만하고 고고한 눈동자가 창공을 응시하자, 세계의 모든 구름이 일제히 몸을 떨었다.

[김독자를 구하러 가라.]

그 말을 하는 이는 장하영이 아니었다.

[성좌, '긴고아의 죄수'가 시나리오에 현현했습니다!]

3

'환생자들의 섬'을 탐험하는 내내, 장하영은 몇 번인가 '정체불명의 벽'을 사용했다. '정체불명의 벽'의 1단계 기능인 '채팅 시스템'을 사용해 성좌들에게 말을 걸어본 것이다.

—구원의 마왕님.

—왜 그렇게 부르냐?

언젠가부터 제법 뻔뻔하게 김독자에게 말을 걸 수도 있게 되었다.

한동안 '구원의 마왕=김독자'설을 부정하고 싶어서 자아분열이 온 적도 있지만, 이제는 인정하는 수밖에 없었다.

내가 좋아하는 '구원의 마왕'은 김독자이고, 얼간이 김독자는 '구원의 마왕'이다.

장하영은 그 사실을 간신히 받아들였다.

물론 전부 받아들인 것은 아니었다.

—저는 구원의 마왕님께 말 건 거예요. 그러니 김독자는 대답하지

마세요.

—…….

—어쩔 수 없어. 닥치고 넌 내가 원하는 대답만 해.

—무슨 대답을 하면 되는데?

막상 김독자가 그렇게 물으니, 꾹 감추고 있던 설움이 폭발했다.

—나는 왜 '김독자 컴퍼니'에 안 끼워주는데?

늘 묻고 싶던 말이었다. 동료들이 '별자리의 맥락'을 통해 다음 시나리오로 넘어가는 것을 보며, 장하영은 스승들과 함께 시나리오의 말미에 남겨졌다.

함께 가고 싶다고 생각했다. 저 별자리 중 하나였으면 좋겠다고 여겼다.

내게는 자격이 없기 때문일까. 처음부터 김독자와 시나리오를 함께 해온 게 아니니까.

마계에서 혁명을 함께하고, 마왕 선발전을 겪어낸 시간을 장하영은 모두 기억했다. 그것은 장하영의 인생에서 처음으로 마주한 희열이었고, 이제는 장하영을 구성하는 일부였다. 그래서 장하영은 이제 자신도 김독자의 동료가 된 줄 알았다.

하지만 그건 모두 혼자만의 착각이었을지도 모른다.

—나는 네가 자유로운 삶을 살았으면 좋겠어.

돌아온 대답을 보며 장하영은 울컥 화가 치밀었다.

이제 와서 그게 무슨 개소리냐고 따지고 싶었다. 그런데

—강제로 차원 이동된 것도, 마계에서의 삶도 전부 네 의지가 아니었잖아.

따질 수가 없었다. 마치 숨이 멎은 것처럼, 장하영이 할 수 있었던 것은 이어지는 메시지를 읽는 것이 전부였다.

—네가 원하는 삶을 살아, 하영아.

'구원의 마왕'의 말이었다.

누군가를 구해내는 설화에 취해, 자기 자신의 생명마저 등한시하는 저 고고한 성좌의 말이었다.

그랬기에 그것은 장하영의 친구 '김독자'의 말은 아니었다.

「그의 말은 들리지 않는다.」

'정체불명의 벽'이 말하고 있었다. 이 세상 그 어떤 존재와도 즉각적으로 소통할 수 있는 이 벽으로도 김독자의 목소리는 들을 수 없었다.

그녀가 부탁한 것처럼 김독자는 철저한 '구원의 마왕'일 뿐이었다.

'아니, 그딴 식으로 말하면 내가 어떻게 하겠냐고.'

그랬기에 장하영은 김독자의 목소리가 듣고 싶었다.

['정체불명의 벽'이 자신의 이름을 갖습니다!]

그것을 위해 장하영은 지금 이곳에 있는 것이었다.

['정체불명의 벽'이 '불가능한 소통의 벽'으로 진화합니다!]

['불가능한 소통의 벽'의 2단계 기능이 개방됩니다!]

새로운 벽의 힘을 개방하고, 〈김독자 컴퍼니〉를 도울 수 있는 성좌를 설득해 이곳까지 온 것이었다.

다른 누구도 아닌 스스로가 원하는 삶을 살기 위해서.

츠츠츠츠츳!

어안이 벙벙한 표정으로 이쪽을 바라보는 〈김독자 컴퍼니〉의 얼굴들.

장하영은 차오르는 격에 머릿속이 아득해지는 것을 느끼며 외쳤다.

"다들 정신 차리고 빨리 움직여! 난 그렇게 오래 못 버텨!"

의식이 점차 희미해지는 것을 느끼며, 장하영은 그렇게 외쳤다.

성좌의 존재감이 장하영의 화신체를 장악하고 있었다.

['불가능한 소통의 벽'이 '불가능의 희구 Lv.1'를 활성화 중입니다!]

불가능의 희구.

그것은 '불가능한 소통의 벽'이 가진 공능으로, 배후성이 없는 장하영이 한시적으로 누군가와 '배후 계약'을 맺을 수 있게 만들어주는 힘이었다.

[성좌, '긴고아의 죄수'가 자신의 화신체를 내려다봅니다.]

'긴고아의 죄수', 제천대성 손오공.

김독자의 말에 따르면 〈스타 스트림〉에서 최강으로 손꼽히는 성좌 중 하나.

제천대성은 오만한 시선으로 세계를 훑어보더니 고고한 목소리로 말했다.

[막상 나오니까 너무 귀찮군.]

어이가 없어진 장하영이 빽 소리를 질렀다.

"아, 도와준다면서요! 내가 고민도 들어줬잖아? 빨리 움직여요!"

장하영으로서는 황당한 노릇이었지만, 사실 제천대성의 말을 이해하지 못할 것은 아니었다. 아까부터 현현한 제천대성의 상태가 이상했다.

즈즈즈즛.

마치 여러 존재가 일시적으로 '하나'가 된 것처럼 제천대성의 위상이 불안정했다. 어쩌면 그가 말한 '귀찮음'은 바로 이 현상과 관련된 것인지도 모른다. 하지만 그건 그쪽 사정이다.

"빨리 약속 안 지키면 머리카락을—"

[해. 한다니까?]

불평 가득한 목소리로 제천대성이 재차 여의봉을 움켜쥐었다.

그 몸에서 흘러나오는 격에 몇몇 성좌가 호기심을 보였다.

[제천대성. 지금 저들을 올려보내는 것은 자살 행위다. 아무리 당신이라 해도—]

[넌 누구냐?]

[나는 척준경이다.]

제천대성의 격에 대항하듯, 척준경이 가슴을 폈다. 제천대성은 그런 척준경의 눈동자에 새겨진 감정을 가만히 읽더니 물었다.

[네놈은 손 선생을 알고 있느냐?]

척준경은 잠시 생각한 후에야 '손 선생'이 제천대성 본인을 칭하는 말이라는 것을 깨달았다.

[그대가 한때 유명하던 성좌라는 건 알고 있다. 하지만—]

[하긴, 이 몸이 시나리오에서 제대로 활동한 지 너무 오래되긴 했지.]

하품을 한 제천대성이 여의봉을 축소해 자신의 귀를 팠다.

그 오만함에 척준경이 화를 내려는 순간.

[성좌, '긴고아의 죄수'가 자신의 격을 개방합니다!]

척준경을 비롯한 성좌들의 화신체가 허공을 날았다.

놀란 척준경이 눈을 동그랗게 떴다.

단지 격을 개방한 것만으로 주변 성좌들을 위축시킬 정도의 존재감.

[스파크가……!]

성좌들이 진저리를 치며 외쳤다. 제천대성이 현현한 장하영의 몸이 엄청난 스파크로 물들고 있었다. 성좌들이 격을 개방할 때 개연성의 스파크가 발생하는 건 이상한 일이 아니다. 문제는 이 시나리오 지역이 89번 시나리오 지역이라는 것이었다. 어지간한 개연성은 모두 감당할 수 있는 이 지역에서, 저토록 눈부신 스파크라니…….

[보아라.]

제천대성의 동서남북으로 팔괘의 장이 펼쳐지고 있었다.

건乾 · 태兌 · 이離 · 진震 · 손巽 · 감坎 · 간艮 · 곤坤.

문자들은 제천대성의 여의금고봉如意金箍棒 주변을 맹렬히 회전하며 금빛 격류를 토해냈다.

제천대성의 기세를 감지한 '형용할 수 없는 아득함'의 분체들이 밀려들었다.

개연성 스파크는 곧 후폭풍의 전조.

탐나는 먹잇감을 향해 달려들듯 '형용할 수 없는 아득함'의 분체들이 제천대성을 향해 아가리를 벌렸다. 달려드는 분체는 대여섯. 설화급 성좌는 물론이고 신화급 성좌라도 상대하기 어려운 수준이었다.

하지만 제천대성은 물러서지 않았다.

까마득한 암무가 제천대성의 전신을 덮는 순간, 그의 몸이 금빛 섬광으로 화했다. 휘몰아치는 소용돌이와 함께, 여의금고봉이 아가리처럼 벌어진 암무를 꿰뚫었다.

쿠드드드드드!

고작 성유물 하나에 얻어맞았다고 해서, '형용할 수 없는 아득함'이 타격을 입을 턱이 없었다.

그런데 순식간에 불어난 여의금고봉의 궤적이 수백 갈래로 변해 분체를 타격하자, 놀랍게도 분체들의 입에서 괴이쩍은 소리가 흘러나오기 시작했다.

그르르르르륵.

심지어 어떤 분체는 여의금고봉을 피하려는 듯한 낌새까지 보였다.

창공을 호화스레 물들이며 '형용할 수 없는 아득함'에 대적하는 제천대성의 격에 전장의 모든 성좌가 눈을 떼지 못했다.

디오니소스도, 수르야도, 척준경도.

심지어는 신화급 성좌인 하데스도 감탄한 표정이었다.

[혼돈의 술術이로군.]

하데스는 제천대성의 여의금고봉에 깃든 불온한 힘을 정확히 읽어냈다.

그것은 선도 악도 아닌 힘. 독특한 설화를 쌓아온 제천대성만이 사용할 수 있는 특유의 신선술神仙術이었다.

미후왕獼猴王.

제천대성齊天大聖.

투전승불鬪戰勝佛.

수많은 이름으로 존재해 온 '긴고아의 죄수', 손오공이 싸우고 있었다.

척준경이 전력을 다해 간신히 하나를 쓰러뜨릴 수 있었던 공허의 재앙들과 다대일의 전투를 벌였다.

그에 질 수 없다는 듯 두 명의 성좌가 가세했다.

[성좌, '악마 같은 불의 심판자'가 자신의 진력을 짜냅니다!]

[성좌, '심연의 흑염룡'이 질 수 없다는 듯 포효합니다!]

제천대성의 격 위로 두 성좌의 힘이 실리고 있었다. 흑염룡의 [흑염]과 우리엘의 [지옥염화]가 뒤섞이며 제천대성의 여의금고봉이 비정상적인 크기로 자라나기 시작했다.

[오랜 세월에 잊힌 설화가 이야기를 시작합니다.]

「그리하여 선과 악, 중립의 별들이 마침내 한자리에 모였으니」

세 가지 격이 뒤섞이며 눈이 멀 듯한 섬광이 터졌다.

고오오오오.

창공을 향해 휘두른 여의봉이 엄청난 부피로 하늘을 강타했다. 천지가 뒤흔들리며 광대한 충격파가 시공간을 비틀었다. 비명을 내지른 성좌들이 다시 눈을 떴을 때, 암무로 뒤덮였던 하늘에 커다란 구멍이 뚫려 있었다.

제천대성이 말했다.

[가라.]

찰나의 틈을 놓치지 않고 세 인물이 움직였다.

허공답보를 사용한 유중혁이 달렸고, 흑염룡의 분신을 탄 한수영과 대천사의 날개를 빌린 정희원의 몸이 수직으로 솟구쳤다.

세 사람의 몸은 순식간에 암무를 관통해 벌어진 하늘의 균열을 지나쳤다.

대기권을 지나치는 순간 세 사람의 몸은 급격하게 둔해졌다. '형용할 수 없는 아득함'과 '묵시록의 최후룡'의 충돌이 만들어낸 우주적 공간에서 가공할 설화들의 충돌이 발생하고 있었다.

"큽……."

설화의 압력에 한수영의 입에서도 주르륵 피가 흘러나왔다. 그저 설화를 감각하는 것만으로도 존재가 부스러져버릴 것처럼 고통스러웠다.

이 공간 어딘가에 김독자가 있을 것이다.

얼마 지나지 않아, 세 사람은 빵 부스러기처럼 흩뿌려진 김독자의 흔적을 찾아냈다.

「이렇게 해야만 제대로 된 '전'을 얻을 수 있다.」

부서진 김독자의 파편이 허공을 헤매고 있었다.

먼저 손을 뻗은 것은 정희원이었다. 마치 작고 연약한 새를 감싸듯, 정희원은 그 파편을 양손으로 조심스레 품었다.

착각일까. 한순간 문장에 찍힌 마침표 너머로 김독자가 바라는 아득한 세계가 보이는 것도 같았다.

이 문장을 붙잡고, 다시 그다음 문장을 붙잡고…….

구름사다리를 건너듯 그렇게 계속해서 나아가다 보면, 언젠가 그들은 결말에 도달하게 될 것이다.

한수영이 말했다.

"너도 성좌는 성좌구나, 김독자."

모든 성좌는 설화에 취해 있고, 자신이 추구하는 '단 하나의 설화'에 도달하기 위해 다른 모든 설화를 탐닉한다.

그 때문에 성좌에게는 진정한 타자가 없다.

결국 성좌는 모든 설화를 자기 자신으로 만들 뿐이니까.

「그 어떤 성운에도 대항할 수 있는 설화를, 일행들이 얻게 될 것이다.」

설령 그 설화가 다른 존재들을 위한 것이라 한들.

"내가 언제 이런 이야기 보여달래?"

그들을 발견한 '형용할 수 없는 아득함'의 분체들이 몰려들었다.

한수영의 손에서 [흑염]이 불을 뿜었고, 정희원의 심판자의 검이 [지옥염화]를 발동했다. 유중혁의 [파천검도]가 공허를 비집고 길을 열었다.

본래였다면 맞설 수 없는 재앙. 그럼에도 그들이 싸울 수 있었던 것은, 이 길의 끝에 존재하는 별 때문이었다.

[성좌, '구원의 마왕'이 성흔, '희생의지 Lv.9'를 발동 중입니다!]

희생의지. 자신의 목숨을 걸어 동료들의 전투력을 격상시키는 필살의 성흔. 그 별빛에 힘입어 유중혁은 검을 휘둘렀고, 정희원은 염화를 방출했으며, 한수영은 주먹을 내질렀다.

그리고 희미하게 김독자의 기척이 느껴지기 시작했다.

죽어가는 사람의 숨소리처럼 약해진 설화들이 김독자의 위치를 알려주고 있었다.

츠츠츠츳…….

우리엘과 흑염룡의 격이 급격하게 줄어들기 시작했다.

이제 정말로 한계치에 다다른 것이다.

[성좌, '악마 같은 불의 심판자'가 경고합니다!]

[성좌, '심연의 흑염룡'이 화장실이 급해서 힘을 쓰기 어렵겠다고…….]

짙은 암무의 까마득한 건너편에서 희끄무레한 별 같은 것이 보이기 시작했다. 유중혁도, 한수영도 그 별을 보았다.

간신히 손을 뻗으면 닿을 것 같은 별.

하지만 그 별로 가는 길은 험난했다. 밀려오는 분체는 점점 많아지고, 주변의 격압은 급격하게 높아지고 있었다.

연료 따위는 고려하지 않고 날아온 편도 로켓처럼, 세 사람의 몸 안에 남은 마력은 이제 많지 않았다.

쿠구구구구.

분체들과 점점 거리가 가까워졌다.

만약 셋 모두 저 분체들을 뚫고 돌진한다면, 김독자는 물론이거니와 그들도 돌아오지 못하게 될 것이다.

하지만 세 사람에게 남은 편도행 마력을 한 사람에게 모은다면 어떨까.

"방법은 하나뿐이다."

세 사람이 동시에 서로를 바라보았다.

모두가 김독자를 구할 수는 없다.

그러니 저 별에 도달할 수 있는 것은 오직 한 사람뿐이다.

4

시야를 덮는 안개 속에서 유중혁이 말했다.

"놈을 구하는 것은 나다."

그의 손에 쥐어진 흑천마도가 새파란 빛을 내뿜었다.

"너희는 모두 지쳤다. 그러니 내가 가는 것이 맞다. 남은 마력을 모두 내게 모아라."

그러자 심판자의 검을 뽑아 든 정희원도 말했다.

"당신도 몸 상태가 엉망인 건 마찬가지잖아. 이번에는 내가 가겠어요."

유중혁의 눈썹이 꿈틀거렸다. 지금껏 정희원이 이처럼 강경하게 나온 것은 처음이었다.

"둘 다 안 비켜? 나 하나로도 충분하거든?"

거기에 한수영까지 끼어들었다.

대치 중이던 두 사람의 시선이 한수영에게 쏠렸다. '우린 그렇다 치고, 넌 또 왜?'라는 느낌의 시선이기에, 한수영의 입이 비죽 튀어나왔다.

"뭘 그렇게 봐? 난 김독자 구하면 안 되냐?"

"독자 씨 싫어하는 줄 알았는데."

"아 물론 그 자식 좋아하진 않지."

보통이라면 이런 귀찮은 일은 유중혁에게 떠넘겼을 것이다. 하지만 이번만큼은 한수영에게도 이유가 있었다.

김독자가 수르야의 열차를 타고 돌진하던 순간, 그녀에게 날아온 메시지가 있었기 때문이다.

—야, 구해줄 거지?

그 말만 듣지 않았어도.

투덜거린 한수영이 재차 입을 열려는 순간, 정희원이 말을 빼앗았다.

"미안하지만 독자 씨가 나한테 직접 구해달라고 했어. 그러니까 이번엔 너나 저 양반한테 양보 못 해."

"뭔 개소리야? 김독잔 나한테 구해달랬거든?"

"거짓말 마. 그 인간이 너한테 구해달라고 할 리가 없잖아?"

"아 그랬다니까! 작가라고 입만 열면 거짓부렁인 줄 아냐?"

두 사람의 시선이 허공에서 부딪쳤다.

그리고 그 순간, 한수영은 기이한 감각을 느꼈다.

처음에는 정희원이 저 얼치기를 구하려 거짓말을 하고 있다고 생각했다. 그런데 생각해보니, 정희원은 그런 일로 거짓말을 할 사람이 아니었다.

불현듯 고개를 돌리자, 유중혁이 한껏 인상을 찌푸리고 있었다.

"야, 너……."

어마어마한 분노가 깃든 얼굴로, 유중혁이 먼 별을 노려보고 있었다.

그 순간 한수영은 뭔가 깨달았다.

잠깐, 이거 혹시?

"설마 김독자 이 새끼가?"

멀리서 희미하게 빛나는 별.

히죽 웃는 김독자의 얼굴이 언뜻 보이는 것도 같았다.

✶

쿠구구구구구…….

제천대성이 뚫어놓은 하늘의 구멍이 조금씩 메워지고 있었다. 겁에 질린 듯 주춤거리던 분체들은 다시금 세를 회복 중이었고, 세계는 다시 암무로 뒤덮이고 있었다.

묵시룡의 충격파가 만들어낸 소리가 파도처럼 들려왔다. 화들짝 정신을 차린 성좌들이 제천대성을 바라보았다.

[미안하지만 두 번은 못 해. 지금 이것도 규약 위반이거든.]

귀찮다는 듯 여의봉을 휘휘 돌린 제천대성이 여의봉을 귓속에 집어넣었다.

[성좌, '긴고아의 죄수'에게 성운, <황제>의 '약속'이 발동합니다!]

'형용할 수 없는 아득함'을 압박했던 제천대성의 모습이 흩어지고 있었다. 마치 몸이 여러 개로 찢어지듯, 현현했던 제천대성의 격이 부서지며 마지막 메시지를 남겼다.

[너네 그렇게 멍하니 있으면 다 뒈진다.]

[몰아붙여! 지금 밀리면 다 뒈지는 거야!]

기력을 되찾은 디오니소스와 〈올림포스〉의 성좌들이 허공을 향해 격을 발산했다. 힘을 비축하고 있던 〈명계〉의 성좌들도 움직였다. 한반도의 성좌들이 이지혜에게 힘을 모았고, '터틀 드래곤'의 포신에서 눈부신 포화가 이어졌다. 누군가는 싸웠고, 누군가는 저항했다.
하지만 모두가 그런 것은 아니었다.

밤하늘의 별들이 떨어지고 있었다.

달아나던 〈베다〉와 〈파피루스〉의 성좌들. 수식언이 알려졌거나, 수식언조차 알려지지 않은 무수한 별들이 묵시룡과 이계의 신격의 패권 다툼에 휘말려 추락하고 있었다. 마치 이제 별들의 시대는 끝났다는 것처럼.

메타트론은 그 하늘을 올려다보고 있었다.

'붉은 코스모스의 지휘관', 요피엘. 그녀가 1,863회차에서 보내준 정보에는 이런 내용이 없었다.

메타트론의 양손에서 묵시룡을 봉인하기 위한 봉인구가 빚어지고 있었다.

〈에덴〉과 절대선의 모든 설화를 끌어모아 만든 봉인구.

요피엘은 말했다.

—서기관은 죽겠지만, 세계는 '선'을 기억하게 될 겁니다.

분명 그랬어야 했다. 그런데 어째서.

[대상은 봉인이 불가능합니다.]

봉인구가 거의 완성되었음에도 묵시룡은 가둘 수 없었다.

왜인지는 모른다. 어디서부터 무엇이 잘못되었는지도 알 수 없었다.

묵시룡을 너무 일찍 깨운 것이 문제였을까.

아니면 '형용할 수 없는 아득함'이 끼어들었기 때문일까.

역시 '구원의 마왕'이 문제였을까.

그것도 아니라면 요피엘이?

시야 끝에 화신체 절반을 잃고 죽어가는 미카엘이 있었다.

〈에덴〉이 있는 한 미카엘은 다시 태어날 수 있다. 하지만 이제 〈에덴〉은 사라질 것이다. 〈에덴〉뿐만 아니라 곧 〈스타 스트림〉 전역의 붕괴가 시작될 것이다.

[벌써 포기할 셈인가? 네놈답지 않군.]

뒤를 돌아보는 순간 메타트론의 표정이 굳어졌다.

[나를 죽이러 왔습니까?]

[그냥 내버려둬도 죽을 텐데, 뭐하러?]

'지옥 동부의 지배자', 아가레스가 킬킬 웃으며 인상을 썼다.

[가장 오래된 악이 이야기를 시작합니다.]

메타트론은 아가레스가 왜 되돌아왔는지 깨달았다.

[잠깐이지만 당신을 부러워했습니다. '악'의 설화를 그토록 쉽게 내버리고 떠난 당신을 말입니다.]

[거짓말은 '악'의 미덕이야. 잊었나?]

아가레스가 진저리난다는 듯 웃었다.

선과 악. 그들은 이 세상의 대척점에 있지만, 이 세상 누구보다 서로를 잘 이해하고 있었다.

그들은 죽을 때까지 이 '설화'에서 벗어나지 못한다. 왜냐하면 그 설화는 이미 그들 자신이니까.

[가장 오래된 선이 이야기를 시작합니다!]

[가장 오래된 악이……!]

[시끄러워. 그 빌어 처먹을 이야기는 대체 언제까지 '시작하는' 거냐.]

피어오르는 설화들을 보며 아가레스가 인상을 썼다.

[가장 오래된 악이 '지옥 동부의 지배자'를 물끄러미 바라봅니다.]

[이제 그만할 때도 됐잖아.]

품속에 손을 넣은 아가레스가 궐련을 꺼냈다. 치이익, 소리와 함께 궐련에 불이 붙으며 연기가 허공으로 퍼져나갔다.

추락하는 별의 개수는 점점 많아졌고, '형용할 수 없는 아득함'의 분체들은 추락한 성좌들을 잡아먹기 시작했다. 멀리서 묵시룡의 울음소리가 들렸다.

[장관이로군. 이 긴 싸움을 마무리하기엔 딱인 무대야.]

선과 악의 수장이 그 광경을 보고 있었다.

이곳의 모든 비극은 그들로부터 시작되었다.

그때, 뒤쪽에서 괴이쩍은 소리가 들려왔다.

은밀하게 다가온 분체 하나가 메타트론을 향해 아가리를 벌리고 있었다.

[마왕, '지옥 동부의 지배자'가 자신의 격을 드러냅니다!]

쿠드드드드!

당장이라도 대천사를 찢어 삼킬 듯 덤비던 분체가 움직임을 멈췄다.

아가레스의 양손이 닫히는 분체의 아가리를 붙들고 있었다.

그 역시 서열 2위의 마왕이다.

현 〈마계〉의 마왕 중 유일하게 '신화급 성좌'와 자웅을 겨룰 수 있는 존재.

아가레스가 궐련을 씹으며 말했다.

[뭘 멀뚱히 보고 있는 거냐? 여기서 순교라도 할 셈이냐?]

[잠깐이지만, 그것도 나쁘지 않겠다고 생각했습니다.]

[네놈이 벌인 일이면 제대로 끝을 내라. 잘난 '하늘의 서기관'으로서, 제대로 '성마대전'의 마무리를 지으란 얘기다.]

[어렵습니다. 예상보다 묵시룡의 힘이 너무 강합니다.]

['벽'의 힘을 사용한다면 가능할 거다.]

['벽'의 힘을 사용해도 묵시룡은 봉인할 수 없습니다.]

[하지만 여기 있는 녀석들을 살릴 수는 있다. '벽'은 본래 무언가를 지키기 위해 존재하니까.]

메타트론의 눈동자가 흔들렸다.

[지금 무슨 소릴 하는 겁니까?]

[너는 늘 두 번 말해야 알아듣지.]

분체를 향해서 거센 격을 쏟아내는 아가레스가 그곳에 있었다.

메타트론은 오랜 세월 저 마왕과 싸워왔다. 그럼에도 지금 아가레스의 표정은 그가 처음 보는 종류의 것이었다.

「그 순간 선과 악이 서로를 마주 보았다.」

마왕의 눈동자가 죽어가는 마왕들과 대천사들을 응시했다.

[지금 저놈들을 살려야 다음 세대에도 '선악'이 이어질 것 아닌가?]

[마왕인 당신이 그런 말을 하다니 이상하군요.]

[이제야 말하는 거지만 너도 그다지 대천사처럼 보이지는 않아.]

아가레스의 부루퉁한 목소리를 들으며 메타트론은 기분이 이상해졌다.

그토록 오래 싸워온 악마가 어째서 이처럼 가깝게 여겨지는 것인지.

지금 그들의 행동은 선행인지, 아니면 악행인지.

메타트론은 알 수 없었다. 다만 한 가지는 알 수 있었다.

[가장 오래된 선악의 설화가 당신들을 바라봅니다.]

설령 그들이 설화 그 자체라 한들.

이것은 설화들이 원해서 선택하는 것이 아니었다.

[나 혼자서는 안 됩니다.]

[알고 있어.]

['선악을 가르는 벽'이 거칠게 흔들립니다!]

하나의 벽을 사이에 두고, 선과 악의 대표가 서로를 향해 손을 뻗었다.

[여기서 이들을 살린다고 종말을 막을 수는 없습니다.]

[그것도 알고 있어.]

메타트론이 만든 봉인구에 아가레스가 손을 올렸다.

[근데 그건 우리가 생각할 문제가 아니야.]

대천사와 마왕이 손을 잡았다.

봉인구가 눈부신 빛을 터뜨리며 급격하게 커지기 시작했다. 이제 봉인구라기보다는 한 척의 배처럼 보였다.

쿠구구구구.

그것은 한때 세계의 멸망에 맞서 지상의 존재를 보호하던 방주였다.

대홍수에서 종을 보호하기 위해 현현했던 신화 속 배.

메타트론이 말했다.

[성좌들을 대피시키십시오.]

[알겠습니다, 서기관.]

메타트론의 말에 성좌들 사이에 섞여 있던 '방주의 주인'이 배를 이끌었다.

하나둘, 살아남은 발키리들이 주변의 성좌와 화신을 방주에 태우기 시작했다. 하지만 방주의 설화를 지탱해야 하는 메타트론과 아가레스는 배에 탈 수 없었다.

그 사실을 아는 것은 메타트론과 아가레스만이 아니었다.

[멍청한 짓을 하셨군요, 지옥 동부의 지배자.]

[아스모데우스.]

말을 섞을 틈도 없이, 아스모데우스의 클로가 아가레스의 심장을 꿰뚫었다. 그러나 죽음에 직면한 아가레스는 담담한 표정이었다.

그 표정이 불쾌하다는 듯 아스모데우스가 말했다.

[그만 '벽'을 내놓으시죠. 당신에겐 '악'을 대표할 자격이 없습니다.]

꾸드득 파고든 클로가 아가레스의 내부를 헤집었다.

새카만 설화를 흘리며 아가레스가 말했다.

[너도 집요한 녀석이구나. 어째서 그렇게 '벽'을 원하는 것이냐? '벽'을 가지면 신이라도 될 수 있다 착각하는 거냐?]

[그걸 가진다고 신이 될 수는 없다는 건 압니다. 하지만 적어도, '마지막 시나리오'의 비겁자 중 하나는 될 수 있겠죠.]

[그렇군. 마지막 시나리오에 대해 알고 있었나…….]

씁쓸하게 웃던 아가레스의 두 눈에 광기가 스쳤다.

[미안하지만, 너는 '벽'의 주인이 될 수 없다.]

[그건 당신이 결정할 일이 아닙니다. 어차피 당신이 죽으면 당신의 '벽'은—]

[내 '벽'은 이미 다른 녀석에게 넘겼거든.]

순간 아스모데우스의 어깨가 흠칫 떨렸다. 마왕의 본능으로, 아스모데우스는 아가레스의 말이 사실임을 깨달았다.

[대체 누구에게?]

[그건 네가 알아내야지.]

괴성을 지른 아스모데우스의 클로가 아가레스의 목을 꿰뚫었다. 피처럼 쏟아지는 설화 파편 속에서 아가레스가 하늘을 올려다보았다.

[아름답지 않나, 메타트론? 이것이 우리의 종말이다.]

희미하게 이어지는 선악의 이중주가 멸망하는 밤하늘을 흘렀다.

떨어지는 유성우를 보며 아가레스가 웃었다.

[성좌, '구원의 마왕'이 '희생의지 Lv.9'를 발동 중입니다!]

"저거 열받네, 진짜. 끌 수도 없고."

한수영이 씩씩거리며 외쳤다. 점점 불어나는 암무 속에서, 세 사람은 늘어나는 분체들과 싸우고 있었다.

저 너머에 김독자가 있다는 것은 안다.

하지만 셋 중 누구도 혼자만의 마력으로는 암무를 뚫을 수 없었다. 그러니 지금이라도 한 사람을 선택해 마력을 몰아주는 것이 최선이었다.

그런데 세 사람 중 누구도 양보하려 들지 않았다.

단순히 김독자만을 위한 것이었다면 누가 가도 상관없었으리라.

희끄무레하게 빛나는 별을 바라보며, 세 사람은 똑같은 생각을 하고 있었다.

지금 저 별을 향해 가는 사람은 높은 확률로 죽을 것이다.

암무는 시시각각으로 짙어지고, 묵시룡의 충격파는 더욱더 거세지고 있었다.

김독자는 아직 살아 있다. 하지만 구할 수 있을 확률은 낮다. 설령 김독자를 구해낸다 하더라도, 김독자와 함께 죽게 될 수 있다.

그러니 이것은 누군가를 구하기 위한 다툼이 아니라, 누군가를 위해 죽을 사람을 뽑는 자리였다.

"알고 있겠지만, 나는 죽지 않는다."

그것은 유중혁의 말이었다. 그 '죽지 않음'이 무엇에서 비롯되는지 아는 정희원은 화를 내려 했다.

하지만 그보다 한수영이 더 빨랐다.

"잘 생각해 정희원. 넌 혼자 죽는 것도 아니야."

순간, 정희원은 등에 동여맨 십자가의 무게를 느꼈다.

반박할 말이 없었다. 여기서 그녀가 죽으면 등에 매달린 사람도 죽는다.

"그럼 네가 대신 현성 씨 좀—"

"정희원! 뒤!"

정희원은 한수영의 외침에 반사적으로 뒤를 돌아보았다. 하지만 그곳에는 아무것도 없었다. 아차, 싶은 순간 뭔가가 그녀의 등을 밀쳤고, 정희원은 비틀거리며 지상으로 낙하했다.

대천사의 날개를 펼쳐 간신히 멈춰 섰을 때, 유중혁과 한수영의 신형은 이미 저만치 멀어지고 있었다.

"망할! 이게 무슨— 멈춰!"

마력조차 받지 않고 멀어지는 두 사람을 보며, 정희원은 그들이 무슨 결심을 했는지 깨달았다. 그것을 알았기에, 치솟는 마음을 억누를 수 없었다.

김독자는 그녀에게 구해달라고 말했다.

하지만 김독자를 구하기 위해서, 그녀는 그들을 쫓아가서는 안 되었다.

"우리엘."

뜨거운 감정을 씹어 삼키며, 정희원은 손을 뻗었다. 손끝에서 뻗어 나온 대천사의 마력이, 어둠을 뚫고 날아가는 두 사람의 등에 눈부신 날개를 만들었다.

그 순간, 그녀의 등 뒤에서 강한 약동이 느껴졌다. 그것은 누군가의 심장 소리였다. 마치 하고 싶은 말이 있다는 듯 거세게 뛰는 진동.

정희원이 입을 열었다.

"저도요, 현성 씨."

우주를 향해 멀어지는 두 개의 빛살을 보며, 그리고 그 너머에서 그들을 기다리는 연약한 별을 바라보며, 정희원은 무언가 참아내듯 입술을 꾹 깨물었다.

"그런데 이번엔 우리 차례가 아닌가 봐요."

5

뭉그러진 의식 속에서 설화들이 낱말을 흘려보낸다.

[설화, '구원의 마왕'이 이야기를 계속합니다.]

그래, 아직 듣고 있어. 잠들지 않았다고.

[설화, '왕이 없는 세계의 왕'이 당신을 지탱합니다.]

먹이를 받아먹는 아기새처럼, 나는 내가 살아온 설화들을 먹으며 견뎌냈다.

피부와 뼈마디에 감각이 사라진 뒤로 시간이 멈춘 듯했다. 내 안의 균형을 담당하던 시계 같은 것이 부서진 느낌이었다.

['묵시록의 최후룡'이 거센 포효를 터뜨립니다!]

['형용할 수 없는 아득함'이 '묵시록의 최후룡'을 노려봅니다.]

힘겨루기는 계속되고 있었다.

재앙과 재앙의 대결.

멀리서 퍼져나오는 충격파의 반향을 안개 내부에서도 느낄 수 있었다.

조금씩 진동의 크기는 줄어들고 있었다. 예상대로 '형용할 수 없는 아득함'이 우위를 점하고 있는 모양이었다.

묵시룡은 상상을 불허할 정도로 강하지만, 이제 막 봉인에서 깨어난 재앙이었다. 오래전부터 〈스타 스트림〉을 부유해온 '형용할 수 없는 아득함'에 대적하기는 조금 부족할 터. 그러니 힘의 균형은 천천히 '형용할 수 없는 아득함' 쪽으로 넘어갈 것이다.

문제는 녀석의 분체들이었다.

[전용 스킬, '전지적 독자 시점' 3단계가 발동합니다!]

본래 동료들에게는 이 힘을 사용하지 않으려 했다.

하지만 지금 같은 상황에서는 달리 방도가 없었다.

머리가 짜부라지는 느낌과 함께, 눈앞에 어렴풋한 영상이 떠올랐다. 설화의 손상이 심한 까닭인지 노이즈가 심했지만, 알아볼 수 있을 정도는 되었다.

「"김독자를 구하러 가라."」

아비규환의 전장. 그 전장의 하늘을 뒤흔드는 여의봉의 모습이 보였다.

와줬구나.

황홀하게 흩날리는 금빛 세모細毛. 제천대성의 강림을 견뎌내는 장하영이 창공을 향해 격을 발산하고 있었다. 그런 장하영을 돕는 흑염룡과 우리엘의 뒤로, 키리오스와 파천검성의 모습도 보였다.

분체들로부터 일행을 지키는 〈명계〉의 하데스와 페르세포네. 'X급 페라르기니'로 쓰러진 성좌들을 태우는 '양산형 제작자'…….

이윽고 전장의 중심에서 퍼진 폭음과 함께, 거대한 배가 등장했다.

「내가 나와 너희와 함께 하는 모든 생물 사이에 영세까지 세우는 언약의 증거는 이것이라」

〈에덴〉이 빚은 방주의 설화가 전장을 물들였다.

아무래도 메타트론이 결단을 내린 모양이었다. 역시 묵시룡을 봉인하기는 어렵다고 판단했겠지.

「"아저씨……."」

방주에 올라탄 신유승과 이지혜가 하늘을 올려다보고 있었다. 신유승은 혼절한 이길영을 부축하고 있었다. 폭주하는 길영이를 막는 것이 신유승의 임무였고, 다행히 나의 화신은 임무를 잘 수행해낸 모양이었다.

성좌와 화신들이 방주로 대피하고, 섬이 무너지는 소리가 들렸다.

[성좌, '만다라의 수호자'가 당신을 바라봅니다.]

희끄무레한 염주 같은 것이 눈앞에 나타난다 싶더니, 진언이 들려왔다.

[아해여, 결국 이렇게 되었군요.]

나는 그를 향해 힘겹게 웃어 보였다.

'이미 알고 계시지 않았습니까.'

눈앞에 떠오른 백팔 개의 염주알이 신묘한 빛을 뿜고 있었다. 석존은 내가 나타나던 순간부터 이 시간을 예견하고 있었을 것이다.

그에게 시간은 직선이 아니라 하나의 거대한 원이다.

정확한 미래를 알지는 못하더라도, 과거를 통해 현재를 읽어낼 수 있다.

[섬의 역사도 여기까지군요. 이제 바빠지겠습니다.]

그가 왜 바빠지는지 나는 멸살법을 통해 이미 알고 있었다.

일제히 진동하는 염주 알이 새하얗게 탈색되고 있었다.

이 섬은 곧 닫힐 것이다. 그리고 수만 년 전에 그랬듯, 섬은 다시 한 번 묵시룡을 봉인하게 되겠지.

이 섬은 묵시룡을 담을 하나의 거대한 염주가 될 것이다.

'방주에 탄 일행들을 섬에서 탈출시켜주십시오.'

염주가 희미한 빛을 내뿜었다. 동의의 표시였다.

[하지만 아해는 구할 수 없습니다.]

나 역시 고개를 끄덕였다.

그렇겠지. 나는 지금 묵시룡과 더 네임리스 미스트의 한복판에 있으니까.

[부디 아해에게 이야기의…….]

진언은 충격파와 암무의 파도에 휩쓸려 지워졌다.

온몸이 사시나무처럼 떨려왔다. 조각조각 떨어진 설화들이 분해되는 속도가 빨라지고 있었다. 나는 몸을 웅크렸다.

이제 거의 다 왔다.

이것만 버텨내면 〈김독자 컴퍼니〉는 새로운 거대 설화를 얻는다.

마지막 시나리오를 향해 나아갈, '전'을 채울 수 있게 된다.

[설화, '왕이 없는 세계의 왕'이 이야기를 멈춥니다.]

그리고 설화가 하나둘 끊어지기 시작했다.

[설화, '귀환자의 제자'가 이야기를 멈춥니다.]

[설화, '미식협의 이단아'가 이야기를 멈춥니다.]

호흡이 곤란해지며 눈앞이 캄캄해져갔다.

[설화, '대천사의 사랑을 받는 자'가 이야기를 멈춥니다.]

여기서 정신을 잃으면 모든 게 끝이라는 것을 알고 있었다.

[설화, '재앙의 왕을 사냥한 자'가 몸을 웅크립니다.]

[설화, '이계의 신격을 살해한 자'가 저항합니다.]

그렇기에 필사적으로 의식을 이어갔다.

자꾸 아득해지는 머릿속을 내가 잘 아는 문장들로 채웠다.

그래, 멸살법 생각을 하자.

그러나 엉뚱하게도 눈앞에 떠오르는 것은 멸살법 내용이 아니라 중학생 시절의 나였다. 사촌 형들 몰래 컴퓨터로 멸살법을 읽고, 교과서 귀퉁이에 낙서하던 기억. 머릿속에 기억하고 있던 멸살법 내용을 공책에 필사하고, 등장인물의 파워 밸런스 도표를 만들던 기억.

—독자는 나중에 작가가 되고 싶은 거니?

내 낙서를 보고 그렇게 물어준 선생님도 있었다.

내가 되고 싶은 것은 작가가 아니라 독자예요.

그렇게 말하자, 선생님은 묘한 표정을 짓더니 이내 웃어 보였다.

—그것도 좋구나. 결국 작품은 독자가 있어야 완성되니까.

그 말을 해준 선생님은 사흘 뒤 교통사고로 돌아가셨다.

생이란 그런 것이다.

나도 알고 있다. 삶은 이야기가 아니니까.

[설화, '구원의 마왕'이 이야기를 멈춥니다.]

하지만 그럼에도.

[설화, '생과 사의 동료'가 이야기를 계속합니다.]

나는 이 삶이 차라리 이야기였으면 좋겠다.

'살고 싶다.'

뻗은 손에 감각이 없다.

아주 먼 곳. 묵시룡과 이계의 신격이 대치하는 전장을 건너 뭔가가 이쪽을 향해 다가오고 있었다. 너무나 어슴푸레한 인형이지만, 나는 그게 누구인지 바로 알아보았다.

[<스타 스트림>이 당신의 놀라운 업적을 인정합니다.]

[당신은 새로운 '거대 설화'를 획득했습니다.]

어디선가 흘러온 따뜻한 빛이 내 몸을 감싸 안았다. 무어라 말을 하려는 순간, 목소리가 들려왔다.

✶

살리고 싶다.

반드시, 살리고 싶다.

한수영은 피 나도록 입술을 깨문 채, 생각하고 또 생각했다.

[성좌, '구원의 마왕'이 '생존의지 Lv.1'를 발동 중입니다.]

저 메시지를 듣는다면 누구나 그런 생각을 하지 않을 수 없을 것이다.

다른 사람도 아닌 그 김독자가.

"아직 늦지 않았다."

유중혁의 말에, 한수영은 입가에 흐르는 피를 쓱 닦으며 웃었다.

"난 살면서 한 번도 누구한테 뭘 양보해본 적이 없어."

"이미 한계라는 걸 알고 있다."

"남 말 하시네."

"너보다는 오래 버틸 수 있다."

이제 김독자는 멀지 않은 거리에 있었다. 하지만 시간도 상황도 여의찮았다. 정희원이 달아준 추진력으로는 여기까지가 한계다. 남은 힘으로는 분체들을 상대할 수도, 저 두꺼운 암무를 뚫을 수도 없었다.

쿠구구구구구…….

풀어헤친 한수영의 붕대에서 피와 설화가 뒤섞여 쏟아지고 있었다. 과할 정도로 창백해진 얼굴.

유중혁이 말했다.

"여기서 개죽음할 셈인가?"

"널 백 퍼센트 신뢰할 수가 없어서 말이지."

유중혁의 눈동자에 차가운 뭔가가 스쳤다.

한수영이 물었다.

"나 거짓 간파 있는 거 알지?"

"물론."

"너 진짜 김독자를 동료로 여기는 거 맞아?"

"불필요한 질문이군."

"너희가 시나리오로 지지고 볶으면서 미운 정이 좀 들었다는 건 알아. 그런데 그거랑 별개로 납득이 안 가는 점도 있거든."

말과는 다르게, 한수영은 [거짓 간파]를 켜지 않은 채로 말했다.

"넌 원래 동료고 뭐고 없는 놈이잖아. 그런데 이번 회차에 들어와서 너무 많이 변했다 이거지."

"……."

"그래서 나는 너를 믿을 수 없어. 대의를 위해 동료들을 저버렸던 네가, 왜 김독자는 구하려는 건데?"

유중혁의 시선이 한수영과 마주쳤다.

그토록 깊은 어둠을 마주한 것은 오랜만이기에, 한수영은 자기도 모르게 진저리를 쳤다. 어쩌면 건드려서는 안 될 역린이었는지도 모른다. 왜냐하면 한수영은 유중혁의 '회차'에 관해 제대로 아는 것이 없었으니까.

유중혁이 대답했다.

"이 모든 시나리오가 끝났을 때, 김독자에게 확인해야 할 것이 있다."

아무 감정도 생각도 읽을 수 없는 얼굴이었다. 그것은 절망 같기도 했고, 분노 같기도 했고, 지독한 외로움 같기도 했다. 그러니 어쩌면 그 모든 감정은 유중혁이 아니라 한수영 자신의 것인지도 몰랐다.

"그러니 적어도 그때까지는—"

그렇기에 한수영이 이해할 수 있는 것은 한 가지뿐이었다.

"그때까지는 살려둘 거라 이거지?"

한수영이 자신의 오른손을 내려다보았다.

새카맣게 타오르는 [흑염]. 그녀의 마지막 마력이 손바닥에 깃들고 있었다.

"약속 꼭 지켜라. 만약 못 구하면—"

이글거리는 한수영의 눈이 유중혁을 보았다. 한수영의 작은 손이 유중혁의 등에 맞닿자 가공할 마력의 폭풍이 발생했다.

"그냥 다음 회차로 꺼져버려!"

한수영의 팔에서 뻗어나온 흑염룡의 가호가 일시적으로 유중혁에게 깃들었다. 정희원이 전해준 마력과 한수영이 전해준 마력이 일시적으로 결합하며, 검은 코트 너머로 빛과 어둠의 날개가 펼쳐졌다.

콰아아아아!

광막한 공허를 누비며 유중혁은 흑천마도를 거세게 움켜쥐었다. 혼자서는 넘지 못한 암무를, 유중혁은 정희원과 한수영의 힘으로 넘어섰다.

[성좌, '악마 같은 불의 심판자'의 가호가 당신에게 깃듭니다.]

[성좌, '심연의 흑염룡'의 가호가 당신에게 깃듭니다.]

마력은 점차 떨어져갔다. 암무의 밀도가 짙어질수록 별빛은 흐려졌다. 유중혁은 이를 악물었다.

더 뾰족하고 더 정확하고 더 날카로운, 그런 이야기가 필요했다.

저 재앙의 안개를 뚫어낼 수 있는 설화. 그런 설화가,

[설화, '이적에 맞서는 자'가 이야기를 계속합니다.]

그곳에 있었다. 그가 바라보는 모든 공허의 길목에, 그와 김독자가 걸어온 시간이 은하수처럼 흩뿌려져 있었다. 유중혁은 그 길을 달려

갔다.

[설화, '이계의 신격을 살해한 자'가 이야기를 계속합니다.]

하나의 설화를 달리고.

[설화, '거신의 해방자'가 이야기를 계속합니다.]

또 하나의 설화를 달리며, 유중혁의 화신체에 가속도가 붙기 시작했다. 그의 몸이 은은한 황금빛으로 뒤덮였다.

초월형 2단계, 그리고 3단계. 마침내 4단계를 넘는 순간 유중혁의 몸이 일시적으로 바뀌었다.

으드드드득.

온몸의 뼈가 비명을 지르며 환골탈태換骨奪胎라도 하듯 체형이 더욱 날렵하게 바뀌고 있었다.

그리고 마침내 초월형 5단계.

[설화, '생과 사의 동료'가 이야기를 계속합니다.]

멀리서 홀로 죽어가는 별의 모습이 보였다. 그의 모습은 이제 더 이상 성좌처럼 보이지 않았다.

김독자.

아직 늦지 않았다. 그들이 기억하는 설화가 남아 있고, 김독자를 기억하는 사람들이 살아 있다. 김독자가 그토록 만들고 싶어했던 이야기가, 아직 이 세상에 살아 숨 쉬고 있다.

[설화, '김독자 컴퍼니'가 이야기를 계속합니다.]

그러니 너도 여기서 죽어서는 안 된다.

[화신체의 내구도가 한계치에 달했습니다!]

['방주'가 당신을 부르고 있습니다!]

뒤쪽에서 그를 잡아당기는 강력한 힘이 느껴졌다. 그 인력이 김독자에게 다가가는 것을 막아서고 있었다.

[성좌, '만다라의 수호자'가 당신을 호출합니다.]

"시끄럽다!"

유중혁은 그 모든 힘을 거부하며 앞으로 나아갔다.

이제 김독자는 코앞에 있었다.

열 걸음, 아홉 걸음, 여덟 걸음…… 전신을 찢어발기는 스파크를 견디며, 유중혁은 앞으로 나아갔다.

다섯 걸음, 네 걸음…….

손을 뻗었다.

공허 속을 부유하는 김독자의 옷깃. 그 끄트머리에 손이 닿으려는 바로 그 순간.

숨이 턱 막히는 느낌과 함께 사위가 흔들렸다. 기절하거나 의식을 잃은 것은 아니었다.

정신을 차렸을 때, 유중혁은 누가 자신의 손목을 붙잡고 있다는 것을 깨달았다. 아주 굳센 손이 손목을 붙들고 있었다.

무척이나 익숙한 손이었다.

[화신 '유중혁'의 배후성이 동요합니다.]

세계가 흔들리고 있었다. 묵시룡과 이계의 신격이 충돌하는 소리. 섬의 차원이 붕괴하는 것이 보였다.

하지만 유중혁이 본 것은 그런 멸망의 정경보다도 더 충격적이었다.

한없이 불길한, 그 끝을 잴 수조차 없는 혼돈 너머로 김독자의 것과 똑같은 백색의 코트가 펄럭이고 있었다.

혼절한 김독자를 허리에 낀 존재.

새카만 어둠 속에서, 심연 같은 두 눈이 그를 보고 있었다.

발끝에서부터 천천히 전율이 올라왔고, 붙잡힌 손목이 미친 듯이 떨렸다. 유중혁은 눈앞의 존재를 알고 있었다. 너무나 잘 알기 때문에, 아무 말도 할 수 없었다.

—너는 미래에서 온 '김독자'인가?

언젠가 유중혁은 누군가에게 그런 질문을 던진 적 있었다.

1,863회차까지의 이야기를 모두 아는 존재는 김독자뿐이라고 생각했고, 그랬기에 던질 수 있는 물음이었다.

하지만 지금 돌이켜보니 멍청한 질문이었다.

1,863회차까지의 이야기를 모두 아는 존재.

어떤 이야기에 관해 가장 잘 이해하는 존재는 그걸 읽은 '독자'가 아니라 직접 그 이야기를 살아간 '등장인물'인 법이다.

【돌아가라. 너는 아무것도 구할 수 없다.】

6

묵시룡과 '형용할 수 없는 아득함'의 대결.

재앙과 재앙의 충돌에 별들이 추락했고, 멸망의 정경은 〈스타 스트림〉 전역에 방송되고 있었다.

[이 섬의 끝이 다가오는군요.]

'만다라의 수호자'도 패널을 통해 그 광경을 보고 있었다.

'환생자들의 섬'이 부서지기 시작하며, 그의 화신체에도 조금씩 노이즈가 끼고 있었다.

'만다라의 수호자'를 향해, 수조 속의 유상아가 말했다.

—이미 알고 계셨잖아요.

[왜 그렇게 생각합니까?]

유상아의 영혼이 말없이 빛을 뿜었다. 그녀의 화신체는 아직 눈을 뜨지 못한 상태였다.

—왜냐하면 제가 '도서관'에서 본 당신은…….

[그 이야기는 아껴두십시오. 이야기를 듣고 있는 자들이 있습니다.]

말이 끝나기 무섭게 사원 전체에 무거운 진동이 일었다. 불온하고 탁한 공기가 근방을 짓누르고 있었다. 그르르르, 하는 짐승의 울음 같은 것이 들려왔다. 사방 공간의 모서리가 만들어낸 그림자에서 뭔가가 꿈틀거리고 있었다.

유상아의 영혼체가 불안하게 떨렸다. 수조 속에서 일어나는 기포가 많아지자 석존이 나섰다.

[틴달로스의 사냥개들이여. 사냥감을 잘못 찾아온 모양이군요.]

석존이 가볍게 염불을 외우자, 주변을 배회하던 그림자들은 순식간에 사라졌다. 마치 다른 사냥감을 찾아 떠나는 들짐승처럼.

유상아는 그림자들이 완전히 사라진 후에야 가까스로 말을 꺼냈다.

—방금 그건…….

[아해여. 이제 마지막 시나리오의 문이 가까워졌습니다.]

석존의 목소리가 무겁게 가라앉아 있었다.

쿠구구구구.

그의 목에서 발열하는 염주들이 일제히 허공에 떠올랐다.

그가 무슨 일을 벌이려는지 알고 있는 유상아가 물었다.

—저는 되살아나지 못하는 건가요?

[왜 그렇게 생각합니까?]

—이 섬이 끝나면 당신도 죽을 테니까요. 그럼 저도 부활할 수 없겠죠.

[아해여, 우리는 거래를 했습니다. 아해는 나의 부탁을 들어주고, 이 몸은 아해의 부탁을 들어주는 것. 그리하여 이 세계의 평형을 맞추는 것.]

석존은 인자한 미소를 지은 채 말을 이었다.

[그러니 아해는 무사히 환생할 겁니다. 아직 화신체의 업을 제대로 계승하지 못했기에 당장 활동하지는 못하겠지만, '마지막 시나리오'에서 그대의 역할은 매우 중요합니다. 그러니……]

유상아는 그게 무슨 뜻인지 묻고 싶었다. 그러나 채 묻기도 전에 의식이 흐려지기 시작했다.

[지금은, 잠깐 쉬고 계시지요.]

유상아의 영혼이 잠들자, 석존은 수조에서 그녀의 화신체를 꺼내 어딘가로 전송하기 시작했다.

쿠구구구, 하는 소리와 함께 사원이 다시 한번 흔들렸다.

어느새 패널 화면이 바뀌어 있었다. 똑같은 얼굴을 가진 두 사내가, 각각 흑과 백의 코트를 입은 채 마주 보는 장면.

[마침내 당신이 움직이는군요. 수레의 끝에 선 존재여.]

잠시 그 광경을 보던 석존이 아쉽다는 듯 말을 이었다.

[그렇다면 슬슬 이쪽도 준비를 해야겠지요.]

대체 어떻게.

유중혁은 그 말을 싫어했다. 회귀자로 살다 보면 가장 자주 듣는 말이었기 때문이다.

레퍼토리의 변주도 뻔했다. "대체 어떻게 알았지?"부터 "대체 어떻게 네놈이?"에 이르기까지. 그 말을 듣기 지겨운 유중혁은 제일 먼저 그 대사를 던질 인물부터 죽인 적도 많았다.

그런데 지금 유중혁은

"대체 어떻게?"

스스로의 입으로 그 말을 꺼내고 있었다.

그것이 상대에게 비웃음 살 행동임을 잘 알면서도.

ㅊㅊㅊㅊㅊ…….

휘몰아치는 개연성의 폭풍 속에 그가 잘 아는 얼굴이 있었다. 이곳에 있을 수가 없는 얼굴이었고, 있어서도 안 될 존재였다.

[해당 지역의 혼돈 수치가 급격하게 높아지고 있습니다!]

[시나리오의 균형에 문제가 발생했습니다!]

비틀거리면서도, 유중혁은 현재 상황을 이해하기 위해 노력했다.

고장 난 시계가 미뤄왔던 시간을 한꺼번에 돌리듯 그의 안에서 무수한 가설이 난립하고 있었다.

「녀석은 김독자여야 했다.」

「하지만 김독자가 아니었다.」

「1863.」

「하지만 어떻게? 대체, 어떻게 그런 일이…….」

…….

【내가 그 말을 싫어한다는 걸 알 텐데.】

마치 그의 생각을 읽었다는 듯, 눈앞의 존재가 답했다.

유중혁은 다시 한번 그 얼굴을 마주 보았다.

환한 스파크 속에서 희게 빛나는 '무한 차원의 아공간 코트'.

뻥 뚫린 어둠이 있어야 할 두 눈의 자리에 그와 같은 크기의 동공이 있었다. 눈만이 아니었다. 코도, 입도, 턱선과 체격도. 마치 거울을 보는 듯 흡사한 외형. 차이점이 있다면, 그 존재의 뺨에는 커다란 흉터가 있다는 것.

유중혁은 발작적으로 말했다.

"네놈은 내가 아니다."

【맞아. 나는 네가 아니지.】

새카만 어둠을 담은 눈동자가 허리에 매달린 김독자를 내려다보고 있었다.

[성좌, '은밀한 모략가'가 성좌, '구원의 마왕'을 응시합니다.]

마치 확인 사살처럼 내려앉은 메시지에 유중혁은 몸을 떨었다.

믿을 수 없었다.

"은밀한 모략가……."

눈앞의 존재가 정말 그 '은밀한 모략가'라고?

김독자를 1,863회차에 보내고, 자신에게 김독자의 비밀을 알려 혼란에 빠지게 한, 무수한 '간접 메시지'를 보내온 '은밀한 모략가'가…… 또 다른 그 자신이라고?

멀리서 들려온 폭음에 유중혁은 입술을 깨물었다.

그런 것은 나중에 생각해도 된다.

"김독자를 내놔라."

상대는 '은밀한 모략가'다. 혼돈에서 태어난 이계의 신격.

예측불허의 행동을 반복해온 놈의 패턴을 생각하면, 저 모습은 얼마든지 가짜일 수…….

【그렇게 둔한 머리로 용케 지금까지 살아남았군.】

"닥치고 김독자를 내놔라. 그러지 않으면—"

【그러지 않으면?】

코앞에서 흘러나오는 격에 유중혁은 정신이 아득해지는 느낌이었다.

강하다는 것은 알고 있었다. 하지만 이 정도일 줄은 생각지도 못했다. 지금의 유중혁은 최상위 격의 설화급 성좌인 인드라와도 맞서 싸울 수 있었고, 심지어는 커다란 상처를 입힐 수도 있었다.

그런데 눈앞의 존재에게는…….

【네놈이 뭘 할 수 있지?】

대체 이게 뭐란 말인가.

부들부들 떨리는 다리를 진정시키며 유중혁은 숨을 몰아쉬었다.

심지어 놈이 나타난 후로는 주변을 억압하던 '형용할 수 없는 아득함'의 분체들이 슬금슬금 물러나는 기미까지 보였다.

「이것은 말도 안 되는 일이다.」

시나리오의 부조리에 화가 났고, 이런 말도 안 되는 개연성을 허락한 〈스타 스트림〉에 증오가 일었다.

거기까지 생각한 순간, 머릿속이 환해졌다.

「지금까지 은밀한 모략가가 행한 일을 생각한다면, 놈이 지금 이곳에 현현하는 것은 불가능한 일이다.」

'은밀한 모략가'는 제천대성이나 우리엘, 흑염룡과는 다르다.

놈은 이계의 신격이고, 강림에 어마어마한 개연성이 필요한 존재다.

츠츠츠츠츳……!

실제로 시간이 지날수록 '은밀한 모략가'의 전신은 강렬한 후폭풍에 휩싸이고 있었다. 그 어떤 존재라 해도, 개연성의 후폭풍에서 자유로울 수는 없다.

그렇다면 아주 승산이 없는 것도 아니었다.

「만약, 김독자였다면.」

마치 김독자가 되기라도 한 것처럼, 유중혁은 차분한 어조로 물었다.

"이해가 가지 않는군. 지금까지는 가만히 있었으면서, 왜 갑자기 개입한 거지?"

【이제 때가 되었으니까.】

"때가 되었다?"

물음과 함께 공허의 저편에서 굉음이 발생했다. 묵시룡과 '형용할 수 없는 아득함'의 싸움이 절정에 이른 것이었다.

가공할 폭발에, 일대의 공간에 거대한 왜곡장이 발생했다.

은하계를 통째로 뭉그러뜨리는 풍경에 유중혁은 정말 〈스타 스트림〉이 멸망하고 있다는 실감이 났다. 확실히 저런 개연성이라면 이제 뭐가 나타나도 이상하지 않을 것이다.

'은밀한 모략가'는 줄곧 이 순간을 기다려온 것이다.

쿠구구구구구구!

상공에서 '그레이트 홀'들이 열리고 있었다. 그렇게나 많은 '그레이트 홀'이 동시에 열린 것은 처음이었다.

단 하나만 열려도 행성을 멸망시킨다는 재앙의 구멍.

그 아득한 구멍들을 통해 셀 수 없을 만큼 많은 촉수가 고개를 내밀고 있었다.

【오오오오오오오!】

【■■■……■■■■■■】

【위대한 모략이시여!】

【사라진 섬들의 용기가 시작될 것이다……!】

…….

괴기스러운 울음들이 곳곳에서 들려왔다. 듣는 것만으로도 심신이 탁기로 물드는 진언들. 그 진언에 반응하듯, 김독자를 낚아챈 '은밀한 모략가'의 몸이 천천히 상승하기 시작했다. 정확히 '그레이트 홀'이 있는 방향이었다.

유중혁의 표정이 굳어졌다.

"잠깐, 기다려라!"

아무런 확신도 없는 채로, 유중혁은 '은밀한 모략가'가 향하는 길목을 막아섰다. 그저 길을 막았을 뿐인데 코에서 피가 흘러내렸다. 시야가 흔들렸고, 검을 쥔 손이 떨렸다.

그럼에도 유중혁은 말했다.

"너는 갈 수 없다."

그런 유중혁을 보며 '은밀한 모략가'가 말했다.

【어리석은 행동은 삼가라. 회귀가 항상 온전한 다음 생을 보장하는 것은 아니니까.】

유중혁은 그 말이 무슨 뜻인지 정확히 이해했다.

하나의 생은 그 생으로 끝나지 않는다. 지나간 생은 언제나 다음 회차의 저주로 남는다.

검을 으스러지도록 쥔 유중혁이 말했다.

"나는 다음 회차로 가지 않는다."

【그래?】

다음 순간, 유중혁은 전신이 우그러지는 듯한 통증을 느꼈다. 어떤 기척도, 전조도 없는 공격. 그저 시선의 움직임만으로, 유중혁의 전신은 압착기에 들어간 것처럼 쪼그라들고 있었다. 피를 토한 유중혁이 외쳤다.

"얕보지 마라!"

[거대 설화, '마계의 봄'이 이야기를 시작합니다!]

[거대 설화, '신화를 삼킨 성화'가 이야기를 시작합니다!]

거대 설화의 기운이 전신을 감싸자, 몸을 억압하던 격의 위세가 일순 주춤했다. 지금은 김독자의 의식이 없으니, 〈김독자 컴퍼니〉가 가진 '거대 설화'의 최고 담화자는 유중혁이었다.

그 찰나를 놓치지 않고, 유중혁의 흑천마도가 움직였다.

모든 마력을 투사한 흑천마도에 파천의 결이 실렸다.

하늘을 부수고, 별을 베던 칼. 그 칼이 이제 자기 자신을 베기 위해 움직이고 있었다.

그 어떤 기교도 부리지 않은 순수한 기습.

하지만 칼은 날카로운 파찰음과 함께 정지했다. 금속성의 무언가가 그의 칼을 받아냈다. 유중혁의 동공이 커졌다.

진천패도.

3회차에서는 오래전에 부러진 그 칼이, '은밀한 모략가'의 손에 쥐어져 있었다.

【너는 나를 이길 수 없다.】

두 자루의 칼이 다시 부딪치며 불꽃 섞인 광풍이 일었다.

유중혁의 코와 입에서 후드득 피가 쏟아졌다. 그저 검을 맞대는 것만으로도 까마득한 우주 너머로 영혼이 추락하는 느낌이었다. 단 한 번의 충돌로 오른팔이 부러지고 늑골이 부서졌다. 그 끔찍한 통증을 내색하지 않은 채, 유중혁은 계속해서 힘을 끌어올렸다.

적어도 죽지는 않았다. 그렇다는 것은 해볼 만하다는 뜻이었다.

예상대로 시간이 지날수록 '은밀한 모략가'의 위상은 불안해지고 있었다. 존재에 끼는 스파크가 점점 심해졌고, 코트와 화신체를 유지하던 설화들이 흩어지고 있었다. 마치 서로 융합할 수 없는 설화들이 뒤섞이기라도 한 양.

「분명 놈은 무리하고 있다. 시간만 끌면 돼.」

게다가 '은밀한 모략가'는 아까부터 뭔가를 신경 쓰는 것처럼 보였다. 표정에서는 드러나지 않지만 유중혁은 느낄 수 있었다.

놈의 격은 무언가를 꺼리고 있다.

즉, 녀석은 지금 마음 놓고 이곳에 존재할 수 있는 상황이 아니라는 뜻이었다.

【시간 끌기라…… 어울리지 않는 방식이군. 김독자에게 배운

전가?】

유중혁은 대답하지 않았다.

말이 많아졌다는 것은, 저쪽도 초조해졌다는 증거.

【너는 아직 3회차에 불과하다. 그러니 지금의 네 목적과 김독자는 아무런 상관도 없을 것이다. 어째서 김독자에게 집착하는 거지?】

"그건 내가 묻고 싶은 말이다."

【내 목적을 이루기 위해 김독자가 필요하다.】

"그럼 나도 마찬가지라고 대답하면 되겠군."

순간 '은밀한 모략가'의 눈가에 희미한 감정의 빛이 스쳤다. 유중혁이 무슨 생각을 하는지 알겠다는 듯한 눈빛.

【너는 성공할 수 없을 것이다. 이번 회차의 마지막 시나리오는 김독자도 모르는 형태일 테니까.】

"그놈 혼자라면 그렇겠지."

【우습군. 아무것도 모르는 3회차 주제에.】

"3회차지만."

유중혁의 전신에서 설화들이 흘러나오고 있었다.

"적어도 나는, 네놈이 모르는 3회차를 살았다."

3회차에서 새로이 얻은 설화들이 유중혁의 일부가 되어 흐르고 있었다. 어떤 문장들은 구슬프게 흘렀고, 어떤 문장들은 한없이 유려하고 아름답게 흘렀다. 지금까지의 생에서는 없었던 설화들. 그리고 어쩌면 앞으로의 삶에서도 없을 설화들이었다.

그 설화를 가만히 들여다보던 '은밀한 모략가'가 말했다.

【아니, 나도 알고 있는 삶이다. 가장 오래된 꿈의 꼭두각시여.】

7

가장 오래된 꿈의 꼭두각시.

몇 번이나 들은 그 말에, 유중혁이 인상을 찌푸렸다.

"또 꼭두각시 타령이군. 그게 대체 무슨 뜻이지?"

【그 의미를 헤아리지 못하니 네가 아직 3회차인 것이다.】

"잘난 듯이 떠들지 마라. 네가 이 회차에 대해 뭘 안다는 거냐?"

【네놈보다는 훨씬 더 잘 알고 있지.】

순간, 발끈한 유중혁의 오른쪽 눈동자가 황금빛으로 물들었다.

[전용 스킬, '현자의 눈 Lv.???'을 발동합니다!]

지금의 유중혁은 초월좌였고, 설화급 성좌와도 싸울 수 있을 정도로 격의 상승을 거듭한 상태.

[현자의 눈]이 사용자의 격에 비례해 식별 수준이 상승한다는 점을 고려하면, 이제 성좌의 파편화된 정보도 읽을 수 있어야 했다.

지금껏 그의 [현자의 눈]을 완벽히 방어해낸 인물은 두 명이었다. 하나는 예언자인 안나 크로프트. 그리고 다른 하나는 김독자.

하지만 유중혁의 생각이 맞는다면, 그가 절대로 읽을 수 없는 존재는 하나 더 있었다.

【3회차답게 판단도 둔하군.】

'은밀한 모략가'의 오른쪽 눈동자에서 유중혁의 것과 똑같은 찬연한 황금빛이 감돌고 있었다.

오른쪽 시야가 일순간 붉게 물들며, 흘러내린 피눈물이 유중혁의 빰을 적셨다.

[전용 스킬, '현자의 눈'이 '현자의 눈'에 의해 완벽히 방어됩니다!]

[성좌, '은밀한 모략가'가 화신 '유중혁'을 바라봅니다.]

"네놈 따위가 '유중혁'일 리가 없다."

인정할 수 없었다.

"어떤 회차의 '유중혁'이라 해도, 다른 존재의 '시나리오'를 유희로 삼지는 않을 것이다."

그것은 확신이었다. 설령 그가 다른 회차에 존재한다 해도, 몇 번의 회귀를 거친다 해도 변하지 않을 신념에 대한 확신.

'은밀한 모략가'의 눈동자가 고요히 빛났다.

【네놈 말이 맞다. 지금의 나는 그저 '은밀한 모략가'일 뿐이니까.】

그저 은밀한 모략가일 뿐. 그것은 '은밀한 모략가'가 몇 번이고 주워섬겨온 말이었다.

【3회차의 '유중혁'은 <스타 스트림>을 부수기 위해 존재했지.】

"잘 아는군."

강맹한 울음을 터뜨리는 흑천마도를 보며, '은밀한 모략가'가 희미한 미소를 지었다. 아니, 그것은 미소라기보다는 차라리 '기이한 입술의 움직임'이라고 표현해야 할 법한 것이었다.

【<스타 스트림>을 부수면 모든 성좌는 추락한다. 그렇다는 것은 이 녀석도 죽게 된다는 뜻이지.】

'은밀한 모략가'의 시선 끝에 축 늘어진 김독자가 있었다.

마치 당장이라도 숨이 끊어질 것처럼 흔들리는 그 모습에, 유중혁이 달려들었다.

까아아아앙!

진천패도와 흑천마도가 교차하며 검고 푸른 불꽃이 튀었다.

유중혁의 입에서 선혈이 흘렀다.

[거대 설화, '신화를 삼킨 성화'가 포효합니다!]

그것을 닦지도 않은 채 유중혁은 다시 한번 칼을 휘둘렀다. 불필요한 생각을 덜어내기 위한 움직임이었다. 사고의 프로세스를 단순하게 만들고, 눈앞의 목표에만 집중하기 위한 발악이었다. 하지만 상대는 이미 그런 유중혁의 속내를 짐작하고 있었다.

'은밀한 모략가'가 놀리듯이 흑천마도를 피해내며 물었다.

【왜 김독자를 구하려 하지? 이 녀석도 결국은 네가 그토록 증오하는 '성좌'가 아닌가?】

흑천마도의 칼날이 희미하게 동요했다.

유중혁이 발산하던 거대 설화의 격이 흔들리자, '은밀한 모략가'가 빈틈을 노리지 않고 한 걸음을 내디뎠다.

【네 신념대로라면 이 녀석은 진즉에 죽었어야 한다. 세상에 좋은 성좌 따윈 존재하지 않으니까.】

성좌. 〈스타 스트림〉의 시나리오를 탐하고, 화신들을 관음하며, 세상 모든 것을 설화의 소재로 탐식하는 존재.

엄밀하게 말하면 '구원의 마왕'은 그런 성좌 중 하나일 뿐이었다.

그리고 유중혁의 목적은 그 모든 성좌를 파멸시키는 것.
하지만 유중혁은 성좌가 된 김독자를 죽이지 않았다.

「왜?」

선불리 대답할 수 없는 질문이었다.
그렇기에 줄곧 미뤄온 질문이기도 했다.

「왜 유중혁은 김독자를 죽이지 않는가?」

김독자를 둘러싼 무수한 관계들이 유중혁의 머릿속을 스쳐 지나갔다.
신유승과 김독자. 이길영과 김독자. 성좌들과 싸우는 김독자.
동료들을 위해 목숨을 거는 김독자.
그래서 결국 저런 꼴이 되어 죽어가는 김독자…….
"김독자는……."
김독자의 주변에 떠오른 설화의 파편들이 '구원의 마왕'으로 살아온 '김독자'를 이야기하고 있었다. 유중혁도 물론 알고 있는 설화들이었다.
그가 함께 살아온 설화들이었다.
[바아앗…….]
아주 멀리서 들려오는 비유의 목소리.
그 목소리를 들으며, 유중혁이 입을 열었다.
"'구원의 마왕'은 성좌지만……."
세상에 좋은 성좌는 없다. 그것은 0회차부터 3회차까지 4번의 삶을 살아온 유중혁의 변하지 않는 가치였다.
좋은 별은 추락한 별뿐이고, 좋은 도깨비는 죽은 도깨비뿐이며, 좋은 시나리오란 존재하지 않는다. 그럼에도 유중혁은 지금 그런 자신의 신념을 배반하고 있었다.

"'김독자'는 성좌가 아니다. 그놈은 그냥 인간일 뿐이야."

그것이, 말이 안 되는 말이라는 걸 알면서도.

그륵.

그리고 어둠 속에서 뭔가가 울었다. 그륵. 그륵그륵그륵. 마치 어둠 그 자체가 울고 있는 것 같은 소리. 혹은 웃고 있는 것 같은 소리였다.

그 어둠의 중심에 '은밀한 모략가'가 있었다.

【가장 오래된 꿈의 꼭두각시여. 너는 '김독자'에 대해 아무것도 모른다.】

'은밀한 모략가'의 손에 쥐어진 진천패도가 고독한 울음을 터뜨렸다. 지금껏 누구도 이해하지 못할 삶을 살아온 자만이 품을 수 있는 검명劍鳴이었다.

유중혁은 지지 않겠다는 듯 기세를 끌어올리며 말했다.

"네놈은 뭔갈 아는 것처럼 말하지 마라."

'은밀한 모략가'는 그 말에 대답하는 대신 기절한 김독자를 툭, 건드렸다.

그러자 울음을 참고 있던 아이가 눈물을 쏟아내듯 김독자의 몸에서 설화들이 쏟아져 나왔다.

「"나는 유중혁이다."」

그 말을 되뇌는 어린 시절의 김독자가 있었다.

사촌의 집에서 나와, 최저 시급보다 못한 급여를 받는 김독자의 모습.

「"나는 유중혁이다."」

초라하고 뻔한 이야기였다.

흔한 가난, 흔한 불행.

너무나 흔해서 소설로조차 남지 못할 이야기.

그런 이야기를 살아가는 김독자가 그곳에 있었다.

「"나는 유중혁이다."」

그 말을 되뇌며 고등학교를, 대학교를, 군대를, 회사를 전전하는 한 등장인물이 그곳에 있었다. 웹소설을 읽으며, 주인공에 이입하며, 그 이야기에서 힘을 얻으며, 감동하거나 분노하거나 슬퍼하며.

「"나는……."」

김독자는 그렇게 살았다.

유중혁의 '설화'를 읽으며, 별 볼 일 없는 일생을 살아남았다.

자신의 불행 대신 유중혁의 불행을 소비하고. 자신의 불행 대신 유중혁의 죽음을 소비하며. 댓글을 쓰고. 이야기에 간섭하며.

「"작가님. 혹시 다음 에피소드는……."」

【김독자는 태생부터 성좌였다.】

'은밀한 모략가'의 위상이 불안해지고 있었다. 마치 깊은 어둠에 감화되기라도 하듯 하얀 코트의 끝자락이 새카맣게 흩어지고 있었다.

그 코트 끝자락을 따라 김독자의 삶도 함께 부서져나갔다.

【다른 존재의 삶을 소비해서 자신을 연명하는 성좌였지.】

유중혁도 그런 김독자의 삶을 들여다보았다.

언젠가 본 적이 있는 설화들이었다. 유상아가 강제로 끌어들인 '도서관'이라는 곳에서 유중혁은 저 기억의 파편들을 보았다.

【3회차. 네놈은 아무것도 기억하지—】

"과거의 김독자가 어떻게 살아남았든, 그건 알 바 아니다."

유중혁의 몸에서 황금빛 아우라가 흘러나왔다. 지금껏 '은밀한 모략가'의 이야기를 들은 것은 오직 이 순간만을 위해서였다는 듯이. 천천히 눈을 뜬 유중혁의 전신이 완연한 황금빛으로 물들어 있었다. 초월형 5단계의 격이 유중혁의 내부에서 충만한 격을 방출하고 있었다.

"중요한 건 이 세계의 끝을 보기 위해 놈이 필요하다는 것."

흑천마도에 실린 파천의 결이 달라지고 있었다.

"그리고 놈을 죽여야 한다면, 그건 내가 될 거라는 것이다."

유중혁의 [허공답보]가 우주를 내디뎠다.

['방주'가 화신 '유중혁'을 부르고 있습니다!]

[성좌, '만다라의 수호자'가 화신 '유중혁'을 호출합니다!]

이제 시간은 정말 얼마 남지 않았다.

[거대 설화, '마계의 봄'이 이야기를 시작합니다!]

[거대 설화, '신화를 삼킨 성화'가 이야기를 시작합니다!]

두 개의 거대 설화가 그의 칼날에 깃들었다. 그 위로 그가 잘 아는 빛과 어둠의 격이 함께하고 있었다. 한수영과 정희원이 전한 마력.

[성좌, '악마 같은 불의 심판자'가 화신 '유중혁'에게 가호를 내립니다.]

[성좌, '심연의 흑염룡'이 화신 '유중혁'에게 가호를 내립니다.]

그 순간 유중혁은 혼자가 아니었다.

상극의 격이 하나의 칼날에 깃들자 흑천마도의 영롱한 빛이 파괴적인 설화를 발산하기 시작했다. 유중혁은 그 칼날이 인도하는 길을 따라 달렸다. 그 길의 곳곳에 〈김독자 컴퍼니〉가 살아온 시간의 모든 국면이 배어 있었다.

파천검뢰破天劍雷.

새파란 전격이 유중혁의 칼날을 휘어 감았다.

묵시룡의 전격파가 밀려왔을 때도 줄곧 아껴두던 파천검도의 오의. 거기에, 유중혁이 전심전력으로 단련해온 비전이 더해졌다.

파천검도.

비전오의.

유성참.

저 강력한 〈베다〉의 로카팔라인 인드라조차 갈라버린 기술.

황홀할 정도로 파멸적인 선을 그리는 검격이, 하나의 별을 베어내기 위해 움직였다. 유중혁의 3회차 전부가 걸린 일격이었다.

【말을 전혀 못 알아듣는군.】

그리고 다음 순간 유중혁은 보았다.

주변의 시공간이 왜곡되며, 어떤 설화가 이야기를 시작하고 있었다.

「"네놈들을 반드시 죽일 것이다."」

그것은 유중혁도 잘 알고 있는 목소리였다.

하늘을 향한 증오의 목소리.

「"몇 번이고."」

0회차부터 1,863회차까지.
총 1,864번의 삶이 만들어낸 설화.

「"다시, 몇 번이고 되살아나서."」

그것은 영원불멸永遠不滅의 지옥地獄.

「"네놈들을, 모조리 죽일 것이다."」

검과 검이 부딪치는 순간, 유중혁은 자신이 지워지는 듯한 느낌을 받았다. 압도를 넘어 차라리 경외를 느낄 정도의 격차.

유중혁은 그 설화의 면면에 새겨진 절망을, 후회를, 슬픔을, 증오를 이해했다. 이해

할 수 없었다.

그 까마득한 감정의 깊이를, 유중혁은 가늠

할 수 없었다.

그랬기에 유중혁은 무수한 설화 속 유중혁들처럼 절망했다.

그 설화 앞에서 그는 '은밀한 모략가'의 말처럼 그저 '3회차'의 유중혁이었다.

대체 무엇을 더해야 저 아득한 시간을.

정신을 차렸을 때, 유중혁은 허공을 날고 있었다. 정희원과 한수영

이 내준 날개는 찢어졌다. 반토막 난 그의 흑천마도는 부서진 그의 삶처럼 회전하며 추락하고 있었다.

천천히 움직이는 진천패도가 그의 심장을 향해 움직이고 있었다.

[혼돈 수치가 급격하게 상승합니다!]

[누군가가 '은밀한 모략가'의 존재를 경계합니다!]

['심연을 좇는 사냥개'가 등장합니다!]

이변이 일어난 것은 그때였다.

휘어진 공간의 각도로부터, '이계의 신격'만큼이나 불길한 괴생명체들이 등장했다. 잘 훈련된 사냥개처럼 울음을 토한 녀석들은, 마치 가속이라도 한 것처럼 시공간의 법칙을 무시한 채 '은밀한 모략가'를 향해 달려들었다.

【귀찮은 사냥개들이…….】

유중혁을 향해 떨어지던 진천패도가 방향을 틀어 사냥개들을 쳐냈다.

하지만 모두 막아내지는 못했다.

유중혁은 그 사냥개가 바로 '은밀한 모략가'가 꺼리는 존재라는 것을 알 수 있었다. 사냥개에 물린 '은밀한 모략가'는 서둘러 '그레이트 홀'을 향해 멀어지기 시작했다. 그의 손에 쥐어진 김독자도 함께.

유중혁은 힘없이 손을 뻗었지만, 이미 별은 까마득히 먼 곳으로 사라지고 있었다. 그에게는 이제 별을 향해 나아갈 기력이 존재하지 않았다.

꺾인 두 장의 날개가 모래처럼 바스러졌고, 유중혁은 그대로 지상의 어둠을 향해 추락했다.

✳

[이제 출발해야 합니다.]

"기다려! 아직 사부랑 아저씨가 안 왔다고!"

고집을 부리는 이지혜를 보며, '방주의 주인'은 곤란한 얼굴로 식은 땀을 흘렸다.

[메인 시나리오 #89 - '묵시록의 최후룡'의 종료가 임박했습니다.]

이제 섬의 폐쇄까지 남은 시간은 삼십 초. 아무리 늦어도 이십 초 안에 이 섬을 떠나야만 한다. 결국 결단을 내린 '방주의 주인'이 노를 저으려는 순간.

"저기 온다!"

허공에서 뭔가가 떨어져 내렸다.

"유중혁!"

넝마가 된 코트. 의식을 잃은 유중혁이 지상으로 떨어지고 있었다.

"사부! 어떻게 된 거야?"

이지혜가 추락하는 유중혁을 받아 방주로 되돌아왔다.

한수영과 정희원이 다가와 유중혁을 흔들었다.

"유중혁! 뭐야, 왜 혼잔데? 김독자는……!"

"독자 씨는 어딨죠?"

유중혁은 대답이 없었다. 그 의미를 깨달은 정희원과 한수영이 허공을 올려다보는 순간, 방주가 움직이기 시작했다.

"잠깐, 잠깐만 기다려! 아직 한 사람 안 왔어!"

"멈추라고!"

그러나 일행들의 말은 밀려온 충격파와 '형언할 수 없는 아득함'의 암무에 휩쓸려 사라져버렸다.

[시나리오 지역이 폐쇄됩니다!]

[워프가 시작됩니다!]

성좌들의 비명. 추락하는 유성우들 사이로 하나의 세계가 저물고 있었다.

거대한 멸망을 막기 위한 작은 멸망.

'환생자들의 섬'이 영원 속으로 사라지고 있었다.

"안 돼! 멈춰! 멈추라니까!"

선명한 빛줄기 속으로 사라지는 방주. 방주 안에서 사람들이 손을 뻗었다.

누군가는 주저앉았다. 누군가는 울부짖었다.

그리고 누군가는 그 모든 것을 지켜보았다.

"김독자—!"

[시나리오 정산 보상을 획득했습니다.]

[<스타 스트림>의 누군가가 '전'을 완성했습니다.]

[거대 설화, '빛과 어둠의 계절'이 탄생했습니다!]

그리고 누구도 원하지 않던 이야기만이 그곳에 남았다.

OMNISCIENT READER'S VIEWPOINT

은밀한 모략가

Episode 79

I

'성마대전'이 끝난 지 이틀이 지났다.

악몽으로 가득하던 '환생자들의 섬'은 이제 보이지 않았고, 성좌들은 각자 별자리의 맥락을 찾아 방주를 떠나고 있었다.

—이번 역은 〈올림포스〉입니다.

선내 메시지와 함께 〈올림포스〉의 성좌들이 자리에서 일어났다. 대표로 선 디오니소스가 정희원을 바라보며 말했다.

[먼저 가서 미안하군.]

"괜찮아요."

[너무 걱정하지 마. 다른 성좌도 아니고 그 녀석이잖아. 분명 살아있을 거야.]

정희원의 어깨를 툭툭 두드린 디오니소스가 성좌들을 이끌고 암흑차원 너머로 사라졌다.

정희원은 성좌들이 모두 사라질 때까지 묵묵히 기다렸다가 뱃머리에서 내려왔다. 계단을 내려가자마자 그녀를 기다리는 사람이 보였다. 한수영이었다.

“디오니소스는?”

“갔어.”

“척준경이랑 〈명계〉도?”

“그쪽은 아마 조금 있다가 떠날 것 같아.”

“우리엘은?”

한수영은 계속해서 물었고, 정희원은 계속해서 이야기했다.

대개는 소소한 정보였다. 하데스와 페르세포네. 우리엘. 척준경의 거처에 관해서. 누가 떠나고 누가 머무르는지. 그리고 누가 그들과 함께하는지. 어떤 것은 두 사람 모두 아는 정보였다. 그러나 누가 뭘 아는지는 지금 중요한 사실이 아니었다.

“하영이는 완전히 탈진해서 스승님들이 추궁과혈을 돕고 있어.”

“지혜는?”

“후미에서 부서진 전함 고치고 있어.”

“이현성은?”

누군가는 묻고, 누군가는 대답하는 것. 두 사람은 방주 복도를 걸으며 그 일만 반복했다. 그런 거라도 하지 않으면 제정신을 유지할 수 없었다.

“애들은?”

“애들은…….”

정희원이 말을 잇기도 전에, 복도 선실 안쪽에서 아이들 목소리가 들려왔다.

—역시 당장 어둠의 계약을 해서 형의 복수를…….

—복수는 뭔 복수야. 아저씨는 분명 살아 있어. 느낄 수 있다고.

—나도 알거든? 독자 형이라면 반드시……!

—정신 똑바로 차려. 지금은 건실한 계획을 세워야 할 때야.

약속이라도 한 듯, 정희원과 한수영은 자리에 멈춰 서서 아이들의 말을 들었다. 하루 전까지도 이성을 잃고 울부짖던 아이들이다. 하지만 지금 선실 창 너머로 보이는 모습은…….

"괜찮은 것 같네."

그렇게 말하는 정희원에게, 한수영은 한 박자를 쉬고 나서 물었다.

"너는?"

정희원은 대답하지 않았다. 천천히 떨어지는 시선. 한수영은 정희원을 바라보는 대신 그녀가 바라보는 방향을 함께 바라보았다. 정희원이 입을 열었다.

"구해달라고 말했어."

"……."

"나한테, 구해달라고 했다고."

꾹 쥔 주먹. 서로 보고 있지 않아도 공유할 수 있는 감각이 있었다. 어디선가 마른 비가 내리는 것 같았다. 한수영은 묵묵히 그 소리를 들으며 말했다.

"돌아가면 해야 할 일이 많아."

"알아."

소매로 얼굴을 문지른 정희원이 힘없이 웃어 보였다.

"일단 서울로 가야겠지?"

"그래야지."

"독자 씨가 사라진 틈을 타서 서울을 노리는 녀석들이 분명 있을 거야. 가면 치안 정리도 해야 할 거고."

"이수경한텐 누가 말할래?"

"그건……."

두 사람은 말을 멈춘 채 잠시 허공을 응시했다. 먼저 입을 연 것은 한수영이었다.

"이럴 때 유상아가 있어야 하는데."

"상아 씨 보고 싶네."

그들은 너무 많은 것을 잃어버렸다.

고개를 돌리자 선실 창밖으로 암흑차원의 정경이 지나가고 있었다. 먼 은하의 건너편에서 반짝이는 별들이 보였다.

별 하나가 사라졌다고 해서 갑자기 우주가 멸망하지는 않는다.

우주에는 무수한 별들이 있고, 빛은 여전히 존재하니까.

하지만 어떤 행성에 사는 이들에게, 그 별은 그들이 아는 빛의 전부였다.

한수영은 창문에 비치는 정희원의 얼굴을 애써 외면했다.

정희원이 중얼거렸다.

"독자 씨는 대체 어떻게 된 걸까."

한수영은 대답하지 않고 앞장서 걸었다. 얼마 지나지 않아 복도 끝 방이 나왔다. 조심스레 문을 열고 들어가자, 전신에 붕대를 두른 유중혁이 누워 있었다. 한수영은 뒤적뒤적 품을 뒤져 레몬 사탕 하나를 꺼내며 말했다.

"이 녀석이 깨어나면 알 수 있겠지."

그것은 한창 멸살법을 읽던 시절의 일이었다. 여느 때처럼 하루치 일과를 해치운 것에 만족하며 스크롤을 내리는데, [작가의 말] 칸에 뭔가 쓰여 있었다.

—독자님은 어떻게 생각하세요?

무엇에 관한 질문이었는지는 잊었다. 전개에 관한 것이었을 수도 있고, 작중 떡밥에 관한 것이었을 수도 있다. 그때 뭐라고 대답했더라.

내가 떠올리기도 전에 어린 나의 손가락이 키보드를 쳤다.

—음. 그런 단순한 반전은 조금…….

—역시 그렇죠?

기억을 들여다보며 새삼 놀랐다. 이런 일도 있었나. 멸살법에 대해서는 그렇게 잘 기억하면서, 왜 이런 기억은 까맣게 잊고 있었는지 모르겠다.

생각해보면 멸살법의 작가는 가끔 내게 말을 걸어왔다.

나 역시 종종 댓글을 쓰며 작가에게 말을 걸기도 했고. 보통은 응원 메시지나 다음 회차에 관한 질문이었지만, 때로 태클을 걸 때도 있었다.

아마 유중혁의 인생이 600회차를 막 넘긴 시점이었던 것 같다.

소설을 읽은 뒤 아무리 생각해도 이해가 가지 않던 나는, 작가에게 결국 댓글로 따졌다.

—작가님. 오타 아닌가요? 중혁이가 '방긋' 웃다뇨.

tls123이 대답했다.

—600번쯤 회귀하면 누구나 그렇게 되죠.

듣고 보니 그런 것도 같아서 대꾸할 말이 없었다. 그때 처음으로 유중혁의 회귀 횟수에 대해 진지하게 생각했던 것 같다.

600번의 회귀라. 그런 생을 거듭하는 인물에게 삶이란 대체 어떤 의미일까.

「김 독 자 정 신 차 려」

머릿속이 지끈거리는 느낌과 동시에 의식이 조금씩 돌아오기 시작했다. 전신이 찌뿌드드했고, 화신체 곳곳에서 심각한 통증이 느껴졌다. 간신히 눈을 뜨자 희미한 빛살이 망막을 찔렀다.

그리고 익숙한 목소리가 들려왔다.

"깨어난 모양이군."

역시 양반은 못 되시는구만.

나는 피식 웃으며 눈을 그쪽으로 돌렸다.

그런데 뭔가 이상했다.

"네놈이 김독자인가?"

눈을 떴을 때, 나는 무수한 유중혁들에게 둘러싸여 있었다.

제정신을 차리기까지는 그로부터 십여 분의 시간이 더 필요했다.

잠깐 다시 기절했던 나는, 곧바로 눈을 뜨는 대신 어떻게든 지금 일어난 일들을 파악하기 위해 애썼다. 우선 상황을 좀 정리할 필요가 있었다.

하나, 성마대전은 끝났다.

그건 확실해 보였다.

무엇보다 지금 내 로그에 남아 있는 메시지가 그 증거였다.

[거대 설화, '빛과 어둠의 계절'을 획득했습니다!]

[당신의 세 번째 거대 설화가 '전'을 완성했습니다!]

[히든 시나리오 - '단 하나의 설화'의 세 번째 조건이 완수됐습니다!]

[최후의 설화가 당신을 기다리고 있습니다.]

[<스타 스트림> 전체가 당신의 업적에 들썩입니다!]

[<스타 스트림>의 다수 성운이 당신의 성운을 주목합니다!]

[절대다수의 성좌가 당신의 설화를……]

나는 마침내 '단 하나의 설화'의 '전'을 완성한 것이다.

어마어마한 설화의 에너지가 내 안에서 요동치고 있었다.

거대 설화, 「빛과 어둠의 계절」.

나도 처음 들어보는 이름의 거대 설화였다. 그도 그럴 게, 더 네임리스 미스트와 묵시룡을 충돌시키는 것 자체가 원작에서는 일어난 적 없는 일이니까.

아마 이것을 계기로 세계선 전체의 격변이 시작될 것이다.

멸망의 흐름이 가속되었으니, 시나리오 전체의 흐름도 가속될 수밖에 없겠지.

둘, 나는 누군가에게 구출되었다.

문제는 여기서부터다. 대체 누가 나를 구했는가?

"기절한 척을 해봤자 소용없다."

참고로 내가 맨 마지막으로 본 것은 나를 구하러 온 유중혁의 모습이었다. 그러니 눈앞에 유중혁의 얼굴이 보이는 것도 어쩌면 당연했다.

문제는…….

"생긴 것만 멍청한 게 아니라 머리도 멍청한 모양이군."

"과연 듣던 대로다."

대체 왜 그 '유중혁'이 여럿이냐는 것이다. 심지어는…….

나는 침대에 올라와 있는 대여섯 마리의 '꼬마 유중혁'을 멍하니 보았다. 분명 유중혁은 유중혁인데, 죄다 가분수 체형인 데다 키는 키리오스랑 비슷한 수준이었다.

꿈인가?

역시 꿈을 꾸는 게 틀림없었다. 평소 그놈 때문에 받은 스트레스가 어마어마하게 쌓여서 뇌가 이런 끔찍한 망상을 만들어낸 것이다.

내가 뺨을 철썩철썩 때리자 꼬마 유중혁들이 입을 열었다.

"꿈인 줄 아는 모양이군. 멍청하게도."

"상황을 파악할 시간이 필요한 모양이다."

"귀찮은 놈이군. 꼭 기다려줘야 하나?"

나는 그 말들을 무시하고 방 안 정경을 둘러보았다.

커다란 원형의 방이었다. 탁자도, 의자도, 소품을 비롯해 심지어는 내가 앉아 있는 침대도 동그랗게 생겼다.

대체 여기가 어디지?

곰곰이 생각해보았지만 떠오르는 것은 없었다. 이렇게 특별한 내실이라면 생각날 법도 한데, 멸살법에서도 읽은 기억이 나질 않았다.

혹시 새로운 시나리오 지역인가 싶어 시나리오 창을 호출했더니, 설상가상으로 이런 메시지까지 떠올랐다.

[현재 <스타 스트림>의 시나리오 시스템이 점검 중입니다.]

결국 지금 상태로 알아낼 수 있는 것은 아무것도 없었다.

"대충 상황 파악이 끝난 모양이다."

"다시 묻지. 네가 김독자인가?"

부리부리하게 생긴 꼬마 유중혁이 물었다. 자세히 보니 꼬마 유중혁들은 가슴팍에 제각기 다른 숫자표가 붙었는데, 방금 내게 물은 녀석은 [999]라고 적혀 있었다.

나는 일단 대답해보기로 했다.

"맞아. 내가 김독자야."

그러자 유중혁들이 동시에 서로 바라보며 고개를 끄덕였다.

자식들이, 조그맣게 생긴 주제에 하는 짓은 진짜 유중혁이랑 똑같다.

"제대로 데려오긴 한 모양이군."

심지어 목소리도.

영문은 알 수 없지만, 이쯤 되니 인정할 수밖에 없었다.

이것은 꿈이 아니다. 그리고 나는 알 수 없는 개연성의 변덕으로 인해 꼬마 유중혁들이 모여 사는 환상의 왕국에 오게 된 것이다.

"너희는 누구야?"

일단 물어보기로 했다. 이 녀석들이 정말 유중혁이라면 내 질문에 곧이곧대로 대답해줄 턱이 없지만, 그래도 물어보긴 해야 했다. 꼬마 유중혁 중 하나가 중얼거렸다.

"한심하군. 보면 모르는 건가."

역시나.

기왕 이런 곳에 올 거라면 상냥한 꼬마 유상아들이 사는 세계에 오고 싶었다. 어떻게 도발하면 이 자식들에게서 대답을 들을 수 있을까 고민하는데, 가슴팍에 [888]이라는 숫자가 적힌 유중혁이 뜻밖의 말을 했다.

"네놈 머리로는 백날 생각해도 모를 것 같으니 알려주지. 우리는 '위대한 모략'의 일부다."

위대한 모략? 설마?

스산한 감각이 뇌리를 스쳐 갔다.

내 침묵을 어떻게 받아들였는지 가슴팍에 [777]이라 적힌 유중혁이 비웃듯 말했다.

"네놈의 한심한 지능으로는 이해할 수 없겠지."

그래, 유중혁이다. 아무튼 이놈들은 유중혁이 확실하다.

"정신 차렸다면 움직이지. 네놈을 기다리는 존재가 있다."

"누가 날 기다리는데?"

"가보면 안다."

나는 휘청거리며 자리에서 일어나 녀석을 따라 움직였다. 동그란 문이 열리고, 커다란 복도가 나타났다. 가장 앞선 것은 꼬마 유중혁 [999]였다. 나는 [999]를 따라 움직였다. 그러자 다른 꼬마 유중혁 무리도 올망졸망 뒤쫓아왔다. 내가 물었다.

"여긴 어디야?"

그러자 뒤쪽에서 나를 따라오던 유중혁이 말했다.

"eun gui ei soup."

"뭔 소리야."

"'은가이의 숲'이란 뜻이다. 예언자 주제에 그런 것도 모르는 건가."

아니 그걸 왜 외국어처럼 말하냐고.

가슴팍에 [666]이라 적힌 꼬마 유중혁은 한심하다는 듯 나를 노려보더니 팩 고개를 돌렸다. 문득 저 숫자가 유중혁의 '회귀 회차'를 나타내는 것일지도 모른다는 생각이 들었다.

유중혁의 666회차에 무슨 일이 있었더라. 혹시 심연의 흑염룡과 같이 다니던 회차인가?

복도에 난 창으로 은빛 숲의 정경이 비쳤다.

'은가이의 숲'이라. 어디선가 들어본 장소 같기도 했다. 하지만 멸살법에 등장하는 무대는 아닌 것 같은데…….

복도 맞은편에서 한 무리가 걸어온 것은 그때였다.

【모략께서 데려온 게 그자인가?】

아니, 그것을 '걸어왔다'라고 표현할 수 있을까.

솜털이 비죽 서는 느낌과 함께 나도 모르게 '부러지지 않는 신념'의 손잡이를 쥐었다.

맞은편에서 '이계의 신격' 무리가 걸어오고 있었다.

성좌와는 비교할 수 없을 정도로 불온한 아우라를 뿜어대는 존재들. 말의 머리를 하고, 몸 곳곳이 기분 나쁜 촉수로 뒤덮인 괴물들이었다. 허공으로 뻗어나온 촉수들이 잠깐 고개를 갸웃하더니 슬금슬금 내 쪽으로 다가오기 시작했다. 누가 보아도 호의로 보이지는 않는 움직임.

그런 촉수를 막아선 것은 뜻밖에도 꼬마 유중혁 [999]였다.

"우리 쪽 손님이다. 함부로 건드리지 마라."

【이야기하는 것 정도는 상관없을 텐데.】

"내가 허락하지 않았다."

꼬마 유중혁 [999]는 그렇게 말하며 자신의 등에서 미니 버전의 '진천패도'를 뽑아 들었다. 이어서 꼬마 유중혁 [888]도, 꼬마 유중혁 [777]도, 꼬마 유중혁 [666]도. 모두 자신들의 등과 허리춤에서 칼을 뽑아 들었다.

이 녀석들, 싸울 수도 있는 건가?

아무리 봐도 그냥 피규어처럼 생겼는데.

실제로 저쪽도 나와 똑같이 생각한 모양인지, 이쪽을 향해 집요한 적의를 내비치기 시작했다.

【감히! 너희가 '위대한 모략'의 권속이라 하여…….】

촉수들과 꼬마 유중혁들이 충돌하려는 일촉즉발의 순간. 숲의 어디선가 쿵, 하는 소리가 울려 퍼졌다.

촉수를 꿈틀대던 '이계의 신격'들이 모조리 주저앉았다. 일어선 것은 나를 향해 적의를 보이던 말머리뿐이었다.

【■■■……!】

그리고 다시 한번 더 쿵, 하는 소리가 들렸다. 이윽고 말머리마저 바닥에 고개를 처박았다. 이것은 단순한 지진파가 아니었다.

누군가가 이들을 어마어마한 격으로 겁박하고 있는 것이다.

【우우우…….】

신음을 흘린 이계의 신격들이 일제히 길을 비켰다. 그러자 그 길 끝에 거대한 홀의 입구가 나타났다. 드넓은 원형의 천장 사이사이로 무수한 나무 덩굴이 자라난 개방형 홀.

나는 꼬마 유중혁들과 함께 그 홀로 걸어 들어갔다.

실날같이 들어오는 별이 홀 중심에 놓인 오래된 왕좌를 비추고 있었다.

누구도 말해주지 않았지만 알 수 있었다.

저 존재가 바로 이 숲의 왕이다.

심지어 나는 녀석을 알고 있었다.

옅은 별의 그늘 속에 드러난 얼굴의 흉터. 나와 똑같은 백색 코트.

내가 다시는 볼 수 없을 거라 믿었던 존재가 그곳에 앉아 있었다.

【오랜만이군, 김독자.】

2

나는 눈앞의 존재를 찬찬히 훑어보았다. 심장이 빠르게 뛰었고, 호흡이 거칠어졌다. 뭔가가 건드려서는 안 될 기억의 상자를 건드렸고, 어둠 깊숙이 묻어뒀던 상자에서 말들이 흘러나왔다.

「"용살검 '아론다이트'는 어디 있지? 란슬롯의 화신체가 여기 있는 걸 보면 분명히 네놈이 알고 있을 텐데."」

그것이 녀석과 내가 처음으로 대면한 순간이었다.
내 멱살을 틀어쥔 채, 놈은 그렇게 물었다.

「"대답할 생각이 없다면 강제로 알아내는 수밖에."」

그때와 똑같이 빛나는 황금색 [현자의 눈]이 거기 있었다.
머릿속이 지끈거리며 시야가 추상화처럼 뭉그러졌다.
목소리는 계속해서 들려왔다.

「"네가 보여준 '그 세계'는 정말로 존재하는 것인가?"」

.

.

.

「해당 인물은 '등장인물'이 아닙니다.」

누구에게나 잊고 싶지만 잊어서는 안 되는 기억이 있고, 어쩌면 내게 그 회차의 기억은 그런 것이었다.

나는 그 회차의 유중혁을 구하지 못했다. 백색 코트를 입고 새로운 회차를 향해 떠나던 유중혁.

1,863회차의 한수영과 나를 남겨둔 채, 환한 빛으로 자유로이 떠나던 그 뒷모습을 나는 한순간도 잊어본 적이 없다.

"너는……."

나는 한참이나 넋을 잃은 채 왕좌에 앉은 유중혁을 올려다보았다.

뺨의 흉터도, 마른 볼도, 어둡게 가라앉은 눈빛도.

모두 내가 기억하는 1,863회차의 유중혁이었다.

그런데 놀라움은 거기서 끝이 아니었다.

[성좌, '은밀한 모략가'가 당신을 바라보고 있습니다.]

은밀한 모략가?

그 순간에야 나는 유중혁의 전신에서 피어오르는 불길하고 사악한 기운을 눈치챘다.

마왕의 그것과는 다른 악.

그것은 〈스타 스트림〉의 선악으로는 정의되지 않는 혼돈이었다.

입을 떼려는 순간, 내 품에서 뭔가가 환한 빛을 내뿜었다.

[전용 특성, '시나리오의 해석자'가 발동합니다!]

[거대 설화, '빛과 어둠의 계절'이 당신의 특성에 반응합니다.]

기다렸다는 듯, 설화가 말들을 토해내고 있었다.

'은밀한 모략가'와 대치 중인 유중혁이 그곳에 있었다.

「**【돌아가라. 너는 아무것도 구할 수 없다.】**」

「"……**은밀한 모략가?**"」

빨리 감기 중인 화면처럼 장면들이 머릿속을 스쳤다. 단편적이지만, 내가 상황을 이해하기에는 충분한 정보이기도 했다.

그렇게 된 거였나.

조금씩 지금의 상황이 이해가 갔다.

이어서 추락하는 유중혁의 모습, 그런 유중혁을 받아내는 이지혜, 섬을 떠나는 방주의 모습이 차례로 흘러갔다. 다행히 〈김독자 컴퍼니〉는 무사히 '환생자들의 섬'을 탈출한 모양이었다.

[거대 설화, '빛과 어둠의 계절'이 이야기를 멈춥니다.]

나는 한숨을 돌린 뒤 왕좌 위의 존재를 올려다보았다.

그러자 '은밀한 모략가'도 나를 내려다보았다.

['제4의 벽'이 강하게 발동합니다!]

심장이 차분하게 가라앉으며 이성이 조금씩 되돌아왔다.

나는 가볍게 심호흡을 한 후 입을 열었다.

"그 모습으로 날 당황시키려는 전략이었다면 대성공이라고 말해주지."

【전에는 존댓말을 쓰지 않았나?】

"유중혁 모습으로 나타났으니 그에 걸맞게 대우해주는 것뿐이야."

그의 기세에 전혀 꿀리지 않는 내 모습에 '은밀한 모략가'가 재미있다는 듯 입술을 움직였다. 그러거나 말거나 나는 말을 계속했다.

"은밀한 모략가. '신성한 삼문답'을 제안한다."

【왜 내가 그걸 받아들여야 하지?】

"당신이 1,863회차의 유중혁일 리 없어. 그건 불가능해."

【왜 그렇게 생각하지?】

"알고 싶어? 참고로 이유는 세 가지나 있는데 말이지."

【세 가지?】

'은밀한 모략가'의 눈빛에 이채가 스쳤다.

"삼문답. 할 거야, 말 거야?"

【무척 흥미롭지만 공평하지는 않은 제안이군.】

'은밀한 모략가'는 고요한 눈으로 잠시 나를 바라보았다. 뭔가 생각하는 것 같기도 하고, 화가 난 것 같기도 한 눈이었다.

그리고 얼마나 지났을까. '은밀한 모략가'의 왼쪽 눈썹이 크게 꿈틀거렸다. 순간 멸살법의 한 구절이 떠올랐다.

「심각한 결심을 했을 때, 유중혁은 왼쪽 눈썹을 꿈틀거린다.」

'은밀한 모략가'가 말했다.

【조건을 하나 걸겠다.】

"무슨 조건이지?"

【내가 왜 이곳에 너를 데려왔는지 궁금하겠지.】

나는 고개를 끄덕였다. 당연히 궁금하다.

【하지만 너는 그것을 내게 질문할 수 없다. 알려줄 수 없기

때문이다. 어떤 해답은 스스로 질문을 찾아내야만 해결할 수 있다.】

"그건 뭔 석존 같은 소리야?"

【'신성한 삼문답'을 받아주겠다. 너는 지금부터 내게 세 가지 질문을 할 수 있다. 단, '너를 이곳으로 데려온 이유'에 관해서는 질문할 수 없다.】

"그게 조건이야?"

【하나 더, 삼문답을 모두 사용했을 때, 너는 '네가 이곳에 와야만 했던 이유'를 알아내야 한다.】

정말이지 예상 밖의 말이었기에 순간 당황했다.

"알아내지 못하면?"

'은밀한 모략가'는 대답하지 않았다. 다만, 긴 손가락을 천천히 들어 팔걸이 위에 툭 올려놓았을 뿐이었다.

그것만으로도 등줄기에 오소소 소름이 돋았다.

「지금이라면 이길 수 있을까?」

나는 내가 가진 설화를 하나씩 점검해보았다. 전설급 설화부터 거대 설화에 이르기까지…….

"어리석은 짓은 그만두는 편이 좋아."

내 곁에 있던 꼬마 유중혁 [999]이 말했다.

나는 피식 웃으며 녀석을 내려다보았다.

"지금 걱정해주는 거냐?"

"시체를 치우는 게 귀찮을 뿐이다."

"너흰 대체 뭐야?"

【질문권을 사용하는 건가? 좋다.】

"아니, 잠깐—"

내가 대답하기도 전에, 메시지가 떠올랐다.

[신성한 삼문답이 시작됩니다.]

— 양측은 세 가지 질문과 대답을 교환할 수 있습니다.

— 모든 질문에는 진실만을 대답해야 합니다.

— 양측은 각각 한 번씩 문답의 대답을 거부할 수 있습니다.

— 질문과 대답이 온전히 교환되기 전까지 문답은 끝나지 않습니다.

— 첫 번째 질문권을 사용합니다.

곁에 서 있던 꼬마 유중혁 [666]이 비릿하게 웃는 것이 보였다.

망할 자식들이.

하지만 어차피 이렇게 된 거, 이 이야기를 듣는 것도 나쁘진 않겠다 싶었다.

【그 녀석들은 나의 권속이다.】

"진짜 그 정도만 말해주고 끝내려는 건 아니겠지. 기왕 알려주는 거 좀 더 알려주면 좋겠는데. 대체 뭔 권속이라는 거야. [아바타] 같은 건지, 아니면 마왕들이 가진 권속 같은 건지 제대로 확실히 말해주면 고맙겠는데."

나는 그게 두 번째 질문처럼 들리지 않도록 최대한 조심하며 지껄였다.

그러자 꼬마 유중혁 [777]이 탄식하며 말했다.

"어지간히 말이 많은 놈이군."

"너한테 물은 거 아니다."

【그들은 내 기억을 받은 존재들이다.】

— 첫 번째 대답을 얻었습니다.

"[아바타] 스킬 같은 거란 뜻이네."

【내 차례로군. 내가 '1,863회차의 유중혁'이 아니라고 생각하는 첫 번째 이유를 말해라.】

"당신이 정말 1,863회차에서 온 유중혁이라면 그 '백색 코트'를 입고 있을 리가 없으니까."

【왜지?】

"성흔 '회귀'는 영혼을 과거로 전송할 뿐, 보유 중인 아이템을 함께 전송하진 않아. 내가 준 코트는 1,863회차의 유중혁이 회귀하면서 소멸됐어. 그러니 당신이 정말 1,863회차라면 그걸 입고 있을 턱이 없지."

【흥미롭군.】

"그리고 유중혁은 흰색 잘 안 입어."

【……두 번째 질문을 말해라.】

— 두 번째 질문권을 사용합니다.

나는 망설이지 않고 입을 열었다.

"두 번째 질문. 당신은 '1,863회차의 유중혁'인가?"

내 물음에 '은밀한 모략가'의 안색이 미미하게 흔들렸다.

【장난치자는 건가?】

"아니, 진지하게 묻는 건데."

【나는 1,863회차를 겪은 유중혁이었다.】

"과거형이네."

【지금은 그저 '은밀한 모략가'일 뿐이니까.】

— 두 번째 대답을 얻었습니다.

'신성한 삼문답'은 예외 조항을 두지 않는 한, 반드시 진실만을 말해야 한다. 그러지 않으면 곧바로 개연성의 후폭풍에 휘말리기 때문이다.

하지만 '은밀한 모략가'에게서 딱히 후폭풍의 징조는 보이지 않았다.

【내가 '1,863회차의 유중혁'이 아닌 두 번째 이유를 말해라.】

"그쪽이 1,863회차의 유중혁이라기에는 모순된 게 너무 많아."

【무엇이 모순되었다는 거지?】

"당신이 정말 1,863회차의 유중혁이라면, 왜 나를 1,863회차로 보내 자신을 죽이도록 시킨 거지? 논리적으로 말이 안 되잖아."

【그래야 내가 만들어질 수 있었으니까. 간단한 타임 패러독스다. 나는 1,863회차의 유중혁이었고, 그곳에서 네가 나를 죽여야만 '은밀한 모략가'로 거듭날 수 있었다.】

"꽤 오랫동안 준비한 대답인가 봐. 엄청 자연스럽게 말하네. 근데 당신 말이 맞다고 쳐도, 내가 임무에 성공한 뒤 그쪽 반응이 영 신통찮던데? 굉장히 놀라는 것 같았다고."

【다음 질문을 해라.】

"아니, 이번엔 당신이 먼저 해. 나는 마지막에 하겠어."

'은밀한 모략가'는 잠시 나를 바라보더니 입을 열었다.

【좋다. 내가 '1,863회차의 유중혁'이 아닌 마지막 이유는 뭐지?】

"나만 알 수 있는 특별한 방법이 있어. 나한텐 상대방의 내면을 읽는 스킬이 하나 있거든."

【그래서?】

"그런데 1,863회차의 유중혁은 내가 읽을 수 없는 존재가 됐어."

나는 1,863회차의 유중혁이 다음 회차로 떠나던 순간을 똑똑히 기억한다.

마지막 순간 유중혁은 '등장인물'에서 벗어나, 내 전용 스킬인 [전지적 독자 시점]에 읽히지 않게 되었다.

【내 속내는 읽을 수 있다는 건가?】

"아니, 당신도 읽을 수 없어."

【그러면?】

"그런데 읽을 수 없는 이유가 달라."

['전지적 독자 시점'의 스킬 발동이 취소됩니다!]

[해당 존재에 대한 당신의 이해도가 턱없이 부족합니다!]

[해당 존재의 격을 당신의 이해도가 도저히 따라가지 못합니다!]

나는 허공에 떠오르는 메시지를 가만히 올려다보았다.

'은밀한 모략가'가 눈살을 찌푸렸다.

【그런 것은 이유로 납득할 수 없다. 너는—】

"마지막 질문을 하지."

나는 틈을 주지 않고 말을 이었다.

"내가 살던 행성에는 《멸망한 세계에서 살아남는 세 가지 방법》이라는 소설이 있어."

순간, 주변 공기가 달라졌다. '은밀한 모략가'의 표정이 한없이 차갑게 가라앉아 있었다. 마치 당장이라도 나를 도륙할 듯 냉정한 눈빛.

나는 그 기세에 필사적으로 저항하며 말을 이었다.

줄곧, 너무나 묻고 싶던 질문이다.

"은밀한 모략가. 당신은 그 소설의 에필로그를 아는 존재인가?"

유중혁은 꿈을 꾸었다.

아주 오래되고 낡은 꿈이었다.

왜인지는 모르겠지만, 꿈속에서 그는 하얀 코트를 입고 있었다.

손에 딱 들어맞는 진천패도. 그는 묵직한 칼을 쥔 채 누군가와 싸우고 있었다. 자세히 보니, 눈앞의 존재는 그와 같은 얼굴을 하고 있었다.

검은 코트를 입은 유중혁.

왜 이런 꿈을 꾸는 것인지는 모른다.

'1,863회차.'

어쩌면, 놈을 만났기 때문일 수도 있다.

그래서 이런 꿈을 꾸는 것이다.

유중혁은 이를 악물었다.

은밀한 모략가와 격돌하던 순간 느낀 압도적인 격의 차이가 지금도 뇌리에 생생했다.

유중혁의 감정과는 무관하게, 기억은 그에게 천천히 스며들어왔다. 그는 1,863회차의 유중혁이 되어 검을 휘둘렀다.

「나는 죽는다.」

「나는 회귀한다.」

검이 부딪칠 때마다 유중혁은 1,863회차의 절망과 고독을 느꼈다.

이상하게도 모든 것이 너무나 자연스러웠다. 마치 오래전부터 그 감정이 자신의 것이었던 것처럼.

푸우욱!

마침내 두 개의 검이 서로의 배를 파고들었다.

「이 이야기는 이곳에서 끝난다.」

「그럼에도 다시 한번, 그 모든 것은 처음부터 시작된다.」

검은 코트의 유중혁이 먼저 흩어졌고, 이어서 그의 몸도 흩어지기 시작했다. 기억들이 산개하며, 그가 간신히 이해한 감정들이 그를 떠나가고 있었다. 유중혁은 마지막 힘을 다해 뒤를 돌아보았다.

시야가 흐려져 그곳에 있는 게 무엇인지는 보이지 않았다.

다만 아주 밝고, 눈부신 별을 본 듯한 기분이 들었다.

「나는 그 세계의 ■■이 궁금해졌다.」

「다음 회차에서는.」

삐이이이— 하는 소리와 함께, 유중혁은 번쩍 눈을 떴다. 헐떡거리는 숨소리. 하얀 병실의 천장이 보였다.

이어서 누군가의 목소리가 들려왔다.

"드디어 잠자는 숲속의 왕자님께서 깨어나셨군."

고개를 돌리자, 한수영과 정희원의 모습이 보였다.

까드득, 하고 사탕을 깨문 한수영이 퉤, 하고 바닥에 막대를 뱉으며 으르렁거렸다.

"이게 대체 어떻게 된 일인지 말해보실까, 회귀자 나리."

3

한수영의 재촉에 유중혁은 이야기를 시작했다. 이야기는 횡설수설했고 중언부언했다. 그렇게 십여 분쯤 흘렀을까. 묵묵히 이야기를 듣던 한수영이 입을 열었다.

"그만. 너 지금 제정신 아닌 거 같으니까 내가 정리할게. 맞는지 아닌지만 대답해."

평소였다면 그런 폭력적인 정리에 반발할 법도 한데, 유중혁은 그저 어두운 표정으로 고개만 끄덕일 따름이었다. 한수영이 이야기를 시작했다.

"넌 김독자를 구하러 갔어. 그런데 너보다 빨리 김독자를 낚아챈 놈이 있었지. 그놈은 우리가 아는 '은밀한 모략가'였고."

유중혁이 고개를 끄덕였다.

"그런데 그놈이 너랑 똑같은 얼굴에 백색 코트를 입고 있었단 거지."

"그렇다."

"가짜일 가능성은? 그놈이야 워낙 믿을 수 없잖아. 어쩌면 '은밀한 모략가'가 너로 변장한 것일 수도 있고."

"가짜일 리 없다."

"왜?"

"1,863회차의 내가 가지고 있던 설화를 사용했다."

"그 영원 뭐시기 하는 중2병 설화 말이지?"

한수영이 과연, 하며 고개를 주억거렸다. 그녀의 동공이 미미하게 팽창되며, 설화가 움직이기 시작했다.

[설화, '예상표절'이 이야기를 시작합니다!]

홀로 소외되어 있던 정희원이 혼란스러운 목소리로 물었다.

"대체 뭔 얘길 하는 거야? '은밀한 모략가'가 중혁 씨 얼굴을 하고 있다고?"

한수영은 정희원을 잠시 바라보더니 한숨을 쉬며 말했다.

"쉽게 말해주자면, 지금 이 세계선에는 유중혁이 둘이야."

"그럴 수가 있어?"

"불가능할 것도 없지. 다른 세계선의 유중혁이 이 세계선으로 넘어왔다면."

"그게 가능하다고?"

"김독자도 비슷한 방식으로 다른 세계선에 다녀왔으니까. 문제는 어중간한 수준으론 절대 불가능한 이적이라는 거지."

〈에덴〉이나 〈파피루스〉의 최고위급 성좌들도 자력으로 세계선을 넘는 것은 불가능했다. 그런데 '은밀한 모략가'는 혼자서 그 모든 개연성을 감당할 정도의 괴물인 것이다.

정희원이 입을 벌린 채 중얼거렸다.

"대체 어떤 세계선에서……."

"제일 가능성 있는 세계선은 사실 하나뿐이야. 김독자가 다녀왔던 1,863회차의 세계선."

1,863회차. 《멸망한 세계에서 살아남는 세 가지 방법》에 등장했던 유중혁의 마지막 세계선.

유중혁이 한수영을 향해 물었다.

"그 세계선의 일을 알고 있나?"

"대충은."

"그 세계의 마지막에서, 1,863회차의 나는 둘로 나뉘어 싸웠다. 한쪽은 죽었고, 다른 한쪽은 회귀했지."

"알아. 나도 꿈에서 몇 번 봤으니까."

"꿈에서?"

한수영은 진절머리가 난다는 듯 손사래를 쳤다.

"그런 이야기까지 자세히 할 시간은 없고, 아무튼 너는 지금 '은밀한 모략가'가 그 1,863회차의 너라고 생각한다는 거잖아. 그렇지?"

유중혁은 불만 가득한 얼굴로 입을 열었다.

"확신은 아니다. 몇 가지 걸리는 점이 있으니까."

"뭔데?"

"'은밀한 모략가'의 강함은 기록에서 읽은 '1,863회차의 나' 이상이었다."

"그리고?"

"그리고……."

한참이나 입술을 짓씹던 유중혁이 말했다.

"놈이 뭔가를 속이고 있다는 느낌이 들었다. 예를 들면 그 백색 코트."

"백색 코트?"

"내 성흔인 '회귀'는 보유 중인 아이템까지 회귀시키지는 않는다. 놈이 그런 백색 코트를 입고 있을 이유가 없단 얘기다."

"흰색을 좋아하나 보지."

"나는 흰색을 싫어한다."

"취향이 바뀌었을 수도 있잖아."

"그렇게 쉽게 대답할 수 있는 문제가 아니다. 이건……."

"느낌의 문제라는 거냐?"

유중혁이 고개를 끄덕였다.

"놈은 마치 나를 조롱하는 것 같았다."

"조롱?"

"일부러 그 코트를 입고 온 것 같았다는 뜻이다."

관자놀이를 문지르는 유중혁의 머릿속으로 '은밀한 모략가'가 남긴 말이 스쳤다.

【……3회차. 네놈은 아무것도 기억하지—】

깊은 침묵이 내려앉았다.

한수영은 턱을 만지며 뭔가 골몰했고, 정희원은 뭐가 뭔지 모르겠다는 얼굴로 입맛을 다셨다. 이윽고 한수영이 입을 열었다.

"좋아. 요약해보자. 논리적으로 생각해보면 '은밀한 모략가'는 '1,863회차의 유중혁'인데, 느낌적으로 보면 아니다. 맞지?"

"……."

"그럼 일단 이렇게 가정하고 시작하자고. '1,863회차의 유중혁은 은밀한 모략가가 아니다'. 즉, '은밀한 모략가'는 거짓말을 하고 있다."

유중혁의 눈동자가 흔들렸다.

"겨우 내 느낌일 뿐이다. 그걸 믿겠다는 건가?"

"다른 사람도 아니고 네 느낌이니까. 자기 자신은 자기가 제일 잘 아는 법이잖아?"

빙긋 웃는 한수영을 보며, 유중혁은 의심스러운 표정으로 말했다.

"답을 말해라, 한수영."

"음? 무슨 소리실까."

"너는 '은밀한 모략가'가 누구인지 짐작하고 있다. 아닌가?"

이번에는 한수영의 눈이 가늘어졌다.

"언제부터 그렇게 눈치가 빨라지셨지?"

"네놈이 내 느낌을 믿는다는 게 말이 안 되니까."

짧은 순간 두 사람의 시선이 부딪쳤다. 그리고 그 시선의 교환으로 두 사람은 서로가 어떤 장면을 떠올리고 있는지 눈치챘다.

둘은 예전에도 '은밀한 모략가'의 정체에 대해 이야기를 나눈 적이 있었다. 그때 유중혁은 '은밀한 모략가'가 '미래의 김독자'라고 말했고, 한수영은…….

"아 언제까지 두 사람끼리 이야기할 거야? 그래서 '은밀한 모략가'가 대체 누군데?"

정희원의 채근에 한수영이 천천히 입을 열었다.

"지금부터 하는 이야기는 그냥 가설일 뿐이야."

"가설이든 뭐든 빨리 말해봐. 답답하다고!"

"나는 굉장히 오랫동안 궁금했던 게 하나 있어."

"궁금했던 거?"

"만약 멸살법이 현실이 되지 않았으면 어땠을까?"

"갑자기 무슨 소리야?"

"그러니까, 이 우주 어딘가에 나나 김독자의 영향을 받지 않은, 순수한 '멸살법'의 세계가 있다면 어떨까."

한수영은 계속해서 말했다.

"〈한수영 코퍼레이션〉도, 〈김독자 컴퍼니〉도 없는 그런 세계에서 동료를 잃고 무한한 회귀를 반복하며 살아가는 미련한 '유중혁'이 있다면."

"잠깐, 네놈."

"그 유중혁이 무수한 상실 끝에 결국 모든 것의 결結에 도달했다면……. 순수한 자신의 노력으로 마침내 이 〈스타 스트림〉의 마지막을 본 유중혁이 이 우주 어딘가에 존재한다면."

찰나의 텀을 두고, 한수영은 유중혁을 보았다.

깊게 흔들리는 유중혁의 눈에 한수영의 모습이 비치고 있었다.

"그 녀석은, 과연 지금의 '3회차'를 보고 무슨 생각을 하고 있을까?"

'은밀한 모략가'.

멸살법 원작에는 등장하지 않는 성좌.

그럼에도 내가 지금껏 만난 어떤 성좌보다 강력한 힘을 지닌 존재.

—은밀한 모략가. 당신은 그 소설의 에필로그를 아는 존재인가?

나는 그래서 그 질문을 한 것이었다.

만약 그 질문에 대한 해답을 얻을 수만 있다면, '은밀한 모략가'의 정체를 특정할 자신이 있었으니까.

마침내 '은밀한 모략가'가 입을 열었다.

【그 질문엔 대답하지 않겠다.】

"뭐? 잠깐만."

— 성좌, '은밀한 모략가'가 세 번째 질문의 '거절권'을 사용했습니다.

빌어먹을, 깜빡 잊고 있었다. 신성한 삼문답은 양측에게 한 번씩 거절권 사용을 허용한다는 것을.

'은밀한 모략가'는 속을 알 수 없는 눈빛으로 나를 내려다보았다. 잠깐이지만 그의 코트 주변이 희미한 개연성의 스파크로 뒤덮이는 것이 보였다.

【조금 피곤하군. 그만 물러가라.】

"잠깐만! 아직 삼문답 안 끝났—"

말을 채 끝마치기도 전에 공간이 접혀 들어가는 느낌이 들더니, 나는 어느새 홀 밖으로 쫓겨나 있었다.

굳건히 닫힌 문을 보자 허탈함이 몰려왔다.

— '신성한 삼문답'이 일시적으로 종료됐습니다.

— 당신에게 한 번의 질문권이 남아 있는 상태입니다.

본래 신성한 삼문답은 어느 한쪽의 의사로 보류할 수 있는 의식이 아니다. 그런데 '은밀한 모략가'는 그것을 해냈다. 대체 얼마나 강력한 격을 가지고 있어야 이런 부조리한 일이 가능한지 짐작조차 되지 않았다.

나는 홀의 문을 쾅쾅 두드리며 외쳤다.

"문 열어! 이건 약속이랑 다르잖아! 난 내 동료들한테 돌아가야 한다고!"

문에서 강력한 격이 일렁이며 내 화신체를 튕겨냈다.

나는 비틀비틀 일어나 격의 방출을 준비했다.

그런 나를 만류한 것은 곁에 있던 꼬마 유중혁 [999]였다.

"그러지 않는 게 좋을 텐데."

문 너머에서 느껴지는 심상치 않은 기류를 느끼고, 나는 황급히 격을 거두었다.

확실히 꼬마 유중혁 말이 맞았다. 지금 나는 화신체에 심각한 부상을 입은 상태고, 상대는 지금의 나로서는 끝을 짐작할 수조차 없는 강력한 존재다.

"또 기회가 있을 것이다, 김독자."

"그게 언젠데?"

꼬마 유중혁들은 한심하다는 눈초리로 나를 보더니 말했다.

"따라와라. 숙소로 돌아간다."

또 그 동그라미 방으로 돌아가야 한다는 생각에 암담함이 밀려왔지만, 당장은 별다른 방도가 없었다.

회랑 곳곳에서 이쪽을 보는 이계의 신격들의 기척이 느껴졌다.

다행히 나는 지금 '은밀한 모략가'의 손님으로 와 있는 상황. 만약 내가 탈출을 감행해서 '불청객' 신분이 된다면 상황이 어떻게 흘러갈지는 뻔했다.

오오오오오…….

역시 섣불리 움직이지 않는 것이 최선이었다.

게다가 아주 수확이 없는 상황도 아니고.

['제4의 벽'이 희미하게 진동합니다.]

「**(오랜만에 보는 얼굴들이 많군. 샨타크의 족속들인가.)**」

머릿속에서 들려 온 목소리에 깜짝 놀랐다.

목소리는 [제4의 벽]의 메시지를 통해 들려오고 있었다.

말투로 보아하니…….

'꿈을 먹는 자?'

「**(그렇다.)**」

그러고 보니 내 안에도 '이계의 신격' 중 하나가 있었지. 까맣게 잊고 있었다. 어쩌면 녀석에게 이번 상황에 대해 도움을 좀 구할 수 있을지도 모르겠다.

「(다들 네게 호감을 보이는 것 같군.)」

'호감? 저것들이?'

나는 멀리서 내 쪽을 향해 사납게 촉수를 세우고 있는 이계의 신격들을 보았다. 시선이 마주치자 거대한 촉수 끄트머리에서 끔찍한 모양의 꽃이 활짝 피었다.

「(너를 궁금해하고 있다. 이계의 신격에겐 드문 일이군.)」

나는 구애라도 하듯 팔랑이는 봉오리를 바라보며 절레절레 고개를 흔들었다.

'저것들이랑 친해지긴 힘들어.'

「(힘들다? 왜지?)」

'당신도 도서관에서 이것저것 읽었다면 알고 있을 텐데.'

음울한 아우라를 뿜어대는 이계의 신격들을 지나치며, 나는 멸살법의 마지막 에피소드를 생각했다.

「<스타 스트림>의 최후의 전쟁은, 저 이계의 신격들과 관계되어 있다.」

원작의 유중혁은 그 전쟁에서 자신에게 남은 것을 모조리 잃었다. 그를 도와준 화신들은 전부 전쟁에서 죽었다. 세상에 파멸을 몰고 온 저 혼돈의 괴물들에 의해서.

그런데 '꿈을 먹는 자'가 뜻밖의 말을 했다.

「(이계의 신격들이 왜 재앙이 되었는지 알고 있느냐?)」

'그건…….'

곰곰이 생각하던 나는 불현듯 기묘한 감상에 빠졌다.

그러고 보니 이상한 일이었다. 저 설명 가득한 멸살법에도, 이계의 신격의 유래에 관해선 자세한 설명이 나오지 않는다.

문득 어떤 예감이 들었다.

'은밀한 모략가'의 정체와 '이계의 신격'의 유래.

어쩌면 둘 사이에 뭔가 연관이 있지는 않을까?

그것에 관해 무어라 물어보려던 찰나, 먼저 말을 건 녀석이 있었다.

"너는 소설이라는 것을 좋아한다고 들었다."

꼬마 유중혁 [999]였다. 나는 고개를 끄덕이며 말했다.

"좋아해. 왜?"

"네놈이 원한다면 짧은 이야기 하나를 들려줄 수도 있다."

"이야기?"

순간, 꼬마 유중혁 [666]과 [777], 그리고 [888]이 당혹스러운 얼굴로 [999]를 보았다. 아마 계획에 없던 일인 모양이었다.

그리고 내 대답과는 상관없이 꼬마 유중혁 [999]의 이야기가 시작되었다.

"아주 오랫동안 외로운 싸움을 거듭해온 늑대가 있었다. 그는 추구하는 목표가 있었고, 원하는 질문이 있었다. 그는 그 질문의 해답을 위해 싸웠다."

"우화寓話야?"

"늑대는 계속해서 싸웠다. 수백 년, 수천 년, 어쩌면 수만 년을."

늑대는 그렇게 오래 살지 못한다고 말하고 싶었지만, 이야기는 계속되었다.

"늑대는 마침내 싸움의 끝에 도달해 '늑대의 왕'이 되었다. 그리고 나름대로 해답을 얻었다. 그 대가로 자신의 무리를 모두 잃었지만, 어쨌든 왕은 그 해답을 납득했다. 그것이 이 세계가 그에게 내놓은 최선의 해답이었기 때문이다. 그 해답을 품에 안은 채 왕은 세계를 주유했다."

그것은 묘하게 추상적인 이야기였고,

"그런데 어느 날, 왕은 또 다른 '무리'가 존재한다는 것을 알게 되었다."

그럼에도 어딘가 한없이 친숙한 이야기였다.

"그 무리에도 자신과 같은 늑대가 있었다. 그 늑대는 그와 같은 대의를 가지고 그와 같은 목적을 위해 살아가고 있었다."

나는 홀린 듯이 이야기를 들었다.

"그런데 뭔가 달랐다. 그 무리의 '늑대'는 아무것도 잃지 않았다."

지금 이 녀석은 내게 '은밀한 모략가'가 대답하지 않은 이야기를 들려주려는 것이다.

"먹이를 구하는 것도, 무리를 지키는 것도. 왕이 갈망하던 목표들을 그 늑대는 최소한의 고통만으로 이뤄내고 있었다. 무엇도 잃지 않은 채로. 그 광경을 보며 왕은 문득 생각했다."

천천히 등줄기에 소름이 돋았다.

"만약 저 이야기가 끝까지 완성된다면 지금껏 내가 살아온 삶에는 대체 무슨 의미가 있을까."

유중혁이 나를 향해 묻고 있었다.

"김독자. 너는 그런 삶에 대해 생각해본 적 있는가?"

머릿속으로 온갖 복잡한 생각들이 흘러갔다.

"나는—"

누군가가 귓가에 대고 징을 울리는 것 같았다. 나는 순간적으로 밀려온 메슥거림에 입을 막았다. 휘청거리는 나를 꼬마 유중혁들이 올려다보고 있었다.

「**김독자는 이들을 알고 있었다.**」

품속에서 환한 문장을 토해내는 멸살법의 최종본.

「**알고 있었지만 모르고 싶었다.**」

"김독자?"
내 이상 징후를 눈치챈 꼬마 유중혁들이 나를 불렀다.
생각을 멈춰야 했다.

['제4의 벽'이 흔들립니다.]

생각을.

['제4의 벽'이 격심하게 흔들립니다.]

멈출 수 없었다.
머릿속에서 페이지들이 넘어가고 있었다. 폭풍이라도 치듯, 페이지들이 동시에 날아올라 내 모든 의식을 덮고 있었다.
"이봐?"
이윽고 시야가 캄캄하게 물들었다.

✳

"그가 알게 된 것 같군."

꼬마 유중혁 [41]이 지나가는 듯한 목소리로 말했다.

그의 곁에는 낡은 왕좌에 앉은 '은밀한 모략가'가 있었다.

"혹시 일부러 힌트를 준 건가?"

【그럴 생각은 아니었다.】

"소품까지 준비하며 연기한 보람이 없는 것 같은데."

꼬마 유중혁 [41]이 '은밀한 모략가'의 백색 코트를 내려다보며 말했다.

1,863회차의 유중혁이 입고 있던 백색 코트.

시선을 느낀 '은밀한 모략가'가 코트를 벗으며 입을 열었다.

【연기는 아니지. 1,863회차의 그 녀석은 본래 내 일부가 되어야 했다. 너희처럼.】

"하지만 멋대로 문을 열고 나가버렸지. 이 코트만 남긴 채 말이야."

꼬마 유중혁 [41]이 하얀 코트를 받아 들었다.

둘 사이에 가벼운 침묵이 내려앉았다.

'은밀한 모략가'는 말없이 허공으로 손을 뻗었다. 그러자 낡은 왕좌의 측면에 테이블이 나타났다. 동그란 테이블에는 레드 와인을 채운 와인 글라스가 놓여 있었다.

'은밀한 모략가'는 와인 글라스를 가볍게 쥐었다.

【시나리오가 빨리 진행되긴 한 모양이군. 숙성도가 형편없어.】

"김독자 녀석 때문이지."

【도깨비 왕은 움직였나?】

꼬마 유중혁 [41]이 허공에서 메시지 로그를 넘겼다.

"아직. 하지만 대도깨비들의 준동이 시작됐어. 흑부리 쪽에서도 연락이 왔다."

【곧 시작되겠군.】

"그렇겠지."

두 유중혁은 잠시 말이 없었다.

원형으로 만들어진 궁. 벽의 균열 사이로 음습한 울음 같은 것이 들려왔다. 그들을 찾는 이계의 사냥개들이 울부짖는 소리였다.

'은밀한 모략가'가 입을 열었다.

【41회차. 너는 나와 가장 비슷한 '유중혁'이다.】

"그것 참 영광이군."

【너는 죽게 될 것이다.】

"그걸 위해 여기까지 온 것 아니었나?"

두 사람은 다시 말이 없어졌다. 허공에 희뿌연 빛이 어리더니 이윽고 성류 방송의 화면이 나타났다. 무료한 듯 그 화면을 넘기며 '은밀한 모략가'가 말했다.

【긴 이야기의 끝이 이제 얼마 남지 않았군.】

눈을 떴을 때, 나는 도서관에 있었다.

「김독자 귀찮아」

희미한 벽의 목소리에 나는 고개를 흔들며 정신을 차렸다.

'미안.'

희끄무레한 어둠을 밝히는 칸델라의 불빛.

나는 아무래도 다시 [제4의 벽] 내부에 들어온 모양이었다. 무너지려는 정신을 이번에도 [제4의 벽]이 지켜주었다.

지끈거리는 머리를 붙잡고 짧게 심호흡을 했다. 머릿속이 맑아지기까지는 시간이 조금 더 걸렸다. 그리고 얼마나 지났을까.

이윽고 혼잡하던 머릿속에 한 줄의 명료한 문장만 남았다.

「은밀한 모략가는, 멸살법 원작의 유중혁이다.」

녀석은 내가 1,863회차에서 만난 유중혁도 아니고.

나와 함께 3회차를 살아온 유중혁도 아니다.

그는 내가 한 번도 만나지 못한 유중혁. 지금의 '3회차'가 시작되기 전에 이미 〈스타 스트림〉의 결말을 본 유중혁이다.

—잠깐만요, 작가님! 중혁이 그럼 어떻게 되는 거예요? 이러면…….

마지막으로 달았던 멸살법의 댓글이 떠올랐다. 모든 것을 에필로그로 넘긴 채 끝나버린 이야기. 내가 궁금했던 질문의 대답…….

나는 천천히 자리에서 일어나 주변 장서를 두리번거렸다.

[유중혁, 4회차 8권의 기록]

은은한 불빛 속에 드러난 장정을 보며, 나는 멍하니 섰다.

내가 읽으며 자라온 이야기들이 그곳에 있었다.

천천히 장정을 향해 손을 뻗었다. 장정의 끝에 닿은 손가락이 희미하게 떨렸다. 읽고, 읽고, 또 읽었던 이야기. 그 한 문장 한 문장은 내 생이었고, 내 피였고, 내 살이었다. 그런데 그 이야기가

왜 이렇게 낯설게 느껴지는 것일까.

나는 그 기분을 떨쳐내기 위해 억지로 책을 집었다. 언제 어느 페이지를 읽더라도 즐겁게 읽을 수 있는 이야기였다.

이 이야기가 나를 배신할 리 없었다. 읽으면 나아질 것이다. 지금껏 그랬듯 분명.

공교롭게도 펼쳐진 장면은 안나 크로프트와 유중혁의 대치 장면이었다.

소설 속에서 유중혁이 말하고 있었다.

「"네놈 때문이다."」

페이지를 넘기는 손이 떨렸다.

다음 페이지를 볼 용기가 없었다. 어쩌면 자격도 없었다.

이 이야기를 읽으면 즐거웠나?

누군가의 불행과 고통을 읽는 것이 내 삶이었나?

그렇다면 나는 저 빌어먹을 하늘의 성좌들과 대체 무엇이 다른가?

「(어떻게 할 거냐?)」

돌아본 곳에는 니르바나가 있었다.

「(이 세계의 '유중혁'은 둘이다.)」

도서관 사서들이 모여 있었다. 나를 안쓰럽게 보는 세 쌍의 눈. 니르바나, 시뮬라시옹, 그리고 꿈을 먹는 자.

나는 그들의 눈을 마주 보며 물었다.

"당신들 생각은 어떻습니까?"

「(지금 이 몸의 의견을 구하는 건가?)」

니르바나가 앞으로 나서며 말했다. 정답이 있다는 듯 당당한 목소리.

「(고민할 필요도 없다. 세상 만물은 모두 태초의 하나에서 시작한 것이니까.)」

"또 '하나' 타령이냐?"

「(어차피 모든 게 하나였으니, 유중혁이 둘이든 셋이든 무슨 상관인가? 모든 유중혁과 하나가 되는 것은 지극한 우주의 섭리……!)」

저런 놈한테 물어본 내가 잘못이었다.
고개를 돌리자 극장 던전의 주인, 시뮬라시옹이 나를 보고 있었다.

「(죄책감을 느끼는 모양이군.)」

죄책감. 이것을 그런 감정으로 뭉뚱그려도 되는 것일까.
장정을 쥔 손이 떨리자, 책의 페이지들도 떨렸다.

「(무엇에 대한 죄책감이지? 그의 불행이 너를 괴롭게 만드느냐?)」

"잘 모르겠습니다."

「(너는 어차피 그를 구할 수 없다. 그는 그런 삶을 살았고, 너는 그의 이야기를 읽었다. 그것이 사실의 전부다.)」

현기 어린 그의 말투에는 오랜 세월 이야기를 읽어온 노인의 지혜가 담겨 있었다.

마지막으로 말한 것은 '꿈을 먹는 자'였다. 그는 오징어 다리 같은 촉수로 안경을 쓱 밀어 올리더니 비웃듯 말했다.

「(성좌여. 위대한 모략이 너에게 동정 따윌 바랄 것 같은가?)」

그 말을 듣자 찬물을 뒤집어쓴 것처럼 기분이 가라앉았다.

맞다.

이 감정은, 어쩌면 내가 읽어온 모든 이야기를 모독하는 것이다.

게다가 지금은 하찮은 감정놀음에 빠질 때도 아니었다.

니르바나가 이죽거렸다.

「(정신을 좀 차린 모양이군.)」

지금은 그보다 현실적인 문제를 생각해야만 한다.

"동료들에게 돌아가야 하는데 빠져나갈 방법이 없어."

'꿈을 먹는 자'가 고개를 끄덕였다.

「(그렇겠지. '은가이의 숲'에서는 그가 곧 신이나 다름없으니까.)」

"혹시 뭔가 아시는 게 있습니까?"

「(있긴 하지만 설명해봤자 그다지 의미는 없다. 어차피 '이계의 신격'에 관해서는 설명할수록 본질에서 더 멀어질 뿐이니까. '공포의 기록자'들이 그랬던 것처럼.)」

공포의 기록자라. 언젠가 비슷한 이야기를 들은 기억이 났다.

'꿈을 먹는 자'가 계속해서 말했다.

「(입구와 출구는 결국 같은 곳이다. '당기시오'라고 쓰여 있는 문은 대개 밀어도 열리기 마련이니까. 너는 네가 왜 이곳에 오게 되었는지 알아내야 한다. 그러면 출구는 자연히 찾을 수 있을 것이다.)」

그 말을 듣자 '은밀한 모략가'가 한 말이 떠올랐다.

—삼문답을 모두 사용했을 때, 너는 '네가 이곳에 와야만 했던 이유'를 알아내야 한다.

내가 이곳에 와야만 했던 이유.

생각해 보니 '신성한 삼문답'이 취소된 것은 내 입장에서도 다행스러운 일일지 몰랐다.

나는 '은밀한 모략가'의 정체를 유추하는 데 성공했지만, 녀석이 나를 데려온 이유에 대해서는 알아내지 못했다.

녀석은 대체 왜 나를 이곳에 데려온 것일까?

「(그는 한 세계의 끝을 본 존재다.)」

내 의문을 알고 있다는 듯, '꿈을 먹는 자'가 말을 이었다.

「(이미 ■■을 알고 있는 그가, 무엇이 아쉬워서 다시 거대한 수레 속으로 몸을 던졌을까?)」

순간 어떤 장면이 떠올랐다. 그것은 아주 오래전의 기억이었다.

어머니와 마주 앉아, 무릎 위에 책을 놓고 읽던 어린 시절의 내 모습.

—독자야. 다시 읽어보렴.

모든 이야기를 아는 존재가 그것을 '다시' 읽는 이유는 무엇인가.

「이제 **나** 가 김독 **자**」

다음 순간 시야가 깨지며 나는 소용돌이에 휩쓸렸다. 장서관의 정경이 연기처럼 흩어졌다. 눈앞이 팽그르르 돌며 의식이 제자리로 돌아왔다. 나는 약간의 신음과 두통, 그리고 약간의 현기증 속에서 천천히 눈을 떴다.

[현재 화신체 회복률: 34%]

설화 팩에 꽂힌 링거로 잔여 설화가 뚝뚝 떨어지고 있었다.
허공의 디스플레이 위로 떠오르는 화신체의 정보들.

[현재 근원 설화의 손상이 심각해 치료제 투여가 불가합니다.]

[자연 회복을 추천합니다.]

[현재 영약에 대한 내성이 높은 상태입니다.]

[새로운 영약 섭취를 통해 회복을 가속할 수 있습니다.]

끙끙대며 자리에서 일어났다. 여전히 몸 곳곳이 쑤셨지만, 이전보다는 관절의 움직임이 원활했다.
"비유."

예상대로 답은 없었다. 그 대신 다른 메시지가 떠올랐다.

[현재 당신은 임시 채널에 접속해 있습니다.]

임시 채널.

즉, 이곳은 〈스타 스트림〉의 정식 시나리오 지역은 아니라는 뜻이다.

"접속 총원."

[현재 임시 채널에 접속 중인 성좌: 2]

말이 두 명이지, 이건 뭐 멸살법 조회 수만큼이나 투명한 숫자였다.

나는 생각했다. 어쨌거나 이곳에서 탈출하기 위해서는 '은밀한 모략가'와 다시 대면하는 수밖에 없다.

그런데 녀석은 쉽게 만나줄 생각을 하지 않고. 그렇다면 방법은 하나뿐이다.

[성좌, '구원의 마왕'이 성좌, '은밀한 모략가'를 부릅니다.]

놈이 안 만나준다면.

[성좌, '구원의 마왕'이 성좌, '은밀한 모략가'를 바라봅니다.]

놈이 나를 바라볼 때까지.

[성좌, '구원의 마왕'이 성좌, '은밀한 모략가'에게 진상을 부립니다.]

계속해서 귀찮게 굴면 된다.

[성좌, '구원의 마왕'이…….]

[성좌, '은밀한 모략가'가 당신을 노려봅니다.]

예상대로 반응이 돌아왔다.

그런데 내가 다시 메시지를 보내려는 순간, 방문이 활짝 열렸다.

"미친놈. 시끄럽게 무슨 짓이냐?"

"왔냐?"

꼬마 유중혁 [666]이 나를 노려보고 있었다.

"용건이 있다면 나를 부르면 된다. 시끄럽게 간접 메시지 터뜨리지 말고."

꼬마 유중혁들은 '은밀한 모략가'의 권속이니 내 간접 메시지를 들을 수 있겠다는 생각이 들었다.

아무튼 저 [666]이 오늘 내 간병 담당인 모양이었다. 놀랍게도 녀석은 스마트폰처럼 보이는 물건을 손으로 꽉 붙들고 있었다. 미니 사이즈 주제에 스마트폰은 빅 사이즈였다.

"그건 왜 보고 있어? 폰 게임이라도 하냐?"

성큼 일어난 나는 방심하고 있던 녀석에게서 스마트폰을 빼앗았다. 유중혁은 어쨌든 본업이 '프로게이머'였으니, 게임을 하고 있다고 해도 이상한 일은 아니…….

어?

"당장 내놓아라!"

튀어 올라 내 옆구리를 퍽 친 [666]이 험악한 고함을 질러댔다.

나는 멍한 얼굴로 액정을 들여다보았다.

이거 게임이 아니잖아?

[현재 2개의 채널에 접속 중입니다.]

[현재 시나리오 권외 지역에 있습니다. 프록시 채널을 경유하여 정식 채널에 접속합니다.]

스마트폰 화면으로 익숙한 배경이 보였다.

「**"독자 아저씨는 괜찮아요. 분명 살아 있으니까. 내가 알 수 있어요."**」

[LIVE]라는 표식 아래로, 내가 잘 아는 성좌들의 간접 메시지가 채팅방처럼 이어지고 있었다.

[성좌, '대머리 의병장'이 힘차게 고개를 끄덕입니다.]

[성좌, '해상전신'이 <김독자 컴퍼니> 일행들을 위로합니다.]

[성좌, '심연의 흑염룡'이…….]

더욱 경악스러운 것은, 그 채팅방 아래쪽에 있었다.

[성좌명: 은밀한 모략가]

[당신은 현재 VIP 구독좌입니다.]

[VIP 특전으로 간접 메시지 비용 부담이 면제됩니다.]

—표현할 감정을 선택해주세요.

[현재 (힘내)을/를 선택하셨습니다.]

—후원할 코인 액수를 입력해주세요(해당 채널은 최소 50코인부터 후원이 가능합니다).

[(현재 입력값 없음) C]

—간접 메시지로 전달할 말을 입력하세요.

[그런놈따윈잊어버리고새로운리더를(입력 길이를 초과했습니다)]

거기까지 읽던 나는 어이가 없어져서 꼬마 유중혁 [666]을 내려다 보았다.

"야, 혹시나 해서 물어보는 건데."

"……."

"설마 지금까지 간접 메시지 쓴 게—"

"오늘이 내 차례였을 뿐이다! 빨리 내놓지 않으면 죽여버리겠다."

꼬마 유중혁 [666]이 붉어진 얼굴로 진천패도를 쥔 채 씩씩거렸다. 그제야 풀리지 않던 뭔가가 이해가 갈 것 같았다. 지금껏 '은밀한 모략가'가 보낸 무수한 간접 메시지는, 모두 이 꼬마 녀석들 짓이었던 것이다.

「"이번에 돌아오면 그냥 관짝에 넣고 묻어버리자. 시나리오 다 끝나면 꺼내 주는 게 좋겠어."」

무시무시한 발언을 하는 이지혜의 목소리.

화면 너머로 옹기종기 모인 아이들 모습을 보며 나는 기습이라도 당한 것처럼 가슴이 쓰라렸다. 헤어진 지 얼마 되지도 않았는데 벌써 보고 싶다는 생각이 들었다.

어떻게든 다시 저들에게 돌아가야 한다.

이미 '묵시룡' 시나리오까지 풀린 상황이니, 얼른 돌아가지 않으면—

츠츠츠츠츳!

화면 속에서 개연성의 스파크가 일어난 것은 그때였다.

서울 상공에 하나둘 도깨비들이 나타나고 있었다.

개중에는 비형의 모습도 보였다.

「[새로운 메인 시나리오가 도착했습니다!]」

빌어먹을…… 벌써?

화면 속 비형이 말했다.

「[<김독자 컴퍼니>. 이제 마지막 시나리오로 떠날 시간이다.]」

4

"마지막 시나리오?"

정희원은 허공에서 깜빡거리는 메시지를 보며 눈살을 찌푸렸다.

벌써 '마지막 시나리오'가 열린다고?

묵시룡의 시나리오는 89번 시나리오였다.

그럼 90번 시나리오가 마지막인가?

혼란스러운 것은 그녀만이 아니었다.

'방주'에 타고 있던 다른 성좌들도 서로 돌아보며 중얼거리고 있었다.

[저게 무슨 소리지?]

[벌써 99번 시나리오가 열렸단 말인가?]

도깨비 비형에게 항의하는 이도 있었다.

[무슨 수작이지? 아직 마지막 시나리오가 열릴 시간이 되지도 않았—]

[〈김독자 컴퍼니〉만 따로 데려가겠다는 거냐?]

비형은 성좌들의 반응을 살피다가 고개를 내저었다.

[마지막 시나리오 초청은 얼마 전에 시작됐습니다. 정확히는 여러

분이 '묵시룡'을 깨운 그 시점부터 말이지요.]

그 발언에 성좌들이 웅성거렸다. 몇몇 성좌는 뭔가 눈치챈 듯 불안한 눈빛으로 주변을 살피며 외쳤다.

[그, 그럼 우리도 마지막 시나리오에 보내줘!]

[맞아! 우리에게도 자격이 있다!]

비형은 그런 성좌들을 달래듯 말했다.

[여러분은 제 관할이 아닙니다. 여러분에게 자격이 있다면, 곧 여러분을 모시고 떠날 도깨비가 찾아올 겁니다.]

그러나 전처럼 친절한 말투는 아니었다.

[어디까지나 자격이 있을 때 얘기지만 말이죠.]

성좌들의 안색이 창백하게 질렸다. 곧이어 방주에서 방송이 흘러나왔다.

—다음 역은 8612 행성계입니다.

8612 행성계. 〈김독자 컴퍼니〉의 고향인 지구가 있는 곳.

비형은 더 이상 지체할 수 없다는 듯 〈김독자 컴퍼니〉 일행들을 돌아보았다.

[자, 〈김독자 컴퍼니〉 여러분은 모여주시죠.]

그 말에 한수영이 나섰다.

"아니 잠깐만. 우리 지난 시나리오 끝낸 지 며칠 지나지도 않았거든?"

"우릴 지구로 보내줘요. 아직 다음 시나리오로 떠날 준비가 안 됐다고요."

정희원도 가세했다. 하나둘 일행이 모이고 있었다. 신유승도, 이길영도, 이지혜도…… 혼란스러운 얼굴인 것은 모두 마찬가지였다.

비형이 옅게 한숨을 내쉬었다.

[역시 김독자가 없으니 불편하군. 그놈이 있어야 한 번에 말귀를 알아듣는데.]

"이렇게 서두르는 이유가 대체 뭔데? 제대로 설명하지 않으면—"

비형의 입술이 조용히 움직였다.

—입장권이 몇 장 안 남았어. 빨리 가서 선점해야 한다고.

그 말은 '도깨비 통신'을 통해 전달되었다.

〈김독자 컴퍼니〉 일행들은 동시에 서로 돌아보았다.

저 도깨비가 비밀스레 메시지를 보내왔다는 것은, 다른 성좌에게 이 이야기를 알리고 싶지 않다는 뜻이었다.

하지만 '입장권'이라니? 다음 시나리오에서는 그런 게 필요하단 말인가?

머뭇거리는 일행들 뒤에서 유중혁이 불쑥 나타났다.

"출발하지."

"잠깐만요!"

정희원의 제지에도 유중혁은 완강했다.

"마지막 시나리오는 지역에 진입한다고 곧바로 시작되는 게 아냐. 지금은 저 녀석 말을 듣는 게 맞다."

"그럼 현성 씨는……."

"스승님께 맡겨두었다."

정희원이 다급히 한수영을 돌아보았다.

잠시 뭔가 생각하던 한수영이 정희원의 어깨를 짚었다.

"일단 가보자. 저 녀석이 저렇게까지 말한다면 이유가 있는 거니까. 어쩌면 김독자도 미리 가 있을지 몰라. 확인해볼 가치는 있겠지."

'김독자'라는 말에 일행들 얼굴에도 굳은 결심이 섰다.

"저는 찬성이에요."

"나도! 나도!"

신유승도, 이길영도, 이지혜도. 의결은 금방 끝났다.

정희원은 끝까지 이현성이 걸리는 듯했지만, 이어진 유중혁의 말에 결국 고개를 끄덕였다.

"마지막 시나리오 지역에 간다면 '강철검제'를 빨리 회복시킬 방법도 찾을 수 있을 거다."

"그럼 망설일 것 없어요."

[자, 출발합니다.]

비형의 목소리와 함께 〈김독자 컴퍼니〉를 둘러싼 주변 정경이 일제히 빛으로 화했다.

[시나리오 전송이 시작됩니다!]

상급 도깨비의 권한이 사용되었기 때문인지 포털은 안락하고 짧았다.

눈 깜짝할 사이에 일행들은 새카만 우주의 한가운데에 와 있었다.

정확히는 그 우주를 내려다볼 수 있는 반투명한 원반 위였다.

"여긴……."

운동장 정도 크기의 원반은 돔 형의 방어막으로 보호되고 있었는데, 전방에 난 출입 포털을 통해 또 다른 장소로 입장할 수 있게끔 설계되어 있었다. 출입 포털은 몇몇 도깨비가 지키고 있었다. 유중혁은 그런 도깨비들을 한 번, 출구 쪽을 한 번 바라보더니 중얼거렸다.

"'게이트 오브 스타 스트림'이다."

"여기 알아?"

한수영의 질문에 유중혁이 고개를 끄덕였다.

"관리국 본청이 있는 곳이다. 여기를 지나야 마지막 시나리오 지역으로 돌입할 수 있다."

"와본 적 있나 보지? 「개연성 적합 판정」이라도 걸렸던 거냐?"

"아니, 나도 처음이다."

"그런데 어떻게 알아? 1,863회차의 기록에 나왔냐?"

"그건……."

순간, 유중혁은 관자놀이를 쥔 채 비틀거렸다.

'은밀한 모략가'를 통해 알 수 있었던 1,863회차의 기록. 하지만 그 기록에 이 시나리오와 관련된 정보는 나오지 않는다. 김독자가 따로 말해준 적도 없다.

그렇다면 자신은 대체 어떻게 이 정보를 알고 있는가?

츠츠츳…….

유중혁의 코트 위로 희미한 스파크가 튀었다. 뭔가 심상치 않은 기색을 느낀 이지혜가 유중혁을 향해 손을 뻗는 순간, 게이트 인근에서 눈부신 빛살이 퍼지며 또 다른 성좌들과 도깨비들이 워프해 왔다.

[성좌님들, 이쪽입니다.]

대도깨비의 지휘 아래, 성좌와 화신들이 일사불란하게 그들을 지나 게이트로 나아갔다. 〈김독자 컴퍼니〉를 지나친 대도깨비 중에는 얼마 전 그들에게 시나리오 포기를 제안했던 '허체'의 얼굴도 보였다.

[내가 말하지 않았는가. 후회하게 될 거라고.]

지나치는 대도깨비의 목소리를 들으며, 한수영과 유중혁이 서로 돌아보았다.

뭔가 이상하게 돌아가고 있었다.

손쉽게 게이트를 통과하는 대도깨비 일행들과 달리, 〈김독자 컴퍼니〉는 아직 게이트에 접근조차 하지 못하고 있었다.

출입구 쪽에서 비형이 문지기들과 실랑이를 벌이는 소리가 들려왔다.

[뭡니까? 수속 절차는 모두 밟았을 텐데요. 이들은 '마지막 시나리오'에 입장할 자격이 있는 화신들입니다. 비켜주시죠.]

영롱한 빛을 뿜어낸 게이트가 대도깨비 일행들을 모두 삼키는 순간, 대도깨비가 문지기 대장에게 뭐라 속삭이는 것이 보였다. 결국 참지 못한 비형이 앞으로 나서는데, 문지기 대장이 입을 열었다.

[상급 도깨비 비형. 당신과 〈김독자 컴퍼니〉는 마지막 시나리오에 진입할 수 없습니다.]

어렸을 적, 나는 자주 유중혁이 되는 꿈을 꾸었다.

내게는 슈퍼맨이나 배트맨이 있어야 할 자리에 유중혁이 있었으니, 어쩌면 당연한 일이었다. 그렇게 한바탕 신나는 꿈을 꾸고 나면, 꿈에서 깨어난 후에도 여전히 유중혁인 것처럼 행동할 때가 있었다. 그것 때문에 맞은 적도 있고, 괴로운 일을 겪은 적도 있다.

그럼에도 나는 그런 '유중혁'이 있었기에 지금까지 살아남았다.

「"대장, 빨리 다음 시나리오로 가자!"」

물론, 꿈에 등장한 것이 유중혁만은 아니었다.

꿈속에서 나는 용감한 이지혜와 함께였고.

「"장구류 준비 끝났습니다, 중혁 씨."」

든든한 이현성과 함께였으며.

「"대장, 괜찮으세요? 안색이 나쁜 것 같은데……."」

사려 깊은 신유승과 함께였다. 아마도 그들이 내 가족이었다.

유중혁이 나의 부모였다면 이현성은 나의 형이었고, 지혜는 나의 누나였으며, 유승이는 나의 친구였다.

나는 그들의 이야기를 좋아했다. 그들의 싸움을 응원했고, 그들의 불행을 관음했다. 그리고 나는—

이것이 변명이 될 수는 없음을 알지만, 그들이 진심으로 행복하길 바랐다.

지금쯤 그들은 어떻게 되었을까.
마지막으로 보인 것은 유중혁의 얼굴이었다.

「"네놈 때문이다."」

한순간 시야가 회전했고, 나는 신음을 뱉으며 눈을 떴다.
"안색이 나쁘군. 괜찮은 건가?"
어쩐지 가슴이 무겁다 싶었는데, 꼬마 유중혁 [999]가 나를 짓밟고 서 있었다. 녀석은 자신의 진천패도로 테이블의 컵을 낚아 내게 건넸다.
"마셔라."
"고마워."
차가운 물을 조금 마시고 나자 천천히 정신이 들었다.

[현재 화신체 회복률: 36%]

미미하지만 화신체는 조금씩 회복되고 있었다. 당연하게도 만족할 만한 수준은 아니었다.

—〈김독자 컴퍼니〉. 이제 마지막 시나리오로 떠날 시간이다.

어젯밤 [666]의 스마트폰으로 본 정경이 머릿속을 떠나지 않았다.

벌써 일행들에게 마지막 시나리오의 제안이 들어왔다. 여기서 미적거릴 시간 따위는 없었다.

"네놈은 언제든 나갈 수 있다. 스스로 해답만 찾아낸다면."

"또 그 소리냐."

투덜거리며 자리에서 일어나는데, 꼬마 유중혁 [999]가 뜬금없는 질문을 던졌다.

"싫어하는 음식을 말해라."

"갑자기 왜?"

"닥치고 질문에 대답해."

순간 조그만 녀석의 박력에 압도돼버렸다.

"……토마토."

녀석은 품에서 작은 수첩을 꺼내더니 단정한 글씨로 '토마토'라고 썼다.

저건 대체 왜 적을까.

"좋아하는 음식은?"

"무림 만두랑 닭 국물."

내 대답에 [999]의 표정이 바뀌었다.

"혀는 제법 쓸 만한 모양이군."

확실히 세 치 혀로 지금까지 살아남긴 했지.

"요리 담당은 81회차다. 검술은 형편없지만, 요리엔 꽤 재능이 있지. 기대해도 좋을 거다."

그러고 보니 81회차의 유중혁은 요리 스킬을 유독 많이 배웠다. 이곳에서 요리를 담당하는 유중혁도 아마 그 녀석인 모양이었다.

메모를 마친 [999]는 훌쩍 침대에서 뛰어내리더니 나를 일별했다.

"불편한 게 있으면 언제든 말해라. 멍청한 손님이라도 어쨌든 손님이니까."

"묻고 싶은 게 있어."

"불필요한 질문만 아니라면."

"유중혁은 왜 '이계의 신격'이 된 거냐?"

꼬마 유중혁의 표정이 미미하게 굳어졌다.

나는 질문을 계속했다.

"심지어는 '은밀한 모략가'라는 이름으로 성좌 활동까지 하고…… 내가 아는 '유중혁'이라면 절대로 있을 수 없는 일이야. 그 녀석은—"

이곳에 있으면서 한 가지 알게 된 사실은, 꼬마 유중혁들은 나를 별로 좋아하지 않는다는 것이었다. 툭하면 시비 걸기 일쑤였고, 질문을 해도 제대로 된 답변을 받는 경우도 드물었다.

하지만 저 [999]라는 녀석은 달랐다. 지난번 늑대 이야기도 그렇고, 저 녀석은 내게 뭔가를 알려주고 싶어하는 것 같았다.

그리고 실제로 내 예감은 틀리지 않은 듯했다.

"네가 아는 유중혁은 대체 뭐지?"

미묘한 경멸이 담긴 목소리.

나는 대답할 말이 없었다.

"아직도 몇 편의 글줄로 누군가를 이해할 수 있다고 생각하는가?"

대답할 수 없었다.

왜인지는 모르겠다. 대답할 자격이 없다고 생각했기 때문일 수도, 해야 할 말을 찾지 못했기 때문일 수도 있었다.

그런 나를 가만히 보던 [999]는 잠시 생각하더니, 이내 테이블 서랍에서 뭔가를 꺼내 내게 던졌다.

"네놈이 그렇게 책을 좋아한다니 그걸 읽으면 도움이 될지도 모르겠군. 네놈처럼 멍청한 인간들이 미지의 공포를 이해하기 위해 쓴 것이니까."

[999]가 던진 것은 몇 권의 책이었다.

나는 그중 한 권을 집어 들었다.

《이계의 신격에 관한 소고小考 - '은밀한 모략가'와 '가장 오래된 꿈'에 관하여》.

'공포의 기록자'가 쓴 글이었다.

공포의 기록자. 이계의 신격을 만난 최초의 인류이자, 그들의 존재를 전파한 작가들.

[전용 스킬, '독해력'이 발동합니다!]

[전용 특성, '시나리오의 해석자'가 발동합니다!]

제목을 보는 순간 심장이 뛰었다.

'은밀한 모략가'와 '가장 오래된 꿈'에 관한 이야기라니.

특히 '가장 오래된 꿈'은 '은밀한 모략가'가 자주 되뇐 만큼, 그에 관해 알아낼 주요한 기회인지도 몰랐다.

나는 [999]가 사라진 것도 잊고 책에 몰두했다.

정확히 여덟 시간 뒤, 나는 멍한 얼굴로 책을 덮었다.

"이건……."

나는 이런 종류의 책을 표현할 정확한 문장을 알고 있다.

"멸살법보다 재미가 없는데."

작가가 누구인지는 몰라도 21세기의 플랫폼에 연재되었다면 멸살법만큼이나 망했으리라는 것은 자명해 보였다.

재미가 없을 뿐만 아니라 심지어 어렵기까지 했다.

"대체 뭔 소리야?"

그나마 내가 이해할 수 있는 내용도 있기는 했다.

예를 들면, 위대한 '그레이트 홀'에는 다섯 명의 위대한 이계의 신격이 있다는 것.

「동쪽에서 떠오르는 '살아 있는 불꽃'.」

「서쪽 세계의 재앙 '가라앉은 섬의 주인'.」

「북쪽 우주의 지배자 '위대한 심연의 군주'.」

「남쪽 성간을 다스리는 '은빛 심장의 왕'.」

「그리고 무엇도 아닌 곳에서 기어오는 '위대한 모략'.」

"멸살법 빰치는 설정집이네."

맥락상으로 보아 '위대한 모략'이 바로 '은밀한 모략가'를 상징하는 말인 것 같았다.

실제로 '은밀한 모략가'와 관련된 구절 중에는 흥미로운 부분들이 있었다.

「'위대한 모략'과 마주한 몇몇 공포의 기록자들은, 그가 '가장 오래된 꿈'을 찾고 있다는 사실을 알게 되었다. ……(중략)…… 운이 좋은 공포의 기록자들은 위대한 모략에게 '가장 오래된 꿈'의 정체를 물을 수 있었다.」

「【그것은 이 우주의 시작이자, 거대한 수레바퀴의 주인. 나의 오래된 원수이자 나의 부모. 모든 것의 마지막을 정하는 자.】」

「몇몇 공포의 기록자들은 그 말을 듣는 순간 '위대한 모략'의 표정을 보았고, 그대로 혼절해버렸다. 그리고 다시 깨어났을 때, 그들은 자기 자신이 누구인지 기억해내지 못했다.」

자기 자신이 누군지도 기억 못 하는 사람들의 기록이라니.

그래서 이 책의 공저가 '공포의 기록자'라고 표기된 걸까.

'은밀한 모략가'나 '가장 오래된 꿈'에 대한 이야기를 좀 더 읽어보고 싶었지만, 책의 대부분은 그들에 관한 기록이 아니라 그저 이계의 신격 전반을 다룬 재미없는 일화였다.

심지어 전개도 들쑥날쑥했다. 이야기에 조금 흥미가 생기려 하면 뜬금없이 끝나버렸고, 한 작품 안에서도 시간 순서가 뒤엉키며 앞뒤가 맞지 않는 전개가 이어지기 일쑤였다.

하나도 아니고 모든 종류의 일화가 그딴 식이니, 몰입이 될 수가 없었다.

「(흥미로운 이야기로군.)」

끼어든 것은 극장 주인 시뮬라시옹이었다.

'뭐가 흥미롭습니까?'

「(이 책은 일부러 이렇게 설계된 것이다.)」

'일부러 재미없게 썼다고요?'

「(전하고 싶은 메시지가 분명한 이야기인 거지.)」

'메시지를 전하고 싶으면 내용을 이해할 수 있게 썼어야죠.'

「('이해할 수 없는 대상은 이해할 수 없다'고 쓴 것이다.)」

'예?'

가벼운 한숨 소리가 들리더니, 눈앞에서 작은 스파크가 흘렀다.

[제4의 벽]에서 흘러나온 힘이, 책 페이지를 넘기며 문장을 추출하

기 시작했다. 각각 다른 단편에서 뽑아낸 문장을 연결하니 다음과 같은 글줄이 되었다.

「아득한 우주로부터 오는 감정. 그것은 필멸자가 결코 쫓아갈 수 없는 태고의 흐름이었다. 우리는 겁에 질렸다.」

「그것들은 우리가 모르는 우주에서 온 괴물 같았다.」

「예상 가능한 것에서 오는 '두려움'이 아니었다. 그것은 우리가 결코 이해할 수 없는 것으로부터 오는 '공포'였다.」

「우리는 그 공포에 하나하나 힘겹게 이름을 붙였다. 미지의 대상에 이름을 붙여, 그것을 이해 가능한 것처럼 꾸미고 싶었다.」

그제야 책이 말하고자 하는 메시지가 드러나는 것 같았다.

「물론 그 시도가 얼마나 의미가 있었는지는 그대가 판단할 일이다.」

그 체념 어린 문장까지 읽고 나자, 어째서 이계의 신격들이 '공포의 기록자'를 그토록 힐난했는지 이해할 것도 같았다.

이계의 신격에게 붙은 수식언들은 엄밀히 따지면 그들의 본질이 아니었던 셈이다.

「만약 당신이 그들을 만난다면 기억하라. 심연을 들여다보는 자는 미쳐버리거나 심연 그 자체가 되는 수밖에 없음을.」

복습까지 끝낸 나는 허탈한 심경으로 책장을 덮었다.

"소득이 너무 없는데."

결국 이 책을 통해 내가 이해한 것은 하나뿐이었다.

「'이계의 신격'은 이해할 수 없는 존재들이다.」

무책임한 말이었다.

그런 문장은 '이계의 신격'이 아니라 다른 누구를 넣어도 말이 되니까.

「'유중혁'은 이해할 수 없는 존재다.」

「'한수영'은 이해할 수 없는 존재다.」

라고 표현해도 맥락은 결국 같다.

비단 이계의 신격이 아니라도 우리는 서로 이해할 수 없다. 이해한 것 같은 기분이 들어도 잠깐의 착각에 지나지 않는다.

언젠가 장하영과도 그런 이야기를 나눈 적이 있었다.

묵묵히 내 생각을 듣던 '꿈을 먹는 자'가 킬킬 웃었다.

「(맞다. 그것이 이 책이 전하고 싶은 메시지다. 우리는 모두 결국 서로에게 '이계의 신격'이라는 것.)」

나는 책을 덮고 창밖을 내다보았다.

동그란 방은 창도 동그란 형태였다.

희미하게 비치는 햇살. 울창한 숲 사이사이로 일광욕을 즐기는 '이계의 신격'들이 보였다.

개중 몇몇이 나를 향해 촉수를 흔들었다. 괴기스러운 동화의 한 장면을 보듯, 나는 잠시 그 촉수들을 바라보았다.

저 형태는 어쩌면 저들의 본질이 아닐지도 모른다.

자세히 보니 촉수의 움직임이 제법 우아한 것 같기도 했다.

「(손을 뻗는 자만이 진실을 알 수 있다.)」

애초에 책을 읽을 필요 따위는 없었을지도 모른다. 이곳에 널린 것이 바로 '이계의 신격'들이니까.

나는 주변 눈치를 흘끗 살피다가 [소형화]를 사용해 창문을 빠져나갔다. 두둥실 몸을 날려 '이계의 신격'을 향해 다가가자, '이계의 신격'도 나를 향해 촉수를 뻗어왔다. 딱히 적의는 느껴지지 않았다.

「후 회해 도 몰 라」

[제4의 벽]의 경고에도 나는 촉수를 향해 손을 뻗었다.

후회는 늘 해왔다.

하지만 저지른 일보다는 저지르지 않은 일에 대한 후회가 더 컸다.

[전용 스킬, '독해력'이 발동합니다!]

〈스타 스트림〉 최종 시나리오는, 이계의 신격과의 대전쟁이다. 그리고 이계의 신격은 전쟁을 끝으로 세상에서 사라진다.

멸살법에서 유일하게 설명되지 않은 존재들.

나는 묻고 싶었다. 너희는 대체 어디서 왔는지.

무엇을 위해 〈스타 스트림〉과 맞서 싸웠는지.

작중에서 이계의 신격은 한 번도 대답한 적이 없었다. 그들은 그저 울부짖거나, 알 수 없는 소리를 내뱉으며 성좌들과 맞서 싸울 따름이었다.

ㅊㅊㅊㅊㅊ…….

['제4의 벽'이 당신에게 경고합니다!]

나는 '이계의 신격'의 촉수를 쥐었다. 내 손끝에 감응하듯, 촉수들이 나무 넝쿨처럼 손끝을 감았다.

공포의 기록자들은 말했다.

이계의 신격은 불가해한 존재들이라고. 어디에서 왔는지, 그 정체가 무엇인지도 알 수 없다고.

그 말이 맞을 수도 있다.

지금 내 행동은 아무 의미 없는 행동일 수도 있다.

우리는 원작에서 그랬듯 싸우게 될 것이고, 처참한 폐허와 멸망만을 가져오게 될 수도 있다.

다음 순간 주변 정경이 느릿한 멜로디로 뒤덮였다.

찬연한 햇살 속에서 이계의 신격들이 하나둘 나를 향해 고개를 숙이고 있었다.

[설화, '만물의 사랑을 받는 자'가 이야기를 시작합니다.]

자신이 숨겨온 소중한 것을 내어주듯, 이계의 신격들이 뻗은 덩굴 끝에 작은 꽃들이 맺혔다. 꽃에서 향기가 흘러나왔다.

향기는 곧 노랫말이 되었고, 이야기가 되었다.

「**"대장."**」

그것은 아주 오래된 기억의 파편.

「**"유중혁 씨."**」

나는 마치 홀린 사람처럼 그 목소리들을 들었다. 소리는 모두 달랐지만, 누구의 목소리인지 눈을 감고도 맞출 수 있었다.

오랫동안 생각해왔다.

만약 '은밀한 모략가'가 원작의 유중혁이라면, 그리고 그가 보여준 것처럼 멸살법의 무수한 세계선이 존재한다면…….

그 무수한 회차에서 실패한 이야기는 모두 어디로 가는 것일까.

「"다음 생애에는 반드시."」

「"몇 번을 회귀하더라도 대장과 함께……."」

밀려오는 기억의 파도가 순식간에 내 의식을 휩쓸었다.

기억에는 두서가 없었고, 서로 일관적으로 연결되지도 않았다. 하지만 나는 그것들을 이을 수 있었다. 마치 이어지지 않는 별자리를 잇듯이.

어쩌면 세상에서 오직 나만이 그것들을 연결할 수 있었다.

그리고 그 순간 나는 이해했다. 이계의 신격이 무엇인지, 원작의 유중혁은 왜 스스로 이계의 신격이 되었는지.

왜, '은밀한 모략가'가 될 수밖에 없었는지.

수만 년, 수십만 년, 어쩌면 수백만 년에 달하는 고통의 이야기.

세계선에서 버려져 '설화'로 인정받지 못한 이야기.

세계의 무의식이 되어 먼 우주를 떠돌며 오래된 기억을 되새김질하는 실패한 설화의 파편들.

끝내 구원받지 못한 자들의 목소리.

【오오오오오오오오오오…….】

내 주변을 정원처럼 덮은 이계의 신격의 가지들이 자라나고 있었다.

나는 기억의 파도에 질식할 것 같은 기분을 느끼면서도 그 기억에서 눈을 뗄 수 없었다.

「"우릴 기억해줘요."」

나는 손끝에서 부스러지는 그 설화들을 붙잡은 채 울었다. 너무나 소중해서. 이제는 누구도 기억해주지 않는 그것들이 가엾어서.

이해할 수도 바꿀 수도 없다.

예전에도 지금도, 그저 '읽는' 것만이 내가 할 수 있는 전부였다.

이계의 신격들이 일제히 소리를 지르기 시작했다.

【우릴알아우릴알아우릴알아우릴알아우릴알아우릴알아】

【너누구너누구누너누구너누구너누구너누구】

점점 더 나를 조여드는 넝쿨들. 이계의 신격들이 우는 소리가 들렸다.

기쁜 것 같기도 하고 슬픈 것 같기도 한 소리.

먼 우주 저편에서부터 들려오는 태고의 울음.

「그 러지 말 라고했 잖 아」

주변으로 몰려든 이계의 신격들이 까마득한 숲을 이루었다. 자라난 넝쿨들이 나를 삼키려는 듯 옥죄어 왔다. 나를 자신의 일부로 받아들이려는 듯이. 이대로 영원히 자신과 함께하자는 것처럼.

가까스로 정신을 차린 나는 넝쿨을 헤치며 빠져나가기 위해 안간힘을 썼다. 하지만 그럴수록 넝쿨은 더욱 조여들었다.

【가 지 마】

【어 째 서】

여기서 먹히면 안 된다. 정말 이들을 위한다면 나는 여기서 정신을 놓아서는 안 된다.

【못 가】

'부러지지 않는 신념'을 꺼내 들기도 전에 양팔이 봉쇄되었다. 그렇게 꼼짝없이 넝쿨의 어둠 속으로 끌려 들어가려는 순간, 눈부신 빛살이 넝쿨을 갈랐다.

희미한 별과 함께 보이는 작은 진천패도.

고개를 들자 꼬마 유중혁 [999]가 나를 바라보고 있었다.

"네놈, 대체 무슨 짓을 한 거냐?"

5

"대체 뭐가 어떻게 된 건데?"

한수영의 말에 비형의 고개가 축 처졌다.

"큰소리 뻥뻥 치더니 입구 컷이라니…… 어이 도깨비, 대답 좀 해보라니까?"

[그게…… 후…….]

결론부터 말하면, 〈김독자 컴퍼니〉는 '마지막 시나리오'로 가지 못하고 지구로 되돌아왔다. 이유는 '자격이 부족하다'라는 것.

[아무래도 대도깨비들이 손을 쓴 것 같습니다.]

"그렇게 말하면 다야? 시간 낭비한 우리 입장은 뭐가 돼?"

[보상금은 줄 테니 너무 채근하지 마시죠.]

비형이 투덜거리며 주머니를 뒤지는 동안, 한수영은 한숨을 내쉬며 일행들을 둘러보았다. 우여곡절 끝에 지구로 돌아오긴 했지만 다들 제정신이 아니었다.

"이번엔 진짜로 죽었을지도 몰라…… 미안해요 형…… 내가…… 내가 자격이 없어서…… 계약을 안 해서……."

이길영은 아까부터 몸을 웅크린 채 이상한 말을 중얼거렸고, 신유승은 명상이라도 하듯 눈을 감은 채 관자놀이에 양손 검지를 대고 있었다. 이지혜와 정희원은 공단의 아일렌에게 이현성을 데려가느라 자리를 비운 상태였다.

"집은 그대로네. 아줌만 청소도 안 하나."

한수영은 낡은 소파 위 먼지를 쓸어내며 중얼거렸다.

한때 그녀와 유상아, 이수경이 함께 머물던 집이었다.

김독자가 없던 시간 동안 살던 장소…….

짧은 상념은 이어서 들려온 벨 소리와 함께 사라졌다.

[흑염]을 사용해 원격으로 문을 연 한수영이 피식 웃었다.

"혹시 「호랑이도 제 말 하면 온다」도 설화로 있나?"

"오랜만이다, 수영아."

이수경은 어지러운 집 안 꼴을 살피더니 고개를 휘휘 저었다.

"너는 예나 지금이나 그대로구나. 사람이 환기는 하고 살아야지."

"나 지금 막 돌아왔거든? 그것도 몇 년 만에."

한수영은 거기까지 말하다 흠칫했다. 그녀는 '환생자들의 섬'에서 수십 년의 세월을 보냈지만, 그건 어디까지나 섬 내부 시간이었다. 바깥에서는 정확히 얼마만큼이 지났는지 알 수 없었다.

이수경은 간단한 손짓으로 창문을 모두 열어젖힌 뒤 퀴퀴한 먼지를 집 밖으로 내보냈다. 그러면서도 그녀의 눈은 거실 바닥에 늘어진 일행들을 훑고 있었다.

슬그머니 일행들을 가린 한수영이 흠흠 헛기침을 하며 물었다.

"혹시 정희원이 말했어?"

"뭘 말이니?"

한수영은 슬그머니 입술을 깨물었다. 어떻게 설명해야 할지 감이 오질 않았다.

"그게, 여기 지금 김독자가 없잖아?"

"그렇구나. 방금 알았네."

괜히 말을 꺼냈다 싶지만, 이미 엎지른 물이었다.

한수영은 두 눈을 질끈 감은 채 말했다.

"왜 김독자가 여기 없냐면…… 나랑 유중혁이랑 정희원이 아줌마 아들을 구해보려고 영혼의 한타를 했는데……."

"요점만 말하렴."

"응, 사실은 아줌마 아들이 누구랑 어디를 좀 갔어. 근데 그게……."

"혹시 저걸 말하는 거니?"

한수영은 이수경의 손가락을 따라 고개를 돌렸다.

벽걸이 텔레비전에서 뉴스가 흘러나오고 있었다. 새카만 하늘 위에 떠 있는 흰 코트의 사내와, 그의 손에 대롱대롱 매달려 있는 김독자의 모습.

—특보! 〈김독자 컴퍼니〉 대표이사 납치!

한수영은 입을 딱 벌린 채 중얼거렸다.

"뭐야 저거?"

대체 어떻게 된 건지, 지구의 언론들이 벌써 이 일을 알고 있었다.

여전히 한가로운 표정으로 화면을 보던 이수경이 고개를 주억거렸다.

"그 녀석, 인기가 많네."

"아줌마. 지금 저거 되게 심각한 거거든?"

"저거 유중혁 군인 것 같은데. 뭐가 심각하다는 거니?"

"저게 유중혁이 아니니까 문제지."

한수영은 한숨을 푹 내쉬었다. 그런데 텔레비전 화면이 갑자기 몇 대로 되감기더니 똑같은 장면을 방송하기 시작했다.

—특보! 〈김독자 컴퍼니〉 대표이사 납치!

이건 또 뭔가 싶어 돌아보니, 넋이 나간 채 리모컨을 꾹꾹 누르는 유중혁이 보였다. 몇 번이고 뒤로 감기를 눌러서 같은 장면을 반복하고 있는 유중혁의 모습.

한수영이 물었다.

"너 괜찮냐?"

"……."

"그거 돌려도 회귀 안 되거든? 이제 회귀하는 법도 잊어버렸어?"

유중혁은 들은 체도 하지 않았다. '은밀한 모략가'의 모습을 단단히 각인하려는 것처럼 이글거리는 유중혁의 동공. 자신의 패배를 인정할 수 없는 회귀자의 격이 스멀스멀 흘러나와 거실 공기를 후텁지근하게 만들었다.

한수영이 땅이 꺼지도록 한숨을 내쉬었다.

"제기랄, 저 영상은 대체 어떤 놈이 뿌린 거지……."

[험험.]

고개를 돌리자 헛기침을 하는 비형이 있었다.

"아직 안 갔냐?"

[여기 보상금.]

그러고 보니 보상금을 받는 것을 잊고 있었다. 한수영이 손을 내밀자, 비형의 자그마한 손이 500코인을 올려놓았다.

"지금 장난치냐?"

[그게 요즘 서울 관리국 재정 상태가 안 좋아서…… 그리고 신경 써야 할 일이 워낙 많다 보니…….]

비형은 휘파람을 불며 하늘 저편으로 흘끗 눈길을 보냈다.

맑아야 할 서울의 하늘이 불길한 황색과 적색으로 물들어 있었다. 새카맣게 소용돌이치는 '그레이트 홀'과 벼락처럼 내리치는 개연성의 스파크.

한수영이 인상을 찌푸리며 물었다.

"서울에 무슨 일 있어?"

"얼마 전부터 하늘이 저 꼴이야."

이제 서울은 주력 메인 시나리오 지역이 아니다. 그런데도 저런 세기말적 현상이 벌어진다는 것은…….

[묵시룡의 영향입니다.]

비형은 씁쓸한 표정으로 하늘을 보더니 품속에서 길쭉한 곰방대를 꺼내 입에 물었다. 그 모습이 같잖았는지 한수영이 곰방대를 빼앗으며 다그쳤다.

"그건 뭔 개소리야? 묵시룡의 영향이 왜 여기까지 와?"

[모르는 겁니까? 김독자가 당연히 알려줬을 거라고 생각했는데.]

"그놈은 제일 중요한 정보는 안 알려줘."

품속에서 자연스럽게 두 번째 곰방대를 꺼낸 비형이 끝에 불을 붙이며 말했다.

[묵시룡의 부활은 대멸망의 첫 번째 단추입니다. 일단 녀석이 깨어나면 세계선은 끝을 향해 달려가는 거라고 볼 수 있죠. 이래서 내가 '마지막 시나리오'로 빨리 가자고 한 건데.]

"마지막 시나리오로 못 가면 어떻게 되는데?"

[말 그대로 멸망하는 겁니다. 당신들도, 나도, 이 세계도.]

그 담담한 선언에 한수영이 어이없다는 듯 쏘아붙였다.

"아니 뭐 그런…… 이 세계가 멸망하면 '마지막 시나리오'가 대체 무슨 소용이 있어? 왜 그딴 시나리오를 짜는 건데!"

[대멸망은 도깨비가 짜는 시나리오가 아닙니다. 그저 그렇게 되도록 만들어져 있는 것이죠. 그리고 대멸망이 존재하기에, '마지막 시나리오'도 비로소 의미를 갖는 겁니다.]

비형은 회한 가득한 얼굴로 먼 하늘을 바라보았다.

황급히 어딘가로 향하는 성단의 움직임. 하늘의 별들이 멀어지고 있었다.

【오오오오오오오!】

【아아아아아아아아아!】

이계의 신격들이 새카만 격을 발산하자, '은가이의 숲'은 완연한 칠흑에 휩싸였다.

넝쿨 속에서 나를 꺼낸 꼬마 유중혁들이 전후좌우로 나를 둘러쌌다.

꼬마 유중혁 [999]가 말했다.

"김독자를 지켜라."

"내가 누누이 말했지. 난 이놈 사고 칠 줄 알았다."

"역시 처음에 죽여 없앴어야 했나."

무시무시한 말을 내뱉으면서도, 모든 유중혁들은 일제히 진천패도를 쥔 채 경계를 늦추지 않았다. 다가오는 촉수들을 베어내면서 유중혁들은 조금씩 전진했다.

충격적인 것들을 본 직후라서 그런지 전신에 냉기가 감돌았다. 꼬마 유중혁 [999]가 자신의 검은색 코트를 내게 덮어주었다.

"내가 책을 읽으랬지, 언제 이 녀석들 건드리라고 했나?"

나는 무슨 말을 해야 할지 알 수 없었다.

[999]의 눈동자가 흔들렸다.

"네놈."

【오오오오오오오오!】

포효하는 이계의 신격들의 진언이 하늘을 쩌렁쩌렁 울렸다. 숲의 벌레들이 진액을 토하며 죽어갔고, 심지어는 자기들끼리도 상잔이 일어나는 중이었다.

[999]가 침중한 목소리로 말했다.

"오래도록 누구에게도 이해받지 못한 자들이다. 너는 그들을 건드렸어."

이계의 신격들이 폭주하고 있었다.

【내놔내놔내놔내놔내놔】

【김독자김독자김독자김독자김독자】

더욱 심각한 것은, 모든 이계의 신격이 같은 감정을 가지고 있지는 않다는 점이었다.

내 존재를 눈치챈 일부 상위 신격은 나를 향해 거침없는 적의를 발산해댔다.

【빌 어 먹을 성 좌 가 우 릴 엿 보 았 다】

【죽 여 없 애 라】

【모 략 의 손 님 이 라 도 용 서 치 않 는 다】

"물러나라, 샨타크의 족속이여!"

"다가오면 모두 베어버리겠다."

꼬마 유중혁들이 일제히 격을 발출하며 저항했지만, 이계의 신격들은 물러서지 않았다. 한 걸음씩 다가오며 아득한 격을 내뿜는 신격들이 포효하듯 소리쳤다.

【모 략 이여! 우 리는 더 이상 기다 릴 수 없 다】

【언 제까 지 기다려 야 하는가. 세 계선의 끝이 다 가오 고 있다】

나는 그들이 무엇을 말하는지 알고 있었다.

이 세계선의 끝.

그들 역시 '마지막 시나리오'를 자각하고 있는 것이다.

【이 세 계는 우리를 이 해 해 야 한다】

"물러나라!"

다가오는 촉수들의 기세가 더욱 강고해졌다.

이윽고 그 격이 꼬마 유중혁들만으로는 감당할 수 없을 정도가 되었을 때.

숲이 갈라지며 녀석이 나타났다.

누구도 막아내지 못한 촉수들을 가로지르며 걸어오는 존재. 걸음걸음에 영겁의 고독과 1,863회차의 세월이 묻어 있었다.

한때 그의 이름은 유중혁이었고, 이제는 '은밀한 모략가'였다.

모든 세계선의 슬픔을 아는 존재.

그 압도적인 숭고 앞에 이계의 신격들이 무릎을 꿇었다.

【위 대 한 모 략 이 시 여】

하지만 모두 그런 것은 아니었다.

자신의 존재가 무화돼가는 고통 속에서도 의견을 굽히지 않는 신격이 있었다.

【위 대 한 모 략 이 여 이 제 우 리 는 기 다 릴 수 없 습 니 다】

누구에게도 이해받지 못한 자들이 통곡하고 있었다. 분노하고, 슬퍼하고 있었다.

하지만 그들의 분노와 슬픔은 이해받지 못했다. 그것들은 이 세계선의 것이 아니었고, 기존의 '설화'로는 이야기되지 않았다.

그들의 분노를, 슬픔을, 비애를 이해하기 위해서는 노력이 필요했다.

【우 리 는 이 해 받 고 싶 습 니 다】

【우 리 도 설 화 가 되 고 싶 습 니 다】

이해하기 위해 노력해야 하는 이야기는 설화가 될 수 없다. 자신을 내던져야 느낄 수 있는 이야기는 소비되지 못한다.

'은밀한 모략가'가 입을 열었다.

【너희는 이해받지 못할 것이다.】

하나하나를 섬세한 눈길로 돌아보며, 은밀한 모략가는 잔혹한 진실을 전하고 있었다.

【이 <스타 스트림>이 너희를 '공포'라 부르기 때문이다. 이

세계가 너희를 질서를 무너뜨리는 혼돈으로, 무엇으로도 이해되지 않는 재앙으로 묘사하기 때문이다.】

나는 이제야 '은밀한 모략가'가 이들 편에 선 이유를 이해하고 있었다.

「이미 모든 결말을 아는 존재가, 어째서 그 모든 이야기를 다시 한번 반복하는가?」

생각해보면 의문의 해답은 간단했다.

「자신이 본 결말이 마음에 들지 않았기 때문에.」

원작에서 유중혁은 성좌들과 함께 이계의 신격들을 물리쳤다.

그는 시나리오의 끝에 도달했고, 〈스타 스트림〉을 부쉈다.

【너희는 성좌들과 같은 하늘에서 빛날 수 없다. 이 세계의 주역이 될 수도 없다. <스타 스트림>이 존재하는 한, 너희는 언제나 '이계의 신격'일 뿐이다.】

하지만 그가 원하는 것은 얻지 못했다.

그리고 이제 '은밀한 모략가'가 된 유중혁은, 다시 한번 같은 전장에 섰다.

【멸망의 전쟁이 시작될 것이다. 별이 떨어지고, 세계가 무너지며, 모든 설화가 소멸하는 최후의 멸망이 시작될 것이다.】

멀리서 나를 보는 '은밀한 모략가'의 눈이 보였다. 새카만 동공 속에서 회전하는 [현자의 눈].

【위대한 모략이시여……!】

【오오오오오오오!】

원작 전개대로라면 이들은 패배할 것이다.

「김독자가 원하는 결말을 위해서, 그들은 패배해야만 했다.」

〈스타 스트림〉은 폐허가 될 것이고, 하늘의 별들과 고독한 외신들은 기억되지 못한 채 죽어갈 것이다.

패자는 비통하게 죽어갈 것이고, 승자는 승리를 누리지 못할 것이다.

나는 '은밀한 모략가'를 향해 걸어갔다.

"김독자?"

[999]가 나를 부르는 소리가 들렸으나 돌아보지 않았다.

[소형화]를 해제하자 세계의 눈높이가 달라졌다. [999]가 덮어준 검은색 코트가 내 걸음걸이에 맞추어 흔들렸다.

[<스타 스트림>의 개연성이 움직이고 있습니다!]

[거대한 메인 시나리오의 흐름이 당신에게 깃듭니다.]

덩굴이 걷힌 숲의 하늘로 〈스타 스트림〉의 은하가 보였다. 한쪽 하늘에서는 별들이 환한 빛을 내뿜고 있었고, 다른 쪽 하늘에는 '그레이트 홀'과 불길한 은하가 흐르고 있었다.

절반의 빛과 절반의 어둠.

곧 최후의 전쟁이 시작될 것이다.

그리고 아마도, 나는 그들 중 한쪽 편에 서서 세계의 결말을 보아야만 할 것이다.

[당신의 두 번째 수식언이 결정됐습니다.]

하늘의 건너편에서 작은 별빛이 반짝였다.

나는 그 별빛을 오래도록 바라보다가 천천히 지상으로 고개를 돌렸다.

이계의 신격들이 나를 바라보고 있었다.

나는 그들을 마주 보며 내가 설 자리를 택했다.

[당신의 두 번째 수식언은 '빛과 어둠의 감시자'입니다.]

OMNISCIENT READER'S VIEWPOINT

최강의 우리 편

Episode 80

I

【죽 여 라】

【김독자김독자김독자김독자김독자】

나는 이계의 신격들을 향해 걸어갔다. '은밀한 모략가'는 나를 제지하지 않았다. 해볼 테면 해보라는 것처럼.

나는 한 걸음 더 내디뎠다. 그러자 덩굴들의 움직임은 더욱 격렬해졌다. 순식간에 뻗어온 덩굴들이 내 양팔을 붙들었다.

【우릴알아우릴알아우릴알아우릴알아】

"맞아, 나는 너희를 알고 있어."

나는 그들을 향해 고개를 끄덕였다.

【어떻게어떻게어떻게어떻게어떻게어떻게】

어떻게.

나는 그 질문에 대답할 수 없다. 대답하지 않자, 덩굴들이 보이는 적의가 짙어졌다. 급기야 머뭇거리던 촉수 하나가 날아들어 내 어깻죽지를 꿰뚫었다. 몹시 고통스러웠지만, 진짜 고통은 어깨의 통증이 아니었다.

촉수 끝에서 누군가의 목소리가 들려왔다.

「"죽기 싫어."」

환상일까. 순간 어깨를 꿰뚫은 촉수가 검처럼 보였다.

쌍룡검.

나는 그 검의 주인을 알고 있었다.

「"이렇게 끝내고 싶진 않았다고."」

이지혜가 울고 있었다. 뒤늦게 손을 뻗었지만, 어느덧 이지혜의 얼굴은 스러지고 없었다. 파편화되고 부서져서, 단편만이 남은 목소리. 이름 없는 것들.

"알아."

고통을 눌러 참으며, 나는 그렇게 말했다.

그러자 또 다른 촉수가 나를 향해 날아들었다. 뒤쪽에서 꼬마 유중혁 [999]가 소리를 질렀다.

살이 꿰뚫리는 파육음과 함께, 이번에도 목소리가 들려왔다.

「"유중혁 씨, 나는 당신에게 몇 번째 이현성입니까?"」

세상 누구보다 단단한 강철의 화신. 이번에도 내가 손을 뻗는 순간, 이현성의 모습은 거품처럼 흩어졌다. 텅 빈 허공을 헤매는 손. 그 너머에서 이현성의 목소리가 들려왔다.

「"정말로, 이 시나리오에 끝이 있습니까?"」

"있어."

입술을 꾹 깨문 채 걸음을 딛는다.

한 걸음. 그리고 다시 한 걸음.

그때마다 잊힌 세계선의 파편들은 내게 말을 걸어왔다.

「"좀 더 할 수 있다고 생각했어요."」

심장을 꿰뚫린 채 죽어가는 이설화.

「"원망하지 않아요. 그래도 딱 하나, 아쉬운 건……."」

희미하게 웃으며 흩어지는 신유승.

「"멍청하긴. 대장, 나 김남운이야. 여기서 뒈질 것 같아? 나 안 죽어. 안 죽는다고. 살아남고 또 살아남아서, 다음 시나리오를 볼 거야. 반드시, 다음 시나리오를ㅡ"」

눈을 뜬 채 절명한 김남운이 있었다.

어느 회차인지조차 알 수 없는 기억들. 그것은 그저 실패한 세계관의 부산물이었고, 의미를 잃은 기억의 집합이었다.

유중혁이 '은밀한 모략가'가 되면서까지 지켜온, 소중한 무엇.

「"다음 회차에서도 네놈 편은 안 한다. 날 찾지 마."」

공필두.

「"또 혼자 남게 되겠군요, 유중혁."」

안나 크로프트.

「"함께 싸울 수 있어 영광이었습니다, 패왕."」

셀레나 킴.

한때 성좌였던 존재들의 기억도 스쳐 갔다.

'고려제일검' 척준경, '술과 황홀경의 신' 디오니소스…….

내가 걸음을 멈춘 것은 오른쪽에서 느껴지는 뜨거운 불길 때문이었다.

내 팔을 붙잡은 촉수가 불타오르며 내게 말했다.

「"아직 더 불태울 수 있어."」

우리엘.

나는 고개를 끄덕이며 말했다.

"알아."

['이계의 신격'들이 당신을 바라보고 있습니다.]

안다. 하지만 이해하지는 못한다. 나는 너희가 아니니까.

그렇기에 내가 해줄 수 있는 말은 이것뿐이다.

"아직 이 이야기는 끝나지 않았어."

['이계의 신격'들이 당신의 말에 귀를 기울입니다.]

"아직 이야기할 것들이 남았잖아."

나는 이계의 신격들을 올려다보았다.

두족류와 촉수 괴물로만 묘사되는 이들. 이 세계선에 필요하지 않기에, 이 세계선에서 가장 혐오스러운 형태를 부여받은 존재들.

나는 그들을 향해 이야기했다.

"내가 너희를 이야기하겠어."

순간 주변에서 광풍이 몰아쳤다.

【정말정말정말정말정말】

【그게무슨뜻그게무슨뜻그게무슨뜻】

다른 한쪽에서는 나를 향한 사나운 적의가 쏟아졌다.

【거 짓 말】

【두 번 이 나 속 을 것 같 은 가?】

상위 신격들이 나를 향해 기세를 뿜어댔다.

나는 울컥 솟아오르는 핏물을 삼키면서 그들을 보았다. 왜 이렇게까지 격렬하게 반응하는지 안다. 이들은 줄곧 '시나리오'에서 이용당해왔기 때문이다.

【도 깨 비 들 도 그 랬 다】

관리국은 이들의 존재를 일찍이 깨닫고 이용해왔다. 시나리오에 편입시켜준다는 명목하에 힘과 개연성을 착취하고, 그들을 이 세계의 '악'으로 만든 이야기꾼들. 나는 진언을 발출했다.

[나는 도깨비가 아냐.]

【너 는 성 좌 다】

[나는 관리국 소속도 아니고, 도깨비에게 부역하는 존재도 아냐.]

【성 좌 는 모 두 똑 같 다】

그 말은 비수처럼 내 가슴을 후벼팠다.

맞다. 나 역시 설화를 탐하고 이야기를 관음해온 성좌일 뿐이다.

하지만 그런 성좌이기에 알 수 있는 것도 있다.

['최후의 전쟁'이 발발하면, 너희는 반드시 파멸하고 말아. 너희가 어떻게 싸우든, 결국 지게 될 거다.]

【건 방 진 놈 그 건 해 보 지 않 으 면……!】

[해보지 않아도 알아. 나는 너희가 싸운 모든 세계선을 봤으니까.

그리고 나는 너희가 이번에도 그렇게 죽는 것을 원하지 않아.]

내 말에 이계의 신격들의 가지가 흔들렸다.

【그 게 무 슨 뜻】

[너희는 이해받고 싶다고 했지. 내가 너희를 설화로 만들어주겠다.]

그 순간, 주변 시공간이 뒤틀렸다.

희미한 촉수들의 떨림.

나는 그 떨림을 느끼며 계속해서 말했다.

[너희가 저 하늘의 별들과 동등한 자리에 설 수 있도록 해주겠다. 누구도 너희를 오해하지 않고, 경멸하지 못하는 설화를 만들어주겠어.]

동요는 서서히 번져갔다. 폭풍의 전조처럼 거대한 기류가 '은가이의 숲'을 휩쓸었다.

나는 그 틈을 놓치지 않고 말을 이어갔다.

['최후의 전쟁'은 일어날 필요가 없어. 너희는 더 이상 〈스타 스트림〉의 악이 될 필요가 없—]

【닥 쳐 라】

【너 따 위 가 감 히】

나는 결국 핏물을 토했다. 내 육체를 부수고 정신을 침식할 상위 외신들이 강림하고 있었다.

【김독자위험해김독자위험해】

【공격하지마공격하지마공격하지마】

나를 감싸는 덩굴들. 강대한 상위 신격의 기운에 맞서, '이름 없는 것들'이 나를 보호하고 있었다.

【자 아 도 없 는 하 찮 은 것 들 이.】

쿠구구구구구.

진언 한 번에 수십 개의 줄기가 찢겨나갔다. 고통스러운 비명을 흘리면서도 작은 이계의 신격들은 나를 지켰다.

그리고 그런 내 앞을 꼬마 유중혁들이 막아서고 있었다.

'은밀한 모략가'는 그들을 말리지도 제지하지도 않았다. 다만 가만히 지켜볼 뿐이었다. 마치 이번 선택을 결정할 수 없다는 것처럼.

이윽고 상위 신격들의 격이 임계점에 이르렀을 때.

[재미있는 말을 하는군.]

누군가의 목소리가 들려왔다. 불길하게 소용돌이치는 포털 너머로 걸어오는 누군가가 말하고 있었다.

[가엾은 세계선의 사생아들아. 그의 말이 맞다.]

【너, 는?】

[너희는 다시 설화가 되어, 별들의 흐름 속에 이야기될 수 있다. 단, 저 불행한 성좌가 너희를 위해 자기 자신을 포기할 수만 있다면 말이지.]

노인은 몸집이 무척 작지만, 커다란 그림자를 가지고 있었다. 커다란 그림자의 볼에는 두 개의 혹이 흔들리고 있었다.

【지 평 선 의 악 마…….】

나 역시 저 종족을 알고 있었다.

처음 〈마계〉로 갔을 때, 나는 저들 중 하나와 거래를 했다.

하지만 지금 눈앞에 있는 존재는 그때 만난 '혹부리'와는 차원이 다른 존재였다.

세상에 수많은 혹부리가 있지만 그중 '두 개'의 혹을 가진 노인은 하나뿐이었다.

[오래된 도서관의 주인이여.]

고개를 들자, 혹부리 왕이 사악한 호기심을 띤 눈으로 나를 들여다보았다.

[그대는 정말로 이 폐기물들을 위해 〈스타 스트림〉의 적이 될 셈인가?]

✳

멀리서 숲의 동그란 출구가 열리는 것이 보였다.

등 뒤로 무수한 이계의 신격들이 몰려와 나를 배웅하고 있었다. 거대한 갈대숲처럼 흐느적거리는 촉수들.

【김독자김독자김독자김독자】

【잘가잘가잘가잘가잘가】

대부분 같은 외양이지만 이제 그들을 어렴풋이 구별할 수 있었다.

저기 왼쪽에 붙어 있는 녀석은 12회차 신유승의 기억이 손톱만큼 들어간 착한 녀석이고, 저기 오른쪽에 있는 녀석은 44회차의 김남운이 상당량 들어간…… 아까 저 자식이 내 허벅지 찌른 거 같은데.

"이렇게까지 할 필요는 없었다."

내 어깨에 올라탄 꼬마 유중혁 [999]가 말했다.

"흑부리 왕과의 계약은 절대적이다. 이런 짓을 하면, 너는 반드시—"

"안 죽으니까 걱정 마. 근데 너도 같이 가는 거냐?"

내 말에 꼬마 유중혁 [999]가 못마땅한 표정을 지었다.

"약속대로 감시 역할이다. 네가 〈김독자 컴퍼니〉의 다른 녀석들과 접촉해 흉계를 꾸미면 곤란하니까."

"접촉 안 한다고 존재 맹세까지 했는데. 하여간 유중혁이란 놈들은."

'은가이의 숲'을 떠나는 대가로, 나는 흑부리 왕과 이계의 신격들에게 몇 가지를 약속했다.

첫 번째는 '계약을 완수할 때까지 〈김독자 컴퍼니〉와 접촉해 내 존재를 드러내지 않는 것'.

그리고 두 번째 약속은…….

[당신의 행동으로 인해 <스타 스트림>에 새로운 시나리오 분기가 촉발됐습니다!]

[히든 시나리오가 발생했습니다!]

시나리오를 읽으며 나는 허탈하게 웃었다.

이런 것까지도 시나리오가 되다니…… 역시 〈스타 스트림〉답다.

하긴, 스스로의 멸망조차 이야기로 만들어버릴 세계니까.

〈히든 시나리오 - 약속 증명〉

분류: 히든

난이도: ???

클리어 조건: 〈스타 스트림〉의 주요 거대 설화에 '이계의 신격'들을 등장시키시오. 단, 기존처럼 '이계의 신격' 역할로 등장해서는 안 됩니다.

제한 시간: 100일

보상: '이계의 신격'의 신뢰, ???

실패 시: 모든 기억을 잃고 '이계의 신격'으로 변화

이계의 신격에게 이계의 신격이 아닌 역할을 주어라.

멸살법의 어느 회차에도 존재하지 않았던 시나리오였다.

이계의 신격들을 설득하고, 혹부리 왕과 계약하면서 얻은 시나리오.

만약 이 시나리오에 실패하면, 나는 저들과 같은 이계의 신격이 되고 말 것이다.

그것이 혹부리 왕과의 계약 조건이었다.

「하지만 이 시나리오에 성공하면 '이계의 신격'들은 멸망하지 않을 것이다.」

나는 '은가이의 숲' 출구를 보며 가볍게 스트레칭을 했다.

그런 내가 미덥지 않은 듯 [999]가 물었다.

"어디로 갈 셈이지? 이제 남은 '거대 설화' 시나리오는 거의 없을 텐데."

사실이다. 〈스타 스트림〉의 거대 설화는 대부분 종막을 맞이했다.

하지만 내 기억대로라면 걸출한 거대 설화가 아직 하나 남았다.

나는 [999]에게 넌지시 물었다.

"혹시 1,863회차의 이야기를 알고 있어?"

"위대한 모략에게 들었다."

"이대로 '최후의 전쟁'에 돌입하면 너희는 반드시 패배할 거야. 설령 기적적으로 이긴다고 해도 살아남는 존재는 거의 없을 거고."

"지금 저주하는 건가?"

"아니, 사실을 말하는 거야."

아무리 '은밀한 모략가'와 이계의 신격들의 세력이 강성하다고 해도, 〈스타 스트림〉 전체와 맞서 싸울 수는 없다. 어쨌든 지금 이 우주의 지배자는 〈스타 스트림〉의 성운들과 빌어먹을 관리국이니까.

"전쟁을 피하는 가장 좋은 방법은, 전쟁 같은 걸 해봤자 손해라는 사실을 상대방에게 알려주는 거지."

"무슨 말이 하고 싶은 거냐?"

"넌 '최후의 전쟁'에서 가장 많은 이계의 신격을 학살한 성좌가 누군지 알아?"

내 질문에 [999]는 곰곰이 생각하다가 대답했다. 어쩐지 자존심이 살짝 상한 듯한 얼굴이었다.

"모른다."

"지닌 격이 너무나 강대해서 평소에는 존재가 여럿으로 분리되어 있는 놈이야. 뭐, 굳이 따지면 '은밀한 모략가'랑 비슷하지."

"위대한 모략과 비슷하다고?"

"그래. 만약 그 녀석이 〈스타 스트림〉의 편에 서지 않았더라면, 그래서 수만 마리의 외신과 동귀어진하지 않았더라면…… 1,863회차의 향방은 많이 달라졌을 거야."

내 말에 유중혁 [999]의 눈동자가 처음으로 흔들렸다. 아마도, 내가 말하는 성좌가 누구인지 눈치챈 듯했다.

"설마?"

멸살법 최후의 전쟁에서 무수한 외신과 함께 동귀어진한 성좌.

애초에 그런 성좌는 하나밖에 없다.

나는 씩 웃으며 말했다.

"맞아. 그 녀석을 우리 편으로 만들러 갈 거야."

2

새카만 어둠 속에서 순백의 신형이 떠올랐다.

유중혁은 그를 향해 몇 번이나 검을 휘둘렀다. 파천검뢰부터 유성참에 이르기까지. 하지만 검격 중 어느 하나도 적의 그림자조차 스치지 못했다.

이어진 설화의 충돌.

유중혁은 소스라치는 신음과 함께 눈을 떴다.

해가 진 수련실 안. 긴 그림자가 그를 내려다보고 있었다.

파천검성이었다.

"놈이 강했느냐?"

허리를 숙인 채 쭈그려 앉은 스승의 눈은 제자에 대한 걱정으로 가득했다.

유중혁이 입술을 깨물며 대답했다.

"강했습니다."

"얼마나?"

"초월형 5단계를 개방해도 이길 수 없었습니다."

초월형 5단계는 지금의 유중혁이 도달한 한계였다.

파천검성은 고요한 눈으로 유중혁을 내려다보다가 말했다.

"초월형 6단계를 넘어서면 너의 [파천검도]는 성별에 구애받지 않게 될 것이다."

본래 [파천검도]는 여성을 위한 무공. 하지만 모든 무공이 그러하듯, 일정한 경지를 넘어서면 탈경계脫境界에 이르게 된다. 그 무수한 경계를 끊임없이 탈주하는 것이, 바로 초월좌의 수련 과정이었다.

"6단계에 오른다고 해서 놈을 이길 거란 보장이 없습니다."

"왜 그렇게 생각하지?"

"그놈은 저입니다."

그토록 강인하던 유중혁의 목소리에 처음으로 희미한 두려움이 어리고 있었다.

"그놈은 1,863번이나 회귀한 후의 저란 말입니다. 그런 녀석을 제가 어떻게 이길 수 있습니까."

완연한 절망감. '은밀한 모략가'와 맞서는 순간 유중혁은 무엇을 해도 넘을 수 없을 거대한 벽을 보았다.

고작 3회차의 회귀로는 도저히 가늠할 수 없는 세월. 그의 적은 그 세월을 넘어 이 세계선에 도달해 있었다.

파천검성이 말했다.

"그놈은 네가 아니다."

"그놈도 유중혁입니다."

"그놈과 너는 같은 길을 걷지 않았다. 그리고 앞으로도 걷지 않을 것이다."

제자의 눈동자에 어린 절망을 닦아내듯이, 파천검성의 커다란 손이 유중혁의 뺨을 덮었다. 파천검성은 계속해서 말을 이었다.

"초월형 몇 단계에 올랐냐가 중요한 것이 아니라, 어떤 설화를 쌓았는지가 더 중요하다. 너는 겨우 세 번 회귀한 애송이일 뿐이지만, 그놈이 모르는 설화들을 알고 있지 않느냐."

그 말을 들으며 유중혁은 자신의 주먹을 내려다보았다. '은밀한 모략가'에게는 닿지 못했던 주먹이었다. 천천히 펼친 주먹에서 설화가 흘러나왔다.

그가 쌓아온 설화. '은밀한 모략가'는 모르는 설화.

"초월의 길은 모두 다르다. 그놈을 따라잡으려 하지 말고, 너만이 갈 수 있는 길을 찾아라."

유중혁은 말없이 자신의 주먹을 그러쥐었다.

마치 그 설화 중 하나라도 빠져나가는 것을 허락지 않겠다는 듯이.

"새로 들어온 소식은 없습니까?"

파천검성이 고개를 저었다.

김독자가 행방불명된 것도 벌써 일주일이나 지났다. 하지만 김독자의 행방도, '은밀한 모략가'의 위치도 특정되지 않았다.

"그놈은 다른 세계선에서 온 너라고 했지."

"그렇습니다."

"그놈의 목적이 무엇인지는 모르지만, 굳이 이 시점에 이 세계선으로 넘어왔다면 '마지막 시나리오'와 관계되어 있을 가능성도 있다."

유중혁도 파천검성의 말에 동의했다.

즉, 마지막 시나리오 지역으로 가면 '은밀한 모략가'를 만날 확률이 높다.

"하지만 〈김독자 컴퍼니〉는 현재 '마지막 시나리오'로 갈 수 없지."

유중혁이 고개를 끄덕였다.

—'마지막 시나리오'를 허락하기엔 당신들이 쌓은 설화가 부족합니다.

마지막 시나리오에 진입하지 못하던 그날. 관리국 측에서는 그렇게 일방적인 통보를 해왔다.

그럴 수도 있다고 생각했다. 왜냐하면 신생 성운에 불과하고, 쌓은 설화의 숫자도 적으니까.

하지만 그들이 쌓은 설화의 등급을 생각하면 마냥 그렇게 이야기할 수도 없었다.

특히 마지막에 얻은 거대 설화인 「빛과 어둠의 계절」은 〈스타 스트림〉 어디에서도 찾아보기 어려운 이야기였다.

—당신네 성운 대표는 어디 있습니까?

결국, 모든 것은 김독자의 부재 때문이었다. 성운에서 가장 많은 설화 지분을 가지고 있는 김독자가 일행에서 이탈하면서, 성운 전체의 설화 총량이 부족해진 탓이었다.

천천히 몸을 일으킨 유중혁은 '흑천마도'를 칼집에 꽂아 넣은 뒤 비척비척 몸을 일으켰다.

"어딜 가는 게냐?"

"새로운 거대 설화를 얻으러 가겠습니다."

김독자의 지분이 없어도 마지막 시나리오로 넘어갈 자격을 갖추어야 한다. 〈김독자 컴퍼니〉는 김독자의 사병도 아니고, 수하도 아니다. 그들은 김독자가 없어도 스스로를 지킬 수 있어야 하고, 설령 김독자를 잃더라도……

마지막 시나리오를 클리어할 수 있어야 한다.

[바앗…….]

허공에서 비유가 구슬픈 소리를 냈다. 유중혁은 그런 비유를 잠시 올려다보다가, [현자의 눈]을 발동해 자신이 아는 정보들을 되짚었다.

현시점에서 손쉽게 거대 설화를 획득할 수 있는 지역은 이제 거의 남지 않았다.

하지만 반대로 말하면, 아직까지 남은 거대 설화들이 그만큼 강력한 이야기라는 뜻이기도 했다.

이미 「빛과 어둠의 계절」이라는 강력한 거대 설화를 얻은 상황.

여기다 만약 '그 설화'까지 얻을 수 있다면, 저 '은밀한 모략가'와 한판 붙는 것도 불가능한 일만은 아닐 것이다.

멀어지는 유중혁을 향해 파천검성이 물었다.

"혼자서 갈 것이냐?"

"저는 항상 혼자였습니다."

"그 길은 이미 다른 네가 걸어간 길이다."

스승의 말에 유중혁의 신형이 멈칫했다.

그리고 다음 순간, 수련장 밖에서 목소리가 들려왔다.

"야, 유중혁 어디 있어! 이제 출발해야 돼!"

눈부신 빛과 함께 〈김독자 컴퍼니〉 일행들이 수련장 문을 열고 들이닥쳤다.

신유승, 이길영, 이지혜, 한수영…….

대체 언제부터 준비하고 있었는지 〈김독자 컴퍼니〉의 모두가 모여 있었다.

파천검성이 말했다.

"저들이 바로 너의 설화다, 중혁아."

'은밀한 모략가'에게는 없는 것.

멍하니 돌아보는 유중혁을 향해 파천검성이 말했다.

"이번 회차의 너는 혼자 싸울 필요가 없다."

새로운 거대 설화 지역까지는 나흘 거리였다.

도깨비들의 힘을 빌린다면 훨씬 빨리 도착할 수 있겠지만, 이번만큼은 그게 허락되지 않는 상황이었다.

—그대는 친분이 있는 도깨비들의 힘을 빌릴 수 없다.

—그대가 '김독자'라는 사실을 결코 알려서는 안 된다.

빌어먹을 혹부리 왕과의 계약 때문이었다.

저 계약 때문에 나는 비유의 채널에 가입할 수도, 〈김독자 컴퍼니〉에게 내 안부를 전할 수도 없었다.

결국 '양산형 제작자'에게 구입한 'X급 페라르기니'를 직접 운전해 목적지까지 가는 수밖에 없었다.

내 어깨 위에서 진천패도를 닦고 있던 유중혁 [999]가 중얼거렸다.

"운전이 서툴군."

"그럼 네가 하든가. 근데 너 계속 그런 모습으로 있을 거냐?"

시나리오 지역에 돌입하면 우리를 알아보는 성좌들이 분명 나타날 것이다. 그런 상황에서 꼬마 유중혁의 존재는 너무 눈에 띈다.

이미 유중혁 본인이 그렇게 유명하니…….

"하긴, 이 상태로는 너무 눈에 띄겠지."

뭔가 고민하던 꼬마 유중혁 [999]는 몸을 움찔거리더니 잠시 후 펑 하는 소리와 함께 작은 무림 만두 형태로 변했다.

깜짝 놀란 나를 향해 [999]가 무덤덤한 목소리로 말했다.

—이렇게 하면 되겠군.

"어깨에 만두를 얹고 다니면 눈에 더 띄잖아."

—네놈도 한심한 외형을 바꿔라.

꼬마 유중혁이 유중혁의 모습을 유지해서는 안 되듯, 나 역시 내가 김독자라는 것을 들켜서는 안 된다.

무림 만두로 변한 유중혁은 마치 분칠이라도 하듯 내 얼굴에다가 만두피를 거칠게 문지르기 시작했다. 삐걱대며 내 얼굴의 설화가 변하는 것이 느껴졌다. 그리고 시간이 얼마나 지났을까.

눈을 떴을 때, 나는 그야말로 경악하고 말았다.

거울을 보며 눈만 끔뻑이는 내게 유중혁 [999]가 말했다.

—됐군.

맙소사, 이 정도면 유중혁 뺨을 한 대 갈길 정도는 아니더라도…… 갈길까 말까 고민할 정도는 되겠는데.

나는 조각 같은 내 얼굴을 문지르며 중얼거렸다.

"이거 영원히 지속시킬 수는 없냐?"

—그런 짓을 하면 개연성 후폭풍을 맞게 된다.

마치 불결한 것에 닿기라도 했다는 듯, [999]는 만두가 된 자신의 몸을 열심히 털어댔다.

그러거나 말거나 나는 거울을 열심히 들여다보았다.

언젠가 '복상사한 카사노바'의 설화 파편을 흡수했을 때도 잘생겨지기는 했었지만, 이건 그때와는 비교도 안 되는 수준이었다.

나는 감탄한 목소리로 말을 이었다.

"999회차가 대단하긴 하네. 3회차는 이런 기술 없는데."

—3회차?

"아, 몰랐던 거냐? 여기 유중혁은 3회차야. 여긴 3회차 세계선이고."

꼬마 유중혁 [999]는 잠시 나를 들여다보다가 물었다.

—왜 그렇게 생각하지?

"왜긴……."

'그야 멸살법의 시작이 3회차니까'라고 말하려다 멈칫했다.

표현을 조금 순화하기로 했다.

"그야 시작이 3회차니까."

—왜 3회차가 시작이지? 숫자를 모르는 건가? 시작은 0회차다.

녀석의 말이 맞다.

멸살법 1화는 유중혁의 3회차에서 시작하지만, 엄밀히 따지면 모든 이야기의 시작은 유중혁의 0회차였다.

그렇게 생각하니 조금 기분이 이상해졌다.

왜 나는 유중혁의 '3회차'로 온 것일까?

어차피 3회차의 이야기를 그대로 따라가지도 않는 상황에, 소설 도입부가 3회차라고 해서 꼭 3회차에서 시작할 필요는 없었을 텐데.

모르겠다. 어차피 지금 내가 알아낼 수 있는 것도 아니고.

"이 세계선의 유중혁이 자기가 '3회차'라고 했어. 그러니까 여긴 3회차야."

그리고 내가 [등장인물 일람]으로 본 정보도 정확히 그것이었고.

그러자 [999]가 말했다.

—그런 정보를 곧이곧대로 믿다니, 순진하군.

"뭐?"

—됐고, 도착한 모양이다.

눈부신 빛과 함께 긴 차원 터널이 끝났다.

뒤이어 나타난 것은 새로운 시나리오 지역으로 가는 거대한 게이트였다. 게이트 입구에는 입장을 기다리는 인파가 있었다.

나는 'X급 페라르기니'를 회수한 뒤 대기열에 합류했다.

시나리오 지역의 입구를 지키는 것은 도깨비가 아니라 한 성좌였다. 그도 그럴 것이, 이번 '거대 설화' 시나리오 또한 주최가 성운이기 때문이었다. 초거대 성운 중 하나이지만 지금까지는 나와 거의 동선이 겹치지 않았던 성운.

[다음.]

한 손에 거대한 삼지창을 쥔 채, 붉은 관을 쓰고 오래된 갑옷을 입은 성좌.

전신에서 느껴지는 패도적인 격이 그가 범상치 않은 격을 지닌 설화급 성좌임을 드러내고 있었다.

불법佛法의 수호자, 증장천왕增長天王.

그는 성운 〈황제〉의 본거지인 〈천궁〉의 입구를 지키는 사천왕四天王

중 하나였다.

[다음.]

얼마 지나지 않아 내 차례가 돌아왔다.

증장천왕은 내 얼굴에서 뭔가 수상한 점이라도 찾으려는 듯 유심히 노려보더니, 이내 첫 질문을 던졌다.

[방문 목적은?]

[거대 설화에 참가하기 위해 왔습니다.]

[수식언.]

여기서 '구원의 마왕'이라 말할 수는 없었다. 다행히도 내게는 이번에 새로 얻은 수식언이 있었다.

['빛과 어둠의 감시자'입니다.]

내 말에 뒤쪽에 줄을 서 있던 몇몇 성좌가 웅성거렸다.

혹시 내 수식언이 벌써 곳곳에 알려졌나 싶었지만, 다행히 그건 아닌 듯했다.

[분명 관리국 작명소에서 개명했겠지? 그거 요즘도 해주나?]

[저런 수식언은 '심연의 흑염룡'을 능가할 게 없다고 생각했는데…….]

[쯧, 요즘 젊은것들 수식언은 왜 다 저 모양인지.]

대충 뭔 얘기들을 하는지 알 것 같구만.

증장천왕은 간단한 수색 절차를 밟은 뒤 내 어깨를 내려다보았다.

[그 만두는 뭐지?]

[제 점심입니다.]

[특이하군. 어젠 솜사탕을 든 녀석이 지나가더니.]

솜사탕?

[다음.]

다행히 증장천왕은 무사히 나를 통과시켜주었다.

[시나리오 지역을 총괄하는 채널에 입장했습니다.]

게이트에 진입하자, 화려한 무지갯빛 오로라가 몰아치더니 안내 메시지와 영상이 흘러나왔다.

[성운, <황제>의 세계에 오신 것을 환영합니다!]

역시 진입 영상부터 다르구만.

눈을 깜빡였을 때 나는 흰 구름 위에 올라서 있었다. 구름은 나를 태운 채 빠르게 날았다. 곁을 돌아보자 나와 함께 허공을 날아가는 잘생긴 금빛 원숭이 한 마리가 있었다.

「**"가자고, 친구."**」

원숭이는 나를 향해 찡긋 윙크를 하더니 허공에서 공중제비를 돌며 거대한 여의봉을 휘둘렀다. 그러자 창공의 화면이 뒤바뀌며 수많은 요괴들이 밀려오기 시작했다.

가짜 영상이라는 것을 알면서도 압도되지 않을 수 없었다.

[세상에서 가장 아름다운 서사시.]

왜냐하면 이것은 성운 〈황제〉가 가진 가장 유명한 거대 설화이기 때문이었다.

수많은 요괴와 맞서 싸우는 제천대성 손오공의 모습. 그리고 그 뒤를 따르는 천군들.

[당신을 그 장대한 모험의 세계로 초대합니다.]

영상이 끝나자 나는 어느새 광장 바닥에 서 있었다.

어깨 위 만두가 말했다.

—요란한 상술이로군.

"말하지 마. 넌 만두잖아."

나는 조금 두근거린 것이 민망해서 괜히 투덜거렸다.

천천히 주변을 둘러보니 〈천궁〉의 전경이 한눈에 들어왔다.

우아한 고궁으로 가득 찬 광장. 찬란한 황금빛으로 번쩍이는 문명의 자취. 별과 별이 모이고, 그들이 서로의 설화를 쌓아 만들어진 세계가 눈 앞에 펼쳐지고 있었다.

다른 성운의 주둔지도 가보았지만, 이처럼 엄청난 인파가 몰려든 세계관은 또 처음이었다.

나는 일단 주변을 좀 더 탐사해보기로 했다.

그때, 광장의 전광판을 흘러가는 홀로그램 영상이 보였다.

—성운, 〈김독자 컴퍼니〉 전원 종적 묘연!

—새로운 거대 설화 시나리오에 참여한 것으로 알려져…….

['제4의 벽'이 강하게 발동합니다!]

—〈김독자 컴퍼니〉의 다음 목적지는 어디인가?

눈부신 게이트를 넘어가는 유중혁과 동료들의 모습이 그곳에 있었다.

나는 잠시 멈춰 서서 환한 빛을 넘어가는 그들의 모습을 지켜보았다.

['제4의 벽'이 더욱 강하게 발동합니다!]

새로운 '거대 설화'.

대충 어떤 상황인지 짐작이 갔다.

지금쯤 일행들은 새로운 거대 설화를 얻기 위해 동분서주하고 있을 것이다. 내가 〈김독자 컴퍼니〉에서 이탈하는 바람에 '마지막 시나리오'로 갈 설화 지분이 부족할 테니까.

고개를 돌리자 유중혁 [999]가 나를 바라보고 있었다.

—섣부른 행동은 하지 않길 바란다.

"알아. 걱정하지 마."

당장이라도 일행들에게 돌아가고 싶은 마음은 굴뚝같았지만, 지금 나는 누구에게도 연락을 취할 수 없는 상태였다.

—네가 아니라 네 동료들을 위해서다.

"알아."

설령 계약 때문이 아니더라도, 당분간 내가 걸어갈 길은 누구의 목숨도 장담할 수 없는 가시밭길이었다. 섣불리 잘못 연락을 취했다가는, 일행 전체가 위험에 빠질 수도 있었다.

[거대 설화 시나리오 구역으로 이동하시겠습니까?]

나는 고개를 끄덕였다.

[자동 안내를 시작합니다.]

역시 편의성의 끝판왕을 추구하는 성운답게, 내 다리가 자동으로 달리기를 시작했다.

곁에도 나와 같은 자세로 자동 달리기 중인 몇몇 화신이 보였다.

우리는 머쓱하게 서로 시선을 피했다.

[자동 안내가 종료됩니다.]

도착한 곳은 광장 서쪽에 설치된 거대한 홀로그램 패널 앞이었다.

이미 많은 성좌와 화신들이 모여 있었는데, 밀려든 인파 곁으로 불쑥 솟은 황금빛 동상들이 보였다. 그 중심을 차지한 동상은 내가 잘 아는 성좌였다.

황금빛 머리털에, 거대한 여의금고봉을 쥔 '긴고아의 죄수'.

제천대성 손오공을 위시한 《서유기西遊記》 주인공의 동상.

역시나 〈황제〉도 자기네 세계관에서 제일 유명한 이야기가 무엇인지 잘 아는 모양이었다.

[새로운 메인 시나리오가 도착했습니다!]

그리고 이번 시나리오는 바로 그 '유명한 이야기'와 관계되어 있기도 했다.

나는 시나리오 창을 열어보았다.

〈메인 시나리오 #94 - '서유기 리메이크'〉

분류: 메인

난이도: ???

클리어 조건: 다른 성좌 또는 화신과 함께 '설화방'을 만들어 《서유기》를 리메이크하시오. 리메이크된 '서유기'는 실시간으로 심사위원과 관객을 통해 평가되며 '인기도' '원작 반영도' '참신함' 등의 평가항목을 통해 총점이 매겨집니다. 최종적으로 가장 많은 득표를 획득한 설화가 시나리오 우승자가 됩니다.

제한 시간: —

보상: '서유기'와 관련된 거대 설화, 성운 〈황제〉의 호의, 3,000,000코인, ???

실패 시: —

* 재구성된 설화의 저작권은 성운 〈황제〉와 참가자가 공동소유합니다.

* 심사위원 득표수에 따라 '전설급' 또는 '역사급' 설화를 획득할 수 있습니다.

* 참가자 1인당 하나의 역할만 맡을 수 있습니다(엑스트라 제외).

* 순위별로 추가 코인이 지급됩니다.

과연 〈황제〉는 스케일이 다르다. 자신들의 거대 설화를 각색하는 것을 시나리오로 내놓다니.

저 설명대로라면 설령 시나리오 클리어에 실패해도 참가자는 전설급 또는 역사급 설화를 획득할 수 있다.

그런데 꼬마 만두 유중혁은 뭔가 혼란스러운 듯했다.

—'서유기'를 리메이크하라고?

"네 회차에서는 여기 안 왔겠구나. 그래도 앞선 회차에서 온 적이 있을 텐데."

—나는 모든 회차의 기억을 다 가지고 있진 않다.

"뭐, 설명 그대로야. 좀 더 쉽게 말하면, 이 시나리오 참가자는 '서유기'의 배역 중 하나를 골라서 플레이할 수 있어."

—그런 짓을 하면 서로 비중 있는 배역을 하려고 하지 않나?

"맞아. 그래서 있는 게 저 '설화방'이지."

—설화방?

나는 설명하는 대신 곳곳에서 광고판을 띄운 성좌들을 가리켰다.

[같이 설화방 여실 분 구합니다!]

[손오공, 삼장법사, 사오정, 저팔계 역 빼고 다 가능합니다! 시나리오 라이터도 준비되어 있습니다! 같이 엄청 재밌는 설화 만들어봐요!]

설화방. 이곳의 모든 참가자는 저 '설화방'을 구성해서 시나리오에 참가하게 되어 있었다.

—그렇군. 저런 식으로 팀을 나눠 경쟁하는 건가.

"맞아. 저렇게 해야 설화의 다양성이 보장되니까."

—다양성?

"이 이벤트의 주요 목적은 '서유기'의 파급력을 높이는 거야. 재미있는 버전의 '서유기'가 늘어날수록 원작의 힘도 세지고, 〈황제〉의 입지도 공고해지니까."

—의외로 박식하군. 멍청이인 줄 알았는데.

나는 머쓱하게 웃었다.

사실 방금 내가 한 말은 멸살법 1,287회차의 유중혁이 한 말을 인용한 것이었다.

늙수그레한 성좌들의 불평이 들려온 것은 그때였다.

[요즘 〈황제〉는 무슨 생각인지 모르겠구만. 장강의 뒷물이 앞물을 밀어내는가, 허…….]

[아무리 시대의 흐름이라고 해도 그렇지 이건 원작 모독 아닌가?]

하긴, 오래된 성좌들 입장에서는 그렇게 생각할 수도 있겠다. 하지만 시대의 흐름이 바뀌어가는 것을 어쩌겠는가.

실제로 대부분의 성좌는 이미 바뀐 흐름에 적응한 상태였다.

[현재 5,412개의 '방'이 '서유기'를 리메이크 중입니다.]

벌써 방이 5,412개나 되다니.

이 '거대 설화'에 얼마나 많은 성좌와 화신이 몰려들었는지 새삼 실감 났다. 하긴, 마지막 시나리오가 열린 마당이니 다른 성좌들도 조급해졌겠지. '서유기'의 거대 설화는 그들에게도 절호의 기회일 테니까.

"문제는 혼자서는 시나리오에 참가할 수 없다는 건데……."

결국 나도 다른 성좌들처럼 '설화방'을 만들어서 시나리오에 참가해야 했다.

주변을 둘러보자, 이제 막 방을 팠거나 새로운 충원 멤버를 구하는 이들이 왕왕 보였다.

['홍해아' 역할 맡을 성좌 구함. 설화급 성좌의 화신이면 OK.]

['금각대왕' 역할 구함. 위인급 이상만.]

저런 경우 이미 주연 배역은 캐스팅이 끝났다는 거겠지.

역시 주연 배역보다는 악당 배역을 구하는 방이 많았다. '거대 설화'를 획득했을 때의 지분 나눔 때문일 것이다.

아무래도 빌런보다는 주연이 많은 지분을 갖게 되니까.

['황포노괴' 배역 구함. 코인 분배 7:3, 설화 지분 X. 격 안 봄.]

그런데 기분 탓일지는 모르겠지만…….

[엑스트라 멀티맨 구함. 격 안 봄. 설화 지분 X. 출연 1회당 1,000코인.]

[어이, 거기 형씨! 이쪽으로 와! 잘해줄게!]

전후좌우 어딜 둘러보아도 왠지 사기꾼만 있는 것 같다.

혹시나 싶었지만 아는 성좌의 얼굴은 보이지 않았다. 이미 쟁쟁한 성좌들은 설화방에 참가했을 테니, 당연한 일일지도 모른다.

나는 일단 패널 쪽으로 다가가 '설화방' 목록을 띄워 보았다. 목록은 자동으로 '랭킹순'으로 정렬되었다.

놀랍게도 최상단에 있는 방은 내가 아는 녀석의 것이었다.

[진眞 서유기]

— 현재 득표수: 8,651

— 소개말: 우리가 알지 못했던 진정한 '서유기'의 비밀이 공개된다.

— 현재 남는 배역이 존재하지 않습니다.

— [사이다] [회귀] [시스템]…….

— 현재 랭킹: 1위

내 기억이 맞는다면, 이 설화방은 성운 〈황제〉의 '페이후'의 것이다. 그리고 굉장히 많은 회차에서 페이후의 설화는 이 '거대 설화'의 우승 설화가 되었다. 오죽하면 공모 경쟁이 끝나기도 전에 "어차피 우승은 페이후"라는 말이 돌기도 했으니…….

—빨리빨리 결정해라.

"기다려봐."

이래 봬도 장르 소설 독자 경력 십 년을 훌쩍 넘어서는 몸이다.

제목만 봐도…… 아니, 소개 글만 봐도 어떤 설화가 뜰지는 쉽게 알 수 있다 이 말씀이야.

나는 목록 정렬을 '최신순'으로 바꾼 후 설화방을 찾기 시작했다.

"요즘은 주인공을 바꾸는 게 대세야."

―주인공을 바꾼다고?

"예를 들면, 대부분 '서유기'의 주인공을 손오공이라고 생각하잖아? 그런데 알고 보니…… 오, 이거 뜨겠는데."

['서유기'의 막내 제자로 환생했다?!]

― 현재 득표수: 3,313

― 소개말: 언제까지 손오공이 주인공이냐. 이젠 사오정의 시대가 온다.

― 엑스트라 상시 모집 중.

― [환생] [빙의] [치유]…….

― 현재 랭킹: 8위

―이미 뜬 거로군.

"젠장."

나는 다시 스크롤을 굴렸다.

그리고 얼마 지나지 않아 훌륭한 방제들을 발견했다.

[내가 먹여 살린 제자들]

― 현재 득표수: 3,310

― 소개말: 최강의 제자들을 키운 삼장법사가 온다!

― [빙의] [양육] [힐링]…….

― 현재 랭킹: 9위

['서유기'의 엑스트라]

— 현재 득표수: 3,221

— 소개말: '서유기' 속에 들어왔다. 그런데…… 삼장법사의 말馬이 되었다.

— [엑스트라] [시스템] [동물]…….

— 현재 랭킹: 11위

젠장, 인기 있을 만한 설화방은 이미 만석이었다.

—꾸물대더니 이미 망한 것 같군.

인정하기 싫지만 그런 거 같았다. 어지간한 상위 랭킹 방은 전부 주연 배역 선정이 끝나 있는 데다, 설화가 진행 중이라 끼어들기도 뭐했다. 이렇게 된 거 엑스트라 역할이라도 맡아야 되나 싶었지만, 그렇게 작은 비중으로는 내가 원하는 걸 얻을 수 없었다.

[곧 4차 설화방 목록이 마감됩니다!]

[마감 이후에는 엑스트라 배역을 제외한 추가 배역의 등록이 불가합니다!]

설상가상으로 방들의 마감 시간도 끝나가고 있었다.

어서 결정을 내려야만 했다. 그리고 얼마나 지났을까.

무심코 내린 방의 홍보 글 중, 심상치 않은 것이 있었다.

—(급구)버스 타실 손오공 배역 구함. 다른 배역 다 준비되어 있음. 몸만 오면 됨.

손오공을 구한다고?

아니, 다른 배역도 아니고 '손오공'을?

[은퇴한 SSSSS급 손오공이 되었다]

뭔가 어디서 많이 본 개수의 S인데.
나는 속는 줄 알면서도 무심코 그 방제를 눌러보았다.
그리고 그 소개말을 보고야 말았다.

—소개말: 오직 나만이, '서유기'의 결말을 알고 있다.

3

오직 나만이 '서유기'의 결말을 알고 있다?

역시나 어디서 본 듯한 소개말이었다.

나는 일단 입장해서 방 상태를 확인해보기로 했다.

['플레이어8' 님께서 6731 설화방 대기실에 입장하셨습니다.]

다행히 아직 설화는 시작하지 않은 듯했다.

하긴, 손오공 배역이 없는 마당에 설화를 시작할 수 있을 턱이 없지.

입장하자 주변 정경이 바뀌며 커다란 원형 데스크가 나타났다.

데스크 의자에는 사람 대신 네모난 창이 하나씩 띄워져 있었다. 배역별 선정 인원을 명시한 창이었다.

[현재 플레이어1이 '저팔계' 배역을 선택한 상태입니다.]

[현재 플레이어2가 '사오정' 배역을 선택한 상태입니다.]

[현재 플레이어6이 '삼장법사의 백마' 배역을 선택한 상태입니다.]

플레이어 얼굴은 전부 물음표로 표시되어 있는데, 아무래도 실제 플레이어의 신상 정보를 보호하기 위함인 듯했다.

그나저나…… 저렇게 플레이어가 많은데 '손오공'을 선택한 사람이 아무도 없다고?

—플레이어8: 다들 안녕하세요.

전부 잠수 중인 건지 내가 입장했는데도 채팅방에 메시지를 띄우는 사람이 없었다. 역시 망한 방인가 싶어 자리를 뜨려는 순간.

—시나리오 마스터: ㅎㅇ

—시나리오 마스터: 무슨 배역하러 오셨?

나는 중앙의 채팅방에 곧바로 메시지를 입력했다.

—플레이어8: 손오공 배역 아직 비었습니까?

—시나리오 마스터: ㅇ비었음

—플레이어8: 특이하네요

—시나리오 마스터: 원래 하려던 사람이 있었는데 늦는대서… 손오공 하실?

이 녀석, 말을 끝까지 안 하는 버릇이 있군.

이런 녀석을 시나리오 마스터로 믿고 맡겨도 될까 고민되던 찰나, 역시나 내 속을 읽기라도 한 양 메시지가 떠올랐다.

—시나리오 마스터: 저 장르 잘 알. 시나리오 퀄은 걱정 안 해도 됨.

통 신뢰가 안 가는 말투였다. 나는 일단 몇 가지를 시험해보기로 했다.

—플레이어8: 방제 말인데요. [은퇴한 SSSSS급 손오공이 되었다].

—시나리오 마스터: ㅇ 내가 지음

—플레이어8: 왜 S가 다섯 개나 되죠?

—시나리오 마스터: 그 정도는 붙여야 어그로 끌림.

뭘 좀 아는 녀석인가?

중간중간 반말을 하는 게 좀 거슬리긴 하지만.

—플레이어8: 손오공이 주인공 맞죠?

—시나리오 마스터: ㅇㅇ맞음

—플레이어8: 원작 주인공을 그대로 계승하는 건 식상하지 않나요? 요즘은 조연이나 엑스트라를 주인공으로 만드는 게 트렌드일 텐데

나름대로 정곡을 찔렀다고 생각했는데, 마스터의 응수는 침착했다.

—시나리오 마스터: 오 시장 조사 좀 하셨나 보네

—플레이어8: 좀 훑어본 정도입니다

—시나리오 마스터: 님 말대로 엑스트라물이 대세이긴 함. 근데 어차피 1등 하려면 손오공이 주인공이 되어야 됨. 님이 '서유기' 심사위원이라 생각해보시길

—플레이어8: 흠…

—시나리오 마스터: 누가 주인공이냐가 아니라 얼마나 '낯선 캐릭터'인가가 중요함. 그리고 지금 엑스트라물 너무 많아

요 녀석 봐라?

되는 대로 지껄이는 것 같지만 틀린 말은 아니었다.

이럴 때일수록 의외로 1등은 정통파 주인공이 되는 경우가 많다. 실제로 페이후의 [진 서유기]도 손오공이 주인공이고.

—플레이어8: 그래서 '은퇴한 손오공'을 주인공으로 하신 건가요?

—시나리오 마스터: ㅇㅇ

—플레이어8: 은퇴한 손오공이 뭘 한단 거죠?

—시나리오 마스터: 아무것도 안 해

—플레이어8: ??

—시나리오 마스터: 아 지금 미리 말하면 스포임. 그래서 할 거임 안 할 거임?

고민이 되었다.

—시나리오 마스터: 안 할 거면 빨리 나가고. 어차피 지금 시간도 없음. 5초 안에 대답 안 하면 강퇴

은퇴한 손오공이 주인공이라니 뭔가 궁금하기도 하고…….

[5분 뒤 4차 설화방 목록이 마감됩니다!]

다른 방을 선택하기에도 시간이 촉박하다.

젠장, 어쩔 수 없지.

시나리오야 어떻든 내가 잘하면 되는 거니까.

—플레이어8: 하겠습니다.

—시나리오 마스터: 흠, 그럼 저도 질문 좀

—플레이어8: 뭐를요?

[시나리오 마스터가 당신을 확인하고 싶어합니다.]

[공개할 정보를 선택하십시오.]

내 정보를 보겠다고?

—플레이어8: 꼭 보셔야 합니까?

—시나리오마스터: 그냥 이름만 볼 거임.

이름이라.

나는 일부 정보를 공개했다.

[플레이어8 님은 '성좌'입니다.]

[플레이어8 님의 수식언은 '빛과 어둠의 감시자'입니다.]

[해당 정보는 '시나리오 마스터'에게만 공개됩니다.]

시나리오 마스터는 잠시 말이 없었다.

자식, 충격이라도 받은 모양이지.

—시나리오 마스터: 엥? 님 성좌였음? 왜 이런 후진 방에???

나는 재빨리 답했다.

—플레이어8: 제가 이래 봬도 싸움 좀 합니다. 은퇴한 손오공 꼭 하고 싶습니다

—시나리오 마스터: 뭔가 좀 수상헌디

—플레이어8: 인기 없는 설화를 처음부터 키우는 게 진짜 재미 아니겠습니까

—시나리오 마스터: 근데 그 만두는 뭐임?

만두?

[현재 애완용 '무림 만두'가 당신과 동행 중입니다.]

젠장, 그러고 보니 이 자식도 있었지.

—시나리오 마스터: 펫은 배역 못 주는데?

—플레이어8: 그냥 만두입니다. 펫도 뭐도 아니에요

—시나리오 마스터: 흠, 곤란한데. 님들 생각은 어떠심??

놀랍게도 시나리오 마스터는 다른 플레이어에게 의견을 구했다.

[플레이어1 님께서 '무림 만두라면 상관없다'고 말합니다.]

[플레이어4 님께서 '마스터 마음대로 하라'고 말합니다.]

[플레이어3 님께서 '빨리 게임하고 싶다'고 말합니다.]

다행히 다른 플레이어들의 반발은 없었다.

—시나리오 마스터: ㅇㅋ 기왕 하는 거 무림 쪽 PPL 좀 알아보겠음

—플레이어8: 감사합니다

—시나리오 마스터: ㄱㄱ

그리고 잠시 후, 카운트 다운이 시작되었다.

5, 4, 3, 2, 1…….

[설화방 '은퇴한 SSSSS급 손오공이 되었다'의 이야기가 시작되었습니다!]

[설화방의 전개는 시나리오 마스터의 플롯을 따릅니다.]

[설화방의 주요 전개에 심사위원이나 관객의 간섭이 있을 수 있습니다.]

['서유기 리메이크'가 시작됩니다!]

환한 빛살과 함께, 시야가 잿빛으로 물들었다.

《은퇴한 SSSSS급 손오공이 되었다》

어둠 속에서 화려하게 등장하는 폰트.

이제 나는 이 이야기의 주인공인 '손오공'이 되어 본격적인 플레이를 시작하게 될 것이다.

솔직히 조금 두근거렸다. 내가 진짜로 이야기의 주인공이 되다니…….

「김 독 자김 칫 국」

[제4의 벽]의 목소리와 함께, 눈앞에 메시지가 떠올랐다.

[프롤로그가 시작됩니다.]

[프롤로그는 회상 장면으로 처리됩니다.]

[해당 구간에서 인물들은 정해진 대사만 말할 수 있습니다.]

[시나리오 마스터의 내레이션이 시작됩니다.]

그리고 어둠 속에서 목소리가 들려왔다.

(삼장 일행과의 오랜 여행 끝에, 손오공은 결국 서방 세계에 도착해 경전을 얻는 데 성공한다.)

오, 시작인가.

실제로 화면이 바뀌더니, 나는 어느새 이야기 속 손오공에 빙의해 있었다. 주변에 일행으로 보이는 이들이 있지만, 회상이라 그런지 얼굴이 제대로 보이지는 않았다. 그리고 내 입이 멋대로 이야기를 시작했다.

"드디어 은퇴인가…… 정말 긴 여정이었다."

동시에 손오공의 기억들이 눈앞을 스쳤다.

삼장법사에게 쫓겨나거나, 저팔계에게 뒤통수를 맞거나, 사오정에게 버려지거나. 도움이라곤 쥐뿔도 되지 않는 오합지졸 일행을 이끌고 혼자서 요괴와 싸우고 피투성이가 된 기억들…….

이렇게 보고 있자니 뭔가 짠한 느낌이 들었다.

손오공 시점에서의 '서유기'란 이런 느낌이구나.

그런데 그 순간, 목소리가 들려왔다.

【정말 여기서 끝낼 셈이냐?】

내려다보니 경전이 말을 하고 있었다.

【정말 너는 이런 이야기에 만족한 것이냐?】

나는 조금 감탄했다.

이런 식으로 전개되는 이야기인가.

경전 위에 계속해서 문장이 떠오르고 있었다.

【억울하지 않으냐? 너는 비합리적인 이유로 몇 번이나 삼장에게 추방당하고 박해당했다.】

【어디 그뿐이냐? 너는 네가 짓지 않은 죄 때문에 긴고아로 고문을 당했고.】

【근두운을 타면 순식간에 도착할 수 있는 곳임에도, 불법을 수행한다는 이유로 삼장법사를 지키며 힘겨운 여정을 계속해야 했다.】

확실히 '서유기'가 손오공에게 좀 가혹한 면이 있기는 하지.

【그런 고행의 결과가 고작 '극락세계'로 귀의하는 것이라니, 너는 정말로 억울하지 않은 것이냐?】

듣고 보니 좀 억울한 것 같기도 하다.

【너는 모든 것을 다시 시작할 수 있다.】

"모든 것을 다시?"

【이 여정을 처음부터 다시 시작할 수 있단 말이다.】

그쯤에서 나는 섬뜩한 느낌이 들었다.

망할, 이거 회귀물이었나?

내 입이 또 멋대로 이야기를 시작했다.

"아니, 내가 어떻게 여기까지 왔는데. 그 고생을 처음부터 다시 하라고?"

【고생하지 마라.】

"뭐?"

【철저히 동료를 이용하고, 누구도 구원하지 않는 존재가 되는 것이다. 오직 자기 자신만을 위해 살아가는 '마왕'이 되는 것이다.】

그 순간, 경전에서 눈부신 빛이 퍼져나왔다.

[회상 장면이 종료됐습니다.]
[본격적인 플레이가 시작됩니다!]

아무래도 여기까지가 이야기의 프롤로그인 모양이다. 지금부터 제대로 된 에피소드라는 거겠지.
기다렸다는 듯 에피소드 1의 폰트가 떠올랐다.
그리고 나는 경악했다.

~Episode 1. 구원의 마왕~

뭐?
내 마음을 읽기라도 한 듯, 내레이션이 시작되었다.

(잘 알려지지 않은 이야기지만, 사실 손오공은 한때 '구원의 마왕'이라 불렸다.)

이게 뭔 개소리인가 싶었지만, 일단 들어보기로 했다.

(이 작은 돌원숭이는 멋대로 자신의 목숨을 희생해 남을 구원하는 취미가 있었고, 그 원치 않은 구원으로 많은 존재가 심적 고통을 받았다.)

(하늘의 뭇 신령 및 보살이 그를 지탄했으나, 그럼에도 이 돌대가리는 목숨을 던져 남을 구원하고 또 구원했다.)

아니, 잠깐만.

(하늘의 옥황과 부처는 그러한 손오공의 만행을 더 이상 용납할 수 없다고 여겨, 그를 오행산 밑 돌 궤짝에 가두었다.)

(그리고 모든 이야기는, 바로 이곳에서 시작된다.)

[심사위원, '돌원숭이의 왕'이 이 전사前事를 좋아합니다.]

[일부 심사위원이 최근 트렌드를 반영한 전개에 가산점을 부여합니다.]

[2점을 획득했습니다.]

'최근 트렌드를 반영'했다는 메시지에 눈길이 갔다.

아, 설마 이것 때문에?

[첫 번째 에피소드가 시작됩니다.]

[자유 대사 구간이 시작됐습니다.]

[자신의 배역에 맞는 발언으로 흥미진진한 설화를 꾸며보세요.]

나는 부르르 몸을 떨며 정신을 차렸다. 몸 곳곳이 으슬으슬 추웠고, 등이 빠개질 것처럼 아팠다. 새카만 흙이 주변에서 떨어지는 소리가 들렸고, 나는 고개만 간신히 산 밖으로 내민 상태였다.

[현재 당신은 오행산五行山에 봉인된 상태입니다.]

아무래도 나는 오행산 밑에 깔린 모양이었다.

[관객들이 당신의 반응을 궁금해합니다.]

(시나리오 마스터가 당신의 대사를 재촉합니다.)

주인공이 막 회귀한 후의 첫 장면.

소설을 볼 때마다 자주 나온 상황이라 익숙하다고 생각했는데, 막상 내가 그 상황이 되니 무슨 말을 해야 할지 전혀 감이 오지 않았다.

일단 뭐라도 말해보기로 했다.

"여긴 어디지? 난 분명 경전을 가지고 돌아가고 있었는데?"

평범한 사람이 이딴 혼잣말을 할 리가 없었다.

"오행산? 맙소사, 설마 회귀한 건가?"

그런데도 이딴 대사를 잘도 지껄이는 나 자신이 믿기지 않았다.

[관객들이 당신의 상황을 이해했습니다.]

(시나리오 마스터가 당신의 대사 감각에 고개를 끄덕입니다.)

(시나리오 마스터가 당신을 인정합니다.)

빌어먹을, 쥐구멍에라도 숨고 싶은 심정이다.

[일부 관객이 다음 상황을 기대합니다.]

나는 '서유기'의 다음 내용을 떠올렸다.

원작에 따르면 손오공은 오행산 밑에서 오백 년의 세월을 기다리게 된다.

그렇게 오 분이 지나고, 십 분이 지났다.

에이, 설마?

(멀리서 들려오는 떠들썩한 목소리에, 손오공은 귀를 기울였다.)

나는 안도의 한숨을 내쉬었다.

원작대로라면 손오공이 처음으로 만나게 될 이는 삼장법사일 것이다.

(눈앞에 다가오는 익숙한 인물들을 보며, 손오공은 오래된 기억을 떠올렸다.)

두 명의 아이가 나를 향해 걸어오고 있었다.

귀여운 법의를 갖춰 입고, 장난감 같은 관을 쓴 두 아이.

(처음으로 삼장을 만난, 그날의 기억.)

(손오공은 오래된 추억에 젖었다.)

천천히 등줄기에 소름이 돋았다. 희미하게 느끼던 기시감들이 현실이 되고 있었다.

웅웅거리는 [제4의 벽]이 물었다.

「정 말 몰 랐 어 ?」

나는 대답하지 못했다.

다섯 개의 S를 처음 본 순간 스친 예감. 아닐 거라고 생각하면서도 한편으로는 기대하고 있었던 그 마음.

나는 이를 악문 채 흐려지려는 시야를 간신히 바로잡았다.

"아, 저기 있다. 저 아저씬가 보네."

"내가 물어볼게."

세상에서 가장 작은 두 명의 삼장.

내 머리채를 잡은 이길영이 나를 향해 물었다.

"네놈이 '구원의 마왕' 손오공이냐?"

나는 웃지도 울지도 못한 채, 다만 아이들을 보며 답했다.

"그렇습니다."

그리고 메시지가 들려왔다.

[경고합니다! 당신은 <김독자 컴퍼니>의 멤버와 조우했습니다!]

[당신의 내면 깊은 곳에서 혼돈이 꿈틀거리기 시작합니다.]

[심사위원, '돌원숭이의 왕'이 불편한 심기를 드러냅니다!]

[이번 공모전은 볼만한 게 없군.]

전신에 황금빛이 감도는 미모美毛가 자라난 어린 원숭이는 금빛 갈기를 벅벅 긁더니 화면을 보며 하품을 연발했다.

그 꼴을 보던 카우보이 복장의 원숭이가 핀잔을 주었다.

[심사위원, '천계의 마구간 관리자'가 '돌원숭이의 왕'을 질책합니다.]

[미후왕, 너는 인내심이 없다. 뭐든 찬찬히 살펴보다 보면 한두 개

쯤은 괜찮은 게 있는 법인데.]

[흥, 필마온弼馬溫 네놈은 그 잘난 인내심으로 보름이나 말똥을 치워댄 거냐?]

[여기서는 고상한 이야기만 하고 싶군.]

[네놈 취향이야 뻔하지. 어차피 마구간 이야기만 안 나오면 고득점을 줄 테니까.]

[그러는 너도 화과산 이야기만 나오면 환장하는 건 마찬가지 아니냐.]

[어이, 제천대성! 너는 어떻게 생각하냐? 볼만한 거 좀 찾았어?]

그 질문에, 여의봉에 턱을 괸 채 하품을 하던 백금발의 사내가 입을 열었다.

[올해는 확실히 참신한 게 없긴 하다.]

[그렇지.]

[예전에는 상상력이 기발한 것들이 더러 있었는데 말이지. 우리가 사실은 죽을 고비를 넘길수록 강해지는 전투 종족이라든가…….]

[흠, 확실히 그건 재미있었지. 근데 우릴 인간처럼 묘사한 게 아쉬웠다.]

필마온의 말에 제천대성이 피식 웃었다.

[이봐, 너휜 원숭이지만 난 거의 인간이라고.]

[너도 그 설화의 영향으로 변한 거잖아.]

미후왕, 필마온, 그리고 제천대성.

이들은 '손오공'이라는 하나의 진명을 이루는 손오공의 다른 설화체였다. 처음에는 하나의 존재였지만 각기 다른 분기의 설화가 발달하면서 인격이 쪼개진 것이다.

[페이후 녀석 성장세가 굉장한데…… 이번에 잘하면 새로운 '손오

공'이 나올 수도 있겠어.]

[수천 년 동안 없던 일인데 퍽이나 그러겠다.]

널따란 심사위원실에 모인 세 명의 손오공은 패널 너머로 흘러가는 '서유기 리메이크'의 설화들을 감상했다. 지루한 것도 있었고, 흥미로운 것도 있었다. 개중 낯선 것에는 '좋아요'를 눌러주고, 평점을 매기기도 하며 세 존재는 왁자지껄 떠들었다.

미후왕이 물었다.

[제천대성, 그러고 보니 지난번에 걔넨 어떻게 됐냐?]

[누구.]

[왜, 네가 도와달라 해서 나랑 필마온이랑 힘 빌려줬잖아.]

[아, '성마대전'? 잘 해결됐지. 근데 거기 대표가 행방불명됐어.]

그 말에 필마온이 비꼬았다.

[네가 졸졸 쫓아다녔지만 결국 배후성으로 안 골라준 그놈 말인가?]

[졸졸 쫓아다니지는 않았다. 놈의 간청에 한두 번 응답해줬을 뿐.]

[그런 것치곤 몇 가닥 없는 머리털도 주던데.]

[닥쳐라.]

제천대성이 여의봉으로 거칠게 귀를 파내며 말을 돌렸다.

[근데 투전승불 그놈은 아직 안 왔나? 손오공 다 모이는 자린데 왜 그놈만 없어?]

[그 샌님이야 늘 늦잖아.]

[팔계랑 오정은?]

[천궁 쪽이랑 접선하러 갔다.]

[옥황 녀석, 이번에도 심사에 개입할 셈인가?]

[우리 의견만 안 흩어지면 그쪽이 간섭해도 소용없어.]

[우리 의견이 모인 적이 없으니까 하는 말이지.]

그리고 기다렸다는 듯, 심사위원실 문이 열리며 저팔계와 사오정이 등장했다.

[저, 형님들. 윗선에서 슬슬 올해의 유력 후보작을 발표하셔야 한다고…….]

[닥쳐, 지금 보고 있잖아.]

미후왕의 위협에 저팔계와 사오정이 찔끔 놀라며 물러섰다.

제천대성이 물었다.

[그런데 너희 뒤에 선 아낙은 누구냐?]

[아, 소개가 늦었습니다. 이번에 새로 들어온 심사위원입니다. 석존의 후계자라는군요.]

[석가에게 후계가 있었나?]

누군가 차분한 발걸음으로 걸어 들어왔다.

고운 법의를 입고 작은 관을 쓴 여인을 본 순간, 제천대성의 눈동자가 흔들렸다.

낌새를 눈치챈 필마온이 물었다.

[아는 얼굴인가?]

제천대성은 대답하지 않은 채 가만히 여인을 바라볼 뿐이었다.

여인은 손오공들을 마주 보는 대신, 테이블을 가로질러 설화들이 재생되는 패널로 향했다.

필마온이 턱짓을 하며 말했다.

[마침 잘됐군. 신입 의견을 들어보는 것도 나쁘지 않겠지. 거기 석존의 후계는 어떤 설화가 마음에 드는가?]

바삐 흔들리던 여인의 법의가 마침내 한 자리에 멈춰 섰다.

석존의 후계자는 고요한 눈으로 화면 속 이야기를 보고 있었다. 천천히 뻗은 하얀 손끝이 화면에 닿자, 그리움처럼 화면에 물결이 번졌다.

[저는 이 설화가 마음에 드는군요.]

「알고 있었잖아 김독자」

[제4의 벽]의 말이 맞았다.

어쩌면 나는 예상했다. 이 설화방의 인물들이 〈김독자 컴퍼니〉의 일행일지도 모른다고.

[혹부리 왕과의 약속이 위험한 상태입니다!]

그리고 이런 결과를 초래하게 될지도 모른다고.

그럼에도 나는 이 선택을 하지 않을 수 없었다.

—그들과 접촉하지 말라고 했을 텐데.

어깨 위에 앉은 [999]가 나를 향해 속삭였다.

단지 아이들을 만난 것만으로 내 화신체의 변화가 발생하고 있었다.

[약속 조건이 위태로워져 이계의 신격으로의 변이가 가속됩니다.]

'아직 약속 안 어겼어. 엄밀히 따지면 계약 내용은 '김독자 컴퍼니에게 내 정체를 드러내지 말 것'이잖아.'

—그들이 알게 되는 순간 모든 게 끝장이다.

'알고 있으니까 걱정 마.'

[이계의 신격화 진행률: 3%]

아마 저 진행률을 다 채우게 되면, 나는 '은밀한 모략가'처럼 이계의 신격이 되고 말겠지. 그 전에 약속을 지키기만 하면 되니까, 솔직히 상관없다는 생각이었다.

지금은 도란도란 내 앞에서 걸어가는 저 아이들을 보는 것이 좋았다.

[소수의 관객이 삼장이 어떻게 두 명일 수 있냐며 항의합니다.]

들려오는 메시지를 들으며, 나는 앞서가는 아이들의 뒤를 졸졸 따라갔다. 아이들은 하루가 다르게 자란다더니, 예전보다 부쩍 커진 키를 보니 새삼 실감이 났다.

그러고 보면 아이들과 시간을 보낸 것도 무척 오래되었다.

나는 이길영이나 신유승이 평소에 무슨 생각을 하는지 모른다. 시나리오 마스터의 말대로다. 나는 이 아이들을 멋대로 구해놓고, 그 뒤는 책임지지 않은 채 내버려두었다. 한때의 내가 그랬던 것처럼, 이 아이들은 줄곧 방치되고 있었다.

"어이, 구원의 마왕."

"예."

그러니 이것은 내가 받는 필벌인 셈이다.

지켜보던 신유승이 한마디 했다.

"모르는 사람한테 반말하지 마."

"수영 누나가 이렇게 하라고 했거든?"

"그래도 기본적인 예의는 지켜야지."

역시 내 화신이다.

안쓰러운 눈으로 나를 훑어보던 신유승이 [성운 채팅]으로 이길영에게 귓속말을 했다.

물론, 같은 성운 소속인 나는 그 메시지를 그대로 들을 수 있었다.

—이래야 우릴 믿는다고 멍청아. 재가 깽판 치면 어쩌려고 그래?

소름이 돋았다.

—넌 저런 게 무섭냐? 저놈 꼴을 보라고.

실제로 지금 나는 〈황제〉에서 판매하는 '제천대성 아바타 세트'를 구매하지 않았기 때문에 무려 오백 년이나 된 기본 복장을 입고 있었다.

신유승은 내 옷에 묻은 흙먼지를 털어주며 공손하게 인사했다.

"처음 뵙겠습니다, 성좌님. 잘 부탁드려요."

"저야말로 잘 부탁드립니다. 그보다 두 분을 어떻게 호칭하면 되겠습니까?"

그러자 이길영이 기다렸다는 듯 말했다.

"나는 현玄 법사. 그리고 이 녀석은 장奘 법사다. 앞으로 그렇게 부르거라."

마치 게임이라도 하듯 장난스러운 목소리였다.

이길영은 현 법사. 그리고 신유승은 장 법사인가.

설마 현장玄奘 법사의 이름을 둘로 쪼개어 가질 줄이야. 정말 귀여운 발상이었다.

[일부 관객이 두 삼장이 귀엽다고 생각합니다.]

[일부 심사위원이 '두 명의 삼장' 설정에 흥미를 느낍니다.]

[가산점 4점을 획득했습니다.]

새로운 설정에 취해 있는 이길영이 자신에 대해 떠들어대는 사이, 신유승이 귓속말을 속삭였다.

"이상한 설정이 많아서 좀 당황하셨죠? 죄송해요. 저희 쪽 시나리오 마스터가 좀 괴짜셔서……."

"아닙니다."

시나리오 마스터가 누군지는 짐작이 갔다. 이런 막 나가는 스토리를 짤 만한 녀석은 〈김독자 컴퍼니〉에 하나뿐이니까.

"그치만 걱정 마세요. 저희가 잘 돌봐드릴게요. 성좌님은 그냥 잘 따라오시면서 버스만 타시면 돼요."

그 친절함에 눈물이 날 것 같았다.

내가 아이들을 위로해도 모자랄 판에 오히려 챙겨지고 있다니. 부끄러운 노릇이었다.

(손오공은 이번 생에도 삼장을 지킬 것을 결심했다.)

맞다. 나는 이 아이들을 지킬 것이다.

지금까진 제 역할을 못 했지만, 적어도 지금부터는—

"쿠구구구구구구!"

어디선가 들려온 폭음. 나는 반사적으로 주변을 둘러봤다.

"쿠드드드드드!"

폭음도 폭음이지만, 어딘지 이상했다. 분명 뭔가 터지는 소리인데, 왜 누가 입으로 외친 것 같은 느낌이 들지?

잽싸게 내 곁으로 다가온 신유승이 속삭였다.

"당황하지 마세요. 원작 설정을 반영한 거예요."

"예?"

"원작에선 의성어를 전부 큰따옴표로 묶어 표기했대요."

[일부 심사위원이 뜻밖의 원작 반영에 감탄합니다!]

[가산점 10점이 추가됐습니다!]

아니, 이건 양산형 판타지 소설에만 나오는 실수인 줄 알았는데…….

생각지도 못한 원작 고증에 당황할 틈도 없이, 나는 아이들을 뒤로 물리고 앞으로 나섰다.

보아하니 폭음은 전방에 드리워진 거대한 협곡에서 나는 소리였다.

(손오공은 눈앞에 드리워진 사반산蛇盤山 응수간鷹愁澗 협곡을 응시했다.

이미 인생 2회차인 손오공은 저 협곡에서 나올 존재가 뭔지 알고 있었다.)

내 기억이 맞는다면《서유기》원작에서 일행이 두 번째로 조우하는 것은…….

(서해 용왕 오윤의 셋째 태자 옥룡.)

맞다. 바로 그놈이다. 그리고 그놈이 바로.

(녀석은 삼장법사의 백마로 환생할 존재였다.)

내레이션이 다 해주니 따로 할 말이 없군.

나는 앞으로 나서며 말했다.

"두 분께서는 어딘가 숨어 계십시오. 제가 상대하겠습니다."

내 기억이 맞는다면, 플레이어 중에는 '삼장법사의 백마' 역할을 맡은 이가 있었다. 아마 그가 바로 이 사태의 원흉이겠지.

아이들이 이 설화방에 참여한 걸로 봐서 나머지 사람도 대부분 〈김독자 컴퍼니〉겠지만 혹시나 이들에게 악의를 가진 존재가 끼어 있다면…….

"그냥 버스만 타시라고요."

작지만 강한 악력이 느껴지는 손이 내 어깨를 잡았다.

뒤를 돌아보자 신유승이 섬뜩한 미소를 짓고 있었다.

"옷도 제대로 안 걸친 게. 뒤로 빠져!"

주먹 관절을 꺾은 이길영도 앞으로 나섰다.

나는 다급히 뒤쫓으려 했으나, 이미 협곡을 향해 달려간 아이들이 날아오른 청룡과 격전을 벌이기 시작했다.

"쿠콰콰콰콰콰!"

이길영이 입으로 의성어를 내뱉으며 달려들자, 협곡에서 뛰쳐나온 청룡이 마주 울부짖었다.

나는 그 용이 누군지 바로 깨달았다.

키메라 드래곤?

아이들은 허공에서 청룡과 춤을 추듯 사투를 벌였고, [길들이기]를 사용해 순식간에 용을 제압했다.

[관객들이 꼬마 삼장의 무위에 감탄합니다!]

[소수의 관객이 삼장이 너무 강한 거 아니냐며 항의합니다.]

[일부 심사위원이 뜻밖의 전개에 놀랍니다!]

그리고 잠시 후.

['플레이어6' 님께서 일행에 합류했습니다!]

현장의 백마로 화한 키메라 드래곤이 낑낑거리며 아이들에게 끌려왔다.

손가락 하나 까딱하지 않았는데 해결된 사건을 보며, 나는 시나리오 마스터와 나눈 말을 떠올렸다.

—은퇴한 손오공이 뭘 한단 거죠?

—아무것도 안 해.

이제야 그 말이 조금은 이해가 될 것 같았다.

이 이야기는 애초에 이렇게 만들어져 있었던 것이다.

그리고 다음 순간, 익숙한 성좌의 메시지가 들려왔다.

[심사위원, '긴고아의 죄수'가 설화의 전개에 흥미를 갖습니다.]

[가산점 10점이 추가됐습니다.]

그렇게 하루가 지나고, 이틀이 지나자 나는 조금씩 이 설화방의 정체를 깨달아갔다.

"메뚜기다. 먹어라."

"구원의 마왕 님. 혹시 다리 아프신가요?"

「이 설화는 '손오공을 위한 설화'다.」

(손오공은 편안했다.)

시나리오가 시작된 이래, 지금껏 이렇게까지 한가한 적은 처음이었다.

어느 정도냐 하면, 뇌가 안락함에 절어 마비되는 느낌이다.

[당신에게 새로운 설화가 발아합니다!]

[설화, '손 안 대고 코 풀기'가 이야기를 시작합니다.]

한수영이 왜 이런 시나리오를 짰는지는 대충 예상이 갔다.

[심사위원, '긴고아의 죄수'가 이 전개를 좋아합니다.]

'서유기'는 손오공의 희생으로 이루어진 이야기였다. 심지어 이후에 변주된 후대 설화도 대개 구성이 비슷했다.

그런데 만약 '손오공을 위로하는 설화'가 나타나면 어떨까.

[심사위원, '긴고아의 죄수'가 당신을 부러워합니다.]

[심사위원, '천계의 마구간 관리자'가 당신을 부러워합니다.]

[득표수: 312]

역시 한수영이 인기 작가가 맞긴 한 모양이었다.

설화의 득표수는 벌써 300표를 넘어서며 순조로운 항해를 거듭하고 있었다.

이런 전개는 일행들에게도 나쁠 것이 없었다.

명목상 주인공은 손오공이지만, 실제 전투는 다른 일행들이 도맡으니 최종적인 설화 지분은 자연히 〈김독자 컴퍼니〉의 것이 될 터.

득표수도 얻고 설화 지분도 챙기고, 참으로 치밀한 설계가 아닐 수 없다.

"아, 폰 게임 하고 싶다."

"여기 들어오기 전에 많이 했잖아."

아이들은 티격태격하면서도 나를 먹이고, 재우고, 심지어는 내 머리털을 다듬어주기까지 했다. 이길영이 퉁명스레 물었다.

"넌 원래 뭐 하는 놈이냐?"

"사생활 묻는 건 실례잖아 멍청아."

마찬가지로 곁에서 내 새치를 뽑던 신유승이 태클을 걸었다.

나는 이런 메타적인 대화가 허용될지 조금 걱정이 되었지만 일단 말해보기로 했다. 생각해보면 아이들과 이런 대화를 나눈 적이 없었으니까.

"저는 그냥 소설 읽는 걸 좋아합니다."

"소설? 오, 나도 좋아하는데."

이길영이 소설 읽는 걸 좋아한다고? 의외의 정보였다.

신이 난 이길영이 계속해서 말했다.

"내가 하나 추천해줄까?"

장르 독자 경력 십 년이 넘는 내게 감히 추천을 하다니, 어디 들어나 보자.

"[SSSSS급 무한회귀자]. 개꿀잼이니까 꼭 읽어라."

나도 모르게 제2의 자아가 튀어나왔다.

"그건 희대의 망작입니다만."

"망작? 그거 인기 많았다던데. 보는 눈이 없네~"

한수영 이 자식, 애들한테 자기 소설을 자랑한 건가.

곁에서 이야기를 듣던 신유승도 끼어들었다.

"저도 소설 좋아해요!"

"그러십니까? 어떤 소설을 좋아하시죠?"

나는 조금 기대했다. 그래, 유승이라면—

"네! 레이먼드 카버, 무라카미 하루키……!"

어디서 많이 듣던 작가 라인업인데. 내가 없는 사이 아이들 교육을 누가 담당했는지 알 것 같았다.

유상아 씨, 지금쯤이면 무사히 환생했겠지.

내 어깨의 만두를 본 신유승이 물었다.

"그런데 무림 만두를 좋아하시나 봐요?"

"예, 좋아합니다."

"제가 아는 아저씨도 그거 무척 좋아하는데."

누가 그걸 좋아하는지는 나도 잘 알고 있다.

이길영도 배를 만지며 중얼거렸다.

"아, 만두 먹고 싶다."

어깨에 얹혀 있던 무림 만두가 움찔거리는 것이 느껴졌다.

그러고 보니 제대로 된 식사를 한 지가 너무 오래됐다.

(그러자 갑자기, 어디선가 만두 냄새가 나기 시작했다.)

'서유기'의 사건은 대부분 이렇듯 '갑자기' 시작된다.

우리는 서로 시선을 주고받으며 환상적인 냄새의 진원지를 따라갔다.

그렇게 오솔길을 따라 얼마나 걸었을까.

우리 눈앞에 거대한 공장 단지가 나타났다.

"이 시대에 이런 게 있을 리가?"

한수영의 '서유기'는 스팀 펑크 세계관인 건가 하고 생각할 찰나, 공장 단지 안에서 몇 명의 무리가 이쪽으로 달려왔다.

"으으, 모두 달아나!"

그러나 달아나던 무리들은 전부 무형의 힘에 이끌리듯 붙잡혀 공장으로 되돌아갔다.

"안 돼에에에에!"

대체 어떻게 된 영문인가 싶어, 우리는 공장 인근으로 숨어들었다.

그리고 얼마 지나지 않아, 수천 명에 이르는 노예들이 컨베이어 벨트에 붙어 뭔가를 조물딱거리며 만드는 광경을 보게 되었다.

"저거 설마……."

내 어깨 위의 만두 [999]가 말했다.

—'무림 만두'로군.

수천 개의 무림 만두가 컨베이어 벨트 위에 실려 어디론가 흘러가고 있었다. 나는 하염없이 흘러가는 만두의 강을 보며, 이번에 우리가 만날 인물에 관해 생각했다.

('서유기'에서 이렇게 먹을 것을 탐하는 인물은 하나뿐이다.)

그리고 기다렸다는 듯, 우리에게 말을 건 사내가 있었다.

OMNISCIENT READER'S VIEWPOINT

만두의 추억

Episode 81

I

"이보게! 자네들 외지인인가?"

사내는 늙수그레한 중년인이었다.

그러자 예의 바른 신유승이 먼저 앞으로 나서며 인사했다.

"저희는 서방 세계로 부처님을 찾아가는 길이랍니다."

"호, 부처? 보기완 다르게 고승이셨구려!"

감탄하는 중년인을 보며 이길영이 엣헴, 하고 뒷짐을 지고 섰다.

노인은 묘한 눈으로 두 아이를 바라보더니 이내 내 쪽을 돌아보았다.

"그럼 옆에 계신 훤칠한 분도…… 히익!"

중년인이 새파랗게 질린 얼굴로 내 어깨 위의 무림 만두를 보고 있었다.

"그, 그건 무림 만두……?"

"아, 그냥 인형입니다. 제가 만두를 좋아해서."

"그렇소? 깜짝 놀랐구려."

중년인은 식겁했다는 얼굴로 가슴을 쓸어내렸다.

어깨에 찬 완장으로 보아, 아무래도 이곳 공장의 작업반장인 듯했다.

우리는 마침 잘됐다 싶어서 물어보기로 했다.

"이 공장은 대체 뭡니까? 왜 여기서 만두를 잔뜩 만들고 있는 거죠?"

"설마 아무것도 모르고 오신 게요?"

중년인은 곤혹스러운 얼굴로 우리를 보더니 이내 한숨을 푹 쉬며 말했다.

"이게 다 무시무시한 요괴의 짓이요."

"요괴라고요?"

"그렇소. 원래 이곳은 공장 단지가 아니었소."

중년인의 말에 따르면, 이곳은 본래 평화로운 촌락이었다. 그런데 어느 날 장신에 피부가 시커멓고 우락부락한 돼지 요괴가 나타나서, 마을 여자들을 모두 납치하고 남자들은 노예로 부려 이 공장을 만들었다고 했다.

"놈은 내 딸과 마누라를 첩으로 삼은 뒤 우릴 이곳에 가두었소! 이 공장에는 특수한 신통력이 감돌아서 노예들이 함부로 나가지 못하게 되어 있다오. 게다가, 그 요괴 놈 어찌나 먹어대는지…… 종일 만두를 만들어도 손이 모자랄 지경이오."

[공장의 생산 시스템이 '작업반장'을 찾습니다!]

"이런! 그만 가봐야겠소."

중년인은 허겁지겁 위생 장갑을 끼고 마스크를 착용하더니 이내 컨베이어 벨트 쪽으로 향했다.

내가 나서서 뭐라 말하려는 순간, 신유승이 중년인을 붙잡았다.

"아저씨들이 이런 노역을 하는 건 부당한 일이에요. 게다가 그 요괴가 여자들까지 납치해 갔다면서요. 이대로 내버려둘 수는 없어요."

역시 내 화신이다. 사실 이래야 이야기가 전개되니까 한 행동이었겠지만…….

"저희가 도와드릴게요. 그 요괴는 어디에 있죠?"

"아무리 스님들이라 해도 그 요괴는…… 정말 도와주실 거요?"

"그럼요."

중년인은 눈동자를 열심히 굴리더니 이내 요괴가 있는 방향을 설명했다.

"그럼 부탁하오! 꼭 그 요괴를 퇴치해주시오."

우리는 고개를 끄덕인 뒤 중년인이 가리킨 방향으로 움직였다.

(만두 요괴는 이「만두의 길」의 끝에 있다.)

우리는 컨베이어 벨트로 이어진 만두의 길을 따라 걷기 시작했다.

참을 수 없었는지 이길영은 중간중간 만두를 집어 먹었다.

"이거 맛있다!"

당연하다. 무려 '무림 만두'니까.

그런데 '무림 만두' 권위자께서는 좀 생각이 다르신 듯했다.

—향이 이상하군.

'뭐?'

—만두 하나 줘봐라.

나는 아이들을 뒤따르며 만두 하나를 조심스레 집어 어깨 위의 만두에게 건넸다. 만두가 만두를 맛보는 광경은 무척 그로테스크했다.

—재료 배합이 틀렸다. '무림 만두'에 통달한 녀석은 아닌 것 같군.

무림 만두 [999]는 뭔가 못마땅한 듯한 표정을 짓더니 내게 이것저것 명령하기 시작했다.

—저기 녹색 통에 담긴 것을 반 스푼 더 넣어보아라.

어차피 갈 길이 멀기 때문에, 나는 녀석의 명령을 따라 만두피에 재료들을 넣어보았다.

—삼매진화의 불길에 익혀야 한다. 노란 불꽃이 중심에 오도록 찜통을 놓고 가열해라.

어쩌면 이건 꿈인지도 모른다. 내가 만두의 길을 걸으면서 만두에게 만두 요리법을 교습받고 있다니.

그렇게 몽환적인 길을 얼마나 더 걸었을까.

나는 길의 끝에서 먹음직스러운 무림 만두 한 팩을 얻을 수 있었다.

의기양양한 얼굴로 고개를 끄덕이는 [999]를 보며, 나는 내가 뭔 짓을 한 건가 싶었다.

"아무래도 저기가 도착지 같아요."

나는 신유승의 손가락이 가리키는 방향을 보았다.

컨베이어 벨트 끝에는 드높은 돌담과 새로운 거주지로 가는 통로가 있었고, 몇몇 인부가 포장된 만두를 거주지 안으로 운송하고 있었다.

아무래도 저곳이 만두의 소비 지역인 모양이었다.

우리가 다가가자 경비병이 말을 걸었다.

"누구냐?"

그러자 신유승이 생긋 웃으며 대답했다.

"소승들은 서천 땅으로 부처님을 찾아뵙고 경전을 얻으러 가는 길인데, 우연히 이 길을 지나게 됐습니다. 괜찮다면 안으로 들어가도 되겠습니까?"

"아, 혹시 말로만 듣던 '당나라 스님 일행'이십니까?"

"맞습니다."

그 대화를 듣던 나는 어이가 없었다.

여정을 시작한 게 며칠 전인데 여기까지 우리 소문이 날 턱이 없다.

[설화, '발보다 빠른 말'을 알게 됐습니다!]

그러자 이번에도 신유승이 내게 속삭였다.

"원작에서도 늘 이랬대요."

아, 그런 것이었나.

[일부 심사위원이 시나리오 마스터의 고증 능력에 감탄합니다.]

[뛰어난 원작 반영으로 가산점 10점이 추가됐습니다!]

원작의 몰개연성을 답습한 것까지 고증으로 치다니…… 놀랍군.

문지기가 말했다.

"미안하지만 우리 마을은 외부인을 허락하지 않습니다. 여기까지 발걸음하신 수고는 죄송하지만, 다른 방향으로 돌아가…… 켁!"

문지기의 말이 너무 길었던 모양인지, 이길영이 문지기의 배때기를 두들겨 기절시켰다. 이길영이 변명처럼 말했다.

"그냥 그 요괴 놈이나 얼른 잡아 해치우자. 수영 누나가 그랬어. 빨리빨리 전개시켜야 관객들이 좋아한다고."

한수영 그 자식 차암 좋은 것 가르쳤다.

[일부 관객이 삼장법사의 판단에 만족합니다.]

[추가 가산점 1점을 획득했습니다!]

나는 신유승과 이길영을 돌아보며 말했다.

"그럼 들어가봅시다."

"아니, 아저씨는 여기 가만히 계세요."

"예?"

"여기서 손오공은 버스만 타는 거라니까요."

"하지만……."

"하아. 웬만하면 안 하려고 했는데, 진짜."

신유승이 염주를 쥐며 뭔가를 외기 시작했다.

"마하반야바라밀다김독자. 헛짓거리하지말고가만히있심경……."

뭐?

[삼장법사가 '긴고주緊箍呪'를 외웠습니다!]

[아이템 '긴고아緊箍兒'가 반응합니다!]

나는 머리가 깨질 것 같은 통증을 느끼며 그대로 기절했다.

이게 말로만 듣던 '긴고주'인가.

다시 깨어났을 때 신유승과 이길영은 이미 마을 안쪽으로 사라지고 없었다.

옆을 보자 만두 녀석이 나를 비웃듯 바라보고 있었다.

—어쩔 거지?

'쫓아가야지.'

보통이라면 두 아이에게 맡겨두어도 괜찮을 것이다. 녀석들은 이제 내 도움이 없어도 충분히 강한 화신이니까.

하지만 뭔가 찜찜한 예감이 들었다.

(손오공의 예상이 맞는다면 이번에 만날 존재는 정해져 있었다.)

무림 만두라면 떠오르는 사람이 없는 것도 아니다.

하지만 그 녀석이 노예를 부려 공장을 돌리고 여자를 납치하는 악당이 되었다니…… 납득이 가지 않았다.

(그때, 누군가가 손오공을 발견했다.)

"꺅! 요괴다!"

돌아본 곳에는 몇몇 여인이 있었다.

(손오공의 외양을 본 여인들은 깜짝 놀랐다.)

여인들은 금빛 머리칼 사이로 자라난 내 원숭이 귀를 가리키며 물러섰다. 그러다 내 어깨에 놓인 만두를 발견했는지, 알은체했다.

"무림 만두를 좋아하나 봐."

"그럼 착한 요괴인가?"

대체 왜 그런 논리가 성립하는지는 모르겠지만, 어차피 이렇게 된 거 잘됐다 싶었다.

"혹시 납치된 분들이십니까?"

내 질문에 여인들은 영문을 모르겠다는 듯이 서로 돌아보았다.

"납치? 그런 거 당한 적 없는데요."

"하지만 시커먼 돼지를 닮은 요괴 하나가 당신들을 납치했다고 들었습니다만."

"돼지? 설마…… 팔계 님을 말씀하시는 건가요?"

팔계 님?

"우리 팔계 님 피부가 좀 타시긴 했지. 하지만 새카맣다고 할 정도는……."

"어떤 부분은 돼지를 닮으셨긴 해. 우람한 팔뚝이라든가, 단단한 허벅지라든가. 하지만 돼지와는 다르지……."

뭔가 이상하게 돌아가고 있었다.

때마침 마을의 중심에서 커다란 소란이 일어서, 나는 그쪽을 향해 달려갔다. 소란의 주범이 누구인지는 뻔한 일이었다.

"멈춰라!"

쩌렁쩌렁 울려 퍼지는 아이의 목소리. 여인들의 인파 사이로 들어가자, 마을의 광장 중심에 커다란 가마와 그 앞을 가로막은 두 아이가 있었다.

말할 것도 없이 이길영과 신유승이었다.

꼬마 장군처럼 앞으로 나선 이길영이 외쳤다.

"네가 바로 마을의 뭇 여인을 납치하고 사리사욕을 채우기 위해 만두 공장을 만든 요괴렷다!"

[일부 관객이 삼장법사의 귀여움을 찬양합니다!]

[심사위원, '석가의 후계'가 가산점 5점을 추가합니다.]

정말 귀엽다.

저 가마 안에 있는 게 누구든, 저런 대사를 듣고서 아이와 싸울 수는 없을 것…… 아니지, 그놈이라면 또 모른다.

그리고 다음 순간, 휘장으로 막힌 가마 안에서 무시무시한 격이 휘몰아쳤다.

"가마를 내려라."

가마 안에서 들려온 무거운 톤의 목소리. 한 마디만으로도 주변 분위기를 뒤바꾸는 놀라운 힘이 있는 목소리였다.

나는 침을 꿀꺽 삼키며 아이들 뒤로 다가갔다.

"위험하니까 뒤에 있으라고 했잖아요!"

"그렇게 절 버리고 가시면 그게 더 위험합니다."

휘장이 천천히 걷혔다. 그리고 가마 안에서 문제의 요괴가 등장했다.

(손오공은 그가 누구인지 알고 있었다.)

(천봉원수天蓬元帥 저팔계.)

신유승이 멍하니 입을 벌렸다.

"저팔계…… 라고요?"

(손오공은 뭔가가 잘못되었다고 생각했다.)

(그가 기억하던 저팔계의 모습이 아니기 때문이었다.)

순간 이 세계가 가지고 있던 미美의 추錘가 기우는 느낌이 들었다.

말도 안 되는 환호성이 쏟아졌다.

"오오오오! 저팔계 님!"

확실히, 저런 것을 두고 '요괴'라고 부른다면 틀린 말은 아니리라.

인간이 저런 외모를 가졌다는 게 말이 안 되니까.

저명한 화가가 일필휘지로 그린 듯한 눈썹. 조잡한 인간의 각도기로는 감히 잴 수 없을 듯 완벽한 각도로 뻗은 콧날과 턱선. 세상 모든 불행을 모아 그것을 아름다운 보석으로 깎아 만든 것 같은 눈동자.

저런 외모를 보고 매료되지 않는 이가 있다면, 그게 비정상일 것이다.

실제로 마을 사람들은 남녀노소를 가리지 않고 찬사를 퍼붓고 있었다.

"저팔계 님 만세!"

"무림 만두의 창시자시여!"

반쯤 열린 검은색 조끼에, 흑청색 청바지를 입은 저팔계가 가마에서 내리고 있었다.

"드디어 승부를 가릴 때가 왔구나! 이 시커먼 놈!"

이길영이 그럴 줄 알았다는 듯 의기양양하게 외쳤다.

이길영은 조그만 주먹을 쥐불놀이하듯 휘두르며 저팔계에게 달려들었다.

물론 통할 턱이 없었다.

"이것 놔! 이 돼지야!"

이길영의 뒷덜미를 가볍게 잡아 들어 올린 저팔계는 신유승을 슬쩍 일별하고는 이쪽으로 뚜벅뚜벅 걸어왔다.

"네놈이 손오공인가?"

그래, 처음부터 이 녀석이 저팔계일 거라고 생각했다.

하지만 이 녀석의 대체 어디가 '저팔계'란 말인가.

[소수의 관객이 저팔계의 외모를 이해하지 못합니다.]

[소수의 관객이 이것은 원전 모독이라며 항의합니다!]

[심사위원, '미후왕'이 저건 말도 안 된다고 합니다!]

실제로 나와 생각이 같은 관객도 있는 모양이었다.

그리고 다음 순간.

[다수의 관객이 저팔계의 배역 선정에 환호합니다!]

응?

[득표수가 크게 증가합니다!]

[설화방 랭킹이 크게 상승했습니다!]

설마?

[심사위원, '정단사자淨壇使者'가 자신의 외모에 흡족해합니다.]

아는 사람은 알겠지만, '정단사자'는 저팔계의 수식언이다.

[심사위원, '정단사자'가 자신의 배역 캐스팅에 크게 만족합니다.]

[추가 가산점 150점을 획득했습니다!]

특유의 위협적인 눈빛으로 나를 노려보는 유중혁의 모습과 함께, 커다란 폰트가 눈앞에 떠올랐다.

~Episode 2. 패왕 저팔계~

[축하합니다! 당신의 설화방이 랭킹 100위권에 진입했습니다.]

눈앞에 떠오른 메시지를 보며, 한수영은 씁쓸한 미소로 페이지를 넘겼다.

패널 화면에서는 그녀가 꾸민 플롯대로 인물들이 이야기를 이어나가고 있었다.

한수영은 렌즈 없는 뿔테 안경을 밀어 올리며 중얼거렸다.

"애들 발연기 때문에 쫄려 뒤지겠네, 진짜."

하지만 그녀의 설화방은 벌써 득표수 1,000을 돌파하고 상위권에 진입한 상태였다.

뒤쪽에서 똑똑 문을 두드리는 소리와 함께, 이수경이 방으로 들어왔다.

"과일 좀 깎아왔다."

"노크를 했으면 대답을 듣고 들어오든지, 노크를 하지 말든지."

"일은 잘 돼가니?"

"보통이지 뭐. 페이후 녀석 순위가 높아서 따라가는 게 쉽지가 않네."

어깨 너머로 한수영의 설화방 랭킹을 확인한 이수경이 말했다.

"며칠 안 됐는데 이런 상승세라니 대단하구나."

"내 전성기에 비하면 이 정도 성적은 아무것도 아니야. 그리고 아직 어떻게 될지 몰라."

불끈 의지를 다진 한수영이 사과를 아삭 깨물었다.

홀로그램 패널 너머로 얼빵한 얼굴을 한 손오공의 모습이 보였다.

"지금부터는 이 손오공 녀석이 얼마나 잘해주는지가 관건인데."

"맞습니다. 제가 손오공입니다."

내 대답에, 유중혁이 의심스럽다는 듯한 눈으로 나를 노려보았다.

그리고 다음 순간, 녀석의 오른쪽 눈이 황금빛으로 빛났다.

[해당 시나리오 지역에서는 '탐색 스킬'이 허용되지 않습니다.]

세계관의 제약으로 녀석의 [현자의 눈]은 발동하지 않았다.

이미 예상하던 상황이기에 나는 놀라지 않았다.

"눈에서 레이저 같은 것을 쏘시는군요."

나는 그렇게 말하며 빙긋 웃었다.

어차피 원작 전개대로라면 저팔계는 내 사제로 들어올 운명이었다.

"신유승! 뭘 가만히 서 있어! 빨리 이 자식 해치워!"

허공에 대롱대롱 매달린 이길영이 악을 썼다.

신유승은 자기 일이 아니라는 것처럼 이길영을 흘끗 보더니, 저팔계에게 물었다.

"아무리 무림 만두가 좋아도 그렇지. 공장을 세우고 사람들을 노예로 부리다뇨! 대체 여자들은 왜 납치한 거죠?"

나는 신유승의 이야기를 들으며 주변을 둘러보았다.

「《서유기》 원작에서 저팔계는 색욕과 식욕의 마왕이다.」

사실 원작의 특징을 감안한다면 불가능한 에피소드는 아니었다.

하지만 그 한수영이 아무리 유중혁이 밉다 해도 원작을 그대로 답습했을 것 같지는 않았다. 멸살법도 그렇게 치밀하게 바꾼 녀석인데.

게다가 한수영이 그런 시나리오를 썼다 한들 유중혁이 고분고분 따를 리가…….

"여성들은 납치하지 않았다."

유중혁의 말에 주변 여인들이 외쳤다.

"맞아. 우린 납치당한 게 아니라고!"

나는 여인들의 표정을 살폈다. 누구도 현혹된 눈빛은 아니었다.

이길영이 외쳤다.

"그래서 뭐 어쩌라고! 네가 먹겠답시고 마을 사람들을 잡아다가 만두를 잔뜩 만들게 했잖아!"

맞다. 분명 공장의 노예는 그렇게 말했다.

하지만 이해가 가지 않는 게 하나 있었다.

유중혁은 '무림 만두'를 좋아한다. 아니, 그것은 거의 집착에 가깝다.

그런 유중혁이 과연 저런 공장에서 나온 만두를 먹을까?

「"나는 타인이 만든 건 먹지 않는다."」

그런 말까지 한 유중혁이, 고작 공장제 만두를 먹기 위해 노예를 동원한다는 것 자체가 말이 안 됐다.

그것을 증명하듯 유중혁이 약간 슬픈 어조로 말했다.

"나는 '무림 만두'를 먹지 않았다."

"뭔 소리야! 이 만두 싸이코! 신유승, 빨리 어떻게 하라니까!"

유중혁은 그 말에 대답하는 대신 둘러싼 인파 너머를 바라보았다.

수십 채의 집들이 골목을 따라 모여 있었다. 그리고 배송된 무림 만두는 집마다 출입문 앞에 잔뜩 쌓여 있었다. 옹기종기 모인 아이들이 마당에서 만두를 까먹으며 행복해하는 모습이 보였다.

"혹시?"

마을 전체에 경고 메시지가 떠오른 것은 그때였다.

['만두 공장'에서 혁명이 발생했습니다!]

문지기가 지키던 마을 입구가 무너지며 공장 노예들이 밀려들었다.

"우리는 더 이상 노역하지 않겠다!"

"여기도 만두, 저기도 만두, 전부 만두뿐이야!"

"죽여라! 저 돼지 놈을 죽여!"

괭이와 갈퀴를 쥔 노예들의 눈동자에서 사악한 빛이 번뜩였다.

대경한 여인들이 외쳤다.

"저 요괴 녀석들이 아직도 정신을 못 차리고!"

"요괴들? 요괴는 이 녀석이잖아?"

아직 사태를 파악하지 못한 이길영이 외쳤다.

어느새 바닥에 이길영을 내려놓은 유중혁의 표정이 굳어지고 있었다.

"역시 처음부터 죽였어야 했나."

그 순간, 나는 어떻게 된 일인지 알 것 같았다.

지금의 나는 손오공이 된 상태. 그러니 손오공의 힘을 빌릴 수도 있을 것이다.

나는 밀려오는 요괴들을 보며 두 눈에 힘을 주었다.

[성흔, '화안금정 Lv.???'이 발동합니다!]

화안금정. 요괴와 악마를 식별해낼 수 있는 제천대성 고유의 성흔.

천천히 세상의 색깔이 뒤바뀌며, 달려오는 인간들의 모습이 변하고 있었다.

뒤틀린 외양, 살기 가득한 눈동자. 역시나 그들은 인간이 아니었다.

"저팔계는 적이 아닙니다."

내 말을 들은 이길영이 눈을 동그랗게 떴다. 아쉬운 얼굴이었다.

"뭐어? 씨……."

"저팔계는 이 마을을 지배한 게 아니라 오히려 해방한 겁니다. 이 마을을 불행하게 만들고 있던 건 저들이에요. 저들은 인간이 아니라, 이 마을을 지배하고 있던 요괴입니다."

본색을 드러낸 노예 요괴들이 자신의 격을 분출하며 마을을 파괴하기 시작했다.

그제서야 상황을 파악한 이길영과 신유승이 사람들을 통제했다.

"모두 뒤로 빠지세요!"

공장 노예들의 혁명이라.

일전의 '마계 혁명'과는 완전히 정반대 상황이었다.

이번에 우리가 해야 할 일은 해방이 아니라 진압이니까.

유중혁이 먼저 나서면서 허리춤에서 '흑천마도'를 뽑아 들…… 아니, 저건?

[일부 관객이 저팔계의 무기에 의아해합니다.]

[몇몇 심사위원이 어째서 저팔계가 '칼'을 사용하는지 궁금해합니다.]

[심사위원, '정단사자'가 자신의 '상보심금파上寶沁金鈀'는 어디 갔냐고 항의합니다!]

원작에 따르면 저팔계가 사용하는 것은 칼이 아니라 '상보심금파'라는 쇠스랑이었다.

[다수의 관객이 '패왕 저팔계'의 패기에 압도됩니다!]

[일부 관객이 잘생긴 저팔계의 매력에 흠뻑 빠집니다!]

[일부 심사위원이 대중성을 반영한 무기 변경을 납득합니다.]

[심사위원, '정단사자'가 헛기침을 하며 멋있으니 봐준다고 말합니다.]

[가산점 5점을 획득했습니다!]

제기랄, 얼굴이 개연성인 것인가.

앞으로 나선 유중혁은 흑천마도를 갑자기 내게 겨누더니 내 주변에 작고 동그란 원을 그렸다.

"네놈은 그 안에서 나오지 마라."

"예?"

"한 발짝이라도 움직이면 죽여버릴 것이다."

그리고 요괴들의 목이 떨어지기 시작했다.

황홀할 정도로 아름다운 검술이었다.

대체 얼마나 자신을 깎아내야 그만한 경지에 오를 수 있을지 알 수 없는, 예전보다도 더 진일보한 검술.

"잘한다, 돼지!"

"힘내세요!"

어느새 이길영과 신유승도 이쪽에 붙어 응원하고 있었다.

우리는 홀로 요괴 대군을 물리치는 유중혁을 구경했다.

[심사위원, '긴고아의 죄수'가 통쾌하고 안락한 전개에 편안해합니다.]

이제야 나 또한 한수영 작가님의 지엄한 뜻을 이해하고 있었다.

은퇴한 손오공은 정말 좋은 이야기구나.

[심사위원, '정단사자'가 자신의 멋있음에 취합니다.]

[심사위원, '미후왕'이 멋있는 저팔계의 모습에 조금 불만을 가집니다.]

[추가 가산점 30점을 획득했습니다.]

하늘에서 신령스러운 목소리가 들려온 것은 그때였다.

[잠깐! 멈춰라!]

거의 죽어나가던 요괴들이 비명을 지르며 바닥에 납죽 엎드렸다. 마을의 하늘이 열리며, 신선 복장을 한 성좌가 등장했다.

복장으로 보건대, 태상노군太上老君이 틀림없었다.

[패왕 저팔계여, 지금 그대가 죽이는 요물은 내 도솔궁에서 키우던 돼지들이다. 천궁의 상에 오를 것이 두려워 탈출한 돼지이니, 그대는 이를 긍휼히 여겨 이들을 내게 돌려주도록 하라.]

드디어 저 패턴이 나왔구만.

'서유기'의 모든 전개는 이런 식이다. 어떤 사건이 벌어지고, 그 사건의 진범인 요괴가 드러나고, 요괴를 해치우고 나면 웬 신선이 나타나 "사실 그 요괴는 내가 키우던 아무개였다" 같은 말을 하며 요괴를 데려가는 것.

[일부 심사위원들이 원작을 반영한 전개에 가산점을 부여합니다!]

[가산점 30점이 추가됐습니다!]

물론 심성이 배배 꼬인 나는 그런 전개에는 한마디 해주지 않고는 못 배긴다.

"그런 식으로 데려갈 거였으면 처음부터 도와주지 그러셨습니까."

[미안하네. 내가 좀 바빠서…….]

사실은 귀찮았기 때문이겠지.

실제로 〈황제〉의 많은 성좌들은 시나리오에서 일어나는 일을 다 알면서도 좀처럼 화신을 도와주는 법이 없다.

"데려가라."

[고맙네.]

유중혁의 허락과 함께 태상노군이 자신의 돼지들과 함께 하늘로 승천했다.

(태상노군이 자신의 돼지들을 거둬 가자, 마을에는 평화가 찾아왔다.)

보통의 이야기라면 거기서 끝이었을 것이다.

그런데, 그 순간 내 '화안금정'이 따끔거리며 태상노군과 함께 떠나는 요괴들을 비추었다.

【……고 싶…… 않아.】

【……대체 언제까지…….】

요괴들의 목소리가 들려왔다. 어딘가 익숙한 음색들. 운 좋게 죽음을 면했음에도 불구하고, 그들은 전혀 기뻐 보이지 않았다. 뭐랄까.

그들은 오히려 여기서 죽기를 바랐던 것 같은 표정이었다.

"이제 마을은 너희 것이다. 공장은 직접 돌려야 하겠지만 전처럼 배를 곪는 일은 없을 것이다."

유중혁은 우리 일행에 합류했다.

떠나는 우리 일행을 향해 마을 주민들이 눈물의 환송회를 열었다.

정확히는 우리가 아니라 유중혁이 떠나는 것을 아쉬워하는 것 같았지만…….

"칫, 때려잡아서 데려가려 했는데."

환송회가 끝난 후 이길영과 신유승이 다시 길을 나섰고, 나도 아이들을 따라 걸음을 옮겼다. 유중혁은 일행들과 몇 걸음 떨어진 곳에서 따라왔다.

분위기가 어색했다. 그러고 보면 나는 내가 없는 곳에서 유중혁과 동료들이 어떻게 지내는지 알지 못했다.

나는 괜스레 유중혁이 신경 쓰여서 한마디를 했다.

"사제, 좀 더 가까이서 걸으시지 그러십니까."

"누가 네놈의 사제지?"

무시무시한 눈빛으로 노려보는 녀석에게, 차마 더 말을 걸 수가 없었다.

그사이 내 곁으로 온 아이들이 즐거운 듯 떠들었다.

"구원의 마왕, 너 제법이더라."

"제자님께서 요괴들을 밝혀주지 않으셨더라면 큰일 날 뻔했어요."

사실 내가 한 것은 아무것도 없었다. 요괴를 죽인 것은 유중혁이고, 마을을 구한 것도 유중혁이었다. 나는 그저 구경하며 몇 마디 말만 얹었을 뿐이었다. 그럼에도 아이들은 유중혁보다 나를 칭찬하기에 바빴다.

나는 유중혁을 돌아보았다. 유중혁은 아무것도 듣지 못한 사람처럼 자신의 흑천마도를 닦고 있었다.

「그 순간 김독자는 처음으로 생각했다. '내가 없는 시간 동안, 유중혁은 일행들 속에서 어떤 존재였을까.'」

얼마 지나지 않아 밤이 되었다.

모아온 장작으로 화톳불을 켠 우리는 불을 사이에 두고 동그랗게 둘러앉았다. 캠핑이라도 온 기분이었다.

그런 온화한 분위기에 난데없이 찬물을 끼얹은 것은 유중혁이었다.

"앞으로 나는 따로 행동하겠다."

마치 검을 닦아내듯 무심한 목소리여서, 나도 모르게 반문했다.

"그게 무슨 말씀이십니까."

"어차피 천축에 가서 '경전'만 가져오면 끝나는 일 아닌가? 나 혼자로도 충분하다. 내가 그곳에 가서—"

"그러시면 안 됩니다!"

사실 구름 술법을 사용한 저팔계라면, 그리고 근두운을 탄 나라면 천축까지 순식간에 주파할 수 있는 것은 사실이었다. 실제로 작중의 손오공이 비슷한 이야기를 한 적도 있고, 어릴 적의 나 역시 그런 의문을 품은 적이 있었다.

「왜 손오공은 자기가 직접 경전을 가져오지 않는가?」

나는 그 이유를 이제 아주 조금은 이해한다.

"그런 짓을 하면 이 이야기의 의미가 사라집니다."

하룻밤에도 다녀갈 수 있는 거리를 십사 년에 걸쳐 조금씩 나아가는 것.

그것은 '서유기'가 완성되기 위해 비로소 존재하는 시간이었다.

하지만 유중혁의 생각은 달랐다.

"내겐 시간이 없다."

"이번 여정은 그리 길지 않을 겁니다. 십사 년이나 걸리지는 않을 테니 조금만 참으시지요. 한 사람 한 사람 일행을 만나며 여정을 진행하는 것도 썩 나쁘지 않은 경험일 겁니다."

그 말을 한 것이 의외였는지, 유중혁이 물끄러미 나를 보며 말했다.

"네놈은 내 일행이 아니다."

나는 그런 유중혁을 잠시 바라보다가 답했다.

"압니다."

일행들 사이에 침묵이 내려앉았다.

이길영은 말없이 화톳불 속에 돌멩이를 던져 넣었고, 신유승은 나와 유중혁의 눈치를 보며 손가락으로 흙바닥을 깨작대고 있었다.

꼬르륵, 하는 소리가 울려 퍼진 것은 그때였다. 이길영이 울상을 지은 채 배를 만졌다.

"배고파……."

나는 빙긋 웃으며 품속에서 뭔가를 꺼냈다.

"만두 하나 드시겠습니까?"

그것은 아까 '만두의 길'에서 완성한 내 비장의 만두였다.

이길영은 의심스럽다는 표정으로 내게서 만두를 받아 들더니, 이내 한 입 베어 물었다. 화등잔처럼 이길영의 눈동자가 흔들리고 있었다.

"뭐야! 공장에서 먹은 것보다 훨씬 맛있어!"

그야 당연히 맛있을 수밖에 없겠지. 어깨 쪽에서 유중혁 [999]가 작게 움찔거리는 것이 느껴졌다.

[일부 관객이 '무림 만두'의 맛을 몹시 궁금해합니다!]

나는 신유승과 유중혁에게도 만두를 건넸다.

유중혁은 인상을 찌푸리며 고개를 저었다.

"나는 타인이 만든 것은 먹지 않는다."

"타인이 만든 것이 아닙니다."

유중혁의 눈에 의문이 떠올랐다.

아마 유중혁은 내 말이 무슨 의미인지 알지 못할 것이다.

유중혁은 바로 앞에 놓인 무림 만두를 수상하게 노려보더니, 뭔가 결심한 것처럼 조심스레 손에 들었다.

그리고 아주 천천히, 마치 적을 탐색하듯이 만두를 코로 가져갔다.

"이 냄새는……."

그래, 그 만두를 먹어라 이 자식아.

유중혁은 몇 번이나 고심에 고심을 거듭하더니, 천천히 만두를 입으로 가져갔다. 그리고 마치 적장의 목을 뜯듯이 한 입을 베어 물었다.

나와 이길영, 신유승은 모두 긴장한 표정으로 유중혁이 만두를 씹는 모습을 지켜보았다. 심지어는 내 어깨 위의 요리사 [999]도 경직된 상태로 반응을 기다렸다.

꿀꺽.

마침내 한입을 모두 삼킨 유중혁이 다음 한입을 머금었다. 아주 천천히, 유중혁의 미간에 주름이 사라지고 있었다. 분주하게 움직이는 입술.

조금씩 녀석이 만두를 먹는 속도가 빨라졌다. 두 입, 세 입…….

이윽고 유중혁의 손이 두 번째 만두를 향해 움직였다. 도중에 움직임을 멈춘 유중혁이 나를 노려보았다.

"뭘 보는 거지?"

나는 녀석을 슬쩍 외면한 채 함께 만두를 먹기 시작했다.

[전지적 독자 시점]을 썼다면 훨씬 더 재미있는 것들을 들었겠지만, 이제 녀석에게는 사용하지 않기로 했으니까.

"그럭저럭 먹어줄 만하군."

작게 중얼거리는 유중혁의 목소리를 들으며, 나는 가만히 하늘을 올려다보았다. 멸망 따윈 먼 세계의 이야기라는 듯, 하늘에서 빛나는 별자리가 우리를 내려다보고 있었다.

그렇게 만두를 먹으면서 나는 처음으로 생각했다.

이 이야기가 조금은 더 길었으면 좋겠다고.

[깊은 밤이 찾아왔습니다.]

['서유기 리메이크' 시스템이 1시간 동안 점검에 들어갑니다.]

까맣게 내려앉은 어둠. 모두가 잠든 밤이었다.

스스로 팔베개를 한 손오공은 코를 골며 잠들었고, 두 삼장도 피곤했던 모양인지 손오공의 다리 한 짝씩을 베개로 삼은 채 잠들어 있었다.

그리고 관객과 심사위원의 메시지가 사라진 야음을 틈타, 조용히 일어나는 그림자가 있었다.

유중혁이었다.

그는 허리춤에서 조용히 흑천마도를 꺼내어 손오공을 향해 다가갔다.

그리고 아주 천천히, 그 예리한 칼끝을 손오공에게 겨눴다.

2

칼끝을 손오공에게 겨눈 유중혁이 천천히 입을 열었다.

—그렇게 마기를 풀풀 날리고 있으면 내가 어떻게 반응할 거라 생각한 거지?

[전음]은 특정인을 대상으로 전하는 말이다.

하지만 손오공은 대답이 없었다.

대신 그 말에 반응한 것은 손오공의 어깨 위에 있던 무림 만두였다.

—'흑천마도'는 좋은 칼이지.

목소리에 묻어나는 세월의 깊이에, 유중혁의 칼날에 희미한 강기가 더해졌다.

눈을 뜬 무림 만두가 초월의 힘이 어린 흑천마도를 가만히 바라보더니 말했다.

—하지만 그런 부러진 칼로 나를 벨 수 있을까?

실제로 흑천마도의 중심에는 희미한 실금이 가 있었다.

[도깨비 보따리]에서 판매하는 수리 도구로 때워놓기는 했지만, 말 그대로 임시 조치에 불과한 수준. 한 번 부러진 흑천마도는 이제 본래 기량의 절반도 발휘하지 못하는 상태였다.

유중혁이 말했다.

—지금 당장 확인해볼 수도 있겠지.

—그런 식이니 '은밀한 모략가'에게 패한 것이다.

'은밀한 모략가'라는 말에 유중혁의 짙은 눈썹이 크게 꿈틀거렸다.

어둠 속에서 무림 만두의 형상이 조금씩 뭉개지며, 유중혁 [999]가 본래 모습을 되찾았다. 작은 미니어처처럼 생긴 유중혁 [999].

유중혁의 눈동자가 희미하게 흔들렸다.

—너는 그놈의 권속인가? 무슨 목적으로 온 거지?

—지금의 너는 결코 '은밀한 모략가'를 꺾을 수 없다.

—그딴 헛소리를 전하러 온 거라면…….

—몇백 번을 시도해도 마찬가지다. 마치 네놈의 한심한 회귀와 같지. 알고 있을 텐데?

흑천마도 끝이 희미하게 떨렸다.

그 말은 사실이었다. 한수영과 정희원의 힘을 이어받고도 꺾지 못한 적. 다시 만난다고 해서 상대가 될 턱이 없었다.

그 심경을 이해한다는 듯 유중혁 [999]가 말했다.

—3회차의 유중혁. 네놈은 '은밀한 모략가'에 대해 얼마나 알고 있지?

오래된 잠.

그것은 아직 그가 유중혁劉衆赫이라고 불리던 시절의 꿈이었다.

0회차부터 1,863회차까지.

가장 오래된 꿈의 꼭두각시로서, 수없이 목숨을 내던지며 싸우고 또 싸웠던 시절의 이야기.

[어리석은 꼭두각시여. 네놈은, 아무것도, 구할 수, 없다.]

마침내 도달한 1,863회차에서 유중혁은 모든 동료를 잃었다.

해상전신 이지혜.

비스트 로드 신유승.

강철검제 이현성.

의선 이설화.

망상악귀 김남운.

은둔한 그림자의 왕, 한동훈.

파천검성 남궁민영.

……여동생, 유미아.

많은 동료만큼이나 많은 적이 있었다.

십악 공필두, 안나 크로프트, 란비르 칸, 페이후…….

"말했잖아. 네놈 편은 안 한다고. 그렇지만……."

어떤 적은 끝까지 그와 대적했고.

"어쩌면 이번 회차가 그대의 마지막이 되겠군요."

어떤 적은 그의 성공을 깨닫고 축복해주었다.

그리고 최후의 전쟁이 시작되었다.

['철혈의 패왕'이여.]

그의 맹우로 싸워주었던 '긴고아의 죄수' 제천대성.

[내가 그대를 돕는 것은 〈스타 스트림〉이 더 큰 악이기 때문이다.]

마지막만큼은 그의 동맹이 되어주었던 '악마 같은 불의 심판자' 우리엘.

[본좌는 화신의 복수를 하는 것뿐이다.]

김남운의 복수를 위해 그의 편에 서주었던 '심연의 흑염룡'.

【어 리 석 은 성 좌 들 아…….】

몰아치는 이계의 신격들의 파도를 꿰뚫으며, 그는 앞으로 나아갔다. 달려드는 촉수의 무리를 베고, 외신들이 내뿜는 어마어마한 격에 맞섰다.

하늘의 별들이 쉴 새 없이 떨어졌다.

위대한 성운의 빛무리가 사라지고 있었다.

〈올림포스〉 〈베다〉 〈아스가르드〉…….

하나의 시대가 끝나가는 소리와 함께, 〈스타 스트림〉의 하늘은 추락하는 유성우로 뒤덮였다.

한반도의 성좌들도 죽어갔다. '고려제일검'과 '해상전신'이 마지막까지 분투했으나, 그들 역시 죽음을 피하지는 못했다.

유중혁의 전우들도 마찬가지였다.

[우스운 삶이구나.]

가장 먼저 '심연의 흑염룡'의 목이 잘렸고.

[가브리엘…… 미안하다.]

이어서 '악마 같은 불의 심판자'의 날개가 꺾였다.

하지만 그즈음에 이르러서는 '이계의 신격' 또한 다수가 절멸한 상태였다.

마지막 결정타를 날린 것은 제천대성이었다.

[저곳이 모든 이야기의 끝이로군.]

거대한 여의봉. 수만 개의 분신으로 화한 제천대성은 자신의 모든 설화를 희생해 길을 뚫었다.

황금빛 설화로 흩어지며 제천대성이 말했다.

[너의 이야기를 완성해라, 패왕 유중혁.]

그 길을 달리던 순간을 유중혁은 지금도 잊을 수 없었다.

0회차부터 쉴 새 없이 달려온 자신의 삶이 완성되는 순간.

스걱.

외신의 머리가 허망히 떨어졌고.

【후 회 만 이 너 를 살 게 할 것 이 다.】

그 저주가 유중혁의 '결'을 완성했다.

[새로운 거대 설화를 획득했습니다!]

[거대 설화, '고독한 멸망의 순례자'가 본연의 의미를 완성합니다!]

[당신의 마지막 거대 설화가 '결'을 완성했습니다!]

[히든 시나리오 - '단 하나의 설화'의 마지막 조건이 완수됐습니다!]

모든 존재가 사멸한 전장 위에, 남은 것은 유중혁뿐이었다.

모든 죽음을 거름 삼아 도달한 결.

그 오랜 싸움 끝에 유중혁이 원한 것은 단 한 가지였다.

'이 빌어먹을 회귀의 끝을 보는 것.'

오직 그것을 위해 여기까지 왔다.

그러나 그 '너머'로 가는 것을 막아선 벽이 있었다.

「멸망한 세계에서 살아남는 세 가지 방법이 있다. 이제 몇 개는 잊어버렸다. 그러나 한 가지는 확실하다. 그것은 지금 이 글을 읽는 당신이 살아남을 거란 사실이다.」

벽에는 의미를 알 수 없는 문장이 적혀 있었다.

그곳에서 유중혁은 '도깨비 왕'을 만났다.

[불행한 꼭두각시여. 그대는 너무 빨리 왔습니다. 미안하지만 이 너머는 아직 '존재하지 않습니다'.]

유중혁은 그게 무슨 의미인지 알 수 없었다. 그 의미를 알아내기 위해 도깨비 왕을 협박해보기도 했지만, 도깨비 왕은 죽는 순간까지도 그 말의 뜻을 밝히지 않았다.

[당신은 이 우주를 완성할 수 없습니다.]

유중혁이 가진 어떤 힘으로도 넘어설 수 없는 거대한 벽.

유중혁은 직감적으로 알 수 있었다.

'이 너머에 내가 알고 싶던 해답이 있다.'

하지만 하늘을 부수고 별을 부순 그의 [파천검도]로도 그 벽을 부술 수 없었다. 마치 그 벽에는 '부서짐'이라는 속성이 존재하지 않는 것 같았다.

유중혁은 절망했다.

모든 것을 잃고 여기까지 왔는데, 이 너머로 갈 수 없다고?

[당신의 '결'이 당신을 새로운 존재로 인도합니다.]

더 강해져야 했다. 더 많은 설화가 필요했다.

이 벽을 부수고, 그 너머로 나아갈 동력이 필요했다.

[당신은 '이계의 신격'이 됐습니다.]

그래서 유중혁은 '이계의 신격'이 되었다.

자신이 살아온 무수한 세계선을 부유하게 되었으며

마침내는 유중혁이 아니게 되었다.

외신들은 이야기의 우주를 떠도는 그를 경외했고, 다른 세계선의 도깨비들은 그를 두려워했다. 혹부리들은 그를 좋아했다. 공포의 기록자 중 하나가 그에게 이름을 붙여주었다.

—벽을 넘어선 여정을 꿈꾸는 위대한 모략…… '은밀한 모략가'시여.

0회차, 1회차, 2회차…… 1,863회차.

셀 수 없이 많은 세계선을 떠돌며, 그는 자신이 살아왔던 이야기들을 되새겼다.

많은 설화를 얻었지만 세계선 여행에 지불한 개연성으로 인해 결국 힘은 원점이었다.

대신 그는 지금까지의 회귀만으로는 알지 못한 무수한 정보를 알게 되었다.

이 모든 회귀의 원흉인 그의 배후성.

'가장 오래된 꿈'.

'은밀한 모략가'는 그 존재를 찾아 세계선을 헤매고 또 헤맸다.

한때는 〈에덴〉에서 그의 흔적 같은 것을 발견하기도 했고, 또 〈베다〉에서 그 기록을 발견하기도 했다.

하지만 어디에서도 그의 실체는 찾을 수 없었다.

그랬기에 '은밀한 모략가'는 확신했다. 그가 최종 시나리오에서 본 '최후의 벽'. 그 벽 너머에 분명 모든 것의 해답이 있다고.

하지만 그 많은 세계선을 뒤져도 벽을 넘어갈 방법은 찾을 수 없었다.

희망은 조금씩 메말라갔다. 1,863회차의 회귀도 꺾지 못한 그의 의지마저 조금씩 무뎌져가고 있었다. 차라리 이대로 영원히 잠들기를 수없이 꿈꾸었다. 정말로 그럴 수만 있다면.

그토록 찾아왔던 안식을…… 구할 수만 있다면.

눈부시게 빛나는 하나의 행성을 발견한 것은 그때였다.

'은밀한 모략가'도 알고 있는 행성이었다.

제8612 행성계, 지구. 이 모든 시나리오가 시작된 비극의 장소.

그런데 뭔가가 이상했다.

세계선을 감싼 낯선 감각이 그의 뇌리를 찔러왔다.

'이런 회차가 있었던가?'

그리고 그곳에서, '은밀한 모략가'는 지금껏 단 한 번도 만나지 못한 존재를 목격했다.

.

.

.

'은밀한 모략가'는 천천히 눈을 떴다.

서늘한 어둠으로 뒤덮인 '은가이의 숲'.

차갑게 식은 공기 위로 '은밀한 모략가'의 새카만 호흡이 흘러나왔다.

곁에 있던 꼬마 유중혁 [41]이 말했다.

"악몽을 꾸었군. 이미 결을 본 그대조차 꿈에서는 벗어나지 못하는 건가?"

【나 역시 여전히 '꼭두각시'에 지나지 않으니까.】

츠츳, 츠츠츳.

과도한 개연성 소모로 인한 후유증일까. '은밀한 모략가'의 전신에 옅은 스파크가 감돌고 있었다.

그것을 잠시 내려다보던 [41]이 말했다.

"역시 1,863회차의 이야기가 바뀐 것이 컸던 모양이군."

【용건은?】

"[999]에게서 연락이 끊겼다."

그 말에 '은밀한 모략가'의 눈동자가 깊어졌다. 뭔가를 읽고 있는 듯 심오한 빛이 그의 망막을 스쳐 가더니, 이내 입이 열렸다.

【[999]는 죽지 않았다.】

"그런데도 연락이 끊겼다는 것은……."

'은밀한 모략가'는 대답하지 않았다.

[41]이 희미한 분노가 담긴 목소리로 말했다.

"녀석을 보낸 게 잘못이었군. 차라리 나를 보내라. [999]는 너무 유약해."

【그는 약하지 않다.】

999회차의 일을 복기하는 듯, '은밀한 모략가'의 눈동자에 희미한 설화의 잔재가 스쳐 갔다.

【운이라곤 해도, [999]는 나를 제외하고 유일하게 '결'의 언저리까지 다가갔다. 그의 경험이 있었기에 나 또한 '결'을 볼 수 있었다.】

그러자 [41]이 인상을 찌푸리며 대꾸했다.

"하지만 스스로 '결'을 포기한 유중혁이기도 하지. 잘 생각해라. 놈이 이번 일을 그르칠 수도 있다."

【상관없다. 그 또한 유중혁이니까.】

'은밀한 모략가'의 심원한 눈동자가 '은가이의 숲'의 하늘을 바라보았다. 어떤 생각을 하는지 알 수 없는 눈동자.

【그에게도 자신이 원하는 결말을 추구할 권리가 있다.】

[41]은 '은밀한 모략가'의 눈을 가만히 들여다보다가 천천히 고개를 숙였다.

은밀한 모략가. 이 모든 우주에서 가장 오랜 세월을 살아온 유중혁.

〈스타 스트림〉의 그 누구도 그의 슬픔은 이해하지 못한다.

"그것이 그대가 원하는 바라면."

설령, 그것이 같은 유중혁이라 해도.

[5분 뒤 시나리오 점검이 종료됩니다.]

[곧 채널이 재개방됩니다.]

허공에서 울려 퍼지는 메시지를 들으며, 두 명의 유중혁이 대치하고 있었다. 먼저 씁쓸한 미소를 지은 것은 [999] 쪽이었다.

—보아하니 아무것도 모르는 모양이군. 하긴, 당연한 일인가.

아무것도 모른다. 그 말이 유중혁의 심기를 건드렸다.

이놈도 저놈도 모두 하는 말이 같았다.

'아무것도 모르는 유중혁'.

대체 그가 뭘 모른단 말인가.

분노를 삼키듯, 흑천마도의 칼날이 손오공 쪽을 향해 미미하게 움직였다.

—꿍꿍이나 말해라. 여긴 왜 온 거지? 저 손오공도 네놈과 한패인가?

[999]가 손오공 쪽을 돌아보았다.

—이놈은 '이계의 신격'이 아니다. 그냥 서로 이용하는 관계일 뿐이지.

—그럼 둘 다 죽여도 상관없겠군.

그러자 슬그머니 손오공을 가리듯 선 [999]가 말했다.

—이번 회차를 포기하고 싶다면 그래도 좋겠지.

—무슨 헛소리지?

—이 녀석과 함께 '서유기 리메이크'를 완성해라. 그러면 네게 '은밀한 모략가'를 이길 방법을 알려주마.

—그 말을 어떻게 믿고…….

그와 거의 동시에 [999]의 몸에서 푸른 스파크가 튀었다.

[존재 맹세].

유중혁의 눈동자가 동요로 흔들렸다.

—내가 수백 번을 회귀해도 이길 수 없을 거라 말한 건 네놈이다.

—수백 번을 '회귀'해서는 이길 수 없다는 뜻이다.

가볍게 뛰어오른 [999]가 흑천마도의 칼등에 올라섰다.

유중혁이 주춤 뒤로 물러섰다. [999]가 한 걸음을 더 다가갔다.

—넌 지금까지의 네 삶이 지옥 같다고 여기고 있겠지. 늘 혼자서 모든 걸 감당해야 했을 테니까.

흉흉한 설화가 순식간에 주변으로 퍼져나갔다.

유중혁은 흠칫 몸을 떨며 그 설화를 바라보았다.

그것은 한 사람이 살아온 영원의 악몽.

[설화, '영원불멸의 지옥도'가 이야기를 시작합니다.]

그 설화에 반응하듯, 광기를 머금은 흑천마도가 흔들렸다.

999번의 회귀를 거친 유중혁이 말하고 있었다.

—이 우주에 그런 지옥이 몇 개나 있을 거라 생각하지?

3

이후 시나리오는 무난하게 전개되었다.

아무래도 저팔계의 공이 컸다.

[현재 '서유기' 진행도: 24%]

본래 '서유기'는 총 여든한 개의 역경을 물리치는 십사 년에 달하는 여정이지만, 원작 자체가 구전으로 보태진 설정 위에 쌓아 올린 이야기이기 때문에 이 정도 변용은 상관없는 모양이었다.

그래도 아직 사오정도 만나지 않았는데 이야기 진행 속도가 너무 빠른 게 아닌가 싶었다. 그러고 보니 사오정은 누구일까.

"크아악!"

마침 눈앞에서는 막간 이벤트로 나타난 산적들이 유중혁의 흑천마도에 목이 달아나고 있었다.

[일부 심사위원이 '저팔계'의 잔학함에 불만을 갖습니다!]

[관객들이 '서유기'의 사이다에 맛을 들입니다!]

[가산점 10점이 추가됩니다.]

'서유기'에서도 저팔계와 손오공은 인간형 악당을 자주 죽인다. 그 때문에 '삼장법사'에게 훈계를 듣기도 하고, 심하게는 파계를 당하는 경우도 있다.

그런 삼장법사의 꼬장꼬장함을 답답하게 여기는 독자도 무척 많았다.

"중혁 아저씨. 저 사람들은 살려주는 게……."

[일부 심사위원이 원작의 반영에 만족합니다.]

[다수의 관객이 삼장의 귀여움에 취합니다.]

[가산점 20점이 추가됩니다.]

역시 같은 역할도 누가 맡느냐에 따라 다른 모양이었다.

유중혁에게 죽기 직전까지 두들겨 맞은 산적 대장이 분한 듯 소리쳤다.

"크으윽! 저팔계 따위가 이렇게 강할 줄이야!"

놀랍게도 그는 내가 아는 사람이었다.

곁에서 아이들이 소곤거렸다.

"명오 아저씨 불쌍하다."

[외발 준족]을 발동하여 꽁무니가 빠지도록 달아나는 한명오 부장이 이쪽을 보며 찡긋 윙크했다.

설마 그 '한명오'가 이곳에 참가한 플레이어 중 하나였을 줄이야.

아마도 멀티맨으로 참가하여 잡졸 대장들 역할로 출연하는 모양이었다.

멀어지는 한명오를 보며 신유승이 작게 중얼거렸다.

"희원 언니가 괜찮댔어."

가볍게 흑천마도를 닦으며 돌아오는 유중혁이 보였다.

녀석은 유독 칼의 중심부를 신경 써서 닦았다. 자세히 보니 그 위치에 실금이 가 있었다.

유중혁의 흑천마도는 지난 '성마대전' 전장에서 부러졌다.

진천패도에 이어 벌써 두 번째로 망가진 검.

내색은 하지 않아도 속이 무척 쓰릴 것이다.

'서유기'에서 새로운 무기를 얻어가면 좋을 텐데…….

녀석에게 적합한 무기가 좀처럼 떠오르지 않았다. 손오공의 여의금고봉은 유중혁에게 익숙한 무기가 아니고, 저팔계의 상보심금파도 녀석의 취향이 아니다. 사오정의 항요보장은 말할 것도 없고…….

생각에 잠긴 내가 의심스러웠는지 유중혁이 툭 던지듯 말했다.

"다행히 나대지는 않는군."

(해석: 사형! 다친 데는 없으십니까?)

나는 허공의 내레이션을 노려보았다.

저건 또 뭐지?

"앞으로도 그렇게 가만히만 있어라. 그럼 죽이지는 않겠다."

(해석: 후후, 사형. 걱정 마십시오. 이 한목숨을 바쳐서라도 반드시 당신을 지키고 말 테니까.)

나는 조금 어이가 없어져서 하늘을 노려보았다.

아니, 진짜로 저딴 의미일 리 없잖아.

그리고 유중혁은 '후후' 하고 웃지 않는다고.

한수영 이 자식……

[상당수의 관객이 저팔계의 속마음에 크게 감동합니다!]

[상당수의 관객이 저팔계의 매력에 빠져듭니다!]

[관객 하나가 코인을 후원하고 싶어합니다.]

[심사위원, '정단사자'가 크게 만족합니다!]

[가산점 50점을 획득했습니다!]

훌륭한 작가 같으니라고.

(여정은 제법 평화로웠다. 손오공은 생각했다. 이것이 '은퇴한 삶'이라는 것인가.)

아무튼 유중혁과의 신경전을 제외하면 여정은 순탄했다.

간혹 나오는 요괴나 산적은 내 눈에 띄기도 전에 아이들이나 유중혁이 해치워버렸다.

"어이, 구원의 마왕. 편하지?"

"예, 사부님들 덕분입니다."

내가 정체를 드러내지 않았음에도 '구원의 마왕' 타령을 듣는 것은 전부 한수영 때문이었다.

《SSSSS급 손오공이 되었다》에는 손오공이 과거에 '구원의 마왕'이라는 별명으로 불렸다는 괴이한 설정이 있다.

대체 왜 그런 별명이 붙었는지는 모르겠지만.

[일부 관객이 '구원의 마왕'에게 함부로 대하는 이야기를 좋아합니다.]

[가산점 10점을 획득했습니다.]

아니, 알 것도 같고.

"잘 알지도 못하는 사람한테 시비 걸지 마, 멍청아."

"그게 아니라, 걔도 밥값은 해야지. 몸은 놀아도 머리는 열심히 굴려야 한다고 독자 형이 그랬어."

나는 그런 말을 한 적이 없다.

몸이 놀 때는 머리도 놀아야 한다.

이길영은 눈을 가늘게 뜨고 나를 보며 말을 덧붙였다.

"그러니까 쓸 만한 정보 좀 뱉어봐. 넌 설정상 인생 2회차 손오공이잖아. 숨겨진 영약 같은 거 아는 거 없어?"

"음, 몇 가지 알고는 있습니다."

실제로 '서유기'에는 제법 쓸 만한 영약이 몇 가지 등장한다. 손오공이 먹은 '반도蟠桃'라든가, 여정 도중에 얻게 되는 '인삼과人蔘果' 또한 그중 하나다.

"가장 좋은 영약은 가까운 곳에 있습니다."

"뭐? 어디?"

나는 말없이 이길영을 바라보았다.

"어디! 빨리 말해!"

내가 채 설명하기도 전에 내레이션이 시작되었다.

(본래《서유기》에서 삼장법사는 요괴들에게 수십 번이나 납치를 당하는데, 그것은 삼장법사를 먹으면 천계로 승천할 수 있다는 전설 때문이었다. 그도 그럴 것이 삼장법사는 무려 10번의 환생을 거친 부처님의 제자, 즉 금선자金蟬子의 환생이기 때문이었다.)

아이들의 입이 점차 벌어지는 것을 보며, 나는 설명을 덧붙였다.

"아마 사부님이 '서유기' 전체를 통틀어서 최고의 영약일 겁니다."

이길영과 신유승이 흠칫하며 서로에게서 한 걸음씩 멀어졌다. 그러더니 서로 노려보며 중얼거렸다.

"야 신유승, 넌 손가락 하나쯤 없어도……."

"넌 목 위가 없어도 괜찮을 것 같은데."

으르렁거리는 아이들을 보고 있자니 슬그머니 웃음이 났다.

그런 내 모습이 못마땅했는지 어깨 위 만두가 말을 걸었다.

―얼빠진 웃음이나 지을 때가 아니다. 영약이 필요한 건 저들이 아니라 네놈이니까.

그 말과 함께 눈앞에 창이 떠올랐다.

[이계의 신격화 진행률: 48%]

소름 돋을 정도로 동화 속도가 빨랐다.

'서유기'의 진행 속도보다 이쪽이 더 빠를 줄이야.

―네놈의 화신체 회복률이 낮아 동화 속도가 빠른 것이다.

'이런 이야기는 없었잖아.'

―네놈이 몰래 〈김독자 컴퍼니〉와 협업하는 것도 예정에는 없었다.

나는 입술을 깨물었다.

과연 혹부리 왕이 무섭긴 무섭다. 하긴, 평생을 도깨비 왕과 싸워온 녀석이니까. 어쩌면 놈은 여기까지 예상하고 있었는지도 모른다.

내 화신체를 눈여겨보던 [999]가 말했다.

―남은 시간은 사흘 정도다. 넌 그 안에 약속을 완수해야 해.

'무리야. 약속을 지키려면 이 시나리오를 끝내야 하는데 시간이 부족하다고.'

혹부리 왕과의 약속은 '이계의 신격'이 포함된 거대 설화를 만드는 것.

나는 이번 거대 설화를 통해 그걸 완수할 계획이지만, 사흘이라는 시간은 너무 촉박했다. 적어도 두 주 이상은 필요했다.

―그러면 남은 방법은 하나뿐이군. 네놈의 허약한 화신체를 보강하는 수밖에.

나는 고개를 끄덕이며 내 화신체의 상태를 점검했다.

[현재 화신체 회복률: 45%]

[현재 근원 설화의 손상이 심각합니다.]

[새로운 영약의 섭취를 통해 회복을 가속할 수 있습니다.]

이계의 신격화가 빨라지는 것은 내 화신체가 아직 '성마대전'에서의 타격을 회복하지 못한 까닭이었다.

[설화 파편, '어린 골드 드래곤의 망가진 심장'이 현재 제 역할을 못 하고 있습니다.]

생각해보면 그동안 설화 모으기에 급급하여 화신체의 내구력 향상에는 신경을 쓰지 못했다. 워낙 잘 죽어나가서 반쯤 포기하고 있기도 했고…… '어린 골드 드래곤의 망가진 심장'만 해도 구한 지 한참이나 된 설화 파편이었다.

하지만 일권무적 유호성이 말한 것처럼, 설화의 힘을 제대로 끌어내기 위해서는 반드시 화신체의 단련이 필요했다.

설화가 '글자'라면, 화신체는 그 글자가 펼쳐질 수 있는 '종이'니까.

—이곳에서 구할 수 있는 약들은 아마 레플리카 버전일 것이다. 그래도 안 먹는 것보다는 낫겠지.

[득표수: 2,963]

[현재 다섯 명의 심사위원이 해당 설화방을 지켜보고 있습니다.]

[현재 다수의 관객이 설화방의 성장세에 관심을 가지고 있습니다.]

[현재 해당 설화방의 랭킹은 31위입니다.]

짧은 시간 동안, 한수영이 만든 시나리오는 많은 이에게서 지지를 얻어냈다.

그리고 많은 이가 함께 '개연성'을 감당하는 이야기에는 그만큼 강력한 힘이 발생한다.

[설화방 랭킹이 상승할수록, 해당 설화방에서 얻을 수 있는 성유물 및 아이템 등급이 상승합니다.]

이 방 랭킹이 상승할수록 이 방에서 나오는 모든 아이템은 한없이 원작의 그것에 가까워지며, 우승을 한다면 원작 그 자체가 되어버린다.

즉, 이 설화방에서 얻은 모든 것은 '진짜'가 되는 것이다.

만약 이대로 순조롭게 랭킹이 올라간다면, 그리고 내가 무사히 영약들을 모으는 데 성공한다면…….

[거대 설화, '빛과 어둠의 계절'이 잠들어 있습니다.]

[당신은 아직 해당 설화를 사용할 자격을 갖추지 못했습니다.]

기껏 얻은 후 한 번도 개방하지 못한 이 '거대 설화'의 힘을 사용할 수 있을지도 모른다.

[거대 설화, '신화를 삼킨 성화'가 '빛과 어둠의 계절'을 두려워합니다.]

무려 「신화를 삼킨 성화」조차 두려워할 정도의 설화. 대체 이 설화의 힘이 어느 정도일지, 지금의 나로서는 짐작도 가지 않았다.

"멈춰라."

앞서가던 유중혁의 걸음이 멈춘 것은 그때였다.

조금 전까지 맑게 개어 있던 하늘이 노랗게 물들어 있었다. 자세히 보니, 샛노란 안개가 전방의 땅과 하늘을 모조리 뒤덮고 있었다.

[황풍령黃風嶺 황풍동黃風洞에 도착했습니다.]

황풍령이라.

이곳은 '서유기'의 빌런 중 하나인 '황풍마왕'의 거처일 것이다.

내 예상대로면 이 부근에 내가 찾는 영약 중 하나가 있었다.

메시지가 들려온 것은 그때였다.

[상당수의 플레이어가 '설화방'에 참가합니다!]

본래 이 설화방의 플레이어 숫자는 여덟 명이다. 그런데 갑자기 추가 플레이어가 유입되었다.

이길영이 어이없다는 듯 중얼거렸다.

"이제 와서?"

상식적으로 이해하기 어려운 일이었다.

이미 마감된 설화방에 추가적으로 유입된 플레이어들은 모두 '엑스트라' 역할을 맡는 수밖에 없다. 그리고 엑스트라 배역은 설화방이 성공적으로 완수되더라도, 제대로 된 보상을 얻기 힘들다. 하물며 탑 10급 설화방도 그럴진대, 31위의 설화방에 참가할 이유가……

[소수의 관객이 6731번 설화방의 순위 상승을 경계합니다.]

[일부 관객이 당신들의 파멸을 기대합니다.]

[다수의 관객이 설화방의 격변에 주목합니다!]

있네.

지금 우리 설화방은 최하위권에서 단숨에 상위권으로 도약한 상황.

표정이 굳어진 유중혁이 말했다.

"시나리오를 망치려는 놈들이다."

누구 사주인지는 알 수 없지만, 예상 가는 쪽은 있었다.

아마 이번 '서유기 리메이크'에 참가한 거대 성운들, 그리고 최상위권 설화방의 세작細作들일 것이다.

이번에도 〈김독자 컴퍼니〉가 '거대 설화'를 차지하게 된다면 〈스타 스트림〉에 벌어질 일이 두려운 거겠지.

쿠구구구구.

순식간에 덮쳐온 안개가 일행들을 삼켰다.

뒤쪽을 돌아보며 경고성을 발한 유중혁의 신형이 먼저 안개에 덮였고, 놀란 신유승과 이길영의 목소리가 울려 퍼졌다.

"제자님! 내 뒤로 숨어요!"

"뒤로 물러서서 다가오지 마! 알겠—"

대답할 틈도 없이 아이들 역시 사라져버렸다.

안개는 아슬아슬하게 내 코앞에서 멈춰 섰다.

곳곳에서 들려오는 날카로운 병장기 소리.

어깨 위 만두가 물었다.

—안 들어갈 건가?

"들어가고 싶지만……."

나는 뒤쪽에서 다가오는 인기척을 느끼며 말했다.

"아무래도 목적은 나인 것 같은데."

돌아보자, 황풍령의 비탈길을 넘어오는 엑스트라들이 보였다. 황풍마왕의 수하로 분장한 성좌들이 이쪽을 향해 흉흉한 기세를 풍기며 접근하고 있었다.

"저놈이 그 '손오공'인가?"

"느껴지는 격만 봐도 약골이로군."

"약골을 섭외해놓고 '구원의 마왕'이라고 별명 붙여두면 무서워할 줄 안 모양이지?"

그제야 나는 이 녀석들의 진짜 목적을 알 것 같았다.

결국 '서유기'의 주인공은 '손오공'.

'손오공'이 죽으면, '서유기'는 끝난다.

[일부 심사위원이 당신의 안위를 걱정합니다.]

[일부 관객이 당신의 안위를 걱정합니다.]

다가오는 성좌들을 보며 나는 복잡한 심경에 휩싸였다.

(은퇴한 손오공은 싸우기가 싫었다. 왜냐하면 귀찮았으니까.)

['은퇴 페널티'로 당신의 전의가 급감합니다.]

모두 저 빌어먹을 '은퇴' 설정 때문이었다.

[심사위원, '긴고아의 죄수'가 귀찮은 듯 귀를 후빕니다.]

[심사위원, '필마온'이 고상한 얼굴로 책을 펼칩니다.]

[심사위원, '미후왕'이 따분한 듯 하품을 시작합니다.]

'서유기' 본편에서 하드 캐리에 지쳐버린 저 손오공들이 이런 전개가 달가울 리 없었다.

그러거나 말거나 무자비한 병장기를 빼든 엑스트라 성좌들은 어느새 지척까지 다가온 상태였다.

"죽어라!"

(해석: 하핫, 탈모 원숭이 죽어라.)

"죽어라!"

(해석: Fuc■! 천계의 똥이나 치우는 새■가.)

"죽어라!"

(해석: 돌■가리 원숭이.)

어떻게 저따위로 해석되냐고 태클을 걸려던 찰나, 갑자기 채널의 메시지가 폭발했다.

[심사위원, '긴고아의 죄수'가 자신의 머리털을 쥔 채 분개합니다!]
[심사위원, '필마온'이 불결한 이야기에 진저리를 칩니다.]
[심사위원, '미후왕'이 저놈들의 목을 모두 따버리길 원합니다.]

[일부 심사위원이 설화방의 전개에 강력한 개연성을 제공합니다!]
[만약 이 이야기의 향방이 바뀐다면 대량의 가산점이 제공될 것입니다.]

엥?

[시나리오 마스터의 개인 메시지가 도착했습니다.]
["너 싸움 좀 한댔지?"]

내가 대답할 틈도 없이 내레이션이 시작되었다.

(몰려오는 요괴들이 모르는 것이 하나 있었다. 분명 그는 '은퇴한 손오공' 이다. 하지만.)

(그는 힘을 숨기지 않는 손오공이다.)

밀려오는 메시지와 함께, 눈앞에 새로운 에피소드의 제목이 떠올랐다.

~Episode 3. 구원의 마왕은 힘을 안 숨김~

OMNISCIENT READER'S VIEWPOINT

이계의 신격(1)

Episode 82

I

달려들던 성좌들은 허공에 떠오른 에피소드 제목을 보며 흠칫했다.

"뭐야. 이 에피소드는? 힘을 안 숨김?"

"그냥 죽여!"

나는 다가오는 병장기들을 보며 한숨을 내쉬었다.

망할 한수영.

새삼 등장인물의 심경이라는 게 이런 걸까 싶었다.

작가가 만드는 전개를 따라서, 주어진 역경을 헤쳐가야만 하는 등장인물. 유중혁은 이런 시련을 수십만 번이나 견뎌왔을 것이다.

지금의 내가 유중혁보다 유리한 점이 있다면, 나는 이 시나리오의 작가가 누구인지 알고 있다는 것이다.

쐐애애액!

눈앞에서 두 갈래의 검기가 날아들었다.

나는 가뿐한 발놀림으로 공격을 피해내며 생각했다.

언젠가 한수영과 그런 이야기를 나눈 적이 있었다.

—세상에는 두 종류의 작가가 있어. 모든 플롯을 계획해놓고 쓰는

노력파 작가. 그리고 계획 없이 그때그때 감각에 맡기는 천재 미소녀 작가.

—넌 어느 쪽인데?

—멍청아, 진짜 몰라서 묻냐?

그래서, 지금 저 천재 작가님께서 이딴 시나리오를 쓰셨다는 건데.

[심사위원, '미후왕'이 맥주를 준비합니다.]

[심사위원, '필마온'이 드립 커피를 준비합니다.]

주 독자층 취향을 한껏 반영해서, 나를 굴리시려고 말이지.

나는 허공을 올려다보며 중얼거렸다.

"이봐, 지금 이건 거래야. 알지?"

[시나리오 마스터가 당신의 말에 고개를 갸웃합니다.]

반응은 저래도 한수영이라면 내 말이 무슨 뜻인지 알아챘을 것이다.

한편, 어느새 성좌들은 나를 포위하고 있었다.

"여기까지 버스 타고 왔으면 이제 그만 하차하시지."

하차라니… 이 녀석들 어디서 그런 무서운 말을 배워서는.

"어느 쪽이 하차할지는 두고 보면 알겠지."

여기서는 [전인화]나 [바람의 길]을 발동할 수 없다. 거기에 덤으로 '부러지지 않는 신념'도 사용할 수 없다.

다른 존재들에게 내가 '김독자'라는 사실이 알려져서는 곤란하니까.

하지만 이 시점에서 저 정도 급을 상대하는 데 굳이 내 주력을 가용할 필요도 없었다.

츠츠츠츠츳…….

왜냐하면 지금 나는 '손오공'이니까.

[심사위원, '긴고아의 죄수'가 고개를 끄덕입니다.]

[당신에게 '긴고아의 죄수'의 성흔이 일부 허락됩니다.]

내가 정말 평범한 성좌였다면 이 성흔을 감당하기 힘들었겠지.

하지만 나는 '설화급 성좌'이고, 세 개의 '거대 설화'를 쌓은 존재다.

쿠구구구구구.

누군가가 외치는 의성어가 아닌, 진짜 천둥이 치는 소리.

허공에서 뇌전이 번뜩이는 순간, 나는 머리털을 한 줌 뽑아 그대로 허공에 훅 불었다.

[성흔, '신외신身外身 술법'을 발동합니다!]

신외신. 몸 밖의 몸.

쉽게 말하면 손오공의 [아바타] 스킬이었다.

"뭐, 뭐야!"

"크아아아앗!"

순식간에 불어난 분신 손오공들이 사방으로 뻗어나가더니, 무지막지한 주먹을 휘둘러 성좌들을 패대기치기 시작했다.

날아간 분신들의 머리 위에 내레이션 말풍선이 떠올랐다.

("구원의 마왕은!")

("힘을!")

("안 숨김!")

아무래도 자기가 내레이션이라는 걸 잊어버린 모양이었다.

ㅊㅊㅊㅊㅊㅊㅊ…….

겨우 술법 하나를 빌려 썼을 뿐인데, 나도 전신이 온전치 않았다. 하필 몸이 안 좋을 때라 더 그랬다.

빌어먹을, 유중혁 이 자식은 왜 이렇게 안 나오는 거야.

[당신의 화신체 회복이 지연됩니다!]

[화신체의 상태가 악화되고 있습니다!]

나는 여전히 뿌옇게 낀 안개 쪽을 보며 애써 태연한 척했다.

은퇴한 손오공은 무조건 강해 보여야 한다.

그리고 절대로 자신의 전력을 드러내서는 안 된다.

「김독자는 생각했다. '나는 유중혁이다.'」

나는 입술을 꾹 깨문 채 내가 아는 제일 멋있는 인간의 표정을 지어 보였다.

"이런 빌어먹을…… 후퇴다!"

작전이 먹혔는지, 위압감을 느낀 성좌들이 일제히 자리에서 이탈하기 시작했다.

[다수의 플레이어가 시나리오에서 이탈합니다!]

순식간에 주변에 남은 것은 성좌들이 벗어놓고 간 빈 껍데기뿐이었다.

"으, 으으으……."

하지만 껍데기에도 자아는 있었다.

저들은 본래 이 세계의 '엑스트라' 요괴를 담당하는 존재들이었다.

순간 심장이 불규칙적으로 뛰기 시작했다.

[혼돈이 당신의 심장에서 꿈틀거립니다.]

[이계의 신격화가 가속되고 있습니다.]

[성흔, '화안금정 Lv.???'이 강제로 발동합니다!]

시야가 붉게 타오르고, 쓰러진 요괴들의 모습이 보였다.

【여긴어디여긴어디여긴어디】

【아 아 아 아 아 아 아 아】

【또야또야또야또야또야또야】

고통스러운 표정의 요괴들이 일제히 고개를 바닥에 처박은 채 비명을 지르고 있었다. 이해하기 어려운 상황은 아니었다.

이미 '환생자들의 섬'에서도 비슷한 존재들을 보았다.

그들은 '서유기 리메이크'의 설화방에 이용되는, 소위 '부족한 개연성'을 채우기 위해 동원되는 존재였다. 다른 이야기의 엑스트라로 소비되는 삶을 영원히 반복해야만 하는 소모품.

문제는 저것들의 '진짜 정체'가 대체 무엇이냐는 점이었다.

[당신의 심장에서 혼돈의 힘이 꿈틀거립니다!]

울컥, 하고 솟아오르는 통증.

나는 비틀거리며 요괴 중 하나를 향해 다가갔다.

그 미끈한 몸피에 손을 대는 순간, 녀석의 형태가 변했다.

두족류의 촉수 괴물.

머릿속에서 멸살법의 페이지가 넘어갔다.

「일부 성운은 급이 낮은 '옛 존재'의 허물을 일부러 양식하기도 한다.」

「그들을 제물로 시나리오에 필요한 개연성을 감당하는 것이다.」

심장이 크게 뛰었다.

분명, 멸살법에 그런 문장이 나오기는 했다. 하지만 끝내 그 '성운'이 어디인지는 나오지 않았는데…….

설마, 그게 〈황제〉였다고?

[손 행자는 멈추라!]

허공을 올려다보니, 아니나 다를까 천계의 성좌 중 하나가 강림해 있었다. 이름은 잘 모르겠다. 또 태백금성이라든가 영길보살이라든가 하는 나부랭이일 것이다. 〈황제〉에는 그런 비슷한 이름의 성좌가 수백 명이나 있으니까.

[그 요괴들은 영취산 기슭에서 도를 닦던 짐승이다! 그런데 부처께서 계신 대뇌음사 유리 밑의 기름을 훔쳐 먹다 요괴가 되어버린 것이지. 그대는 선량한 마음으로 그들을 용서하여 내게 그들을……]

그렇게 생각하니, 〈황제〉 측에서 요괴들을 수거해가는 게 납득이 갔다. 〈황제〉 입장에서는 일종의 자원인 셈이다. 시나리오를 굴리기 위해 반드시 필요한 자원.

[일부 심사위원이 원작의 반영에 만족합니다.]

[가산점 5점을 획득합니다.]

[심사위원, '미후왕'이 지루한 듯 하품을 합니다.]

퇴치된 요괴가 죽거나 신선들 소유로 돌아가는 것.

이것은 분명한 원작의 반영이었고, 수천 년이나 변하지 않은 흐름이었다.

하지만 그게 정말 정당한 흐름이자 '서유기'의 법칙이라면.

【나는누구나는누구나는누구나는누구】

그러면 저 요괴들의 삶에는 대체 무슨 의미가 있는 것인가.

[심사위원, '긴고아의 죄수'가 당신을 의아하게 바라봅니다.]

내가 한참이나 대답이 없자, 영길보살이 입을 열었다.

[흠흠, 아무튼 그런 고로…… 이 요괴들은 내가 받아가도 되겠지?]

결국 내레이션이 먼저 이야기를 시작했다.

(손오공은 고개를 끄덕이며 영길보살을 향해…….)

"그렇게는 못 하겠습니다."

(그렇게는 못 하겠다고 말했다.)

허공에서 시나리오 마스터의 무시무시한 시선이 느껴졌다. 대체 뭔 생각으로 그런 대답을 했냐는 듯한 질책의 시선.

놀라기는 영길보살도 마찬가지였다.

[무어라?]

"어차피 당신들은 이 녀석들을 제대로 돌봐주지도 않잖습니까."

[그, 그게 무슨 소리인가.]

"요괴들을 또 다른 설화방의 엑스트라로 동원할 뿐이겠죠."

[심사위원, '미후왕'이 당신을 흥미진진한 눈으로 바라봅니다.]

[심사위원, '필마온'이 읽던 책을 덮고 당신을 바라봅니다.]

[심사위원, '긴고아의 죄수'가 당신의 발언에 주목합니다.]

내 말에 당황한 영길보살이 소리쳤다.

[그냥 요괴일세. 위대한 뜻을 좇는 그대가 어째서 하찮은 미물의 행사에 신경을 쓰는가?]

"그들도 분명 '시나리오'를 수행합니다. 부처의 화두나 우주의 진리를 논하며 참된 길道을 좇는다는 당신들이, 어째서 인간 아닌 것들의 삶에 대해서는 그리 무심하십니까?"

그 말을 하며, 나는 한수영에 관해 생각했다.

한수영은 이 시나리오의 '결말'을 생각해두었을까.

[다수의 관객이 당신의 발언에 흥미를 갖습니다.]

한수영이 본인 입으로 말한 것처럼, 녀석은 그때그때 감각에 의존해 서사를 구성하는 '천재형 작가'다. 하지만 그렇다는 것은, 매번 독자 반응을 과도하게 의식하며 창작의 고통에 시달려야 한다는 뜻이기도 했다.

[시나리오 마스터가 당신의 발언을 지켜보고 있습니다.]

아마 급하게 시나리오에 참가한 한수영에게는 결말을 구성할 시간도, 테마를 확립할 시간도 모자랄 것이다. 그저 관객을 자극할 이야기를 짜는 것만도 버거울 테니까.

그런데 만약, 그런 한수영을 내가 돕는다면 어떨까.

나는 천천히 몸을 일으켜 요괴들 앞을 가로막으며 말했다.

"이 녀석들은 내가 데려가겠습니다."

경악한 영길보살의 표정과 혼란에 빠진 요괴들의 모습이 보였다.

세상에는 작가나 독자의 입장에서만 보이는 것들이 있는가 하면, 등장인물이 되어야만 알 수 있는 것들도 있다.

[심사위원, '긴고아의 죄수'가 당신의 호승심을 좋아합니다.]

[심사위원, '필마온'이 당신의 호승심을 좋아합니다.]

[심사위원, '미후왕'이 당신의 호승심을 좋아합니다.]

[가산점 150점이 추가됐습니다!]

[해당 설화방의 테마가 격변하기 시작합니다!]

요괴들이 나를 올려다보고 있었다.

[새로운 '거대 설화'의 가능성이 발아합니다!]

[새로운 '거대 설화'에서 '이계의 신격'의 지분이 발생했습니다!]

역시. 내 예상대로였다.

하지만 메시지는 끝이 아니었다.

[혹부리 왕과의 약속이 발동합니다!]

[약속을 완수하기 위해서는 해당 설화에서 '이계의 신격'의 지분을 30% 이상 늘려야 합니다.]

[현재 해당 설화에서 '이계의 신격'의 지분은 0.003%입니다.]

0.003퍼센트?

말도 안 되는 비율에 좌절하는 사이, 허공에서 영길보살이 소리쳤다.

[네 이놈! 정말 오만방자하구나! 네깟 놈이 정말 손 행자라도 되는 줄 아느냐?]

그새 자신의 역할을 잊어버렸는지, 영길보살이 나를 향해 강력한 격을 쏘아냈다. 하필 제천대성의 개연성을 감당한 직후라, 내게는 그 힘을 받아칠 만한 기력이 없었다.

뇌전처럼 쏘아진 격의 파장이 나를 향해 내리꽂히려는 그 순간.

"너 꼭 독자 아저씨처럼 말하네?"

목소리와 함께, 허공의 뇌전이 그대로 갈라졌다.

주변을 보니 어느새 모래바람이 가라앉아 있었다. 멀리서 다가오는 일행들. 그리고 내 앞을 지키듯 가로막은 유중혁이 있었다.

하늘을 노려보던 유중혁이 차르르 전격을 훑어낸 흑천마도로 천공을 가리켰다.

"두 번 말하진 않겠다. 꺼져라."

[이, 이놈들…… 이 치욕은 반드시…….]

기겁한 영길보살이 식은땀을 흘리며 사라지자, 유중혁이 차가운 표정으로 나를 돌아보았다. 어느새 흑천마도는 나를 가리키고 있었다.

"헛짓거릴 하면 죽여버린다고 했을 텐데."

"어…… 죄송합니다."

"황풍마왕은 내가 쓰러뜨렸다."

"잘하셨습니다."

나는 바닥에 쓰러진 요괴를 하나둘 수습했다.

【당신누구당신누구당신누구】

그들은 나를 두려운 눈으로 바라보더니, 이내 내 손끝에 다가와 킁킁 냄새를 맡고는 부리나케 달아났다. 그리고 버림받은 강아지처럼 먼 나무 둥치에 숨은 채 이쪽을 훔쳐보았다.

[버림받은 일부 요괴가 당신을 따릅니다.]

유중혁이 말했다.

"무의미한 짓이라는 건 알고 있겠지."

"……."

"저들은 어차피 이 설화방이 끝나면 다시 〈황제〉로 회수된다."

"알고 있습니다."

"저들에겐 이미 수천 번이나 일어난 일이다. 네 호의는 아무런 의미도 없다."

"그것도 압니다."

"다시 똑같은 시나리오에서 똑같은 역할을 수행하며, 저들은 너를 잊을 것이다. 아무것도 기억하지 못할 것이다."

"아무것도 기억하지 못하는 자에겐."

나는 유중혁의 눈을 바라보며 말했다.

"슬픔이 없는 것입니까?"

나를 보는 유중혁의 눈동자가 흔들렸다. 그런 유중혁을 가만히 바라보았다.

어느덧 94번 시나리오에 이르렀기 때문일까. 유중혁의 얼굴에는 이제 제법 많은 흉터들이 생겼다.

"네놈……."

유중혁의 말이 채 이어지기도 전에 아이들이 다가왔다.

그런데 자세히 보니 일행이 하나 늘어 있었다.

"역시 우리 사부…… 아니, 여기선 사형이지 참. 아무튼 개 멋있어! 방금 그 기술 뭔데? 나도 알려줘봐요!"

그 활기찬 목소리에 나도 모르게 심장이 아려왔다.

그렇구나, 네가 '사오정'이었구나.

['플레이어2' 님께서 일행에 합류했습니다!]

"하이, 손오공. 너 주둥이 좀 털더라?"

커다란 나비가 그려진 티셔츠에 풍선껌을 짝짝 씹는 이지혜가 내 어깨를 툭 치며 손을 내밀었다.

(그렇게, 마침내 '서유기'의 주역들이 모였다.)

나는 희미하게 웃으며 이지혜를 향해 마주 손을 내밀었다.

그런데, 갑자기 땅이 꺼지는 것처럼 상체가 추락했다.

"어? 이거 왜 이래?"

쓰러지는 내 몸을 이지혜가 황급히 붙들었다.

전신에서 흘러나오는 희미한 마기와 함께, 사위가 급격하게 어두워지고 있었다.

[당신의 화신체가 심하게 망가진 상태입니다!]

[이계의 신격화가 가속됩니다!]

[이계의 신격화 진행률: 71%]

아무래도 나의 행복한 여정은 이제 얼마 남지 않은 모양이었다.

「**"이 녀석들은 내가 데려가겠습니다."**」

패널에서 흘러나오는 목소리를 들으며, 한수영은 입을 딱 벌렸다.

바닥을 데구르르 구르는 레몬 사탕.

마침 근처에서 청소를 하던 이수경이 조심스레 다가와 물었다.

"무슨 일이니?"

그때까지 얼빠진 얼굴을 하고 있던 한수영이 입술을 빼끔거렸다.

"아니, 이 녀석……."

그녀는 홀로그램 창에 떠올라 있는 인물 목록을 들여다보았다.

[플레이어1, '유중혁' 님께서 '저팔계' 역할을 수행 중입니다.]

[플레이어2, '이지혜' 님께서 '사오정' 역할을 수행 중입니다.]

[플레이어3, '이길영' 님께서 '삼장법사' 역할을 수행 중입니다.]

(…)

[플레이어8, '빛과 어둠의 감시자' 님께서 '손오공' 역할을 수행 중입니다.]

한참이나 그 목록을 들여다보던 한수영이, 갑자기 자신의 눈두덩을 문지르며 고개를 뒤로 젖혔다.

그리고 얼마나 지났을까.

한수영이 "아아아아" 소리를 지르더니 이내는 끅끅거리며 웃기 시작했다.

이수경이 조심스레 물었다.

"혹시 염룡이 너니?"

"아니, 아니야. 나 한수영 맞아. 등신 같은 한수영."

다시 눈을 뜬 한수영의 뺨은 옅게 상기되어 있었다.

그리고 이어서 떠오르는 홀로그램 메시지들.

[해당 인물의 발언에 다수의 관객이 환호합니다.]

[일부 심사위원이 '클리셰 비틀기'에 가산점을 부여합니다.]

[현재 해당 설화방의 랭킹은 25위입니다.]

"건방진 자식, 누가 도와달래?"

키 패널을 누르는 한수영의 손가락이 묘하게 경쾌해 보였다.

"1등은 내가 제일 잘하는 거야, 멍청아."

2

홍삼을 달인 것 같은 깊은 씁쓸함이 입안 가득히 퍼졌다.

나도 모르게 입맛을 다시자, 어디선가 목소리가 들려왔다.

"어? 정신 차릴 것 같은데? 이것도 좀 넣어봐요."

누군가가 내 눈꺼풀을 강제로 벌리더니 안약 같은 것을 넣었다. 싸아한 느낌이 안구 가득히 번지며, 갑자기 정신이 번쩍 깨었다.

[새로운 영약의 섭취로 화신체의 회복이 빨라집니다.]

시야가 돌아왔을 때, 나는 말의 배 위에 누워 있었다.

푸르릉, 하고 거친 숨을 뱉어내는 삼장법사의 백마— 키메라 드래곤이 나를 노려보고 있었다.

"오, 일어났다!"

걱정스럽던 이길영과 신유승의 얼굴이 밝게 펴지는 것이 보였다.

내 눈꺼풀을 강제로 벌리고 있던 이지혜도 싱글싱글 웃고 있었다.

"버스도 못 탈 만큼 허약하면 어떡해?"

"흠흠, 스승을 보필해야 할 녀석이 이렇게 약골이어서야 되겠느냐?"

이길영이 허리춤에 손을 척 얹은 채 헛기침을 했다.

쓴웃음을 지으면서 상체를 일으키는데, 신유승이 나를 부축했다.

"괜찮으세요? 갑자기 쓰러지셔서……."

"덕분에 괜찮습니다. 그런데 이 영약들은……."

나는 주변에 놓인 영약의 잔재들을 바라보았다.

몇 개는 낯설지만, 아는 것도 있었다.

붉은 병에 든 안약. 그것은 삼화구자고三花九子膏라는 안약으로, 황풍마왕과의 격전에서만 얻을 수 있는 '서유기'의 보물이었다.

나는 조금 당혹스러운 마음으로 물었다.

"이걸 제게 쓰신 겁니까?"

생긋 웃는 신유승의 표정에서 한순간 유상아가 보였다.

삼화구자고. 그저 눈에 넣는 것만으로도 전신의 활력을 돋우고 안력을 확장하는 영약.

[일부 심사위원이 원작의 반영에 만족합니다!]

[가산점 10점이 추가됐습니다!]

실제로 원작에서도 이 삼화구자고를 사용하는 것은 손오공이다.

하지만…… 본인들이 사용할 수 있는 것을 굳이 나에게 주다니. 어쩐지 죄책감이 밀려왔다.

문득 오른쪽 손목이 저려와서 돌아보니 그곳에서 끔찍한 일이 벌어지고 있었다.

"약해 빠진 건 그놈과 똑같군. 화신체가 왜 이 모양인 거지?"

유중혁이 내 오른 손목을 터뜨려버릴 듯 쥔 채 맥을 짚고 있었다. 이설화를 제외하면 이 녀석이 제일 의술에 뛰어나긴 하다.

유중혁은 인상을 잔뜩 쓴 채 나를 진단했다.

"오장육부의 혈도가 멀쩡한 게 하나도 없군. 시나리오에 참가한 게

용한 상태다."

"그렇습니까."

"성좌가 이런 꼴이 되는 것은 드물 텐데. 네놈은 누군가에게 쫓기고 있는 건가?"

나는 놀라서 유중혁을 바라보았다.

내가 걱정되어서 이런 질문을 할 턱은 없고…… 아까부터 한쪽 손으로 흑천마도의 손잡이를 꾹 쥐고 있는 걸 보니 목적은 명백해 보였다.

"그런 건 아닙니다. 다만 이번 '거대 설화'가 급해서 미처 화신체를 돌볼 시간이 없었습니다."

"조금이라도 일행들에게 짐이 되면 그 자리에서 참할 것이다."

유중혁이 내 손목을 내팽개치고 자리에서 일어섰다.

"아까운 영약만 버렸군."

성큼성큼 멀어진 유중혁은 인근 바위에 앉아 다시 흑천마도를 닦기 시작했다. 한 번 부러진 칼이다 보니 금세 내구도 손상이 상당히 진행된 듯했다.

그 모습을 보던 이지혜가 말했다.

"우리 사부…… 아니, 사형 멋있지? 말은 저렇게 해도 당신한테 영약 주자고 한 사람이 저 사람이야."

저 유중혁이? 아무리 생각해도 이해가 가지 않았다. 저놈은 내가 '빛과 어둠의 감시자'가 아니라 '김독자'였다고 해도…….

—저놈도 네놈 생각만큼 냉혈한은 아니다.

귓가로 들려오는 만두 [999]의 목소리.

「"아직도 몇 편의 글줄로 누군가를 이해할 수 있다고 생각하는가?"」

그 또한 [999]의 말이었다.

그 말이 맞았다. 알면서도, 몇 번이고 다시 그 사실을 망각하게 된다.

한 사람의 삶은 언제나 그의 이야기보다 크다는 것을.

「유중혁은 언제나 동료들의 뒤에 있었다.」

멸살법에는 수많은 문장이 있지만, 그것이 유중혁이 보낸 시간의 전부를 설명하지는 못한다.

3회차, 4회차, 5회차…… 유중혁은 언제나 저만큼 떨어진 자리에서 동료들을 보고 있었다. 그곳에서 그들을 보호했고, 적들과 맞섰다.

「"유중혁, 지키고 싶었던 것은 모두 지켰나?"」

언제나 지켜야 할 것을 지키지 못했다.

그럼에도 항상 같은 자리를 지키고 있다는 것.

그의 다짐이 어떤 것인지, 아마 나는 죽었다 깨어나도 알 수 없을 것이다.

칼을 가는 유중혁에게 신유승이 다가갔다.

"중혁 아저씨."

유중혁이 특유의 무심한 눈길로 고개를 들자, 아이의 작은 손이 유중혁의 뺨에 닿았다. 자세히 보니, 유중혁의 볼에 투명한 크림 제형의 연고가 발려 있었다.

"무슨 짓이지."

"덧나니까 가만히 있어요. 아, 고개 돌리지 마세요!"

"이런 것 따위 바르지 않아도……."

간지럽힘이라도 당하는 맹수처럼 유중혁의 표정이 복잡해졌다.

당장에라도 자리를 박차고 일어나려는 녀석을 제지한 것은 한 사람의 이름이었다.

"설화 언니가 꼭 부탁했어요. 아저씬 이런 거 신경 안 쓰니까 옆에서 챙겨줘야 된다고."

이설화의 이름에 유중혁의 어깨가 크게 움찔했다. 한참이나 망설이던 유중혁은 어정쩡한 자세로 다시 엉덩이를 바위에 붙이더니, 카리스마 넘치는 목소리로 선언했다.

"십 초 안에 끝내라."

생글거리며 고개를 끄덕인 신유승은 신나서 연고를 문질러대기 시작했다.

유중혁은 입술을 열심히 움찔거리면서도 딱히 그것을 제지하지 않았다.

신유승의 손이 스친 곳마다 유중혁의 상처들이 빠르게 아물고 있었다.

역시 이설화의 연고가 대단하긴 하다. 원작에서는 '양산형 제작자'가 저 연고를 수입해 아예 화장품으로 판매하기도 했다. 이름이 뭐였더라. 순백 설화 크림이었나.

"이글이글."

오랜만에 의태어가 곁에서 들려오길래 돌아보니, 말 그대로 이글거리는 눈빛의 이길영이 그곳에 서 있었다. 이길영의 눈동자가 사시라도 생긴 것처럼 유중혁과 신유승을 번갈아 보고 있었다.

오호라.

이윽고 뭔가를 결심한 듯, 이길영이 거친 걸음걸이로 유중혁과 신유승을 향해 다가갔다.

"야, 신유승!"

그 외침에 유중혁과 신유승이 동시에 이길영을 올려다보았다.

내 곁에 붙어선 이지혜가 흐뭇한 표정으로 고개를 주억거리고 있었다.

"그래, 길영아. 드디어 각성했구나."

[심사위원, '석가의 후계'가 어린 삼장들을 좋아합니다.]

[일부 관객이 귀여운 삼장들의 모습을 좋아합니다.]

[가산점 20점이 추가됐습니다.]

한참이나 머뭇거리던 이길영은 쏟아지는 시선 앞에서 입술만 빼끔거렸다. 막상 저지르긴 했는데, 무슨 말을 해야 할지 모르는 표정이었다.

얼굴이 빨개진 이길영이 결국 빽 소리를 질렀다.

"독자 형 연고는 내가 발라줄 거다!"

그제야 자신이 할 말을 깨달았다는 듯, 이길영이 의기양양한 목소리로 말을 이었다.

"지금 넌 저 시커먼 놈 줄 잡은 거야!"

어느새 달려간 이지혜가 이길영의 뒤통수를 갈겼고, 이길영은 그대로 바닥에 코를 박고 엎어졌다.

"거기서 김독자가 왜 나와 멍청아!"

이지혜가 이길영의 귀를 잡아끌고 훈계를 시작했다.

그런 이길영을 보며 고개를 절레절레 흔들고는 다시 연고를 바르는 신유승. 그리고 뺨에 묻은 연고가 어색한 듯 몇 번이나 뺨을 문지르는 유중혁.

「김독자는 그 모든 풍경을 가만히 웃으며 바라보았다.」

['제4의 벽'이 조금씩 두꺼워집니다.]

「마치, 먼 곳의 정경을 바라보듯이.」

품에서 꺼낸 스마트폰이 멋대로 문장을 만들어내고 있었다.

화면에 떠오르는 문장들, 그리고 일행들을 보며 나는 생각했다.

그래, 어쩌면 나는.

「어쩌면 그 순간, 김독자는 처음으로 뭔가를 결심했다.」

✳

이계의 신격화는 점점 더 빨라졌다. 71퍼센트이던 것이 어느덧 75퍼센트가 되었고, 다시 80퍼센트를 넘어선 것은 순식간이었다.

그런데 85퍼센트를 넘어설 즈음에 이르러, 상승 속도는 갑자기 정체되기 시작했다.

모두 일행들이 챙겨준 영약 덕분이었다.

"자, 이것도 먹고. 그리고 이것도."

내 감염 속도에 반비례하듯, 일행들의 클리어 속도는 점점 빨라졌다.

과연 94번 시나리오의 유중혁과 이지혜 콤비는 대단했다.

"사형 저쪽!"

"아래다."

파천문의 사제 관계답게 둘은 손발이 척척 맞았다.

대부분의 적은 채 접근하거나 흉계를 꾸미기도 전에 아작이 났고, 심지어는 원작의 상성을 뛰어넘는 힘으로 찍어 눌러버릴 때도 있었다.

[현재 '서유기' 진행도: 43%]

[설화방 랭킹이 상승했습니다!]

[현재 해당 설화방의 랭킹은 21위입니다.]

[다수의 관객이 '패왕 저팔계'를 연호합니다!]

[심사위원, '금신나한'이 미소녀 검객이 된 자신의 모습을 흐뭇해합니다.]

졸지에 나처럼 할 일이 없어진 신유승이 중얼거렸다.

"희원 언니랑 현성 아저씨도 같이 왔음 좋았을 텐데."

정희원과 이현성은 함께 오지 못한 듯했다.

아직 이현성은 깨어나지 못했겠지. [강철화]의 최종 국면에 접어들었으니 꽤 오래 잠들어 있을 법도 했다. 하지만 목숨에 지장은 없을 것이다.

진짜 문제는 깨어난 다음부터니까.

여하튼, 이 기세라면 열흘도 안 돼서 시나리오가 끝날 수도 있겠는데.

그렇게 하루가 가고, 이틀이 지나고, 사흘이 지났다.

[현재 '서유기' 진행도: 64%]

[현재 해당 설화방의 랭킹은 15위입니다.]

[상당수의 경쟁자가 해당 설화방을 경계하고 있습니다.]

그사이 내가 한 일은 버스를 타고, 늘어지게 자고, 일행들과 잡담을 나누고, 영약을 엄청나게 처먹은 것이 전부였다.

[당신의 화신체가 눈에 띄게 회복됐습니다!]

[당신의 화신체에 조금씩 활력이 돌아오고 있습니다.]

볼에 살이 좀 붙은 것 같았다.

풍족한 생활을 누리는 내 모습을 이지혜와 신유승, 그리고 이길영이 흐뭇한 얼굴로 지켜보고 있었다.

마치 포동포동하게 자란 돼지를 보며 기뻐하는 농부들처럼.

"이것도! 이것도 먹어!"

"여기 더 드세요."

대체 내가 먹는 걸 왜 저렇게 기뻐할까.

곁에서 이지혜가 푸념하며 웃었다.

"꿩 대신 닭이라고, 잘 먹는 거 보니까 보기는 좋네. 그 인간도 당신처럼 잘 먹어줬으면 얼마나 좋았을까."

시간은 또다시 흘러갔다.

"크윽! 두고 보자 저팔계!"

몇 번인가 다른 배역으로 등장한 한명오를 만나기도 했고.

신선처럼 수염을 기른 정체불명의 조력자를 만나기도 했다.

[흠흠, 나는 이 산의 신령이다. 그대들이 천축을 향한 숭고한 여정에 올랐다는 것을 일찍이 알고 있었다. 그래서 나는 이곳에서 그대들을 기다렸다가 약간의 도움을 주기 위해…….]

환한 금발 머리에 덕지덕지 수염을 붙인 녀석을 향해, 아이들이 외쳤다.

"하영 언니!"

"하영이 형!"

[어험, 나는 하영 그런 게 아니라 그냥 주변을 지나가던…… 젠장, 거기 손 행자. 이리 와서 영약이나 가져가게.]

연기를 포기한 금발 신선이 불평과 함께 나를 불렀다.

《서유기》에는 이딴 설정이 많다.

[일부 심사위원이 뭐 이런 것까지 반영하냐며 불평합니다.]

[가산점 1점이 추가됐습니다!]

어디선가 나타난 신령이 일행들을 도와주고, 모든 것이 부처님의 뜻이라고 말하는 식이다. 그 몰개연성과 데우스 엑스 마키나가 지나칠 정도여서, 어쩌면《서유기》야말로 최초의 '기연 몰아주기 소설'이 아닐까 싶을 정도다.

나는 공손히 고개를 숙이며 말했다.

"매번 도와주셔서 감사합니다."

[하라니까 할 뿐.]

장하영은 누굴 생각하는지 원망스러운 얼굴로 하늘을 올려다보며 중얼거렸다.

[넌 진짜 운 좋은 줄 알거라. 진짜 내가 늦게 오지만 않았어도 '구원의 마왕' 역은 내가……]

자연스럽게 알게 된 사실인데, 아무래도 이 자리는 본래 장하영의 것이었던 모양이다.

"왜 그런 게 되고 싶으셨습니까?"

장하영은 아련한 눈으로 나를 보더니 피식 고개를 저었다.

[뭐, 너 같은 건 당연히 모르겠지. '구원의 마왕'이 얼마나 대단한지.]

나는 잠시 생각하다가 스스로에 대한 애정을 듬뿍 담아 이렇게 말해보았다.

"저도 구원의 마왕이 참 좋습니다."

[오, 그래? 뭐 들은 설화 있어?]

"예를 들면 마계에서 얻은 '공단의 해방자'라든지."

[오옷?]

그게 스위치가 되었는지, 장하영은 갑자기 장광설을 떠들기 시작했다.

대충 내용을 요약하자면 이런 것이었다.

[그래서 그때, 내가 죽어가던 '구원의 마왕'을 구해냈거덩? 그러니까 따지면 난 구원의 마왕의 구원자라는 거지. 어때, 재밌지? 재미없어? ……아무튼, 우리는 어둠 뿌리 밑에서 의기투합하여 형제의 맹세

를 했지. 함께 힘을 모아서 저 악마 공작에게서 '공단'을 해방시키자고…….]

대충 내용은 맞는데 왜 소설을 듣는 기분이 드는지 모르겠군.

[그때 '구원의 마왕'이 우수에 가득 찬 눈으로 나를 보며 말했지. "그대여, 기꺼이 나를 위해 싸우는 투사가 되어라."]

이런 엉뚱한 이야기를 마구 떠들어도 괜찮은가 싶었는데, 허공에 메시지가 잔뜩 떠올라 있었다.

[심사위원, '긴고아의 죄수'가 신선의 헛소리를 비난합니다!]

[심사위원, '긴고아의 죄수'가 마계에서 제일 활약한 것은 자신이라고 주장합니다!]

[심사위원, '미후왕'이 '긴고아의 죄수'를 비웃습니다.]

[다수의 관객이 성운, <김독자 컴퍼니>의 설화에 관심을 갖습니다.]

이쯤 되니 이게 '서유기'인지 '김독자 컴퍼니의 얼렁뚱땅 대모험'인지 알 수가 없었다.

어쩌면 한수영이 노리는 것도 그것일지 모른다.

〈김독자 컴퍼니〉의 설화들이 강해질수록 '서유기 리메이크'를 통해 얻게 되는 우리의 '거대 설화'도 더 강고해질 테니까.

[<김독자 컴퍼니>의 설화들이 <스타 스트림>에 입소문을 타고 번집니다.]

뭐, 그게 올바른 판단일지는 좀 더 두고 봐야 알겠지만.

그렇게 얼마나 지났을까, 이지혜가 지루한 듯 하품을 하며 말했다.

"아, 그만하고 빨리 영약 줘요."

[여기.]

✶

그렇게 일주일이 더 흘렀다.

우리는 요괴를 무수히 물리쳤고, 다시 그 요괴를 회수하기 위해 나타난 〈황제〉의 성좌들과 마주쳤다.

[방금 그대들이 해치운 요괴들은 내가 뒤뜰에서 키우던…….]

"꺼져라."

유중혁은 나를 대신해 그들을 퇴치했다. 패왕 저팔계와 맞서고 싶지는 않았는지, 〈황제〉의 성좌들은 불만을 표시하면서도 순순히 돌아갔다. 왜 유중혁이 저 역할을 자처했는지는 모르겠지만, 나로서는 고마운 일이었다.

[이계의 신격화 진행률: 95%]

[현재 이계의 신격화 속도가 둔화한 상태입니다.]

그동안 이계의 신격화 진척은 크지 않았다.

반면 일행들의 '서유기' 진행력은 놀라울 정도였다.

[현재 '서유기' 진행도: 94%]

마침내 90퍼센트대를 돌파한 진행도.

이지혜가 숨을 몰아쉬며 말했다.

"와, 진짜 힘드네."

"오늘은 특히 그렇군요."

"뭔 소리야, 넌 버스만 탔잖아."

나는 이지혜의 핀잔을 무시하고 설화방 랭킹을 확인했다.

[현재 해당 설화방의 랭킹은 4위입니다.]

[득표수: 21,912]

[다수의 관객이 해당 설화방의 놀라운 성장력에 경탄합니다.]

열흘도 안 되어 쟁쟁한 방을 제치고 무려 4위에 랭크되다니.

인정하기는 싫지만 한수영의 재능이 존경스럽지 않을 수가 없었다.

[현재 랭킹 1위는《진 서유기》입니다.]

[득표수: 30,408]

이런 속도라면 압도적인 1위로 달리는 페이후를 따라잡는 것도 불가능은 아닐 듯했다.

하지만 김칫국을 마시기에는 일렀다. 만약 페이후의 방을 제치고 1등을 한다고 해도, 승부는 거기서 끝나지 않는다. 결국 최종 우승은 총득표 수와 심사위원의 판단이 맞물리며 결정되기 때문이다.

나는 밤하늘에 빛나는 별들을 올려다보았다.

지금은 익명의 '관객'으로 표시될 뿐인 성좌들.

[일부 관객이 당신에게 적의를 품고 있습니다.]

분명 〈황제〉는 우리의 랭킹 상승을 지켜보고 있을 것이다.

「<황제>는 자신들의 거대 설화에 대한 자부심이 어마어마하다.」

그들은 자신들의 '거대 설화'를 약소 성운이 계승하는 일을 절대 용납지 않을 것이다. 심지어 녀석들에게는 우리에게 불만을 가질 이유가 충분했다.

예를 들면.

"엄청 많네요."

지금 우리를 따라오는 저 '요괴'의 무리.

산 오솔길을 가득히 메운 '요괴'의 대열은, 이제 그 끝이 보이지 않을 지경이었다.

모두, 우리가 살려준 요괴였다.

[혹부리 왕과의 약속이 진행 중입니다.]

[약속을 완수하기 위해서는 해당 설화에서 '이계의 신격'의 지분을 30% 이상 늘려야 합니다.]

[현재 해당 설화에서 '이계의 신격'의 지분은 15.772%입니다.]

'서유기'가 끝나가는 상황이지만, 여전히 이계의 신격들의 지분은 낮았다.

저렇게 많은 요괴를 구했는데도 15퍼센트대라니…….

어찌 보면 당연했다. 그들은 숫자만 많지, 우리 이야기에서 큰 비중은 없었다.

아직 '서유기'의 본질은 변하지 않은 것이다.

그들은 여전히 주인공이 아닌 '엑스트라'로 무대에 참가하고 있을 뿐이니까. 그나마 저들의 지분이 15퍼센트까지 상승할 수 있었던 것은 다수의 관객이 저 기현상에 관심을 기울여준 덕분이었다.

[다수의 관객이 '순례의 길'을 감탄하며 바라봅니다.]

[일부 심사위원이 새로운 '서유기'의 가능성에 주목합니다.]

[소수의 심사위원이 원작의 왜곡을 우려하며…….]

심지어 저 긴 요괴의 행렬에는 별명까지 붙었다.

순례의 길.

무수한 요괴들이 존재의 의미를 깨닫기 위해 나선 천축으로의 여정.

[일부 관객이 '순례의 길'을 관람하기 위해 해당 시나리오에 참가합니다!]

심지어 '서유기'의 추천 게시판에는 우리 설화방의 추천글도 등장했다.

[멋진 저팔계와 사오정, 귀여운 삼장법사, 연약한 손오공]

작성자: uri9158

—추천평: 저팔계는 멋있고 삼장들이 귀여움.

[은퇴한 SSSSS급이 되었다, 양산형 설화인 줄 알았던 수작]

작성자: 비양산형 제작자

—추천평: 사실 '서유기'의 진짜 주인공은 '요괴'다. 손오공도, 저팔계도, 사오정도 모두 '요괴'다. 그럼에도 '서유기'의 테마는 인본주의에 가까운데, 그것은 원작의 모든 요괴들이 지극히 인간적인 방식으로 인간화人間化되어 있기 때문이다. 즉, 기존 '서유기'의 요괴들은 요괴의 지위를 박탈당하고 인간으로 살아가야만 했던 셈이다…….

뭔가 작성자 이름이 익숙한 것 같은데, 착각이겠지.

아무튼 영문 모를 추천도 많이 받았다.

"재들, 계속 따라오네요."

나와 함께 일행의 후미에서 걷던 신유승은 요괴들이 신경 쓰이는지 자꾸만 뒤를 돌아보았다. 망설이던 신유승이 발치에서 강아지처럼 쫄랑거리는 요괴를 향해 손을 뻗었다.

"안녕?"

혹시나 요괴가 신유승을 공격할까 봐 조금 긴장했는데, 다행히 우려한 일은 벌어지지 않았다.

말 잘 듣는 강아지처럼 웅크린 요괴가 신유승 손끝에 코를 비볐다. 녀석은 더 이상 내가 알고 있던 무시무시한 이계의 신격이 아니었다.

【따뜻해따뜻해따뜻해따뜻해따뜻해】

그들은 신유승이 테이밍할 수 있는 괴수종이 아니었다. 이계의 신격에게는 그런 친절한 생물 계통이 지정되지 않으니까. 그들은 그저 시나리오의 바깥에서 쓸모를 잃어버린 무엇이었다.

그럼에도 신유승은 그들을 향해 진지한 얼굴로 귀를 기울였다.

【~~유승유승유승유승유승유승~~】

【나도이름나도이름나도이름나도이름】

이 아이는 저 말들을 들을까.

저들이 하는 말을 이해하고, 저들의 진짜 모습을 볼 수 있을까.

나는 조금 망설이다가 물었다.

"무섭지 않으십니까?"

"전혀요. 계속 보니까 귀여운 거 같기도 해요. 그리고……."

문어처럼 작은 촉수들이 신유승의 손등을 강아지풀처럼 간지럽혔다.

"제가 좋아하는 사람도 이런 모습으로 나타난 적 있거든요."

순간 찡, 하고 짧은 두통과 현기증이 동시에 몰려왔다.

[전용 스킬, '전지적 독자 시점' 2단계가 강제로 발동합니다!]

「어쩌면, 혹시 이번에도 있을지 모르니까.」

결연한 눈으로 요괴의 대열을 보는 신유승을 보며, 나는 입술을 꾹 깨물었다.

[시나리오를 진행 중이신 성좌님들께 알립니다.]

갑작스레 방송이 흘러나왔다.

주변 대기가 흔들리고, 요괴들이 불안한 기색으로 하늘을 올려다보고 있었다.

【온다온다온다온다온다】

【싫어싫어싫어싫어싫어싫어】

곳곳에서 끓어오르는 이계의 신격의 비명들.

허공에 투명한 형태로 강림한 대도깨비의 모습이 송출되고 있었다.

[슬슬 '서유기 리메이크' 시나리오도 종막을 향해 가고 있습니다. 상위권과 중위권의 점수 차이가 많이 벌어진 상태라, 많은 성좌님들께서 시나리오를 반쯤 포기하고 계시다고 들었습니다.]

아주 불길한 서두였다.

[〈스타 스트림〉의 기회는 공평합니다. 노력하는 미꾸라지는 용이 될 수 있고, 창공을 지배하던 드래곤도 추락할 수 있습니다.]

잠깐이지만, 대도깨비의 시선이 우리를 향한 것도 같았다.

[그러니 이대로 끝내기엔 역시 조금 아쉽죠.]

"어? 뭐야!"

이지혜의 외침과 함께, 주변 정경이 변하기 시작했다.

환한 빛살과 함께, 일행들과 요괴들은 어느새 거대한 강변 앞에 도착해 있었다.

[설화방이 통합됩니다!]

[《은퇴한 SSSSS급 손오공이 되었다》가 '거대 설화'에 포함됩니다.]

(손오공은 이 강이 무엇인지 알고 있었다.)

(통천하通天河의 서쪽 기슭. 이곳은 천축으로 가는 마지막 관문이었다.)

대도깨비가 웃었다.

[단순히 득표수만으로 1등을 결정하는 것은 재미가 없지요. 어떤 '설화'가 더 강한지를 가리는 것은 〈스타 스트림〉의 당연한 순리 아니겠습니까?]

[다수의 관객이 환호하며 동의합니다!]

[소수의 관객이 입맛을 다십니다!]

[일부 심사위원이 도깨비의 개입에 눈살을 찌푸립니다.]

메시지와 함께 강변 곳곳에서 거대한 빛줄기가 번쩍였다.

[421번 설화방이 통합됐습니다!]

[《내 손오공은 어디서부터인지 잘못되었음》이 '거대 설화'에 포함됩니다.]

그곳에 우리와 같은 일행들이 서 있었다.

깜짝 놀란 이길영이 외쳤다.

"뭐야 저것들은!"

손오공, 삼장법사, 저팔계, 사오정, 그리고 용마로 구성된 일행들.

그들은 우리와는 다른 설화방에서 온 '서유기' 원정대였다.

[7133번 설화방이 통합됐습니다!]

[《손오공인 줄 알았는데 평범한 원숭이였다》가 '거대 설화'에 포함됩니다.]

[6523번 설화방이 통합됐습니다!]

[《전지적 손오공 여의봉 시점》이 '거대 설화'에 포함됩니다.]

쏟아지는 빛줄기와 함께 무수한 '손오공'이 강변에 모습을 드러내고 있었다. 격이 약한 이도 있었고, 강한 이도 있었다.

그리고.

[1번 설화방이 통합됐습니다!]

[《진 서유기》가 '거대 설화'에 포함됩니다.]

그야말로 압도적인 격을 가진 이들도 있었다.

한 명 한 명이 초정예 성좌로 구성된 설화방.

눈에서 새파란 귀화鬼火를 흩뿌리는 랭킹 1위의 손오공이 이쪽을 보고 있었다.

역시 이렇게 되는군.

어느 정도는 예상한 일이었다. 이대로라면 페이후 쪽은 우리에게 득표수에서 밀리게 될 테니까.

[일부 심사위원이 당신의 안위를 걱정합니다.]

[심사위원, '긴고아의 죄수'가 전개에 분개합니다!]

[심사위원, '필마온'이 시나리오의 결말을 궁금해합니다.]

[심사위원, '미후왕'이 다 쓸어버리라고 명령합니다!]

심지어는 주요 심사위원도 우리 측에 손을 들어주고 있는 상황.

저쪽에서도 사태가 더 악화되기 전에 수를 쓸 수밖에 없을 것이다.

[메인 시나리오의 내용이 갱신됐습니다!]

대도깨비의 목소리가 들려왔다.

['서유기 리메이크'의 마지막 이벤트를 시작합니다.]

3

['서유기 리메이크'의 마지막 이벤트를 시작합니다.]

허공의 패널에서 흘러나오는 목소리를 들으며, 정희원은 입술을 꾹 깨물었다.

저곳에 있고 싶었다. 일행들과 함께 싸우고 싶었다.

"현성 씨."

하지만 그녀가 갈 수 없는 이유는, 침대에 누운 채 잠들어 있는 사내 때문이었다.

전신이 강철로 덮인 채, 심장 박동이 사라진 이현성.

그는 '성마대전'의 충격에서 아직 회복되지 못한 상태였다.

곁에 놓인 거울에 반쯤 백발로 덮인 정희원의 머리카락이 보였다. '성마대전'의 후유증이었다.

—넌 그냥 여기서 쉬어. 어차피 줄 배역도 없다고.

한수영과 일행들의 배려라는 것을 정희원 또한 이해하고 있었다.

정희원은 '성마대전'에서 너무 큰 상처를 입었다. 몸도, 마음도 모두 폐허였다. 김독자를 또 구하지 못했고, 그녀를 지키려던 사내는 혼수 상태에 빠졌다. 〈김독자 컴퍼니〉의 가장 날카로운 검은 그렇게 무디어졌다.

침상 한구석에 놓인 '심판자의 검'이 부르르 떨고 있었다.

근처에 '악'이 있을 때만 떨리는 검. 김독자가 선물해준 검이었다.

칼날은 정확히 패널 화면을 가리키고 있었다. 어쩌면 검도 아는 것이다. 지금 그녀가 있을 자리는 이곳이 아니라는 것을.

정희원은 조심스레 손을 뻗어, 달래듯 검의 손잡이를 감싸 쥐었다.

[성좌, '악마 같은 불의 심판자'가 안타까운 눈으로 자신의 화신을 바라봅니다.]

'성마대전'의 결과로 〈에덴〉과 〈마계〉는 붕괴했다.

많은 대천사와 마왕이 죽었고, 정희원이 믿던 어떤 정의도 그곳에 없었다. 그럼에도 그녀는 여전히 검을 휘둘러야 했다.

침대에서 가벼운 기척이 느껴진 것은 그때였다.

"현성 씨!"

대체 언제부터였을까. 이현성이 눈을 뜨고 화면을 보고 있었다.

달싹이는 이현성의 입술이 뭔가 말하고 있었다.

"네?"

가까이 다가갔지만 목소리는 들리지 않았다.

천천히 움직이는 이현성의 입술. 정희원은 그 입술의 모양을 알아들었다.

또

잃어버릴

수는

불끈 쥔 주먹이 떨렸다. 화가 난다. 이 사람은 대체 왜, 자기 몸이 이 모양 이 꼴이 되어서까지도.

감정을 억누를 수 없던 정희원이 이현성의 손을 붙드는 순간, 갑자기 이현성의 몸이 변하기 시작했다.

눈부신 은빛을 내뿜은 이현성은 순식간에 쪼그라들더니, 이내 한 자루의 검이 되었다.

"이게 무슨……!"

너무 놀란 정희원이 엉겁결에 이현성을 놓쳤다.

침대 위에서, 검이 된 이현성이 울고 있었다. 마치 자신이 할 수 있는 일은 이것뿐이라는 듯이. 망연히 주저앉은 정희원은 푹 고개를 숙인 채 중얼거렸다.

"당신은 대체……."

병실 문이 벌컥 열린 것은 그때였다.

돌아보자, 분명 '시나리오 마스터'를 플레이하고 있었을 한수영이 그곳에 있었다.

"정희원."

그 목소리를 듣는 순간, 정희원의 심장이 빠르게 뛰기 시작했다.

그에 감응하듯 침대 위에서 부르르 떠는 강철의 검.

그 검의 마음이 어떤지 정희원은 잘 알고 있었다.

누구에게나 세계를 견뎌내는 방식이 있다.

천천히 손을 뻗은 정희원이 강철검의 손잡이를 굳게 쥐며 말했다.

"아직 남은 배역 있어?"

대도깨비의 목소리와 동시에, 허공에 시나리오 창이 떠올랐다.

[연계된 메인 시나리오가 발동합니다!]

〈메인 시나리오 #95 - '《서유기》의 주인'〉

분류: 메인

난이도: 측정 불가

클리어 조건: 요괴 무리를 뚫고 통천하의 건너편에 있는 '경전'을 손에 넣으시오.

제한 시간: 2시간

보상: '서유기'와 관련된 거대 설화, 5,000,000코인, ???

실패 시: —

* 해당 시나리오에는 히든 피스가 숨겨져 있습니다.

그와 동시에 통천하의 수위가 급격하게 높아지기 시작했다. 쓰나미처럼 넘어온 물살들은 순식간에 주변을 채워버렸다.

이어서 하늘을 까마득히 덮는 요괴들의 울음이 뒤따랐다.

【죽어죽어죽어죽어죽어죽어죽어】

【아아아아아아아아아아아아】

지금껏 우리를 따라온 요괴의 총량보다 더 많은 숫자였다.

[현재 해당 설화에서 '이계의 신격'의 지분은 15.872%입니다.]

흑부리 왕과의 약속을 지키기 위해 남은 '이계의 신격' 지분은 14.128퍼센트.

즉, 나는 이번 이벤트에서 남은 지분을 모두 채워야 했다.

【우우우우우…….】

뒤를 돌아보니 우리와 함께 '순례의 길'을 만들어온 요괴들이 하늘을 향해 울음을 토하고 있었다.

[그럼, 멋진 시나리오의 피날레를 기대하지요.]

대도깨비가 사라지고, 빛줄기와 함께 다른 '서유기'의 주인공들이 대거 등장했다.

"가자!"

"경전은 우리가 갖는다!"

통합된 설화방에 참가한 인파가 통천하의 물살을 가르며 나아갔다.

"진짜 손오공은 나다!"

어떤 이들은 근두운에 탑승했고, 어떤 이들은 술법으로 통천하의 물길 위를 날았다. 아무래도 활공으로 강을 건너려는 모양이었다.

하지만 내가 아는 '서유기'가 맞는다면, 저건 완전히 잘못된 선택이었다.

[해당 시나리오에서는 '비행' 관련 스킬 및 성흔이 제한됩니다.]

허공에서 강렬한 스파크가 튀어 오르더니, 날아가던 이들이 비명과 함께 강으로 추락했다.

"이게 대체 무슨 짓이냐!"

물에 빠진 다른 팀원들이 허공의 대도깨비를 향해 삿대질했다.

하지만 허공의 대도깨비는 어깨를 으쓱할 뿐이었다.

그 광경을 보던 내가 말했다.

"날아서 가도 된다면, 처음부터 이 여정은 의미가 없었을 겁니다."

그러자 곁의 유중혁이 짓씹듯 중얼거렸다.

"이 모든 것이 설화가 되는 거로군."

"맞습니다."

결국《서유기》란 힘든 길을 어렵게 가는 이야기이다.

똑같은 길을 가더라도 어떤 길을 택하느냐에 따라 이야기는 달라진다. 근두운을 타면 하루 만에 갈 수 있는 거리를, 십사 년에 걸쳐 여행하며 온갖 역경과 고난을 이겨내는 것. 그러한 '설화'가 존재했기에, 이 모든 여정의 끝에 있을 경전도 그 의미를 갖는 것이었다.

(그리고 마침내, 이 모든 이야기의 마지막 관문이 일행들을 기다리고 있었다.)

내레이션을 들은 이길영이 작게 투덜거렸다.

"나 수영 잘 못하는데."

통천하의 강물은 드넓었다.

삼장법사의 용마에 다 탈 수도 없는 노릇이니, 모두 수영으로 강을 건너야 할 판이었다.

실제로 몇몇 팀은 이미 물속에 뛰어들어 열심히 자맥질을 반복하고 있었다. 어디서 구했는지 허름한 나룻배를 젓거나, 통나무 따위에 탑승해 바람의 술법을 사용하는 이도 보였다.

그 광경을 보던 이지혜가 이길영의 어깨를 툭 치며 앞으로 나섰다.

"걱정 마. 우린 안 저래도 돼."

그 자신감 가득한 목소리와 함께, 허공에서 메시지가 들려왔다.

[관객 하나가 자신의 정체를 드러냅니다.]

[성좌, '해상전신'이 고개를 끄덕입니다.]

그러고 보니 잊고 있었군.

"와라, 거북선!"

[거대 설화, '넥스트 시티'가 이야기를 시작합니다!]

허공을 향해 높이 솟은 이지혜의 쌍룡검.

눈앞의 물살이 갈라지며, 거대한 전함의 선체가 웅장한 빛과 함께 수면 위로 떠올랐다.

그 여파에 휩쓸린 몇몇 화신이 고함을 질러댔다.

"미친, 저게 뭐야!"

거북의 등에 용의 머리를 가진 전함, '터틀 드래곤'.

이지혜와 아이들이 '넥스트 시티'를 클리어하고 얻은 성유물이 눈앞에 모습을 드러내고 있었다.

하지만 저걸 타고 가도 될까 싶었다. 왜냐하면 '서유기'에는…….

[성유물, '터틀 드래곤'이 '서유기 리메이크'에 조응합니다!]

(위기에 빠진 일행들이 전전긍긍하자, 거대한 흰 자라 요괴가 나타나 그들을 태워주었다.)

[일부 심사위원이 깨알 같은 원작의 반영에 만족합니다.]

[가산점 20점을 획득했습니다!]

'서유기'에 그런 내용도 있었다니, 그것참 절묘하군.

우리는 곧바로 전함 위로 뛰어 올라갔다.

"출항!"

이지혜의 외침과 함께 전함이 물살을 가르고 쾌속 전진을 시작했다.

앞서서 자맥질하던 팀들이 허망한 얼굴로 우리 쪽을 바라보고 있었다.

미안한 일이지만, 저들까지 신경 쓸 여유는 없었다.

"저…… 언니, 최대한 요괴는 건드리지 말고 가요."

"걱정 마."

대체 어디서 배운 건지 모르겠지만, 이지혜는 신출귀몰한 운전 솜씨로 달려드는 요괴 무리를 요령 좋게 피해냈다.

그뿐만 아니라 적의를 가지고 공격하던 요괴들도, 우리 배에 탑승한 요괴들을 보며 멈칫했다.

【너 흰 뭐 지?】

'순례의 길'에 동참했던 요괴 중 일부는 전함에 매달려 있었고, 나머지는 전함의 꽁무니를 따라 강물을 건너오고 있었다.

그런 요괴들이 방해됐는지, 다른 설화방의 손오공들이 여의봉을 휘두르는 모습이 보였다.

"저 새끼가?"

분노한 이지혜가 주먹을 쥐었지만, 모두를 구해줄 수는 없었다.

요괴들의 죽음은 이미 통천하 전역에서 벌어지고 있었다.

【그아아아아아악!】

다른 설화방 팀원들은 앞을 가리는 요괴들을 마구잡이로 때려잡으며 전진하고 있었다. 곳곳에서 요괴들의 피가 튀었고, 살점이 터져나갔다.

[상당수의 관객이 학살의 정경에 환호합니다!]

요괴들은 계속해서 죽어나갔다.

설화를 쌓지 못했기에 의미를 얻지 못한 괴물들.

그들은 이《서유기》를 완성하기 위한 제물이었다.

'서유기'. 인간의 초탈을 위한 긴 여정.

그 설화를 지켜보는 관객에게 깨달음을 주기 위해, 요괴들은 이곳 통천하에 수장되어야 했다.

"죽여, 다 죽여버려!"

깨달음의 길을 걷는 '서유기'의 주인공들이 죽은 요괴들을 교두보 삼아 통천하를 건너고 있었다. 셀 수도 없이 많은 요괴가 발판이 되었고, 간혹 죽어나간 다른 설화방의 주인공들 역시 함께 발판이 되었다.

그러나 그 발판의 이름을 기억하는 이는 아무도 없었다.

【우 리 의 이 야 기 는】

【계 속 하 고 싶 었 지 만】

그러나 살아만 있다면. 그래서 이 '거대 설화'의 주역이 될 수 있다면.

"명오 아저씨. 가만히 좀 붙어 있어! 여긴 안전하다니까."

"안전하긴 쥐뿔! 내가 한두 번 속는 줄 아냐?"

[성흔, '외발 준족 Lv.???'이 발동 준비 중입니다.]

다리가 잘리든, 팔이 떨어지든…… 그 존재는 이 세계에 기억된다.

[7133번 설화방의 모든 등장인물이 전멸했습니다.]

[487번 설화방의 모든 등장인물이 전멸했습니다.]

시간이 지날수록 이탈하는 설화방이 늘어나고 있었다.

그리고 그 숫자에 비례하듯, 추락하는 요괴도 급증했다.

【아아아아아아아아】

【구해줘구해줘구해줘구해줘】

[현재 해당 설화에서 '이계의 신격'의 지분은 15.773%입니다.]

힘들게 쌓아 올린 '이계의 신격'의 지분이 조금씩 떨어지고 있었다.

저렇게나 많은 요괴가 남았음에도.

[현재 해당 설화에서 '이계의 신격'의 지분은 14.973%입니다.]

'이계의 신격'들이 차지하는 지분은 급속도로 떨어져갔다.

[현재 해당 설화에서 '이계의 신격'의 지분은 14.473%입니다.]

어쩌면 당연한 이야기였다.

결국 저들은 이 세계에서 퇴치되어야 할 악당이고, 주인공이 아니니까.

【아아아아아아아아아아아아】

내 시선을 눈치챘는지 유중혁이 말했다.

"네놈도 알겠지만, 모두를 구할 수는 없다."

그 말이 더 아프게 느껴진 것은 그것이 유중혁의 말이기 때문이었다.

"네놈 말처럼 이것은 '설화'이기 때문이다."

유중혁의 두 눈이 수면 아래에서 죽어가는 요괴들을 응시했다.

이것이 설화이기 때문에 모두를 구할 수는 없다.

그 말이 무슨 뜻인지 나는 잘 알고 있었다.

"이 세계의 모두가 주인공이 될 수는 없다."

《전지적 독자 시점》 8에서 계속됩니다.

전지적 독자 시점

OMNISCIENT READER'S VIEWPOINT

전지적 독자 시점 7

1판 1쇄 인쇄 2025년 7월 31일
1판 1쇄 발행 2025년 9월 22일

지은이 싱숑
펴낸이 박강휘
편집 박규민 박정선
디자인 윤석진
마케팅 이헌영 박유진
홍보 반재서 박상연 이수빈

발행처 김영사
주소 경기도 파주시 문발로 197(문발동) 우편번호10881
등록 1979년 5월 17일(제406-2003-036호)
주문 및 문의 전화 031)955-3200 팩스 031)955-3111
편집부 전화 02)3668-3290 팩스 02)745-4827 전자우편 literature@gimmyoung.com
비채 블로그 http://blog.naver.com/viche_books
인스타그램 @drviche @viche_editors 트위터 @vichebook
ISBN 978-89-349-6767-5 04810 978-89-349-6782-8 (세트3)
책값은 뒤표지에 있습니다.
비채는 김영사의 문학 브랜드입니다.

싱숑

작가.
대표작으로 《멸망 이후의 세계》
《전지적 독자 시점》이 있다.